外国文学名著丛书

〔俄〕果戈理／著

死 魂 灵

满 涛　许庆道／译

"外国文学名著丛书"编委会

人民文学出版社
PEOPLE'S LITERATURE PUBLISHING HOUSE

Н. В. ГОГОЛЬ
МЁРТВЫЕ ДУШИ
根据 Н. В. ГОГОЛЬ：СОБРАНИЕ СОЧИНЕНИЙ，ТОМ 5
（ГОСЛИТИЗДАТ，МОСКВА，1949）译出

图书在版编目（CIP）数据

死魂灵/（俄罗斯）果戈理著；满涛，许庆道译. —北京：人民文学出版社，2019（2024.1 重印）
（外国文学名著丛书）
ISBN 978-7-02-015101-1

Ⅰ.①死… Ⅱ.①果…②满…③许… Ⅲ.①长篇小说—俄罗斯—近代 Ⅳ.①I512.44

中国版本图书馆 CIP 数据核字（2019）第 046017 号

责任编辑　李丹丹
装帧设计　刘　静
责任印制　王重艺

出版发行　人民文学出版社
社　　址　北京市朝内大街 166 号
邮政编码　100705

印　　刷　河北新华第一印刷有限责任公司
经　　销　全国新华书店等

字　　数　336 千字
开　　本　850 毫米×1168 毫米　1/32
印　　张　16.5　插页 3
印　　数　14001—17000
版　　次　1983 年 9 月北京第 1 版
印　　次　2024 年 1 月第 4 次印刷

书　　号　978-7-02-015101-1
定　　价　59.00 元

如有印装质量问题，请与本社图书销售中心调换。电话：010-65233595

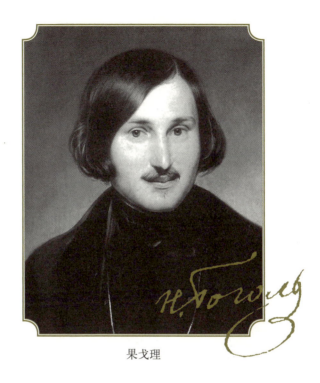

果戈理

出版说明

　　人民文学出版社自一九五一年成立起，就承担起向中国读者介绍优秀外国文学作品的重任。一九五八年，中宣部指示中国科学院文学研究所筹组编委会，组织朱光潜、冯至、戈宝权、叶水夫等三十余位外国文学权威专家，编选三套丛书——"马克思主义文艺理论丛书""外国古典文艺理论丛书""外国古典文学名著丛书"。

　　人民文学出版社与中国科学院文学研究所，根据"一流的原著、一流的译本、一流的译者"的原则进行翻译和出版工作。一九六四年，中国社会科学院外国文学研究所成立，是中国外国文学的最高研究机构。一九七八年，"外国古典文学名著丛书"更名为"外国文学名著丛书"，至二〇〇〇年完成。这是新中国第一套系统介绍外国文学作品的大型丛书，是外国文学名著翻译的奠基性工程，其作品之多、质量之精、跨度之大，至今仍是中国外国文学出版史上之最，体现了中国外国文学研究界、翻译界和出版界的最高水平。

　　历经半个多世纪，"外国文学名著丛书"在中国读者中依然以系统性、权威性与普及性著称，但由于时代久远，许多图书在市场上已难见踪影，甚至成为收藏对象，稀缺品种更是一书难求。在中国读者阅读力持续增强的二十一世纪，在世界文明交流互鉴空前频繁的新时代，为满足人民日益增长的美好生活的需要,人民文学出版社决定再度与中国社会科学院外国文学研究所合作,以"网罗经典,格高意远,本色传承"为出发点,优中选优,推陈出新,出版新版"外国文学名著丛书"。

值此新版"外国文学名著丛书"面世之际,人民文学出版社与中国社会科学院外国文学研究所谨向为本丛书做出卓越贡献的翻译家们和热爱外国文学名著的广大读者致以崇高敬意!

"外国文学名著丛书"编委会

二〇一九年三月

编委会名单

（以姓氏笔画为序）

1958—1966

卞之琳	戈宝权	叶水夫	包文棣	冯 至	田德望
朱光潜	孙家晋	孙绳武	陈占元	杨季康	杨周翰
杨宪益	李健吾	罗大冈	金克木	郑效洵	季羡林
闻家驷	钱学熙	钱锺书	楼适夷	蒯斯曛	蔡 仪

1978—2001

卞之琳	巴 金	戈宝权	叶水夫	包文棣	卢永福
冯 至	田德望	叶麟鎏	朱光潜	朱 虹	孙家晋
孙绳武	陈占元	张 羽	陈冰夷	杨季康	杨周翰
杨宪益	李健吾	陈 燊	罗大冈	金克木	郑效洵
季羡林	姚 见	骆兆添	闻家驷	赵家璧	秦顺新
钱锺书	绿 原	蒋 路	董衡巽	楼适夷	蒯斯曛
蔡 仪					

2019—

王焕生	刘文飞	任吉生	刘 建	许金龙	李永平
陈众议	肖丽媛	吴岳添	陆建德	赵白生	高 兴
秦顺新	聂震宁	臧永清			

目　次

译 本 序

伟大的俄国讽刺作家尼古拉·华西里耶维奇·果戈理，一八〇九年四月一日出生于乌克兰密尔格拉得县的索罗庆采镇。果戈理父亲蛰居乡间，管理自己的田庄，写作诗歌与喜剧；母亲笃信宗教，祖母对古时查波罗什哥萨克的事迹、习俗十分熟悉，她们常讲故事给小果戈理听；当地的集市也常常吸引果戈理去观看。童年的果戈理就生活在这种环境里，他对父亲的喜剧的演出十分喜爱，同时乌克兰农村风俗与绚丽的草原景色，哥萨克的古老传说与地主庄园生活，也给他留下了丰富的印象。

十九世纪初俄国在卫国战争中打败了拿破仑，随之俄国解放运动的声势日益高涨，反对沙皇与专制农奴制的自由思想十分流行。普希金等诗人的诗作广为传诵，它们歌唱自由、反抗暴政、颂扬献身精神。这对在中学学习的果戈理影响很深，他认定自己将来要为社会伸张正义。

中学毕业后，果戈理来到彼得堡，一种新的都市生活展现在他眼前。他当过文牍小吏，生活困顿，闲暇之余开始创作。一八三〇年果戈理刊出小说《圣约翰节前夜》，诗人茹科夫斯基读后大为欣赏，并约见了他，从此两人成了莫逆之交。一八三一年和一八三二年果戈理出版了《狄康卡近乡夜话》第一、二部,《夜话》大都根据乌克兰民间传说写成,吸取了民间狂欢文化的营养,充满欢快、幽默的笑声,歌颂劳动人民的智慧、勇敢、情爱和热爱自由的性格,嘲弄邪恶势力的愚昧。一八三五年果戈理出版《小品集》和《密尔格拉得》,其中有著名的《旧式地主》《塔拉斯·布尔巴》《涅瓦大街》《肖像》《狂人日记》和《鼻子》等。与早期作品相比,这些作品在题材上有新的开拓,思想上更趋成熟,风格上有重大发展,幽默的笔调与揭露社会丑恶相结合,在思想容量上更为深广。当时别林斯基独具慧眼,一下就看到了果戈理作品的独创精神,称果戈理是继普希金之后的"文坛的盟主""诗人的魁首"。

　　写作小说时,果戈理就在尝试喜剧的创作。一八三五年春之前,他写了《三等符拉基米尔勋章》《婚事》等喜剧。一八三五年普希金将自己搜集的《死魂灵》素材交给了果戈理,而这时果戈理正迷恋于喜剧创作,要求普希金再给他提供这方面的题材。普希金当真又给他叙述了一则荒诞的见闻。于是果戈理在两个月内创作出了著名的喜剧《钦差大臣》。果戈理后来在《作者自白》里写道:"我决定在《钦差大臣》中,将我其时所知道的……俄罗斯的一切丑恶,集成一堆……集中地嘲笑它一次。"作家认为,喜剧应是笑的艺术,而笑是一种伟大的艺术;要使那些霸道专横的人见了噤若寒蝉,这实际上就是讽刺艺术。《钦差大臣》揭示了俄国黑暗王国的真实图景,它的有力的讽刺倾向,使俄国的喜剧艺术发生了重大转折。

　　长篇小说《死魂灵》的创作在《钦差大臣》写作之前就已开始,前后经过四次修改,历时七年之久。果戈理在给普希金的一封信里说,这"将是一部卷帙浩繁的长篇小说,而且它也许会使人发笑……我打算在这部长篇小说里,即使只从一个侧面也好，一定要把整个俄罗斯反映出来"。一八四二年初，书稿遭到莫斯科审查机关的否定，后来经过别林斯基的斡旋才得以在彼得堡出版，但按审查机关的无理要求只得删去个别章节。《死魂灵》第一卷问世，立刻引起了争论，有人把它贬得一无是处，有人又不恰当地把它誉为当代的《伊利昂纪》。后来的十多年间，果戈理写有《外套》《作者自白》《与友人书简选》等，但作家主要是在朋友的争论和对立、宗教思想和生活的烦扰以及精神病痛的不断发作中度过的。一八五二年三月四日果戈理去世，终年四十二岁。

《死魂灵》的出现是俄国文学中的一件大事，赫尔岑曾回忆说，小说的出版"震动了整个俄国"。十九世纪三十年代和四十年代，是俄国社会、经济发生重大变动的时期。由于资本主义的不断发展，地主庄园纷纷破产，农民的灾难不断加深，封建农奴制的危机日渐严重。果戈理说："现在，我们比过去任何时候更感觉到：世界正处在旅途中，而不是停靠在码头上……"无疑，果戈理以自己的敏锐观察力，捕捉到了社会变动的信息，但俄国到底是个什么样的俄国，未来又会是什么样子，这正是作家想在《死魂灵》中着意描述的。

《死魂灵》描写的故事是一个唯利是图的生意人乞乞科夫来到某市，交结省长、民政厅长、警察局长等官僚，然后向该地地主收购已经死去但尚未注销户口的农奴——死魂灵，企图把他们当作活的农奴抵押出去，骗取大笔押金，但在丑事败露之际逃之夭夭。在这部小说里，作家通过对官僚、地主们日常生活的描绘，展现了他们狗苟蝇营、卑琐庸俗、贪婪愚昧的精神世界，以及资本原始积累者的欺骗、讹诈、冷酷、钻营的丑恶行径，给俄国文学带来了前所未闻、震慑人心的新东西，透露了农奴制走向衰落的信息。这些所谓"生活的主人"被剥去温文尔雅的假面具之后,现出了原形,他们原来是群向权力谄媚的奴隶、虐待农奴的暴君;是群饕餮之徒,吞食人民的血肉与生命。小说的这种揭露倾向,曾使当时的俄国有识之士深感震惊,其客观效果也使作者本人大为惊恐,以致在受到保守势力的攻击后,作家竟在小说第二版(1846年)序文中说,书中的许多描写是不正确的、不真实的。但进步的社会奥论却认为果戈理的小说是使俄国文学走向独创性与民族性的重要标志。

《死魂灵》在人物塑造、幽默讽刺的运用和抒情的结合方面,都达到了俄国文学前所未有的高度而独树一帜。在塑造人物性格中,小说同时使用两种方法,一种是以肖像画的方法勾勒人物性格特征与精神面貌,如对玛尼洛夫等几个地主的描写就是如此。另一种是以历史过程来展现人物性格的形成。但无论使用哪种方法,作者都很注意环境对人物性格形成的支配作用,而不像过去的文学仅仅把环境当作人物活动的场所。同时在人物刻画中,作家又十分自觉地强调其个性特征,一旦抓住了这个特征,就充分地加以集中与夸张,把它们推向极限而不失其真,以致使这些典型人物成了俄国文学中的"普通名称"或"泛称"。

其次,作家在小说中淋漓尽致地发挥了幽默与讽刺的才能。果戈理曾谈到,人们对他的创作发表过许多议论,但未能触及其主要特征,他说只有普希金觉察到了。诗人对他说:"还从来没有一位作家有过这样的才华,善于把生活中的庸俗那样鲜明地描绘出来,把凡夫俗子的庸俗,那么有力地勾勒出来,使得所有容易被滑过的琐事,一览无余地呈现在大家眼前。"而幽默与讽刺在这里正是果戈理揭示庸人卑俗的主要手段。这些琐事、人物特征、场景的描写，具有十足的喜剧色彩，它们不仅引起笑声，而且也使人陷入悲哀的沉思，体现出作家内心忧愤之深。

果戈理还善于从荒诞不经的事件中摄取题材，在令人难以置信的事物中发现其合理因素，最大限度地利用事物的偶然性，使之转化为高度的艺术夸张，从中显示出艺术的必然性。买卖死魂灵就是如此，在这一荒诞事件的描绘中，小说显示了多么丰富的内涵！

在这部讽刺小说中作者也安置了好些抒情插叙，读来别有情致，这种情况在俄国文学中是绝无仅有的。这些抒情插叙，是对美好理想的向往，赋予了小说以激动人心的力量。

《死魂灵》开创了俄国文学的新阶段，使现实主义在俄国文学中获得了彻底的胜利。车尔尼雪夫斯基在评述三十年代和四十年代的俄国文学时，曾把它称之为"果戈理时期"，同时指明果戈理奠定的现实主义就是批判现实主义。

一百多年过去了，如今《死魂灵》已译成各种文字而为世人所传诵，成为世界文学中的瑰宝。它所展现的艺术画面，在我们的生活中虽经改头换面，却时有显现。我们今天仍然需要这样的笑与讽刺，这也正是小说使我们感到亲切的缘故。

钱 中 文

一九九三年十月

第　一　卷

第 一 章

在省会 NN 市的一家旅馆门口,驶来了一辆相当漂亮的小型弹簧轻便折篷马车,乘坐这种马车的多半是单身汉:退伍的中校啦,上尉啦,拥有大约百把个农奴的地主啦,总而言之,一切被人叫作中等绅士的那些人。在轻便折篷马车里坐着一位绅士,外貌不俊美,但也不难看,不太胖,也不太瘦;不能说是年老,不过也不太年轻。他的莅临没有在城里引起任何骚动,没有随伴着发生任何特别事故;只有两个俄国庄稼汉站在旅馆对过的一家小酒店门口,交换了一些意见,不过这些意见仅仅涉及马车,而不是涉及坐在车上的人。"你瞧瞧,"一个人对另外一个人说,"这是一只什么样的车轮子! 你觉得怎么样,要是上莫斯科,这车轮子拉得到还是拉不到?""能行。"另外一个人答道。"可是我想,到喀山就不行吧?""到喀山可不行。"另外一个人答道。谈话到此就打住了。此外,当轻便折篷马车驶近旅馆时,迎面遇见了一个年轻人,身穿一条又紧又窄的白斜纹布裤子,一件想赶时髦式样的燕尾服,里面露出用一支土尔出产的手枪形铜别针扣住的硬胸。年轻人回过头,朝那辆马车瞅了一眼,用一只手按住差点被风刮掉的帽子,接着又赶他的路了。

当马车驶进院子的时候,上前来迎接绅士先生的是一个旅馆侍仆,或者如俄国旅馆里通常所称呼的,一个伙计,他动作机灵敏捷到这种程度,连他的脸是什么模样也叫人看不清楚。他一只手拿着餐巾忙忙叨叨地跑出来,整个颀长的身子裹在一件长长的线呢制常礼服里,后身差不多一直顶到后脑勺,他把头发往后一撩,灵快地把绅士带上楼去,穿过一条木头长廊,领他去看上帝给他安排的卧房。卧房是常见的一种卧房;因为旅馆也是常见的一种旅馆,就是在省城里经常可以遇见的那种,旅客们一昼夜花费两卢布就可以住进这样一间舒适的房间,里面角角落落都爬满着黑李子干似的蟑螂,有一道门可以通往邻室,中间往往被一口五屉柜隔开着,隔壁住的一位邻居,虽说是一个沉默而又文静的人,却非常好奇,一心想探知新来客人的一切细节。旅馆的正面和它的内部倒也相称:长长的,有两层楼;底层没有抹泥灰,露出了深红色的砖头,砖头本来就有点脏,几经严寒酷暑,颜色越加灰暗发乌了;上层照例抹着黄漆;下面是一排卖马轭、绳子和羊皮的小铺子。在旮旯儿里的一家铺子里,或者不如说是在窗口里,端坐着一个卖热蜜水的小贩,身旁摆着一只赤铜制的茶炊,小贩的脸红得跟茶炊一样,远远望过去,竟像是窗台上摆着两只茶炊,如果其中的一只不是缀有漆黑漆黑的胡子,简直就区分不出来。

当过路绅士察看自己的房间的时候,他的行李被搬进屋里来了:首先是一只有点磨损了的、说明已经不止一次经过长途跋涉的白皮箱子。抬这只箱子的,一个是马车夫谢里方,他是一个矮个子,穿着大皮袄,另外一个是听差彼得卢什卡,约摸三十岁上下年纪,穿一件肥大的、破旧的常礼服,那显见是东家穿旧了的,这小伙子脸相有点严厉,生着两片厚嘴唇和一个大鼻子。跟在箱子之后搬进来的，是一只红木小匣子，上面有美纹桦木的精工镶嵌花纹，还有几副皮靴楦头和一只用蓝纸包着的烤鸡。这一切东西都搬进来了之后，马车夫谢里方跑到马厩里照料马匹去了，而听差彼得卢什卡就在小小的前厅，一间黑沉沉的狗窝般的小屋里，开始安置自己的住处，他已经把自己的一件外套抱进来放在那儿，同时也带进了自己身上的一股子气味，这种气味把随后拿进来的装满各种仆人行头的一只口袋也给染上了。在这间小屋里，他把一张狭窄的三只脚的床靠墙放稳，再铺上他从旅馆主人那儿要来的一条小小的垫褥般的东西，这东西又薄又扁，有如一张薄饼，恐怕油腻得也不亚于一张薄饼。

当仆人们张罗、忙乱着的时候，主人走到大厅里去了。这些大厅通常是什么样的，每一个旅客都知道得很清楚：总是那么几堵涂过光漆的墙，墙的上部被烟草的烟雾熏得发黑，下部被各种各样过路客人，特别是当地商人的背脊磨得发亮，因为商人们在赶集的日子里都要上这儿来，六七个人坐在一起喝上两壶茶；总是那么一块熏黑了的天花板；总有一盏熏黑了的枝形吊灯，灯架下面垂挂着一串串玻璃珠，每当伙计灵巧地托着叠满多得像海岸上的鸟群一样的茶碗的托盘，跑过铺在地板上的磨损了的漆布的时候，这些玻璃珠就也都跟着跳动起来，叮叮当当地磕响起来；挂满整个墙壁的总是那么几幅油画，——总而言之，这些东西都是人们在旅馆里常见之物；差异只不过在于：有一幅画上画着一个仙女，一对乳房如此之大，想必是读者从来没有看见过的。不过，这种造物的恶作剧在各种各样历史画中都是屡见不鲜的，这些历史画也不知在什么时候，打从哪儿，由谁带进了我们的俄罗斯，有时甚至还是我们一些爱好艺术的达官贵人,听了他们的向导的劝说,在意大利大批买下来的哩。绅士脱掉了帽子,从脖子上解下了一条毛线织的花花绿绿的围巾,凡是有家室的人,这种围巾是由妻子亲手给织的,一边织一边还细语温存地告诫说,该怎样围才暖和,至于单身汉呢,那就说不准是谁织的啦,只有老天爷才知道,我可从来没有围过这种围巾。绅士解下围巾之后,就吩咐上菜。伙计给他端上旅馆里通常有的各种各样菜肴,譬如说:好几个星期来就为过路客人保存好的菜汤加酥皮馅饼,青豌豆煎牛脑子,香肠配白菜,炸肥母鸡,腌黄瓜,常备不缺随叫随到的酥皮甜馅饼;当给他端上所有这些热菜和冷菜的时候,他就跟那个侍仆,或者说是伙计,扯起各种各样的废话来:以前开这家旅馆的是谁,现在的东家是谁,进项多不多,东家是不是一个大坏蛋,对于这一点,伙计照例答道:“哦,先生,是一个大骗子。”无论在文明的欧洲或者在文明的俄罗斯,都有非常多值得尊敬的人,不跟仆人攀谈几句,在旅馆里是吃不下饭的,有时甚至还要挺滑稽地开一下仆人的玩笑。不过,过路绅士提的问题也不完全是空洞无谓的;他非常精确详细地盘问了,这城里省长是谁,民政厅长是谁,检察长是谁,——总之,他没有遗漏掉任何一位重要的官吏。可是,对所有重要的地主,他打听得格外详尽细致,如果说不上非常关切的话:谁有多少魂灵①,住得离城多少远,甚至问到了脾气怎么样,是不是常到城里来;他又挺关心地问到这一带乡村的情况:在他们的省里有没有发生过什么疾病,——流行性热病啦,致命的疟疾啦,天花啦,或者诸如此类的病,这一切询问得

---

① 在俄文中“魂灵”(душа)亦可指“农奴”,此处即作“农奴”解。

这样详尽，这样精确周到，简直不像是仅仅出于好奇。绅士在举止之间自有一种庄重威严的神气，连擤起鼻子来也特别响亮。不知道他有什么诀窍，不过只听见他的鼻子发出像吹喇叭一样的响声。可是，这一显见是无足轻重的特点却给他赢得了旅馆侍仆的无上尊敬，每当侍仆听到这种响声，总要把头发往后一甩，毕恭毕敬地挺直了腰，弯倒着头，问道：要不要什么东西吗？吃过饭之后，绅士喝了一杯咖啡，坐在沙发上，把一只靠垫塞在背后，在俄国旅馆里，靠垫里塞的不是柔软轻松的羊毛，却是非常像砖头和鹅卵石的硬邦邦的东西。这时候，他开始打起哈欠来，叫人领他到自己的房间里去，他躺下没有多久就睡熟了，一口气睡了两个钟头。醒来之后，他应旅馆侍仆的请求，在一张纸片上写了自己的官衔、姓名，以便按规矩送警察局备案。伙计一边走下楼梯，一边一个音节一个音节地把纸片上的一行字念了出来：六等文官巴维尔·伊凡诺维奇·乞乞科夫，地主，私事旅行。当伙计还在一个音节一个音节仔细辨认纸片上的名字的时候，巴维尔·伊凡诺维奇·乞乞科夫本人已经出门察看城市去了。显然，这城市使他感到挺满意，因为他发现这城市无论如何不比其他省城稍形逊色：砖房的黄色油漆极其鲜明触目，木头房子的灰色油漆暗沉沉的，显得谦恭朴素。房子有一层的，两层的，和一层半的，都千篇一律地附有省城建筑师认为是挺美观的阁楼。这些房子的布局，有些地方像是孤零零地被扔在荒野似的广阔街道和渺无穷尽的木头栅栏之中；有些地方又拥挤成一簇，在这些地方就可以看到更多的行人和盎然生气。扑进眼帘的是一块块被雨水淋洗得几乎褪尽颜色的招牌，上面画的不是小甜面包就是长统皮靴，有一处画着一条蓝裤子，下面还写上了某一个华沙裁缝的名字;有一家商店出售鸭舌帽和制服帽,标着:"外商华西里·菲约陀罗夫①"的字样;又有一家店门招牌上画着一张台球桌,桌边站着两个打台球的人,都穿着燕尾服,就是在我们戏院里等演到最后一幕时才姗姗来迟的看客们所穿的那一种燕尾服。这两个打台球的人被画成用台球杆在瞄准目标的样子,两条胳膊有点往后缩,两条腿弯着,一副腾空弹跳后刚刚落地的架势。图下面写明:"台球房在此"。也有干脆当街摆着几张桌子,卖起胡桃、肥皂和跟肥皂相似的姜饼来的;还有一家小酒饭馆,招牌上画着一条肥大的鱼,鱼身上插着一把叉。见得最多的是暗淡失色的双头鹰国徽,如今它们已经被"酒家"这一简洁的牌号所代替了。路面到处都显得有点糟。他也去看了一下城市的公园,公园里只有几棵生根很浅的枯瘦的树,树身下面都撑着用绿色油漆漆得挺美观的三角形支架。虽然这几棵树还不及芦苇般高,可是报纸在描写挂灯结彩的节日时却写道:"感谢地方长官为民操劳,我城乃得享有庭园之乐,园内遍植嘉树,枝叶茂密,绿荫如盖,炎夏酷暑之时,惠人以清凉之佳趣",又说"观夫市民满怀感激而心灵跃动不已,双目泪如泉涌,对市行政长官感恩戴德,此情此景殊使人感动莫名而掷笔三叹也"。他又向岗警详细打听了,如果有事要去寻找市议会、政府机关、省长,应该怎么走才近一些,在这之后,他就走去看了一下在城市中间流过的河,顺路扯下了一张粘贴在柱子上的戏报,为的是回到旅馆后可以把它好好读一遍。这时在木头人行道上走过一个长得挺不

---

① 既挂"外商"招牌,但"华西里·菲约陀罗夫"又是十足的俄国名字,前后自相矛盾。

难看的女士,一个勤务兵装束的小厮手捧一个包裹跟在她后面走着,他目不转睛地朝女士注视了一会儿,然后再一次对四周所有这一切投以一瞥,仿佛要好好地记住地形似的,这才转身回去。一到旅馆便由旅馆侍仆轻轻地搀扶着走上楼梯,进了自己的房间。他喝过茶,在桌子跟前坐下,叫人拿一支蜡烛来,从口袋里摸出那张戏报,凑近烛光,稍微眯缝着右眼,开始读了起来。可是,戏报上吸引人注意的东西并不多:正在上演柯楚布①的剧本,由波普廖文先生扮演罗拉,齐雅勃洛娃小姐扮演柯拉,其余的角色就更不值得注意了;可是,他却把这些名字也一个不漏地全都读了,甚至读到池座的票价多少,并且知道了这戏报是由省政府印刷局承印的,然后,他把戏报翻过去,想知道背面有没有什么东西可读,可是没有找到什么,于是就擦了擦眼睛,把戏报整整齐齐折起来,放到他的那只小匣子里去,他有个习惯,不论碰到什么零七八碎的东西,总是要放到那只小匣子里去的。最后,他大概是吃了一盘冷小牛肉,喝了一瓶喀瓦斯②之类酸溜溜的饮料,然后照广阔的俄罗斯国家某些地方的说法,鼾声如雷地进入梦乡,从而结束这一天的。

次日一整天花在拜客上面;过路客人出发去对城里所有的官吏进行了访问。首先对省长进行了执礼恭敬的访问,那省长原来跟乞乞科夫一样,不胖也不瘦,脖子上挂着安娜勋章,甚至有人传说他就要荣膺星形勋章③了;不过,他却是一

---

① 柯楚布(1761—1819),德国反动剧作家,乞乞科夫读的戏报上登的是《罗拉之死》的广告。
② 一种用面包或水果发酵制成的清凉饮料。
③ 星形勋章,例如斯丹尼斯拉夫勋章之类,是旧俄时代专门授予高级官员的。

个心肠非常好的人,有时自己还要在透空纱上绣几针哩。其次,他去拜访了副省长,再其次,去拜访了检察长、民政厅长、警察局长、专卖商、官办工厂的督办……遗憾的是,不能把全部有权有势的大人物都一一提到;可是,我们只要指出一点就够了:过路客人对拜客这件事表现出不同寻常的活跃,他连对卫生监督和城市建筑师也登门致了敬意。然后,他又许久地坐在轻便折篷马车里,琢磨着还有什么人应该去拜访,可是在城里再也找不出其他的官员了。在跟这些权贵们谈话的时候,他善于很巧妙地对每个人都恭维奉承几句。他仿佛顺便地向省长提了一下,陌生人到了他省长管辖下的省里,有如进入仙境一般,道路到处都平坦光滑得像天鹅绒一样,又说,那些善于任用贤明官员的当局是值得大大赞扬的。他对警察局长就城市岗警说了一些非常中听讨好的话;而跟副省长和民政厅长谈话的时候,虽然明明知道他们两个都不过是五等文官,却偏要两次说错话,称呼他们"大人"①,这使他们非常高兴。其结果是:省长对他发出了邀请,请他当天光临一个家庭晚会,其余的官员也都纷纷邀请他,有的请他吃午饭,有的请他玩波斯东牌戏,有的请他吃茶点。

关于他自己,过路客人看来是避免多开口的;如果一定要说,那也不过是泛泛地说上几句,口气中含有一股显而易见的谦虚劲儿,在这种场合下,他的谈话就带上几分书本上文绉绉的腔调:他是这尘世间一条百无一用的蠕虫,不值得旁人对他多加关注;他一生阅历已多,由于奉行真理在仕途上受尽挫

---

① 在旧俄时代,"大人"这个词是专门用来称呼高级官员的,如四等文官之类。五等文官是不够资格被如此称呼的。

折;他树敌甚多,敌人甚至必欲置之于死地而后快;他现在但求安宁,所以要寻找一块地方定居下来,他来到这个城市之后,认为他责无旁贷必须对当地的高级官员们表示他无限的敬意。这便是满城上下关于很快就要出现在省长家的晚会上的这位新人物所能知道的一切。参加这次晚会的准备工作占用了两个多小时,过路客人对于修饰打扮如此用心,这确是不大常见的。他在饭后小睡之后,叫人端水来盥洗,把两边脸颊涂上肥皂,用舌头从里边把脸颊顶得鼓起来使劲地搓了好长时间;然后,从旅馆侍仆的肩膀上拿过毛巾,把他那张圆滚滚的脸从耳朵背后起前后上下都擦干,而在这之前先冲着旅馆侍仆的脸接连哼哧了两回鼻子。然后,对着镜子穿上硬胸,拔掉两根钻出来的鼻毛,接着立刻套上一件樾橘色带闪光花点的燕尾服。这样打扮好之后,他就乘上自备的马车,沿着只被有时一闪而过的窗户里射出来的暗淡灯光照亮的无比广阔的街道飞驶起来。可是,省长的邸宅灯火辉煌,如同白昼,哪怕开舞会的气派也不过如此;门前车水马龙,一辆辆弹簧马车都亮着灯,门口站着两个宪兵,远处传来前导马骑手们①的吆喝声,——总之,凡是光耀显赫的东西,这儿是应有尽有。刚走进大厅时,乞乞科夫不得不把眼睛眯缝起一分钟,因为蜡烛、灯和女士们的衣衫晃晃闪闪得实在厉害。一切都盈溢着光芒。黑色的燕尾服或者分散或者簇成一团,在这里那里闪动、飘荡,活像在七月炎夏,一大群苍蝇围住晶莹洁白的糖块飞旋一样;这时候年老的管家婆在敞开的窗子前面把大糖块砸成

① 在旧俄时代,富豪权贵之家的马车成纵列套着好几匹马,其第一列前导马往往由仆人骑着。

亮晶晶的小碎片,孩子们老是围住她,兴致勃勃地观看她那双粗糙的手拿着锄头上下起落的动作,而成群在空中游弋的苍蝇则趁着和风,俨如主人似的,肆无忌惮地飞进屋里,那老婆子视力差,阳光又照得她眼睛发花,它们就借此机会,有的地方三只两只,有的地方结成密密一团,钉在甜美可口的糖块上。其实,丰饶的炎夏把美味的东西撒得俯拾皆是,它们早都被喂饱了,飞来根本不是为了找东西吃,却不过是为了显示一下自己,挨近糖块前前后后飞一阵子,把后腿或者前腿互相蹭一下,或者搔搔自己翅膀下的身子,或者伸出两只前爪蹭一下自己的脑袋,转身匆匆飞走,然后带着一群群惹人厌烦的苍蝇重新飞回来。

乞乞科夫来不及把四周看清楚,他的胳膊已经被省长抓住了,立刻带去介绍给省长太太。过路客人这时的举止也不失身份:他讲了一句对于一个具有不太大也不太小的官衔的中年人说来是非常得体的恭维话。当成对的舞伴把大家挤到墙边去的时候,他把双手抄在背后,非常注意地对他们瞧了大约两分钟。许多女士穿得很漂亮,很时髦,另外一些女士就靠着省城里的那些行头胡乱打扮一气。这儿的男人也像在任何别处一样,有两种人:一种人是瘦子,他们老是死乞白赖地在女士们的身边转;他们中间有的人是这么一种人,简直很难把他们跟彼得堡的男人区分开来,他们也有着极其精心梳剪成的漂亮雅观的连鬓胡子,或者干脆是体面的、剃得的溜精光的鹅蛋脸,也随随便便挨近女士们去坐着,也操着一口法国话,连给女士们逗趣也跟彼得堡的男人一个样。另外一种人是胖子,或者像乞乞科夫一样,就是说,不太胖,但也不太瘦。与前者相反,这些人见了女士连正眼也不看的,避之还唯恐不及,只是不时朝四周扫那么一眼,看看省长的仆人在什么地方摆出了打惠斯特牌的绿呢桌没有。他们的脸是丰满的,圆滚滚的,有人甚至有个把小硬瘤,有人还有一些麻斑,他们的头发既不梳成鸡冠式①,也不打鬈儿,也不梳成如法国人所说的"任其自然"的式样;他们的头发不是剪得短短的,就是梳得光光的,而脸庞大多是圆滚滚的,结结实实的。这些便是城里可尊敬的官员们。唉!在这个世界上,胖子处理起自己的事务来可要比瘦子精明强干。瘦子干的多半是专员的差使,或者只是挂个名,而人在四处鬼混;他们的存在分量太轻了点,飘忽不定,根本靠不住。胖子却从来不占据次要的位子,要坐就总是占据首要的位子,并且他们如果在哪儿坐下了,就坐得稳稳当当的,踏踏实实的,一屁股坐下去,宁可叫那只位子在他们的屁股下面压得瘪下去,压得格啦格啦直发响,他们也绝不会让位的。他们不喜欢表面的光彩;他们身上的燕尾服不像瘦子的剪裁得那么贴身,可是他们的首饰箱里却积聚着上帝赐予的珍宝。瘦子在三年里头剩不下一个没有抵押到当铺里去的魂灵;胖子却日子过得挺舒服,一眨眼——在城市尽头什么地方出现了一幢用他妻子的名字买进的房子,然后又在城市的另一头买进了另外一幢房子,然后又在靠近城市的地方买进了一处田庄,然后又买进了一个水土肥美能供多种经营的村子。最后,在为上帝和国家效忠了一阵,赢得了人们的普遍敬意之后,胖子就辞官隐退,换个地方定居下来,变成了地主,变成了非常好的俄国老爷,他慷慨好客,日子过得挺美。在他去世之后,一些瘦子继承人把父亲留下的家产按照俄国

———————————

① 当时流行的男子发式:把头顶前部的头发梳得翘起。

的风俗习惯飞快地挥霍得一干二净。无可讳言,当乞乞科夫仔细察看那一伙人的时候,他心里转的差不多就是这些念头,结果是:他决定厕身到胖子堆里去,他在那儿碰到的几乎全是些熟人:检察长,他生有两条非常浓密的黑眉毛,左眼睛稍微有点眨巴,仿佛在说:"老弟,咱们到隔壁屋里去,我要跟你说两句体己话",不过,他却是一个严肃庄重而又沉默寡言的人;邮政局长,一个矮个子,但却是个爱说俏皮话的人和哲学家;民政厅长,一个极其审慎稳重而又温厚亲切的人,——这三人都像对待老朋友似的招呼他,乞乞科夫略略弯着腰,但还是不无殷勤雅意地向他们鞠躬答礼。也就在这当口,他认识了非常和气而又彬彬有礼的地主玛尼洛夫和外貌有几分笨拙的地主索巴凯维奇,后者在缔交一开始时就踩了他的脚趾,道了一声歉:"请原谅。"接着,有人就递给他一张纸牌请他去玩惠斯特牌戏,他又是谦恭地一鞠躬,把纸牌接了过来。他们坐到绿呢牌桌跟前去,一直打到吃晚饭没有站起身来过。一切谈话都停止了,正像人们专心致志做一件正经事儿时所出现的情况那样。邮政局长虽然非常爱饶舌,可是他牌一拿到手,脸上就立刻露出一副沉思的样子,下唇咬紧上唇,并且在整段打牌时间里一直保持着这种姿态。当他打出一张大牌的时候,总要用手在桌子上重重地捶一下,如果是王后,就叫道:"去你的,老虔婆!"如果是国王,就叫道:"去你的,唐波夫的乡下佬!"而民政厅长则叫道:"我扯掉这小子的胡子!我扯掉这婆娘的胡子!"有时他们一边把牌往桌上重重地摔,一边情不自禁地叫道:"啊!管他妈的,没别的牌了,就打红方块吧!"或者干脆叫道:"红桃!红桃烂货!黑桃草包!"或者叫道:"黑桃蠢货!黑桃傻瓜!黑桃愣小子!"甚至干脆叫一声:

"黑鬼!"——他们在自己一伙中间便是用这些名称来叫各种各样纸牌的。牌打完之后,他们照例要争吵一番,嗓门都扯得相当大。我们这位过路客人也参加了争吵,但却不知怎的,他争吵得非常巧妙,因此大伙儿发现,他争吵虽是争吵,然而吵得令人感到怪舒服的。他从来不说:"您出错了牌。"却总是说:"您一不小心慌了神,我荣幸地吃掉了您的小二子。"以及诸如此类的话。为了使争论对方更加悦服起见,他每一回总是把他的一只镶嵌珐琅的银鼻烟匣送到大家跟前去,在这只鼻烟匣的底上可以看到两朵紫罗兰,那是为了增添香气而放在里面的。特别吸引过路客人注意的是上面提到的两位地主玛尼洛夫和索巴凯维奇。他立刻把民政厅长和邮政局长唤到一旁,打听起他们来。客人提出的几个问题显示出他不但好奇,而且胸有成竹,因为他首先就打听他们每人有多少个农奴,他们的田庄处于什么状况,在这之后方才打听他们的名字和父称。用不了多少工夫他把他们本人也完全迷住了。地主玛尼洛夫是一个正值壮年的人,有一双像糖一般甜蜜蜜的、笑起来总是眯缝着的眼睛,他被乞乞科夫弄得简直神魂颠倒了。他长久地握住乞乞科夫的手,恳切地请求乞乞科夫赏光一顾他的寒村,照他说来,他的田庄离开城关只有十五俄里①远,乞乞科夫听了非常温文有礼地把头一侧鞠了一躬,诚恳地紧握着对方的手,回答说,他不但十分乐意遵命,并且认为这是他至高无上的神圣责任。索巴凯维奇略为简洁地说了声:"也请上我家来玩。"说着用脚后跟磕碰一下行了个礼,这脚穿在这样一只奇大无比的长统皮靴里,要找到和这靴子相配

① 1 俄里等于 1.06 公里。

的脚恐怕是不可能的,特别是在今天这个时代,当神话式的巨人勇士在俄罗斯也开始消踪绝迹的时候。

第二天,乞乞科夫到邮政局长家里去吃午饭并消磨一个夜晚,在那儿从饭后三点钟起便摆开了惠斯特牌局,一直打到深夜两点钟。顺便提一句,他在那儿结识了一位地主诺兹德廖夫,这是一个三十上下年纪麻利活泼的小伙子,他没有说上三两句话就跟乞乞科夫"你我"相称起来。诺兹德廖夫对警察局长和检察长也称呼"你",谈吐之间十分亲密友好;可是,当他们一坐下赌起大的输赢来的时候,凡是他所吃掉的牌,警察局长和检察长都要非常仔细地看过,并且几乎始终十分注意他每次打出的牌。第二天,乞乞科夫在民政厅长家里度过了一个夜晚,民政厅长穿着有点油渍的睡袍出来迎接客人们,不管其中有两位太太在内。然后,到副省长家里去消磨了一个夜晚,在专卖商家里吃了一顿丰盛的午饭,在检察长家里吃了一顿说是规模不大、然而不亚于一席盛宴的午饭,又去出席了商会会长招待的晨祷以后的茶会,虽说是茶点小吃,却也跟午饭不相上下。总而言之,他没有一个钟头得闲留在家里,他回到旅馆只是为了住一宵睡一觉而已。过路客人不知怎么的对样样事情都善于应付,显示出自己是一个经验宏富的上流社会绅士。不管谈到什么话题,他总是能够应付裕如:谈起养马场,他就谈养马场;谈到良种狗,他对此也能发表一些中肯的意见;如果谈论到税务厅起诉的一桩案件,他又能够表示出,他对于法院里的那套把戏也并非毫无所知;话题转到打台球,他对打台球也不是一窍不通;讲到美德懿行,他对美德懿行又谈得娓娓动听,眼睛里甚至含着热泪;讲到酿制烧酒,他对酿酒也讲得头头是道;讲到海关督察员们和海关官员们,他也能把他们评述一番,仿佛自己曾经当过海关督察员和海关官员似的。可是,值得注意的一点是:在讲到所有这些话题时,他善于措辞稳重,举止得体。他说话既不响,也不轻,完全恰如其分。总之,不管遇到什么场合,他总显得是一个非常正派的人。所有的官员都挺喜欢这位新人物的莅临。省长认为他是一个忠诚老实的人;检察长认为他是一个挺干练的人;宪兵上校说他是一个有学问的人;民政厅长说他是一个学识渊博、值得尊敬的人。警察局长说他是一个可敬可亲的人;警察局长的妻子说他是一个顶顶和蔼、顶顶讲究礼貌的人。甚至连难得对别人有好评的索巴凯维奇,那天从城里回家已经很迟,当他脱了衣服,挨着他那个瘦骨嶙峋的妻子躺到床上的时候,也对她说:"宝贝,我在省长家里度过了一个晚上,在警察局长家里吃的午饭,结识了六等文官巴维尔·伊凡诺维奇·乞乞科夫,真是一个使人觉得挺愉快的人!"他的妻子听了只回答一声:"哼!"并且蹬了他一脚。

这样一种对于新来客人恭维备至的意见就此在城里传开了,这意见一直保持着,直到客人的一个奇怪的特性,他办的一件事情,或者按照外省的说法,一件咄咄怪事(关于这一点读者不久就会知道),使几乎全城的人完全陷于迷惑之中为止。

第 二 章

　　新来的绅士住在城里已经有一个多星期了,他接连不断地赴晚会和午宴,如人们所说,日子过得好不快活。终于他决定把他的拜访移到城厢以外,去拜访地主玛尼洛夫和索巴凯维奇,这是他曾经答应过他们的。也许,激励他这样做的,还有另外一个更重要的原因,一件更严重、更贴近他心坎的事情……可是,关于所有这一切,读者到时候自会逐步知道的,只要有耐心读完眼下这部小说,这部小说很冗长,以后越是接近收场部分,场面展开得就越是广泛,越是开阔。马车夫谢里方得到吩咐,要他明天一大早就把马套上那辆读者已经知道的轻便折篷马车;彼得卢什卡受命留在家里照看房间和皮箱。认识一下我们主人公的这两个奴仆,对于读者说来不会是多余的事。当然,他们不是什么值得注意的人物,他们是所谓第二流的或者甚至是第三流的人物,虽然这部长诗的主要线索和关节不是建立在他们身上,只不过偶或涉及他们一下,笔头轻微地带到他们一下而已,可是作者却喜欢把一切都交代得非常详尽周到,从这一点来说,他虽然是俄国人,却愿意像德国人一样准确精细。不过,这不会占用许多时间和篇幅,因为除了读者所已经知道的情况之外,不需要再加添什么描写了,那已经知道的情况就是彼得卢什卡身穿一件老爷穿旧了的略嫌肥大的深棕色常礼服,并且像他这种身份的人一样,生着一只大鼻子和两片厚嘴唇。他生性与其说是饶舌多话,宁可说是沉默寡言;甚至有一种好学不倦,也就是说要读书的高贵欲望,至于书的内容,这毫不使他为难:书里讲的是主人公的恋爱冒险经历也好,只是一本识字课本或者祈祷书也好,对他说来完全一样,——他同样全神贯注地一股脑儿都读下去;如果他碰到一本化学书,他也不会放过不读。使他感到乐趣无穷的不是他读到些什么内容,而是读书这件事本身,说得更清楚一点,是读书这件事本身的经过,也就是像他所说的,字母拼起来永远会构成一个字,有时鬼才知道这个字是什么意思。这读书的事儿,他大多是在前厅里,在床上,在床垫上,以躺着的姿态予以完成的,因而把床垫弄得又扁又薄,活像一张薄饼。除了喜欢读书之外,他还有两种习惯构成他的另外两种性格特征:一是睡觉不脱衣服,就穿着那件常礼服和衣而卧,二是始终带有一股子特别的气味,那是他自己身上的味儿,有点像卧房里的气味,所以,随便在什么地方,哪怕在一间以前从来没有住过人的屋子里,只要他去搭上他的床铺,把外套和零星什物搬到那儿去一放,这间屋子就已经好像有人住过十来年了。乞乞科夫虽然是一个爱挑剔的、有时甚至是吹毛求疵的人,可是,早上当他那敏感的鼻子一闻到这股子气味的时候,他只是皱一皱眉头,摇一摇头,说道:"你这家伙,鬼知道你是怎么搞的,出汗了吧? 你顶好去洗个澡。"彼得卢什卡听了一句话也不答理,却立刻尽力去找点什么事情做做:或者拿着一把刷子走到悬挂着的老爷穿的燕尾服前面去,或者干脆拾掇一下什么东西。当他沉默不语时他在想些什么,——也许,他在自言自语:"真有你的,同样那些话说上四十遍也不觉得腻味……"——那只有上帝才能够知道,当一个家奴受到老爷的教训时他会想些什么,这一般人是很难知道的。以上便是初次关于彼得卢什卡所能奉告的一切。马车夫谢里方就完全是另外一个人啦……可是,作者觉得非常过意不去,竟使读者这样长久地去听有关两个下等人的叙述,因为他根据经验知道,读者是很不愿意认识下等人的。俄国人便是这样的:他非常爱跟一个哪怕官衔只比自己高一等的人结识相交,和一位伯爵或者亲王的点头泛泛之交,在他看来也比其他任何亲密的朋友关系好得多。作者甚至为自己的主人公感到担心,因为他只不过是一个六等文官罢了。也许,七等文官会愿意认识他,可是,已经爬到将军级别①的那些人,上帝知道,恐怕就要对他投以轻蔑的一瞥,如同一个人高傲地看待那些卑躬屈膝匍匐在他脚下的人一样,或者还要糟糕,也许竟然不屑一顾,这对于作者可以说是致命的啦。尽管前后两种情况都是十分可悲的,可是,我们还是必须回过头来交代一下我们的主人公。这样,他还在隔天晚上就作出必要的吩咐,第二天一清早醒来,盥洗完毕,用一块浸湿的海绵从头擦到脚,这是只有星期天才做的一件事,——而这一天恰巧是星期天,——接着把脸刮得精光,使双颊在平滑和光泽这两点上看起来十足像缎子一样,完了穿上一件樾橘颜色带闪光花点的燕尾服,然后再披上一件熊皮外套,由旅馆侍仆一会儿从这一边,一会儿又从另外一边搀着胳膊走下楼去,坐上了轻便折篷马车。马车咕隆咕隆响着,穿过旅馆的大门,驶到了街上。一个过路的神甫见了脱下帽子,有几个穿着肮脏衬衫的孩子,伸出手来,

---

① 此处包括将军或者相当于将军的文职官员。

说:"老爷,赏给孤儿一点钱吧!"马车夫看到其中的一个很想攀登到踏脚板上,就抽了他一鞭子,于是马车在石子路上跳着,蹦着,向前驰去了。不无高兴的是,前面看见了有条纹的拦路杆①,这就是一种标记,说明石子路和一切其他苦难不久即将结束;乞乞科夫的脑袋又在车身上重重地磕碰了几下之后,马车终于载着他在松软的泥土路上奔驰起来。城市刚刚退到背后,在大路的两旁便照例开始出现一些荒凉杂芜的景物:土墩啦,杉树啦,一丛丛低矮细弱的幼松啦,烧焦了的老松树的枝干啦,野生的杜松啦,以及诸如此类乱七八糟的东西。扑入眼帘的有几个一直线延伸开去的村庄,村庄里家家户户屋子的结构都挺像垛起来的旧柴把,铺盖着灰色的屋顶,屋顶下面有雕刻的木头饰物,形状像是一排垂挂下来的绣花毛巾。有几个庄稼汉照例披着羊皮袄坐在门口长凳上闲望。面庞肥大、胸部扎得紧紧的娘儿们从上面的窗子往外张望;下面的窗子里不是有只牛犊,就是一口瞎眼的猪在探头探脑。总而言之,这些景象是尽人皆知的。走了十四里路之后,他忽然想起来,按照玛尼洛夫的说法,这儿应该是他的田庄了,可是,甚至十五里路都驶过去了,而田庄还是看不见,如果不是迎面遇见两个庄稼汉的话,那么,他们恐怕就要白跑一趟了。听得有人问查玛尼洛夫卡村庄离这儿远不远,庄稼汉脱下了帽子,其中有一个长着一把尖胡子的比较聪明一些,答道:

"也许你说的是玛尼洛夫卡,不是查玛尼洛夫卡吧?"

"嗯,是的,玛尼洛夫卡。"

"玛尼洛夫卡!你得再走一里,往右一拐就到了。"

~~~~~~~~~~

① 旧时在城关卡上设的一根可以吊起的、有条纹的圆木,作为障碍。

"往右拐?"马车夫应答着。

"往右拐,"庄稼汉说道,"你这就走上去玛尼洛夫卡的路啦;可是,查玛尼洛夫卡是压根儿没有的。它就是这个名字,它就叫玛尼洛夫卡,可是查玛尼洛夫卡这儿根本没有。在那边,你一眼就可以在山上看到一幢房子,一幢砖房,两层楼的,老爷的宅子,就是说,那儿住着老爷本人。这就是你要的玛尼洛夫卡,可是这里压根儿没有什么查玛尼洛夫卡,从来也不曾有过。"

于是又驱车前去寻访玛尼洛夫卡。走了两里,遇到了一条岔路,折进去是乡间土道,然后仿佛又走了两里,三里,或者四里路,可是两层楼的砖房还是没有看见。这时候乞乞科夫忽然想起来,如果有朋友邀请你到十五里以外自己的村庄里去,那么这就等于说,到那儿去至少有三十里的路程。玛尼洛夫卡村因为所处的地点关系能够吸引来访的人不多。老爷宅第孤零零地耸立在开阔的空地上,也就是在一处丘岗上,随便刮起什么风,这丘岗都能够刮得着;丘岗的斜坡被修剪得短短的草皮覆盖着。在那块斜坡上,按照英国方式点缀着三两个花坛,里面栽的是紫丁香和黄色的金合欢;五六棵白杨树分散在几处,扬着叶子细小的、稀疏的树梢。在其中两棵树下面可以看见一个绿色扁圆顶、蓝色木头圆柱的凉亭,上面刻着题词:"沉思冥想之神殿";往下走几步,就是一个覆盖着绿色浮萍的池塘,不过,这种池塘在俄国地主的英国式花园里并不是罕见的。在这丘岗的脚下,一部分也就在斜坡上,纵横错落地散置着好些灰扑扑的用圆木搭成的农舍,我们的主人公不知道由于什么原因立刻数点了一下,发现有两百多个;在这两百多个农舍中间没有一株蓬勃生长的树或者一片什么绿荫;到

处只看得见一根根圆木罢了。能够使周遭风景增添生气的，
是两个娘儿们娇美如画地撩起衣裙，把衣襟团团掖在腰间，在
水深齐膝的池塘里涉水徐行，用两根木杆在拖一张破渔网，渔
网里可以看到有两只被网住了的龙虾，还有一条斜齿鳊的鱼
鳞在闪闪发亮；这两个娘儿们看来是在吵嘴，为了什么事在破
口大骂。再远一些，孤零零地有一片单调乏味、非青非灰的松
树林子。甚至天气也挺凑趣：这一天既不晴朗，也不阴暗，而
是笼罩着一层淡灰色，这种颜色只有在警备队的士兵——一
支生性和平的，但每逢星期天总要喝得醉醺醺的队伍——穿
的旧制服上面才可以看到。为了把这幅图画补充得更加完备
起见，还缺少不了一只公鸡，这变化无常的气候的预报者，尽
管它由于一些风流韵事头上被别的公鸡啄得光秃了，它却还
是扑打着两只光秃得像两片老韧皮似的翅膀，挺响亮地在喔
喔啼叫。乞乞科夫的马车还没有驶进院子，他就看见主人穿
着一件绿色毛呢常礼服站在台阶上，把一只手搭在眼睛上，以
便把驶近来的马车端详个仔细。随着轻便折篷马车越来越靠
近台阶，他的一双眼睛就变得越加欢乐起来，微笑就显得越加
开朗了。

"巴维尔·伊凡诺维奇！"当乞乞科夫从马车里跨出来的
时候，他终于叫了起来，"您总算记起我们来啦！"

两个朋友热烈地接过了吻，于是玛尼洛夫把客人领到屋
里去。他们走过门廊、前厅和餐厅虽然要不了多大工夫，但我
们却想试试能不能借这片刻工夫关于屋主人说上几句话。可
是，作者于此必须承认，这件事是很难办到的。如果描写一个
性格突出的人物，那就容易得多；你只须随手把颜料涂到画布
上去就行：一双漆黑的、燃烧般的眼睛，挂下来的眉毛，皱纹纵

横的前额,搭在肩膀上的黑色的或者火红色的斗篷,肖像就画成了;可是,像眼前这样的一些先生,在世间却是为数众多的,他们从外表上看来都很相似,然而你再仔细看看,就会看出许多十分难于捉摸的特征来,——这些先生就很难描画啦。这就必须把注意力高度集中起来,方才能够使一切细微的、几乎看不见的特征突现在眼前,总之,非用那已经精于探索的眼光去深入地挖掘不可。

只有老天爷才能够说得出玛尼洛夫是一种什么样性格的人。有这么一种人,他们被说成是:平平常常,不好也不坏,如俗话所说,既非城里的包格丹,又非乡下的谢里方。玛尼洛夫也许应该归在这一类里吧。外表上,他是一个很体面的人;他的相貌不乏亲切可爱之处,可是,在这亲切可爱里面,仿佛过多地掺杂进一些甜味儿;他的举止和措辞带着一股子要讨人喜欢、攀个交情的阿谀谄媚劲儿。他动人地微笑着,长着一头淡黄头发,一双蓝眼睛。在跟他谈话的头一分钟里,你不禁要说:"一个多么令人愉快的善良的人啊!"在下一分钟里,你就一句话都不想说了,再过一分钟,你就要说:"鬼知道他是个什么玩意儿!"于是远远地走了开去;即使不走开,你也会感到忍无可忍的厌倦无聊。你不能期望从他的嘴里听到任何一句生气勃勃的,甚至哪怕是傲慢自大的话,这种话在触及一个人的嗜爱之物时从每一张嘴里都会听到的。每一个人都有他自己的嗜爱之物:一个人嗜爱猎犬;另外一个人认为自己是音乐的狂热爱好者,十分善于领会音乐中一切深刻精妙之处;第三个人是饕餮大家;第四个人喜欢扮演哪怕是比命中注定他扮演的角色略高一筹的那种角色;第五个人抱有更加褊狭的愿望,做梦也想到仿佛自己跟一位御前侍从武官一起散步溜

26

达,以便向他的朋友、熟人,甚至不认识的人炫耀一番;第六个人天生有这样的一只手,会熬不住地想在一张红方块爱司或者小二子上面押上赌注;而第七个人的手,则不论到哪里,总一个劲儿地想整顿一下秩序,尤其爱找到驿站长①或者马车夫们的脸面上去,——总而言之,每个人都有自己的一种特性,可是玛尼洛夫却什么都没有。他在家里说话非常少,大部分时间都在沉思默想,可是他到底在思索些什么,却又只有上帝才知道。不能够说他是在经营田产,他甚至从来没有乘车去察看察看他的田地,庄稼仿佛是自生自长的。当总管对他说:"老爷,要是如此这般地去做就好了。""是呀,这倒不坏。"他通常一边抽着长烟杆一边答道,抽长烟杆的习惯还是他在军队里服役的时候养成的,当时他被认为是一位最最谦虚谨慎、温文尔雅、教养有素的军官,"是呀,这真是不坏。"他还会重复说上一遍。如果一个庄稼汉跑来找他,搔搔后脑勺,说道:"老爷,让我去干点私人的活儿,挣点钱好交人头税。""去吧。"他一边抽长烟杆一边说,甚至压根儿没想到庄稼汉是偷空去喝个酩酊大醉。有时候从台阶上望望院子又望望池塘,他会嘟哝着说:如果突然一下子从屋子门口起筑一条地下通道,或者在池塘上架一座石桥,桥上两边开设小店,让商人坐在里面兜售农民所需要的零星杂货,那该有多么好啊。在这当口,他的一双眼睛就会变得异乎寻常地甜蜜起来,脸上露出一副心满意足到了顶点的表情;可是,所有这些设想只不过是空话罢了。他的书房里总是放着一本书,书签夹在第十四页

---

① 驿站长是旧俄时代最低级的官员,向旅官供应驿马,常受旅客的侮辱和殴打。

上,他把这一页经常翻读已经有两年了。他的屋子里总是欠缺点什么东西:客厅里安放着一套漂亮的家具,上面蒙着很讲究的丝织料子,料子的价钱一定挺不便宜;可是短缺了两把椅子的料子,于是这两把椅子便一直罩着一层蒲席;不过,接连好几年每回有客人来,主人总是用如下的几句话警告他的客人:"别坐这两把椅子,它们还不能用哩。"在另一间屋子里压根儿没有安放家具,虽然在结婚的头几天里曾经说过:"宝贝,明天得去张罗一下,给这屋里摆上几件家具,哪怕是暂时对付对付也好。"一到傍晚,桌上就摆出一只暗铜制的挺漂亮的烛台,上面饰有古色古香的希腊三女神的雕像和漂亮的螺钿托板,而旁边放着的一只烛台却是瘸腿的,歪歪斜斜,积满油垢,简直像个铜制的残废人,虽然对这一点,不管是主人也好,主妇也好,仆人也好,大家都满不在乎。他的妻子……不过,他们互相是十分满意的。尽管他们结婚以来已经过了八年多,可是,他们还时常要敬给对方吃一片苹果,一颗糖,或者一颗胡桃,用一种表示十分恩爱的温柔动人的声音说道:"宝贝,张开你的小嘴,我要把这一小块放进你的嘴里去。"不用说,这样一来,小嘴自然就妩媚地张开了。逢到生日,一件意想不到的礼物,如小玻璃珠子穿成的小牙签套之类的东西,总准备好了。常常会有这样的事:两人原来好端端地坐在长沙发上,忽然完全不知道为了什么原因,一个放下了自己的长烟杆,而另外一个放下了手里的针线活儿,互相拥抱起来接了一个情意绵绵的长吻,长得足足有可以从从容容吸完一小支雪茄烟的工夫。总而言之,他们是所谓洪福齐天的一对儿。当然,在一个家庭里,除了长久的接吻和意外的礼物之外,不难发现还有许多别的事儿要做,也不难提出许多各种各样的质问。譬如说，为什么厨房里做起菜来总是乱七八糟，毫无盘算呢？为什么贮藏室里几乎空无一物呢？为什么管家婆的手脚老是不干净呢？为什么仆人们个个邋邋遢遢、嗜酒如命呢？为什么所有的下人都是贪睡得不成体统，醒来之后又一味胡作非为呢？可是，所有这些事情都是低贱的，而玛尼洛夫太太是教养优良的。大家知道，优良的教养只有在寄宿女塾里才能够受到。大家又知道，在寄宿女塾里，三门主要的功课构成着人类美德的基础：一是为家庭生活的幸福所必需的法语；二是使丈夫娱其闲暇之时的钢琴弹奏；三是家政，也就是编结钱包和其他出人意料的礼物等等。可是，在教学方法方面经常有各种各样的改进和变更，特别是在目前；这多半要看寄宿女塾校长的明智和才干如何而定了。在有一些寄宿女塾里，先后次序是这样安排的，首先是钢琴弹奏，其次是法语，最后才是家政。可是，有时也往往安排成这样：首先是家政，就是说，编结各种出人意料的礼物，其次是法语，然后才是钢琴弹奏。方法可谓多矣。可是，这并不妨碍我还要指出一下：玛尼洛夫太太……可是，我得承认，我很害怕谈到女士们，何况现在是我应该回过头来写我们的两位主人公的时候了，他们已经站在客厅门口有好几分钟，互相谦让着请对方先走。

"赏个脸吧，别这样费心和我谦让，让我在后头走。"乞乞科夫说道。

"不行，巴维尔·伊凡诺维奇，不行，您是客人。"玛尼洛夫一边用手向他指着门，一边说。

"别客气，请您别客气啦。请吧，请您先走。"乞乞科夫说。

"那可不行，请原谅，我绝不能让这么一位令人愉快的、教养有素的客人在后头走。"

"哪里说得上教养有素？……请吧,您先请。"

"嗳,还是您先请。"

"那怎么敢当?"

"嗳,这理所当然嘛!"玛尼洛夫浮起令人愉快的微笑,说道。

最后,两个朋友侧着身子,相互稍微挤了一下,同时走进了门去。

"请容许我向您介绍一下贱内,"玛尼洛夫说道,"宝贝!这位是巴维尔·伊凡诺维奇!"

经这么一说,乞乞科夫的确看到了一位先前他跟玛尼洛夫一起在门口弯腰鞠躬时完全没有注意到的太太。她长得不难看,衣着和她的人品挺相称。一件浅色绸布长袍穿在她的身上挺有模样;她的纤纤玉手把一件什么东西急忙往桌上一扔,抓起一块角上绣花的麻纱手绢儿。她本来坐在一只长沙发上,这时站了起来。乞乞科夫不无快感地走近去亲了亲她的小手。玛尼洛夫太太就说开啦,她甚至有点咬舌头,不能把P这个音发清楚,她说,贵客光临使他们夫妇十分高兴,又说,她的丈夫没有一天不想到他。

"是呀,"玛尼洛夫补充说,"她老是问我:'你那位朋友怎么不来呀?''再等一等,宝贝,他会来的。'好啦,现在您终于赏光驾临寒舍啦。这真是给我们带来了极大的快乐,是五月的阳光,心灵的节日……"

乞乞科夫听见对方说出心灵的节日云云一类的话,倒觉得有点不好意思起来,于是就谦逊地答道,他既没有响亮的名望,甚至也没有显赫的官衔。

"您一切都有，"玛尼洛夫浮现出这样令人愉快的微笑，打断他说，"您一切都有，甚至还不止这些哩。"

"您觉得我们这座城市怎么样？"玛尼洛夫太太问道，"您在那儿过得愉快吗？"

"那是一座很好的城市，非常出色的城市，"乞乞科夫答道，"时间过得挺愉快：我碰见的都是一些非常和蔼而有礼貌的人。"

"您觉得我们的省长怎么样？"玛尼洛夫太太问道。

"他不是一个最可尊敬、最和蔼可亲的人吗？"玛尼洛夫补充说。

"说得完全对，"乞乞科夫说道，"一个最可尊敬的人。再说，他对自己的职务研究得多么精深，理解得多么透彻啊！应该希望多有一些像他这样的人才才好。"

"他是多么善于这样地，您知道，恰如其分地接待每一个人，处世为人多么讲究礼仪呀。"玛尼洛夫浮现出微笑，补充说，高兴得几乎把眼睛完全眯缝了起来，活像一只被人在耳朵背后搔了一下的猫。

"一个挺有礼貌的、令人愉快的人，"乞乞科夫接碴儿说下去，"一双手又多么灵巧啊！这是我甚至怎么也料想不到的。他把各种各样家庭刺绣绣得多么好啊！他给我看了他做的钱包：很少有一位太太能够绣得这么精致的。"

"还有副省长是一个多么可爱的人，可不是吗？"玛尼洛夫又稍微眯缝起眼睛，说道。

"是一个非常非常可尊敬的人。"乞乞科夫答道。

"嗯，请问，您觉得警察局长怎么样？他是一个挺叫人感觉愉快的人，可不是吗？"

"非常叫人感觉愉快，并且是一个多么聪明、多么博学的人！我跟检察长和民政厅长一起在他家里打过惠斯特牌，一直打到鸡叫好几遍。他是一个非常非常可尊敬的人！"

"嗯，您对警察局长太太的看法怎么样？"玛尼洛夫太太又找补了一句，"她是一个顶顶和蔼可亲的女人，可不是吗？"

"哦，就我所认得的女人说来，她的确是最值得尊敬的女人中的一个。"乞乞科夫答道。

接下来，民政厅长啦，邮政局长啦，都没有忘记一一提到，这样就差不多把城里的官员们都逐个儿回忆到了，他们原来都是顶顶值得尊敬的人。

"你们是常住在乡下的吗？"终于轮到乞乞科夫来提出问题了。

"大部分时间是在乡下，"玛尼洛夫答道，"不过，我们有时也到城里去，只是为了要跟教养有素的人见见面。您知道，一个人如果老是过着幽闭生活，是会变得孤僻粗野起来的。"

"对极啦，对极啦。"乞乞科夫说道。

"当然，"玛尼洛夫继续说下去，"如果左右四周都是些好邻居，那就是另外一回事啦。比方说，如果有这么一个人，你多少可以跟他谈谈以礼待人的美德，谈谈良好的风度，探讨一门什么学问，借此震撼一下灵魂，激发一种所谓精神上的翱翔……"他说到这儿，还想表达些什么，可是想到已经扯得太远了，就只是把手在空中转动了一下，继续说下去，"那么，当然，乡村和离群索居的生活还是会有许多愉快欢乐之处的。可是，架不住根本没有这么一个人呵……你只能偶或读一读《祖国之子》①。"

①　一种综合性刊物，创办于一八一二年。自一八二〇年起逐步倾向反动。

乞乞科夫对这一点表示完全同意,还补充说,再不可能有比幽居乡下,欣赏欣赏大自然的景色,偶或翻读一本什么书更愉快的事了……

"可是,您得知道,"玛尼洛夫补充说道,"如果没有一位朋友可以分担您的欢乐和患难,那总是……"

"哦,您说得对,说得完全对!"乞乞科夫打断他的话头,"如果是那样的话,那么,世上纵有奇珍异宝,又算得了什么呢?一位圣贤说过这样的话:'纵然身无分文,愿交天下豪杰'。"

"您知道,巴维尔·伊凡诺维奇!"玛尼洛夫说道,脸上显露出一种不仅甜蜜,甚至是甜得发腻的表情,这种表情酷似一位周旋于上流人士之间的机灵圆滑的医生狠命地给加上甜味、想让病人高高兴兴喝下肚里去的一种药水,"那时候,你就会感觉到一种多少是精神上的喜悦……比方说,现在,当我有一种可以说是幸运之极的机会向您请教,一享畅聆宏论之乐……"

"不敢当,哪里是什么宏论哟?……我是一个微末不足道的人,仅此而已。"乞乞科夫答道。

"哦,巴维尔·伊凡诺维奇,请容许我跟您说句肺腑之言:我心甘情愿献出我的一半财产,只要我能够拥有一部分您所拥有的那些优点!……"

"恰恰相反,我倒认为这是我这方面的最大最大的……"

如果不是一个仆人进来禀报午餐已经准备就绪的话,真不知道这两位朋友会互相披肝沥胆到什么地步。

"我恳请您赏脸,"玛尼洛夫说道,"请您原谅我,如果我们不能用像在京城金碧辉煌的大厅里所能招待的盛大宴会来招待您;我们只能简简单单,按照俄国习惯,招待您吃一点白菜汤,不过这却是出于一片诚心诚意。我恳请您赏脸。"

这当口,他们又花费了一些时候争论哪一个人先请,临了,乞乞科夫侧着身子先走进了饭厅。

在饭厅里,已经站着两个孩子,那是玛尼洛夫的儿子,他们到了已经可以上桌吃饭的年纪,但还必须坐高脚椅。他们身旁站着一个家庭教师,那教师微笑着,谦恭地弯腰鞠了一躬。女主人走到汤盘前面就座;客人被让到男主人和女主人中间的位子上坐下,仆人给孩子们脖子上围上餐巾。

"多么可爱的孩子,"乞乞科夫瞧着他们说道,"几岁啦?"

"大的八岁,小的昨天刚满六岁。"玛尼洛夫太太说道。

"费米斯托克留斯①!"玛尼洛夫把脸转向大儿子叫了一声,大儿子这时正竭力要把自己的下巴颏从仆人给系上的餐巾里挣脱出来。乞乞科夫听到这个多少带点希腊味道的名字,——玛尼洛夫不知道为什么给加上了"留斯"的结尾,——不禁稍微抬了一下眉毛,可是立刻就使脸恢复了原来的状态。

"费米斯托克留斯,告诉我,法国最好的城市叫什么?"

这时,那教师把全部注意力集中到费米斯托克留斯的脸上,并且看来拼命想跳进他的眼睛里去,可是,听到费米斯托克留斯回答出了"巴黎",他总算完全放下心来,点了点头。

"那么,我们国内最好的城市叫什么?"玛尼洛夫又问道。

教师又把注意力凝注了起来。

ᕫᕫᕫᕫᕫᕫ

① 古希腊一位统帅名叫忒米斯托克留斯。俄国类似的名字为费米斯托克利。

"彼得堡。"费米斯托克留斯答道。

"还有一个叫什么?"

"莫斯科。"费米斯托克留斯答道。

"真是个聪明孩子,好宝贝,"听到这里,乞乞科夫说道,"不过,说也奇怪……"这当口他带着几分惊奇的神气,把脸转向玛尼洛夫夫妇,继续往下说,"这么小的年纪,已经有这么渊博的知识! 我必须对你们说,这孩子将来会大有才干的。"

"哦,您还不知道他哩,"玛尼洛夫答道,"他机智有过人之处。那个小的,亚尔基德①,那个小家伙可就没有大的那么机灵啦。可是,那个大的,不管他碰见个什么东西,碰到一只小甲虫,一只龙虱,他的两只小眼睛就会骨碌碌地直打转;他就会跟着跑过去,把它看个仔细。我指望他将来当上个外交官。费米斯托克留斯,"接着他再一次转过脸去问那个大儿子,"你要当公使吗?"

"要当。"费米斯托克留斯一边啃着面包,把脑袋左右地摆动着,一边回答道。

这时候,站在后面的仆人给公使擦了擦鼻子,他这一擦非常及时,要不然,相当大的多余的一滴就要掉落到汤里去了。饭桌上开始谈到平静生活的乐趣,间或被女主人关于城里戏院以及演员们的意见所打断。教师非常细心地端详着参加谈话的人们,一看到他们要笑,他立刻就张开了嘴,尽心竭力地笑起来。他大概是一个感恩图报的人,想以此报答给他良好待遇的主人。不过,有一次他板起了脸,把眼睛直勾勾地朝坐

① 古希腊神话中的英雄赫尔库列,又名亚尔基德。

在对面的两个孩子望着,用餐叉严厉地敲起桌子来。这正敲在节骨眼儿上,因为费米斯托克留斯把亚尔基德的耳朵咬了一口,亚尔基德把眼睛眯缝了起来,咧开嘴,准备怪可怜相地大哭起来,可是,他立刻感觉到,这么一来恐怕就很容易要吃不成盘子里的菜,于是就把小嘴恢复了先前的样子,开始噙着眼泪啃嚼起羊骨头来,把两边的腮帮都弄得油光锃亮。女主人频频转过脸去对乞乞科夫说:"您简直什么也不吃,您吃得太少啦。"乞乞科夫每次总是回答说:"万分感谢,我吃得太饱啦,愉快的谈话胜似一切佳肴美馔哪。"

饭已吃罢,大家从饭桌边站起身来。玛尼洛夫志得意满之极,把一只手轻轻按在客人的背上,准备就这么着伴送他到客厅里去,忽然客人脸上露出一种意味深长的样子,宣称他有意跟主人谈一件挺重要的事情。

"既然是这样,那么,请容许我带您到我的书房里去坐一会儿。"玛尼洛夫说着便领客人走到一个不大的房间里去,那房间的窗户正对着一片灰蓝的树林子。"这就是我修身养性的陋室。"玛尼洛夫说道。

"真是一个令人愉快的房间哪!"乞乞科夫对这房间瞧了一眼,说。

这房间的确不无令人愉快之处:四壁抹着一种近似淡灰的浅蓝颜色;四把椅子,一把圈手椅,一张桌子,桌上放着一本书,书里面夹着一张书签,关于这本书我们在前面已经有机会提到过,还有几张写满字的纸,可是最多的是烟草。烟草搁置的式样可多啦:有装成一袋一袋的,有放在烟盒里的,有的干脆成堆地撒在桌上。连两边的窗台上,也点缀着从烟斗里磕出来的一撮一撮的灰烬,而且都不无用心地被排列得十分美观。看得出来,这有时给主人提供了消磨时光的好机会。

"请容许我让您坐在这把圈手椅里,"玛尼洛夫说,"这儿坐您会觉得舒服些。"

"对不起,我坐椅子吧。"

"对不起,我可不能让您坐椅子,"玛尼洛夫微笑着说,"我这圈手椅是专门预备给客人坐的;不管您愿意不愿意,非请您坐在这儿不可。"

乞乞科夫只得遵命坐下了。

"请容许我敬您一袋烟。"

"不,我不抽烟。"乞乞科夫温柔地,并且现出一副挺遗憾的样子答道。

"为什么呢?"玛尼洛夫也是温柔地,并且现出一副挺遗憾的样子说道。

"恐怕是我没有养成这个习惯;据说,抽烟会使人憔悴苍老。"

"请容许我告诉您,这是一种偏见。我甚至认为,抽烟要比嗅鼻烟对健康有益得多。过去我们团里有一位中尉,他是一个非常出色的、教养高超的人,他简直是烟斗一刻也不离口,不但在饭桌上是这样,并且请容许我说句不大文雅的话,在其他一切地方也是这样。他现在已经四十多岁了,可是感谢上帝,身体直到现在还是挺结实,好得不能再好了。"

乞乞科夫回答说,这种情况的确是有的,大自然中包含有许多事情,甚至知识渊博的头脑也是无法理会的。

"可是,首先请容许我请教您一个问题……"他用听来有点奇怪的,或者说几乎就是奇怪的声音说了起来,紧接着,不知道为什么,还回头望了一眼。玛尼洛夫不知道为什么也回头望了一眼。"您把纳税人口花名册①交上去已经很久了吗？"

"那可早啦；不如说是我记不得啦。"

"那么，打那以后，您这儿死掉了许多农奴吗？"

"这我可说不上来；我认为，这件事得问一问总管。喂，来人哪！去叫总管来一下，他今天应该来这儿一趟的。"

不一会儿，总管来到了。这人大约靠近四十岁年纪，胡子剃得光光的，穿一件常礼服，看来他过着一种很悠闲的生活，因为他的脸显得有点虚胖，发黄的皮肤和一双小眼睛又说明，他太熟悉鸭绒裤子和鸭绒被子是什么滋味了。一眼就可以看出，他是像所有那些地主老爷府第里的管事人一样完成他那步步迁升的发迹史的：最初仅仅是府第里的一个粗识文字的小厮，后来娶了太太手下的一个宠婢，管家阿迦施卡，自己也当上了管家，然后又当上了总管。不用说，当上了总管之后，他的行动就跟所有的总管一模一样：跟田庄上日子过得富足一些的人结交来往，认干亲家，给比较穷的农民多派赋税和劳役，他自己呢，早晨九点多钟才起床，等茶炊烧滚了，慢吞吞地喝上几杯茶。

"听我说，伙计！自从上回交上纳税花名册以后，我们这儿死掉了多少农奴啦？"

"死掉了多少，这可怎么说呢？打那以后死掉的可多啦。"总管说到这儿打了个嗝，用手像盾牌似的轻轻遮住

---

① 在旧俄时代，地主每隔七至十年必须将农奴的名单呈交政府，以便政府征收人头税（妇女和孩子不计在内），此项名单称为"纳税人口花名册"。因此，男农奴亦称为纳税农奴。纳税人口花名册上纳税农奴人数至下次纳税前不变。

了嘴。

"是嘛,我得承认,我自己也这么琢磨来着,"玛尼洛夫接碴儿说下去,"真是的,非常多的农奴死掉啦!"说到这儿,他朝乞乞科夫转过身去找补了一句,"真的,非常多。"

"那么,比方说,有多少数目呢?"乞乞科夫问道。

"是呀,有多少数目呢?"玛尼洛夫重复问了一声。

"多少数目,这可怎么说呢? 因为不知道死掉多少啦:从来没有人算过这笔账。"

"是呀,正是这样,"玛尼洛夫转过脸去对乞乞科夫说,"我也估计死亡率是挺高的;压根儿不知道死掉了多少。"

"那么,劳驾把他们给我计算一下,"乞乞科夫说道,"把所有的人按照姓名列张详细的清单出来。"

"对,把所有的人按照姓名列张清单出来。"玛尼洛夫说道。

总管说了声:"是啦!"就退出去了。

"您需要这份名单,为的是什么呢?"玛尼洛夫在总管退出去之后问道。

看来,这一问使客人觉得为难起来,他显露出了某种紧张的表情,甚至脸都涨红了——那是当有话要想吐露而又不完全便于说出口的时候常有的一种紧张。说实在的,玛尼洛夫终于听到了人的耳朵闻所未闻的、奇怪而又不同寻常的事情。

"您问这样做是什么原因吗? 原因就是:我想买进一些农民……"说到其间乞乞科夫结结巴巴说不下去了。

"可是,请问您,"玛尼洛夫说,"您愿意怎样买法:连人带土地一起买,还是仅仅过一下户,也就是说,不带土地呢?"

"不,我要的不完全是农民,"乞乞科夫说,"我愿意要死掉的……"

"什么？对不起……我的耳朵有点背，我觉得我听到了一句非常奇怪的话……"

"我打算买进一些死掉的，不过在纳税花名册上却还是活着的。"乞乞科夫说道。

这当口，玛尼洛夫把长烟杆啪哒一声落在地板上，惊愕得张大了嘴，就这么张着嘴一直待了好几分钟。刚才还在大谈人逢知己之愉快的这两位朋友，现在坐着一动也不动，互相瞪着眼睛盯住对方，活像古昔时代对称地挂在镜子旁边的两幅人像。最后还是玛尼洛夫自去拾起了那根烟杆，趁势偷眼望了一下朋友的脸，竭力要看出他的嘴上有没有飘过一丝微笑，他是不是在开一个玩笑；可是，这种迹象一点也看不出，恰恰相反，那张脸甚至显得比平时更加严肃庄重；后来，他又想，客人莫非意外受了刺激，神经错乱了，于是他担心害怕起来，目不转睛地把客人打量了一番；可是，客人的一双眼睛完全是清澈纯净的，里面丝毫没有那种闪动在疯子眼睛里的粗野的、骚动不安的光芒，一切都平静如常。不管玛尼洛夫怎么考虑来考虑去，他还是打不定主意应该怎么办才好，结果没有别的办法，只能从嘴里喷出一缕残存的淡淡的青烟。

"所以，我想知道您是不是可以把事实上并不活着，但讲到法律形式却是活着的这样一些农民，移交给我，转让给人，或者以您认为合适的方式来办？"

可是，玛尼洛夫窘极了，觉得十分为难，只能瞪着眼睛望着客人。

"我觉得，您仿佛挺为难？……"乞乞科夫问道。

"我？……不，我一点也没有什么，"玛尼洛夫说，"可是，我不能理解……对不起……当然,我没有机会受到像您这么卓越的教育,这种教育可以说是在您的所有一切行动上都可以看得出来的;我没有那种高超的讲话艺术……也许,在这里……在您刚才作出的这种解释里面……隐藏着另外一种……也许,您这种说法是为了语体的优美吧?"

"不是的,"乞乞科夫接碴儿说下去,"不是的,我说的正就是字面上的意思,指的就是那些确实死掉的农奴。"

玛尼洛夫完全感到迷惑不知所措了。他觉得他必须做点什么事,提出一个问题,可是提什么问题呢,那就只有鬼才知道。他终于只得又一次喷出一口烟,不过这一回不是用嘴,而是通过鼻孔眼儿喷出来的了。

"既然如此,如果没有什么别的障碍,那么,上天保佑,就这么办吧,咱们可以签订买卖契约啦。"乞乞科夫说道。

"怎么,死魂灵的买卖契约?"

"哦,不!"乞乞科夫说,"让咱们写上他们是活着的,正像纳税花名册实际上写的那样。我习惯于做随便什么事情都不越出民法的范围;虽然为了这一点,我在自己的前程上受到过一点挫折,可是有什么法子,责任在我看来是神圣不可侵犯的,至于法律——我在法律前面总是默默无言地服从。"

最后几句话挺叫玛尼洛夫喜欢,可是他毕竟还是怎么也琢磨不透这件事情本身的意义所在,因此他就不答话,只是拼命吸着长烟杆,弄得烟杆终于像巴松管似的发出咕嘟咕嘟的声音来。看来,他仿佛想从烟杆里把解答这一闻所未闻的情况的意见吸出来似的,可是,长烟杆除了发出咕嘟咕嘟的声音之外,没有作出任何回答。

"也许,您有什么怀疑吧?"

"噢,说哪儿的话,我一点怀疑也没有。我要说的不是对您有什么,就是说,有什么不满的意见。可是,请容许我斗胆说一句:这件事情,或者说得更清楚些,这笔所谓生意,会不会不符合民法条例和俄罗斯今后法令的规定?"

说到这儿,玛尼洛夫把脑袋摆动了几下,意味深长地看了看乞乞科夫的脸,而在自己的眉宇之间和闭紧的嘴唇上则显露出一种如此深谋远虑的表情,那恐怕是在一个人的脸上从来看不到的,除非这是一位智慧超人的部长,并且是在他思考着一件非常伤脑筋的问题的时候。

可是,乞乞科夫干脆回答他说,这一类事情,或者说这一类生意,一点也不会不符合民法条例和俄罗斯今后法令的规定,过了一会儿又加添说,国库甚至还会得到好处,因为将收入一笔合法的手续费。

"您这样认为吗?……"

"我认为这是一件好事。"

"既然是一件好事,那就另当别论了:对此我没有话说啦。"玛尼洛夫说,觉得完全放心了。

"现在剩下来的事情是要谈一谈价钱……"

"讲什么价钱?"玛尼洛夫刚又开口说,就立刻打住了,"难道您认为,我会为了在某种意义上已经不再存在的农奴收您的钱吗?既然您有了这样一种可谓异想天开的愿望,那么,从我这方面说来,我情愿把它们无条件地交给您,并且连签立契约的费用也由我来承担。"

如果记述眼下这一些事件的史家忘记交代,在玛尼洛夫说出这一番话之后,客人浑身有一股乐不可支的劲头,那么,史家一定要受到莫大的谴责啦。不管乞乞科夫是何等稳重审慎,可是,此刻他几乎也要像一头山羊似的蹦跳起来,而蹦跳这种动作,尽人皆知,只有在兴奋得不得了的时候才会做出来的。他在圈手椅里这么猛力地扭动了一下身子,以致蒙在靠垫上的毛料都嗤的一声裂了一条口子;玛尼洛夫在一旁只得有点迷惑不解地看着他。一阵感激之情推动他在这当口说了许多千恩万谢的话,弄得对方窘困不堪,脸涨得通红,连连摇头,最后才说,这根本算不了什么,他的确想表示一点心意,某种心灵的向往,精神方面的吸引,而死掉的农奴在某种意义上说来却是毫无价值的废物。

"这绝不是废物。"乞乞科夫说着握了握他的手。这当口,他深深地长叹了一声。看来,他有心要向对方一吐衷曲;他终于并非没有感情和表情地说出了下面一番话来:

"您如果能够知道,这看来是废物一样的东西,您却以它帮了一个无亲无故、没有门第的人多大的忙啊!说实在的,我什么挫折没有经历过?我像漂泊在惊涛骇浪中的一叶孤舟……什么迫害,什么排挤,我没有遭受过,什么痛苦我没有尝味过,可是这为的是什么?为的是我维护真理,为的是我的良心纯洁无辜,为的是我向一个无依无靠的寡妇和一个苦命的孤儿伸出了援助之手!……"说到这儿,他甚至掏出手帕来揩了揩夺眶而出的泪珠。

玛尼洛夫完全被感动了。两个朋友长久地互相握着手,长久地互相默默凝视着对方热泪盈眶的眼睛。玛尼洛夫说什么也不肯放松我们这位主人公的手,继续这样热烈地紧握着它,使对方竟不知怎样才能够把它抽回来。他终于还是把手悄悄地缩了回来,并且说,不妨尽快把契约签订下来,因此,最好他亲自到城里去跑一趟。然后,他便拿起帽子,起身告辞。

"怎么？您已经打算走了吗？"玛尼洛夫忽然清醒过来，几乎大吃一惊地说。

在这时候，玛尼洛夫太太走进书房里来了。

"莉赞卡①，"玛尼洛夫带着几分惋惜的脸色说，"巴维尔·伊凡诺维奇要离开我们啦！"

"因为我们惹得巴维尔·伊凡诺维奇厌烦啦。"玛尼洛夫太太答道。

"夫人，您说哪儿的话！这儿，"乞乞科夫说道，"这儿，在这心坎里，"他说话时把一只手按在胸口，"是呀，就在这心坎里，我永远记得和你们一起度过的那些愉快的时刻！请相信我，对于我来说，再也不会有比跟你们住在一起更大的幸福啦，即使不是住在一幢屋子里，至少也要做个顶近顶近的贴邻呀。"

"是嘛，巴维尔·伊凡诺维奇，"玛尼洛夫说，他是挺喜欢这个主意的，"要是能够住在一起，在同一个屋檐下，或者坐在一棵榆树的树荫下谈论点什么哲学，对什么问题刨根究底地钻研一下，那该有多么好啊！……"

"噢，这真该有天堂之乐啦！"乞乞科夫叹了口气说，"再见啦，夫人！"他接着说，同时走向前去吻了玛尼洛夫太太的手，"再见啦，最亲爱的朋友！别忘了我对您的请求！"

"噢，您尽可以放心！"玛尼洛夫答道，"我跟您分别至多两天工夫。"

大家走进了饭厅。

"再见啦，可爱的孩子们！"乞乞科夫看到亚尔基德和费

---

① 叶莉扎维塔的爱称。

米斯托克留斯就说,他们两个正在玩一个木头轻骑兵,那个轻骑兵的胳膊和鼻子全都没有了,"再见啦,我的娃娃们！请你们原谅我,我这一回没有带给你们礼物,因为我得承认,我上这儿来的时候甚至还不知道这世上有没有你们,可是今后我再来的时候,一定要带礼物来啦。带给你一把宝剑；你要宝剑吗？"

"要的。"费米斯托克留斯答道。

"带给你一个鼓；给你一个鼓,好不好？"他向亚尔基德弯下身去,继续说道。

"一个堵①。"亚尔基德低声说,低下了头。

"好的,我下回带给你一个鼓。一个这么好的鼓,打起来就会这么样:得尔……鲁……得啦—哒—哒,哒—哒—哒……再见啦,宝贝！再见！"说到这儿,乞乞科夫吻了一下他的小脑袋瓜,于是转过身去对玛尼洛夫和他的夫人轻轻地一笑,这一笑通常是人们用来向做父母的表示,他们的孩子的愿望是何等的天真无邪。

"说真格的,您还是留下来吧,巴维尔·伊凡诺维奇！"当大伙儿已经走到台阶上的时候,玛尼洛夫说,"您瞧呀,满天的乌云。"

"是一些小块的云,不要紧的。"乞乞科夫答道。

"您知道上索巴凯维奇那儿去的路吗？"

"我正想请您指点一下。"

"请等一等,我立刻告诉您的车夫。"说完玛尼洛夫便把路讲给了马车夫听,口气也是殷勤非凡,甚至有一回把他称呼

---

① 孩子口齿不清,发音不准,将俄语"鼓"字发讹了音,故译为"堵"。

为"您"。马车夫听说必须驶过两个路口,到第三个路口再拐弯进去,他就说道:"我们一准按您的指点办,请放心,大人您哪。"于是乞乞科夫告辞走了,回头看去,主人夫妇还踮起脚,长久地鞠着躬,挥动着手帕。

玛尼洛夫长久地站在台阶上,目送着渐渐远去的轻便折篷马车,当马车已经消失得影踪全无的时候,他仍旧还是站在那儿,抽着长烟杆。他终于走进屋里去,坐在一把椅子上,沉浸于一片冥思浮想之中,因为自己能够给予来客一点小小的愉快打心坎里觉得高兴。后来,他的念头不知不觉转到了别的事情上去,最后,只有老天爷才知道他在想些什么了。他想,人逢知己是何等幸福,又想,最好跟朋友一起住在某处的河滨,然后在这条河上他出钱给架起一座桥,然后再建造一幢大宅子,屋上筑起这么一座高高的塔楼,从那儿甚至可以一直望见莫斯科,到了夜晚又可以在那儿露天喝喝茶,谈论谈论一些什么有趣的事情。然后想的是,他跟乞乞科夫一起乘坐讲究漂亮的轿式马车去拜会一些什么人,他们优雅的举止谈吐使举座为之惊叹爱慕不已,仿佛连国君都知道了他们之间有这样一种友谊,所以恩赐了他们将军的官衔,他想呀想呀,到最后,他在想些什么,只有老天爷才知道,连他自己怎么也搞不清楚了。忽然,乞乞科夫奇怪的请求打断了他的全部幻想。一想到这件事,似乎他的脑袋瓜特别不好使:不管他把这件事怎么翻来覆去地推敲琢磨,他却怎么也不能够给自己解释出一个名堂来,于是他就一直坐着,抽着长烟杆,直到吃晚饭为止。

第 三 章

这当口,乞乞科夫早就带着志得意满的心情,坐在他那辆
轻便折篷马车里,疾驰在有里程标的大道上了。从前面一章
里,我们已经知道他的爱好和志向的主要目的是什么,因此,
他很快把整个身心沉浸在这些事情里面,就毫不足怪了。在
他脸上接连闪现的意图、盘算和各种想法,看来全是挺美的,
因为它们每一分钟都在脸上留下得意的笑容。他专心致志地
想着这些念头,一点也没有注意到,他的马车夫因为受到玛尼
洛夫家里下人的优渥招待心满意足之余,正在向驾在右边的
那匹拉边套的花斑马作着非常剀切中肯的批评。这匹花斑马
十分狡猾,它只是装出样子好像在使劲拉车,实际上却是中间
的一匹枣红色的辕马和另外一匹拉边套的淡栗色的马(因为
是从某一位陪审官那儿弄来的,所以给起了个绰号叫陪审
官)在一心一意地出力使劲儿,甚至它们的眼睛里也闪烁出
干这个活儿而感到高兴愉快的光芒。"你使刁,你再使刁!
看你使得过我!"谢里方说着稍微把身子抬起一些,用鞭子抽
打了一下那匹懒骨头的马,"你得明白自己分内的事,你这
德国小丑!枣红马是一匹好样的马,它在尽自己的本分,我
情愿多喂它一些饲料,因为它是一匹好样的马,还有陪审官
也是一匹挺不坏的马……喂,喂!你干吗摇耳朵?你这傻

瓜,如果人家在说话,你就乖乖地听着!你这笨蛋,我不会教你干蠢事的。瞧你慢吞吞地走到哪儿去啦!"说到这儿,他又抽了它一鞭子,还加添说,"喂,野蛮家伙!你这该死的波拿巴①!……"然后,他对三匹马一齐吆喝道:"嗯,嗯,快跑呀,我的好伙计!"同时,给三匹马全都抽了一鞭子,不过这一回不是为了表示惩罚,而是为了对它们表示满意。这样抚慰了它们之后,他又对那匹花斑马训起话来:"你以为,你能把自己的行为瞒得过别人。你还是老老实实干活儿吧,要是你想人家器重你的话。咱们刚才去过的那位地主老爷家里全是些好人哪。如果碰见一个好人,我就乐意跟他交谈交谈;跟一个好人我总是投缘对劲儿;喝杯茶也好,吃点下酒菜也好,我都乐意奉陪,只要他是个好人。随便什么人对好人总是表示尊敬的。比方说,咱们的老爷,他就挺受大伙儿器重;因为他,你听着,他当过官,他是一个绿品官②……"

谢里方这样议论着,终于没头没脑地钻到抽象议论中去了。如果乞乞科夫注意倾听他的自言自语,就会知道关于他个人的许多细节;可是,他满脑子尽想着自己的事情,因此,只有等到劈头一声霹雳,才使他从沉思中清醒过来,环顾了一下周围:整个天空遮满了乌云,尘土飞扬的驿道上溅满了雨点。又一声霹雳打得更响,更近了,大雨忽然像倒灌似的倾泻下来。起初,雨从斜刺里吹过来,噼噼啪啪打在车身的一边,后来又打在车身的另外一边,后来又改变了攻击的方式,变得笔直地落下来,笔直地敲打在他的车顶上;泼溅过来的雨点终于

---

① 波拿巴即拿破仑。
② 谢里方把俄语"六品官"一词发讹了音。

开始刮到他脸上来了。这使他不得不拉上了带有两个圆窗孔以便观赏沿途风景的皮窗幔,吩咐谢里方快些赶车。谢里方正在慷慨激昂地训话,这下也被打断了话头,明白的确再也不能把时间耽误,立刻从赶车人的前座下面拉出一件破烂不堪的灰呢大氅似的东西,往袖子里一套,把缰绳抓紧在手里,对那三套马吆喝了一声,而三套马这时正跟跟跄跄,勉强地曳动着蹄子,因为那一番教训叫它们听着听着感觉到全身酥软,异常乏力了。可是,谢里方怎么也记不起来是驶过了两个弯还是三个弯。把走过的路稍微回想并考虑了一下,他朦朦胧胧地觉得一路上已经走过许多弯了。因为俄国人在关键时刻总会当机立断想出办法来,而不爱作进一步的考虑,所以碰到头一个十字路口,他便向右边一拐,吆喝道:"嘚,嘚,快跑呀,好朋友们!"于是就让它们放开四蹄快步飞跑起来,很少想一想这条道路会引向何方。

可是,看来,雨要长久地下个不停。过不了一会儿,路上堆积起来的尘土就搅拌成了一片烂糊泥浆,只见几匹马越来越费劲地拉着那辆轻便折篷马车勉强往前走。乞乞科夫这么长久还望不见索巴凯维奇的村庄,开始感到非常不安。照他估计,应该早就到达目的地了。他拼命向两边凝望,可是望出去是一片漆黑,几乎伸手不见五指。

"谢里方!"他终于说,从马车里探出头来。

"什么事,老爷?"谢里方答道。

"你倒是给瞧瞧,望不望得见村庄呀?"

"望不见,老爷,哪儿也没有望见!"在这之后,他不时挥动几下鞭子,唱起了歌不像歌,一种拉得挺长挺长、没完没了的调子。这调子里面把一切东西都包含了进去:既有在整个俄罗斯从这一头到那一头人们用来策马前进的所有一切激励性的吆喝声,又有想到什么不加进一步思索就随口喊出来的各种各样形容词。这样唱着喊着,到末了,他甚至把马匹唤做书记大人了。

这当口,乞乞科夫开始发觉这辆轻便折篷马车东摇西晃起来,叫他结结实实磕撞了几下;这使他觉得他们已经离开大路,现在大概是一脚深一脚浅地走在耙过的田野上了。看来,谢里方自己也明白了,可是他始终没有开腔。

"你这是怎么啦,骗子手,你把车子赶到什么道上去啦?"乞乞科夫说道。

"有什么办法呢,老爷,天已经这么晚啦;一片漆黑,连马鞭子都看不见啦!"说完这几句话,他把马车弄得倾斜到这种地步,乞乞科夫不得不用两只手来支撑住自己。直到这会儿他才看出谢里方是喝得醉醺醺的了。

"勒住马,勒住马,你要把车子弄翻啦!"乞乞科夫叫道。

"不会的,老爷,我怎么会把车子弄翻呢,"谢里方说道,"把车子弄翻是不好的,您不说我自己也知道;我怎么也不会把车子弄翻的。"然后,他开始把马车慢慢地转一个向,转着,转着,终于把它转得完全翻倒在一边去了。乞乞科夫双手和双膝合趴着摔倒在泥泞里。可是谢里方总算把三套马勒住了;不过,这三匹马本来自己也会停下来的,因为它们已经精疲力竭了。这一预见不到的事故实在使他吃惊。他从赶车人的前座上爬下来,双手叉着腰站在马车前面,这时候,老爷却在泥泞里挣扎,努力要从泥浆里爬出来,谢里方稍微思索了一会儿之后对那辆车子咕哝道:"你瞧你,居然翻了个身儿!"

"你醉得简直不像话!"乞乞科夫说道。

"哪儿的话,老爷,我怎么会喝醉呢!我知道喝醉酒不是一件好事情。我只是跟朋友聊了几句话罢了,因为跟一个好人聊几句是可以的,这没有什么不好;还一块儿吃了点下酒菜。吃点东西也不是一件丢面子的事;跟一个好人是可以吃点东西的。"

"上一回你喝醉了酒,我对你说过些什么来着?啊?忘啦?"乞乞科夫说道。

"没有忘记,大人,我怎么会忘记呢!我知道我分内该做的事。我知道喝醉酒是不好的。我不过是跟一个好人聊几句话罢了,因为……"

"我得狠狠地鞭打你一顿,那,你就会知道怎么跟一个好人聊天啦!"

"您愿意怎么办就怎么办吧,"千依百顺的谢里方答道,"要鞭打我,就鞭打我好吧;我决没有半句怨言。如果我应该挨鞭子,那么,为什么不能鞭打我呢?鞭打不鞭打,这全听主人高兴。鞭打是需要的,因为庄稼汉太放肆,规矩是一定得遵守的。如果我应该挨鞭子,那就鞭打我好啦;干吗不能鞭打呢?"

对于这一番议论,老爷简直不知道回答什么才好。可是,这时候仿佛命运要对他大发慈悲。在老远的地方响起了犬吠声。大喜过望的乞乞科夫吩咐驱车前进。俄国赶车人天生一种异常敏锐的感觉能够代替他的眼睛;由于这个原因,他有时能够眯着眼睛尽力赶车,常常也能够把车子赶到个什么地方。谢里方虽然伸手不见五指,居然把三套马笔直地驾到了一个庄子里去,直等到轻便折篷马车的车杠碰上了篱笆,前面再也无路可走了,他才把车子停住。乞乞科夫透过那倾盆而下的豪雨的厚厚帷幕,只能够看到一点像屋檐似的东西。他派谢里方去寻找大门,这件事无疑要持续很久,如果在俄罗斯没有几条恶狗来代替守门人的话。那几条狗通报他的莅临时叫得这么响,使他非用手指堵塞住自己的耳朵不可。一个小窗户里闪过一道光,像一团雾模模糊糊地一直照到了篱笆墙,这样,就把大门的所在指明给我们的行路人看了。谢里方上前去敲门,很快就有人把篱笆门打开,钻出一个裹在厚呢长褂里的身影来,于是老爷和仆人听见了一个嘶哑的女人声音叫道:

"谁敲门呀?干什么把门敲得震天价响呀?"

"大娘,我们是过路人,让我们进来宿一夜吧。"乞乞科夫说道。

"瞧你,好一个夜游神,"老太婆说,"你来得可真是时候呀!这儿不是你下宿打尖的客店,这儿住着一位女地主。"

"有什么办法呢,大娘:我们迷路了。总不见得在这种时候叫我们去住在露天野地里不成。"

"是呀,天又黑又冷呀。"谢里方找补了一句。

"你给我闭嘴,傻瓜。"乞乞科夫说。

"那么,您是什么人?"

"贵族,大娘。"

"贵族"这个字眼仿佛使老太婆思索了一会儿。"请等一下,我去跟太太说一声。"她说,隔了一两分钟她手里举着一盏油灯回来了。大门敞开了。在另外一个窗户里又闪出了一小点火光。轻便折篷马车驶进了院子,停在一幢小小的屋子前面,因为天黑,所以难于把这幢屋子看个仔细。这幢屋子只有一半被窗里透射出来的光线所照亮;还可以看到屋子前面有一汪积水,窗里透出的那道光正好笔直地照亮着那个水

洼。雨点响亮地敲打着木屋顶,雨像淙淙而流的小溪似的流到放在下面的一只大圆木桶里。这当口,一群狗扯直嗓门一刻不停地叫出各种各样的声音来:一条狗抬起了头,拼命地拉长了腔调叫着,仿佛它因此可以得到一笔天知道多么大的赏金似的;另外一条狗急急忙忙抢着吠叫起来,活像教堂里的诵经人;在这两条狗的吠叫中间夹着大概是一条小狗崽子的一串童音,像挂在邮政车车轭上的小铃铛在叮当鸣响,最后,盖过所有这一切的是一个低音,这也许是一条老狗,要不然就是一条结实健壮的雄狗,因为它加进一阵阵粗哑的吠叫,好像唱诗班里的一个男低音歌手,当乐曲进入高潮,男高音歌手们踮起了脚,拼命想迸出一个高音来,所有的合唱队员也全都昂头伸脖子,要把声音往高里拔,这时候他一个人却把没有剃过的下巴颏儿缩到了领结里,蹲下了身子,屁股几乎着了地,从丹田里发出他那浓重的低音,使窗玻璃都震动得叮叮作响。光凭这些狗音乐家所组成的合唱队就可以推测到,这个村庄的规模是颇为可观的;可是,被雨浇得湿淋淋的、冷得浑身哆嗦的我们的主人公,除了只想往床上一躺之外,什么事情都不去想了。轻便折篷马车还没有完全停住,他已经一个箭步跳上台阶,打了一个踉跄,差点没有摔倒。到台阶上来迎接他的又是一个女人,比刚才那个娘儿们年轻些,但长得跟她非常相似。这女人把他带进了屋里。乞乞科夫略微看了一两眼:房间里糊着古旧的条纹糊墙花纸;挂着一些翎毛画;在窗与窗之间挂着几块嵌在深色木框里的老式小镜子,那些木框雕刻成卷拢起来的叶子式样,在每一块镜子后面不是插着一封信,就是插着一副古老的纸牌,或者一只袜子;还有刻度盘上画着一朵朵花的一只挂钟……再也不能够识别出别的东西了。他觉得他的一双眼睛好像要粘在一起,仿佛有谁给涂上了蜜糖似的。不一会儿,女主人进屋里来了,她是一个上了年纪的妇人,头戴一顶匆忙戴上去的睡帽,脖子里围着一块法兰绒披肩,她是这样的一位老大娘,一位小地主婆,这种人经常哭穷,悲叹收成不好,亏损太大,说着还把脑袋微微歪在一边,可是同时,却把钱一点一点塞到藏在五屉柜几只抽屉里面的印花粗布缝制的钱包里去。在一只钱包里放的全是一卢布的银币,在另外一只钱包里放的是半卢布的银币,在第三只钱包里放的是二十五戈贝一枚的银角子,虽然从表面上粗粗一看,仿佛五屉柜里除了内衣、睡衣、几绞毛线,还只有一件拆开的女罩褂,那是准备改成衫子用的,万一旧的一件衫子不巧在烤过节甜饼以及各种各样葱肉馅饼时给烧坏了,或者自然而然穿破了。可是,衫子不会烧焦或者自然而然穿破;老婆子用东西非常谨慎小心,所以这件罩褂注定就这么拆了开来长久地一动不动放在抽屉里,直等到后来根据正式遗嘱,跟其他零七八碎的破旧东西一起传给堂姊妹的甥女为止。

乞乞科夫抱歉说,他突如其来惊扰了她。"不要紧,不要紧,"女主人说道,"可是,老天爷怎么在这种时候把您打发上这儿来呀!外边天昏地暗的,还刮着这么厉害的暴风雪,您一路上辛苦了,照理该吃点东西才对,可是这会儿时间这么晚啦,我们可没法弄点什么东西来招待您。"

女主人的话被一种奇怪的咝咝声打断了,把客人给吓了一跳;这种喧闹声听来怪吓人的,仿佛整个房间爬满了蛇;可是,他抬头往上面一瞧,就放下心来,因为他明白是墙上的挂钟快要敲响了。紧接在一阵咝咝声之后立刻就听到一阵嘶哑的呼哧呼哧的声音,挂钟终于憋足劲儿敲打了两下,那声音就像是有人用棍子敲打一只破砂锅一样,在这之后,钟摆便又滴答滴答地左右摆动起来了。

乞乞科夫谢过了女主人,说他不需要什么东西,请她什么事都不必操心,他除了借宿一宵之外什么要求都没有,接着他仅仅询问了一下,他来到了什么地方,从这儿上地主索巴凯维奇家里去是不是挺远,经这么一问,老太婆回答说,她没有听到过这样的名字,压根儿没有这么一位地主。

"至少您总知道玛尼洛夫吧?"乞乞科夫说道。

"这位玛尼洛夫是个什么人?"

"一位地主,大娘。"

"不,我没有听说过,没有这么一位地主。"

"那么,这儿有些什么地主呢?"

"包勃罗夫,斯维尼因,卡纳帕捷耶夫,哈尔帕金,特烈帕金,普列夏科夫。"

"他们富裕吗?"

"不,大爷,太有钱的人可没有。有二十个魂灵的,有三十个魂灵的,可是有百把个魂灵的地主却一个都没有。"

乞乞科夫这才发现,他是走到一个十分偏僻的地方来了。

"离城里至少挺远的吧?"

"得走六十来里。我真是抱歉得很,没有东西招待您吃一点,老爷子,您要不要喝口茶?"

"谢谢,大娘。只求借宿一夜,此外我什么都不需要。"

"的确,走了这么一程路,是非常需要休息啦。老爷子,我就给您安排睡在这张长沙发上。喂,菲契尼娅,把绒毛褥子、枕头和床单拿来。老天爷给我们带来了多么坏的天气啊:这么响的雷,——我简直整夜在圣像前面点着蜡烛。哎呀,我的爷,你简直像口猪似的整个背脊和腰里都是泥浆!你在什么地方搞了这一身泥?"

"还算运气,只搞了一身泥浆;没有把腰骨摔断,那真要感谢老天爷的恩典啦。"

"圣徒呀,多可怕!要不要用什么来给你擦擦背?"

"谢谢啦,谢谢啦。不必费心,只是要请您吩咐您的女仆把我的衣服给烘烘干,刷刷干净。"

"听见了吗,菲契尼娅?"女主人转身对刚才拿着蜡烛走到台阶上来迎接他的那个女人说,那女仆已经把一床绒毛褥子拖了进来,用手从两边把绒毛褥子拍拍松,拍得满屋子飞满了绒毛,"待会儿你把这位老爷的上衣和贴身衬衣衬裤一起拿去,先凑近火把它们烘烘干,像给故世的老爷做的那样,再把它们好好儿搓搓,拍拍干净。"

"是啦,太太!"菲契尼娅说,把床单铺在绒毛褥子上面,把枕头叠叠整齐。

"好啦,床给你铺好啦,"女主人说,"再见,老爷子,祝你晚安。还需要什么东西吗?我的爷,没准儿你养成了习惯,临睡前要有什么人给你搔搔脚后跟?我那故世的丈夫,不搔脚后跟是怎么也睡不着觉的。"

可是,客人连搔脚后跟也谢绝了。女主人走了出去,他立刻就赶忙脱衣服,把紧紧裹在身上的全部服装,包括外衣和内衣,脱下来后统统交给菲契尼娅,于是菲契尼娅也向他道过晚安,就卷起这些湿淋淋、沉甸甸的衣服走掉了。室内剩了他一个人之后,他不无满意地瞧了瞧那张几乎顶到了天花板的床。看来,菲契尼娅是拍打绒毛褥子的能手。当他垫了一把椅子刚爬到床上,床就被他压得差不多沉到地板上去了,挤到外边来的绒毛飞得满屋子每一个旮旯儿里都是。他灭了蜡烛，拉起一条花布被面的棉被盖在身上，蜷缩成小圆面包似的一团，立刻就睡熟了。第二天他一觉醒来，时间已经不早。太阳透过窗户照进来，直射到他的眼睛上，那些昨夜安静地停在墙上和天花板上的苍蝇现在一齐向他飞来：一只苍蝇蹲在他的嘴唇上，另外一只停在他的耳朵上，第三只绕来绕去飞个不停，仿佛想在他的一只眼睛上歇下来，再有一只不小心靠着他鼻孔边上停下了，给他迷迷糊糊地吸到了鼻孔眼里去，害他狠狠地打了个喷嚏。——这件事就把他惊醒了。他睁开眼睛对屋里瞧了瞧，这时候才看到，画上画的不全是鸟儿：在这些翎毛画中间还挂着库图佐夫①的肖像画和穿着像巴维尔·彼得罗维奇②统治时代的那种镶红边制服的一个老头儿的油画像。时钟又发出咝咝声，敲了十点钟；从门缝里探进一张女人的脸来，但立刻又隐没不见了，因为乞乞科夫想睡得熟一些，脱剩了一个光身。他觉得从门缝里探进来的那张脸仿佛有点眼熟。他开始回忆起来：这会是谁呢？他终于记起来了：这就是女主人。他穿上了衬衫；衣服已经烘干和刷干净，全放在他的身旁。他把衣服都穿上之后，就走到镜子前面去，一边又这么响亮地打了个喷嚏，一只公火鸡正在这时候走近窗口，而窗户又离地面很近，这样，就使这只公火鸡忽然很快地用自己奇怪的语言对他嘟哝了些什么，意思大概是祝愿他身体健康，惹得乞乞科夫骂了他一声"笨蛋"。他走近窗前，开始观赏起呈现在他眼前的景色来：窗外几乎是一片养鸡场；至少可以说在他

①　库图佐夫（1745—1813），俄国将军，他于一八一二年在鲍罗金诺一战中击败过拿破仑。
②　巴维尔·彼得罗维奇（1754—1801），即沙皇巴维尔一世。

面前狭小的院子里充满着家禽和各种各样牲畜。公鸡和母鸡多得数不清;在它们中间,一只公鸡悠然阔步地走着,不时摇晃着它的鸡冠,把脑袋侧向一旁,仿佛要倾听什么似的;一只母猪带着它的全家也出现在这儿;也就在这儿它拱开一堆垃圾,顺便把一只小鸡吃掉了,它没有觉察到这件事,继续在自顾自地大啃几块西瓜皮。这个小小的院子,或者说这个养鸡场,用一道木板栅栏围了起来,在这道栅栏外边延伸着一块挺宽广的菜园,地里种着白菜、葱、土豆、甜菜以及一些别的蔬菜。在这个菜园里,还零零落落种着一些苹果树和别的果树,树上都罩着网,以防喜鹊和麻雀,麻雀此时正像一片片斜飘过来的乌云似的,一会儿飞到这儿,一会儿又飞到那儿。就为了这个原因,还用长竹竿扎起好几个稻草人,张开手臂竖在那边;其中一个稻草人头上还戴着女主人的一顶睡帽。在菜园后面可以看到一排排农民住的木屋,它们虽然盖得疏疏落落,并不排成齐齐整整的一条街,可是,据乞乞科夫看来,正是这些木屋显示出居民们生活得很富裕,因为它们都给维护得好好的:屋顶上残破不堪的薄木板都已经换成了新的;大门没有一扇是东倒西歪的;在面对着他的那些有顶的板棚里,他看到有的地方停放着一辆几乎是全新的备用大车,有的地方还停放着两辆。"她的庄子可还真不小哪。"他说,于是就打定主意要跟女主人多聊聊,相交得更密切些。他通过她刚才探头进来的那个门缝往里面张望了一下,看见她坐在一张茶桌旁边,于是就带着一副欢快的、温柔的样子走进屋里去了。

"早晨好,老爷子。您睡得怎么样?"女主人稍微欠一下身子说。她穿得比昨天晚上好些,穿了一件深色的衫子,头上没有戴睡帽,可是脖子里还是围着点什么东西。

"睡得好,睡得好,"乞乞科夫在一把圈手椅里坐下,说,"您睡得怎么样,大娘?"

"很不好,我的爷。"

"这是怎么搞的?"

"失眠,睡不着觉啊。腰里老是疼,还有一条腿,从踝骨往上,骨头老是酸疼酸疼的。"

"这点疼就会过去的,就会过去的,大娘。对这一点用不着担心。"

"但愿老天爷保佑,叫疼痛过去了吧。我已经抹上了猪油,又擦过了松节油。您茶里要加点什么东西?壶里有果子汁。"

"挺不错嘛,大娘,那么咱们就加点果子汁吧。"

我想,读者已经注意到,尽管乞乞科夫的神态十分温柔亲切,可是他这时的谈吐比起跟玛尼洛夫说话的时候要随便一些,并且完全不讲究礼节了。必须说明一下:我们俄罗斯人,如果在某些方面和外国人相比望尘莫及的话,那么,至少在待人接物的本领方面是远远超过他们的。我们无法逐一列举我们待人接物态度的一切细小差别和微妙曲折之处。一个法国人或者一个德国人一辈子也弄不清楚,也无法理解待人接物态度的一切特点和差别;他几乎用同样的声调和同样的语言来对待一位百万富翁和一个小烟店的老板,虽然,不用说,他在内心里对前者还是低声下气,一副十足的奴才相的。在我们这儿,情况可就不一样啦:我们有一些聪明人,他们跟一个拥有二百个魂灵的地主说话完全和跟一个拥有三百个魂灵的地主说话不同,跟一个拥有三百个魂灵的地主说话又完全和跟一个拥有五百个魂灵的地主说话不同,跟一个拥有五百个魂灵的地主说话又完全和跟一个拥有八百个魂灵的地主不同,总而言之,即使数目一直达到一百万个,说话的口气之间也还会有种种细微的差别。举例说,假定不是在这儿,而是在离此地十万八千里远的一个国家里,有这么一个衙门,假定这衙门有一位长官。当他居高坐在他那些下属中间的时候,请你们对他瞧一眼吧,——你简直会吓得连一句话也说不出来!又骄傲,又威严,他的那副尊容上什么表情没有表达出来啊?你只消拿一枝画笔来,照他的模样儿描画下来就行了:普罗米修斯①,一个十足地道的普罗米修斯! 他的眼光严厉凶猛如兀鹰,他从容不迫、庄严堂皇地迈着步子。同样是这只兀鹰,只要他一走出这个房间,一挨近他的上司的办公室,他就变得像只鹧鸪似的,三脚两步急急匆匆地低头走着,腋窝里夹着公文,连大气都不敢出。在交际场所和晚会上,只要在场的全是些官衔不大的官员,那么,普罗米修斯依旧还是普罗米修斯,可是只要碰到官衔比他略高一些的人,他又立刻会完成奥维德②所设想不到的变形:变成一只苍蝇,甚至比苍蝇还要小,小到变成一粒沙子! 看到他时,你会说:"这一定不会是伊凡·彼得罗维奇,伊凡·彼得罗维奇个头要高大些,可是这个人却又矮又瘦;伊凡·彼得罗维奇说起话来声音又低又洪亮,绷着脸从来不笑,可是眼前这个人却鬼知道是怎么搞的,声音尖细,像只小鸟似的唧啾着,并且老是赔着笑脸。"走近去一瞧呀,——可不是吗,一点不错,正是伊凡·彼得罗维奇!

① 希腊神话中一位敢与最高天神宙斯抗争的巨神。普罗米修斯是人的尊严的化身。但作者在此用作讽刺的意义,形容他盛气凌人,自命不凡。
② 奥维德(前43—17),古罗马诗人,这里指他的长诗《变形记》,其中讲到人变形为树、花和野兽等。

"哎呀呀！这可真是想不到！"你只能自个儿这么想……可是,我们再掉过笔头来继续讲述登场人物吧。乞乞科夫已经打定主意不拘礼节了,因此他把一杯茶拿在手里,倒进了点果子汁,然后开口说:

"大娘,您有一个挺好的庄子呀。村庄里有多少个农奴?"

"我的爷,村子里的农奴有八十来个。"女主人说,"可是,糟糕的是,年景不好,就说去年吧,收成坏透啦,真得请老天爷保佑!"

"可是,庄稼汉看来样子都挺壮健,小木房子盖得都挺结实。请问您尊姓?我是这样心不在焉,疏忽大意……来到贵庄已经是深夜了……"

"柯罗博奇卡,十品文官的寡妇。"

"多谢您赐教。那么本名和父称呢?"

"纳丝塔西娅·彼得罗夫娜。"

"纳丝塔西娅·彼得罗夫娜?纳丝塔西娅·彼得罗夫娜这个名字高雅得很呀。我有一个嫡亲的姨母,我母亲的妹妹,她的名字也叫纳丝塔西娅·彼得罗夫娜。"

"那么,您的名字呢?"那地主婆问,"看来,您该是一位税务官吧?"

"不,大娘,"乞乞科夫笑了笑答道,"我不是税务官,我不过是为了一点小小的私事出来走一趟。"

"啊,那么您准是一位买主啦!说真的,多么可惜,我已经把蜂蜜这么便宜地卖给商人了,否则,我要是早点碰见你,我的爷,你一定会把我的蜂蜜买去的。"

"我可不想买蜂蜜。"

"要买别的什么东西？难道要买大麻吗？可大麻我这儿现在剩下的也不多啦:一共只有半普特①。"

"不,大娘,我要买的是别的一种货物:请告诉我,您这儿死掉过农奴没有?"

"哎哟,老爷子,死掉了十八个啦!"老婆子叹了口气说,"并且死掉的全是些挺好的人,都是些干活儿的能手。不错,后来人是生出了不少来,可他们有什么用处呢:全是些小娃娃呀;而税务官一来,他就说,人头税还得照交。人已经死掉啦,可是还得照活人一样付税。上星期我的一个铁匠烧死了,他是这样一个能干的铁匠,连钳工活儿都会做。"

"难道你们这儿遭了一场火灾吗,大娘?"

"老天爷保佑没有发生火灾,要是发生火灾的话,那就更糟啦;他是自己烧死的,我的爷。他的肚子里不知怎么的烧了起来,他酒喝得太多啦,只看见一团蓝色的火焰从他肚子里喷出来,他整个儿冒着烟,冒着烟,直等到烧得像一块炭似的漆黑;可他真是一个能干透顶的铁匠啊! 现在我出门也没车坐啦,没有人给马钉马掌了呀。"

"一切都是神的意志安排定的,大娘!"乞乞科夫叹了口气说,"违抗神的智慧的话,可一句也说不得哟……您不如把他们让给了我吧,纳丝塔西娅·彼得罗夫娜?"

"把什么人让给你,老爷子?"

"就是所有这些死掉了的家伙呀。"

"怎么把他们让给你呢?"

"这是挺便当的。要不然,请您卖给我吧。我付给您钱

---

① 俄重量单位。1 普特等于 16.38 公斤。

把他们买下来。”

“这怎么能行呢？老实说，我不明白你的意思。难道你想把他们从地里刨出来吗？”

乞乞科夫看到这老婆子不知想到哪儿去了，他必须向她把事情解释清楚。他用简单的几句话讲给她听，转让或者购买只是在纸上写写的，登记时还得把农奴填成是活着的。

“你要他们有什么用呢？”老婆子眼珠凸出望着他问道。

“那就是我的事啦。”

“可是，他们是死了的呀。”

“谁说他们是活的呢？正因为他们已经死了，所以您才吃亏受损失呀：您得为他们交税款，可是我现在就要让您免得为交这笔税款操心。懂了吧？而且，不但免得您交税款，除此之外，我还想给您十五个卢布。怎么样，现在明白了吧？”

“说真格的，我不明白，”女主人拖长调门一个字一个字地说，“以前我可从来还没有出卖过死魂灵呀。”

“那还用说！如果您以前向谁出卖过死魂灵，那倒真是怪事哩。难道您以为他们真有什么用处吗？”

“不，不，我可没有这么认为。他们有什么用处呢？一点用处都没有。不过，使我觉得为难的是，他们已经是死了的呀。”

“看来，这娘儿们真是个死脑筋！”乞乞科夫自个儿在心里想，“听我说，大娘。您得好好儿考虑考虑：您为死魂灵交税款，好像他们是活的一样。这样，您会搞得倾家荡产的……”

“哎哟，我的爷，这件事你就别提啦！”地主婆接碴儿说下去，“就在前个星期我还交掉了一百五十多卢布。再塞了些钱给税务官。"

"好啦,您瞧瞧,大娘。可是,现在您只要想一下,您从今以后再不用向税务官塞钱啦,因为现在我为他们交付人头税;付税款的是我,不是您;全部义务由我一个人来承担。甚至签订不动产买卖契据也由我来花钱,这件事您明白了吗?"

老婆子沉思起来。她看到,这件事的确似乎对她有好处,只不过太新鲜了,是空前未有的;因此,她开始非常害怕起来,只怕这位买主是要想个什么花招来让她上当;他是天知道打哪儿来的,并且来的时候是深更半夜。

"那么,怎么样,大娘,咱们算是成交了?"乞乞科夫说道。

"说真格的,我的爷,我还从来没有出卖过死人哩。活的我倒是出让过的,前年我出让过两个姑娘给大司祭,每一个姑娘收他一百卢布,他非常感谢我,这两个姑娘干起活儿来这样出色:两人都自己会编织餐巾哪。"

"嘻,我说的不是活着的;这跟我不相干。我要的是死掉的。"

"说真格的,我乍一听,觉得挺害怕,担心自己稀里糊涂吃了亏。也许,你,我的爷,你是在骗我,他们实在是那个……他们实在要值更多的钱。"

"您听我说,大娘……哎,您这个人真是的! 他们怎么能够值什么钱呢? 您想一想吧:这是一堆灰。您懂得吧? 这不过是一堆灰。您随便拿一件什么毫无用处的、最不值钱的东西来说吧,比方说,一块普通的破抹布,连破抹布也有点价值:至少可以把它卖到造纸厂里去呀,可是这些死魂灵却一点用处都没有。喂,您倒自己说说,死魂灵有什么用处!"

"话固然是不错的。他们根本一点用处都没有;可是,叫我拿不定主意的一点是,他们已经是死了的呀。"

"真气人,她简直是个木头脑袋瓜子!"乞乞科夫暗自说道,已经开始有点沉不住气了,"你去跟她打交道吧,一辈子也跟她缠不清!这该死的老太婆,急出我一身汗来啦!"这时,他从口袋里掏出一块手帕,擦了擦真的从额头上冒出来的汗水。不过,乞乞科夫用不着发这么大的脾气:有的人,甚至还是值得尊敬的、担任国家重任的人,闹了归齐,可能也会是个十十足足的柯罗博奇卡。他只要脑子里想到个什么念头,你就再也别想把他这个念头打消了。不管你向他提出多少明如白昼的论点,都会被他驳回,正像一只皮球从墙上给弹回来一样。乞乞科夫擦了擦汗之后,决定再试一试能不能从别的方面来开导她。

"大娘,"他说,"您或者是不想理解我的话,或者就是故意闹着玩,只是为了要说几句话敷衍敷衍……我要给您钱:十五卢布钞票哪。您懂得吧?这可是钱哪。钱不是您随便可以在街上捡到的。您老实说吧,您蜂蜜卖了多少钱?"

"一普特卖十二卢布。"

"亏您说这些话不怕造孽,大娘。十二卢布一普特是卖不出去的。"

"我实在是卖了这个价钱。"

"嘻,您知道吧?可这您卖的是蜂蜜。您把这玩意儿收集起来,也许得花上将近一年工夫,还得操多少心,花多少力气,费多少手脚。您得去放蜜蜂,得熏蜜蜂①,在地窖里喂它们整整一个冬天,可是,死魂灵是跟我们人世间不相干的事。

---

① 用烟把蜜蜂熏得昏迷过去,以便取出蜂房。

您这方面对这件事一点都没有费过什么力气,他们离开这个世上,给您的家业带来损失,这全是神的意志。您在蜂蜜上赚得的十二卢布全是您的劳动、您的心血换来的,可是,您在这一件事情上却可以不花一点力气就白白地收到了钱,并且收到的不是十二卢布,却是十五卢布,并且不是银币,却全是些崭新的蓝票子①。"提出了这样强有力的理由之后,乞乞科夫几乎已经毫不怀疑老婆子终于要让步了。

"说真格的,"地主婆答道,"偏叫我这个毫无经验的寡妇碰上了这样的事儿!最好还是让我再等一等,万一有商人来,我可以比较比较价钱。"

"真丢脸,真丢脸,大娘!简直是丢人现眼!嘻,您这是怎么说的,您自个儿想一想吧!谁会来买这些死魂灵呢?他要把他们买去做什么用?"

"没准儿在家业方面能派什么用处……"老婆子反驳说,可是她没有把话说完,就张大着嘴,几乎是带有恐惧地望着他,想知道他将怎么来回答这句话。

"死人在家业方面有用处!您说到哪儿去啦!难道夜里在您的果园里去吓唬麻雀,还是怎么的?"

"上帝保佑!你说的是些多么可怕的话呀!"老婆子一边画着十字,一边说。

"您还想把他们派什么用处?再说,骨头和坟全给您留下,转让只是在纸上写一笔罢了。喂,怎么样?行不行?您至少回答我一声呀。"

老婆子又沉思了起来。

<hr />

① 旧俄时代的纸币,票面价值为五卢布。

"您在想些什么呀,纳丝塔西娅·彼得罗夫娜?"

"说真格的,我简直不知道应该怎么办才好,最好我还是卖给您大麻吧。"

"提大麻干什么?得了吧,我要向您买的完全是另外的东西,可是您却偏要塞给我大麻!大麻是大麻,下回我再来,我也会买一些大麻的。那么怎么样,纳丝塔西娅·彼得罗夫娜?"

"说真格的,货物是这么奇怪,完全是没听说过的!"

这时候,乞乞科夫完全失去了耐性,很生气地抓起椅子往地板上狠狠一摔,骂着叫她见鬼去。

地主婆听见提起"鬼"这个字,异乎寻常地大吃一惊。

"哎哟,可别提'鬼'这个字,上帝保佑!"她整个脸唰地发白,叫了起来,"还就在前天,我整整一夜老是梦见该死的恶鬼。晚上做过祷告之后,我忽然想起用纸牌来占卜一下凶吉,可是这么一来,上帝准是派恶鬼惩罚我来啦。我梦见那么可怕的一个恶鬼:头上生的两只角比牛犄角还要长。"

"我倒奇怪您怎么做梦不多梦见几十个恶鬼。我仅仅是出于基督教的博爱心肠才愿意这么做的:我不忍看到一个可怜的寡妇悲痛万分,受到贫困的折磨……好啦,让这些恶鬼带着您的整个田庄一起毁灭掉吧!……"

"哎呀,你骂起街来啦!"老婆子吃惊地望着他。

"跟您简直没话可说的!您倒真像那个,直说了吧,真像一条看家的母狗,躺在稻草上,自己不吃草,又不准别人家吃。我本来打算向您买各种各样农产品的,因为我也管给公家采购物资的事……"他在这儿撒了一个谎,虽然是顺口说出来的,并没有什么更多的计谋打算,但却出乎意外地收到了奇

效。给公家采购物资这一番话对纳丝塔西娅·彼得罗夫娜发生了强烈的影响,至少她已经用几乎恳求的声音说话了:

"你干吗发这么大的火呀?我要是早知道你是这么容易发火的,我就完全不敢跟你顶嘴啦。"

"哪儿有发火的道理!一只空鸡蛋壳儿都不值的小事,我会为它发火!"

"好啦,好啦,我愿意就按十五卢布钞票的价钱卖啦!不过,我的爷,关于给公家采购物资那件事,可得请你多照顾:如果采购黑麦粉、荞麦粉,或者小麦仁,或者宰杀好的牲口,那么,一定请别忘掉了我。"

"不,大娘,我不会忘掉您的。"他说道,同时用一只手忙着拭擦像一道道小河似的从脸上直淌下来的汗水。他问她在城里有没有什么代办人或者熟人,可以全权委托他办理签订不动产买卖契据以及一切应该办的手续。

"当然有啰,大司祭基利拉神父就是,他儿子在厅里当差。"柯罗博奇卡说道。

乞乞科夫请她给大司祭写一封委托信,为了避免不必要的麻烦起见,他甚至自告奋勇执笔草拟这封信。

"这可倒是不错,"这当口,柯罗博奇卡自个儿心里想道,"如果他为公家从我这儿采购一批面粉和牲口,那就好啦。得拉拢拉拢他:昨天和好的面还剩下一些,那么,我就去关照菲契尼娅一下,叫她烤几张薄饼;最好再做一只鸡蛋素馅饼,咱们家做这种点心挺拿手,再说,做起来也不费什么时间。"女主人走了出去,以便把她要做鸡蛋素馅饼的主意付诸实行,此外,大概还要加上她这家庭面包房和厨房里的别的各色珍品;而乞乞科夫则走进他过夜的那间客厅里去,为了从小木匣子里取出一些要用的纸张来。客厅里早已收拾得干干净净，井井有条，那个蓬蓬松松的绒毛褥子已经搬走了，长沙发前面放着一张铺着桌布的桌子。他把那只小木匣子往桌上一放，然后就坐下来歇歇，因为他觉得浑身大汗，像浸在河水里似的：他身上穿的一切，从衬衫一直到袜子，都湿透了。"瞧她把人折磨得好苦，这该死的老太婆！"他稍微歇了一会儿之后说，随即打开了小木匣子。作者相信，有些读者的好奇心是如此之重，他们甚至想知道这只小匣子的设计和内部结构是怎么样的。好吧，为什么不能满足一下他们的好奇心呢？匣子的内部结构是这样的：最当中是一只肥皂盒，肥皂盒后面有六、七层放剃刀用的狭窄的隔板；然后是两个四方形的格子，一边放一只沙瓶①，另外一边放一只墨水壶，在这两个方格子中间挖出一道沟槽，放鹅毛笔、火漆②以及一切比较长一些的东西；此外，是各种各样的隔板，有盖的和没有盖的，为的是放比较短一些的东西，里面搁满了拜客名片、讣告、戏票以及其他存放起来留作纪念的东西。整个上层抽屉连同所有的隔板都能抽取出来，下面是一大块空档，放着一沓沓的纸张，另外再有一只藏钱的小小的秘密抽屉，是可以从小匣子的旁边不被人觉察地抽出来的。这只秘密抽屉经常被主人飞快地抽出来，立刻又随手把它推进去，因此，说不准那儿究竟藏有多少钱。乞乞科夫立刻就动手忙起来，把鹅毛笔削削尖，开始草拟介绍信。在这时候，女主人走进来了。

"你这只匣子真好呀，我的爷，"她挨着他坐下来，说，"恐

---

① 沙瓶内放沙子，瓶盖上有孔，把沙子撒在用墨水写过的纸上，用以吸干墨水。在吸墨水纸出现之前，是用这种沙瓶的。

② 旧时，写完信后，惯用火漆给信封加上封印。

怕是在莫斯科买的吧?"

"在莫斯科买的。"乞乞科夫一边继续写下去,一边答道。

"我一看就知道:那边随便什么东西都做得精致灵巧。前年我的妹妹从那边给孩子们买来了几双挺暖和的靴子:货色是这样结实,直到今天还穿着哩。哟,你匣子里有多少印花纸呀!"她朝他那只小匣子里看了一眼,继续说下去,说实在话,那匣子里印花纸可真是不少,"哪怕送我一张也好呀! 我是这样缺少印花纸;一旦不巧要写份呈文到法院里去,可就难啦。"

乞乞科夫解释给她听,这种印花纸不是她要的那种印花纸,它是用来签订不动产买卖契据的,不是用来写呈文的。不过,为了使她安心起见,给了她一张票面值一卢布的。他写好信之后交给她签上姓名,又向她要一份庄稼汉的简单的名单。可是,原来这地主婆从来不作什么笔录,也不记什么名单、花名册,却把庄稼汉的名字几乎个个记在心里;他立刻叫她念出来,让他记下。有一些农奴的姓叫他不免有点吃惊,他们的绰号尤其叫他惊讶,所以他每一次听到这些姓和绰号,总不免先得停顿一下,然后再把它们写下来。特别使他吃惊的是某一个彼得·萨威里耶夫·涅乌伐查依-柯雷托①,他不禁说:"这么长的姓名啊!"另外一个人在名字后面附带这么几个字:"柯罗维·基尔比奇②",还有一个人的名字很简单,叫作:柯列索·伊凡③。终于誊写完毕,他耸起鼻子稍微吸了一口气,于是闻到了一种什么油煎热点心的诱人的香味。

---

① 涅乌伐查依-柯雷托,直译其意是:不必敬重洗衣槽。
② 柯罗维·基尔比奇,直译其意是:牛屎堆。
③ 柯列索·伊凡,直译其意是:轮子伊凡。

“请尝一尝吧。”女主人说道。

乞乞科夫回头一看，只见桌上已经摆上了小蘑菇，小馅饼，鸡蛋烤面包，土豆烙饼，油炸包，薄饼，上面加了一层作料的各色烤饼：葱花儿的，罂粟籽的，酸凝乳的，胡瓜鱼的，真是应有尽有。

“尝尝鸡蛋素馅饼！”女主人说道。

乞乞科夫伸手过去叉那只鸡蛋素馅饼，立刻狼吞虎咽吃掉了一大半，称赞馅饼味美可口。说实在的，这饼做得真是味道好极了，尤其是在跟老婆子打了许多交道，折腾了好一阵之后，吃起来就觉得滋味更加好了。

“再尝些薄饼吧？”女主人说道。

对于这句话的回答是：乞乞科夫把三张薄饼卷在一起，把它们放在溶化了的牛油里浸一浸，就往嘴里一送，然后用餐巾擦了擦嘴唇和双手。这样的一套动作重复了三次之后，他就请求女主人派人吩咐给他那辆轻便折篷马车套马。纳丝塔西娅·彼得罗夫娜立刻派了菲契尼娅去办这件事，同时，吩咐她再带几张热的薄饼来。

“大娘，您府上的薄饼真是好吃极了。”乞乞科夫一边说，一边又专心致志地吃起端上来的热薄饼。

“我们家烘烤薄饼还算是不错的，”女主人说道，“可是，糟糕的是收成不好，面粉的质量次……可是怎么啦，老爷子，您竟这么急要要上路啦？”她看到乞乞科夫把便帽抓到手里，就说道，“车还没有套上马哩。”

“就会套好的，大娘，就会套好的。我的手下人套起车来可快哩。”

“那么请便吧，关于给公家采购物资的事，您可别忘了啊。"

"我不会忘记,不会忘记。"乞乞科夫一边走进门廊,一边说。

"您不要买猪油吗?"女主人跟在他后面说。

"为什么不要买呢?要买的,不过要等下一回啦。"

"我在圣诞节前后会有猪油的。"

"我要买的,要买的,什么东西都要买的,猪油也要买。"

"也许,您需要一些鸡毛。我在菲里波夫斋戒期前会有鸡毛的①。"

"好,好。"乞乞科夫说道。

"你瞧呀,我的爷,你的那辆马车还没有套好哩。"当他们走到台阶上的时候,女主人说。

"就要套好的,就要套好的。不过,请您告诉我,到大路上去怎么走。"

"这叫我怎么说呢?"女主人说,"很难讲得清楚呀,这儿要拐许多弯;除非我叫一个小丫头送你一程,给你带带路。你那赶车人的前座上大概总有个位子给她坐的。"

"怎么会没有呢?"

"那么我派个小丫头跟你一块儿去吧;她认得路;不过你得留神,别把她拐走!上回已经有个商人把我的一个丫头拐走了。"

乞乞科夫向她保证,决不把那姑娘拐走,于是柯罗博奇卡安下心来,开始察看她院子里所有的一切东西;她把眼睛盯住

---

① 旧俄历十一月十四日为菲里波夫节。此后为期共四十天,即为菲里波夫斋戒期。从十一月十四日起,不再杀鸡。

刚巧从贮藏室里捧着一个装着蜂蜜的木头小口罐走出来的那个管家婆,又盯住出现在门口的那个庄稼汉,就这样,她慢慢儿、慢慢儿地把整个身心沉浸到家务生活中去了。可是,为什么要这么长久地讲述柯罗博奇卡呢?不管是柯罗博奇卡也好,玛尼洛夫太太也好,操劳家务也好,不操劳家务也好——都不必去提啦!世间的事情安排得实在非常奇妙:只要你在欢乐前面停留得长久一些,刹那间欢乐会一变而为悲戚,那时候就只有上帝才知道你的头脑里忽然会转到些什么念头。也许,你甚至会这么想:算了吧,难道柯罗博奇卡在人类自我完善的无穷无尽的阶梯上真的站得这样低下吗?难道把她跟她的姊妹分隔开来的深渊真的如此之深吗?这个姊妹深居在贵族府邸厚不可及的高墙后面,家里有洒过香水的生铁铸的楼梯、闪闪发光的铜器、红木的家具和华贵的地毯,她手持一本没有读完的书连连打着哈欠,一心等待机智而又高雅的来客,好让她有机会炫耀一下才华,发挥一些背熟了的见解,这些见解按照时髦风气的法则要风靡全城整整一个星期,这些见解既不涉及她的府邸里发生些什么事情,也不涉及她那由于不懂经营管理而乱成一团、难以收拾的田庄上发生些什么事情,却是讲法国正在酝酿什么政治变动,流行的天主教又有了什么新的趋向。可是,别提这些,别提这些!为什么要提这些呢?可是,为什么在一无所思的、欢畅快乐的、无忧无虑的瞬息间,自然而然地会有另外一道奇妙的光猛地一闪而过呢?笑影还没有从脸上完全消失,周围的人物依旧,可是你却已经变成了另外一种人,脸上已经映照着另外一种光线了……

"马车来啦,马车来啦!"乞乞科夫终于看到自己的那辆轻便折篷马车驶过来,不禁叫道,"你这傻瓜,干吗磨蹭了这么久？看来，你昨天的满嘴酒味还没有完全消掉哩。"

谢里方听了一句话也不回答。

"再见啦，大娘！可是怎么啦，您那个姑娘在哪儿？"

"喂，彼拉盖雅！"地主婆对一个就站在台阶附近的约摸十一岁左右的小姑娘说道，那姑娘穿一身土法染色的粗布衣服，赤着一双脚，远远望去倒像是穿着一双长统靴似的，原来两条腿上都刚刚沾满了泥浆。"给这位老爷带路去。"

谢里方帮这个姑娘爬上赶车人的前座；她把一只脚踩在老爷用的踏脚板上，把踏脚板踩得满是泥浆，方才爬到上头，挨着谢里方坐下了。接着乞乞科夫也把一只脚登上了踏脚板，因为他身体的分量有点沉，直到使轻便折篷马车侧向了右边，他这才算坐稳了，说了声："啊！现在可好啦！再见啦，大娘！"马儿向前跑动了。

谢里方一路上始终脸色阴沉，但同时又是非常注意自己的职务，每逢他犯了什么过错或者喝醉过酒之后，总是这个样子的。三匹马都洗刷得出奇的干净。其中一匹马的轭，在这以前几乎一直是破破烂烂的凑合着用，皮套下面都露出了垫里的麻絮，这时候也精巧细致地修补好了。他一路驶来始终沉默没做声，只是不时噼噼啪啪地挥舞一阵鞭子，也不对几匹马儿发表任何带教训内容的议论。虽然那匹花斑马无疑是很想聆听一番含有训诫意味的话的，因为这时候马缰绳不知怎么的总是松松地抓在那喜欢饶舌的赶车人的手里，鞭子只是比试比试，在离马背老远的上空挥动挥动罢了。可是，从闷闷不乐的嘴里这一回只听见单调而又令人不愉快的喊叫："瞧你，冒失鬼！看你心不在焉！看你心不在焉！"此外，再也没有什么别的了。甚至连枣红马和陪审官因为一次也听不见叫它们"好伙计"或者"好朋友",都感到不满意起来。那匹花斑马在它身上丰满宽阔的部分还是挨了几鞭子,滋味特别的难受。"瞧他多么刁钻!"它自己心里想,把耳朵稍微竖了一点起来,"看来他倒挺知道该打在什么地方的!鞭子不直接打在背上,偏挑一些感觉特别灵的地方打,不是朝我的耳朵上抽,就是打在我的肚子下面。"

"往右拐,对吗?"谢里方问那个坐在他身旁的小姑娘这么一个干巴巴的问题,用鞭子指了指萦回在滴翠碧绿、清新鲜洁的田野中间的那条由于被雨淋过而变成一片黑色的大道。

"不是的,不是的,我到时候会指给你看的。"小姑娘答道。

"那么,往哪儿拐呢?"当马车又驶过了一程,谢里方说。

"就是那边。"小姑娘用手指着,答道。

"你真是!"谢里方说,"那就是往右拐呀:连左右都分不清楚!"

虽然天气挺晴朗,可是地上被雨水泡得泥泞精湿,因此车轮在泥泞里滚过,很快就沾满了泥浆,像包上了一块厚毛毡一样,这就大大增添了车子的重量;何况土壤是黏土质的,特别的黏糊。这些原因都使他们直到中午还不能走出乡间土道。如果没有小姑娘从旁指点的话,那么,就连这一点也都很难做到,因为纵横交叉的土道向四面八方爬开去,就像捉到的虾从麻袋里被放出来一样,谢里方又可能多走许多弯路,不过这回可怪不得他啦。不久,小姑娘用手指着远处的一座黑沉沉的建筑物,说了一句:"那边就是大路啦!"

"那么,那座房子呢?"谢里方问道。

"那就是饭店。"小姑娘说道。

"行啦,现在我们自己可以走到啦,"谢里方说,"你回家去吧。"

他停住马车,帮她下了车,咕噜了一句:"哎,你这泥脚杆子!"

乞乞科夫给了她一枚铜币,于是她慢慢儿走回家去,对于她曾在赶车人的前座上坐过一会儿工夫已经感到非常得意。

第 四 章

当驶达小饭店的时候,乞乞科夫由于两个原因吩咐把马车停下:一来为了让几匹马歇歇腿,二来也为了让自己可以吃些东西,提提精神。作者必须承认,对这一类人的食欲和胃是非常羡慕的。彼得堡和莫斯科的阔人先生们对他来说倒算不了什么:他们尽考虑明天吃什么,后天又安排怎么样的菜谱,以此来消磨时间,他们吃饭前总得先吞服一颗药丸,他们吃牡蛎、螃蟹和其他奇馔异味,然后到卡尔斯巴德①或者高加索去住上一阵子。不,这些阔人先生从来没有引起过作者羡慕。可是,中等的先生们就不同啦,他们在一个驿站上要了火腿,在第二个驿站上要了乳猪,在第三个驿站上要了一大块鲟鱼,或者什么葱烤灌肠之类,然后,随便在什么时候,又会若无其事似的坐到餐桌旁边去,咂嘴咂舌吃喝起搁有鳕鱼肉和鱼膏的鲟鱼汤来,一边还吃着鱼馅包子或者用鲶鱼尾肉做馅的烤饼,那副津津有味的样子叫旁边的人看了都要为之垂涎三尺,——的确,这些先生才真是得天独厚哩!不止一个阔人先生会立刻情愿牺牲他一半的农奴和他一半的抵押过的或者没

---

① 卡尔斯巴德现为捷克的卡罗维发利市,是著名的温泉疗养地。旧时俄国贵族仕女都喜欢前往该处游览、休息。

有抵押过的、附有种种外国的和本国的改良措施的田庄，只要能够换得像中等先生所有的那种强健的胃，但可惜的是，不管花掉多少钱，甚至牺牲掉附有改良措施或者并不附有改良措施的田庄，都没法换得像中等先生所有的那种强健的胃。

一幢木造的发了黑的小饭店，把乞乞科夫招揽到它那狭窄的、殷勤好客的遮阳下面去了，那遮阳支撑在两根刨光的小木柱上，木柱看上去挺像旧式的教堂用的烛台。小饭店有点类似俄国农家的小木房子，不过规模要大一些罢了。窗子周围和屋檐下面，有用新木料做的各式各样的雕花楣边，这把昏暗的墙衬托得格外突出和鲜明；护窗板上画着几只插了花的水壶。

沿着狭窄的木楼梯走到楼上，到了宽敞的走廊上，只听得门呀的一声开了，出现了一个穿印花布裙的胖老婆子，冲着他说："这边请！"他在屋子里遇见了人人在大路上颇不少见的木造小饭店里经常可以碰见的老相好，那就是：盖满霜花的茶炊，被刨得光光的松木板壁，屋犄角里一只放着茶壶、茶杯的三角柜，圣像前用蓝的和红的带子吊挂着的描金瓷制鸡蛋，不久前刚产过一窠小猫的猫，一面能把两只眼睛照成四只眼睛、把脸照成煎饼模样的镜子；最后，还有一束束供在圣像旁边的香草和石竹花，它们已经枯干到这种程度，如果有人要去闻一闻，是只会打喷嚏的。

"有乳猪吗？"乞乞科夫问站在一旁的妇人。

"有。"

"加辣子，加酸奶油的？"

"加辣子，加酸奶油的。"

"来一份！"

老婆子去翻寻折腾了一会儿,拿来了一只盘子,一块浆得像干树皮一般硬的餐巾,再拿来了一把骨头柄发了黄、薄得像削笔刀似的刀子,一把只剩两个齿的餐叉,和一只怎么也不能摆平在桌上的盐瓶。

我们的主人公,按照老规矩,立刻跟她攀谈起来,问她是不是自己开的这家小饭店,还是另有东家,这家小饭店有多少进项,儿子们是不是跟老两口住在一起,大儿子是独身还是娶过亲了,娶的是什么样的老婆,有一笔很大的妆奁还是没有妆奁,老丈人是不是觉得满意,有没有因为聘礼收得太少而生气,总而言之,什么细节都没有放过。不用说,他也打听了附近有些什么地主,结果他打听到这儿有各种各样的地主:勃劳兴,巴契塔耶夫,梅尔耐依,契普拉科夫上校,索巴凯维奇①。"啊!你认得索巴凯维奇?"他问,立刻听见那老婆子回答说,她不但认得索巴凯维奇,并且还认得玛尼洛夫,玛尼洛夫要比索巴凯维奇气派大:他一来就要一个煨鸡,要一个煮小牛肉;如果有羊肝,那么,他也要羊肝,所有的菜他只尝一尝就算完了,可是索巴凯维奇却只点一个菜,吃得精光,甚至还要叫人给他加菜,却又不多付一文钱。

当他这样一边攀谈,一边吃着乳猪,盘子里只剩下最后一块的时候,忽然听见了一阵马车驶近的辚辚声。他往窗外一望,看见一辆套着三匹骏马的轻便折篷马车在饭店前面停下了。从马车里跳下来两条汉子:一个淡黄头发,高个子;另外一个稍微矮一些,黑头发。淡黄头发的那一位穿一件深蓝色

---

① 这些姓的词根是:跳蚤,阅读,肥皂,鞍褥和狗。故有"各种各样的地主"一语。

的轻骑兵短外衣,黑头发的那一位光穿一件花条纹的长褂。远处还有一辆弹簧四轮马车在慢吞吞地驶来,这一辆是空车,驾着四匹长毛蓬松的马,辕已经破烂不堪,套车用的是粗绳子。淡黄头发的人立刻登上楼梯,而那个黑头发的人还留在街上,在轻便折篷马车里摸索着什么东西,一边跟仆人谈些什么,还对跟在他们后面驶来的那辆弹簧四轮马车招着手。乞乞科夫觉得那人的声音仿佛有点耳熟。当他仔细端详那人的时候,那位淡黄头发的已经摸着门,推开门进来了。这是一个高个儿的汉子,一张瘦瘦的或者是所谓未老先衰的脸,蓄着一撮火红色的小胡髭。根据他那张乌黑的脸可以得出结论:他很懂得什么叫作烟,如果不是枪弹的硝烟,那么,至少是烟草的熏烟。他挺有礼貌地对乞乞科夫一鞠躬,乞乞科夫也对他报以同样的一鞠躬。大概不消几分钟的工夫,他们就会谈得很投机,互相熟识起来的,因为第一步已经做到了,两个人差不多在同一个时候对于昨宵大雨扫清了路上的积尘,今天乘车奔驰既凉爽又愉快,表示非常高兴,可是这当口他那位黑头发朋友走进来了,从头上脱下便帽,往桌子上一扔,用一只手矫健有力地把他那一头浓密的黑头发搔得乱蓬蓬的。这是一个中等个儿、身材长得挺不错的年轻人,胖胖的、绯红的脸颊,雪样洁白的牙齿,漆黑漆黑的连鬓胡子。他的脸色鲜嫩,白里透红;望上去满脸盈溢着一股健康的气息。

"咦,咦,咦!"他一眼看见乞乞科夫,就张开双臂,忽然叫了起来,"真是幸会啊!什么风把你吹来的?"

乞乞科夫认出是诺兹德廖夫,就是那个一起在检察长家里吃过午饭的人,当时他在几分钟里就和乞乞科夫亲热非凡,开始以"你我"相称起来,虽然从乞乞科夫这方面说来,并没有给予对方以这样称呼的理由。

"你上哪儿去啦?"诺兹德廖夫说道,没等他回答,就接着往下说,"可是我哪,老兄,我刚从市集那边来。你向我贺喜吧:我输了个精光! 你信不信,我这辈子从来没有这样输得精光过。我是向镇上的居民雇了一辆马车过来的。你硬是得往窗子外边瞧一瞧!"说到这儿,他猛地使劲把乞乞科夫的脑袋扭过去,差点把对方的脑袋磕撞在窗框上。"你瞧呀,一辆什么样的破车! 那几匹该死的畜生拼死拼活才拉到这儿来的;我只能改乘他的车啦。"说到这儿,诺兹德廖夫用手指了指他的伙伴。"你们还没有认识吧? 这是我的妹婿米茹耶夫! 我们谈论你谈了一早晨啦。我说,'你瞧吧,没准儿咱们会碰见乞乞科夫的。'嗳,老兄,你要是知道我是怎样输得个精光啊!你信不信,我不但输掉了四匹骏马——我把身上所有的东西都输光啦。你瞧我身上既没有表链,也没有表……"乞乞科夫打量了他一眼,的确看见他身上既没有表链,也没有表。乞乞科夫甚至觉得,他一边的连鬓胡子也仿佛少了一些,不如另外一边浓密似的。"可是,只要我有二十卢布在口袋里,"诺兹德廖夫继续说下去,"不要多,只要有二十卢布,我就能把全部输掉的钱都赢回来,除了把输掉的赢回来之外,我的皮夹子里这会儿还要多装上三万卢布哩,我是一个正人君子,决不对你撒半点虚谎。"

"可是,你当时就是这么说过的,"那位淡黄头发的朋友答道,"但我给了你五十卢布,你立刻又全部赔在里头啦。"

"我本来不会赔掉的! 老天在上,我不会赔掉的! 只要我自己不做蠢事,没有打错牌,我真的不会输掉的。我如果在加过了双倍赌注以后没有再在那倒霉的七点上加码的话,我就会把庄家面前的赌本全部搂光。"

"可是，你没有把庄家敲掉呀。"淡黄头发的朋友说。

"没有把庄家敲掉，是因为加码加得不是时候呀。可是你以为那位少校打牌打得好吗？"

"不管打得好不好，反正他赢了你。"

"没什么了不起！"诺兹德廖夫说道，"下一回我也会赢他。不是这个打法，下回让他打一回双人对打试试，那么，我就可以看看谁胜谁负啦。那时候我就可以领教领教他是个什么样的打牌能手！可是话又得说回来，乞乞科夫老兄，我们在赶集的头几天喝酒作乐得多么欢呀！的确，市集上真是热闹极了。连商人们都说，从来没有见过这么多的人。我把从庄子里运出来的货物统统以最合算的价钱卖掉啦。哎呀，老兄，我们喝酒作乐得多么欢呀！甚至直到今天，你只要一想起来……见它的鬼！可惜的是，你没能赶上这个热闹。你想象一下，离城三里外驻扎着一个龙骑兵团。你信不信，军官哪，别管他们有多少，反正单是军官就有四十个人进城来啦；老兄，我们一开始喝起酒来，那简直是……有一位骑兵大尉，叫作波采鲁耶夫……真是讨人喜欢！老兄，他的两撇小胡髭多么美呀！他把波尔多酒干脆叫作黄汤①。他说：'喂，伙计，拿黄汤来！'还有一位库甫欣尼科夫中尉……哟，老兄，他是个多么可爱的人！这才可以算得一个地道十足的闹客。我老跟他在一起玩。波诺玛廖夫卖给了我们什么样的酒啊！你得知道，他是个骗子手，在他店里你什么都不能买：他把什么废料

---

① 俄文中 бурда（淡而无味的酒）发音近似法文中的 bordeaux（波尔多酒，一种名贵的红葡萄酒），故俄文中可将 bordeaux 戏称为 бурда。中文无法将这一点表达出来。

都掺杂在酒里——檀香啦,烧焦的木塞子啦,甚至还有接骨木的核仁,这坏蛋都拿来磨碎了浸在酒里加浓颜色,可是,如果他从后面的一间小屋里,就是在他店里唤做密室的那间小屋里,随便取出一小瓶陈酒来,那么,老兄,你喝了简直要乐得像登上了神仙世界啦。我们喝的香槟酒是这样芬香扑鼻,——跟它比起来,省长家里的能算个什么? 简直等于是喀瓦斯! 请想象一下,不是普通的香槟酒,而是一种玛特拉图拉香槟酒,就是说,双料的香槟酒。他还弄来了一瓶法国酒,名字叫作:蓬蓬。那香味呢? ——有一股玫瑰花香味和一切随便你想闻到的什么香味。我们喝酒作乐的那股劲头就甭提啦! ……我们走后,来了一位公爵,他差人到这家酒店里去买香槟酒,可是整个城里连一瓶香槟酒都没有了,全让军官们喝光啦。你信不信,我一个人在一顿饭中间就喝了十七瓶香槟酒!"

"哼,你喝不掉十七瓶的。"淡黄头发的人说道。

"我是一个正人君子,不撒半点虚谎,我喝掉过的。"诺兹德廖夫答道。

"你对自己可以爱怎么吹就怎么吹,可是,我要对你说,你连十瓶也喝不掉。"

"你愿意打赌,赌我没有喝掉吗?"

"干吗要打赌?"

"好吧,就赌你从城里买来的那支火枪。"

"我不干。"

"得了吧,你就拿出来赌一赌,试一试嘛!"

"我不想试。"

"是喽,你还是别赌的好,要不然,就跟你的皮帽子一样,你把火枪也要输掉的。哎呀,乞乞科夫老兄,真可惜你没有跟我们在一起。我知道,你要是认得了库甫欣尼科夫中尉,你会跟他好得拆不开的。你跟他两人呀,一定会打得火热。这个人不像我们城里的检察长和所有那些省城里的守财奴那样的人,这些人每花掉一戈贝都要心痛得浑身发抖。这个人呀,老兄,不管是打迦尔比克牌也好,拿出赌本来坐庄也好,不管你要他打哪一种花样,他都能行。哎呀,乞乞科夫,你来一趟有什么难呢?的确,凭这一点你就像猪一样不识好歹,只配跟牲口打交道!吻吻我,宝贝,我真爱得你要命!米茹耶夫,你瞧呀:这真是命里安排定的!嘻,他跟我有什么相干,或者我又跟他有什么相干?偏偏他从上帝才知道的什么地方跑上这儿来了,我又恰巧住在这儿,真是有缘千里来相会呀……喂,老兄,我原来有多少辆马车呀,可是,现在全部……全部的①啦。我玩了一下轮盘赌,赢到两罐发油、一只瓷茶杯和一把六弦琴;后来又押了一次,这下子可全部输光了,真上当,还赔上了六卢布。如果你知道,这库甫欣尼科夫是一个多么喜欢向女人献殷勤赔小心的花花公子啊!我跟他一起参加了差不多所有的舞会。有一个女人打扮得花枝招展:衣服上镶着荷叶边,还有这个边那个边的,鬼知道还有什么没有给穿戴上了……我只是自个儿在心里想:'见她的鬼!'可是库甫欣尼科夫,这个花言巧语的情场老手,却去挨在她身边坐下来,抓住机会用法语对她说了这么一些恭维话……你信不信,这家伙连乡下婆娘也不肯放过的。他把这叫作:摘草莓吃。再说,有人运来

---

① 原文为法语。旧俄时代上流社会以熟谙法语为时髦。此处诺兹德廖夫想表示输得精光的意思,但辞未达意。

了一批上好的鱼和干咸鱼脊肉。我总算带来了一块,幸亏在我身边还有钱的时候,想到了要买。你现在要上哪儿去?"

"去拜会一个人。"乞乞科夫说道。

"得了吧,有什么了不起的人,把他忘掉算啦! 上我家里去!"

"不,不行,我有点事情要办。"

"得了吧,有什么了不起的事情! 我准知道你是胡扯。哎哟,你这个人啊,奥波岱尔陀克·伊凡诺维奇①!"

"真的有事情要办,并且还是非常要紧的事情。"

"我跟你打赌,你撒谎! 只要你说出来,你要去拜会谁?"

"好吧,我要去找索巴凯维奇。"

这时候,诺兹德廖夫爆发出一阵只有生气蓬勃的、健康结实的汉子才会发出的那样一种笑声来,这种人一笑起来就张大了嘴,露出白糖般洁白的牙齿,笑得脸上的肌肉直发抖,跳动个不停,一个隔开两重门、住在第三个房间里的邻居,也会给笑声惊醒,从床上跳起来,瞪大了眼睛,说:"哎呀,他发疯啦!"

"这有什么可乐的?"乞乞科夫对他的这种笑声有点不满,说道。

可是,诺兹德廖夫还是一个劲儿扯直嗓门继续哈哈大笑,一边笑一边说:"哎哟,饶了我吧,真要把我笑死了!"

"一点也没有什么可笑:我答应过他的。"乞乞科夫说。

"你要是上他那儿去,那么你准会觉得活着没味儿啦:他

---

① 乞乞科夫的本名和父名是巴维尔·伊凡诺维奇。但是诺兹德廖夫粗枝大叶,健忘,把巴维尔胡乱叫作奥波岱尔陀克,意即一种用樟脑和肥皂制成的治风湿痛的药膏,这是非常失礼的。

简直是个吝啬鬼！我知道你的脾气，如果你以为你可以在他那儿找到有人肯拿出赌本来坐庄，或者喝到一瓶叫什么蓬蓬来着的好酒，那你就要大失所望啦。你听我说，老兄，让索巴凯维奇见鬼去吧，咱们还是立刻上我家里去！我要请你吃多么好吃的干咸鱼脊肉！波诺玛廖夫那个老狐狸，临走时对我那么毕恭毕敬地鞠着躬，说：'这只是给您才留下的；您找遍整个市场，也找不到这样的好货色。'不过，他是个恶劣透顶的骗子手。我当着他的面毫不客气地对他说：'你跟咱们的包税商是两个天字第一号的大骗子手！'那老狐狸还摸摸胡子，直打哈哈哩。我跟库甫欣尼科夫两个人每天在他的店里吃早饭。哎，老兄，我忘了告诉你：我知道你这会儿看到了会爱不释手的，可是我有言在先，你即使给我一万卢布，我也不会让给你的。喂，波尔菲利！"他走到窗前，冲他的一个仆人喊起来，那仆人一只手拿着一把小刀，另外一只手拿着一块面包皮和瞅机会顺手切下来的一片干咸鱼脊肉，一边还正要从轻便折篷马车里取出什么东西来。"喂，波尔菲利，"诺兹德廖夫叫道，"把那只狗崽子抱来！一条多么好的小狗崽子！"他转过脸对着乞乞科夫继续说下去，"这是偷来的，说什么主人也不肯让给我。我答应把一匹淡栗色的小雌马跟他换，那匹淡栗色的马，你记得吧，我是从赫沃斯蒂廖夫那儿换来的……"不过，乞乞科夫有生以来从来没有看见过那匹淡栗色的小雌马，也没有看见过赫沃斯蒂廖夫。

"老爷！您不想吃点什么吗？"这时候，老婆子走到他跟前，说道。

"不要吃什么。哎呀，老兄，我们喝酒作乐得多么开心啊！不过，给我拿一杯伏特卡酒来也好，你店里有些什么伏特卡?"

"有茴香伏特卡。"老婆子答道。

"好吧,就拿茴香伏特卡来。"诺兹德廖夫说。

"给我也来一杯!"淡黄头发的人说。

"在戏院里,有一个女演员真是鬼精灵,唱起歌来活像一只金丝雀!坐在我旁边的库甫欣尼科夫就说啦,'老兄,咱们去摘这颗草莓吃!'我估计,光是临时搭的戏台就有五十来处。费纳尔迪①可以像水磨一样一连转上四个钟头。"说到这儿,他伸出手去从老婆子手里接过了酒杯,老婆子为此对他深深地一鞠躬。"啊,把它抱到这儿来!"他看见波尔菲利抱着小狗崽子走进屋里来,就喊了起来。波尔菲利穿得跟他的老爷一模一样,身上也是一件绗过线的棉长褂,不过沾上了一点油腻罢了。

"把它抱来,放到这儿地上来!"

波尔菲利把狗崽子摆在地上,那小狗伸直四爪趴着,不住地嗅地板。

"你看这条小狗!"诺兹德廖夫伸出手一把抓住狗的背脊,把它提了起来。狗崽子发出一阵凄厉的哀鸣。

"可是,你这家伙没有照我吩咐的去做呀,"诺兹德廖夫仔细周到地察看着狗崽子的肚子,对波尔菲利说道,"你没想到给它箆一箆吧?"

"不,我给它箆过的。"

"那么,跳蚤是打哪儿来的?"

"这我可不知道。也许是从马车里不知怎的跳出来的。"

───────────

① 上世纪二十年代著名的翻筋斗、变戏法的走江湖艺人。

91

"你撒谎,你撒谎,你没有想到给它篦一篦,我看,你这个混蛋还把自己身上的跳蚤过给了它哩。你瞧瞧呀,乞乞科夫,仔细瞧瞧,它有一对什么样的耳朵,来,你用手摸摸。"

"这又何必呢,我不摸也看得出的:是良种!"乞乞科夫答道。

"不行,你硬是得抱它起来,摸摸这一对耳朵!"

乞乞科夫为了敷衍他,摸了摸耳朵,找补上一句:"是的,将来准是一条好狗。"

"还有鼻子,冰凉冰凉的,你觉得吗?你用手来捏一下。"乞乞科夫不愿意惹他不高兴,也就捏了一下狗鼻子,说,"鼻子是挺灵的。"

"一条真正的大头猎狗,"诺兹德廖夫接碴儿说下去,"我得承认,我早就想弄到一条大头猎狗,想得我心里直痒痒。给你,波尔菲利,把它抱走吧!"

波尔菲利拦着肚子把狗崽子抱起来,把它带到轻便折篷马车里去了。

"你听我说,乞乞科夫,你现在一定得上我家里去;一共才五里远,一口气就可以跑到啦,然后你再去拜访索巴凯维奇也还不迟。"

"也好,"乞乞科夫自个儿心里想,"我不妨去一下诺兹德廖夫的家。他有什么地方不如别人呢?他也是同样的人嘛,何况又打牌输光了钱。看来,他干什么事都挺爽快,没准儿我可以不花钱向他要点什么东西来。"

"好,咱们去走一趟吧,"他说,"可是,千万别把我留得太长久,我的时间是宝贵的。"

"对,宝贝,这就对啦!这么样就好啦!等一等,我要为此吻一吻你。"说到这儿,诺兹德廖夫和乞乞科夫就拥抱着接起吻来,"这真好极啦:咱们三个人一块儿走!"

"不,请你放我走,"那个淡黄头发的人说道,"我得回家去。"

"胡说八道,胡说八道,老弟呀,我不会放你走的。"

"说真的,我老婆要生我的气的;再说,现在你可以换坐他那辆马车啦。"

"绝对不行,绝对不行! 这你想都甭想!"

淡黄头发的朋友是这么一种人,粗粗一看,他的性格中满有一股倔强劲儿。你还没有来得及开口说话,他就已经准备跟你争辩,看来他绝不会同意显然违背他想法的意见,绝不会把蠢家伙叫作聪明人,特别是不会答应让人牵着鼻子走;可是闹了归齐,在他的性格中总是会露出柔顺的本色,他恰巧正是会赞同他曾经反驳过的意见,把蠢家伙叫作聪明人,接着就让人牵着鼻子走,而且再听话也没有的了,总而言之,他是一个虎头蛇尾的人。

"胡说八道!"诺兹德廖夫这么回答了淡黄头发朋友提出的一个主张,把便帽往他头上一戴,于是淡黄头发的朋友就乖乖地跟在他们后面走了。

"老爷,您酒钱还没有给哩……"老婆子说道。

"啊,好,好,大娘。妹夫,你听我说! 请你代我付一付。我口袋里一个戈贝都没有。"

"该你多少钱?"妹夫说。

"这个酒钱嘛,老爷,一共是八十戈贝。"老婆子说道。

"你撒谎,你撒谎。给她张五十戈贝的票子就挺够啦。"

"太少了些,老爷。"老婆子说,可是她还是千恩万谢地收了钱,还急急忙忙跑过去给他们开门。她没有吃亏,因为她要的价钱比伏特卡酒的实在价钱贵了三倍。

旅人们上车落了坐。乞乞科夫的轻便折篷马车和诺兹德廖夫同他妹夫乘的那辆轻便折篷马车并辔而行,因此,一路上他们三个人能够挺方便地互相开怀畅谈。诺兹德廖夫向镇上居民租来的那辆套着羸弱瘦马的小小四轮马车跟着他们,总是远远地落在后面。坐在那辆马车里面的是波尔菲利和小狗崽子。

因为旅人们之间的谈话对于读者并不挺有趣味,所以我们还不如就诺兹德廖夫本人说上两句,他这人说不定会在我们这部长诗里起着并不是微小的作用。

诺兹德廖夫的脸,对于读者来说,大概已经多少有点熟悉。大伙儿一定有机会碰见过不少这样的人。他们被叫作生龙活虎的小伙子,还在幼小时和在学校里念书时就是出名的好伙伴,尽管如此,他们时常挨打,被打得痛楚万分。他们的脸上经常可以看到一种开朗的、直率的、大胆的神情。他们很快就会跟人家搞熟,不消一眨眼的工夫,他们已经跟你"你我"相称起来。他们的那份情谊似乎是永存不灭的;可是,几乎经常发生如下的情况:就在缔交当晚的欢宴上,刚刚结交的好朋友就已经和他们打起架来了。他们往往是饶舌多嘴的,放荡不羁的,大胆撒泼的,是些大名鼎鼎的人物。诺兹德廖夫到了三十五岁还完全跟他在十八岁和二十岁时一模一样:喜欢过放荡游乐的生活。结婚也没有丝毫改变他,尤其是因为老婆不久便归天了,撇下两个孩子,那是他绝对不需要的。不过,有一个长得很有几分姿色的保姆照料着这两个孩子。他在家里任怎么说也待不住一整天。他的鼻子可真尖,可以嗅得出在几十里以外的地方有什么市集啦,各种各样的热闹去处啦,开什么跳舞会啦;一眨巴眼,他已经出现在那儿了,跟别人争吵起来,在绿呢牌桌上闹出一场乱子,因为他跟像他这一类的人一样,嗜赌成癖。我们从第一章里已经看到,他打起牌来并不是问心无愧、手脚干净的,他懂得许多各种各样弄鬼的窍门以及其他的诡计花样,因此,打牌常常以另外一种"打"法来收场:或者人家用皮靴踢他,或者扯掉他浓密的、非常漂亮的连鬓胡子,结果他回到家里时只剩下半边连鬓胡子,并且还是相当稀疏的几小撮。可是,他那健康的、胖胖的脸蛋天生这样的结实,包含着这样强盛的繁殖力,所以他两边的连鬓胡子不久就都重新长了出来,甚至比先前长得更加漂亮。尤其奇怪的是,而且这也只有在俄罗斯才可能发生的事情,过了一些时候他就又跟曾经对他饱以老拳的那些朋友碰头了,并且碰见时仿佛压根儿没有发生过什么事似的,如常言所说的,他毫不介意,他们也若无其事。

就某一方面说来,诺兹德廖夫是一个经常惹是生非的人。无论什么集会,只要有他在场,都不会安然度过。总不免要出点什么事儿:或者是宪兵到场把他拉出大厅去,或者他的朋友们不得不把他赶出去。如果这种事情都没有发生,那么,毕竟总会发生一些在别人身上无论如何也不会发生的事情:或者他在小食部里喝得酩酊大醉,只是一个劲儿地傻笑,或者他信口开河胡说八道,最后连他自己也觉得害臊起来。再说,他撒谎是毫无目的的:他忽然会告诉大家,他有过一匹天蓝毛色的或者粉红毛色的马,以及诸如此类的荒唐事儿,听的人终于一哄而散,临走时说这么一句:"看来,老兄,你又开始吹牛皮啦。"有些人非常喜欢说亲戚好友的坏话,有时压根儿没有任何一点理由。举例说,有的人,甚至还是据有高爵厚位、仪表堂堂、胸前挂有星形勋章的人,会握着你的手,就一些引人思考的深奥的问题跟你谈得眉飞色舞,可是一转眼,立刻会当着你的面把你臭骂一顿。而且,用的是这样的粗话,口气就像一个普通的十四等文官①,却压根儿不像一位谈论高雅的和发人深思的问题的、胸前挂星形勋章的大人物;这时候你就只能站着,觉得十分惊讶,耸耸肩膀,再没有别的话可说。诺兹德廖夫也有同样这种奇怪的癖好。谁越是跟他交情好,他就越是要败坏谁的名声:传播无中生有、再愚蠢不过的谣言啦,拆散人家的婚姻啦,破坏人家的买卖啦,并且根本不认为自己是你的敌人;相反,如果下次有机会再碰见你,他又会跟你十分亲密友好,甚至会说:"你这个坏家伙,你怎么从来不上我家来玩呀。"就许多方面说来,诺兹德廖夫是一个全才,就是说,他是一个门门在行的人。在同一刹那,他会建议同你一块儿乘车到随便什么地方去,甚至天涯海角也愿意去,跟你做随便什么样的交易,用随便什么东西跟你调换随便你要的什么东西。枪啦,狗啦,马啦,——所有这一切都是物物互易的对象,可是目的不是为了要赚钱,这只不过是性格上某种永无休止的变动灵活和反应敏捷所造成的结果罢了。如果他在市集上侥幸碰上一个糊涂蛋,把这糊涂蛋身上的钱骗取一空,他就会把店铺里头一眼看见的随便什么东西买来一大堆:马轭啦,香锭②啦,印花布啦,蜡烛啦,保姆用的头巾啦,小鹰摆设啦,葡萄干啦,银制盥洗盆啦,荷兰麻布啦,精白面粉啦,烟草啦,手

---

① 帝俄时代最低级的官吏,驿站长等均属之。
② 用炭粉和松香制成,点着后可以使满室生香。

枪啦,干鲱鱼啦,画啦,磨刀石啦,瓦罐啦,长统皮靴啦,上釉的陶瓷盛器啦,——直等到把钱花光为止。不过,他很少把这些东西带回家去;几乎在同一天就可以看见他把一切都让给了另外一个侥幸赌赢了钱的人,有时甚至还得添上那根带有烟草包和烟嘴的长烟杆,而有时竟把四匹骏马连同四轮马车和马车夫都一起赔上了,以致主人自己只得穿着一件短小的常礼服或者一件短上衣,去找一位朋友暂时借乘一下他的马车了。诺兹德廖夫便是这么样的一个人!也许,有人会称之为一种陈腐过时的性格,他们会说,现在诺兹德廖夫这种人已经不复存在了。唉!说这种话的人是有失公允的。诺兹德廖夫还长久不会从这世界上销踪灭迹。他到处存在在我们中间,也许不过穿着另外一件褂子罢了;可是,轻率而仅有皮相之见的人就把穿着另外一件衣服的人看作另外一个人了。

说话之间,三辆马车已经驶到诺兹德廖夫家的台阶跟前。家里没有任何准备来招待他们。在饭厅的正中摆着一只木头支架,两个庄稼汉站在上面正在粉刷墙壁,一边唱着一支无尽无休的歌;白粉涂料溅得满地都是。诺兹德廖夫立刻打发两个庄稼汉走开,把木头支架搬走,接着跑到另外一个房间里去发号施令。客人们听见他在吩咐厨师安排菜肴;乞乞科夫本来已经开始觉得肚子有点饿,把这种情况加以考虑之后就猜想到,不到五点钟他们是不会坐上餐桌的。诺兹德廖夫出来之后,就领客人们去参观他庄子里的所有一切东西,并且在两小时多一点的时间里就把所有一切东西都展示完毕,因此,再没有任何东西可以展示给他们看了。他们首先去参观了马厩,在马厩里看到两匹母马,一匹灰里带深色圆斑的,另外一匹淡栗色的,还有一匹枣红色的公马,这匹枣红马一点儿也不起眼,可是诺兹德廖夫却赌咒说,是出了一万卢布买来的。

"你买它没有出过一万卢布,"妹夫说,"它连一千卢布都不值。"

"老天在上,我是付了一万卢布的。"诺兹德廖夫说。

"你可以对自己赌咒发誓,随便你说什么都行。"妹夫答道。

"好吧,如果你愿意,那咱们就打个赌吧。"诺兹德廖夫说道。

妹夫可不愿意打赌。

后来,诺兹德廖夫又带他们去看了一些空马栏,据说那儿从前也都养着一些骏马。就在这个马厩里,他们看到了一只山羊,根据古老的迷信传说,人们认为在马群里面养一只羊是必不可少的,这只山羊看来跟马群相处得挺和睦,在马肚子下面走过来晃过去,仿佛在自己家里一样。后来,诺兹德廖夫带领他们去看一只用铁链拴住的狼崽子。"这就是狼崽子!"他说,"我特地用生肉喂养它。我想叫它长大起来成为一只十足凶猛的野兽!"他们又一起去参观了池塘,照诺兹德廖夫说,池塘里养有这么大的鱼,得有两个人用足力气才能把一条鱼拖上来,可是,对于这一点那位亲戚又不免要加以怀疑。"乞乞科夫,"诺兹德廖夫说,"我要带领你去看一下一对非常出色的狗:大腿上肌肉的坚硬劲儿简直叫人吃惊,脸尖得像针一样!"于是把他们领到一间造得挺美观的小屋子前面,屋子四周是一个四面都环绕着栅栏的大院子。一走进院子,他们就在那儿看见各种各样的狗,有长毛猎狗,有短毛纯种狗,毛色各种各样,应有尽有:黑褐色的,黑里带火黄斑点的,白里带黄斑点的,黄里带黑褐花斑的,黄里带红花斑的,黑耳朵的,灰耳朵的……这儿狗的名字也无奇不有,各种动词的命令式都用上了:开枪,骂呀,飞吧,着火啦,浪荡子,死鬼,死命咬,狠狠咬,性急鬼,小燕子,奖赏,女监护人。诺兹德廖夫站在狗群中间完全像是一家之主一样:它们立刻全都竖起尾巴,就是养狗行家称之为旗杆的东西,飞跑着向客人们迎上去,跟他们亲热问好。其中有十来条狗还把它们的脚爪搭到诺兹德廖夫的肩膀上去。绰号叫作"骂呀"的那条狗对乞乞科夫也表示出同样的友好,用后腿站起来,伸出舌头直舔到乞乞科夫的嘴唇,害得乞乞科夫立刻啐了一口唾沫。他们也参观了以其大腿肌肉的坚硬劲儿令人吃惊的那一对狗,——真是两条好狗。后来,又去参观了一条克里米亚种母狗,那条母狗眼睛已经瞎了,照诺兹德廖夫说,它很快就要咽气了,但在两年前,却是一条挺好的狗。客人把母狗仔细端详了一下,——母狗的确是瞎了眼的。然后,又去参观了水磨,那儿缺少一块"飞铁",也就是一个铁座子,水磨上层的一块石头照理应该安放在那儿,跟着轴心一起迅速转动,用俄国庄稼汉的古怪说法,叫作跟着轴心一起"飞"。"咱们就快到铁匠铺啦!"诺兹德廖夫说。走过一段路,他们的确看到了一个铁匠铺,他们就也去参观了那个铁匠铺。

"就在这块地上,"诺兹德廖夫用手指指着一块田地,说,"灰兔别提有多少啦,多得简直铺天盖地,连田地都看不见啦;我自己就亲手逮住过一只灰兔的后腿。"

"哼,你用手是逮不住灰兔的!"妹夫说。

"可是,我亲手逮住过的,我硬是逮住过的!"诺兹德廖夫答道,"现在我领你去,"他转过脸来冲着乞乞科夫接下去说,"领你去参观一下我的领地尽头的边界。"

诺兹德廖夫带领他的两个朋友走过田地,那块田地里许多地方都是土墩。客人们必须在休闲地和耙过的地中间绕过去。乞乞科夫开始觉得累了。在许多地方,他们的脚底踩出了水来,那地势竟是低到了如此程度。他们起初很留神,小心地迈着步子,可是后来看到这种做法一点都不顶用,就索性迈着大步笔直地走过去,也不管哪儿泥浆多一些,哪儿泥浆少一些。走过相当远的一段距离之后,他们真的看到了用小木桩子和狭沟构成的边界。

"边界走到啦!"诺兹德廖夫说道,"你在这一边看到的所有一切东西,全都是我的,甚至在那一边,整个这片青翠碧绿的树林和树林后面的所有一切东西,也全都是我的。"

"可是,这片树林多咱变成了你的呢?"妹夫问道,"难道你是不久前买进的吗? 要知道,这片树林从前可不是你的呀。"

"是的,是我不久以前买下来的。"诺兹德廖夫答道。

"你多咱这么快就把它买进来啦?"

"什么话,我前天把它买下来的,花的钱还真不少,见它的鬼。"

"可是,前天你在市集上呀。"

"瞧你这个人,索弗隆! 难道不能又在市集上又买地吗? 嘻,我当时是到市集上去啦,可是我的总管当我不在这儿的时候把树林买进了。"

"是喽,敢情是总管头儿!"妹夫说道,可是他还是不无怀疑,摇了摇头。客人们经由那同一条肮脏龌龊的路回到了正屋。诺兹德廖夫领他们到他的书房里去,可是在这间书房里,没有发现书房之所以成为书房的任何一点迹象,就是说,没有看到书和纸;墙上只挂着一把宝剑和两支枪,一支枪花了三百卢布,另一支花了八百卢布。妹夫仔细端详了一下,只是摇头。后来又拿出了几把土耳其匕首,其中一把上面误刻了如下几个字:"名匠萨威里·西比利雅科夫①"。紧接着,又拿出一只手摇风琴②来给客人们看。诺兹德廖夫立刻在他们面前摇出了点曲调儿来。手摇风琴奏的曲子倒是不无悦耳之处的,不过摇到中间,它可仿佛出了点什么岔:因为一支玛佐卡舞曲竟以《玛尔波罗上阵了》③来结束,而《玛尔波罗上阵了》收尾时又出乎意外地变成某一支听熟了的华尔兹舞曲。诺兹德廖夫早已停止摇转了,可是手摇风琴里有一只笛子特别起劲,怎么也不肯安静下来,以后还独自吹了很久很久。后来,又拿出一些烟斗来给他们看,有木制的,陶制的,海泡石的,熏得发黄的和没有熏得发黄的,用麂皮蒙面的和没有用麂皮蒙面的,不久前赢来的有琥珀烟嘴的长烟杆,还有在一处邮政站上对他一见钟情、爱得他神魂颠倒的某一位伯爵夫人亲手绣的烟荷包,提起那位伯爵夫人呀,用他的话来说,一双纤纤玉手是精致细巧之极以至多余的④,——这句话在他的嘴里大概是用来表示尽善尽美之意吧。吃过一些干咸鱼脊肉⑤之后,他们在将近五点钟的时候在餐桌旁边就座。看来,在诺兹德廖夫家里吃饭不是生活中一件重要的事情;菜肴是好是坏

---

① 萨威里·西比利雅科夫是标准的俄国姓氏,足见这把土耳其匕首是赝货。
② 手摇风琴是流浪乐师背在背上行乞的乐器。
③ 这是一支古老的法国歌。玛尔波罗(1650—1722),系英国将军。
④ 此处用了两个法文字:subtil(精巧的)和 superflu(多余)。后一字用在这里是完全不恰当的。
⑤ 俄俗在正式用餐前先吃一道小吃。

都没有什么了不起:有的烧过了头,有的根本还没有烧熟。显然,厨师多半是凭灵感来做菜的,手边碰巧有什么东西,他就把什么东西搁进去:例如他旁边有一只胡椒瓶,他就把胡椒撒上去,如果有白菜,他就把白菜放进去,再加上许多牛奶、火腿、豌豆,总而言之,拼拼凑凑,拨弄几下;只要热了,好歹总会有股滋味出来的。可是,诺兹德廖夫对劝酒却热心极了:还没有端上汤,他就已经给客人们满满斟上一大杯浓烈的波尔多葡萄酒和一大杯高级索特尔纳白葡萄酒,因为在一些省城和县城里往往是没有普通的索特尔纳白葡萄酒的。后来,诺兹德廖夫吩咐拿来一瓶玛岱拉酒,比这更好的玛岱拉酒连元帅都没有喝过。的确,喝下一口这玛岱拉酒,嗓子眼儿里就觉得烧得慌,因为商人摸准了喜欢喝地道玛岱拉酒的地主们的口味,拼命往玛岱拉酒里面加添罗姆酒,有时还往里面羼入了王水①,希望俄国人强健的胃能经受得起。后来,诺兹德廖夫吩咐再拿来一瓶特别难得的酒,用他的话来说,既是布尔果涅酒,又是香槟酒,味兼二者之美。他非常殷勤热心地满满斟上两杯,一杯右,一杯左,一杯给妹夫,一杯给乞乞科夫;不过,乞乞科夫有点像顺便似的打眼角里斜瞥了一下,看见他给自己加酒却加得不多。这使他不得不小心谨慎起来,只等诺兹德廖夫什么时候谈得正起劲,或者还在给妹夫斟酒,他就在这一刹那间把自己面前的一杯酒倒泼在菜盘子里。不大工夫,又端上来了花楸露酒,照诺兹德廖夫说,这种酒有十足的李子味道,可是叫人吃惊的是,喝起来倒是有股挺凶的杂醇的味道。后来又喝了一种香液,它叫这么一种名字,甚至使人很难记得

---

　　① 一种浓硝酸和浓盐酸的混合液体。

住,就连主人自己第二次再提到时也把它叫得不一样了。饭早已吃罢,酒也都一一尝遍了,可是客人们仍旧坐在桌子旁边不起身。乞乞科夫随便怎么样也不愿意当着妹夫的面跟诺兹德廖夫谈起那件重要的事情,妹夫毕竟是局外人呀,而要讲的事情是需要一种私下单独的友好的谈话的。不过,妹夫也未必会是一个危险人物,因为他看来已经给灌饱了酒,坐在椅子上不住地打盹儿。连他自己也觉察到他不是处于神志清醒的状态中,他终于站起来告辞要回家,但他用的是这样懒洋洋的、没精打采的口气,照俄国俗话的说法,就像是硬按住马脖子套笼头,好不费劲。

"不行,不行! 我不放你走!"诺兹德廖夫说道。

"不,别为难我啦,我的朋友,我真的要走,"妹夫说道,"你真要叫我非常为难啦。"

"胡说八道,胡说八道! 咱们立刻就坐庄打牌。"

"不,老兄,你自个儿打吧,我可不能奉陪,我老婆对我会大有意见的,真的,我该讲给她听市集上的情景。老兄,说真的,应该让她高兴高兴。不,你别留我啦!"

"得了吧,她,你的老婆,去她……你们两口子在一块儿真能干出什么要紧的事儿来!"

"不,不,老兄! 可她真是个贤惠忠实的人儿! 她给我帮过多少忙……你信不信,现在我一提起她来,眼泪就在我眼眶里直打滚。不,你别留我啦;我是一个正人君子,跟你说的是实话,我要走啦。我真心诚意地请你相信我的这句话。"

"让他走吧,要他待在这儿有什么好处呢!"乞乞科夫轻声地对诺兹德廖夫说。

"说的倒也对!"诺兹德廖夫说,"我顶不喜欢这种阴阳怪气不爽快的人!"接着又出声地找补了一句,"得了吧,见你的鬼去,你只管跟你的老婆唧唧咕咕去,呆鸟!"

"不,老兄,你可别用呆鸟①这种肮脏字眼来骂我,"妹夫答道,"我这一辈子亏得有了她呀。说真的,她是这样善良可爱,她对我这样的柔情蜜意……一想起她来我就要眼泪直淌,她会问我在市集上看到些什么,应该全部讲给她听,说真的,她是这么一个可爱的人儿。"

"好啦,去你的,去跟她胡说八道去吧! 把你的帽子拿去。"

"不,老兄,你完全不应该这样说她呀;可以说,你这样做就是得罪了我,她是这样一个可爱的人儿。"

"好啦,那你就赶快滚到她那儿去好啦!"

"是的,老兄,我是要走啦,对不起,原谅我不能留在这儿。我心里挺高兴留下来,可是我不能够。"妹夫还长时间地翻来覆去说他那几句请求原谅的话,却没有注意到自己早已坐在轻便折篷马车里,早已走出了大门,在他面前早已是一片空旷的田野了。想来他的妻子也未必会听到多少有关市集的详情细节。

"这么一辆破车!"诺兹德廖夫一边说,一边站在窗前,眼看着马车驶去,"你瞧那车子走起来有多慢! 那匹拉边套的马倒是挺不坏,我早就想把它弄到手了。可是,他是这么个人……跟他根本谈不拢。呆鸟,简直是呆鸟!"

这之后,他们走进了房间里去。波尔菲利把蜡烛拿了进

---

① 此处原文为"фетюк",关于此字有作者原注如下:"фетюк 是一个对男子含有污辱性的字,来源于字母 θ,此字母被某些人认为是不登大雅之堂的。"一九一七年文字改革后,此字母已废止不用。

来,于是乞乞科夫看到在主人的手里拿着一副不知从哪儿弄来的纸牌。

"怎么样,老兄,"诺兹德廖夫说道,同时用手指把纸牌的两边一压,然后轻轻地把它们一弯,弄得有一张纸牌啪的一响弹了出来,"喂,为了消磨消磨时间,我拿出三百卢布赌本来坐庄!"

可是,乞乞科夫假装没有听见他讲些什么,仿佛忽然想起来似的,对他说:

"啊!我差点给忘了:我有一件事恳求你。"

"什么事?"

"你得先答应我:你会按我的请求去办。"

"什么请求?"

"嗯,你得先答应我!"

"好吧。"

"一言为定?"

"一言为定。"

"我的请求是这样:你大概有许多死掉的农奴,他们的名字还没有从纳税人口花名册上划掉吧?"

"嗯,有的,那又怎么样呢?"

"把他们转让给我,划归我的名下。"

"你要他们有什么用呢?"

"嗯,我要他们有用处。"

"究竟有什么用处?"

"嗯,总有用处的……反正这是我的事情,总之,有用处。"

"这里准是隐藏着什么坏点子。你老实说出来,你打的是什么主意?"

"这会隐藏着什么坏点子呢? 从这样毫无用处的废物里面不可能想出什么主意来的。"

"可是,你为什么要他们呢?"

"哎哟,你的好奇心可真是太厉害啦! 随便什么破烂,他都想伸出手来摸一摸,还要用鼻子嗅一嗅哩!"

"可是你为什么不肯说呢?"

"可是你知道了对你又有什么好处呢? 嗐,只不过就是这么回事,一时心血来潮。"

"那好,只要你不说出来,我就决不照你的话办!"

"你瞧,这就是你那方面不守信用啦:你已经答应过,可是现在又变卦了。"

"嗐,那随你的便,反正我不给你,如果你不说出来你要他们做什么用。"

"对他怎么说才好呢?"乞乞科夫考虑了一下,经过一分钟的思索之后宣称说,他需要死魂灵是为了获得社会上的声望,他并不拥有很大的庄园,因此暂且在他的名下总得有些个农奴才好。

"你撒谎,你撒谎!"不让他把话说完,诺兹德廖夫抢先说道,"老兄,你撒谎!"

乞乞科夫自己也觉察,他把话编得并不巧妙,这个托辞不大站得住脚。

"好吧,我对你更直率些说吧,"他定了定神,说道,"不过,请你对谁也别脱口泄漏出去啊。我打算结婚;可是你得知道,新娘的父母是非常爱面子的人。困难就在这儿:我后悔攀上了这门亲事,他们非要未来的女婿至少拥有三百个魂灵不可,可是我呢,我差不多还缺一百五十个魂灵……”

"嘻,你撒谎! 你撒谎!"诺兹德廖夫又叫了起来。

"我说这话,"乞乞科夫说,"连这么一点点谎都没有撒。"于是他用大拇指在自己的小指头上划出了顶小顶小的一部分。

"我用脑袋来打赌,你撒谎!"

"不过这真是冤枉! 我真的还算是个什么人呢? 我为什么一定非得撒谎不可呢?"

"我可知道你这种人:你是个天字第一号的大骗子手,请容许我出于友好对你这么直说! 如果我是你的上司,我一看到有棵树,就要把你吊死在这棵树上。"

听到这样的意见,乞乞科夫觉得蒙受了侮辱。凡是有点粗鲁的或者损伤体面的话,他听了都会觉得不高兴的。他甚至不喜欢让人家用过分亲昵不拘形迹的态度来对待他,除非对方是一位地位特别高的大人物。因此,他现在觉得气愤得不得了。

"老天在上,我真的会把你吊死的,"诺兹德廖夫重复说,"我坦白地对你说这话,不是为了要叫你生气,我完全是出于友好才这么说的。"

"凡事都得有个限度,"乞乞科夫怀着自尊感说道,"如果你喜欢说这一类的下流话,并且以此为荣,那么,你还是去当兵好,"过了一会儿又找补了一句,"你不愿意白送给我,那么,你也可以卖给我呀。"

"卖! 我知道你这种人,你是个无赖,你不见得会出大价钱买他们的吧?"

"嘿,真有你的! 你瞧呀! 你把他们看成什么啦,珍珠、玛瑙、金刚钻,还是怎么的?"

"嘻,果真如此。我早就知道你这个人啦。"

"得了吧,老兄,我倒不知道你还有这种犹太人的脾气!按常理你应该干脆把他们送给我才是。"

"好吧,你听我说,为了证明给你看,我压根儿不是一个什么嗜钱如命的守财奴,我可以分文不收。你把我那匹公马买去,我就把农奴当作饶头奉送。"

"得了,得了,我要你的公马有什么用?"乞乞科夫说,真的被这个建议弄得惊奇万分。

"怎么有什么用? 我花一万卢布买了它,可是我卖给你只要四千。"

"可是我要公马有什么用? 我又没有养马场。"

"可是你听我说呀,你没有明白我的意思:我现在一共只要收你三千卢布,剩下的一千你可以以后再付清。"

"可我不需要公马,去它的吧!"

"好吧,那就把我那匹淡栗色的母马买去吧。"

"我也不要母马。"

"一匹母马,再加上你刚才在我这儿看到的一匹灰色马,我只收你两千卢布。"

"可是,我压根儿不需要买马。"

"你可以把它们卖掉,只要你去赶一趟市集,一倒手管保你赚上三倍的钱。"

"那么最好你自己拿到市集上去把它们卖掉,既然你知道可以赚三倍的钱。"

"我知道我会赚钱的,可是我希望你也能得到好处。"

乞乞科夫谢过了这番好意,但却直率地谢绝买进灰色马和淡栗色的母马。

"好吧,那么买几条狗吧。我卖给你这么一对狗,叫人见了简直要毛骨悚然的!是一种长毛狗,嘴上的毛长得耷拉下来,身上的毛向上直竖,像一根根硬鬃毛一样。肋骨滚圆滚圆的,鼓得活像一只圆桶,真叫人不可思议,爪子整个儿缩成一团,跑起来脚不沾地!"

"可是,我干吗要狗?我又不是猎户。"

"可是,我希望你养几条狗。你听我说,如果你不打算要狗,那么你就把我这只手摇风琴买去吧,一只妙不可言的手摇风琴哪;我是个正人君子,实话告诉你,我花了一千五百卢布买来的;卖给你只要九百卢布。"

"可是,我干吗要手摇风琴?我又不是德国人,背着它到处串街走巷,向过路人伸手讨钱。"

"可是,这不是德国人背的那种手摇风琴。这是风琴;你硬是得瞧瞧:整个儿是红木做成的。现在我要再给你看一下!"说到这儿,诺兹德廖夫抓住乞乞科夫的一只手,开始把他拖到另外一个房间里去,不管他怎么把两只脚死钉在地上不动,怎么一再申说他已经知道那是一只什么样的手摇风琴,可是他还是不得不再听一遍玛尔波罗是怎样上阵的。"如果你不打算拿出钱来,那么你听着,咱们可以这么办:我把手摇风琴和我所有的死魂灵都给你,而你呢,你把你那辆轻便折篷马车给我,再添加三百卢布当作饶头。"

"你又来啦,那么我乘什么车子走呢?"

"我给你另外一辆轻便折篷马车。现在咱们就到车棚里去,我把这辆马车指给你看!你只要把它重新油漆一下,就是一辆绝妙的轻便折篷马车啦。"

"哎,他被魔鬼缠上身,迷住心窍啦!"乞乞科夫自己心里想,决定无论如何要甩掉一切轻便折篷马车、手摇风琴,也要甩掉各色各样的狗,不管肋骨圆滚滚得叫人不可思议的也好,爪子缩成一团的也好。

"要知道,这样一来,轻便折篷马车啦,手摇风琴啦,死魂灵啦,你全都有啦!"

"我不要。"乞乞科夫又一次说。

"你为什么不要?"

"不要就是因为我不想要,这不就结了?"

"真有你的,说实在的,简直不讲理!我看,跟你呀,是不能像跟好朋友和好伙伴那样相处的,说实在的,你简直不讲理!……现在可以看出来,你是个两面三刀的人!"

"难道我是个大傻瓜,还是怎么的?你自个儿估量一下:我为什么要买我绝对不需要的东西呢?"

"得了,请你别说了吧。现在我可把你看透啦。说真的,你是这样的一个坏蛋!喂,你听着,要是你愿意,咱们来押庄吧。我把所有的死魂灵全押在牌上,还有那只手摇风琴。"

"嗯,一切都靠押庄来决定,那就是说一切都在不可知之数。"乞乞科夫说道,同时打眼角里斜瞥了一下对方手里拿着的纸牌。他觉得那两副纸牌都挺像做过手脚的,牌背面的花色就显得非常可疑。

"为什么是都在不可知之数?"诺兹德廖夫说,"没有什么不可知的!只要你的运气好,你就可以赢到许许多多说不尽的好东西。你瞧这张牌!多么好的运气!"他一边说,一边开始分牌来挑起乞乞科夫的赌兴,"运气真好!运气真好!你瞧:多顺手啊!又是该死的九点,上一回我就是在这张牌上把一切输得精光的！当时我是感觉到，它会出卖我的，所以，我把眼睛一闭，自个儿在心里想：'鬼抓了你去，要是你敢出卖我，你这该死的！'"

当诺兹德廖夫说这话的时候，波尔菲利端来了一瓶酒。可是，乞乞科夫坚决拒绝了，他既不打牌，也不喝酒。

"你为什么不想打牌？"诺兹德廖夫说。

"嗯，就是因为我没有这种兴致。再说，我得老实承认，我压根儿不是一个喜欢打牌的人。"

"为什么不是一个喜欢打牌的人？"

乞乞科夫耸了耸肩膀，找补上一句：

"因为我不是一个喜欢打牌的人。"

"你真是个没有出息的东西！"

"这有什么办法呢？是上帝这样安排的。"

"简直是呆鸟！我以前倒以为你或多或少总是个正派人，可是哪儿知道你这人一点也不懂得待人接物的礼貌规矩。跟你呀，不能像跟一个亲密的朋友那样谈话……没有任何一点直爽劲儿，没有任何一点真心实意！是一个十足的索巴凯维奇，这么一个下流东西！"

"你为什么要骂我？难道我不打牌就是我的过错吗？你单把死魂灵卖给我好啦，如果你是这样的一种人，把这些废物看得这么重，舍不得送掉的话。"

"你只能买到一个秃顶的鬼！我本来倒有这个打算，想白送给你的，可是现在你可弄不到手啦！你就是拿三个王国来跟我换，我也不给你。你是这么一个老滑头，肮里肮脏的砌炉匠！从今以后我不想再跟你有什么来往。波尔菲利，你去对马夫说，别再喂他那几匹马吃燕麦，只要给它们吃干草就行啦。"

对于这最后的结局,乞乞科夫是怎么也没有料想到的。

"最好别让我再看见你!"诺兹德廖夫说道。

不过,尽管吵了这一场,宾主两人却还是在一起吃了晚饭,虽然这一回桌上没有摆出什么带有异想天开种种名目的酒来。桌上只竖着一只酒瓶,瓶里盛着塞浦路斯产的那一类酒,就是人们叫作酸不溜丢的劣等酒的货色。吃过晚饭之后,诺兹德廖夫把乞乞科夫领到旁边一间侧屋里去,那儿已经给他准备好一张床,对他说:"这是你睡的床!我连晚安也不想对你说!"

诺兹德廖夫走后,乞乞科夫一个人留了下来,处在一种顶顶不愉快的心情之中。他心里只管埋怨自己,责骂自己,怪自己不应该老远的跑来,白白糟蹋了时间。可是,他特别责骂自己的是,不应该把事情向诺兹德廖夫和盘托出,这样做实在太不小心谨慎,完全像个小孩一样,像个傻瓜一样:因为这种事情是完全不能信赖诺兹德廖夫的……诺兹德廖夫是个坏透了的家伙,诺兹德廖夫会信口开河地胡扯一气,还会添枝加叶,把一些鬼知道的什么话传出去,还会散布一些无中生有的谣言……不行,不行。"我简直是个傻瓜蛋。"他对自个儿说道。这一夜他睡得非常不好。一些十分活跃的小虫子咬得他痛不可忍,因此他不住地搔那被咬痛的地方,五个手指全用上了,一边嘟哝道:"啊,但愿魔鬼把你们跟诺兹德廖夫一起抓了去!"他一大早就醒来了。他的头一件事就是穿上睡袍和靴子,穿过院子,走到马厩那边去,吩咐谢里方立刻把轻便折篷马车套好。穿过院子走回来的时候,他遇到了诺兹德廖夫,诺兹德廖夫也穿着睡袍,嘴里叼着一根长烟杆。

诺兹德廖夫友好如初地向他问好,并且还问他睡得好不好。

"还可以。"乞乞科夫非常冷淡地答道。

"可是我哪,老兄,"诺兹德廖夫说,"一群肮脏的虫子一整夜爬了我满身,现在讲起来也叫人觉得怪恶心的;经过昨儿夜晚的折腾,我的嘴里有一股子气味,就像有一中队骑兵在那儿宿过夜似的。你设想一下:我做梦梦见有几个人把我鞭打了一顿,真的,真的! 你想象想象,鞭打我的是谁? 你怎么也猜不到的:骑兵上尉波采鲁耶夫跟库甫欣尼科夫一起把我鞭打了一顿。"

"是啰,"乞乞科夫自个儿心里想,"要是他们真的在大白天里狠狠地把你揍一顿,才叫人痛快哩。"

"老天在上! 揍得我直叫痛! 醒过来一看呀:他妈的,真是有什么东西咬得我直痒痒,想必是跳蚤那些臭婊子养的。好啦,现在你去穿衣服,我立刻就上你屋里来。不过,得把那个坏蛋总管臭骂一顿。"

乞乞科夫走到房间里穿衣服和盥洗去了。当他做完了这些事,走进饭厅的时候,只见桌上已经摆好茶具和一瓶罗姆酒了。房间里还留有昨天午餐和晚餐的痕迹;看来,扫帚压根儿没有碰过一下地板。面包屑满地都是,甚至在桌布上还可以看到洒满着斗烟灰。主人自己毫不耽搁地立刻走了进来,他在睡袍里面什么都没有穿,只有一个袒露的胸膛,胸膛上长着一簇一簇的毛。他手里拿着一根长烟杆,喷喷地一口一口从茶杯里喝着茶,如果有一个画家非常不喜欢给头发梳得的溜精光的和打着鬈儿像理发店招牌上画的那样的绅士或者是剪成平顶的绅士画像,那么,诺兹德廖夫的这副模样对他倒是一个很好的画题。

"喂,现在你怎么想?"诺兹德廖夫沉默了一会儿,说,"你不愿意拿死魂灵做赌注打几副牌吗?"

"我已经对你说过了,老兄,我不打牌;如果要我买,那么请便,我是愿意买的。"

"我不想卖,那样做就不够朋友啦。我不打算从鬼知道的什么东西上面赚钱。至于押庄打牌呢,那就是另外一回事啦。咱们来一副吧!"

"我已经说过了,我不打牌。"

"那么,你也不愿意交换?"

"我也不愿意。"

"好吧,你听着,咱们来下棋,你要是赢了,那么一切都归你。要知道,我有许多这样的农奴需要从纳税人口花名册上划掉。喂,波尔菲利,把棋盘拿来。"

"你这是白费劲,我根本不下棋。"

"可这比不得是押庄打牌呀。这玩意儿不靠运气,也不能作假蒙哄人:靠的全是真本领。我甚至要预先向你声明,我根本不会下棋,除非你让我先走几步。"

"算啦,"乞乞科夫自个儿思忖着,"我就跟他下一盘吧!我下棋下得还不算坏,而且这玩意儿他很难做手脚。"

"请吧,就这么办,我跟你下一盘棋。"

"我把死魂灵跟你赌一百卢布!"

"为什么赌一百卢布呢?赌五十就尽够了。"

"不行,五十卢布算是什么赌注呢?我情愿跟你赌一百,另外我再加上一条中等的狗崽子或者一颗系在表链上的金图章。"

"嗯,好吧!"乞乞科夫说。

"你让我先走几步棋?"诺兹德廖夫说。

"这凭什么? 当然,一步也不让。"

"至少让我先走两步。"

"我不愿意,我自己也下得很糟。"

"我们知道您下得很糟!"诺兹德廖夫说,向前走了一步棋。

"我好久手里没有摸过棋子了!"乞乞科夫说,也走了一步棋。

"我们知道您下得很糟!"诺兹德廖夫说,走了一步棋,并且在这同一时间里,用袖口把另外一只棋子也捎带着向前推进了一步。

"我好久手里没有……哎,哎! 老兄,你这里怎么搞的?把它退回去!"乞乞科夫说道。

"把什么退回去?"

"棋子呀。"乞乞科夫说,同时几乎就在自己的鼻子前面看到另外一只棋子大有朝王城里偷袭过来之势。这只棋子是打哪儿来的,那只有上帝知道。"不行,"乞乞科夫从桌子旁边站了起来,说,"跟你是没有办法下下去的,这样下棋可不行,忽然一下子走了三步!"

"怎么一下子走了三步? 这一步是疏忽走错了的。我一不小心把一只棋带过去了,我现在把它退回到原处,这行了吧。"

"那么,另外一只棋子是打哪儿移过来的?"

"什么另外一只?"

"偷偷摸摸朝王城里来的这只棋子是怎么回事?"

"怎么会这样的,我记不起来啦!"

"不,老兄,我把每一步都算过的,一切都记得清清楚楚:你刚刚把它塞进来的。它本来的地位应该是在这儿!"

"怎么原来的地位在这儿!"诺兹德廖夫涨红了脸,说,"老兄,我看你是个撒谎造谣的家伙!"

"不,老兄,似乎你才是撒谎造谣的人哪,不过谎撒得不大高明罢了。"

"你把我当作什么人了?"诺兹德廖夫说,"难道我会耍滑头哄骗人吗?"

"我没有把你当作什么人看待,不过从今以后我再也不跟你下棋了。"

"不行,你不能够拒绝不下下去。"诺兹德廖夫火了起来,说,"棋局已经开了头!"

"我有权利拒绝不下下去,因为你下棋下得不像是一个正人君子。"

"不,你撒谎,你不能够这么说话!"

"不,老兄,你自己才撒谎哪!"

"我没有耍滑头哄骗人,可是你不能够不下下去,你应该把这一盘棋下完了!"

"你不能强迫我做这件事。"乞乞科夫冷冰冰地说,并且走到棋盘前面,一抹把棋子搅乱了。

诺兹德廖夫气得面红耳赤,走上前去,跟乞乞科夫靠得这么近,使对方不由得退后了两步。

"我要强迫你下棋! 你把棋子搅乱了,这没关系,所有的步子我都记得的。咱们把棋子按照原来的样子重新摆好就是了。"

"不,老兄,事情到此为止,我再也不跟你下棋了。"

"那么,你是不愿意下棋啰?"

"你自己看得出来,跟你没法下棋。"

"不,你直截痛快地说,你是不愿意下棋啰?"诺兹德廖夫说,逼得更近了些。

"不愿意!"乞乞科夫说,随即把两只手缩回来靠脸部近一些,以防万一,因为争论变得真的很激烈了。这种预防措施是非常适宜的,因为诺兹德廖夫已经抡起了一只手……很可能我们这位主人公的惹人喜爱的胖胖的脸蛋上有一边就此会留下洗刷不掉的耻辱的污迹;可是幸亏他挡回了突然降临的一击,一把抓住了诺兹德廖夫的寻衅好斗的两只手,把它们握得紧紧的。

"波尔菲利,巴甫卢什卡!"诺兹德廖夫发疯似的叫道,一边竭力要挣脱开去。

乞乞科夫听到这喊声,为了不让底下人亲眼目睹这个怪诱人的场面起见,同时也感觉到攥住诺兹德廖夫是毫无裨益的,就把他的两只手放开了。在这同一时刻,波尔菲利走进了屋子,跟他一起来的还有巴甫卢什卡,这是一个强壮结实的棒小伙子,跟他打交道是完全捞不到便宜的。

"那么,你是不想下完这盘棋的啰?"诺兹德廖夫说,"直截了当地回答我!"

"没办法跟你下完这盘棋。"乞乞科夫说,对窗外望了一眼。他看见他的那辆轻便折篷马车停在那儿,已经完全准备停妥,而谢里方仿佛只等待他一招手,就要把车子赶到台阶前来似的,可是问题在于没有任何可能从房间里脱身出去:因为门口站着两个身体结实的傻瓜农奴。

"那么，你是不想下完这盘棋啰？"诺兹德廖夫重复说，一张脸像在火里烧过似的通红通红。

"你如果像个正人君子那样下棋，我本来是可以下完这盘棋的。可是，现在我没法下。"

"啊！那么，你是没法下啦，你这坏蛋！你看到自己赢不了，就没法下啦！揍他！"他转身对波尔菲利和巴甫卢什卡气愤若狂地叫道，而自己也抓起了那根樱桃木的长烟杆。乞乞科夫的面色顿时变得像纸一样白。他想说些什么，可是感觉到他的嘴唇虽然在翕动，却发不出声音来。

"揍他！"诺兹德廖夫叫道，举着那根樱桃木的长烟杆冲向前去，他浑身火热，湿汗淋淋，仿佛在进攻一座牢不可破的要塞似的。"揍他！"他的喊声听来像是一位毫无畏惧的中尉面临伟大进击时向手下一排士兵发出的喊叫，"小伙子们，冲呀！"这一位中尉过于鲁莽的勇敢已经有了名气，所以上级特别发出一道命令，要在战斗激烈的时刻制止他做出过于鲁莽的事情来。可是，中尉已经感觉到了一种战斗的豪情冲动，他的头脑发热了；他的眼前闪动着苏沃罗夫[①]的形象，他立志要去建立奇勋。"小伙子们，冲呀！"他叫着，一个劲儿往前冲杀过去，却没有想到，他的行动已经在损害经过深思熟虑的总攻计划，无数支步枪的枪口从那牢不可破的、高耸入云的要塞的炮眼里伸了出来，他那一排束手无策的士兵即将血肉横飞，化为空中的一团团灰尘，致命的子弹已经嘘嘘地发着响，就要啪的一声打中他大声喊叫的喉咙。可是，如果说诺兹德廖夫的气势有如逼近要塞的那位毫无畏惧的、发了疯似的中尉的话，

────────

① 苏沃罗夫(1730—1800)，著名的俄国统帅。

那么,他所进攻的要塞却绝不像是难以攻克的。恰恰相反,那要塞害怕得不得了,连魂儿都不知飞到哪儿去了。他想拿来抵御防身的一把椅子已经被两个农奴从他手里夺了去,他已经闭上眼睛,吓得半死不活,他已经准备尝一尝主人那根契尔克斯克地方制造出来的长烟杆的滋味了,天知道他会落得个什么下场,可是幸亏老天爷帮忙,保全了我们主人公的背脊、肩膀和他身上其他一切模样斯文的部分。完全出人意料之外,好像从云端里飘下来似的,忽然小铃铛叮当叮当响了起来,清清楚楚地传来了飞快驶到台阶跟前的四轮马车的马蹄嘚嘚声,甚至在房间里也可以听到停下来的一辆三套马车的冒着热气的马匹的沉重的鼻息声和困难的呼吸声。大家不由得往窗外望了一眼,只见一个留着胡髭的、穿着军服式样上装的什么人从一辆四轮马车里跳了下来。他在前厅里问了几句之后就走进屋里来,进来的时候正碰见乞乞科夫还没有来得及从一阵惊涛骇浪中清醒过来,正处于凡人难得陷入的一种顶顶可怜的状态中。

"请问你们中间哪一位是诺兹德廖夫先生?"那个陌生人说道,有点摸不清头脑地打量了一下手握长烟杆的诺兹德廖夫和刚刚开始从狼狈不堪的状态中恢复常态的乞乞科夫。

"首先我想请问我有幸跟哪一位在谈话?"诺兹德廖夫向他走近了一步,说道。

"当地警察局长。"

"您有什么贵干?"

"我奉命来向您宣布一项通知:您已经被人控告,要受到法院传讯,直等到您的案件得到了结为止。"

"胡说些什么,我犯了什么案子?"诺兹德廖夫说。

"您牵涉到一件案子里去了,那就是在喝醉酒之后鞭打地主玛克西莫夫,使他蒙受人身侮辱。"

"您撒谎!我根本连一面也没有见过地主玛克西莫夫!"

"仁慈的先生!请容许我告诉您,我是一名军官。您可以这样对您的仆人说话,可是不能对我这样说话!"

这时候,乞乞科夫不再等待听到诺兹德廖夫对这句话怎样回答,赶快抓起帽子,绕到警察局长背后,一溜烟地跑到台阶上,坐进轻便折篷马车,吩咐谢里方把马赶得像一阵风似的疾驰而去了。

第 五 章

可是,我们的主人公着实受了惊。虽然轻便折篷马车不顾一切地拼命往前驰奔,诺兹德廖夫的庄子早已被田野、斜坡和小丘岗遮盖住,望不见踪影了,可是他还老是担惊害怕地回过头去看看,仿佛生怕后面眼看就要有人追赶上来。他呼吸急促困难,他试试按一下胸口,觉得心在胸膛里就好像鹌鹑关在笼子里似的跳动着。"哎,真是个凶神恶煞!把人吓成什么样啦!"这时候,对诺兹德廖夫的许多各种各样分量不轻的、狠毒的诅咒——冲上了舌头;甚至还夹杂着一些很不好听的粗话。有什么办法呢?俄国人嘛,并且还在火冒三丈的时候。再说,这件事可真不是闹着玩的。"不管怎么说,"他自个儿心里说,"如果警察局长来迟一步的话,没准儿我连再看一眼这上帝创造的世界的福分都没有啦!我就会像河里的水泡一样,消失得无踪无影,既不留下后代根苗,也不能让将来的子孙有财产和好名声可以继承啦!"我们的主人公是非常关心他的子孙后代的。

"这么一个坏透了的老爷!"谢里方自个儿心里想,"我还没有碰到过这种老爷。真该朝他的脸上啐一口唾沫!宁愿你不给人吃饭,牲口你可不能不喂,因为马是喜欢吃燕麦的呀。燕麦就是它的食料:要说人得吃饭吃菜,那么,牲口就得吃燕麦,燕麦就是它的食料呀。"

马仿佛也在埋怨诺兹德廖夫不好:不但枣红马和陪审官,就连那匹花斑马也都挺不高兴。虽然给它吃的那份燕麦总是差一点儿的,而且谢里方在给它的槽里撒燕麦时,总得先嘟哝一声:"喂,你这坏蛋!"可是,这毕竟是燕麦,而不是普通的干草,它嚼起来总是津津有味,还常常把它的长脸伸到伙伴们的槽里去,尝一尝它们的食料是什么味道,特别是当谢里方不在马厩里的时候;但这回吃的尽是干草……这就没劲儿啦;总之,大伙儿都觉得不满意。

可是,这些抱怨不满的想法发泄了没有多久,就被一件事骤然地、完全出乎意外地打断了。大伙儿,包括马车夫在内,直到最后一刻才猛地清醒过来,——一辆套着六匹骏马的弹簧四轮马车突然向他们冲过来,几乎就在他们头上响起了坐在马车里的女士们的叫喊声和那一辆车上的车夫的斥骂声和恫吓声:"哎呀,你这混蛋。我对你直叫唤:冒失鬼,往右边拐,往右边拐! 你喝醉了酒,还是怎么的?"谢里方感觉到了自己的疏忽,可是因为俄国人是不喜欢在别人面前认错的,所以他还是挺直了腰板,嘟哝道:"可是你干吗横冲直撞,跑得那么快呀? 你把你那双眼睛抵押在小酒店里啦,还是怎么的?"接着,他就使劲儿把轻便折篷马车往后拉,想从另外那辆马车的挽具上脱出来,可是不行,一切全搅缠在一起了。花斑马还挺好奇地把夹在它两边的新朋友嗅个不停。这时候,坐在马车上的女士们看着这一切景象,从眼睛到整个脸都显露出了惊慌害怕的神情。其中一位是老太太,另外一位是年方十六的年轻姑娘,金黄色的头发在她那颗小小的脑袋上梳理得服服帖帖,十分秀丽可爱。她那挺好看的脸盘儿长得圆滚滚的,像一只新鲜鸡蛋,并且带有一种透明的亮白色,也跟一只新鲜的、刚生下来的鸡蛋,被管家婆拿在黧黑的手里,迎着亮光照看时,透过一丝丝明亮的阳光一样。姑娘的那对小巧的耳朵也是晶莹透明的,在温暖阳光的照射下染上一层绯红色。同时,她那张开着的一动也不动的小嘴显示出她受了惊,眼睛上还挂着泪珠儿——她身上的所有这一切都是这样惹人怜爱,使我们的主人公不禁看了她好几分钟,一点也没有去注意在那几匹马和两个马车夫之间发生的纠纷。"往后拖,把它们分开来呀,你这尼日戈罗德的冒失鬼!"另外一个马车夫叫道。谢里方把缰绳往后拉了拉,另外一个马车夫也这么做了,那几匹马退后了几步,可是后来它们踩过套马绳,又缠到一块儿去了。在这场大混乱中,那匹花斑马对新结交的朋友们喜爱到如此程度,竟无论如何也不愿意从那由于未曾逆料的命运而陷入的车辙里拔出脚来,它把自己的那张马脸搁在一个新朋友的脖颈上,仿佛凑在新朋友的耳边低声絮语些什么,说的大概尽是一些无聊透顶的蠢话,因为那个新朋友不住地摇晃着耳朵。

　　不过,幸亏离这儿不远有一个村庄,一些庄稼汉跑来观看这场热闹了。因为这一类景象对于庄稼汉来说是一个大饱眼福的机会,正如报纸或者俱乐部之于德国人一样,所以不一会儿在马车周围就聚集了一大堆数不清的人,村庄里只剩下老婆婆和小娃娃了。纠缠在一起的套马绳被解开了;那匹花斑马的脸上给挨了几巴掌,这才使它往后倒退了几步;总之,两边的几匹马被拉开了,分散了。可是,那辆车上的马不知道是因为被人把它们跟新朋友拆散开了感到不高兴呢,还是仅仅是使性子,不管马车夫怎样抽打它们,它们还是一动也不动地站着,蹄子好像生根在地上似的。庄稼汉们的同情一下子高涨到了令人难以相信的程度。人人争先恐后地凑上来出主意:"安德留什卡,你去拉右边那匹拉边套的马,让米佳依大叔骑到中间那匹辕马的背上去!骑上去呀,米佳依大叔!"干瘪的、高个儿的、有一把火红色胡子的米佳依大叔爬上了辕马的背,看上去活像乡村教堂的钟楼尖塔,也可以说更像井上用来拴吊桶的吊钩。马车夫给马抽了一鞭子,可是马照旧纹丝儿不动,米佳依大叔一点用处也没有。"别忙,等一等,等一等!"庄稼汉们叫道,"米佳依大叔,你去骑那匹拉边套的马,让米涅依大叔骑在辕马背上!"米涅依大叔是一个宽肩膀的庄稼汉,生着一把像煤炭一样乌黑的大胡子,肚子大得像供所有在市集上冻坏的人煮蜜水喝的天字第一号的大茶炊,他挺乐意地骑上了中间的那匹辕马,差点没把那匹马压得弯到地面上。"现在事情好办啦!"庄稼汉们齐声喊道,"火辣辣地给它几下子!火辣辣地给它几下子!给那边的黄马抽几鞭子,就是像科拉摩拉蚊子①那样赖着不走的那一匹!"可是,事儿毫无起色,看到火辣辣的鞭打也都无济于事,米佳依大叔和米涅依大叔就一起骑到辕马上去,却叫安德留什卡骑那匹拉边套的马。终于马车夫再也忍不住了,把米佳依大叔和米涅依大叔都赶下了马,他做得很对,因为从马背上冒出这么一大股热气,仿佛它们一口气奔驰过了一个驿站路程似的。马车夫让几匹马歇了一会儿,过后它们就自然而然跑起来了。在大伙儿这样折腾的时间里,乞乞科夫只顾目不转睛地打量着那

---

① 科拉摩拉蚊子是一种又大又长、动作迟缓的蚊子;有时会飞进屋子,独个儿停在墙上。可以不慌不忙地走过去,抓住它的一条腿,而它只是钉在墙上一动也不动,或者如俗话所说,嘴啃泥似的趴着。——作者原注

位萍水相逢的年轻女郎。他有好几次起意要跟她搭话攀谈，但不知怎么的找不到机会。在这当口，女士们乘车走掉了，那个挺漂亮的小脑袋、标致的面容、纤巧的身材，像个幻影似的一刹那间就消失不见了，于是又只剩下了大路、轻便折篷马车、读者所熟知的那三匹马儿、谢里方、乞乞科夫和平坦而又空旷的郊外田野。一个人不管生活在什么处境里，是在麻木不仁的、胖手胖足的、肮脏发霉的下层贫民中间也好，或者在单调而又铁石心肠的、整洁而又枯燥乏味的上等阶层中间也好，他在人生道路上至少会有一次碰见一种跟他以前所看到的一切绝不相似的现象，这种罕见的现象至少会有一次在他心里激起一种他注定一辈子再也感觉不到的感情。在任何地方，不管由什么忧患愁苦交织成我们的生活，总有一天会有一道无上喜悦的光辉轻快地飞掠而过，正像一辆配备着黄金挽具、俊美如画的马匹、闪闪发亮的玻璃窗的金碧辉煌的四轮马车，会忽然出人意外地驶过某一个荒凉贫穷的小村子一样，在那个村子里，除了乡下载货大车之外，庄稼汉没有见识过任何其他的车辆，所以，他们目瞪口呆地站在那儿，忘记了重新把帽子戴上，虽然那辆神奇美妙的四轮马车早已飞驰过去，连影子都望不见了。同样地，那位金发女郎也是忽然完全出人意外地出现在我们的小说里，又忽然完全出人意外地消失不见了。如果这时候碰见她的不是乞乞科夫，而是一个二十岁的青年，不管他是个骠骑兵，或者是个大学生，或者干脆只是个初涉人世的人，那么，老天爷啊，在他的身上什么感情不会苏醒过来，骚动起来，发出喊声来啊！他会长久地呆若木鸡似的站在同一个地方，茫然失神地把眼睛凝望着远方，忘记了旅途，忘记了耽误路程将会受到的一切责备和申斥，忘记了自己,忘记了公务,忘记了世界以及世界上所有的一切。

可是,我们的主人公已经是一个中年人啦,磨炼出了一种谨慎而又冷静的性格。他也思索了一阵儿,但他的想法比较讲究实际,不那么不着边际,在某些方面甚至是很有根据的。"一个挺好的妞儿!"他说,打开了鼻烟匣,嗅了一下鼻烟,"可是,主要的是,她身上哪一点是好的呢?好的是这一点:看来,她现在刚从某一个寄宿女塾或者高等女子学校结业,她身上还没有丝毫所谓的娘儿们的习气,就是说,没有她们身上那种最叫人讨厌的东西。她现在还是像一个孩子,她身上的一切都是单纯朴素的,想说什么就说什么,想笑的时候就笑。所以,要把她捏成什么都成,她可以变成一个妙不可言的宝贝,也可以变成一个一无可取的废物,是的,会变成一个废物的!现在只要让姑姑姨姨那些女眷们把她调教一阵子看看。不出一年工夫,管保她把娘儿们的习气全都学到了家,连亲生老子也认不出她来啦。不知怎么一来她就学会了摆架子和拿腔作势,开始按照背熟的一套告诫去敷衍酬应,成天绞尽脑汁精心设计着,该跟谁说话儿,用怎么样的口气,话说几分,使怎么样的眼神,每一分钟她都提心吊胆,害怕把话说过了头,终于她把自己也弄糊涂了,结果变得一辈子尽说假话,只有鬼才知道她成了个什么玩意儿!"说到这儿,他沉默了半响,然后又接着说下去:"可是,倒也不妨知道她是谁家的姑娘?她的父亲是个什么样的人?境况又怎么样?是一个德高望重的豪门地主呢,或者仅仅是一个做过官弄了一大笔钱的忠良臣民?假定说,这位姑娘再加上一份二十万卢布的妆奁,那真是一块令人垂涎三尺的肥肉啊。一个正派人娶了她,可谓福分不浅啦。"二十万卢布这样诱人地浮现在他的脑海里,以致他在内心里开始抱怨自己起来,怪自己在两辆马车折腾忙乱的期间,为什么不去从前导马骑手和马车夫的嘴里问问清楚,车里坐的究竟是谁。可是,不久显现在眼前的索巴凯维奇的村庄驱散了他的这些思想,使他的思路又回过来转到他那固定不变的考虑对象上去。

他觉得村庄相当大;两座树林,白桦林和松林,活像两只翅膀,一边颜色深暗些,另外一边颜色浅淡些,从村庄的右边和左边伸展开去;中间露出一幢带有阁楼的木造屋子的红色的屋顶,深灰色的或者宁可说是粗粗刷过一下的墙壁,——这幢屋子和我们为屯田兵和德国移民建造的那种房屋差不多。可以看得出来,在建造这幢屋子的时候,营造师曾经不断地同屋主人的嗜好趣味斗争过。营造师是一个墨守成规的人,主张平衡对称;但是主人只图方便,结果如现在所看到的,他把为了对称而在一边墙上开的窗户全都给砌没了,在那儿只挖了一个小洞眼,大概为的是要照亮那间暗沉沉的贮藏室。山花墙①也无论如何对不准屋子的正中心,不管营造师怎么动脑筋都是白搭,因为屋主人命令非把旁边的一根柱子除去不可,因此,柱子就不是原定的四根,而只有三根了。院子四周围着坚固的、粗大得出奇的木头栅栏。看来,这位地主为建筑物的牢固是花了不少心血的。建造马厩、谷仓和厨房用的全是些沉甸甸的、粗大的、保用百年不朽的圆木。甚至连庄稼汉们住的小木房子也造得好极了:没有黏土墙、雕镂花纹以及别的花样,但一切都做得结结实实、地地道道。甚至井栏圈也用

---

① 西方古建筑中正面上方的墙面,呈三角形,常饰有华丽精美的雕刻,亦称"山花"。

上了结实的橡木，那是一般仅仅用来做碾磨或者海船的。总之，他所看到的一切东西都是顽强固执的，屹立不动的，显出一副结实而又笨重的样子。当驶近台阶跟前时，他看见两张脸几乎同时探出窗外来：一张是戴着便帽的女人的脸，又狭又长，像条黄瓜，另外一张是男人的脸，又圆又阔，活像人们叫作"葫芦"的摩尔达维亚南瓜，在俄罗斯，这种南瓜通常用来做成巴拉莱卡琴，一种两根弦的轻巧的巴拉莱卡琴，每当二十岁的机灵活泼、风流俊俏的小伙子拨动琴弦，招来一群雪白胸脯、雪白脖颈的姑娘倾听他那轻悠悠的叮咚琴声的时候，小伙子对她们又飞媚眼又吹口哨，这时候哪，巴拉莱卡琴可给小伙子增添光彩和欢乐啦。两张脸探出来一望，立刻又隐没不见了。一个侍仆穿着带有蓝色硬领的灰色短上衣，走到台阶上来，把乞乞科夫引进了门廊，这时候主人本人已经从门廊里迎出来了。看到客人，他吐字不大流畅地说了声："请吧！"就将他领到里屋去了。

乞乞科夫瞟了索巴凯维奇一眼，这一回觉得他非常像一只中等大小的熊。更增添这相似之处的是，他身上穿的那件燕尾服完全是跟熊皮一样的颜色，袖子长长的，裤管长长的，走起路来脚掌着地，步履歪歪斜斜，并且不断地踩在别人的脚上。他那张脸有一种类似五戈贝铜币那样的火红的、热辣辣的颜色。大家知道，世上有许多这样的脸，造化在捏造它们的时候，不曾多下功夫推敲琢磨，也不曾动用任何细巧的工具，譬如锉刀啦，小钻子啦，以及诸如此类的其他东西，却只顾大刀阔斧地砍下去：一斧头就是一个鼻子，再一斧头就是两片嘴唇，用大号钻头凿两下，一双眼睛就挖出来了，也不刨刨光洁就把他们送到世上来，说了声："活啦！"索巴凯维奇便生着这

样一副顶顶结实的、拼凑得极为奇特的长相:他多半时间把头
向下垂着,而不是朝上昂着,他压根儿不转动脖子,由于这种
转动不灵的缘故,他的眼睛难得望着谈话的对方,却经常不是
望着火炉的犄角,就是望着门。当他们走过饭厅的时候,乞乞
科夫再一次瞟了他一眼,暗自想道:熊!一只十足地道的熊!
还竟有这样的巧合:甚至他的名字也叫作:米哈伊尔① · 谢苗
诺维奇。乞乞科夫知道他有踩人家脚的习惯,所以非常小心
谨慎地移动着脚步,总让他走在前头。主人仿佛自己也感觉
到了有这种毛病,立刻问了一声:"我没有碰着您什么吧?"可
是,乞乞科夫对此道谢说,目前还没有碰着什么。

　　走进客厅之后,索巴凯维奇指着一把圈手椅,又说了声:
"请吧!"乞乞科夫一边坐下去,一边对墙壁和挂在墙上的画
瞥了一眼。画上全是些英雄好汉,全是些希腊统帅的全身版
画像:穿着红裤子和制服、鼻子上架着眼镜的玛甫罗柯尔达
托,柯罗柯特罗尼,米亚乌里,卡纳利②。所有这些英雄都长
着这么粗壮的大腿和闻所未闻的浓密胡髭,使人看了简直不
寒而栗。在这些强壮结实的希腊人中间,不知怎么搞的,也不
知为的什么,夹着一幅巴格拉齐昂③的画像,他又细又瘦,脚
下是一堆小旗子和大炮,嵌在一只最狭窄的镜框里。接着又
是一个希腊人,巾帼英雄包贝林娜④,她的一条腿就比今天充
斥于客厅的那些花花公子的整个身躯还要显得粗大些。主人

① 俄俗把熊称作"米哈伊尔",或简称"米沙"。
② 以上四人均系希腊从土耳其羁绊下争取民族解放斗争(1821—1828)的
　　统帅。
③ 巴格拉齐昂(1766—1812),参加过对拿破仑作战的俄国著名的将军。
④ 与土耳其人作战的希腊女英雄。

自己是一个健康而又结实的人，似乎他希望用来装饰点缀他房间的也全是些结实而又健康的人。在包贝林娜旁边，紧靠窗那头，挂着一只鸟笼，一头黑里夹着白斑点的画眉鸟不时从笼子里向外张望，这头画眉鸟也跟索巴凯维奇非常相似。宾主二人默默坐了不到两分钟，客厅的门就呀的一声打开了，女主人走了进来，这是一位个子非常高的太太，戴着一顶室内便帽，扎着用土制颜料染色的缎带。她庄重地走进来，头抬得像棕榈树一样笔直。

"这是贱内，菲奥杜丽雅·伊凡诺夫娜！"索巴凯维奇说道。

乞乞科夫走上前去亲吻菲奥杜丽雅·伊凡诺夫娜的手，她几乎把手直塞到他的嘴里，这样一来，他就有了机会发现，这双手原来是用酸黄瓜汤洗过的。

"宝贝，让我介绍你认识一下，"索巴凯维奇继续说道，"这位是巴维尔·伊凡诺维奇·乞乞科夫！我曾在省长和邮政局长府上跟他有结识之荣。"

菲奥杜丽雅·伊凡诺夫娜随即让座，也说了声："请吧！"还像舞台上扮演皇后的女演员那样低了一下头。接着，她在长沙发上坐下来，披了披身上的细绵羊毛围巾，从此眼睛、眉毛和鼻子都连动弹也不动弹一下了。

乞乞科夫重又抬起了眼睛，重又看见了卡纳利和他那粗壮的大腿和无尽无边的胡髭，看见了包贝林娜以及笼子里的画眉鸟。

差不多有整整五分钟的时间，三个人都保持着沉默；只听得见画眉的嘴在鸟笼底部啄食谷粒发出的笃笃声。乞乞科夫再一次把房间和一切陈设扫视了一下，——所有一切都是结实的,非常粗笨的,跟屋主人本人有某种奇怪的相似之处:在客厅的一只犄角里,摆着一张四只脚做得奇形怪状的矮胖的胡桃木写字台——十足像一只熊。桌子,圈手椅,椅子,都有一股十分笨重和疑虑不安的气质,总而言之,每一件东西,每一把椅子,都仿佛在说:"我也是个索巴凯维奇!"或者在说:"我也挺像索巴凯维奇!"

"我们有一天在民政厅长伊凡·格利戈里耶维奇家里提起您,"乞乞科夫看见没有人想开口说话,终于开腔说,"那是在上星期四。我们在那儿很愉快地消磨了一个晚上。"

"是呀,那天我刚好没上厅长家里去。"索巴凯维奇答道。

"他是一个多么好的人呀!"

"您说谁?"索巴凯维奇对火炉的犄角望着。

"民政厅长。"

"嗯,这也许是您觉得如此罢了:实际上他不过是一个共济会会员①之流的角色,并且是一个世上少见的傻瓜蛋。"

乞乞科夫听到这样含有几分尖酸刻薄口吻的评语,一时有点不知所措,但是后来,他恢复了常态,继续说:

"当然,每一个人都不无弱点的,可是省长是一个多么出类拔萃的好人哪!"

"省长是一个出类拔萃的好人?"

"是呀,难道不对吗?"

"天字第一号的强盗!"

"什么,省长是一个强盗?"乞乞科夫说,他简直弄不明

---

① 共济会是在十八世纪建立的一种秘密宗教组织。俄国的共济会会员中许多人是秘密革命团体的成员,后来参加过一八二五年的十二月党人的起义。因此,"共济会会员"成为"思想自由的危险分子"的同义语。

白,省长怎么会沦与盗贼为伍,"老实说,这是我绝对想不到的,"他继续说,"不过,对不起,请容许我提醒您注意:他的行为完全不是这样的,相反,他为人倒是挺温和敦厚的。"说到这儿,他甚至还举出省长亲手缝绣钱包作为佐证,并且对他和蔼可亲的脸相赞美了一番。

"一张强盗脸!"索巴凯维奇说,"只要你给他一把刀,放他到大路上去走一趟,他就会杀人,为了抢一戈贝的钱他就会杀人! 他跟副省长两个人都是杀人不眨眼的强盗!"

"显然,他跟他们全都闹翻啦,"乞乞科夫自己在心里寻思,"我还是跟他谈谈警察局长吧? 警察局长恐怕是他的朋友。"

"不过,至于问到我的意见,"他说,"老实说,我倒是顶喜欢警察局长,这个人的性格多么直爽、开朗;脸上明显含有一股淳朴敦厚的神气。"

"一个骗子手!"索巴凯维奇非常冷静地说,"他会出卖你,欺骗你,可还要跟你称兄道弟,同桌吃饭。我了解他们所有这些人:全是些骗子手,城里没一个好人:上上下下,大大小小,尽是些尔虞我诈的骗子手。尽是些出卖基督的大坏蛋。这里面只有一个人是正派人:检察长;可是,如果要说实话,连他也不比一口猪好多少。"

听到这么几段光彩体面的、虽然略嫌简短的人物介绍之后,乞乞科夫这才恍然大悟,不必再提别的官员了,并且记起来,索巴凯维奇一向是不爱说别人好话的。

"怎么着,宝贝,我们去吃饭吧。"索巴凯维奇的夫人对他说。

"请吧!"索巴凯维奇说。于是,客人和男主人走到摆着下酒菜的桌子前面,一口气干了满满一杯伏特卡酒,并且照整个广阔的俄罗斯不论城乡都一样的吃法,尝过了下酒菜,也就是说,吃了各种各样的腌制美味和开胃的佳肴,然后大家挨次走到饭厅里去;女主人走在头里,像一只鹅在水面上缓缓浮游着。一张小小的饭桌上摆着四副餐具。在第四个位子上很快出现了一个人,很难确切地说出她是一位太太,还是一位姑娘,是本家亲戚,还是一个女管家或者干脆是一个食客;这是一个不戴便帽、约摸三十上下年纪、包着一块花头巾的、身份不明的人物。有些人存在在世界上不像是实有其人,却只像是沾在一件东西上的小小斑点或者污渍。她们老是坐在那块地方,脑袋老是保持着同样的姿态,人家简直要把她们当作一件家具,以为她们有生以来从来没有开口说过一句话;可是,当她们一到了女仆室或者储藏室里,她们的嘴巴说起话来的那股机灵劲儿就甭提啦!

"我的宝贝,今儿的白菜汤做得可真好吃啊!"索巴凯维奇说,他喝了一大口白菜汤,从盘子里给自己拨来了一大块肉馅饼,这是随着白菜汤一起端上桌来的一道好菜,也就是一只羊肚,里边填满了荞麦粥、羊脑子和羊腿。"这样好的肉馅饼,"他冲着乞乞科夫继续说,"您在城里是吃不到的,那儿鬼知道会给您吃些什么东西!"

"不过,省长家里的菜做得倒是挺不坏呀。"乞乞科夫说。

"不过,您知道这一切是用什么做的吗?您如果知道了底细,您就不会去吃啦。"

"我不知道这是用什么做成的,关于这一点,我无法判断,可是那猪肉饼和煮鱼好吃极了。"

"这不过是您觉得如此罢了。我可知道他们在菜市上拣的是哪些货色。那个混蛋厨师是向一个法国人学的手艺，他把雄猫剥了皮，就冒充兔肉端到桌上来了。"

"哟！你说些多么叫人恶心的话。"索巴凯维奇的夫人说。

"那有什么法子呢，宝贝，他们那儿就是这么做的，这怪不得我，他们那儿家家全是这么做的。一切不能吃的东西，容许我说一句，一切在咱们家被阿库尔卡扔进污水缸、泔脚桶里的东西，他们全用来煮汤！真的都用来煮汤！真的尽往汤里搁！"

"你总喜欢在吃饭的时候说这种话！"索巴凯维奇的夫人又反驳道。

"那有什么法子呢，我的宝贝，"索巴凯维奇说，"又不是我自己这样做，不过，我实话对你说，我决不会去吃这些脏东西的。即使青蛙上撒满了糖，我也决不碰它一碰，我也不吃牡蛎：因为我知道牡蛎模样像个什么玩意儿。请吃羊肉吧。"接着他转过脸去对乞乞科夫说："这是羊胸脯子配米饭！这可不比大人先生们厨房里烧的那种羊肉丁，那种羊肉是在菜市上搁了四昼夜的啦！这都是德国大夫和法国大夫想出来的鬼主意，为了这件事，我不把他们活活儿绞死才怪呢！他们居然想出了节食的办法，要用饿肚子来治疗疾病！他们自个儿生的是德国的弱不禁风的身体，他们就以为也可以这样来调理俄国人的肠胃啦！不行呀，这一切办法都不对头，这一切都是异想天开，这一切都是……"说到这儿，索巴凯维奇甚至气愤地摇了摇头，"这些家伙开口闭口总是文明、文明，可是，这种文明呀——呸！我可要说出另外一个词儿来了，只不过在饭桌上这么说未免有失体统。我家里可不兴这样做。要是吃猪肉,我就把一只整猪端到桌上来,要吃羊肉,就吃整羊,要吃鹅,就吃整鹅!我情愿只吃两道菜,但是要吃个痛快,心里想吃多少就吃多少。"索巴凯维奇说着便用行动来证实这一点:他把半爿羊胸脯子拨到了自己的盘子里,吃个精光,啃得一干二净,把骨髓都吮吸得一滴不剩。

"是呀,"乞乞科夫想道,"这张嘴吃起东西来倒真不赖。"

"我家里可不兴这样做,"索巴凯维奇用餐巾揩着两只手,说,"我可不像一个什么普柳什金那样:明明有八百个魂灵,可是日子过得糟透,吃得比我的羊倌都坏!"

"这个普柳什金是谁?"乞乞科夫问道。

"一个骗子手,"索巴凯维奇答道,"这样的守财奴呀,真是很难想象得出的。监牢里的囚犯也比他生活得好些:他把所有的底下人都活活儿饿死啦。"

"真的!"乞乞科夫兴致勃勃地接碴儿说,"您说,他家里仆人大批大批地死掉,这话当真?"

"像苍蝇一样大批大批地死掉。"

"真的像苍蝇一样大批大批地死掉!我倒要请问,他家住得离开您这儿有多远?"

"离这儿五里路。"

"五里!"乞乞科夫尖声叫了起来,甚至感觉到自己的一颗心也有点别别地跳动起来,"可是,从您家大门出去,应该往右拐还是往左拐?"

"我甚至不劝您认得去这条老狗家里的路!"索巴凯维奇说,"随便到哪个下流地方去,也比上他家里去好些。"

"我不是这个意思,我问您不是为了到什么地方去,只不过是因为我有兴趣要知道各种各样的地方。"乞乞科夫听了这句话后答道。

羊胸脯子之后上的是奶渣饼，每一张奶渣饼都比碟子大得多，然后是跟小牛一般大的火鸡，里面塞满了各种各样好吃的东西：鸡蛋啦，米饭啦，肝啦，还有好些叫不出名堂来的东西都一股脑儿塞在鸡肚子里。一顿饭总算到此收场；可是，当大伙儿从饭桌旁边站起来的时候，乞乞科夫感觉到体重增加了整整一普特。走进客厅，看到盘子里已经摆上了蜜饯，不知是梨，是李子，还是别的什么果子，反正宾主都不伸手过去碰一碰啦。女主人只得走出去把蜜饯装到另外一些盘子里去。趁她出去的这个空当，乞乞科夫转身过去要对索巴凯维奇说句体己话，索巴凯维奇身子歪斜在圈手椅里，这样饱餐一顿之后，他只有打嗝和哼哼唉唉的份儿，再就是忙着画十字，一刻不停地用手掩住嘴巴。乞乞科夫转身对他说了这么一句话："我想跟您谈一件小事情。"

"这儿还有一种蜜饯，"女主人拿着一盘子东西又走回来，说，"蜜煮萝卜！"

"我们待会儿再吃吧！"索巴凯维奇说，"你现在回自己房里去，我和巴维尔·伊凡诺维奇要宽宽衣，稍微歇一会儿！"

女主人已经表示准备差人把鸭绒褥子和枕头搬进来，可是男主人说："没关系，我们坐在圈手椅里歇一会儿就可以啦。"这样一说，女主人就退出去了。

索巴凯维奇稍微弯下一点头，准备倾听对方要说的是什么事情。

乞乞科夫开始说话时似乎转弯抹角绕了一个大圈子，他泛泛谈了一下整个俄罗斯国家，对于它的幅员广阔大大赞赏了一番，他说，甚至古罗马帝国也比不上它那么大，外国人对此表示惊讶是不足为奇的……索巴凯维奇老是低着头侧耳恭听。接着乞乞科夫说，根据这个国家的现存制度，——这个国家的光荣声誉是无与伦比的，——凡是载在纳税人口花名册上的农奴，尽管他们的生命已经结束，可是，在新的登记册发下之前，他们的名字还是跟活的农奴并列在一起，这样既可以免去政府机关大量琐碎细微、徒劳无益的修改工作，又不会增添本来已经非常繁复的国家机构的复杂性……索巴凯维奇老是低着头在倾听。接着乞乞科夫说，虽然这种措施无懈可击，但是对于许多农奴主说来多少带来一点负担，因为它责成他们缴付人头税，仿佛那些农奴还活着一样，他本人由于对索巴凯维奇怀有莫大的敬意，所以情愿由自己来承担一部分这个确实沉重的义务。谈到关键问题时，乞乞科夫措辞非常慎重：他无论如何不把农奴叫作死魂灵，却仅仅叫作已经不存在了的魂灵。

索巴凯维奇还是照旧低着头在倾听，他的脸上连一丝类似表情的东西都没有。在这个人的身体里仿佛没有寄寓着灵魂，或者他灵魂是有的，但是不在应该安放的地方，而是像童话里那个长生有术的恶毒老头①的灵魂那样，不知远远地藏在哪座山岳后面，并且裹着一层厚厚的硬壳，以致灵魂深处无论翻滚些什么念头，都绝对不会影响到表面，产生一丝半毫的震动。

"您看是这样吗？……"乞乞科夫说，不无一点激动地等待着答复。

"您需要死魂灵？"索巴凯维奇非常干脆地问，一点也没

---

① 俄罗斯童话中的人物，拥有财宝和长生不死的秘诀。

有惊奇的表示,好像谈的是粮食似的。

"是呀,"乞乞科夫答道,再次把话说得婉转一些,找补了一句,"已经不存在的。"

"那有的是,怎么会没有呢?……"索巴凯维奇说。

"如果有,那么毫无疑问……您一定会乐意摆脱他们造成的种种麻烦吧?"

"好吧,我愿意卖。"索巴凯维奇说,这时他已经把头抬起了一些,并且琢磨出,这位买主一定可以在这里面捞到一点好处的。

"混账东西,"乞乞科夫在自己心里思忖道,"我一句话也还没有提到,他倒已经要卖啦!"接着,就出声地说:

"那么,譬如说,价钱怎么定呢?虽然,话得说回来,这是这样一种东西……定起价钱来倒也是很难说出口的……"

"我不向您多要价,每个魂灵一百卢布算啦!"索巴凯维奇说。

"一百卢布!"乞乞科夫尖声叫了起来,张大了嘴,眼睛直瞪瞪地朝对方望着,不知道是他自己听错了呢,还是索巴凯维奇的舌头太笨重,转动不灵活,莽撞地把一个字说成了另外一个字。

"怎么着,难道您觉得这价钱太贵吗?"索巴凯维奇说,然后找补了一句,"那么,您的价钱是多少呢?"

"我的价钱!咱们一定是弄错了,或者互相不理解对方的意思,忘记了咱们谈的对象是什么东西。至于我,平心而论,我认为,每个魂灵出八十戈贝,这是最高的价钱啦!"

"您瞧您说到哪儿去啦,才值八十戈贝!"

"照我的意见,只值这些,我认为,再多可不行啦。"

"要知道,我卖的可不是树皮鞋。"

"可是,您自己也该同意:这也不是真正的人哪。"

"那么,您以为您可以找到这样一种傻瓜,会把一个纳税农奴卖给您只要八十戈贝?"

"可是对不起,您干吗要管他们叫作纳税农奴?要知道他们早已都死掉了,留下来的只不过是捉不到摸不着的一个空名儿罢了。可是,为了不跟您就这方面作进一步的谈论起见,要是您愿意,我决定出价一个半卢布,再多可不行啦。"

"亏您说出这个数目来也不害臊!您再出个价,说个实在的价钱吧!"

"我不能够,米哈伊尔·谢苗诺维奇,请相信我说的是真心话,我不能够再加钱了:办不到的事,就是办不到。"乞乞科夫说,不过还是再加了半卢布。

"您究竟干吗舍不得花钱呢?"索巴凯维奇说,"说实在的,一点也不贵!碰见另外一个骗子手,他会叫您上当,尽卖给您一些废物,不是魂灵;而我呢,就像卖上等胡桃一样,个个经过精挑细选:要是算不上一个工匠,那么,也起码是一个结实的庄稼汉。您请仔细看看:就说车匠米海耶夫吧!要做弹簧马车,非得请教他不可。而且手艺不是莫斯科那种糊弄人的玩意儿,用上一个钟头就散了架的,他干的活儿可结实啦,车皮全是他自个儿钉上去的,连油漆也是他自个儿涂的!"

乞乞科夫张开嘴想说,米海耶夫尽管好,可是早已不在这世上了;然而,索巴凯维奇这时正所谓打开了话匣子,絮絮叨叨地讲个不休:

"还有木匠普罗帕卡·斯捷潘!如果您在什么地方能够找到这样一个庄稼汉,我情愿把我的脑袋拿来打赌。他力大无穷！要是他到近卫军里去当兵，天知道会怎么提拔他啦，他身材足足有三俄尺①多高哪！"

乞乞科夫又想指出，普罗帕卡也已经不在世上了；可是，索巴凯维奇显然讲入了迷，话儿滔滔不绝，拦也拦不住，乞乞科夫只有洗耳恭听的份儿。

"还有烧砖工米卢什金！他能够在随便什么屋子里砌上一个炉灶！还有鞋匠马克辛·捷略特尼科夫：他只要把锥子一扎，一双靴子就成了，靴子做出来管保你称心满意，并且他是滴酒不沾嘴唇啊。还有叶烈梅依·索罗柯普廖兴！这汉子一个人抵得上所有的人的用处，他到莫斯科去做买卖，每回光是代役租就能交上五百卢布。瞧，我要卖给您的是多好的农奴！这跟一个什么普柳什金能卖给您的货色可完全不同啊。"

"可是对不起，"乞乞科夫对这样滔滔不绝的、似乎没完没了的话头感觉到惊讶极了，终于熬不住插嘴说，"您为什么要把他们所有的特长一一列举出来呢？要知道，这些特长现在一点用处都没有了，因为他们都是已经死掉的人。俗话说，死人骨头撑篱笆，不顶用。"

"当然啰，这都是死掉的人，"索巴凯维奇说，好像醒悟过来，想起他们的确都已经是死掉了的，可是后来又添上一句，"不过，话得说回来：那些列在册子上的活人又有什么用处呢？他们怎么算得上是人？不过是苍蝇，不是人。"

"可是，他们毕竟存在着呀，而这些个只是幻想出来的罢了。"

①　1 俄尺相当于 0.71 米。

"哦,不,不是幻想出来的!我告诉您:米海耶夫是这么大的个儿,这种人您在哪儿也找不到啦!真是个庞然大物啊,连这间屋子的门也走不进来:不,这不是幻想出来的!他的两只肩膀有这样大的一股劲儿,连马都及不上他;我倒真想知道,您在另外什么地方可以找到这样一种幻想出来的人影儿!"说到最后几句话时,索巴凯维奇已经把脸冲着挂在墙上的巴格拉齐昂和柯罗柯特罗尼的画像了,这倒挺像交谈着的双方之间常有的那种情形:不知道怎么一来,其中一方忽然把眼睛不是对准交谈的对方,而是对准一个偶然走进来的完全不相识的第三者,虽然明明知道从他的嘴里既不会听到回答,也不会听到意见和证实,可是眼光却这样注视在他身上,仿佛要请他出来做调停人似的;那个陌生人一开始有一点发窘,不知道是应该回答那件他一点也没有听到的事情呢,还是应该彬彬有礼站在一旁等一会儿,然后默默地走开。

"不行,超出两卢布我是不能出的。"乞乞科夫说。

"好吧,免得您以为我漫天要价,不肯为您效劳,算啦——七十五卢布一个魂灵,不过得付钞票,说实在的,这仅仅是看在朋友的面上啊!"

"他真是怎么搞的,"乞乞科夫在自己心里思忖道,"把我当成傻瓜了,还是怎么的?"然后出声说:

"我实在觉得奇怪:咱们仿佛在扮演一出戏,或者是在扮演一出滑稽戏,要不然,我简直没法给自己解释……看来,您是一个相当聪明的人,又有知识和教养。要知道,咱们谈的那件东西只不过是:虚无缥缈之物。它值什么钱?什么人需要它?"

"可是,您既然要买它,可见,您就需要它啰。"

这时候,乞乞科夫咬了咬嘴唇,找不到拿什么话来回答。他才开口想举出一些亲属和家庭的情况为理由,可是索巴凯维奇很干脆地回答道:

"我不需要知道您有些什么亲属关系:我不想管别人家族里的事情,这是您的私事。您需要魂灵,我也愿意把他们卖给您,您不要,那以后会后悔莫及的。"

"两卢布。"乞乞科夫说。

"您真是如俗话所说,喜鹊喳喳叫,全是老一套;说了'两'字,您就再也不肯进一步啦。您就给一个实价吧!"

"嗯,真是见他妈的鬼,"乞乞科夫自个儿在心里想道,"加半卢布给他吧,狗东西,叫他撑死!"

"得啦,我再加您半卢布。"

"是吗,那么,我也对您出个最后的价钱:五十卢布!说真的,我是明吃亏,您在别处任何地方也不能更便宜地买到这么好的庄稼人啦!"

"刮皮鬼!"乞乞科夫对自个儿说,然后带着点恼怒出声地说:"说实在的,这算什么呢……倒真像一桩正经买卖似的;不过,我在别处不用花几个钱就可以把他们弄到手的。再说,随便什么人都巴不得把他们卖给我,只求尽快地脱手。除了傻瓜,谁会抓住他们不放,为他们缴付人头税呢?"

"可是,您知不知道,这一类的买卖,——我看朋友情分上在咱两人之间说句体己话,——通常是不被允许的,要是我或者别的什么人说了出去,往后,做这种买卖的人再要订立什么契约或者履行什么有利可图的义务,可就没有信誉啦。"

"瞧他话中带刺啊,这下流东西!"乞乞科夫私下里想道,接着就装出十分冷静的模样说:

"不管您怎么想都行,反正我买他们,不是像您所想的出于有什么需要,而只是因为兴之所至,有了这么一个念头罢了。如果我出两个半卢布,您还不要,那么,再会啦!"

"真拗不过他,倒是挺难对付的!"索巴凯维奇想道,"得啦,您出三十卢布一个,把他们拿去算啦!"

"不,我看出您不愿意卖,再会啦!"

"等一等,等一等。"索巴凯维奇说着不放开他的手,同时重重地踩了一下他的脚趾头,因为我们的主人公忘记了防备,这下他可吃了苦头,痛得吱吱地直叫,翘着一只脚跳了起来。

"请原谅! 我恐怕是踩痛您了。请您在这儿坐一会儿! 请,请!"这时候,他甚至带着几分灵巧劲儿搀扶乞乞科夫在一把圈手椅里坐下来,正像一只熊被驯养了一阵之后,能够翻身打滚儿,并且听到有人问:"米沙,来一个娘儿们怎样洗蒸汽浴的?"或者"米沙,来一个小孩儿怎样偷豌豆的?"还会做出各种怪模样来一样。

"说实在的,我真是白白浪费了时间,我要赶路哩。"

"再坐一刻儿工夫吧,我这就要说一句您爱听的话,"说到这儿,索巴凯维奇挨近一些,凑着他的耳朵,仿佛透露一个秘密似的,低声细语地说,"一四开怎么样?"

"就是说二十五卢布啰? 不,不,不,连一四开的四分之一我也不答应,我是不再加一个戈贝的。"

索巴凯维奇默不作声了,乞乞科夫也默不作声。沉默延续了两分来钟。鹰钩鼻的巴格拉齐昂从墙上非常注意地望着这场买卖的进行。

"您到底肯出个什么价钱?"索巴凯维奇终于开口说。

"两卢布半。"

"说实在的,您是把人的灵魂看得跟焖萝卜一样贱啦。您哪怕就出三卢布一个也行!"

"不行。"

"好啦,跟您简直没办法,卖给您啦!我明知吃亏,可是我生就一副痴呆脾气:要我不讨好一下好朋友实在是办不到。现在,我想还得把买卖手续办好,使一切都合乎规矩。"

"那是自然。"

"这么说来,咱们就得上城里去走一趟啦。"

事情就这么办成了。双方决定第二天便上城里去,把签订买卖契据的事办妥。乞乞科夫要一份农奴的名单。索巴凯维奇一口答应下来,立刻走到写字台跟前,亲自动笔写下所有农奴的名单,不但写上姓名,甚至还注明他们各自值得赞美的品质。

而乞乞科夫呢,由于没有别的事情可干,就站在背后察看他整个宽阔的体格起来。当乞乞科夫端详到他的像矮壮的维亚特种马那样厚厚的背和形如人行道上的铁墩儿的两条腿的时候,忍不住打心坎里喊道:"你实在是得天独厚啊!一点也不错,正像常言说的,式样虽不俏,做工却地道!……你是生来就像熊一般的呢,还是离群索居的生活,耕耘播种的操劳,成年累月跟庄稼汉打交道,把你变得像熊一般,进而又变成了人们叫作刮皮鬼的那种人呢?可是不对:即使按照时髦风尚教养了你,把你送进了社会,即使你住在彼得堡,而不是在穷乡僻壤,我想,你还是会这个样子的。所不同的只是:你现在能够把半爿羊胸脯子连米饭吃个精光,再加上一只碟子般大的奶渣饼,而在彼得堡呢,你只吃几个肉饼子加上几片蘑菇。你现在手下是一帮子庄稼汉:你跟他们相处得不坏,当然啦,你不会亏待他们，因为他们是你的财产，错待了他们，你自己可要倒霉的；而在彼得堡呢，你手下的全是些小公务员，你知道他们不是你自己的农奴，就不时狠狠敲诈他们一下，要不然，你就去盗用公款，侵犯国库！不，谁要是成了个刮皮鬼，谁就不会再有人味啦！要是让他披上一张人皮，那就更坏事。只消他对某一门学问懂得了一点皮毛，往后，一旦他坐上一个更显要的位子，准会向所有那些具有真才实学的人耍威风的。到时候，保不定他会说：'让我来露一手吧！'于是，灵机一动想出了一项那么高明的法令，害得许许多多人叫苦不迭……唉，如果所有这些刮皮鬼都死尽灭绝就好啦！……"

"名单开好啦。"索巴凯维奇转过身来说。

"好啦？请拿过来吧！"他把名单浏览了一下，对于它的一丝不苟和精细周到感到非常惊奇；不但手艺、职务、年龄和家庭景况都给一一详尽无遗地写上了，并且在页边还对品行、喝不喝酒等项加了特别的评语，——总之，看一下是挺有趣的。

"现在请您付定钱吧！"索巴凯维奇说。

"付给您定钱干什么？到了城里您会一次收到全部款子的。"

"您知道，这都是例行规矩。"索巴凯维奇反驳道。

"我不知道怎么来付您钱，我身上没有带钱。对啦，这儿有十个卢布。"

"十个卢布算什么哟！您至少得给我五十卢布吧！"

乞乞科夫又开始推托说没有钱；可是，索巴凯维奇这么肯定地说他有钱，因此他不得不又摸出一张纸币来，说：

"好吧，这儿再给您十五卢布，总共二十五卢布。只是请您出一张收据。"

"您要收据干吗？"

"您知道，还是出一张收据的好。难说呀，什么情况都可能发生的。"

"好吧，可是您先把钱交来！"

"为什么要先交钱？钱就在我手里！您一开好收据，我立刻就交钱。"

"可是我倒要请教，我怎么能够开收据呢？我得先看到钱才是呀。"

乞乞科夫松开手，把几张钞票给了索巴凯维奇，索巴凯维奇走到桌子跟前，用左手手指捂住钞票，用另一只手在一张小纸片上写下：今收到出售注册农奴定金帝国银行钞票共贰拾伍卢布整。他写好纸条之后，又把钞票重新检查了一遍。

"一张钞票有点旧啦！"他把其中一张钞票凑近亮光仔细看了看，说，"有点扯破啦，可是，朋友之间这一点事就不必计较啦。"

"刮皮鬼，刮皮鬼！"乞乞科夫自己心里想道，"并且还是一个老狐狸！"

"女农奴您不想买吗？"

"不，谢谢啦。"

"我要价不会贵。卖给朋友嘛，只要一卢布一个。"

"不，我不需要女农奴。"

"好啦，既然您不需要，那就不必谈啦。嗜好口味没有划一的规律：俗话说，有人喜欢神甫，有人喜欢神甫的老婆，各有所好。"

"我还想请求您一点：这买卖只是咱们两人私下里的事，

不足为外人道。"乞乞科夫一边辞别一边说道。

"那是自然之理。第三者没有必要过问这件事；亲朋密友之间的真诚协议，必须保留在信守不渝的友谊之中。再会啦！谢谢您光临舍间；我预先请求您：您如果还抽得出闲暇时间，请您别忘记再驾临便饭，一起来消磨一下时光。也许，咱们还能够彼此效劳一下。"

"对呀，这样的效劳何乐不为呢！"乞乞科夫坐上轻便折篷马车时心里想道，"他拿一个死魂灵勒索了我两个半卢布，他妈的刮皮鬼！"

他对索巴凯维奇的行为很不满意。不管怎么说，在省长家里见过面，在警察局长家里也见过面，毕竟算是个熟人了，可是他的行径简直跟陌生人一样，居然拿一些废物来卖钱！当轻便折篷马车从院子里驶出去的时候，他扭过脖子去一瞧，看见索巴凯维奇还是站在台阶上，看样子在目不转睛地望着，想看个明白客人究竟要拐到哪儿去。

"这坏蛋，到现在还站在那儿哩！"他从牙齿缝里嘟哝道，接着吩咐谢里方拐到农奴住的木屋一边去，顺这条路往前走，免得从老爷的院子那边望得见马车的去向。他想顺便去拜访一下普柳什金，据索巴凯维奇说，普柳什金的农奴是像苍蝇一般大批大批死掉的，可是，他又不愿意让索巴凯维奇知道这件事。当轻便折篷马车已经驶抵村子尽头的时候，他叫住一个迎面碰到的庄稼汉，那人在半道上找到一根极粗的木头扛在肩上，像孜孜不倦的蚂蚁似的，要把它拖到自己的木屋里去。

"喂，大胡子！如果不经过老爷的屋子，打这儿要上普柳什金家去该怎么走？"

庄稼汉仿佛被这一问题难住了。

"怎么着,你不知道吗?"

"不,老爷,不知道。"

"哎哟,你呀!亏你活到了这把年纪,头发全都白了!连那个给底下人吃得坏透了的守财奴普柳什金都不知道吗?"

"啊!那个打补丁的,打补丁的!"庄稼汉大声喊了起来。他在"打补丁的"这个词儿后面加上了个名词,这个名词用得恰到好处,但在上流人士的谈吐中是向来不用的,所以我们在这儿就把它省略了。然而,可以猜想得出,这个名词用得非常贴切,因为虽然庄稼汉早已消失得不见踪影,马车已经往前奔驰了许久,但是乞乞科夫还在马车里格格地笑个不停。俄罗斯人民的用词是鲜明有力的!如果他们赐给了谁一个雅号,那么,这个雅号便会在谁的家里世世代代流传下去,你进入官场也好,告老回乡也好,上彼得堡也好,到天涯海角也好,你总得带着它去。打这之后,尽管你费尽心机,想给自己的外号掩饰遮丑,哪怕出钱雇用一批耍笔杆子的,叫他们为它编造出一个出自古老世家家史的典故,也全没有用处:这外号本身就像乌鸦那样呱呱地聒噪着,让人一听就明白,这头鸟儿是打哪一个巢窝里飞出来的。一句一语中的的话,跟黑字写上白纸一样,任凭怎么样也磨灭不了啦。而深深植根于俄罗斯民间的语言,往往是鞭辟入里、一针见血的;在俄罗斯民间,既没有德意志的血统,也没有芬兰的血统,或者任何其他种族的血统,而全是一些土生土长、无师自通的天才,有的是俄罗斯的灵巧、敏捷的才思,他们妙语如珠,脱口而出,他们不用像母鸡孵蛋那样旷日持久地去推敲琢磨,而是一下子便想出一个词儿来把你刻画得入木三分,就像给你一张得用上一辈子的身份证一样,并且以后不必再作什么补充,说明你的鼻子是怎样的,嘴巴又是怎样的——你已经从头到脚被一笔勾画得惟妙惟肖啦!

恰如在神圣的、虔敬的俄罗斯,散布着数不清的带有圆穹顶、十字架的教堂和修道院一样,在大地上有数不清的集群聚居、形形色色、闯荡求生的种族、氏族和民族。每一种民族都蕴含着一股力量的源泉,充满着心灵的创造力,鲜明的特性和上帝赐予的其他种种的禀赋,因此,他们各不相同,都有自己独特的语言,不论表达什么事物,在用词里他们就可以反映出自己的独特个性的一部分。不列颠人的语言流露出一种对世俗人情的真知灼见;法兰西人的语言往往风靡一时,有如一个轻浮的美少年在你的眼前忽闪一亮,便一阵风似的消逝不见了;德意志人则别出心裁地创造了一种自成一格的、不是每个人都能够理解的聪明睿智而又有点晦涩的语言;可是,世上没有一种语言可以跟精确生动的俄罗斯口头语言媲美,像它那样泼辣、敏捷,那样迸发自心灵的深处,那样令人感觉到里面血液在沸腾,生命在颤动。

第 六 章

很早以前,在我的少年时代,在我那一去不复返地飞闪过去的童年时代,当我头一次走近一个不熟识的地方时,总是兴致勃勃的:不管是一处田庄也好,一座贫穷的小县城也好,一个村子也好,一片郊区也好,孩子的好奇的眼光到处都可以发现许多新奇有趣的东西。任何一幢建筑物,任何一件只要带有一点引人注目的特点的东西,都会使我止步停留,惊讶不已。不论是式样千篇一律的、有半数窗户是装饰性的、孤零零地耸立在一群小市民的圆木矮平房中间的官府房子,也不论是粉刷得雪白的新建教堂上面的、整个儿包着白铁皮的造型严谨的巍峨圆穹顶,不论是市集,也不论是在闹市里碰上的小县城的一个油头粉面的花花公子,——所有这一切都逃不过稚嫩而敏感的目光,我把鼻子伸出我那辆赶路的大车,忙不停地张望着,至今未曾见过的一件上衣的款式啦,在蔬菜铺的店堂里闪现的一木箱一木箱的钉子啦,葡萄干啦,肥皂啦,远远望去黄澄澄一片的松香啦,还有一桶一桶从莫斯科运来的已经发硬的糖果啦,我都会看得津津有味,一个踽踽独行的、只有上帝才知道从哪个省份给打发来尝味一下小县城的寂寞无聊的步兵军官啦,一个穿着一件腰眼里打褶子的短褂、乘着二轮马车匆匆而过的商人啦,我也会看得出神,遐想联翩,探究起他们颠沛困苦的生活来。只要有小县城的一个公务员走过——我便会沉思起来:他这会儿是上哪里去? 到一个什么同事家里消磨一个夜晚呢,还是直接赶回自己的家,趁天色还没有全黑,在台阶上偷闲坐上半个来小时,然后同母亲、妻子、小姨以及全家老小一起坐下来吃晚饭? 我也会猜想,当汤已经喝过,一个戴着铜币编制的颈圈的女婢或者一个穿着肥厚短褂的小厮拿来一支插在经久耐用的土制烛台上的油脂蜡烛的时候,他们一家人在谈些什么? 当我临近随便哪一位地主的田庄的时候,我总好奇地打量着那儿一座高高的狭长的木造钟楼,或者一座宽大阴沉的木造的古老教堂。远处,透过青翠碧绿的树林,隐约闪现着地主宅第的红屋顶和白烟囱,这总使我觉得是那么诱人,我焦灼地等待着,等那些遮蔽房屋的树木向两边闪开,让房屋整个儿地展现在我的眼前,唷,在那个年代,它的外貌丝毫不显得俗气,我还会根据房屋的外貌竭力揣测,地主本人是一个什么样的人物? 他是胖还是瘦? 他是有儿子呢,还是有整整六个女儿,和有了她们就少不了的清脆悦耳的笑声、花样百出的游嬉,而最小的妹妹准是一个美人儿? 她们是不是个个都长着黑眼珠? 地主本人是一个嘻嘻哈哈的快活人,还是像九月底的秋天那样阴沉忧郁,整日价望着日历,絮絮叨叨地净说些惹年轻人厌烦的关于黑麦和小麦的庄稼事儿?

　　现在,我是无动于衷地驶近任何一座不熟识的村子,无动于衷地望着它的平庸俗气的外貌;我的冷了下去的眼光觉得腻烦,我不再感到欢乐有趣,在以往的年代里会在我的脸上即刻激起反应、引起我欢笑和难以穷竭的言语的那些东西,现在都不留痕迹地闪滑过去,冷淡的沉默封锁住我一动也不动的嘴唇。哦,我的青春!哦,我的蓬勃的朝气!

当乞乞科夫正在沉思,暗笑庄稼汉给普柳什金起的绰号的时候,他却没有注意到,马车已经驶到有许多农舍和街巷的广阔村子的中心来了。不过,他很快就发现了这一点,因为圆木铺的路面让他受到了很沉重的一震,跟这比起来,城里的石子路面真算不得什么了。这些圆木像钢琴的键盘一样,忽而高,忽而低,一不留神,不是后脑勺撞出一个包,就是前额碰出一块青斑,再不然就是自己咬痛了自己的舌尖。他在所有的木头建筑物上都看出了某种特别陈旧衰朽的迹象:农舍上的圆木颜色发黑,旧得不堪;许多屋顶千疮百孔,像筛子一样;有些屋顶上只剩下了马头①,两边只剩下一根根肋骨似的柱子。看来,是屋主人自己把椽子和板壁从屋子上拆走的,他们的想法当然也挺有道理:雨天农舍遮不了身,晴天屋子自己又不会漏水,和娘们儿厮混根本用不着这些屋子,反正小酒店里和大路上到处有的是地方,总之一句话,你爱上哪儿去都成。农舍的窗户都没有玻璃,有的窗洞里塞着一块破布或者一件粗呢大褂;屋顶下面搭着带有栏杆的小凉台,那是有些俄国农舍不知道为什么原因总要搭上一个的,凉台歪斜污黑,谈不上有什么诗情画意。从农舍的后面望去,在许多地方成排地竖立着巨大的麦垛,堆放的日子显然挺长久了;麦垛的颜色已经变得像烧制得很坏的旧砖头,上面长出了各种各样乱七八糟的东西,旁边甚至还盘绕着灌木。麦子看来是归地主老爷的。在麦垛和破旧的屋顶后面,一片晴空底下,有两座紧挨着的乡村教堂,随着轻便折篷马车打弯的方向,忽而右忽而左地高高耸

---

① 一种屋脊装饰物,类似我国古代建筑上的鸱吻,但系木雕,且形如马头。

起,一眨眼又隐没不见了:一座空关着,是木造的;另一座是砖砌的,淡黄色的墙上布满污迹和裂缝。老爷的宅第先是不时隐约显露出它的局部,直到那一连串农舍的尽头处方才整个儿敞露出来,在那儿,取代农舍的是一大片荒芜的菜园,或者是一块白菜地,围着低矮的、有的地方已经断折的篱笆。这座古怪的城堡很长,长得出奇,看来像是一个衰朽不堪的残废人。它有些地方是一层楼,有些地方是二层楼;在那不能完全遮盖它的衰败相的灰暗的屋顶上面,竖着两座遥遥相对的望楼,两座望楼都已经摇摇欲坠,一度鲜明光亮的油漆全部剥落了。屋子的墙壁有些地方仿佛龇牙咧嘴似的露出着光秃秃的、抹过泥灰的木架子,可以看出它们熬过了各种各样的恶劣天气,熬过了雨淋风吹和骤然多变的秋季天气。窗户只有两扇打开着,其余的都关得严严实实,拉下了百叶窗,甚至钉上了木板。连这两扇窗户也不大透光;其中的一扇还贴着用包装食糖的蓝色纸头剪成的暗沉沉的三角糊窗纸。

一座古老的、广阔的花园在屋子后面延伸开去,先是朝向村子,然后渐渐隐没在田野中间,虽说它蔓草丛生,荒凉寂寞,却似乎只有它在给这偌大的村子带来生气,也似乎只有它那一片别有情趣的荒芜景色充盈着诗情画意。无拘无束、繁衍枝蔓的树梢连成一片,横陈在天际,宛如一片片绿色的浮云和密密层层形状不严整的、微微抖动的华盖。一株被暴风雨和雷电折断了树梢的白桦树,从这片绿树丛中耸起它那粗壮的白色躯干,伫立在空中,像一根端正挺拔的、莹洁璀璨的大理石圆柱;往上看不见柱头,而只见劈断的、翘起一角的斜面,像是一顶深色的帽子套在雪白的圆柱上,或者是一只黑色的鸟儿蹲在那里。下面,蛇麻草紧紧压住成片的接骨木、花楸果和榛树,然后沿着这整片密如藩篱的树丛的顶端蜿蜒而过,终于爬了上去,盘绕直达备受摧折的白桦树的半腰。到了白桦树的半腰,蛇麻草又从那儿往下牵攀,搭住别的树的枝梢,或者就悬挂在空中,把自己尖细的钩形叶瓣卷成一个个小圆圈,让它们随风飘荡。被阳光照耀着的苍翠密林在有些地方彼此岔离开去,露出一片嵌在它们中间的未被阳光照到的凹地,有如张开着一只黑沉沉的大嘴;这片土地整个儿笼罩着阴影,在它黑洞洞的深处隐隐约约闪现出一条曲折狭窄的小径,一排倒塌的栏杆,一座摇摇欲坠的凉亭,一株衰朽的、有洞孔的杨柳树干,一丛颜色发白的灌木,它的枝叶都被密密的荒草野荆窒闷得枯萎了,盘错虬结在一起,像一团团浓密的毛鬈从柳树后面戳出着,最后,是枫树的新生幼嫩的分枝,从旁边伸出它的巴掌般大的碧绿叶瓣,阳光不知怎么的钻到了一张叶瓣下面去,忽然使它变得通体透明、火红,在这浓重的黑暗中奇妙地闪闪发光。在花园顶靠边的一头,好几株修长的、跟别的树不一般高的白杨树,在它们颤动的梢顶上高高举着一只只巨大的鸦窠。有几株树的枝条已经折裂,但还没有全断,跟枯叶一起低低地垂挂着。总之,一切都美妙极了,那是不论大自然,也不论艺术家,都怎样也构思不出来的,只有当大自然和艺术家结合在一起,只有当大自然用它的刻刀对人工的、经常是缺乏性灵的、过于繁琐的作品加以最后的雕琢,删削笨重累赘的大块文章,剔除趣味粗俗的精细工整,弥补寒碜的、把构思立意袒露无遗的破绽和疏漏,给只求均衡整齐的冷漠风格创造出来的一切注入奇异的温暖,——只有在那个时候,才会形成这一美妙的杰作。

转过一个弯或者两个弯之后,我们的主人公终于到了那幢邸宅的门前,此刻邸宅显得更加凄凉了。青苔已经盖满了围墙和大门上腐朽的木料。一大簇显然日见破败的房屋:下房、谷仓、地窖,挤满了大院;这些房屋的左右两边都可以看见有门通向别的院子。一切都说明:这儿有过一段时间家业经营的规模是非常大的,可是,在今天,一切都显得凄惨冷落了。看不到一点能使画面蓬勃有生气的景象,没有不时打开的门,没有川流不息出出进进的人,没有任何热热闹闹的家务操劳和繁忙!只有一扇大门敞开着,那是因为一个庄稼汉赶着一辆满载货物、盖着蒲席的大车驶了进去,他的出现仿佛是特地为了活跃一下这块已经死去的地方:在别的时候,连这扇大门也是紧紧关闭着的,因为有一把巨大的锁挂在铁环里面。乞乞科夫很快就在一幢房子旁边发现了一个人影,这人正在跟赶着大车来的那个庄稼汉吵起来。他很久识别不出这是一个男人还是一个女人。她身上的那件衣服实在不伦不类,很像是女人的睡袍,头上戴着一顶乡下女仆戴的小圆帽,只有那条嗓子他觉得比起女人的来似乎嫌沙哑了一点。"噢,是个女的!"他自个儿寻思道,但转念一想:"噢,不是的!""当然是个女的!"他再仔细打量了一下之后,终于这么说。对方也在盯着看他,来客在她的眼里仿佛是一件挺稀罕的东西,因为她不仅打量了他,而且打量了谢里方,甚至把马也从头到尾都细细地看遍了。凭她腰里挂的那串钥匙和她刚才骂庄稼汉时用的那番相当粗野的话,乞乞科夫断定,这准是一个管家婆。

"我问你,大娘,"他跨下马车,说,"老爷在家吗?……"

"不在家,"管家婆没有听完他的问话,就打断他说。可是后来,隔了一分钟光景,找补了一句:"您来干吗?"

"有事哟。"

"请里屋来吧！"管家婆说着转过了身子，于是让他看到，她的背脊沾满了面粉，下面的衣服上有一个大窟窿。

他一跨进宽敞而昏暗的门廊，就仿佛进了地窖，有股子冷气向他迎面吹来。过了门廊，他踏进一间也是昏暗的屋子，只因为门的下面有一条阔缝透进一道光线，屋内方才略微有点亮光。他推开了这扇门，终于见着了阳光。可是，眼前的一片凌乱又叫他大吃一惊。仿佛这幢房子里正在洗刷地板，把全部家具暂时一股脑儿都堆到这儿来了。在一张桌子上甚至搁着一把断了腿的椅子，旁边是一座停摆的钟，钟摆上已经结了蛛网。也就在那儿，靠墙放着一口橱，里面有老式的银器、长颈玻璃酒瓶和中国瓷器。写字台原是镶嵌螺钿的，现在好多处螺钿已经剥落，只剩下几条填过胶的淡黄的槽痕，台上放的东西五花八门：一叠字迹密密的小纸片，上面压着一块有卵形把手的、颜色已经发绿的大理石镇纸，一本红色书脊皮封面的古旧的书，一只整个儿干瘪得不比榛果大的柠檬，一段圈手椅上的断把手，一杯不知是什么名堂的饮料，里面浮着三只苍蝇，上面盖着一页信，一小段火漆，还有一小片不知打哪儿拣来的破烂布头，两支蘸过墨水的、干得活像害痨病的鹅毛笔，一根完全发了黄的、可能还是法国人入侵莫斯科①之前主人剔过牙齿的牙签。

墙上胡乱地、挨得紧紧地挂着好几幅画：一幅发了黄的长条版画画的不知是哪一场战争，上面有挺大的战鼓，头戴三角军帽、张口呐喊的士兵和淹进水里的战马，画没有配上玻璃，装在一个四角饰有纤巧的青铜嵌线和也是青铜的环形花纹的

---

① 此指一八一二年的俄法战争。法军曾进抵莫斯科，占领城市三十九天后溃退。

红木画框里。在这些画的旁边,一幅发了黑的巨幅油画足足占了半堵墙,画的是花卉、水果、一个剖开的西瓜、一个野猪头和一只倒悬的野鸭。天花板正中挂着一盏套着麻布罩的枝形吊灯,灰尘满布,挺像一只蚕茧,里面蜷伏着一条蚕。靠近墙犄角的地板上堆着许多更不雅观的、根本不配放在桌上的破烂。至于那里堆的是些什么,可真难以判断啦,因为尘垢积得这么厚,任何人用手去一碰,手就会变得像戴上了手套;只有一段断掉的木锹和一只旧的皮靴跟戳在外面让人看得比较清楚。要不是放在桌上的那顶破旧睡帽作证,无论如何也说不上这屋子是有人住着的。正当他在仔细端详这全部古怪的陈设的时候,边门打开了,他在院子里照过面的那个管家婆走了进来。可是这下子他看清了,这与其说是个女管家,还不如说是个男管家:女管家至少不刮胡子的呀,而这一位,恰恰相反,是刮胡子的,不过看来是难得刮一次,因为他的整个下巴颏和下腮帮子活像马厩里刷马用的铁丝篦。乞乞科夫摆出一副探询的神情,焦灼地等着,看管家要对他说些什么话。那管家也在等着,看乞乞科夫要对他说些什么话。乞乞科夫不料会碰上这样古怪的尴尬场面,终于熬不住决心发问了:

"老爷在家吗? 在自己房里,是不是?"

"主人就在这儿。"管家说。

"哪儿呀?"乞乞科夫又问了一遍。

"怎么啦,老爷子,您是瞎了眼,还是怎么的?"管家说,"哎呀呀! 要知道,主人就是我呀!"

这时候,我们的主人公不由地往后退了一步,直瞪瞪地望着他。形形色色的人他见过不少,甚至连我和读者也许一辈子也没有机会见到的人物,他都见识过;可是,像这样的一位,他还没有看见过。这位先生的相貌倒也没有什么特别之处：它和许多清癯的老年人的脸几乎一样，只是下巴颏朝前突出得挺厉害，因此，一开口他就得用手帕把它捂住，免得唾沫横飞；一双小眼睛还没有失去光泽，在翘得高高的眉毛底下骨碌碌地转动着，像是两只小老鼠从暗洞里探出它们尖尖的嘴脸，竖起耳朵，掀动着胡髭，在察看有没有猫儿或者淘气的孩子守候在什么地方，并且疑虑重重地往空中嗅着鼻子。倒是他那身装束要别致得多；随便你用什么法子，花多大力气，也研究不出来他的这件睡袍是用什么料子做成的：袖管和衣襟乌黑油亮，简直像是做靴统的上等鞣皮，背后原是两片下摆的地方飘挂着四片下摆，棉絮成团地从那儿直往外钻。系在他脖颈上的也是一件莫名其妙的玩意儿：不知是袜子，还是吊袜带，还是肚兜，反正说什么也不是领带。总之一句话，要是乞乞科夫在随便一个什么地方的教堂门口碰上了他，凭他这副打扮准会布施给他一个铜板的。因为我们的主人公有一个值得称道的长处，他的心肠挺软，他总不忍心见到穷人而不给一个铜板的。可是现在，站在他面前的不是一个穷要饭的，站在他面前的是一位地主呀。这位地主拥有一千多个农奴，哪一家也找不出像他那样多的麦谷、面粉和仅是成垛地堆在田里的粮食，哪一家的储藏室、粮仓和栈房里也没有堆积着那样多的布匹、呢料、硝过的和没有硝过的羊皮、晒干的鱼、各种各样的菜蔬或者瓜果菌蕈。如果有谁到他的作坊大院里去瞧一眼，看到堆放在那儿的各种木材和永远不派用处的器皿，他准怀疑自己别是闯进了莫斯科的木器市场，那是手疾眼快的姑姑奶奶们，身后带着厨娘，为办货而每日必去之处，那儿各式各样以树木为材的器具白花花的堆积如山——榫合的、车光的、手雕的,编织的,真是应有尽有:木桶,木盆,双耳木坛,有盖的木鬏,带嘴的和不带嘴的木壶,圆形的小口木罐,柳条筐,妇女放麻线和其他小零碎的篮筐,又细又弯的白杨木条编的笭筐,桦树皮编的小圆盒,以及许许多多不论富的还是穷的俄罗斯都要用的好东西。旁人看来,普柳什金要这些多得数不清的东西有什么用处呢?这些东西哪怕给两处像他的村子那样大小的田庄用,一辈子也用不完,——可是,他连这些还嫌少。既然不满足于已经有的,他就每天还在自己的村子里满街地转,桥墩下张张,屋梁下望望,凡是落进他眼里的东西:一只旧鞋跟,一片娘儿们用过的脏布,一枚铁钉,一块碎陶瓷片,他都捡回自己的家,放进乞乞科夫在墙犄角发现的那堆破烂里。"瞧,那打鱼的又干他的营生去啦!"庄稼汉们见到他出门搜捕猎物,就这么说。的确,他走过之后街巷已经不用再打扫了:曾有一回,一位过路军官失落了一根马刺,一眨眼这马刺就进入了那堆破烂里;如果哪个女人在井旁一不留神,丢下了一只水桶,他立刻把水桶也拎走了。不过,要是眼快的庄稼汉当场逮住了他,那他倒也不争辩,就交出那偷得的东西;可是,一旦东西进入了那堆破烂,那么,一切全完啦:他会赌咒发誓,说东西是他的,是他从哪儿、向谁买来的,或者是祖老太爷手里传下来的。即使在他自己的房间里,不论在地板上见到什么:一小段火漆也好,一小角纸片也好,一小截鹅毛笔也好,他都要一一捡起来,搁到写字台或者窗台上去。

可是,有过那么一段时光,他只是一个克勤克俭的当家人!他有妻室儿女,左邻右舍常常上他家去串门吃饭,聆听和学习他的持家之道和精打细算的本领。一切都显得生机勃勃,有条不紊:水磨、制毡机在辘辘转动,呢绒厂、木工车床、纺织工场都在不歇地工作;主人犀利的目光射进每一个角落、每一件事情,好比一只勤奋的蜘蛛在它那张苦心经营的网上忙碌而又灵活地上下奔走。他的脸上虽然从来不曾反映出过分强烈的情感,但是眼睛里却透露出智慧;他的谈话充满着经验和世故,因此客人都乐意听他讲话;殷勤、健谈的女主人素有好客的美名;迎面走出来的是他的两个可爱的女儿,两人都长着淡黄的头发,都像蔷薇花那样娇艳;跳跳蹦蹦出来的是他的儿子,一个活泼淘气的小家伙,见人就拥抱接吻,而不大问这是不是叫客人高兴。屋里的窗户统统打开着,阁楼上住着一位法国教师,他胡子刮得精光,打枪是个能手:每到午饭时刻总要带回几只鹌鹑和野鸭作为添菜,但有时也会只带回几个麻雀蛋,那时他就叫人煎了自己享用,因为全家上下再没有人要吃煎蛋的。阁楼上还住着一位他的女同胞,两位小姐的教师。主人总是穿着常礼服来到饭桌旁,衣服虽说穿得有点旧了,但是干干净净,肘弯处都还完整;哪儿也不见一个补丁。可是,善良贤惠的女主人去世了;一部分钥匙,连同一部分琐屑的操心事,从此落到了他的身上。普柳什金变得更加不知安宁,并且像所有的鳏夫一样,变得更加多疑和吝啬起来。对大女儿亚历山德拉·斯捷潘诺夫娜他不能够事事放心,并且他也的确没错,因为隔了不久亚历山德拉·斯捷潘诺夫娜就和一个天晓得属于哪个骑兵团的上尉私奔了,她知道父亲出于一种古怪的成见不喜欢军官,似乎军官个个都是赌棍和败家子,所以和上尉在某处一个乡村教堂里匆匆举行了婚礼。对她的出走父亲只送去了诅咒,倒也不费神去把她追回。家里变得更加空荡荡的了。在主人的身上吝啬开始暴露得更加明显,他那粗硬头发里冒出的星星白发,吝啬的忠实朋友,又进一步助长了这种恶习的发展;法国教师被辞退了,因为儿子已经到了供职的年龄;法国太太给撵走了,因为在亚历山德拉·斯捷潘诺夫娜被人诱拐的丑事里面她并不是清白无辜的;儿子一到了省城,原来应该依照父亲的意见在民政厅里谋一个实实在在的差事的,结果却进了兵团,并且只是在进了军界之后,为了要钱做制服,方才写信禀告父亲的。他得到的回复,极其自然的是俗话所说的碰了一鼻子的灰。最后,连唯一留在家里陪伴在他身边的女儿也死了,从此之后,老头儿一个人成了他全部家产的看守、保管和主人。孤独的生活给吝啬这一恶习增添了丰富的养料。而吝啬,正如大家所知道的,有狼一般的胃口,越吃越贪婪;在他的身上,人的感情本来就不深厚,现在一分钟一分钟地枯竭下去,于是,在这片废墟里每天都要消失掉一点东西。正好在这当口,仿佛有意证实他对军人的看法似的,他的儿子打牌把钱输得精光;他出自真心地给儿子寄去了为父亲的诅咒,从此之后他再也不去过问,儿子是活在人间,还是已经死了。他屋里的窗户逐年一扇一扇地被关上,最后只剩下两扇开着,而其中的一扇,如读者已经看到的,还给糊上了纸;主要的家计一年胜似一年地被荒废了,他那狭隘的目光所关注的只是他收集在自己房间里的一些碎纸片和破鹅毛笔;对待上他家去收购农产品的顾客,他越来越寸步不让;顾客们讲价钱讲得唇焦舌敝,最后都不再上他的门了,他们说,这简直是魔鬼,而不是人;干草和粮食在霉烂,禾垛变成真正的粪堆,只差在上面栽种白菜,地窖里面粉结成了石块,非得劈碎了才能够用,呢料、麻布和粗布简直碰都碰不得:一碰就会化成一团团的飞尘。他有些什么家私,一共有多少,连他自己都已经记不清楚,他只记得,在他那口橱里的哪一个地方搁着一只酒瓶,里面有点喝剩的陈酒,在瓶上他亲手做过记号,以防有人把酒偷喝掉了,也还记得在哪儿有一截鹅毛笔或者一小段火漆。尽管如此,田庄里租税收入照旧不变:庄稼汉得照旧如数送来地租,每个农妇得照旧缴上那么多的胡桃,织布女工得照旧织出那么多的麻布——然后,所有这些东西全被堆进储藏室,渐渐烂掉,被虫蛀空,连他本人最后也成了人类身上一个被蠹蚀的空洞。亚历山德拉·斯捷潘诺夫娜曾经带着一个小男孩来过约摸两回,想能不能好歹得到点东西;看来,和骑兵上尉一起东飘西荡的军伍生活并不像婚前想象的那样美妙。普柳什金虽然宽恕了她,甚至把放在桌子上的一颗纽扣给外孙玩了一会儿,可是,一个钱也没有给她。亚历山德拉·斯捷潘诺夫娜第二回来的时候带了两个小孩儿,还送给他一个当茶点的甜圆面包和一件新睡袍,因为爸爸身上的那件不仅叫她看了心中有愧,而且也使她感到脸上无光。普柳什金和两个外孙亲热了一番,把他们抱在膝盖上,一个放在右腿上,一个放在左腿上,颠得他们完全像骑在马上一样,面包和睡袍都收下了,可是一丝一毫也没有送给女儿;亚历山德拉·斯捷潘诺夫娜就此两手空空地走了。

现在,在乞乞科夫面前就站着这样一位地主!应该说,在一切事物都喜爱舒展而不喜爱蜷缩的俄罗斯,这种现象是罕见的,若和就在邻近出现的一位地主相比,那会显得格外稀奇,因为那位地主逞着俄罗斯人的豪放性格和大爷脾气,整日价恣意地寻欢作乐,或者如俗话所说,过着花天酒地的生活。一个没有见过世面的过路人看到那位地主的府第,准会惊叹不止,停下脚步,他弄不明白,是哪一位有财有势的天潢贵胄竟然纡尊降贵厕身到一群愚昧无知的小地主中间来啦:他那一幢幢白色的石砌房屋,上面竖着无数的烟囱、望楼、风标,四周被成群的边屋和各式客房团团围着，望过去简直像是一座座宫殿。他还能缺什么呢？演戏，舞会，这都有啦；花园里通宵达旦地灯火通明，飘荡着嘹亮的音乐声。有半省的人士盛装艳服兴高采烈地在树底下游戏，尽管在这个时候，从树丛深处会像舞台布景似的探出一条枝桠，那枝丫在人工光线的照耀下已经失去了原有翠绿的颜色，而越往上升它越阴暗，越森严，等到横陈在夜空中间，它那黑影更是显得狰狞可怕，还有那些严峻的树梢，在高处抖动着树叶，一步步往漆黑的夜色里退去，仿佛十分憎恶地面上照亮它们根部的浮华虚幻的光彩似的，——尽管这样，却没有一个人感觉到在这一片人为的光明中含有着什么荒唐的、令人心寒的迹象。

普柳什金一言不发地站着已经有好几分钟了，而乞乞科夫被主人的外貌和他屋内的种种景象分散了注意力，一时也还不知道把话从何谈起。他久久想不出用什么措辞来说明他这次登门拜访的原因。他差点已经要说出诸如此类的话来：久闻他德高望重，品格不凡，所以认为自己责无旁贷必须登门拜谒，表示钦慕，可是转念一想，立刻觉得这未免过分了。他从眼梢里把室内的全部陈设再打量了一下，觉得"德高望重"和"品格不凡"这些字眼完全可以用"自奉甚俭"和"持家有方"来替代，于是，他把话作了如此修改之后说：久闻他自奉甚俭，治理田产有方，所以认为自己责无旁贷必须登门亲睹仪容，并表敬意。当然，可以举出另外一个更为合适的理由，可是一时脑子里实在转不出别的念头来了。

普柳什金听了只是努动嘴唇咕哝了一声，由于他的牙齿全都掉光了，他到底说了些什么，一点也听不清楚，但意思大致是这样的："什么敬意，去你的吧！"不过，因为在我们的国家里好客之风是这样盛行,连吝啬鬼也无法破例,所以,他接着就略微清楚一点地找补了一句:"请坐,请!"

"我好久不见有客来啦,"他说道,"不过,说句实话,有客来,我不见得有多大的好处。现在就兴互相串门这种挺不像话的风气,却把田庄上多少事儿都撂下不管……再说,你还得喂他们的马干草吃!我是早就吃过午饭啦,我的厨房坏得不成样子,连烟囱也全塌啦;要是在灶里生个火呀,还准惹出一场火灾来哩。"

"原来是这样!"乞乞科夫自个儿心里想道,"幸亏我在索巴凯维奇家里吃了一个奶渣饼和一块羊胸脯子。"

"还有人这么挖苦我,说是走遍整个田庄也难找出一把干草来!"普柳什金接着说道,"不过也确实,干草哪能积得起来呢?地只有一小块,庄稼汉又懒,都不爱干活,尽想到酒店里去喝一盅……眼看老来要去讨饭喽!"

"可是,我常听人家提起……"乞乞科夫谦恭地说,"您有一千多个魂灵哩。"

"那是谁说的?您呀,老爷子,您该朝说这话的人眼睛里啐一口唾沫才对!这个促狭鬼,看来他是想跟您开个玩笑。说是有上千个魂灵,可是你去算一算看,一场空啊!这三年来该死的热病就把我的好大一批庄稼汉给折磨死啦。"

"真有这样的事!死了许多吗?"乞乞科夫挺感兴趣地叫了起来。

"是啊,许多人送了命。"

"那么请问:数目有多少呢?"

"八十来个。"

"真的?"

"我不会撒虚谎,老爷子。"

"请容许我再问一声:这些个魂灵,我想,您是从最近一次人口调查后算起的吧?"

"要是这样,还得谢天谢地啰,"普柳什金说道,"糟就糟在,要是从那个时候算起,就得有一百二十个啦。"

"真的吗? 整整一百二十个?"乞乞科夫又尖声叫了起来,这回他惊讶得连嘴也有点合不拢了。

"我老啦,老爷子,不兴撒谎啦:我是六十开外的人啦!"普柳什金说道。对于这样几乎是高兴的叫喊他似乎有点生气。乞乞科夫发觉,对别人的痛苦这样无动于衷的确不成体统,所以他赶紧长叹了一声,并且说他对此深深感到同情。

"可惜同情不能当饭吃,"普柳什金说道,"就说住在我附近的那个上尉吧,鬼知道他是打哪儿来的,尽说是我的亲戚,开口'大伯',闭口'大伯',还吻我的手哩,而一同情起来,就那么拉直了嗓门哭呀喊的,差点儿把你的耳朵给震聋啦。一张脸哪,通红通红的,大概老是在没命地灌烧酒。他那几个钱肯定是在当军官那会儿输光了,要不就是给一个女戏子骗走了,所以他这才来同情个没完!"

乞乞科夫竭力解释,他的同情和上尉的完全不一样,并且他不讲空话,而准备用行动来加以证实,接着,他不再耽误正事,立刻直截爽快地声明,他愿意担负所有那些死得如此悲惨的农奴的人头税。这个建议看来完全出乎普柳什金的意外。他瞪大了眼睛,朝乞乞科夫看了许久,方才问道:

"您老爷子有没有干过军职?"

"没有啊,"乞乞科夫相当机警狡猾地回答道,"我原是做文职的。"

"文职?"普柳什金把这个字眼重复了一遍,于是就努动起嘴唇来,仿佛在嚼食什么东西似的,"可这是怎么回事呢?这不是叫您自己明吃亏吗?"

"只要您高兴,我就是吃亏也心甘情愿呀。"

"哎呀,老爷子!哎呀,我的救命恩人!"普柳什金尖声叫了起来,他快活得没有觉察,此刻从他的鼻孔眼里极不美观地挂出一条像浓咖啡那样颜色的烟丝般的东西,并且睡袍下摆也豁了开来,露出了极不雅观的衬裤,"您这下可叫老人宽心啦!哎呀,我的老天爷!哎呀,我的大圣人!……"普柳什金再也说不下去了。可是,不到一分钟的工夫,那么突然出现在他泥塑木雕般的脸上的欢乐,也就那么突然消逝不见了,仿佛它压根儿不曾有过似的,接着他的脸上重又恢复了一副忧心忡忡的神气。他甚至用手帕抹了一下脸,然后把它揉成一团,拭起自己的上嘴唇皮来了。

"请容许我问一声,您可别生气啊,您怎么就决定每年由您来付这笔人头税啦?那么,钱是给我,还是给公家呢?"

"我看咱们就这么办:咱们立一个买卖契据,好像他们都还活着似的,而您好像是把他们卖给了我。"

"好哇,立个买卖契据……"普柳什金说着迟疑不决起来,并且又开始咬他的嘴唇皮了,"可是,立买卖契据——都得花钱呀。那些文书老爷心可黑啦!从前,花上半卢布,再添上一袋面粉,就能够对付过去啦,可是现在,你得孝敬满满的一车麦谷,外加一张红票子①,瞧有多么贪财!我真不明白,怎么教士们对这些全都不闻不问呢,该出来教训句把呀,不管

---

① 旧俄时代的纸币,票面价值为十卢布。

怎么说,对上帝的话总违拗不得的。"

"可你这个人哪,我看,准会违拗!"乞乞科夫自个儿心里这样想,可是嘴上立刻说,出于对他的崇敬,连立契据的费用也情愿由自己来负担。

一听到连立契据的费用都归他来负担,普柳什金断定,来客是一个十足地道的傻瓜,只是装成原是吃文职饭的样儿,而实际上十拿九稳当过军官,也是个追女戏子的色鬼。不过,尽管这样想,他也掩盖不住自己的高兴,因此,不仅祝愿来客太平如意,而且不曾问问清楚他是不是已经有了子息,就还祝愿他的子女也太平如意。他走到窗口,用手指敲了敲玻璃,叫了一声:"喂,普罗什卡!"立刻听到有人慌慌张张奔进门廊,在那里忙乱了一阵子,把皮靴踩得橐橐的响,最后门打开了,走进了普罗什卡,这是一个十三岁上下的男孩儿,穿着一双大得出奇的长统皮靴,一走路脚几乎就要从里面滑出来。普罗什卡怎么会有这样大的靴子呢,这一点立刻就可以明白啦:原来普柳什金不管家里有多少仆人,只给他们大伙儿备一双靴子,并且靴子总得放在门廊里。每个被唤进老爷里屋去的仆人通常都光着脚连奔带跳地穿过整个院子,可是,进了门廊就得穿上靴子,这样才可以走进房间。一出房门,他又得脱下靴子,仍旧放在门廊里,再光着脚板走回去。如果在秋天,尤其是在早晨初降薄霜的日子里,有人往窗外望一眼的话,他准能看见所有的仆人都在一蹦三跳,动作之迅捷是连戏院里最矫健灵活的舞蹈演员也未必能够做到的。

"老爷子,您来瞧瞧这副嘴脸!"普柳什金手指着普罗什卡的脸,对乞乞科夫说道,"人蠢得像根木头,可是只消你放下一点东西,他转眼就偷走啦!喂,你来干什么的,蠢货,你说,来干什么的?"说到这儿他把话停了一下,但普罗什卡也还是不搭腔,"听着,把茶炊烧旺了端来,喏,拿着钥匙,交给玛芙拉,叫她上储藏室去:那里架子上有个烤干的甜面包,就是亚历山德拉·斯捷潘诺夫娜带来的那个,拿它来当茶点!……站住,你急着上哪儿?蠢货!嘻,蠢货!哎呀,真是一个蠢货!你脚底抹了油,还是怎么的?……你先把话听明白了:面包上面的一层说不定有点坏了,那就叫她用刀刮掉,面包屑可别扔了,要放到鸡棚里去。不过,你得留神点:你这个小子不许踏进储藏室,要不,你听明白了!我就给你点桦树笤帚的滋味尝尝!我看,现在你的胃口敢情正好着,那好,让它再好一点!不信,你倒进储藏室去试试,反正我待会儿就从窗口看着。对他们这种人一点都不能够相信,"当普罗什卡拖着他那双大皮靴给打发走了之后,他转过脸对乞乞科夫说道。在这之后,他甚至对乞乞科夫也不时投去充满狐疑的眼光。他开始觉得这样不同寻常的慷慨大度简直是难以置信的,他心里寻思道:"鬼才知道他哩,说不定他和所有那些败家子一样,只不过是个牛皮大王,吹得天花乱坠,无非是为了好跟你聊上一阵子,把茶喝个痛快,完了就拍拍屁股走啦!"于是,既是出于谨慎,同时也是由于想对来客略微加以一点考验,他说,要是能够快一点立下契据,倒也不坏,因为口说无凭,对人他不能够完全放心:天有不测风云,人有旦夕祸福呀。

乞乞科夫声明,哪怕即刻立下契据,他都愿意,并且提出只须给他一份全部农奴的名单就行了。

这使普柳什金放下了心。现在,他显然在筹划办一件什么事情。果然,他摸出钥匙,走到碗橱跟前,打开橱门,在杯子和碗碟之间翻寻摸索了半天,最后说:"怎么也找不到哇,可是我明明有一瓶上等的甜酒,除非被人偷喝掉啦!这批人真是十足的强盗!哦,可别就是它!"乞乞科夫看见他双手捧着一只酒瓶,瓶上积满灰尘,活像套着一件毛线衫。"还是我那死去的内人做的,"普柳什金接着说道,"管家这鬼婆子大概就顺手把它一撂,连瓶塞都没塞上,混账!有多少个小虫子和各种各样的脏东西会落到里面去哟,不过我已经把脏东西统统掏出来啦,现在挺干净的啦,让我来敬您一杯。"

可是,乞乞科夫竭力谢绝了这样的甜酒,他说,他已经喝过了,也吃过了。

"已经喝过了,也吃过了!"普柳什金说道,"当然,当然,上等人嘛,不管走到哪儿,一眼就看得出来,他不吃,却总是饱饱的;不比那种偷鸡摸狗的,任凭你给他吃多少,也填不饱他的肚子……就说那个上尉吧,一进门就直嚷嚷:'大伯,拿点吃的来吧!'可我哪儿是他的什么大伯,就像他成不了我爷爷一样。准是自己家里没得吃的,这才串门来啦!对,您说要一份所有那些懒鬼的花名册?没问题,凡是我知道的,我已经把他们统统专门抄在一张纸上啦,为的是一旦来调查人口,就可以把他们全部一笔勾销。"普柳什金戴上眼镜,在纸堆里翻寻起来。在解开一捆捆纸片的时候,他请客人吃了那么多的灰尘,害得后者打了一个喷嚏。后来他终于抽出一张上下四周都写满了字的小纸片,农奴的姓名像蚊子那样密密麻麻地占满了纸片。那里各式各样的姓名都有:巴拉摩诺夫、庇缅诺夫、班台莱依摩诺夫,甚至还出现了一个格利戈里·达耶兹查依—涅—达耶杰施①;总共有一百二十多个。见到这样一个

———————————

① 直译其意即:格利戈里,你走呀走不到。

大数目，乞乞科夫禁不住微微笑了一笑。他把名单小心翼翼地放进口袋，提醒普柳什金说，为了签订契据，他务必进城一趟。

"进城？那怎么行？……这个家怎么能够丢下？要知道我的底下人不是贼，就是骗子手，一天工夫就会把我偷个精光，叫我连外套也没得钉子好挂啦。"

"那么，您就没有一个熟人了吗？"

"能有谁是熟人呢？所有我的熟人不是死了，就是和我断了来往。哦，老爷子！怎么没有，有哇！"他尖声叫了起来，"厅长本人就和我认识，早先常上我这儿来串门的，怎么不认识呢？还是小学同班，一块儿爬过篱笆来着！怎么不熟呢？熟极啦！要不就给他写封信吧！"

"当然得给他写。"

"怎么不熟呢，熟极啦！还是小学里的伙伴哩。"

说着，在这张呆木的脸上蓦地闪现一道温暖的亮光，这并不是感情的流露，而是感情的某种苍白的影子，一种类似溺水的人出乎意外地浮出了水面，引起聚在岸边的人群一阵欢叫的现象。喜出望外的兄弟姊妹们从岸上抛去绳索，盼望会不会再次冒出他的背脊或者挣扎得已经乏力的手臂，可是，一切都是枉然，——那次的出现已经是最后的一次了。四周一片沉寂，在那之后重归平静的无情流水的表面显得更加可怕和空虚了。同样，普柳什金的脸，当一刹那在它上面闪现的感情消逝之后，也显得更加麻木，更加猥琐了。

"桌上原有小半张白纸的呀，"他说道，"可现在不知到哪儿去了：我的底下人全是些混账东西！"说着他开始往桌上桌下张望，四处翻寻，最后喊叫起来："玛芙拉！来哪，玛芙拉！"

应声来了一个女人,手里端着一只碟子,上面放着读者久闻其名的面包干。于是,主仆之间发生了这样一段对话:

"你这个强盗婆,把纸藏到哪儿去啦?"

"老天在上,老爷,除了您自己盖在酒盅上的那张小纸片,我没见过什么纸。"

"可我从你那双贼眼里就看得出来,是你捞走的。"

"我把它捞去干吗?我要纸一点用处也没有;我又不识文断字。"

"你撒谎,你把它给那个教堂打杂的去了:他是识得几个字的,所以你就拿去给他啦。"

"可人家教堂打杂的要纸的话,他自己会弄到的。他才没见过您那张破纸哩。"

"那你就等着吧:到了末日审判那一天,为了这一桩罪过,魔鬼要用铁枷来烙你!你等着吧,看他们把你烙得个皮焦肉烂哇哇叫!"

"凭什么要烙我呀,那小半张纸我又没沾过手?说我有什么别的女人家的短处倒也罢了,可还没人编派过我偷东西哩。"

"可魔鬼就是要烙你!他们一边说:'你这滑头,你欺骗了老爷,这下要给你点厉害看看!'一边就用烧红的铁枷来烙你!"

"可我会说:'冤枉!老天在上,冤枉,我没拿过……'咦,它明明就在桌上。看您总是平白无故地冤枉人!"

普柳什金果真看到了那小半张纸,一时说不出话来,他努动了一下嘴唇,又开口说道:"哟,你怎么敢这样放肆?好一张利嘴!你说她一句,她就回敬十句!去拿个火来让我把信

173

封上。慢着,我看你准会随手抓根油脂蜡烛来的,油脂这玩意儿好烧:一烧就没了,只是叫人糟蹋钱,你还是给我拿根松明来得了!"

玛芙拉走了,普柳什金往圈手椅里坐定,拿起一支鹅毛笔,把小半张纸翻来转去琢磨了半天,看看能不能从它上面再裁下小半张来,可是他最后断定,那是万万办不到的了;他把笔伸进里面装着一种起了霉花的液体、底上还积了许多苍蝇的墨水壶,蘸了一蘸之后开始写了;他把字母一个个描绘得跟乐谱上的音符一样,每分每秒钟都在稳住他的大有满纸挥洒之势的手腕,让一行一行字贴得挺紧挺紧,同时还不无遗憾地想:无论如何还会留下很多完全空白的地方。

一个人居然会堕落到这样卑微、悭吝、丑恶的地步!居然会变得这样厉害!这像是真实的吗?一切都和真实的一样,在一个人的身上什么变化都是可能发生的。今天一个热情如焚的年轻人,如果看见自己到了暮年的画像,也许会惊骇万分,慌忙后退的。所以,当你们向温柔的青年时代告别,跨入严酷的、使人心肠变硬的成年的时候,你们要把人的全部感情带着上路,可千万不要把它们在中途失落了,不然的话,往后就找不回来啦!那等待在前面的老年阴森可怕极了,无论什么东西它都不会归还给你们的!坟墓要比它仁慈一些,在坟墓上还会写着:某人安葬于此!可是,在失去人性的老年的冰冷麻木的脸上,你们可什么也别想看到啊。

"您有没有什么朋友,"普柳什金一边折着信纸,一边说道,"需要逃掉的魂灵?"

"您还有逃掉的魂灵?"乞乞科夫定了定神,赶紧追问道。

"正是有啊。我的女婿已经查对过了:照他的说法,人好像全都早已逃得没踪没影啦。不过,他是军人:要说敲响马刺行个礼儿,那他倒挺在行,但要跑跑法院告状打官司……"

"那么,他们的数目是多少呢?"

"也有七十来个。"

"真的?"

"老天在上,不假!要知道我这儿年年有人逃跑。农奴百姓嘴馋得很,加上闲散就养成了好吃懒做的坏习气,可我连自个儿都没有什么东西吃……要是有人想买他们,不论出什么价钱,我都乐意卖。您不妨告诉贵友:只消找回十个,他就有好大的一笔出息啦。要知道,一个纳税农奴现在时价要值五百卢布哪。"

"不,关于这桩买卖咱们可不能让朋友探到半点风声。"乞乞科夫自个儿心里想道,接着他说明,这样的朋友是怎么也找不到的,还说光是告这个状就要破费更多的钱;因为跟法院千万沾不得边,还是敬而远之为妙;不过,他又说,既然普柳什金的确如此窘困,他于心不忍,准备出……可是,这区区小数甚至不值一提。

"可您到底能出多少呢?"普柳什金问道,露出一副贪婪的神色,活像一个犹太人;两只手有如水银般地抖索起来。

"依我看,每个农奴二十五戈贝。"

"那您怎么个买法,现付吗?"

"对,马上付现钱。"

"不过,老爷子,看我一贫如洗的分上,您就出四十戈贝吧。"

"最尊敬的先生,"乞乞科夫说道,"别说四十戈贝,就是五百卢布我也肯出!我心甘情愿地出,因为我亲眼看见一位可敬的忠厚长者由于心地善良的缘故正在受苦受难。"

"老天在上，正是这样！老天在上，千真万确！"普柳什金说着垂下了头，悲痛欲绝地摇了摇，"都是吃了心地善良的苦啊。"

"您瞧，我一眼就明白了您的品格。那么，我怎么能够要买一个农奴而舍不得五百卢布呢？可是……我苦于没有资财；要是再加上五戈贝，那好，我同意，这样每个魂灵就卖到三十戈贝啦。"

"哦，老爷子，全凭您的一句话啦，您哪怕再添加两个戈贝吧。"

"好，我再加两个戈贝。您一共有多少逃奴？您好像说过有七十个？"

"不。细算下来总共有七十八个。"

"七十八，七十八，每个魂灵三十戈贝，那就是……"这时我们的主人公至多考虑了一秒钟便脱口而出，"那就是二十四卢布九十六戈贝！"他的算术本领是十分高明的。他立刻要普柳什金写了一张收据，付了钱给他；普柳什金伸出双手接过了钱，那么小心翼翼地往写字台跟前捧去，仿佛捧的是一种液体，每走一步都怕把它泼翻似的。到了写字台旁，他把钱再数看了一遍，然后又是非常小心翼翼地把它们放进一只抽屉里去，钱就注定要被埋在那里，直等到他村里的两位教士，卡尔普神父和波里卡尔普神父，护送他本人入土，叫他的女婿和女儿，可能还有那位硬和他攀亲道故的上尉，高兴得无法形容的那天为止。把钱藏好之后，普柳什金就往圈手椅里坐定，这时他好像再也找不出谈话的资料了。

"怎么，您已经打算走啦？"当他发现乞乞科夫微微一动的时候,说道,而乞乞科夫只是想从口袋里摸出手帕罢了。

这一问提醒了他:的确没有必要再在这儿磨蹭了。"对,我该走了!"说着他拿起了帽子。

"那么茶呢?"

"不了,茶最好还是改日来喝吧。"

"那怎么办,我已经吩咐人烧茶炊去了。说句实话,我本人根本不爱喝茶:喝这玩意儿费钱得很,何况糖又狠命地涨了价。普罗什卡!不用烧茶炊啦!面包干交给玛芙拉,听见没有:叫她放回原来的地方去,不,你还是拿到这儿来,我自己送回去。再会啦,老爷子,愿上帝保佑您,至于信呢,烦劳您转交给厅长啦。对,不妨让他看了,他是我的老朋友。怎么不是呢!我和他原是小学里的同班呀!"

说完,这个怪物,这个缩头缩脑的干瘪老头儿把他送出了前院,客人一走,普柳什金就吩咐把大门立刻锁上,然后到各个储藏室走了一圈,看看那些看守是不是都在各自的岗位上,而他们个个正站在各处的墙犄角边,手里拿着木锹,用一只空桶代替铁板在嘭嘭地敲着;接着他拐进厨房,借口要尝尝底下人伙食的好坏,把麦糊菜汤吃了个够,又把所有的仆人一个不落地臭骂了一顿,骂他们手脚不干净,品行不规矩,在这之后他方才返回自己的房间。等到只有他一个人的时候,他甚至盘算了一下,他该怎样感谢来客的这种确实无与伦比的慷慨大量才好。"我要送给他一件东西,"他自个儿心里想道,"送给他一只怀表:这可是一只挺好的银表,不比什么镀金的或者青铜的,虽说有点坏了,但他可以给自己修一修;他还是一个年轻人,为了讨未婚妻的喜欢,他需要有只怀表!不,"他思忖了一会儿之后,又对自己说,"我不如写在遗嘱里,等我死

177

了留赠给他,好让他时时刻刻怀念我。"

可是,我们的主人公纵然没有怀表,心情也快乐非凡。这样意外的收获的确是一份名副其实的厚礼。不管怎么说,明摆着不仅有死掉的魂灵,还有逃掉的魂灵,并且总共有二百多个! 当然,在他驶近普柳什金的村子的时候,他已经预感到会有些油水可捞,但是像这样的好买卖他可万万没有料想到。一路上他异乎寻常的快活,不时吹着口哨,还把拳头凑在嘴边,鼓动着嘴唇,像吹喇叭似的吹着,最后索性哼起一首歌子来,曲调是那样的别致,以致谢里方听着听着,后来微微地摇晃了一下脑袋,说:"瞧人家老爷是怎样唱的!"当他们驶近城关时,暮色已浓。阴影完全和光点浑为一体,连景物本身似乎也化成模模糊糊的一片。斑斓多彩的拦路杆蒙上了一层难以分辨的颜色;站岗哨兵的胡髭仿佛长到了额骨上,比眼睛高出许多,并且脸上似乎压根儿没有鼻子。车轮的隆隆声和车身的颠簸使人觉察到马车已经走上了石子路。街灯还没有点上,只有在几处地方从人家的窗户里开始陆续射出灯光,而在那些静街僻巷里有人在吵嘴,有人在说话,凡是有大批士兵,马车夫,工匠和一种裹着红披巾、光脚穿着皮鞋、像蝙蝠般在十字街头窜来窜去的闺秀模样的特殊人物的都市,一到夜间总少不了这样的一派风光。对这些人乞乞科夫一概不曾留意,他甚至没有发现有许多摇晃着手杖的瘦个儿官员,他们大概到城外溜达了一程之后正在往家里走吧。只是偶尔有几声仿佛是娘儿们的叫喊传到了他的耳朵里:"你胡说,酒鬼! 我根本没让他那么胡来!"或者是:"别动手呀,粗货,上局子里去好了,到了那儿我再跟你讲个明白! ……"总而言之,是一些叫一个二十岁的沉溺于幻想的年轻人听了之后准会一下子

臊得浑身冒汗的话,因为那时候他刚看完戏往家里走,脑子里装的尽是西班牙的小巷,月夜,手抱三弦琴、披着一头鬈发的美妙女郎的姿影。还有什么幻想,什么美梦没有在他的脑海里浮现呢?此刻,他正在九天之上,到了席勒①身边做客——可是,突然在他的头上,有如一声霹雳,响起了那些大煞风景的脏话,于是,他发现自己重又回到了地上,甚至就在干草市场②上,甚至就在那家小酒店的近旁,并且生活仍旧像平日一样在他的面前搔首弄姿,令人作呕。

终于马车猛烈地往上一跳,随即像坠入地洞似的驶进了旅馆的大门。出来迎接乞乞科夫的是彼得卢什卡,他一只手撩起他那件常礼服的一角下摆,——因为他不喜欢下摆叉开着,——另外一只手搀扶着乞乞科夫跨出车门。旅馆伙计也奔了出来,手里举着一支蜡烛,肩上搭着一块抹布。见到老爷回来,彼得卢什卡是否高兴,这就不得而知啦,只见他和谢里方相互睐了一下眼睛,同时他那张平时板着的面孔这下子仿佛略微开朗了一些。

“您出门时间够长的啦。”旅馆伙计一边照着楼梯,一边说道。

“是啊,”乞乞科夫跨上楼梯的时候说,“那么你好吗?”

“托老天爷的福,好,”旅馆伙计点头哈腰地回答道,“昨儿来了一位中尉模样的军官,住在十六号房间。”

“中尉?”

“不清楚是什么官,梁赞来的,栗色的马。”

---

① 席勒(1759—1805),德国诗人和剧作家。
② 旧俄时代彼得堡一热闹的市场,并且是执行刑法的地方。

"好,好,往后你做事也还得巴结哟!"乞乞科夫说着走进了自己的房间。经过过道时,他耸了耸鼻子,对彼得卢什卡说:"你至少也得把窗户打开呀!"

"我是把它们打开过的。"彼得卢什卡说,但他明明是撒了一个谎。不过,老爷也知道他撒谎,可是已经不想劳神去予以驳斥了。旅途归来他觉得筋疲力尽。他要了一份只有乳猪肉的最清淡的晚餐,吃罢赶紧脱下衣服,一钻进被窝他便入睡了,睡得挺熟、挺香,这种入睡的本领实在奇妙,只有既不为痔疮、跳蚤所苦,又与过度发达的智力无缘的那些幸运儿方才能够享受如此的美梦。

第 七 章

当一个人结束了漫长的无聊的旅程，当他尝够了旅途中的寒风凄雨、泥泞、尘土、叮当的铃声、马车的修理、无穷无尽的争吵的滋味，和睡眼惺忪的驿站长、马车夫、铁匠以及旅途上形形色色的恶棍坏蛋打够了交道之后，终于见到熟悉的屋顶和迎面飞来的灯火，接着在他的眼前出现熟悉的房屋，耳边响起出来迎接的仆人的欢叫，孩子们争先奔来的喧闹，随后是温存宽慰的轻声细语，这话语不时被最能把一切愁苦从记忆中抹去的热烈长吻所打断，那时他是何等的幸福哟。凡是有家室的、有这样一角小天地的人是幸福的，可悲可怜的莫过于单身汉了！

一个作家如果能够避开一些枯燥乏味的、惹人厌恶的、真实面目寒碜得令人吃惊的性格，而去接近一些显示人的崇高品德的性格，如果他能够从每天层出不穷的形象的巨大漩涡中挑选出一些为数不多的例外，如果他一次都不曾变换他的七弦琴的高雅音调，不曾从高处降临到他的贫穷、卑微的同胞中间去，不曾接触过尘世，而始终整个儿沉浸在那些超凡脱俗的高贵形象之中，那么，他是幸福的。尤其令人羡慕的是他的好运气：他写起这些高贵形象来得心应手，一挥而就；同时他又声誉卓著，名扬天下。他用一层令人陶醉的烟云迷雾挡住了人们的眼睛;他隐蔽了生活中的愁苦,只向他们展示美好的人品,神妙地满足了他们的虚荣心。所有的人都向他鼓掌喝彩,尾随着他,跟在他的庄严巍峨的车辇后面狂奔。人们称他为人类的伟大诗人,说他高高凌驾于世间一切其他的天才之上,如同大鹏凌驾于一切能够振翼高飞的禽鸟之上一样。只要一提起他的名字,一颗颗年轻的热情的心就会发生一阵战栗,一双双眼睛就会闪烁着激动的泪花……在力量上是没有人可以和他匹敌的——他就是神明!可是,一个作家如果敢于把每日在我们眼前发生的一切,把冷漠的眼睛所见不到的一切,把可怕的、惊心动魄的、淹埋着我们生活的琐事的泥淖,把遍布在我们的土地上,遍布在有时是辛酸而又乏味的人生道路上的冰冷的、平庸的性格的全部深度,统统揭示出来,并且用一把毫不容情的刻刀的锐利刀锋着力把它们鲜明突出地刻画出来,让它们呈现在大众的眼前,那么,他就没有那样的好运气,他的命运便是另外一种样子的啦!他既听不到民众的掌声,也看不到感激的眼泪和被他震动的心灵的一致的兴奋;不会有一个十六岁的少女为他神魂颠倒,迷恋到忘我的地步,迎面向他飞扑过来;他也绝不可能在他自己发出的甜美音响的怀抱中自我陶醉;最后,他必然逃脱不了当代法庭——虚伪而又冷酷的法庭——的审判,他所孕育的创作将被诬称为卑微的、低贱的东西,他将在一批亵渎人类的作家的行列中得到一个含垢忍辱的地位,他所描绘的人物的品格将被强加在他本人身上,他的心灵,他的良知,他的天才的神圣火焰,从此将被褫夺。因为当代的法庭不承认,反射阳光的玻璃和显示肉眼见不到的微生物的动态的玻璃是同样的珍贵奇异;因为当代的法庭不承认,为了使一幅取材自卑贱生活的画面焕发光彩,把它升华为艺术的珍品,必须拥有极大的心灵感受的深度;因为当代的法庭不承认,高尚的、激奋的笑是能够和高尚的抒情并列而毫无愧色的,也不承认在这种笑和江湖小丑的忸怩作态之间存在着天壤之别!当代的法庭是不承认所有这一切的,相反还会把这一切化为戟指辱骂这个不被承认的作家的理由;没有共鸣,没有知音,没有同情,作家将像一个无家可归的行人一样,孤零零地在路上踯躅。他的处境是艰辛、严酷的,他将痛苦地尝味着自己的孤独。

可是,一股神奇的力量决定我还要和我的古怪的主人公们携着手一起长久地走下去,去历览整个浩阔壮大的、奔腾不息的人生,透过世人所能见到的笑和世人见不到的、没有尝味过的泪去历览人生!至于灵感的狂飙将何时从笼罩着神圣的恐怖和有时闪现光明的篇章里发出另一种威力,人们又将何时在一片惶惑不安的战栗中谛听到另一番庄严的雷鸣般的话语……那还要隔很长很长的时间。

赶路吧!赶路吧!驱走爬上额头的皱纹,驱走严肃阴沉的神情!让我们一下子立即投入生活,倾听它那无声的喧嚣和飘忽的铃声,并且看看乞乞科夫在做些什么。

乞乞科夫醒来了,伸了一下胳臂和腿,感到一觉睡得挺好。他脸朝天再躺了一两分钟之后,弹响了一下手指,满面春风地想起他已经足足有四百个农奴了。这么一想,他从床上一骨碌爬了起来,甚至顾不上照一照自己的脸,虽然他真心喜爱自己的脸,并且看来他认为自己脸上最可爱的部分是下巴颏,因为不论来了哪一个老朋友,他常常要在他们面前夸耀几句自己的下巴颏,尤其碰上他正在修面刮胡子的时候。"你瞧瞧,"他通常一边抚摸着下巴颏,一边说,"我的下巴颏长得怎么样:滚圆滚圆的!"可是,现在他既不去看一眼下巴颏,也不去看一眼自己的脸,而是一下床就直接穿上精工镶嵌各色花纹的山羊皮靴子,那是托尔若克城的商人多亏他们天生的俄罗斯人的大大咧咧的脾气成交起来挺爽快的货色,接着,他学着苏格兰人的派头只穿上一件短衬衣,并且,不顾自己平日的老成持重,也忘了自己已经到了中年,竟在房间里跳了两跳,还翻起脚后跟非常灵活地朝自己腿上敲了一下。然后,他立刻着手办正事了:先对着小木匣子搓了搓手,那副志得意满的模样跟一个出门调查案情的奉公守法的地方法官应邀走到冷菜小吃前面时搓着双手的样子差不多;接着立刻从小木匣子里取出了证件。他一心想尽快地了结一切,不要拖延时间。他决意自己来起草买卖契据,抄写和誊清,省得在书记员身上花钱。公文的格式他全都熟悉:他用大写字体流畅地写下了"壹仟捌佰某某年",接着又换用小写字体写了"敬呈者地主某某"等等,以及一切该写明的内容。两个钟头之内一切都办妥了。在这之后他再看了一眼这些名单,再看了一眼这些庄稼汉的名字,他们的确曾经是庄稼汉呀,他们做过工,耕过地,酗过酒,撒过野,诳骗过老爷,但也可能就是一些老实巴交的庄稼汉,这当口,一种古怪的、连他自己也弄不明白的感觉揪住了他的心。每一份名单仿佛有一种与众不同的特点,因此,这些庄稼汉本身也就有了与众不同的特点。原来属于柯罗博奇卡的庄稼汉,几乎人人都有附加的称呼和浑名。普柳什金的名单具有文体简洁的特色:经常只写上本名和父名的字首,接着就是两个小点。索巴凯维奇的名册以不同寻常的完整和详尽周到令人惊叹不止:庄稼汉的任何一种值得称道的品德都不曾被疏忽遗漏掉。对一个人的评语是"上等木匠"，在另一个人的名字下面则添注着"精明能干，滴酒不沾"。另外，还详尽细致地注明着父亲是谁，母亲是谁，父母两人的品行又是怎样的。只有一个叫菲约多陀夫的人的名字下面写着："其父不详，其母乃女婢卡庇托里娜，后者性情温和，无偷窃行为。"所有这一切详情细节产生一种特殊的新鲜印象：仿佛这些庄稼汉昨天还都活着似的。乞乞科夫对他们的姓名看了许久，不禁动了恻隐之心，叹了口气，说道："我的伙计，你们的人数可真不少啊！我的心肝宝贝，你们这一辈子干了些什么，你们又吃了哪些苦，受了哪些罪？"说着他的眼睛停留在一个姓名上，那是读者已经知道的彼得·萨维里耶夫·涅乌伐查依-柯累托，一个原先属于柯罗博奇卡的农奴。他又忍不住说了起来："哎呀，好长的名字，竟占了整整一行！你有一手好手艺，还是只会种种地？你是怎么送的命？是在小酒店里送的命，还是你睡在大路上，一辆笨重的大车走过把你辗压死的？普罗帕卡·斯捷潘，木匠，滴酒不沾。哦，原来就是他，斯捷潘·普罗帕卡，就是那个大力士，进近卫军当兵顶合适的家伙！说不定你腰里插了把斧头，肩上背了双靴子，把所有的省份都走遍了，每餐只舍得吃一个铜板的面包和两个铜板的风干鱼，可是，钱袋里说不定每次总要捎回一百卢布，也许还有一张帝国银行的钞票①给缝在粗麻布裤子的裤管里，或者给塞在靴子里吧？——你又是在哪儿送的命？你是为了多挣几个钱爬到了教堂圆顶底下，可能还要往十字架那边爬过去，结果脚一滑从横梁上摔了下去，这当口，只有站在你旁边的一个什么叫米海依的大叔搔了搔后脑勺，说了一

---

① 此指票面价值为二百卢布的纸币，上印"帝国银行"字样。

句:'唉,万尼亚,你这是何苦哟!'可是,话才出口,他自个儿就往腰眼里系上绳子,顶替你爬过去了。马克辛·捷略特尼科夫,鞋匠。嗨,鞋匠! 俗话说,醉得像个鞋匠①。我了解你,我可了解你啦,乖乖儿,要是你愿意,我可以把你的身世原原本本地讲出来:你是向一个德国人学的手艺,他让你们这些个学徒全都吃住在一起,干活稍不认真,就用皮带抽打你们的脊梁骨,并且不许你们上街游荡胡闹,你倒也真听话,简直是一个宝贝,而不是一个鞋匠,那个德国人在他的老婆和同行面前把你夸奖个没完。可是,一满师你就说:'我现在可要自个儿开个铺子啦,我不愿意学德国佬的样子,一个戈贝一个戈贝地攒钱,我要一下子就发个大财。'于是,你就交付给老爷一笔相当可观的代役租税,开了一家小铺子,接下一大堆定货,动手干起来了。你不知打哪儿贱价买进了一批烂皮子,在每双靴子上足足赚了成倍的钱,可是不出两个星期你做的靴子全都裂了缝,顾客把你狠狠地臭骂了一顿。于是,你的铺子变得冷冷清清,没人光顾了,你也开始喝起酒来,还在街上一边晃荡,一边嚷着:'哎哟,世道坏透啦! 俄国人简直没法活啦:全是德国佬在捣鬼碍事呀。'叶利扎维塔·沃罗贝伊,这又是一个什么样的庄稼汉呢? 哎呀,糟糕:是个娘儿们呀! 她怎么给塞到这儿来啦? 索巴凯维奇这下流东西,还在这里头弄鬼蒙骗人!"乞乞科夫说的对:这的确是个娘儿们。至于她怎么给塞进来的,那就不知道啦,可是,这名字写得也实在巧妙,粗粗一看还真以为是一个男人哩,名字的结尾给偷梁换柱用上了字母 Ъ,这么一来,就不是叶利扎维塔,而是叶利扎维特了。

① 俄国成语,意即酩酊大醉。

不过,他并不计较这一点,马上把名字一笔划掉了。"格利戈里·达耶兹查依-涅-道耶杰施!你又是一个什么样的人呢?你干的是不是赶车运货这门活儿,自从置了三匹马和一辆席篷大车,你就决心一辈子背井离乡,跟着一帮子商人一起跑码头赶市集去啦?你是在半路上去见了上帝,还是你的伙伴为了一个胖胖的、脸蛋红喷喷的士兵老婆跟你争风吃醋,把你害死了,要不然,是你那副皮手套和三匹矮小但是壮实的马叫一个绿林好汉看中起了歹心,或者也许是你自个儿躺在炕上胡思乱想,忽然无缘无故翻身起来跑到小酒店里去,后来一脚踩进了冰窟窿,就此一命呜呼了?唉,俄罗斯人呀!他们可不喜欢太太平平地终其天年!还有你们,我的小乖乖,又是些什么样的人呢?"他把眼睛转到普柳什金的那张逃奴的名单上,继续说道,"虽说你们都还活着,可是你们又能有什么出息!还不就跟死掉的人一个样,只是现在你们的两条飞毛腿带着你们在一个什么地方奔波罢了?这是因为你们在普柳什金家里实在活不下去呢,还只是因为你们生性喜欢在森林里游荡,拦路抢劫行人的钱财呢?现在你们是在坐牢,还是投奔了新主人在种地呢?叶烈梅依·卡里亚金,尼基塔·伏罗基塔,其子安东·伏罗基塔——单凭他们的绰号①就看得出来,这都是一些跑路的行家。波波夫,家仆,一定是个能读会写的小子,我想你未必会动用刀子,而是心地高尚地卷逃了主人的财物。可是你没有身份证,这下可被县警察局长逮住啦。对质审问的时候你理直气壮地站着。'你是谁家的仆人?'警察局长

---

① 卡里亚金(Карякин),由方言"каряга"(意即不顺从的人)变化而来;伏罗基塔(Волокита),在方言中有"流浪汉"之意。

说,趁这个当口冲着你添加上一个挺厉害的脏字眼儿。'某某地主家的。'你回答得挺爽快利索。'你干吗跑到这儿来啦?'警察局长说。'放我出来赚几个钱交代役税呗。'你毫不迟疑地回答道。'你的身份证呢?''在主人市民庇缅诺夫手里。''传庇缅诺夫!你是庇缅诺夫吗?''我是庇缅诺夫。''他把自己的身份证交给过你吗?''没有,他什么身份证都没有交给过我。''你干吗撒谎?'警察局长问,这时他又夹带了一个脏字眼儿。'说的正是,'你爽快利索地回答道,'我没有给他,因为到家已经晚了,我就交给打钟人安悌帕·普罗霍夫保管啦。''传打钟人!他把身份证交过给你吗?''没有呀,我没有见过他的身份证。''你干吗又撒谎!'警察局长说,又用一个挺脏的字眼儿加强了一下语气。'你的身份证究竟在哪儿?''身份证嘛,我原来确实有的,'你挺机灵地接碴儿说,'可是,倒也难说,看来是在路上不知怎么的给弄丢了。''那么,你干吗偷了士兵的外套?'警察局长说,又冲着你狠狠添加上一个挺脏的字眼儿,'还把神甫家的铜钱连箱子一起都偷走了?''根本没有这回子事,'你毫不松口地说,'偷东西这种事儿,我可从来没有沾过边。''那么,为什么在你那里搜出了士兵的外套?''那我可没法知道啦,准是哪个人拿来塞在我这儿的。''嘻,你这个鬼家伙,净耍无赖!'警察局长一边说,一边连连摇头,两只手叉在腰眼里,'来人哪,给他戴上脚镣,关进监牢里去。''听凭您发落啦,长官!小人没有二话。'你回答说。说着,你从口袋里掏出鼻烟匣,挺亲切友好地慰劳正在给你打上脚镣的两个残废军人,还详细地问了他们是多咱退伍的,打过什么仗。于是,当法院在审理你的案件的那段时间里,你就消消停停地待在监狱里。后来,法院批文下来:

将该犯从扎列伏柯克沙依斯克押解至某城监狱,而那里的法院又批文下来:将该犯押解至维谢贡斯克,就这样你满不在乎地从一所监狱转到另一所监狱,每到一个地方,你一边打量新的住处,一边说:'嘻,维谢贡斯克的监狱要干净些:在那里哪怕要玩羊拐子也行,地方有的是,再说伙伴也要多些!'阿巴库姆·费罗夫!老兄,你是谁?在哪些地方流浪来着?你是不是漂流到了伏尔加河上,并且爱上了自由自在的生活,加入了拉纤夫的行列?……"说到这儿,乞乞科夫住了口,微微沉思起来。他在想些什么呢?他是在想阿巴库姆·费罗夫的命运,还是跟任何一个俄罗斯人一样,只消一想起波澜壮阔的生活,不管他是什么年龄,什么官衔和家境,就情不自禁自然而然地会沉思起来?不过,费罗夫眼下究竟在哪里呢?他已经跟商人讲定了工钱,现在正在一个粮食码头上吵吵闹闹地玩得快活。成群结伙的拉纤夫,帽子上插着鲜花,系着飘带,全都在寻欢作乐,在同他们的又高又苗条、戴着钱币编制的颈环、飘着绸带的情妇和老婆依依话别;轮舞,歌声,整个广场在沸腾,而这时,脚夫们在一片叫喊、叱骂和吆喝声下每人用钩子钩住十普特的货物,扛上背脊,然后把豌豆和小麦哗哗地倒进深深的船舱里,再卸下一袋袋的燕麦和麦仁,往远一点看,只见一堆堆叠成金字塔形状的麻袋,像一颗颗炮弹似的,占了整片场地,这大批粮食就一直触目地暴露在光天化日之下,直等到有一天全部装进苏拉河上的货船,首尾不相见的船队和春天的浮冰一起开始鱼贯地漂往远方为止。到了那个时候,拉纤夫们,你们就有活儿要干啦!你们无疑会拿出原先发疯似的玩乐的劲头,同心协力地去吃苦,去流汗,一边拉着纤绳,一边哼着一支像俄罗斯一样无穷无尽的歌儿。

"哎呀！十二点啦！"乞乞科夫瞧了一下表，终于这么说，"我怎么这样磨蹭呀？明明还有正经事儿要办，可我却莫名其妙地先是尽说废话，后来又胡思乱想起来。我真是个糊涂虫！"说完，他脱下那件苏格兰衬衣，换上一套欧洲款式的衣服，用皮带扣子把自己胖鼓鼓的肚皮收紧一些，往身上洒了点香水，取过一顶暖和的帽子，腋下夹着一包证件到民政厅去办理签订买卖契据的事情了。他之所以着急，倒不是怕去迟了；去得晚点他并不害怕，因为厅长已经是一个熟人，何况他可以随心所欲地延长或者缩短自己的办公时间，就像荷马①笔下的古代的宙斯②一样，当需要中断他所爱惜的英雄们的争斗或者给他们一个机会厮杀个痛快的时候，他不是延长白昼，就是送来迅速降临的黑夜；乞乞科夫倒是因为心里有一种渴望，想把事儿尽可能快地了结；到目前为止，他一直觉得不踏实，不舒坦；心里一直挂着一个念头：魂灵究竟不完全是真的，这样的包袱总该尽快地从肩上卸下来才是。他心里转着所有这些个念头，肩上披着一件棕色呢面子的熊皮厚大氅，还没有走上大街，就在小胡同的拐角上和一位也是披着棕色呢面子的熊皮大氅、戴着暖和的护耳皮帽的绅士撞了个满怀。绅士尖声叫了起来，原来这是玛尼洛夫。他们立刻相互拥抱在一起，以这样的姿态在街上站了约摸有五分钟的工夫。双方亲吻的来势都是这样的猛烈，以致两人的门牙后来几乎痛了整整一天。玛尼洛夫高兴得满脸堆笑，因此脸上只剩下了鼻子和嘴巴，眼睛可完全消隐不见了。他双手攥住乞乞科夫的一只手，

---

　　①　古希腊诗人(约公元前9至公元前8世纪)，相传史诗《伊利昂纪》和《奥德修纪》即他所作。
　　②　《伊利昂纪》中所描写的希腊神话中诸神之王。

握了大概有一刻来钟,把这只手握得都发烫了。他又用最优雅动听的措辞倾诉了自己是如何迫不及待地飞来拥抱巴维尔·伊凡诺维奇的;末了他还加了一句除非在和一位淑女双双起舞时说给她听才合适不过的恭维话。乞乞科夫刚张开嘴巴,但还不知道该怎样向他表示谢意才好,这时玛尼洛夫突然从皮大氅里取出一个系着粉红色带子的纸卷,用两只手指捏着,姿势十分灵巧地递了过来。

"这是什么?"

"庄稼汉呀。"

"哎呀!"他赶忙打开纸卷,浏览了一遍,对字迹的整齐和秀丽感到十分惊讶,"写得真漂亮,"他说,"根本不用再誊抄啦。还画上了边框! 是谁这样精致地加上边框的呀?"

"嗳,那就不必问啦。"玛尼洛夫说道。

"是您吗?"

"是贱内。"

"哎呀,我的上帝! 说真的,我十分过意不去,给你们添了这么多的麻烦。"

"为了巴维尔·伊凡诺维奇是说不上有什么麻烦的。"

乞乞科夫感激地鞠了一躬。当玛尼洛夫知道他是上民政厅去办理契据签订手续,就表示准备陪他一同去。两个朋友手挽着手一块儿走了。每碰到一片不高的坡地,或者一个土岗,或者一级台阶,玛尼洛夫总要搀扶着乞乞科夫,几乎是用手把他托起一点儿来,一边还带着甜蜜的微笑说,他怎么也不能让巴维尔·伊凡诺维奇磕绊了他那双纤巧的脚。乞乞科夫十分惶恐,不知道怎样谢他才好,因为他明明知道自己是有点儿分量的。他们就这样互相效劳着走到了广场上民政厅的所在地;一幢挺大的三层楼石砌房屋上下一片白色,白得像铅粉一样,这大概是为了象征在这里任职的官员们的心灵都洁白无瑕的缘故吧;至于广场上的其他建筑,在规模上就和这幢石砌房屋很不相称啦。那是:一座岗亭,旁边站着一个擎枪的士兵,三两个车口①,再就是长长的篱笆,上面有煤炭和粉笔涂抹的司空见惯的猥亵下流的词句和图画;除此之外,在这个冷僻的,或者按照我们这儿的说法,挺美观的广场上,便不见什么别的东西了。从二楼和三楼窗口里有时会伸出个把菲米斯的祭司②的廉洁的头颅来,转眼又立刻缩回不见了:大概在那个时候恰好有一位长官走进了屋子。两个朋友不是一步步走上去,而是快步跑上了楼梯,因为乞乞科夫极力要避免玛尼洛夫的搀扶而加速了步伐,可是玛尼洛夫也一个劲儿地飞步走在头里,极力不让乞乞科夫累着了,结果两人跨进阴森森的走廊时都只有呼哧呼哧直喘气的份儿。无论在哪条走廊里,无论在哪个房间里,他们的目光都没有碰上惊人的清洁。在那个时代人们还没有关心到这一层;所以,本来是肮脏污浊的地方原封未动仍旧是那样的肮脏污浊,没有蒙上一层漂亮诱人的外表。菲米斯就随随便便不加打扮地披着睡袍出来接见来访的客人。照理说,应该把我们的主人公穿过的各间办公室描述一番的,可是,作者对凡是衙门所在的地方素来怀有一种强烈的胆怯敬畏的心情。如果他本人有机会经过这些办公室,哪怕那里陈设得富丽堂皇,耀眼欲眩,有着锃亮的地板和桌子,他也会恭顺地垂下眼皮,两眼盯着地面,一心只想尽快

① 旧时城市街道上停放出租车辆的地方。
② 希腊神话中的司法女神。菲米斯的祭司指法官或司法行政官吏,此处含讽刺之意。

地跑过去,因此,那里的一切有怎样一副华贵的气派,他至今都还一无所知。我们的主人公的眼睛所看到的是许许多多的纸张,有写上字的,有空白的,还看到一个个低伛的脑袋,宽宽的后脑勺,燕尾服,外省款式的常礼服,甚至还看到一件与众不同、十分显目的淡灰颜色的短褂,那穿短褂的人歪侧着脑袋,几乎把它就搁在纸面上,行笔如飞地在抄写一份有关某宗田产的胜诉案的记录,或者是一份查封某处田庄的记录,这田庄被某一位安分守己的地主所霸占,在候审中他安然无恙地度过自己的一生,并且托法院的福给自己添了满堂的子孙;此外,他们偶尔还听见几声简短的话语,那是从一个沙哑的嗓门里发出来的:"劳驾,菲约陀赛伊·菲约陀赛伊维奇,请把叁捌陆号案卷递给我!""您总是把公家墨水壶塞子不知搁到哪里去啦!"有时则听见一个更为庄重的、无疑是某一位长官的嗓音:"喂,快把这抄一下,要不然就脱掉你的靴子,把你关在这儿,六整天不许吃东西!"鹅毛笔尖沙沙地发出一片很大的响声,仿佛好几辆载满枯枝的大车在穿过一座落叶积得有两寸①来厚的树林子。

在劈脸第一张桌子后面坐着两位还挺年轻的官员,乞乞科夫和玛尼洛夫走上前去,问道:

"请问,此地是哪儿受理有关不动产契据的事务?"

"您有什么事?"两位官员一齐转过脸来,说道。

"我要递一份申请书。"

"那您买的是什么?"

"我首先想知道,契据科在哪里,你们这儿还是在别的

---

① 原文为四分之一俄尺。

地方？"

"可是您得先说清楚,您买的是什么,什么价钱,这样我们才能够向您指明地方,否则是不行的。"

乞乞科夫明白,这两位官员像所有的年轻官员一样,无非是好奇心重,并且想给自己和自己的职务增添一点威势和分量罢了。

"请听我说,亲爱的先生,"他说,"我完全清楚,凡是有关不动产契据的事情,不管成交的价钱多少,都归一个地方管。因此,劳驾你们把契据科向我指点一下,如果你们不知道你们这儿办事的规矩,那么我们可以去请教别人。"两位官员听了这话不作任何答复,其中的一位只是用手指朝房间的一只犄角点了一下,那里的一张桌子后面坐着一个老头儿,正在给一些什么文件登录编号。乞乞科夫和玛尼洛夫穿过一排桌子径直走到了他的跟前。老头儿全神贯注在办事。

"请问,"乞乞科夫鞠了一躬,说道,"这儿受理有关不动产契据的事吗？"

老头儿抬起眼睛,慢条斯理地说:

"这儿不管不动产契据的事儿。"

"那么,哪里办呢？"

"这归不动产契据科办。"

"那么,不动产契据科在哪儿呢？"

"这要问伊凡·安东诺维奇去。"

"那么,伊凡·安东诺维奇又在哪里呢？"

老头儿用手指朝房间的另一只犄角点了一下。乞乞科夫和玛尼洛夫就往伊凡·安东诺维奇那里走去。伊凡·安东诺维奇已经斜过一只眼睛,打眼梢里把他们两人窥视了一下,可是立刻又更加专心致志地埋头抄写起文件来了。

"请问,"乞乞科夫鞠了一躬,说,"这里是不动产契据科吗?"

伊凡·安东诺维奇仿佛没有听见似的,只顾誊抄文件,一句话也不答理。一眼就可以看得出来,这是一个中年人,不是一个什么饶舌多嘴、油腔滑调的毛头小伙子。伊凡·安东诺维奇看来远远不止四十岁的模样;头发又黑又密;他的那张脸一到中间部分就整个儿朝前隆起,收成一只鼻子,总之一句话,这是一张一般人称作"茶壶脸"的奇丑无比的脸。

"请问,这里是不动产契据科吗?"乞乞科夫说。

"是这里!"伊凡·安东诺维奇说完就把自己的那张茶壶脸转了过去,重新埋头抄写起来。

"那么,我有一件事情要麻烦您:我从本县好几位地主手里买下一些农民,必须过户迁移;买卖契据齐备了,只剩办理手续了。"

"卖主都来了吗?"

"有几位在此地,另外几位有委托书。"

"申请书带来了吗?"

"申请书也带来了。我希望……我必须赶时间……能不能够,比方说,今天就把事情办好?"

"唔,今天! 今天可不行,"伊凡·安东诺维奇说,"还必须进行调查,看看还有没有不合法的地方。"

"不过,说到要把事情加快办好,那么,伊凡·格利戈里耶维奇,也就是厅长,是我的知交……"

"可是,这里不光有伊凡·格利戈里耶维奇一个人,还有其他的人哪。"伊凡·安东诺维奇严峻地说道。

乞乞科夫咂摸到伊凡·安东诺维奇话中有因，就说：

“其他的人也决不会受到怠慢的，我自己也给公家做过事，知道该怎么办……”

“请您还是去找伊凡·格利戈里耶维奇吧，”伊凡·安东诺维奇说，声音变得温和了一些，“由他吩咐谁去办理，事儿不是我们可以决定的。”

乞乞科夫从衣袋里摸出一张钞票，把它搁在伊凡·安东诺维奇的面前，后者根本没有觉察这张钞票，立刻就让一本书把它遮盖住了。乞乞科夫本想指给他看那里有张钞票，可是，伊凡·安东诺维奇把头一扬，表示不用费心了。

“好吧，让他领你们二位到厅长办公室去！”伊凡·安东诺维奇说着点了一下头，于是，就在近旁的一名圣徒，也就是长年任劳任怨为菲米斯献身、结果两只袖管在肘弯处都磨破了、衬里布也早已挂了出来，但也因此在当时获得了十四等文官品衔的一个人，走来为我们的两位朋友效劳，就像昔日维吉尔引导但丁[①]一样，并且把他们领到了厅长办公室里，那里只放着一把宽大的圈手椅，在圈手椅里，隔着摆在桌子上的法镜[②]和两本厚厚的书，像一轮太阳似的端坐着厅长大人一个人。一到这个地方，新时代的维吉尔顿时觉得诚惶诚恐，怎么也不敢搬动腿往里挪，转身就退了出去，展示出他衣服上已经磨损得像蒲席般稀薄的后背和不知打哪儿粘来的一根鸡毛。走进了厅长办公室，乞乞科夫和玛尼洛夫方才发现不是只有

① 但丁(1265—1321)，意大利诗人。维吉尔为古罗马诗人。但丁在其名著《神曲》中描述自己由维吉尔引导游了地狱。

② 旧俄官厅中的陈设物，是一面饰有双头鹰的三棱镜，贴有彼得大帝敕令守法的谕旨，作为守法的象征。

厅长一个人,他身旁还坐着索巴凯维奇,不过刚才完全给法镜遮挡住了。客人的莅临引起一阵欢叫,执政长官的圈手椅咕隆一声被推开了。索巴凯维奇也从椅子上欠起了身子,于是,他的全身,连带长长的袖管,都给看清了。厅长一把抱住乞乞科夫,接着办公室里响起了一阵亲吻的吧唧声;双方互相寒暄问安;原来两人的腰椎骨都时常酸痛,这一点立刻归咎于终日伏案的生活。看样子厅长已经从索巴凯维奇的嘴里知道了置产的消息,因为他开口道贺起来,这起先使我们的主人公有点窘困不安,尤其当他看到,索巴凯维奇和玛尼洛夫这两个本来分头秘密成交的卖主,现在却面对面地碰到一块儿了。不过,他还是谢过了厅长,接着立刻向索巴凯维奇转过脸去,问道:

"近来贵体如何?"

"谢天谢地,没有什么可抱怨的。"索巴凯维奇说。

他的确没有什么可以抱怨:若和这一位结构奇特的地主相比,倒是铁石更有可能伤风和咳嗽。

"不过您一向是赫赫有名的好筋骨,"厅长说道,"故世的令尊大人也是一位身体结实健壮的人。"

"是呀,他常常独自一人去打熊。"索巴凯维奇说道。

"不过,我觉得,"厅长说道,"你如果想跟熊较量一下的话,也一定能够把它打翻在地的。"

"不,我是打不过的,"索巴凯维奇回答道,"先父要比我结实,"他叹了口气,接着说,"不,现在的人可不比往年的啰;就拿我的生活来说,这算是什么生活哟? 得过且过罢了……"

"您的生活还有什么嫌不美的呢?"厅长说。

"不好,不好啊,"索巴凯维奇说着摇了摇头,"您倒来评论评论看，伊凡·格利戈里耶维奇：活了五十个年头，从来没有生过一回病；哪怕有点喉咙痛，生个把脓疮或者疖子也好呀……偏偏什么都没有，这可不是好兆头！迟早有一天要算总账的。"说罢索巴凯维奇完全陷入了一种忧郁不乐的心情。

"嘿，真有他的！"乞乞科夫和厅长不约而同地想道，"亏他想得出，怪罪到哪里去了！"

"我这里有一封信要转交给您。"乞乞科夫说着从衣袋里掏出普柳什金的信来。

"谁写来的？"厅长说，他把信一打开，就尖声叫了起来，"哎呀，是普柳什金写来的。他居然还活在世上。真是天命！想当初，这是一个何等聪明不凡、首屈一指的豪富啊！可是，现在呢……"

"是条狗，"索巴凯维奇说道，"是个骗子手，把所有的底下人全都活活给饿死了。"

"好，好，"厅长读完信，说，"我愿意做代理人。您想在什么时候把文契办妥，现在就办呢，还是以后办？"

"现在就办，"乞乞科夫说，"如果可能的话，我甚至要请求您今天就办妥；因为我打算明天就离开城市。文契和申请书我都带来了。"

"这一切当然都很好，不过，随便您有什么打算，我们可不会这么早就放您走的。有关文契的手续今天准能办妥，而您无论如何得和我们再相聚几天。好，我这就吩咐下去。"说完他就打开通向挤满了官员的那间办公室的门，如果能够把各种公务比做蜂巢的话，那么，官员们全像辛勤的蜜蜂一样分布在各个蜂巢上，"伊凡·安东诺维奇在吗？"

"在。"一个声音从那里回答道。

"叫他上这儿来!"

读者已经认识的茶壶脸伊凡·安东诺维奇出现在厅长办公室里,毕恭毕敬地鞠了一躬。

"伊凡·安东诺维奇,把所有这些文契拿去……"

"可是您别忘了,伊凡·格利戈里耶维奇,"索巴凯维奇凑上来说,"还需要证人,各方至少要有两位。请您现在就派人到检察长那里去,他是一个闲人,肯定待在家里,反正什么事情都有副检察长查拉杜哈这个天字第一号的贪污犯替他办理。还有卫生监督,他也是一个闲人,要是他不上哪家去打牌,肯定也在家里的。此外,附近住着许多人哪,特鲁哈契甫斯基啦,别古施金啦,他们全是一些光吃饭不干事尽给人间添累赘的家伙!"

"对,对!"厅长说着就立刻派公务员去把他们所有这些人都找来。

"我还要拜托您一件事,"乞乞科夫说道,"请您派人去把一位女地主的代理人请来,我和她也做了一笔交易:那是大司祭基利拉神甫的儿子;他就在您这儿厅里当差。"

"那还用说,我们当然就派人去找他来!"厅长说,"一切都会办好的,不过,您不必给办事的人什么钱,这一点我现在就跟您打个招呼。凡是我的朋友,一律不该破费。"说完他立刻交给伊凡·安东诺维奇一件差使,显然,这是后者挺不乐意干的。文契看来给厅长产生了一个很好的印象,尤其当他发现,全部买卖几乎要值到十万卢布的时候。他紧盯着乞乞科夫的眼睛,把他瞧上了好几分钟,满脸堆着十分赏识的神气,最后开口说道:

"原来是这样! 高明高明,巴维尔·伊凡诺维奇! 您原来是这样买进的。"

"是买进了。"乞乞科夫说。

"好事情!说真的,是一件大好事情呀!"

"连我自己也看到,我不可能办成比这更好的事情了。不管怎么说,一个人如果最后不能稳稳站在一个扎实可靠的基础上,而是像年轻人那样立足于一个什么自由思想之类的空中楼阁上,那么,他还算不得拥有一个明确的目标。"这儿他极为适时地攻击了一下自由主义的思想,顺带又攻击了一下所有的年轻人。然而,值得注意的是,在他的话音里还是有一股缺乏把握的味道,仿佛他同时又在对自己说:"嗨,老兄,你在撒谎,而且撒得还挺厉害哩!"他甚至不敢朝索巴凯维奇和玛尼洛夫瞧一眼,害怕在他们的脸上见到什么使他难堪的神色。可是,他的担心害怕是多余的:索巴凯维奇的脸纹丝不动,而玛尼洛夫呢,对他的这句话大为倾倒,高兴得只顾摇头晃脑地表示赞赏,陷入了一种入迷的状态,就好像一个音乐迷听到女歌星行腔婉转胜过了小提琴,并且送出了一个连鸟儿的喉咙也唱不出的游丝般细的高音来一样。

"可是您干吗不说给伊凡·格利戈里耶维奇听听,"索巴凯维奇开口说,"您买进的是些什么货色;而您,伊凡·格利戈里耶维奇,您怎么也不问一声,他做成了怎样的一桩买卖呀?要知道这是一些多好的人哪!简直是纯金。我连车匠米海耶夫都割爱卖给他啦。"

"哦,您果真连米海耶夫都卖啦?"厅长说,"我知道车匠米海耶夫这个人:他有一手出色的手艺,他给我修过一回车。只是对不起,怎么会……您不是对我说过,他已经死了……"

"谁,米海耶夫死了?"索巴凯维奇一点也不慌张地说,

202

"死的是他的兄弟，而他本人活蹦乱跳，比以前更壮实啦。前几天还做了这样一辆轻便折篷马车，那是连莫斯科也做不出来的。他呀，说真的，只有去侍候皇上才算没有委屈了他。"

"是啊，米海耶夫的手艺实在出众，"厅长说道，"我甚至奇怪，您怎么会把他放走了。"

"何止米海耶夫一个人！还有木匠普罗帕卡·斯捷潘，烧砖工米卢什金，鞋匠捷略特尼科夫·马克辛，——他们全都走啦，全都给我卖掉啦。"而当厅长问到，既然他们都是家里缺少不得的人手，又都是一些能工巧匠，干吗全给放走了，索巴凯维奇挥了一下手，说道："唉，那只是一时的糊涂：好吧，我说，卖就卖了吧，于是就这样稀里糊涂地卖掉啦！"说着他低垂了头，仿佛心里着实后悔做了这件傻事似的，接着找补了一句，"瞧我，头发都已经白了，可是至今没有学到半点聪明。"

"可是，巴维尔·伊凡诺维奇，请容许我问您一声，"厅长说，"您怎么光买农民，不连土地呀？莫非打算迁移吗？"

"是打算迁移。"

"哦，打算迁移，那就是另一回事啦。那么，迁到什么地方去呢？"

"迁到……迁到赫尔松省去。"

"哦，那里土地可好啊！"厅长说，于是对那里牧草之茂盛大大赞美了一番。

"那么，您的田地亩数足够用吗？"

"足够了，给刚买进的那批农奴耕种是绰绰有余的。"

"有河吗？还是有池塘？"

"有河。不过，也有池塘。"说罢乞乞科夫无意中朝索巴

203

凯维奇瞥了一眼，虽然索巴凯维奇依旧不动声色，可是乞乞科夫却觉得，他的脸上仿佛摆着这样一副神气："哼，你在撒谎！未必有什么河，也未必有什么池塘，连整片土地都是捏造出来的！"

在他们谈话的当口，证人开始陆续来到：其中有读者已经熟识的爱眨巴眼睛的检察长，有卫生监督，以及特鲁哈契甫斯基、别古施金等等按照索巴凯维奇的说法都是净给人间添累赘的人物。他们中间的许多人是乞乞科夫根本不认识的：因为不足的和可有可无的证人都从厅里的官员中拉几个来充数了事。不但请来了大司祭基利拉神甫的儿子，连大司祭本人也请到场了。每一位证人都签上了自己的大名，以及自己的全部身份和官衔，字体则形形色色，有人用花体，有人用斜体，有人干脆来一个几乎是上下颠倒的怪体，写出一些甚至在俄文字母表里从来不曾见过的字母。读者的老相识伊凡·安诺维奇办事十分麻利，契据全部登记好，编了号，注了册，列入了档案，还收了在《公报》①上刊登启事的百分之零点五的费用，乞乞科夫要付的真是极为有限的一点钱。厅长甚至亲自吩咐只向他收一半的税款，而另外的一半呢，则出到另外一个申请人的头上去了，至于用的是什么办法，那就不得而知啦。

"大功告成啦，"当一切都办妥之后，厅长说，"现在只剩下吃一杯置产的喜酒啦。"

"我是有这个意思，"乞乞科夫说道，"只要您定出个时间来就行了。如果舍不得请这样热心的朋友们喝几瓶香槟酒，从我这方面来说，真是罪过呀。"

---

① 此指《枢密院公报》。这是帝俄时代登载不动产买卖启事的刊物。

“不,您弄错啦:酒由我们自己来办,”厅长说道,“这是我们的义务,我们的责任。您是我们的贵宾:理应我们来请请您。诸位先生,你们猜怎么着?现在咱们就这么办:全体人马,凡是在场的,都到警察局长家里去;他是咱们这儿神通广大的魔法师:只消他在走过鱼市场或者酒店的时候眨巴一下眼睛,咱们哪,你们可知道,就可以大嚼一顿啦!此外,趁这个机会咱们还可以打几局惠斯特牌。”

对这样的建议谁也不会拒绝的。单单一听到鱼市场,证人们就垂涎欲滴;所有的人立刻抓起了便帽和皮帽,公事也就此结束。当他们大伙儿走过办公厅的时候,茶壶脸伊凡·安东诺维奇毕恭毕敬地鞠了一躬,对乞乞科夫悄悄地说:“您买进了价值十万卢布的农奴,可是,只给了为您效劳的人一张白票子①。”

“不过要知道,那是一些什么样的农奴哟,”乞乞科夫听了也低声地回答他说,“一批傻瓜和废料罢了,连一半的价钱都不值的。”伊凡·安东诺维奇立刻明白,这位当事人性格十分坚强,再也不会多给了。

“请问,您从普柳什金手里买一个魂灵出的是什么价钱?”索巴凯维奇凑在他另外一只耳朵上问道。

“请问,您干吗加进了一个伏罗贝伊?”乞乞科夫这样回答他说。

“哪一个伏罗贝伊?”索巴凯维奇说。

“一个女的,叶利扎维塔·伏罗贝伊,您还把字尾改写成字母 ъ 哩。”

---

① 旧俄时代的纸币,票面价值为二十五卢布。

"没有的事，我根本没有加进什么伏罗贝伊。"索巴凯维奇说着就挪开身子，走到另外一些客人身边去了。

客人们终于成群结队熙熙攘攘地走到了警察局长的家。警察局长果真是个魔法师：他听明白了是怎么回事，立刻唤来一名警官，一个穿着锃亮的喇叭口高统皮靴的灵活麻利的家伙，并且好像在他耳边统共说了两个字，另外只加添了一声："明白啦！"于是，当客人们在惠斯特牌桌上厮杀得起劲的时候，在另一间屋子里的桌面上就出现了白鳢鱼，鲟鱼，鲑鱼，陈年的黑鱼子酱，新腌的淡鱼子酱，鲱鱼，鳇鱼，干酪，熏牛舌头，风干的咸鱼脊肉，所有这一切都是鱼市场孝敬的。后来又出现了他本宅厨房添制的美味：一只鱼头肉大馅饼，里面包的是一条九普特重的鲟鱼软骨和颊肉做的馅，一只乳蘑大馅饼，还有油煎饼，奶油面片儿汤，蜜糖水果羹。从某种意义上来说，警察局长是全城的衣食父母和恩人。他和市民相处得亲如一家，视察起各色铺子和市场来就像在察看自己的库房一样。总之，如常言所说，他是得其所哉，并且对自己的职务再也精通不过了。甚至很难断定，是他为这个位子而生，还是这个位子为他而设。他办事实在聪明，进项比所有的前任要多上一倍，同时却能赢得全城上下的一致爱戴。第一流的大商贾都挺喜欢他，说他态度不倨傲；这也确实，他做他们孩子的教父，和他们认干亲家，虽说有时要狠狠地敲诈他们一下，但不知怎么的手法总是非常巧妙：又是拍肩膀啦，又是嘀嘀地笑啦，又是请用茶点啦，甚至会答应去和他们下几盘跳棋，还会东拉西扯问长问短：近来做些什么买卖呀，买卖兴隆不兴隆呀。要是知道谁家的娃娃得了点病，立刻会给出主意说该去抓一味什么药；总之一句话，真是够朋友的！就连在坐着马车沿街整顿秩序的当口,他也还要顺便和这个人或者那个人攀谈上几句:"怎么样啊,米海耶奇!咱们俩得找个时间把果尔卡牌打它一个痛快!""是喽,阿历克赛·伊凡诺维奇,"那一个脱下帽子,回答道,"是得找个时间打个痛快。""喂,伊利亚·巴拉摩乃奇老兄,上我家来一趟,看看我的一匹快马,它准比你的那匹强,不信把你的套在赛跑车上,咱们来试试看。"那个爱快马爱得发疯的商人听了之后,笑得所谓合不拢嘴,抚着大胡子,说:"咱们来试一下吧,阿历克赛·伊凡诺维奇!"甚至连所有的店伙计,通常在这时候只有脱帽致敬份儿的,也都挺高兴地你望望我我望望你,仿佛想说:"阿历克赛·伊凡诺维奇真是一个好人哪!"总之,他学会了一副十足地道的平民派头,所以商人们的意见是这样的:阿历克赛·伊凡诺维奇"这小子虽说要捞油水,可怎么也不会把你出卖的"。

见到冷餐已经准备好了,警察局长就建议客人们先用早餐,然后再回过头来把惠斯特牌局打完,于是所有的人都向早已有一股子香味醉人地往客人们的鼻孔眼里钻的那间屋子走去,索巴凯维奇早已朝那里窥视了好几眼,远远就把靠边放在一只大盘子里的鲟鱼看在眼里了。客人们先干了一杯暗沉沉的橄榄色的伏特加酒,那种色泽只有在俄罗斯用来刻印章的晶莹透明的西伯利亚石头上才能够看得到,然后,大伙儿举起餐叉从四面八方围向桌子,如俗话所说,开始各显身手起来,有人猛攻鱼子酱,有人猛攻鲑鱼,有人猛攻干酪。索巴凯维奇对所有这些小零碎全不放在心上,一站就站停在鲟鱼旁边,趁大伙儿吃喝谈笑的当口,他在一刻多钟的时间里把整条鲟鱼风卷残云似的一扫而光,等到警察局长想起这尾鱼,说:"诸位先生,你们倒来尝尝这造化的杰作是怎么个味儿?"举着餐叉带领其他的人走到鲟鱼前面的时候,只见这造化的杰作光剩下一条尾巴了;可是,索巴凯维奇却装痴作呆,仿佛这不是他干的,自顾自走到摆得最远的一只盘子前面,动手叉一尾风干的小鱼儿去了。既然独吞了一大条鲟鱼,索巴凯维奇就拣一把圈手椅坐下,什么也不再吃,不再喝,只在那里眨巴着一双尽要眯缝起来的眼睛。警察局长看来挺不喜欢吝惜酒,举杯祝酒的次数多得说不清。读者也许自己都能够猜得着,这首先是为了赫尔松新地主的健康而干杯,其次是为了他的农奴能够平安迁抵新地而干杯,再其次是为了他未来的漂亮夫人的健康而干杯,这下我们主人公的嘴上不禁浮现出了动人的微笑。大伙儿纷纷把他围住,开始恳切地劝他至少在城里再住上两个星期:"不行,巴维尔·伊凡诺维奇! 不管您怎么想,这可不是成了炕没坐热客就走,撇下主人冷清清啦! 不行,您得再跟我们一块儿过一段时间! 我们来给您做媒:伊凡·格利戈里耶维奇,咱们要给他说一门亲事,对不?"

"是要给他成亲,就是要给他成亲!"厅长附和说,"不管您使多大的劲也推不掉,我们非给您成亲不可! 算啦,老爷子,既来之则安之,别三心二意啦。我们可不喜欢开玩笑。"

"哪里的话? 何必要使劲推辞呢,"乞乞科夫微微一笑,说道,"结婚可不是一件说办就办得成的事儿,先得有一个新娘呀。"

"新娘会有的,怎么会没有呢,一切都会有的;您要什么,就有什么!"

"既然会有……"

"好哇,他留下啦!"大伙儿欢叫起来,"万岁,乌拉,巴维尔·伊凡诺维奇! 乌拉!"所有的人手举着酒杯拥到他的跟前来碰杯。乞乞科夫和大伙儿一一碰了杯。"不行,不行,再来一杯!"那些闹得更起劲的人说,于是重又碰了一次杯;后来有人又死乞白赖地要碰第三次杯,于是又碰了第三次杯。没隔多久所有的人都变得快乐得不得了。厅长这个可爱透顶的人,心里一乐就几次把乞乞科夫搂在怀里,亲亲热热地喊着:"你呀,我的心肝宝贝儿! 我的小妈妈!"甚至打响了一下手指头,在乞乞科夫身边打着圈儿跳起舞来,一边嘴里还哼着一支脍炙人口的小调,"嗨,你这个酒鬼,喀玛林的庄稼汉。"喝过香槟酒,又打开了匈牙利酒,这酒一下肚,大伙儿格外兴奋,格外快活啦。惠斯特牌局已经给忘记得干干净净;大伙儿争论着,叫喊着,海阔天空地大发议论起来,议论着政治,甚至议论着军事,发表了不少自由思想,换了平时他们的子女准会因为有了这样的思想挨他们的一顿板子的。就在席间他们解决了许许多多顶顶棘手的难题。乞乞科夫从来没有这样快乐过,他仿佛觉得自己已经真的成为一个赫尔松的地主了,高谈阔论起各种各样有待改良的事情来:什么土地三区轮耕啦,什么两颗心灵如何达到幸福美满之境界啦,还冲着索巴凯维奇朗读了维特用诗体写给夏绿蒂①的一封情书,而后者的反应只是坐在圈手椅里眨巴着眼睛,因为饱餐鲟鱼之后,他感觉到懒洋洋的非常渴睡。乞乞科夫连自己也觉察到,他已经开始身不由己过于放肆了,就要一辆车送他回去,后来借用检察长的轻便马车告辞走了。在路上检察长的马车夫显示出是个经验丰富的老把式,因为他只用一只手驾车,而把另一只手弯到后面去按住老爷的身子。就这样乞乞科夫乘着检察长的车

---

① 维特和夏绿蒂是德国作家歌德的名著《少年维特的烦恼》中的主人公。

返回了旅馆,到了旅馆,他还收不住舌头,胡说八道了好半天:说到一个淡黄色头发、红润脸蛋儿、右边面颊上有个酒窝的未婚妻,又说到赫尔松的田庄,大笔的资财。甚至向谢里方吩咐了一些田庄上的事情,要他把所有新近迁来的农奴召集拢来,当面一个个点名过目。谢里方一声不吭听了好久,然后走出房间,对彼得卢什卡说了一声:"去给老爷脱衣服!"彼得卢什卡就进去动手给主人脱长统皮靴,差点把老爷也连同皮靴一起拉倒在地板上。不过,皮靴最后总算脱了下来,老爷身上的衣服该脱的也都脱了,他在床上翻了好一会儿身,把床压得喀吱喀吱着实厉害地响了一阵,然后完全以一位赫尔松地主的身份进入了梦乡。在这时,彼得卢什卡把裤子和樾橘色带闪光花点的燕尾服拿到了走廊里,把燕尾服撑开挂在木头衣架上,用马鞭和刷子使劲拍打起来,弄得整条走廊里都飞扬着灰尘。当他伸手把老爷的衣裤取下来的时候,顺带从凉台上朝下望了一眼,看见谢里方正从马厩里走出来。他们四目相视,彼此心照不宣,立刻明白了对方的心思:老爷躺下睡了,咱们可以出去溜达一下啦。彼得卢什卡赶紧把燕尾服和裤子捧进里屋,走下楼来,于是两人一起走了。关于行程的目的地彼此只字不提,一路上只是说说笑笑,尽扯些毫不相干的旁的事儿。他们的行程原来一点也不远:只是穿过马路,到达旅馆对过的一幢房子,然后推开一扇矮矮的、被烟熏得乌黑的玻璃门,走进一间几乎是地窖似的屋子,那儿已经有许多各种各样的人坐在一张张木头桌子的旁边:有剃掉了大胡子的,有留着大胡子的,有穿光板皮袄的,也有光穿一件短衫的,还有个把穿着粗呢子军大衣的。彼得卢什卡和谢里方在那儿干了些什么,只有老天爷知道,可是,隔了一个钟点他们又打那儿出来了,两人手拉着手,抿着嘴唇一言不发,彼此十分照顾,尽力不让对方撞上了任何一只墙犄角。爬登楼梯时他们仍旧手拉着手,谁也不放开谁,在楼梯上跌跌撞撞走了足足一刻钟的工夫,方才走完最后一级,上楼进了屋。彼得卢什卡在自己那张挺矮小的床前站了约摸一分钟光景,琢磨怎么睡法来得体面一些,后来身子一歪完全横着躺了下去,让他的两条腿抵着地板。谢里方也躺倒在这一张床上,头就枕着彼得卢什卡的肚皮,完全忘记了他根本不该睡在这儿的,他的铺位也许是在下房里,如果不是在马厩里靠近马匹的一个什么地方的话。两人立刻睡着了,发出一阵阵闻所未闻的闷雷般的打鼾声,和从另外一个房间里传来的老爷的尖细的鼻息声遥相呼应。在他们睡下之后,很快一切都归于静寂,整幢旅馆都进入了酣梦;只有在一个小窗口里还可以看到烛光,原来那儿就住着从梁赞来的中尉,一个显然是对长统皮靴有所偏爱的人,因为他已经定做了四双靴子,此时正在忙不停地试穿第五双。有好几回他已经走到床铺前面,打算脱掉靴子睡下去了,可是怎么也办不到:靴子缝制得实在出色,所以,他还是久久地翘起一只脚,前后左右细细鉴赏那只缝工熟巧、模样儿又妙不可言的鞋后跟。

第 八 章

乞乞科夫购买农奴一事成了全城谈话的题目。对买了农奴迁移他乡是不是有利,有各种各样的说法、见解和议论。许多争论是极有见地的。"当然啦,"有人说,"您说得对,在这一点上是没有什么可以争辩的,南方各省的土地的确又好又肥沃;可是,没有水乞乞科夫的农奴怎么过活呢?要知道,那里是一条河也没有的呀。""没有水倒是小事,这不打紧,斯捷潘·德米特里耶维奇,只不过迁移人口总不是一件稳妥有把握的事情。谁都知道,庄稼汉是些个什么货色:换一个陌生的地方,还得去翻地种粮食,而他们又一无所有,既没有房子,又没有宅院,他们准会滑脚逃跑,这就像二加二等于四那样明白,并且准会跑得你连踪影也找不到。""不,阿历克赛·伊凡诺维奇,请听我说,请听我说,我不同意您的说法,我不相信乞乞科夫的农奴会逃跑。俄罗斯人是无所不能的,任何气候条件都能够适应。哪怕你把他送到堪察加岛①,只要给他一副暖和的手套,他就会两手一拍,拿起一把斧头去把木头砍来给自己盖一所新房子!""不过,伊凡·格利戈里耶维奇,你忽略了一件重要的事情:你不曾问一下,乞乞科夫的农奴是些什么

①　俄国一偏远的半岛,位于亚洲部分的东北角。

样的人。你忘记了,大凡地主是不肯把好的农奴卖出去的;我可以拿我的脑袋来打赌,乞乞科夫的农奴要不是惯贼和无可救药的酒鬼,那就是好吃懒做的二流子,胡作非为的恶棍。""对,对,这一点我完全同意,你说得不错,谁也不会把好人卖掉的,乞乞科夫的农奴肯定全是一些酒鬼,不过,必须看到,正是在这里面大有意义,正是在这里面包含着劝世为善的道理:眼下,他们是废物,可是,一旦迁移到了一个新的地方,很可能突然一下子就变成了优秀的臣民。这样的例子已经有过不少啦:简直是普天下皆有之,历史上也屡见不鲜啊。""绝不可能,绝不可能,"官办工厂督办说道,"请诸位相信,这是怎么也不可能的。因为乞乞科夫的农奴面临着两大敌人。第一个敌人是:地点和小俄罗斯人的省份相近,诸位都知道,在那里酒是准许自由买卖的。我胆敢在诸位面前断言:不出两个星期他们就会喝上了瘾,喝得烂醉如泥啦。第二个敌人是好过流浪生活的习性,那是农奴们在迁移过程中必然会养成的。除非他们时时刻刻都处在乞乞科夫的眼皮底下,又除非他把他们管得严严的,稍有越轨行为就给他们点厉害看看,并且不是托一个什么别人代劳,而是每当必要的时候就亲自动手给他们一个嘴巴,再对准脖儿拐抡上一拳头。""乞乞科夫何必亲自动手打人的脖儿拐呢? 他可以物色一个管家呀。""对喽,除非您能够找得到一个像样的管家:有的尽是些骗子手!""他们之所以能够蒙哄欺骗,是因为主人不问事呀。""说得对,"许多人同意说,"要是主人自己对产业的经营多少懂得一点儿,并且善于识辨人的好坏,他总能物色到一个好管家的。"可是督办说,除非出五千卢布的高价,方才能够请得到一个好管家。但民政厅长说,出三千卢布也就可以请得到了。

可是督办说："可您上哪儿去找呀？难道在自己的鼻孔眼里去找不成？"但厅长说："哪儿的话，此人不在鼻孔眼里，而就在本县城，我指的是彼得·彼得罗维奇·萨莫伊洛夫：这才是一个用来对付乞乞科夫的农奴的最合适不过的管家！"许多人热心地为乞乞科夫设身处地着想，迁移为数如此众多的农奴是挺不容易的，一想到其中的艰难，他们就胆战心惊起来；大伙儿开始非常担忧，像乞乞科夫手下的这样一批不安本分的农奴百姓说不定还会闹什么暴动哩。对此警察局长开导说，担心暴动是大可不必的，县警察局这一级政权的存在就可以防止暴动的发生，虽说县警察局长未必亲自出马，可是只消送去一顶代表他身份的制服帽，那么，单是这一顶制服帽就足够保证把农奴赶到他们定居的地方啦。许多人出谋划策，建议如何根除使乞乞科夫的农奴们着魔的造反邪气。意见是各种各样的：其中有一些意见听来含有一股军人的严酷的味道，严酷得已经过了头，几乎是无此必要的；但同时也有一些意见倒是透着温和的口气。邮政局长说，乞乞科夫面临着一个神圣的义务，按照他的说法，那就是可以成为农奴的一个类似慈父般的人物；甚至可以实施一种感化教育，说到这儿，他大大赞扬了一番兰开斯特式的互教方法①。

就这样，全城议论纷纷，许多人出于热心甚至把这些忠告中的若干条当面陈述给乞乞科夫听，甚至还愿意提供一支押送队，以便平安无事地把农奴迁送到目的地。对于这些忠告

① 兰开斯特式互教方法系指英国教育家兰开斯特(1778—1838)创始的教育方法。根据这一教育方法，教师只教授优秀学生，而其他学生归优秀学生监督管教。这一教学方法曾被十二月党人用来教士兵识字。果戈理以此强调邮政局长的一些"自由"思想。

乞乞科夫表示十分感激,他说,必要时一定会采纳的,至于押送队,他坚决地谢绝了,他说,这是完全不需要的,他所购买的农奴生性温顺驯服,本身又有迁居他乡的愿望,在他们之间是无论如何也不会发生暴乱的。

不过,所有这些传说和议论却产生了乞乞科夫所能冀望的最最理想的后果。那就说是,消息传开了,说他是一个不折不扣的百万富翁。全城的人本来就如我们在第一章里所见到的那样,已经真心实意地爱上了乞乞科夫,现在,听到了这样的消息之后,爱得更加真切了。不过,如果要说实话,他们毕竟都是一些心地忠厚善良的人,彼此相处得挺和睦,完全像老朋友那样随便,谈起话来总带有一种特别的推心置腹的、亲密无间的腔调:"亲爱的朋友,伊利亚·伊利伊奇!""安齐巴托乐·查哈里耶维奇老兄,你听我说呀!""伊凡·格利戈里耶维奇,我的小妈妈,你撒谎撒得未免过分啦。"邮政局长名叫伊凡·安德烈耶维奇,大伙儿和他讲话时都要添一声:"施泼莱亨齐道伊奇①,伊凡·安德烈伊奇?"总之一句话,一切都含有一股浓厚的家庭风味。许多人不无高超的教养:民政厅长熟读茹柯夫斯基②的《柳德米拉》,那在当时还是一篇没有过时的新作,许多段落他都能够朗读得有声有色,尤其当读到"松林入眠,山谷沉睡"那一句和"嘘!"那一个字眼的时候,令人仿佛眼前真的见到了一片山谷沉睡的景色;为了更加逼真起见,他在这时甚至把眼睛都眯缝了起来。邮政局长则更醉

---

① 德语:您会讲德语吗?"安德烈耶维奇"快读时发音成为"安德烈伊奇",和德语中"您会讲德语吗"最后一字的字尾的发音同韵。

② 茹柯夫斯基(1783—1852),俄国诗人。《柳德米拉》是一首叙事诗,作于一八〇八年。

心于哲学的研究，十分用功地攻读杨格①的《夜思》和埃卡茨豪森②的《天地神秘启示录》，甚至每夜都读，还做了大段大段的摘录，至于摘录了一些什么，那就无人得知啦。顺便提一句，他谈吐风趣，工于辞藻，按照他本人的说法，喜欢把话语点缀修饰一番。但他用来点缀修饰话语的是大量各种各样的虚字眼儿，诸如"您呀，我的先生，有这么一说，您可知道，您可明白，您可以设想一下，关于，所谓，在某种程度上。"等等等等，那是他能够成串儿说出来的；此外，在说话时他还忽儿眨巴着忽儿眯缝着一只眼睛，这也产生相当的效果，给他的许多含讽带讥的隐喻添上极其刻毒的色彩。其他的各位或多或少也都是有教养的人；有人读卡拉姆辛③，有人读《莫斯科公报》④，有人则压根儿什么也不读。有人是通常被称为窝囊废的那号人，非得踢他一脚才能够推动他去干一件什么事；有人干脆是个懒鬼，所谓一辈子躺在热炕上的大爷，要想惊动他那是白费劲：天塌下来他都不会站起来的。说到五官相貌，那么，大家已经知道，他们全都是挺有气派的人，痨病鬼在他们中间一个也没有。个个是属于被妻子在闺房里温存细语的时候唤做坛儿，胖墩儿，大肚子，黑宝宝，吉吉，茹茹⑤等等一类的人。不过，一般来说，他们都是一些温和善良的人，十分殷勤好客，一个人只消和他们一起吃过一顿饭，或者和他们在惠

---

① 杨格(1683—1765)，英国诗人。《夜思》是十八世纪中期极为流行的一部感伤主义作品。
② 埃卡茨豪森(1752—1803)，德国作家。《天地神秘启示录》是一部神秘主义的论著。
③ 卡拉姆辛(1766—1826)，俄国感伤主义作家。
④ 一份综合性大型报纸，创办于一七五六年。自一七九〇年起倾向反动。
⑤ 此两字为法语。吉吉(kiki)意即小胖子，茹茹(joujou)意即玩具娃娃。

斯特牌桌上共同消磨过一个夜晚，就已经成为他们的亲朋密友了，何况乞乞科夫具备不少迷人的品格和手腕，深谙如何讨人喜欢的无穷奥妙。他们这样地爱上了他，以致他看不到有什么办法可以脱离这个城市，他的耳边只听见一片挽留声："一个星期，和我们一起再待一个星期，巴维尔·伊凡诺维奇！"——总之一句话，他简直如俗话说的成了一颗掌上明珠啦。可是，妙不可言的却是乞乞科夫给女士们所产生的印象（一个令人惊叹到无以复加的男子！），要把这一点多少说出一个原因来，那就免不了要详尽交代一下女士们本身，交代一下她们的社交界，用所谓鲜明的色彩来描绘一番她们的内心品格；可是，对于作者来说这实在太难啦。一方面，对达官显贵的夫人们的无限崇敬使他不敢贸然动笔，另一方面……另一方面，就是难以下笔哪。N 城的女士们是……不，我无论如何也没有力量写呀；我的确感觉到胆怯。在 N 城的女士们身上最为显著的特点就是那个……说来甚至奇怪，我的笔完全提不起来，仿佛里面灌满了铅似的。那么也好：有关她们的性格看来必须另请高明，让一位在调色板上堆着更鲜明、更丰富的色彩的先生去描摹吧，而我们只好单就外貌和属于表面的特征说上两句。N 城的女士们全是一些具有所谓大家风度的淑女，就这一点来说，可以毫无顾虑地把她们树为其他所有女士的典范。论到举止风度，趣味的高雅，对礼仪和许许多多繁文缛节的注重遵守，尤其是在最细微的枝节上都要讲究时髦的那股劲儿，她们甚至还胜过彼得堡和莫斯科的女士们。她们穿戴得十分雅致，经常乘坐着四轮弹簧马车在城里拜客，按照最新的时式，车身后面吊着一个号衣上缀满金色绦带的听差。拜客的名片，哪怕只是用一张梅花小二子或者红方块王牌写写的,都是十分神圣的东西。有两位女士原来是知己,并且是亲戚,仅因为其中的一位不知怎么的疏忽大意,忘记了回拜,结果彼此完全闹翻了脸。不管双方的丈夫和亲戚如何尽力劝解,全没有用处;可见世界上什么事情都有成功的可能,唯有一件事情休想办到,那就是使因为在拜客的事儿上有所急慢而闹翻了脸的两位女士重归和好。从此之后,按照城里上流社会人士的说法,两位女士便彼此生了芥蒂。另外,为了争坐首席也有许多回闹得不可开交,有时还使丈夫萌生了完全骑士般见义勇为的念头。当然,他们之间并没有发生过什么决斗,那是因为他们全是一些文职的官员,可是,彼此却借一切可以利用的场合拼命中伤对方,而恶意诽谤,如大家所熟知的,有时比任何决斗都更能够伤人。在道德风尚方面,N城的女士们是一丝不苟的,她们对一切伤风败俗的丑行和诱惑都怀有满腔的高尚的敌意,不论什么弱点恶习,她们一律要毫不留情地加以鞭挞。如果在她们自己身上也发生了一种叫作风流韵事的事儿,那么,这一定是暗地里进行的,表面上一点
也不让人看出来;体面好好地保持着,丈夫也是胸有成竹,早有准备,一旦撞见或者风闻这件事儿,就言简意赅、通情达理地用"亲家母陪亲家翁,谈谈说说又何妨"这句俗话来应付了事。还必须交代一下,N城的女士们和彼得堡的许多女士一样,在措辞方面是异乎寻常的谨慎小心和文雅得体的。她们从来也不说:"我擤了下鼻子,我出汗了,我吐了口痰,"而是说:"我轻松了一下鼻子,我用了一下手绢儿。"在任何情况下不该说:"这只茶杯或者这只碟子有股臭味儿。"连有点暗示这个意思的话都不能够说,而非得换一种说法不可:"这只茶杯不讨人喜欢"或者类似这样的话。为了使俄罗斯语言变得

更加高雅起见,几乎有半数的字眼完全从她们的谈话里被摒弃不用了,所以经常不断地必须求助于法国话,不过,一用上了法国话,那就是另外一回事啦,那时候连比上面提到的那些话要粗俗刺耳得多的字句都容许讲了。关于 N 城的女士们要是浮浅地说几句的话,那么,能够说的就是这些。可是,如果看得深一些,当然可以发现许多别的东西;然而,把女士们的心窥探得深一些可危险得很呀。所以,我们就以表面现象为限,继续往下讲吧。到目前为止,女士们不知怎么的很少谈起乞乞科夫,不过,对他在交际场上的风度的优雅得体,还是给以充分公正的评价的;可是,自从传出他有百万家私的消息之后,他身上的其他品格也都被一一发掘出来啦。不过话得说回来,女士们绝对不是势利眼;问题全出在"百万富翁"这个字眼上,不是百万富翁本人,而只是这一个字眼;因为单在这个字眼的发音里面,除了意味着一只鼓鼓囊囊的钱袋之外,还包含着一种魔力,它既能够刺激卑贱下流的人,刺激不好不坏中不溜儿的人,也能够刺激好人,总之一句话,它能够刺激所有一切的人。百万富翁有一种方便之处,他可以看到一种完全无私的卑贱,一种纯粹的、不以任何利欲为基础的卑贱:许多人明明知道,从这位百万富翁身上得不到也没有权利得到任何一点好处,可是却偏偏要去向他献一下殷勤,哪怕赶到他的前面,嘻嘻地笑几声,脱下帽子行一个礼也好,或者死乞白赖地硬要求参加一个据他们得知富翁将应邀出席的午餐会。不能说,女士们也染上了这种自甘卑贱的癖好;可是,在许多客厅里毕竟已经明白地说开了:乞乞科夫,当然啦,算不上首屈一指的美男子,不过,他正好有一副男子汉大丈夫应有的气概,要是他稍微再胖上一点,再发福几分,那就不好啦。

这当口,不知怎么一来,对于身材纤瘦的男人还顺带说了一句有点不敬的话,说什么他们不过像是一根牙签儿,而不像一个人。在女士们的装束上突然出现了许多争妍斗奇的新花样。劝业场里也热闹起来,几乎是人山人海,水泄不通;甚至形成一种郊游的场面,驶来了那么多的各种式样的马车。商人们惊喜交加,看到有几块他们从市集上带回来、因为顾客嫌价钱太贵而老是脱不了手的衣料,突然一下子时兴畅销起来,被争先恐后地抢购一空。在一次晨祷的时候,人们发现一位女士的裙箍①撑得那么开,足足占了半个教堂的地方,一个在场的警官只得下令,吩咐老百姓挪远一些,也就是说,叫他们往大门边上靠靠,免得一不留神碰破了尊贵夫人的衣裙。甚至乞乞科夫本人对这样不同寻常的关注也不能不有所觉察。有一回,当他回到自己的寓所时,发现桌上有一封信:是谁写来的,又是谁送来的,都无从知道;旅馆侍仆说,信送来时没有吩咐转告发信人的姓名。信打一开头口气就挺坚决,那是这样写的:"不成,我非要给你写信不可了!"往下讲的是心有灵犀一点通,在人的心灵之间存在着一种神秘的共鸣;在这一至理名言后面是一串圆点,逶逶迤迤几乎占了半行的地位;接着发挥了几点思想,就其公允正确而言是极为精彩的,因此我们认为把它们引录如下与读者共赏几乎是义不容辞的:"我们的生活是什么?是栖息痛苦的幽谷。人世是什么?是麻木不仁的芸芸众生。"接着写信人提到,现在她的泪水正沾湿着已经仙逝二十五年的慈母所遗下的书笺;并且召唤乞乞科夫共同隐遁到荒漠中去,永远离开被令人窒息的高墙围困、呼吸不到一

---

① 旧时一种用鲸须制成的、缝在裙裾里面的圆圈。

点空气的都市,信写到末尾甚至响起一片深陷绝望的呼声,并且以如下的四行诗句为结束:

> 双双斑鸠鸟,
>
> 伴君祭寒骨,
>
> 悲鸣齐相告,
>
> 伊魂恨未消。

　　最后一句虽然不合乎韵律,但是这无关紧要:信是用当时的风格写的。下面没有署名:既不具名,也不具姓,甚至连日期也不注明。只是在附言①里添了一笔,说他的心一定能够猜出发信人是谁,并且说明天在省长府上的舞会上笔者本人也将到场。

　　这引起乞乞科夫很大的兴趣。匿名信里含有这么多诱人的和足以激起好奇心的地方,因此,他把信重新读了一遍,后来又读了第三遍,最后说道:"要是能够知道写信的是什么样的一个妞儿,倒怪有意思的呀!"总之一句话,事儿显然变得不可等闲视之啦;他把这件事琢磨了有一个多钟点,最后把手一摊,把头一歪,说道:"信写得可真是非常非常的别致呀!"后来,信理所当然地给折了起来,搁进了小木匣子里,同一份戏报和一张以不变的姿态、在不变的地位躺了已经有七年之久的结婚喜柬做伴去了。过了不多一会儿,他果真收到了省长府上的舞会的请帖——这是省城里极为普通的事情:哪里有省长,哪里就有舞会,不然的话,从贵族方面省长休想得到应有的爱戴和尊敬。

~~~~~~~~~~

① 原文为拉丁文。

于是,所有一切旁的事情都立刻被撇在一边,置于脑后,全副精力都倾注到准备参加舞会上面去了;因为实在有许多富有刺激性的、撩人遐想的原因啊。也许,自创世之日起还没有人在梳妆打扮上用掉那么多的时间。单在镜子里照自己的脸就花掉了他足足一个钟点。他试着装出许多各种不同的表情:一忽儿端庄倨傲,一忽儿执礼恭敬可是略露笑容,一忽儿光是执礼恭敬而不带笑意;他还对着镜子鞠了好几回躬,一边嘴里发出一些含混不清的声音,有点儿像是在讲法国话,虽然乞乞科夫对法语根本一窍不通。他甚至还对自己扮了许多讨人喜欢的鬼脸:扬一下一边的眉毛啦,牵动一下嘴唇啦,甚至还哑了一下舌头;总之一句话,当你只有一个人待着而又觉得自己长得挺不错,并且相信谁也没有从门缝里窥觑的时候,你什么事儿干不出来呀。最后他轻轻拍了一下自己的下巴颏,说:"嗨,你这张小白脸儿!"就开始穿戴起来。在穿衣服的时候,一股得意洋洋的心情始终伴随着他:不论是在系背带,还是在打领结,他都不住地以特别活泼灵巧的姿势并起双脚鞠躬行礼,虽然他不会跳舞,却还做了一个弹跳动作。这一跳闯了一个无关宏旨的小祸:五屉柜给震得发抖,一把刷子从桌子上落了下来。

他在舞会上一露脸,就引起了不同寻常的骚动。所有在场的人都急忙过来欢迎他,有人手里还捏着牌,有人谈话正谈到最有趣的节骨眼上:"而下级地方法院对这一点的答复是……",但地方法院答复些什么,他可顾不上了,却赶紧奔来招呼我们的主人公了。"巴维尔·伊凡诺维奇!哦,我的上帝,巴维尔·伊凡诺维奇!最可亲可爱的巴维尔·伊凡诺维奇!最尊敬的巴维尔·伊凡诺维奇!我的心肝宝贝儿巴维尔·伊凡诺维奇！原来是您来啦,巴维尔·伊凡诺维奇！瞧,是他呀,咱们的巴维尔·伊凡诺维奇！请容许我拥抱您一下,巴维尔·伊凡诺维奇！把他给我,让我来亲亲热热地吻他一下,我亲爱的巴维尔·伊凡诺维奇！"乞乞科夫感觉到自己一下子被好些人搂在怀里。他还没有来得及从民政厅长的怀里脱身出来,却已经被警察局长搂了过去;警察局长把他递给了卫生监督;卫生监督把他递给了专卖商,专卖商又把他递给了建筑师……这时省长站在几位女士的身旁,一只手里捏着一张糖果彩票,同时抱着一只狮子狗,一见到他就把彩票和小狗一齐扔在地上,——惹得那条小狗只是尖声嗷叫起来;总之一句话,乞乞科夫散布了欢乐和异乎寻常的热闹气氛。人人的脸上都焕发出一种愉快满意的神情,要不然也至少反射出这普遍的愉快满意的神情。当官员们见到一位上司前来视察他们治辖下的地方时,他们的脸上便常常有这样的表情:那是在最初的恐惧之感已经过去,他们看出许多事情很讨他老人家的欢心,他老人家居然赏脸开了一下玩笑,也就是说,当他的脸上露出一丝和气的微笑,说上几句话的时候。这时,簇拥着这位大人的亲信们便加倍高兴地笑了起来;站得远一点的、对这位大人所说的话并没有听清楚的官员们也都真心欢喜地笑了起来,甚至远远地站在门口,守在出口处,从娘胎里出来之后没有开口笑过,只知道向老百姓挥舞拳头的一名警察,连他的脸上也按照亘古不变的反射规律露出了一丝笑容,虽然这种笑容更像是有人闻了烈性鼻烟之后要想打个喷嚏时的那副怪模样。我们的主人公向每个人都寒暄答礼,感觉到浑身有一股不同寻常的灵巧劲儿:他不时地左右鞠躬,按照自己的习惯把身子微微斜弯着,可是又十分自然大方,把所有的人都迷住了。女士们立刻把他团团围住，形成一个绚烂夺目的花环，并且随身带来一阵阵各种各样香气的云雾：一位女士身上散发着蔷薇花味，从另一位身上飘来早春的气息和紫罗兰的幽香，第三位则浑身上下沁透着木樨花的馥郁芬芳；乞乞科夫只顾仰起鼻子尽情地嗅着。在衣饰上她们的趣味也是无穷无竭的：绫罗绸缎，轻縠薄纱，全都是这样淡雅的、淡雅的时髦颜色，甚至说不出它们的名目来（趣味的细腻已经发展到如此的程度啦）。缎带和花束千姿百态乱纷纷地在衣裙上到处飞舞，而为了这零乱纷披，条理分明的头脑着实花了一番工夫。轻盈的帽子只是搭在耳朵边上，仿佛在说："嗨，我要飞走啦，只是可惜不能把美人儿一起带上天！"腰肢都束得紧紧的，显示出一个个最挺秀、最妩媚动人的身段（必须交代一下，N城的女士们的体态一般说来都偏于丰腴，可是，她们束腰的手法是这样巧妙，姿态又是这样娴雅，因此，肥胖是一点儿也觉察不出来的了）。她们身上所有的一切都是经过精心设计和安排的；脖颈和肩膀袒露得恰到好处，一点儿不能再多；每一位女士都把自己的肌肤展露到她根据自己的信念觉得足以毁掉一个人的程度；其他的一切则以罕见的高雅趣味给遮掩起来：脖子上像空气般飘拂围绕着一条轻盈的打结子的缎带或者一条比叫作"甜吻"的甜酥饼还要轻巧的披巾，要不然就是在肩膀后面，从衣服里露出一圈齿形的、薄如蝉翼的别名"小玩意儿"的细麻纱衬裙花边。这些"小玩意儿"前前后后遮住了其实已经不能置人于死命的部分，但同时却叫人想入非非，以为那里才是销魂蚀骨的所在。长手套不一直拉到袖管，而有意让胳膊肘以上那段富有挑逗性的玉臂裸露出来，许多女士的这一段臂腕之娇嫩丰腴实在是令人称羡不置的；有几位女士的羔羊皮手套由于想再拉上一点儿甚至绷裂开来了，——总之一句话，在每样东西上仿佛都写明着："不，这不是外省，这是京城，这就是巴黎！"只是有时也会突然冒出一顶世上少见的把整个脑袋都裹在里面的帽子，甚至会冒出一根几乎像是孔雀毛那样的羽毛，那是纯粹不识时尚，我行我素啦。然而这是难以避免的，也是外省城市的特色：它肯定要在一个什么地方露馅的。乞乞科夫面对着女士们，心里想道："可是，究竟是哪一位写的信呢？"并且又想仰起他的鼻子；但就在这时，一排胳膊、接袖、袖管、飘带的末梢、香气袭人的罗衫和衣裙在他的鼻尖上扫过。跳加洛帕舞的人群发狂地飞闪过去：有邮政局长的太太，县警察局长，一位插蓝色羽毛的女士，一位插白色羽毛的女士，格鲁吉亚公爵乞帕哈伊希利切夫，一位从彼得堡来的官员，一位从莫斯科来的官员，法国绅士库库，彼尔胡诺夫斯基，别列宾陀夫斯基——所有的人都离开座位，飞舞起来……

"哎哟！真是全省倾巢而出啊！"乞乞科夫说着往后退了一步，一等到女士们回到自己的座位上，他就又重新察看起来，想能不能够根据脸部的表情和眼睛的顾盼辨认出哪一位是写信人；然而，无论根据脸部的表情，无论根据眼睛的顾盼，都无法辨认出哪一位是写信人。在每一张脸上只可以看到一种依稀有所流露的、叫人难以捉摸的微妙的神态，哦！是多么的微妙啊！……"唉，"乞乞科夫自个儿在心里想道，"女人哪，是这样的一种玩意儿……"想到这里，他挥了一下手："简直没有什么可说的！你倒是去试试看，把她们脸上闪现的一切神态，把所有那些隐约的含意和暗示说一说，描摹一番吧，唉，你呀，肯定什么也说不清楚。光是她们的眼睛就是一个无底的深渊，一个人掉了进去——那就再也见不着他的踪影啦！

钩子也好,什么别的东西也好,都别想把他拖出来。别的不说,你光试试去形容一下她们的眼波吧:水汪汪的,天鹅绒般柔和的,糖一般甜蜜的,只有老天爷才知道,还能缺了哪一种!既有严厉的,又有温柔的,甚至完全是软绵绵的,或者像有的人所说,是含情脉脉的,或者不是含情脉脉的,但比含情脉脉的更厉害,能够一把抓住人的心,并且像弓弦一样可以在心坎的任何一个地方称心遂意地拨弄出音调来。不,简直拣不出什么字眼来形容她们:只有把她们称作风流种子啦!"

　　真是抱歉!从我们主人公的嘴里好像漏出了一个拣自市井的不登大雅之堂的字眼儿。可是,有什么法子呢?在俄罗斯这片国土上作家的地位便是这样的低微!不过,不登大雅之堂的字眼写进了书里,这不能怪作家,而只能怪读者,首先是上层社会的读者:正是他们第一个不讲一句像样的俄国话,他们满口说的是法国话、德国话、英国话,多得也许叫你消受不了,甚至还学着各种各样的外国腔调,一说法国话就带着鼻音,咬着舌头,说起英国话来又像是鸟叫,甚至还要扮出一副鸟的脸相,甚至还要笑话不会扮鸟一样脸相的那些人。但他们就是一点也不要俄罗斯的气派,他们至多不过在别墅里给自己盖上个把俄国风味的小木屋,以此标榜一下爱国的热忱罢了。上等阶层的读者便是这样的人,而所有一切自以为属于上等阶层的人也都群起而效之!并且,他们又是何等的苛刻哟!按照他们的要求,所有的一切非得用最严格、最纯净、最高尚的语体来写不成,总之一句话,俄罗斯语言非得给刨平磨光了,突然一下子自行从云端里掉下来,恰好落在他们的舌尖上,而他们就不必再费什么力气,只消张开嘴巴把它讲出来就行了。当然,女性的心是深不可测的;但必须承认,可尊敬的读者的心往往更为深不可测。

可是,在这当口乞乞科夫几乎完全给弄糊涂了,他判断不出是哪一位女士写的信。他再作了一次尝试,更细心地凝视观察了一下,结果发现,从女士方面流露出来的也还是那样一种神情,它可以叫一颗可怜的凡心既萌生希望,同时又体味到甜滋滋的痛苦,于是他只得说:"唉,怎么也猜不到啦!"不过,这丝毫没有减少他此刻的轻松愉快的心情。他潇洒自如地和几位女士交谈了三两句挺风雅的话,又跨着细小的快步走到另外几位女士的面前,这种步伐或者叫作碎步,一些打扮入时、穿着高跟鞋、外号叫作色鬼的小老头儿通常都是迈着这样的步伐,极其灵巧活泼地挨在女士们身边转的。乞乞科夫跨着小步相当伶俐地左右周旋了一番之后,就伸出一只纤小的脚,模样儿像是在地上划出短小的一撇,或者是点上一个逗号似的,轻轻敲打了一下另外一只脚的后踵,这才立定了。女士们都十分满意,她们不仅在他身上找出了一大堆优雅可爱之处,还进而发现在他的眉宇之间有一种轩昂不凡的神态,甚至有一股战神般的英武气概,谁都知道,这一点是很讨女人喜欢的。为了他,女士们已经暗暗地争吵起来:有几位女士看到乞乞科夫总爱站在门口,就争先恐后地要在靠近门口的地方占一把椅子,由于其中的一位抢先了一步,险些儿掀起一场轩然大波,许多也挺想占据这个位子的女士都觉得她的这种举动实在太厚颜无耻,不成体统。

乞乞科夫这样热心地陪着女士们聊天,说得更确切一些,是女士们这样热心地陪着他聊天,话里安着一大堆隐晦曲折、寓意深长的比喻,这一切都得费力去猜测,弄得他额上甚至沁出了汗珠,——因此,他忘记了去履行他应尽的礼仪,忘记了首先该去向女主人请安。直等到他听见省长夫人本人的声音，他方才想起这一点来，而省长夫人已经在他的面前站着有好几分钟了。省长夫人一边优雅可爱地摇着头，一边以亲切而又带着几分调皮的口吻说道："哟，巴维尔·伊凡诺维奇，这敢情是您啊！……"恕我的这支秃笔无法把省长夫人的话全部准确无误地转达出来，反正她说了几句十分委婉动听的话，那是和我们的上流社会作家——一种喜爱描写客厅生活、借此炫耀一下自己对高雅风度的知识的才子——笔下的绅士淑女的谈吐相仿的一些话，诸如"难道已经有人完全占领了您的心，那里不留剩一点地方，不留剩一个小小的角落，可以容纳被您无情忘怀了的人吗？"这一类风雅的言辞。我们的主人公立刻朝省长夫人转过身去，刚想开口回答她一句大概不会比时髦小说里的兹沃斯基、林斯基、利金、格列明们①以及其他形形色色的机灵活泼的军界人士的谈吐稍形逊色的话，可是，猛一抬头，就仿佛给人打了一闷棍似的愣住了。

在他的面前不只是省长夫人一个人：她手上还挽着一个十六岁的年轻姑娘，这姑娘长得鲜嫩娇艳，一头金黄色的柔发，秀丽端正的五官，尖尖的下巴，迷人的圆圆的鹅蛋脸，这样的一张脸简直可以让艺术家用来摹写圣母像，这样的一张脸在俄罗斯的土地上可以说是千载难逢的，因为在那里，不论什么东西：山啦，森林啦，草原啦，脸啦，嘴唇啦，脚啦——所有的一切都爱显得大而无当；这正是他打诺兹德廖夫家里出来，在大路上巧遇的金发女郎呀，那天，不知是马车夫还是马匹昏了头，他们的马

_____

① 这都是十九世纪二十年代俄国浪漫主义小说和戏剧中属于上流社会的主人公的姓氏。

车相撞得那么古怪,马缰绳竟纠缠在一起,还劳驾米佳依大叔和米涅依大叔来出力帮忙哩。乞乞科夫一时张皇失措,说不出一句有条有理的话来,鬼才知道他含含糊糊地说了些什么,换了格列明、兹沃斯基、利金,都绝对不会那么说的。

"您还不认识我的女儿吧?"省长夫人说道,"她才从女塾毕业回家。"

他回答说,他已经有幸在一次巧遇中见过一面了;他还想找补几句,可是这几句话完全说不周全。省长夫人又说了三两句话,就挽着女儿走到大厅的另一头去招呼别的客人了,而乞乞科夫仍旧一动不动地站在原来的地方,就像一个人兴致勃勃地走到街上,原想溜达一下,饱饱眼福,可是突然他一动不动地停下了脚步,想起有件什么东西给忘记拿了,那时候,这个人的模样可再愚蠢不过啦:一刹那之间无忧无虑的表情从他的脸上消逝不见了;他竭力要回想起自己忘了什么东西:别是手帕吧,可是手帕明明在口袋里,别是钱吧,可是钱也在口袋里,好像一切全都带在身上,但无形中偏偏有一个神秘的精灵在他耳边悄悄地絮叨,说他把一件东西给忘记了。于是他惘然若失,迷迷糊糊,望着眼前来往的人群、飞驰的马车、列队走过的一团士兵的高筒帽和枪支、店铺的招牌,却什么都看不清楚。乞乞科夫也是这样,突然一下子变成与他周围所发生的一切漠不相关的人。这当口,从女士们的香唇上向他飞来无数十分含蓄、委婉的暗示和问话:"我们这些可怜的俗物,是否可以斗胆向您请教,您在梦想些什么?""哪里是您的思绪流连忘返的乐土?""是哪一位使您陷入了这一沉思的甜蜜幽谷,我们是否可以知道她的芳名?"可是,对所有这一切他都置之不理,优雅悦耳的话语如石沉大海,没有激起回音。

他无礼到这种程度,竟然很快就撇下女士们,走到大厅的另一头,一心想探寻省长夫人和她女儿的踪迹。然而,女士们看来不甘心这样快地放过了他;她们中间的每一位都暗暗下定决心,非要把一切能够用上的、对我们男子的心是如此危险的武器统统用上,让自己身上最大的魔力全都发挥作用不可。必须交代一下,有几位女士——我是说有几位,而不是指全体——具有一个小小的弱点。如果她们发现自己身上有一点特别出众的地方,不管这是前额,是嘴,还是手臂,她们就以为,自己这一最出色的部分一定会首先扑入所有的人的眼睛,所有的人一定会一下子异口同声地赞美起来:"您瞧,您瞧,她有一个多美的希腊式的鼻子!"或者"多么端正、迷人的前额呀!"要是有谁的肩膀长得好看,那么她就一厢情愿地认为,所有的年轻男人都将为之着迷,当她翩然走过的时候,他们会不住地赞叹说:"哎呀,这一位的肩膀多么妙不可言啊!"而对脸啦,头发啦,鼻子啦,前额啦,连瞧也不会去瞧一眼的,纵然瞧上一眼,那也不当一回事。有些女士便是这样想的。每一位女士都暗暗向自己发了誓,要在跳舞时尽可能地显得可爱迷人,把身上最出众的地方的优点统统淋漓尽致地展示出来。在跳华尔兹舞的时候,邮政局长的夫人这样不胜娇慵地歪侧着脑袋,大有飘飘欲仙之势。一位非常可爱的女士——她光临舞会根本不是为了跳舞,因为按照她本人的说法,她的右脚脚趾上起了一个豌豆般大小怪不舒服的玩意儿①,她甚至不得不穿了一双绒鞋来——忍不住也就穿着绒

---

① 此处原文中用的是法语"incommodité",意即"不方便",大概指鸡眼之类在当时上流社会里不便直呼其名的东西。

鞋跳了几圈,为的是不让邮政局长夫人真的得意过了头。

　　无奈所有这一切对乞乞科夫都不能产生预期的效果。他甚至没有去看女士们旋转的舞步,却不住地踮起脚,穿过人群的头顶探寻诱人的金发女郎可能走到哪里去了;他还蹲下一点儿身子,透过层层的肩膀和背脊去搜索,最后终于找到了,看见她和母亲坐在一起,在母亲的头顶上方有一个插着羽毛、裹着东方式的包头巾的头庄严地浮动着。他仿佛想攻克一座碉堡似的朝她们母女猛冲过去;不知道是春心荡漾的结果,还是背后有人在推他,只见他不顾一切地一个劲儿往前钻;专卖商被他撞得晃了一下,靠一只脚才勉勉强强稳住了身子,要不然准会连带撞倒整整一排人的;邮政局长也一个踉跄往后退了一步,带着惊讶而又相当含蓄的嘲讽的神色瞅了他一眼;可是,他对他们一点也没有注意;他只看见远处的金发女郎,她戴着长手套,心里无疑燃烧着在镶木地板上翩翩起舞的愿望。这当口,在稍远几步的地方,有四对舞伴已经热情奔放地跳起了玛祖卡舞;鞋踵猛烈地敲击着地板,一位上尉衔的军人身心交融,手脚并用,接二连三地跳出谁在梦里也跳不出的潇洒的舞步来。乞乞科夫几乎踩着跳玛祖卡舞的人的鞋踵,从他们身旁溜过去,笔直走到省长夫人和她的女儿坐的地方。可是,一到了她们跟前,他反而显得十分胆怯,步伐非但不如原来那样矫健灵活、风流倜傥,甚至还有一点儿踌躇,在他所有的动作中都出现了某一种很不自在的样子。

　　在我们主人公的心里,恋爱这种感情果真苏醒了吗?这很难肯定,何况,像这一类型的先生们,就是说既不胖但也不瘦的先生们,是否会萌发爱情,都是值得怀疑的,然而,不管怎么说,反正这时出现了一点儿奇怪的迹象,一种连他本人都难以向自己解释清楚的迹象:照他后来自己所承认的说法是,他感觉到整个舞会,连同所有的谈话声和喧哗声,有几分钟的时间仿佛都退到远远的一个什么地方去了;提琴和喇叭在崇山峻岭背后鸣咽,一切都蒙罩上了一层像画上随意涂抹的底色那般厚的浓雾。在这片朦朦胧胧的、胡乱涂抹的底色上,显露得清晰而又完整的只有楚楚动人的金发女郎的秀丽的轮廓:她的圆圆的鹅蛋脸,她的很细很细的、只有在女塾毕业后不满几个月的姑娘家身上才有的腰肢,还有她那件轻盈飘逸地衬托出年轻苗条、线条清丽的肢体的月白色的、几乎是一无装饰的素净的衣衫。她整个儿看上去仿佛是一个由象牙精雕细琢出来的玩具娃娃;在晦暗浑涩的人群里,唯独她一个人如高岭白雪,显得分外的莹洁和明亮。

显然,世上是经常发生这样的情况的,显然,像乞乞科夫之类的人在一生中也会有几分钟的时间变成一个诗人的,不过说他们是"诗人"未免过分。至少他一时感觉到自己全身有一股年轻小伙子的劲头,差一点要像骠骑兵那样勇敢了。他看见省长夫人和她的女儿身边有一把空椅子,立刻走上前去把它占了。起初谈话挺别扭,可是后来就顺当了,他甚至壮起胆来。不过……非常遗憾的是,必须在这里交代一下,凡是老成持重的、身居要职的人和女士们谈起话来,不知怎么的总有点叫人沉闷;这方面的能手行家可要数中尉先生们啦,上尉级以上的便怎么也不行啦。中尉先生们有些什么诀窍,那只有上帝知道:他们讲的好像也不是什么了不得的聪明话儿,可是女士们听了却不时会笑得在椅子上前俯后仰;一个五等文官就不同啦,天知道他会讲些什么:不是讲什么俄罗斯是一个幅员辽阔的国家,就是来一句恭维话,那当然是不无风趣的恭维话,可是听起来却有一股挺厉害的酸溜溜的味道;如果他也说句把笑话,那么,他自己会笑得比听他说的那位女士不知要起劲多少倍。在这儿带上这一笔无非是让读者明白,为什么金发女郎在我们的主人公娓娓而谈的时候开始打起哈欠来了。不过,我们的主人公可完全没有发觉这一点,还一个劲儿地在讲许许多多有趣的事情,这些轶闻故事他已经在类似的场合讲过好多遍了,只是讲的地点有所不同而已:一次在西伯利亚省索甫隆·伊凡诺维奇·别斯佩契内伊府上,在座的有他的女儿阿苔拉伊达·索甫隆诺夫娜和她的三位小姑:玛丽娅·迦甫利洛夫娜、亚历山德拉·迦甫利洛夫娜和阿苔尔吉伊达·迦甫利洛夫娜;一次在梁赞省菲约陀尔·菲约陀罗维奇·佩列克罗耶夫府上;一次在平扎省弗罗尔·华西里耶维奇·波别陀诺斯内伊和他的兄弟彼得·华西里耶维奇府上,恰巧他的小姨卡杰琳娜·米哈依洛夫娜和她的两位表姊妹萝查·菲约陀罗夫娜和艾米丽娅·菲约陀罗夫娜都在;一次在维亚特省彼得·华尔索诺费耶维奇府上,那天他儿媳的姊妹佩拉盖娅·叶果罗夫娜和她的侄女索菲娅·罗斯季司拉夫娜以及一对同父异母姊妹索菲娅·阿历山德洛夫娜和玛克拉图拉·阿历山德洛夫娜都来了。

乞乞科夫的这种态度惹得全体女士老大的不高兴。为了让他明白这一点,一位女士故意擦他身边走过,还相当不客气地让宽大的裙箍触碰了一下金发女郎,不仅如此,她还把飘拂在肩头的披巾往后一甩,让披巾的一角正好扫在金发女郎的脸上;也就在这个时候,从他背后的一位女士的嘴里,同紫罗兰的香味一起飘来一句相当刻薄、相当恶毒的话。而乞乞科夫呢,或者他的确没有听见,或者他假装没有听见,但无论如何他的这种态度是挺不合适的;因为女士们的意见是必须重视的:对这一点他也深感悔恨,不过那是在后来,悔恨已经嫌晚了。

这一从各方面来说是公正合理的愤懑在许多张脸上都表露了出来。不管乞乞科夫的社会身份有多高,不管他是一个百万富翁,也不管他气宇轩昂,脸上甚至有一股战神般英武的气概,在有一些事情上女士们是对谁也不予宽恕的,到那个时候你只有自认晦气啦!一个女人尽管原来在性格上要比男人柔弱无能得多,在有的情况下她却能够突然一下子变得强硬坚定起来,不但胜过男人,而且胜过了世界上所有的一切。乞乞科夫的几乎是无心的怠慢甚至还促成自从抢占椅子事件发生之后关系濒于破裂的女士们不计前嫌,言归于好。在他随口而说的几句干巴巴的、平淡无奇的话里居然一致发现了不少刁钻促狭的暗示。祸不单行,凑巧有一个年轻人写了一首讽刺跳舞的绅士淑女们的打油诗,而大家知道,这在外省的舞会上几乎是永远少不了的。这首诗马上被认定是乞乞科夫写的。公愤越来越大,女士们开始在大厅的各个角落里以最不客气的口吻纷纷议论起他来;而可怜的女塾毕业生则被奚落得一文不值,她的罪名已经给判定了。

也就在这时,还有一件难以预料的倒霉透顶的事情等候着我们的主人公。当他在向金发女郎讲述不同时代的历史掌故,甚至还想谈一下希腊哲学家第欧根尼①的时候,从最里面的房间里走出了诺兹德廖夫。他是从小吃厅里钻出来的,还是从正在打一种比普通的惠斯特牌更激烈一些的牌戏的那间

---

① 第欧根尼(约前404—约前323),古希腊哲学家。

绿色小客厅里钻出来的,是他自愿离开的,还是人家硬把他撵出来的,这都无从知道,反正他出来了,兴高采烈,春风满面,手里紧紧挽着检察长,后者看来被他拖来曳去已经有好一刻工夫了,因为可怜的检察长扬着浓浓的眉毛朝四周张望着,仿佛在想一个法子脱身,免得被人亲热地挽着手巡游四方。这样的巡游的确叫人受不了。诺兹德廖夫豪爽地喝过两大杯茶,——当然啦,茶里不是不掺和着罗姆酒的,——正在拼命地撒谎吹牛皮。乞乞科夫从远处一眼看到他,便决心忍痛做出牺牲,就是说放弃那个难得的座位,尽快地溜走;和诺兹德廖夫见面不会给他带来什么好结果的。可是,合该倒霉,就在这当口省长转过身来,说是见到巴维尔·伊凡诺维奇非常高兴,并且拉住了他,请他公断一下,在关于女人的爱情是否持久的辩论中他和两位女士之间谁是谁非;而那时诺兹德廖夫已经看见乞乞科夫,笔直迎着他走来了。

"久违久违,赫尔松的地主,赫尔松的地主!"他嚷着走过来,一边还格格大笑着,笑得他的像春日蔷薇般鲜嫩绯红的脸颊抖个不停。"怎么啦?做成了不少死人买卖吧?您可不知道哇,省长大人,"他立刻冲着省长拉直嗓门喊道,"他在做死魂灵的买卖呀!老天在上,不撒半点虚谎!你听着,乞乞科夫!你这个人哪,我看朋友情分上对你说,好在这儿我们全都是你的朋友,好在连省长大人也在这儿,我恨不得把你吊死,老天在上,说真的,非把你吊死不可!"

乞乞科夫简直如坐针毡,不知如何是好。

"您信不信,省长大人,"诺兹德廖夫接着说道,"他刚开口对我说:'把死魂灵卖给我吧。'我就差点笑破了肚皮。我一来这儿,人家就告诉我,他买进了值到三百万卢布的农奴,还打算迁移出去。什么农奴,什么迁移!他想从我手里买去的可是死人呀。你听着,乞乞科夫,你是个畜生,说真的,是个畜生,好在省长大人也在这儿,我这话在理不在理,检察长先生?"

可是,检察长也好,乞乞科夫也好,省长大人也好,都给弄得狼狈不堪,完全不知道应该怎样回答才对,而诺兹德廖夫却满不在乎,既像认真又像发酒疯似的叫嚷着:"你呀,老兄,你,你……我不弄弄清楚,你干什么要买死魂灵,我是不会放过你的。你听着,乞乞科夫,说真的,你真不要脸,你自个儿心里明白,你是交不到比我更好的朋友啦。好在省长大人也在这儿,我的话在理不在理,检察长先生?说出来您也不信,省长大人,我们两个人的情谊深得实在难分难离,就是说,只消您问一声,瞧,我就站在您的面前,只消您问一声:'诺兹德廖夫!说句良心话,你更爱哪一个:亲生老子还是乞乞科夫?'——我肯定回答说:'乞乞科夫',老天在上,不撒半点虚谎……心肝宝贝儿,让我来吻你一下。省长大人,您就容许我吻他一下吧。乞乞科夫,你也别推三阻四,让我吻一下你的白嫩的脸蛋儿吧!"在诺兹德廖夫噘起嘴巴凑过去亲吻的当口,他被这么猛力地推了开去,差一点摔倒在地上:所有的人都从他的身边闪开,再也不听他的了;可是,无论如何他关于买卖死魂灵的那番话是放开喉咙说出来的,并且说时还伴随着那样响亮的笑声,因此,连在房间最远角落里的那些人的注意力也都被吸引过来了。这条新闻使人感觉到如此的奇怪,所有的人听着都愣住了,脸上露出一副呆若木鸡的、含有疑问的蠢相。乞乞科夫发现,不少女士互相交换了一下眼色,嘴上挂着一丝尖酸刻薄的微笑,有几张脸上还出现这样一种暧昧不明的神情,使他更加觉得狼狈。诺兹德廖夫是一个无可救药的吹牛撒谎的家伙,这是谁都知道的,所以,从他的嘴里听见一些十足的混账话是完全不足为奇的;不过,人这样东西也真奇怪,很难捉摸透他的脾性:凡是新闻,不管它是怎样的庸俗无聊,但只要是新闻,一个人准会把它传给另一个人去听,虽然只是为了可以说上一句:"您瞧瞧,眼下传开了怎样荒唐的谣言呀!"而另外一个人一定会挺高兴地侧着耳朵去听,虽然过后也会说一句:"是啊,这完全是庸俗无聊的谣言,一点儿不值得当真!"可是他却立刻会去找第三个人,转告之后还会和第三个人共同义愤填膺地长叹一声:"多么庸俗无聊的谣言啊!"只有等到事情传遍了全城,等到所有的人都把新闻谈腻了,他们方才承认,事情压根儿不值得当真,也不值得去议论。

看得出来,这件明明是荒唐透顶的事情把我们主人公的心情完全搅乱了。傻瓜的话不管是怎样的愚蠢,有时候却足以使一个聪明人变糊涂的。乞乞科夫开始感觉到挺不自在,挺不愉快:完全好比一个人穿了擦得油光锃亮的皮靴,突然一脚踩进了一个肮脏发臭的水洼,总之一句话,糟糕,糟糕透了!他试图不去想这件事,竭力要让自己散散心,解解闷,于是坐下来打惠斯特牌,可是,一切都不顺手:有两回他出错了牌,打了对方的花色,有一回他忘记了第三家出的牌是不该敲的,竟抽手把搭档的一张牌稀里糊涂地也敲掉了。民政厅长怎么也弄不明白,像巴维尔·伊凡诺维奇这样顶懂得牌戏的人,可以说是精通其中窍门的人,怎么会接连犯下这样的错误,甚至把他的一张黑桃王牌也干掉了,按照他的说法,他把这张牌看得像上帝一样重要,压上了他的全部希望的。不用说,邮政局长也好,民政厅长也好,甚至还有警察局长,都照例同我们的主人公打趣说,他可别是爱上了谁,又说:我们知道巴维尔·伊凡诺维奇有着心病,我们也知道,他是给谁的箭射中啦;可是,所有这一切一点也没有使他宽心,不管他怎样试着装出笑容,用玩笑来替自己解围。在晚餐桌上他仍旧怎样也做不到谈笑风生,纵然同桌的都是挺令人愉快的人物,并且诺兹德廖夫早已被人带走了;因为连女士们都终于发现,他的举止太丢人现眼了。在跳卡梯利翁舞的时候,他居然往地板上一坐,动手扯起跳舞的人的衣裙下摆来,按照女士们的说法,这已经太不像话了。晚餐桌上非常热闹,在烛光辉煌的烛台、鲜花、糖果和酒瓶的衬映下,每一张脸都洋溢着顶顶轻松自在的、心满意足的神情。军官、淑女、穿燕尾服的绅士——人人变得十分殷勤,甚至到了甜腻肉麻的程度。男人们不时从椅子上跳起来,跑去抢下侍仆手里的托盘,以异乎寻常的灵巧劲儿端送给女士们。一位上尉竟把军刀拔出鞘来,用刀尖挑着一碟调味汁送到一位女士的面前。上了岁数的男人——乞乞科夫就坐在他们之间——大声地争论着,他们一边高谈阔论,一边狼吞虎咽鱼肉和蘸满芥末的牛排,他们争论的题目历来是乞乞科夫颇感兴趣的,每逢争论甚至都欣然参加的;可是这回他却像一个心力交瘁的人或者是一个远途归来疲惫困顿的人一样,什么都印不进他的脑子里去,对什么他都没有精力去探讨。他甚至没有等到晚餐结束,就告辞回到寓所,比平时习惯回去的时间要早得多。

到了这里,到了读者如此熟悉,有一扇被五屉柜挡住的门,从四处墙犄角里有时会爬出蟑螂来的这间屋子里,他的思绪,他的精神状态,是那样的不平静,就像他坐的那把放不稳的圈手椅一样。他心里挺不痛快,挺乱,始终有一片叫人发闷

的空虚压在那里。"让鬼把你们这批想出舞会这玩意儿的人全都抓了去!"他气愤地说道,"哼! 稀里糊涂的高兴些什么呀! 省里闹歉收,物价在飞涨,可是他们呢,居然有心思开什么舞会! 瞧这鬼玩意儿:一个个打扮得花里胡哨的! 在一身行头上花掉上千卢布不算稀奇! 可是,花的全是农民交上来的血汗钱,或者更糟,是咱们兄弟昧了良心捞来的钱。为什么接受贿赂,为什么昧着良心干坏事,原因还不都明摆着:就是为了给老婆添置一条披巾,或者买各式各样的圆蓬裙①什么的,去它们的吧,这些娘儿们的裙子,管它们叫什么名堂。而这又为的是什么呢? 为的是别让一个什么叫西陀罗夫娜的鬼婆娘说邮政局长太太的那身衣服更漂亮,就为这婆娘的一句话,一下子花掉了上千卢布。现在到处在喊:'舞会,舞会,其乐无穷!'可舞会根本不是件好事情,不符合俄罗斯的精神,不符合俄罗斯的天性,鬼才知道这是什么玩意儿:有的人明明是个堂堂男子汉,却忽然穿了一身黑,那副瘦窄、寒碜的模样儿简直三分像人七分像鬼,还扭扭捏捏跳起舞来哩。有的人手里挽着舞伴,嘴里居然还跟另外一个人谈论着一件挺重要的正经事儿,而脚呢,这时候又像山羊一样,一忽儿撇向东,一忽儿撇向西,跳着什么花式舞步……全是猴儿出把戏,学样! 人家法国人到了四十岁还疯疯癫癫跟十五岁的时候一样,那么咱们也该这么着! ……唉,说真的……每次开罢舞会回来,仿佛造了什么孽似的;连想都不愿意去想它,头脑里简直是一片空白,什么也没有,就像跟一位上流士绅谈过话之后的感觉一样:那位士绅海阔天空,对什么都谈上几句,把自己从稗官

---

① 圆蓬裙,一种当时流行的后身蓬起呈圆形的长裙。

野史里摭拾来的一点学问全都讲了,他巧于辞令,讲得有声有色,可是,从他的谈话里面你却得不到半点益处,并且你以后还会发现,甚至和一个普通的商人聊天也比所有这些夸夸其谈更有意思,虽然商人只懂得自己的本行,但他的那点学问却挺扎实,都是经验之谈。再说,从这种舞会里面你能够有什么得益呢?就算有一位作家心血来潮,想把舞会的场面如实地全部描述出来,那又怎样呢?哪怕给写进了书里,它也还像在生活里一样叫人莫名其妙。能说它是什么呢:高尚的还是不高尚的?鬼才知道这是什么玩意儿!你只有啐一口唾沫,然后把书合上了事。"乞乞科夫就这样把舞会贬损得一无是处;可是,这里似乎还掺杂着另外一个惹他恼火的原因。叫他懊恼的主要不是舞会,而是他摔了一个筋斗,突然一下子当众丢了一个天知道有多大的丑,扮演了一个离奇古怪而又面目暧昧的角色。当然啦,等到他头脑冷静下来,回顾了事情经过之后,他发现所有这一切都是无稽之谈,愚蠢的风言风语成不了什么气候,何况现在主要的事儿已经办妥了。可是,人就是这样奇怪:恰恰是为他所不齿的那些人,恰恰是他责之甚苛、对他们的无事忙和衣着打扮痛加唾骂的那些人,一旦对他产生恶感,就会使他伤透了心。尤其在他把事情分析清楚之后,他发现自己也该负一部分的责任,这时他更加懊恼了。不过,他并不怨恨自己,在这一点上他当然也是不无道理的。我们全都有一个弱点,那就是对自己怀有几分爱怜宽宥之心,我们总巴不得找到一个什么熟人做出气筒,在他的身上发泄自己的恼恨,譬如侍仆啦,一个恰好走到眼前来的下属啦,老婆啦,甚至会迁怒于一把椅子,叫它滚到鬼才知道的地方去,把它一直摔到门口,碰断它的把手和靠背,让它尝尝主人盛怒的滋味。

乞乞科夫也就这样找到了一个熟人，把自己满肚子的怨气统统倾泻在他的身上。这一回，熟人便是诺兹德廖夫，不用说，他被骂得体无完肤，除非是一个什么老奸巨猾的村长或者是马车夫，才会从走南闯北、见多识广的上尉的嘴里，甚至从将军的嘴里，领教到这样的一顿臭骂，不过，如果是将军，除了许多已经成为经典的骂街用语的词汇之外，他还会添加上不少他个人首创的新鲜字眼儿。诺兹德廖夫的祖宗八代统统被数落到了，他的这一姓的许多列祖列宗都被骂得狗血喷头。

可是，当乞乞科夫坐在那把硬邦邦的圈手椅里，被满脑翻滚的思想和失眠之苦搅得六神不安，一个劲儿地诅咒着诺兹德廖夫和他的祖先的时候，当他面前的那支油脂蜡烛火光摇曳，若明若暗，烛芯早已盖上了一段乌黑的烛煤，随时有熄灭的危险的时候，当窗外那片漆黑的夜空随着晨曦的逐渐临近行将转为蓝色，远处已经传来公鸡此起彼伏的啼鸣的时候，当正在酣睡的城镇里的一个什么地方，也许还有一个披着粗呢军大氅的人影，一个阶层、军级不明的可怜虫，除了一条（唉，只有一条啊！）被俄罗斯的亡命之徒踩烂的道路之外，别无他路可走，而在踽踽独行的时候，——在这个时候，在城镇的另外一头正发生着一件必将给我们主人公的境遇增添不快的事情。那就是说，在城镇的偏远的街巷里吱吱嘎嘎、丁零当啷地驶过一辆极为古怪的、令人莫以名状的马车。它既不像是四轮马车，又不像是弹簧马车，也不像是轻便折篷马车，倒像是一只安在车轮子上的面颊圆鼓鼓的、挺胸凸肚的大西瓜。在这只西瓜的两片面颊上，也就是两扇车门上，残留着斑驳的黄色油漆，车门已经不容易关上，因为门柄和锁钮都坏了，是用绳子给马马虎虎绕缚在一起的。西瓜的肚子里塞满了印花布靠垫,有荷包形的,有圆形的,有的干脆就是枕头模样的,还塞满一袋袋的长面包、圆面包、奶油面包、鸡蛋烤面包和熟面粉做的辫子形面包。甚至还高高翘起着一只鸡肉大馅饼和一只腌黄瓜拌肉大馅饼。车身后面的脚镫上坐着一个侍仆身份的人,他穿着一件杂色粗土布的短褂,一绺没有剃过的大胡子已经微微染上花白颜色,这是一般被称为听差的角色。车门上的铁搭钮和发锈的螺丝钉发出的吱吱嘎嘎、丁零当啷的喧闹声,把城镇另外一头的一个岗警都给惊醒了,他举起长戟,睡眼惺忪地放声喝道:"是谁?"可是,他发现没有行人,而只从远处传来一阵阵轻微的车轮声,于是在自己的衣领上抓住一个小动物,走到街灯底下,用指甲尖把它就地处决了,办完这件事情之后他就放下长戟,遵照他那骑士阶层的规矩重新巡游梦乡去了。马匹的前蹄不时打失,因为没有钉上马掌,除此之外,显然是因为这条静谧的城镇石子街马儿还走不大惯。笨重不堪的马车从一条街转入另一条街,接连打了好几个弯,终于经过涅陀蒂奇基街的以圣徒尼古拉命名的教区小教堂门前,拐进了一条昏暗的小巷,在大司祭太太家的大门口停了下来。从马车里先钻出一个裹着头巾、穿着坎肩的女仆,她捏起两只拳头这样使劲地捶打大门,哪怕男人也不过有这般力气(那个穿杂色土布短褂的听差是后来被人抓住两条腿拖下车来的,因为他睡得太死了)。狗群吠叫起来,大门终于张开嘴巴,好不容易把这件笨拙不灵的行路工具吞了进去。马车驶进了一个狭窄的院子,那里满眼都是劈柴、鸡棚和各式各样的家禽笼子;这时从车里跨出了太太:这位太太乃是女地主,十等文官夫人柯罗博奇卡。那天,我们的主人公才告辞不久,老婆子就大为不安起来,害怕受了他的蒙哄欺骗,以致接连三夜睡不稳觉,最后不顾马匹不曾钉马掌,下决心往城里走一趟,非要在那里打听一个明白,眼下死魂灵的市价是多少,上天保佑,她可别失算吃了亏,说不定把它们大大地贱卖了。她的莅临引起了什么样的后果,读者听了两位女士之间的一番谈话就可以知道了。这番谈话……不过,最好还是把这番谈话留给下一章吧。

第 九 章

第二天早晨,甚至比通常人们在 N 城出外拜客的时间还要早,从一幢带有阁楼和一排蓝柱子的橘黄色木造房子的大门里,翩然走出一位身穿漂亮格子花呢外衣的女士,随身带着一个侍仆,他身穿好几层领子的外套,头戴一顶镶金边的发亮的圆顶礼帽。女士立刻非常匆忙地跳上了一辆停在大门口的弹簧马车放下来的踏脚板。侍仆立刻就在女士的身后关上了车门,叠起踏脚板,然后抓住车身后面的皮带,向马车夫喝道:"走啦!"这位女士手头有一件刚刚听到的新闻,感到有一股不可抑制的冲动要尽快把这件新闻去告诉别人。她每过一分钟就望一望车窗外,可是非常可恼的是,她每次总是看到还剩有一半的路程。她觉得每一幢房屋都比平时显得更长;窗户狭小的白砖砌的养老院无尽无休地延伸着,简直叫人讨厌,她终于忍不住叫道:"该死的房子,没完没了!"她已经有两次关照过马车夫:"快点,快点,安德留什卡! 你今儿个车子赶得太慢啦,简直叫人受不了!"终于目的地到了。弹簧马车停在一幢同样是木造的深灰色平房前面,窗户顶上有白色浅浮雕,窗户和狭小庭院前面都有高高的木栅栏,隔着木栅栏可以看到庭院里种着几棵细瘦的小树,由于永远摆脱不了城市的灰尘,小树已经变成白色的了。窗户里闪现着几只花盆,一只鹦鹉用嘴叼着圆环,在笼子里摇来晃去,还有两条小狗在太阳底下打盹。在这幢房子里住着那位来访的女士的知心女友。作者觉得非常为难,不知道应该给这两位女士起个什么名字,才能让人家别又像从前那样生他的气。起个虚构的名字是危险的。不管你想出个什么名字,在我们国家的某一个角落里总会有某一个人凑巧也叫这个名字,并且他一定会气得要死,一定要说,作者存心秘密旅行过一趟,为的是刺探清楚他是一个什么样的人,他穿一件什么样的皮袍,他跟一位什么叫作阿尔加芬娜·伊凡诺夫娜的女士常有来往,他喜欢吃什么东西。如果称呼人家的官衔,老天爷保佑,这可更加危险啦。现在我们这儿,各等官衔的人和各种身份的人都是那样的容易激动,凡是书上印出来的东西,他们都觉得是在进行人身攻击:看来,这已经是目前流行的风气啦。只要说一句在一个城市里有一个愚蠢的人,这可已经是进行人身攻击啦:忽然会跳出一个外表令人肃然起敬的绅士,他叫道:"要知道,我也是一个人呀,那么,我也愚蠢啰。"总而言之,一眨巴眼他就懂得是怎么回事啦。因此,为了避免这一切麻烦起见,我们就把客人前来拜访的那位女士,像 N 城里几乎众口一词地称呼她的那样,叫作一切方面都令人喜爱的太太。她获得这个称呼是理所当然的,因为的确,为了使自己显得极其亲切可爱,她是不遗余力,煞费苦心的。当然啦,在这亲切可爱里面总掺和着不少女性的狡黠和机灵劲儿! 并且,有时在她的每一句亲切殷勤的话里面还会安着一根好厉害的刺儿! 上帝保佑,可别惹得她对于不知怎么一来、用了什么办法挤进头面人物中间去的一位女士心怀怨愤啊。可是,所有这一切都被一种只有在外省城市才有的细微精炼的上流社会气派紧紧地遮盖了起来。她的一举一动都是高雅优美的,她甚至喜爱诗歌,有时甚至善于沉入遐想似的歪着脑袋,于是大家都同意,她的确是一位一切方面都令人喜爱的太太。另外一位女士,就是前来拜访的那位,可没有这种性格上的多方面性啦,所以我们就管她叫作:令人喜爱的太太。客人的莅临惊醒了在太阳底下打盹的两条小狗:毛茸茸的、不断给自己的长毛绊住脚的阿岱尔和细腿的雄狗波浦里。两条狗都卷起尾巴,嚎叫着冲到前厅里来,客人正在那里解开斗篷,露出花样和颜色都挺时髦的衣裙以及一条长长的皮围脖;茉莉花香立刻弥漫着整个房间。一切方面都令人喜爱的太太刚一听到令人喜爱的太太的莅临,就跑到前厅里来了。太太们紧紧握住对方的手,接过吻,尖声叫了一声,正像两个女塾学生在毕业后不久,在她们的妈妈还没有来得及告诉她们,一个的爸爸比另外一个的爸爸穷一些,官衔低一些的时候,重新见面时尖声叫起来一样。吻接得很响,惹得两条狗又嚎叫起来,为此给手绢儿拍打了一下,接着两位太太就走到一间当然是漆成浅蓝色的客厅里去了,客厅里摆着一只长沙发,一只椭圆形桌子,甚至还有几块盘刻着常春藤的屏风;毛茸茸的阿岱尔和细腿的波浦里咕噜着跟在她们后面跑了进来。"这儿,这儿,让咱们坐在这个旮旯儿里!"女主人说,请客人坐在长沙发的一个角落里,"这么着好!这么着好!给您个靠垫!"说完这话,她给客人背后塞了一个靠垫,这靠垫上用毛线绣着一个骑士,像人们经常在十字布上绣出来的那副模样:鼻子像梯子,嘴唇则是四方形的。"我多么高兴,是您来啦……我听说有人来啦,我就对自个儿说,谁会来得这么早呢。巴拉莎说:'准是副省长太太来啦!'我说:'这傻瓜又来招人讨厌啦。'我本来打算叫人去回话说,我不在家……"

来客已经准备谈正经的,把新闻讲给女主人听。可是,一切方面都令人喜爱的太太这时候发出一声惊叹,忽然把谈话岔到别的一方面去了。

"多么漂亮的花布哟!"一切方面都令人喜爱的太太凝视着令人喜爱的太太身上穿的衣服,激动地大声说道。

"是呀,挺漂亮。不过,普拉丝柯维娅·菲约陀罗夫娜认为,格子要是再小一些,就更好啦,而且小花点不要深棕色的,而要天蓝色的。有人给她的妹妹寄来一块料子:那才迷人哪,简直不是言语所能形容的;您只要想想:很细、很细的条子,简直是只有在人的想象里才能够看得到的细条子,底子是天蓝色,夹在条子中间的全都是小孔眼和小爪子,小孔眼和小爪子,小孔眼和小爪子……总之,再好也没有了!可以绝对有把握地说一句:世界上再也找不到相似的东西啦。"

"亲爱的,这可太花哨啦。"

"哎呀,不,这不花哨。"

"哎呀,太花哨啦。"

必须交代一下:一切方面都令人喜爱的太太在某种程度上是一位唯物论者,她倾向于否定和怀疑,喜欢把生活中非常多的事情予以推翻。

这当口,令人喜爱的太太就解释说,这一点也不花哨,并且突然叫起来:

"对啦,您猜怎么着,现在不再时兴打裥啦。"

"怎么不时兴打裥?"

"现在不时兴打裥,时兴狗牙边啦。"

"哎呀,狗牙边,这可不好看!"

"狗牙边,到处都是狗牙边:披肩用狗牙边,袖子镶狗牙边,流苏用狗牙边,裙子下面镶狗牙边,到处都是狗牙边。"

"索菲娅·伊凡诺夫娜,如果到处都是狗牙边,那可不好看。"

"安娜·格利戈里耶夫娜,这才好看到叫人难以想象啦;得缝成双道叠缝:抬肩要宽,再从上面……可是您等一等,还有叫您大吃一惊的哪,叫您听了准会说……好啦,您就听着大吃一惊吧:您设想一下,上身时兴长些的啦,到胸前收成一个鸡心模样,前身的衬片完全破了常规:整条裙子就在身子四周收拢鼓了起来,像古时候的鲸骨裙一样,为了俏上加俏①,甚至后面再塞上一点棉花哩。"

"可是,这简直不成样子:我得说老实话!"一切方面都令人喜爱的太太带着尊严感摇了一下脑袋说。

"这的确是不成样子,我也要说老实话!"令人喜爱的太太回答道。

"不管您怎么想,我说什么也不愿意模仿这种样式。"

"我也是这么想……说真个的,谁想象得到,时髦风气有时会闹成什么样子……简直太不像话啦!我向妹妹要了个裁剪的样子,不过是闹着玩罢了;我的梅兰尼娅已经动手裁剪啦。"

"这么说,您有了一个裁剪样子啦?"一切方面都令人喜爱的太太突然叫了起来,并非没有露出一点动心的样子。

"可不是,那是妹妹给我送来的。"

"我的亲爱的,行行好,把裁剪样子给我吧。"

① 来自法语的俄文字:бельфам,法语为 belle femme(俏妇人)。

"哎呀,我已经答应过普拉丝柯维娅·菲约陀罗夫娜啦。等她用过了再给您吧。"

"等普拉丝柯维娅·菲约陀罗夫娜用过了,谁还要穿那种东西呢?您这种做法未免太奇怪啦,如果您把外人看得比自己人还要重。"

"可她也是我的表姊呀。"

"还不知道她是您哪一门子的表姊哩:是您丈夫方面的……不,索菲娅·伊凡诺夫娜,我根本听都不愿意听,您这是存心给我这样的侮辱……看来,您已经讨厌我啦,看来,您已经打算跟我断绝往来啦。"

可怜的索菲娅·伊凡诺夫娜完全不知道她该怎么办才好。她感觉到左右为难,自讨苦吃。瞧你喜欢夸口,才落得了这么个下场!她真想为了这件事用针来扎刺自己愚蠢的舌头。

"那么,咱们那个迷人精近来怎么样啦?"话到其间,一切方面都令人喜爱的太太说道。

"哎呀,我的老天爷! 我怎么在您面前尽这么干坐着呀! 真够糊涂的! 您知道,安娜·格利戈里耶夫娜,我来找您为的是什么?"说到这儿,客人的呼吸急促起来,眼看话头要像万箭齐发似的飞射出来了,只有像这位真诚的女友那样残酷不仁,才能够狠心打断她的话头。

"不管您怎么夸赞他,捧他的场,"她显得比平时更加活泼地说,"可是我要直截了当地说,我当着他的面也要说,他是一个卑鄙下贱的人,卑鄙,卑鄙,卑鄙。"

"不过,您听我说呀,我有几句话要告诉您……"

"大家都说他好看,可是他一点也不好看,一点也不好看,他的鼻子……是一只顶顶丑恶可憎的鼻子。"

"请容许我,请容许我把话说完呀……宝贝,安娜·格利戈里耶夫娜,请容许我讲给您听! 这可是一件故事啊,懂得吧:一件故事,斯康那贝勒伊斯托瓦尔①。"客人带着一种几乎绝望的表情,用恳求的声音说。不妨在这里交代一下:两位太太的谈话里面夹杂着非常多的外国字眼,有时竟整段整段说着长长的法文句子。可是,尽管作者对于法语使俄罗斯获益匪浅这一点不胜景仰,尽管作者对于我们上等社会无时无刻不用法语来表达自己的思想——当然啦,这是出于对祖国深刻的爱——的这种值得赞赏的习惯不胜景仰,尽管如此,作者还是不敢贸然把任何一种外文的句子写到自己这部俄罗斯的长诗中来。因此,我们还是用俄文继续写下去吧。

"一件什么故事?"

"哎呀,我的心肝宝贝,安娜·格利戈里耶夫娜,您只要能想象一下我来这儿之前的心情就好啦。您想象一下:今儿个大司祭太太,就是基利拉神甫的太太,跑来找我来啦,您猜怎么着:咱们的贵宾,咱们这位文质彬彬的先生,是个什么样的人,啊?"

"怎么,难道他向大司祭太太献殷勤②来着?"

"哎呀,安娜·格利戈里耶夫娜,要是献殷勤,那倒还没有什么;您还是听听大司祭太太说些什么吧。她说,一个姓柯罗博奇卡的女地主跑来找她,非常惊慌,脸色吓得死白死白的,她讲述了这么一件事,讲的可离奇啦,您听着就是了,简直

---

① 法语:C'est qu'on appelle histoire(这是所谓的故事)。

② 原文为"строить куры",是一句法国式的俄国话,根据法语"faire la cour"变化而来。

是一篇不折不扣的传奇小说:在一个漆黑漆黑的深夜里,屋里的人都睡着了,忽然听见一阵敲门声,砰砰砰地响得叫人心惊胆战,要说有多可怕,就有多可怕;外面有人喊着:'开门,开门哪,否则,要把大门砸破冲进来啦!……'您觉得这件事可怕不可怕? 出了这件事,这个迷人精还有什么好的呢?"

"柯罗博奇卡是个什么样的人? 年轻漂亮吗?"

"一点也不,是个老太婆!"

"哎呀,这可真妙极啦! 那么,他是追起老太婆来啦。这么一说,咱们这些太太小姐的口味倒真不差,居然爱上了这么个男人。"

"事情不是这样,安娜·格利戈里耶夫娜,事情完全不是像您所设想的那样。您只要想象一下,他从头武装到脚,出现在老太婆的面前,活像一个利纳尔陀·利纳尔狄尼①,要求说:'把所有死掉的魂灵卖给我。'柯罗博奇卡挺合情合理地回答说:'我不能卖,因为他们已经死掉啦。''不,他们没有死,要说他们死还是没有死,这是我的事:他们没有死,没有死,没有死!'他一个劲儿地直叫唤。总而言之,他狠狠地大闹了一场:惹得全村的人都跑来看热闹,孩子们尖声地哭叫,大伙儿直嚷嚷,谁都听不懂别人嚷些什么,简直是一片混乱,——哎呀,简直是奥勒尔,奥勒尔,奥勒尔②! ……可是,您简直无法想象,安娜·格利戈里耶夫娜,当我听到这一切的时候,我是多么惊慌不安啊。玛什卡对我说:'亲爱的太太,您照照镜子吧:您脸色都发白啦。''我顾不上照什么镜子,我

---

① 德国作家符尔披乌斯(1762—1827)所著小说《利纳尔陀·利纳尔狄尼》中的主人公,一个传奇式的强盗。

② 这又是一个法国字:horreur(恐怖)。

应该就去讲给安娜·格利戈里耶夫娜听。'我立刻就吩咐套马车;马车夫安德留什卡问我上哪儿,我简直说不出话来,只知道直瞪瞪望着他,像个傻瓜一样;我想,他当时准以为我发疯啦。哎呀,安娜·格利戈里耶夫娜,只要您能够想象得出我是多么惊慌不安,那就好啦!"

"不过,这可有点奇怪,"一切方面都令人喜爱的太太说道,"这些死魂灵可能会是什么意思呢?我得承认,我对这件事简直一点也弄不懂。我已经是第二回听见人家谈起这些死魂灵啦;可是,我的丈夫还说诺兹德廖夫撒谎哩:这里面准是有点什么鬼花样。"

"可是,请您想象一下,安娜·格利戈里耶夫娜,当我听到这件事的时候,我是处于什么样的一种心情呀。柯罗博奇卡说:'我现在简直不知道应该怎么办才好。他强迫我在一张什么伪造文书上面签字画押,扔给了我十五卢布的钞票;我是一个没有经验的、无依无靠的寡妇,我什么都不知道……'这就是事情的前后经过!可是,只要您能够大概设想一下我的整颗心是多么惊慌不安,那就好啦。"

"可是,不管您怎么想也好,反正这儿问题不在于死魂灵,这里面还隐藏着一种别的什么东西。"

"我得承认,我也这样认为。"令人喜爱的太太不无惊奇地说,并且立刻感觉到有一种强烈的愿望,想探听这里到底可能隐藏着什么东西。她甚至拖长了调门一个字一个字地说道:

"那么,您认为这里隐藏着什么东西?"

"嗯,您怎么认为呢?"

"我怎么认为?……我得承认,我完全给吓糊涂啦。"

"不过,我还是想知道您对于这件事有些什么想法?"

可是,令人喜爱的太太想不出什么话来。她只会惊慌不安,要得出任何一种聪慧颖悟的看法,她可怎么也办不到,所以她比任何别的女人更需要温柔的友情和劝告。

"好吧,您听我说,死魂灵是怎么一回事。"一切方面都令人喜爱的太太说道,客人一听到这几句话就全神贯注地倾听起来;她的耳朵自然而然地伸长了,她稍微抬起一点身子,几乎不再坐靠在长沙发上,虽然她有点儿分量,但却忽然变得娇小玲珑起来,有如一片轻盈的羽毛,只须微风一吹就要飞起来似的。

这就像是一位爱养猎犬打猎的、勇敢的俄国老爷,当他策马走近森林,眼看从森林里就要蹿出一只被随从追赶过来的兔子的时候,有一瞬间他整个人,连带马匹和扬起的马鞭,都凝伫不动,变得有如一团就要引火点燃的火药,他全神贯注地凝视着昏黑的前方,眼看就要赶上那只野兽,就要结果它的性命了,不管狂风暴雪冲着他来,把银白的雪花吹刮到他的嘴里、胡子上、眼睛里、眉毛上和他的那顶海龙皮帽上,他不达到目的是决不收兵的。

"死魂灵……"一切方面都令人喜爱的太太开口说。

"什么? 什么?"客人全身都激动起来,接碴儿说道。

"死魂灵!……"

"哎呀,看在上帝的面上,您就跟我说了吧!"

"这不过是掩人耳目的幌子罢了,真正的意图是这样:他想拐走省长的女儿。"

这个结论的确无论如何也是料想不到的,并且在一切方面都是非比寻常的。令人喜爱的太太听了这一番话,当场就

呆若木鸡,脸色陡地转为死白死白的,这回的确是惊慌不安非同小可了。

"哎呀,我的老天爷!"她把两手一拍,尖声叫了起来,"这可是我怎么也没能料想到的呀。"

"可是我得承认,您一开口我就已经知道是怎么回事了。"一切方面都令人喜爱的太太回答道。

"可是,安娜·格利戈里耶夫娜,事情闹到了这种地步,女塾教育还有什么好呢?说什么天真无邪,原来是这副德行!"

"什么天真无邪!我明明听见她说过一些下流话,我得承认,我简直没有勇气把这些话重复说上一遍。"

"您知道,安娜·格利戈里耶夫娜,看到目前道德沦丧到这种地步,简直叫人伤心透啦。"

"可是男人偏偏为了她神魂颠倒。可是照我看,我得承认,我简直觉得她一点也没有什么……她装模作样得简直叫人受不了。"

"哎呀,我的心肝宝贝,安娜·格利戈里耶夫娜,她简直像尊石膏像,脸上什么表情都没有。"

"哎呀,多么装模作样,哎呀,多么装模作样!老天爷,多么装模作样!谁教她这么装腔的,我不知道,可是我还没有看见过一个女人这么拿腔作势的。"

"宝贝,她活像尊石膏像,脸色死白死白的。"

"哎呀,索菲娅·伊凡诺夫娜,您别这么说:她可肆无忌惮地搽了一脸的胭脂哪!"

"哎呀,您这是哪儿的话,安娜·格利戈里耶夫娜,她满脸搽着白粉,白粉,纯粹是白粉。"

"亲爱的,我曾经坐在她的旁边:她胭脂搽得有手指头那么厚,像石灰那样成片地往下掉。肯定是母亲教的,老的自己就是个妖精,可女儿将来还要胜过母亲哩。"

"好啦,好啦,随便您怎么说,随便您赌什么咒,发什么誓,只要她脸上有一丁点儿的胭脂,有一分一毫的胭脂,哪怕有点胭脂的影儿,我情愿立刻失掉孩子、丈夫和全部的财产!"

"哎呀,您这是哪儿的话,索菲娅·伊凡诺夫娜!"一切方面都令人喜爱的太太说着把两手一拍。

"哎呀,安娜·格利戈里耶夫娜,您真是怎么啦!叫我看着觉得吃惊!"令人喜爱的太太说着也把两手一拍。

可是,两位太太对几乎在同一时间里所看到的东西竟不能意见一致,读者对此不必感觉到奇怪。世上的确有许多东西具备着这样的一种特性:在一位女士看来它们完全是白颜色的,而在另一位女士的眼里却是通红通红的,红得像樱橘一样。

"好吧,我再给您举出一个证据,说明她的脸色是苍白的,"令人喜爱的太太接下去说道,"我记得清清楚楚,就像是在眼前一样,当时我坐在玛尼洛夫旁边,我对他说:'您瞧瞧,她的脸色多么苍白呀!'的确只有咱们这儿的男人才会糊涂到这种地步,居然对她神魂颠倒起来。至于说到咱们的那个迷人精……哎呀,我觉得他讨厌极啦!安娜·格利戈里耶夫娜,您简直没法设想我觉得他有多讨厌。"

"对呀,可是偏偏有那么几位太太小姐对他还并不是没有一点意思哪!"

"难道是我吗,安娜·格利戈里耶夫娜?您可永远不能这么说,永远不能,永远不能!"

"我又不是说您,好像除了您,就没有第二个人似的。"

"永远不能,永远不能,安娜·格利戈里耶夫娜!请容许我提醒您:我是很有自知之明的;除非是另外一些什么人,装出一副神圣不可侵犯的样子,心里却动着这样的念头。"

"哎呀,对不起,索菲娅·伊凡诺夫娜!现在请容许我对您说一句啦,这样的丑事我可从来还没有犯过。除非那是什么一个别人,可我是从来不这样的,这一点请容许我向您指明。"

"您何必多心呢?要知道那天还有别的太太小姐在场呀,甚至还有人抢先占了门口的那把椅子,想坐得离他近一些哩。"

按理说,令人喜爱的太太讲出了这一番话之后,不可避免地要掀起一场风波了,可是,非常奇怪的是,两位太太突然都不作声了,并没有闹出任何什么事来。一切方面都令人喜爱的太太记起来,她还没有把时髦衣服的裁剪样子弄到手,而令人喜爱的太太想到自己还没有把知心女友的新发现探听出半点详情细节来,因此,两人就挺快地讲和了。不过,也不能说两位太太生性爱损人,一般来说,她们都不安什么坏心眼儿,只是有时在谈话过程中会这样不知不觉地产生一点想刺痛一下对方的小小愿望罢了;也就是说,其中的一位趁机会给对方来一句俏皮话,让自己略微得意一下:喏,给你!拿去吃了吧!无论是男人,无论是女人,心里常常会有各种不同的欲望的。

"可是,只有一点我弄不明白,"令人喜爱的太太说,"乞乞科夫是个过路人,怎么竟敢去做这样大胆的勾当呢?这里面不可能没有个把帮手。"

"您以为会没有帮手吗?"

"照您看,谁会帮他的忙呢?"

"哎呀,不提别人,诺兹德廖夫就是头一个。"

"难道是诺兹德廖夫?"

"有什么可奇怪的? 要知道,在这种事情里面肯定有他的份。您可知道,他连亲生父亲也会出卖的,或者更妙,会当做赌注打牌输掉的。"

"哎呀,我的老天爷,从您这儿我知道了多么有趣的新闻呀! 叫我自己可万万料想不到,诺兹德廖夫也卷进这件事情里头啦!"

"可我一直是这样想的。"

"想来也对,世界上什么事儿不会发生呀;当初,您可记得,乞乞科夫刚来到咱们这个城市的时候,谁能够料想到,他会给上流社会闹出这样一个奇怪的大乱子来呢? 哎呀,安娜·格利戈里耶夫娜,如果您知道我当时是多么惊慌不安,那就好啦! 要是没有您的好心和友谊……说真格的,我已经给吓得半死不活啦……怎么能不给吓得个半死呢? 我的玛什卡看见我的脸色都变得死白死白的,对我说:'亲爱的太太,您的脸色都变得死白死白的啦!'我说:'玛什卡,现在我可顾不上这个。'原来是这么一回事! 原来这里面诺兹德廖夫也有份,真是万万想不到啊!"

令人喜爱的太太非常想进一步把诱拐的详情细节全部探听出来,也就是说,诱拐的钟点以及其他等等,不过,她一时想知道的事情实在太多了。一切方面都令人喜爱的太太老老实实地回答说她也都不知道。她不善于撒谎:推测推测什么的——那是另外一回事,不过,就是推测也得先有内心的信念作为依据；一旦有了内心的信念，那她是会把自己的意见坚持到底的，如果有一位伶牙俐齿的、以雄辩过人的口才著称的律师想试试和她较量较量，那么他一定能够领教到什么叫作内心的信念啦。

　　至于两位太太最后把本来只是推测推测的事情完全当了真，这是没有什么了不起的。我们的一些同人尽管自诩为聪明人，所作所为却几乎也是如此，我们的学术性论证便可以作为证明。论证开始时，学者简直如同一个罕见的卑躬屈膝的小人，口气是怯生生的，恭顺谦让的，提出的是一些最最温和的疑问：某国是否由此而得名？是否与某某地方有关？或者：这一记载是否属于另一较晚的时期？或者：该民族是否应视作某某民族为妥？接下去他立刻援引这些或者那些古代作家的话，只要在其中稍许发现一点暗示，或者仅是他觉得是暗示的东西，他便活跃起来，理直气壮起来，对古代作家的口气也变得放肆起来，他向古代作家提出疑问，甚至越俎代庖自己来答复这些疑问，完全忘记了自己最初提出的仅是一些胆怯的推测；他已经认为，这都是自己亲眼目睹的，是一清二楚毋庸置疑的——于是，论证便以下列的话结束：事实真相如何如何，应该视作何种民族，应该以何种观念作为探讨问题的出发点！然后他从讲台上高声宣读结论，——从此，一个新发现的真理开始在全世界流传，获得一大批信徒和推崇者。

　　正当两位太太这样成功和聪颖地解决了如此复杂的难题的时候，检察长沉着他那张永远刻板的脸，扬着浓浓的眉毛，并且眨巴着一只眼睛，走进客厅来了。两位太太争先恐后把事情一五一十告诉了他，什么深夜强行购买死魂灵啦，什么蓄意拐走省长女儿的密谋啦，一下子把他完全搅糊涂了，不管他一动不动地站了有多久,拼命眨巴着左边的眼睛,用手帕拍打着络腮胡子想把鼻烟掸掉,他还是一丁点儿也弄不明白。两位太太也就把他丢在那儿不管,分头出门去鼓动全城激起公愤了。只用了半个钟头多一点的时间她们就大功告成了。全城确确实实骚动了起来;到处沸沸扬扬,虽然未必有人真正弄懂了些什么。两位太太搅得人人如堕五里雾,所有的人,尤其是官员们,有好一会儿工夫失魂落魄不知所措。在最初的一刹那,他们的处境真像是一个酣睡未醒的小学生被比他先起床的同学往鼻孔眼里塞进了一个骠骑兵,也就是说,塞进了一个包着鼻烟的纸卷儿时的情景一样。这个小学生在睡梦中猛地吸了口气,把鼻烟一股脑儿全吸进了鼻孔眼里,因此他惊醒了,跳起身来,瞪着眼睛,像个傻瓜似的朝四面张望,他实在弄不明白,他是在哪儿啦,成了个什么玩意儿啦,他出了什么事啦,后来才渐渐分辨出被一道斜射的阳光照亮的墙壁,躲在墙犄角里的同学们的窃笑声,窗外的晨色,千啭百啼的鸟鸣,刚才苏醒的树林,一条沐浴着晨曦的小河,那小河水波粼粼,在细细的芦苇丛间时隐时现蜿蜒流淌,河里挤满赤身裸体的顽童,在大声招呼人去游泳,——只有在这之后他方才感觉到自己的鼻孔眼里藏着一个骠骑兵。在最初的一刹那全城的居民和官员们的处境便是这样的。每个人都像一头固执的公羊一样,瞪着眼睛愣住了。死魂灵,省长的女儿和乞乞科夫,在他们的脑海里非常稀奇古怪地纠缠混合到了一起;后来,等到最初的迷惘过去之后,他们才仿佛渐渐把这些活人和死人分辨区别开来,要求有个明确的交代,可是,他们发现事情本身怎么也解释不清,就大为恼火起来。这些个死魂灵,说真的,究竟是什么鬼玩意儿呢?在死魂灵这件事情里面一点逻辑也没有,怎么会买死魂灵呢?哪儿有这样的傻瓜呢?他哪来的钱可以乱花在这种买卖上头呢?这些个死魂灵又能派什么用处,办什么事儿呢?省长的女儿怎么也卷到这里面去了呢?如果他要诱拐她,那么何必非买死魂灵不可呢?如果要买死魂灵,又何必诱拐省长的女儿呢?难道他打算把这些死魂灵送给她不成?说真的,城里流传的是多么荒唐的事儿呀?这算是什么风气,不等到你转个身,就已经传出一桩新闻来了,要是有点意义,那倒也罢了,但这里连一点意义也没有呀……不过,既然新闻已经传播开了,说来总该有个根据吧?可是,在死魂灵这种事情里面有什么根据呢?连一点根据也没有呀。这纯粹是嚼舌头,捕风捉影,造谣生事,胡说八道!真是见他妈的鬼!……总而言之,城里议论纷纷,纷纷议论,人人都开始在谈论死魂灵和省长的女儿,乞乞科夫和死魂灵,省长的女儿和乞乞科夫,真是满城轰动,热闹非凡。在这之前仿佛是昏昏欲睡的城市,突然像一阵旋风似的,蓦地抖擞起来。有一些足不出户的懒骨头,接连几年穿着睡袍在家里躺着,一会儿怪罪鞋匠,说他们把靴子缝制得挤脚痛,一会儿怪罪裁缝,一会儿又怪罪醉鬼马车夫,现在他们一个个从自己的巢穴里钻出来啦。所有那些早已断绝了任何亲朋关系,如俗话所说只和地主查伐里申和巴列查夫有交情的人(这是著名的惯用语,从“躺倒”和“躺一会儿”这两个动词变化而来,在我们俄罗斯非常流行,就像成语“去拜访索比科夫和赫拉波维茨基”一样,后者是表示侧着身子躺着,或者仰天躺着,或者以其他种种姿态躺着,睡得像死人一般熟,外加打着呼噜,或者发出轻微的鼻息声或者其他种种响声的意思),所有那些甚至有人再三邀请去饱餐一顿五百卢布的鱼汤席,外加两尺长的鲟鱼和入嘴就化的各色鱼肉大馅饼，也毫不为之动心的人，统统出现了；总而言之，这下可发现，N城原来居民稠密，地域辽阔，是一个人物荟萃之地。一个什么叫作息索伊·巴甫努捷耶维奇的人露脸了，还有一个叫玛克陀纳尔特·卡尔洛维奇的人也露脸了，那全是从来没有听说过的名字。在许多人家的客厅里冒出了一个瘦长瘦长的、一条胳臂被子弹打穿了的、个子高得出奇的人。在大街小巷里出现了有顶篷的轻便马车，从未为人见过的敞篷马车，浑身零件儿叮叮当当响个不停的马车，轮子吱嘎吱嘎叫的马车——闹哄哄的乱成一片。换了别的时间，换了别的场合，这样的传闻可能不会引起人们的任何注意；可是，N城早就没有听到任何什么新闻啦。甚至接连三个月没有一丁半点在京城里称之为嚼舌资料①的话题啦，谁都知道，对一个城市来说这和及时运到食粮具有同等重要的意义。在城市的舆论界里突然出现了两种截然相反的意见，同时突然形成了两大对立的党派：一派是男党，一派是女党。男党昏昧糊涂到了顶点，把注意力集中在死魂灵上面。女党则悉心研究着诱拐省长女儿的案件。必须对女士们说句赞誉的话，在女党里有着无可比拟的条理性和缜密细致的态度。显然，这是她们身为贤妻和贤内助的天命使然。在她们那里，一切很快有了一个极其明确的形貌，具备了清晰鲜明的轮廓，头绪分明，精简扼要，总而言之，成了一幅完美的图画。原来乞乞科夫和省长的女儿早已相爱了，他们常常在花园里月下私会，省长也早已愿意把女儿许配给他了，因为乞乞科夫像犹太人一样的富有，要不是他那个遭他遗弃的妻子出来阻

_____

① 原文为法语：commèrage。

挠的话（至于她们从哪儿知道，乞乞科夫已经有了妻室，——
这就谁也说不清啦），好事肯定玉成了，他的妻子因为自己的
爱情陷于无望而悲痛欲绝，给省长写过一封十分凄楚感人的
信，而乞乞科夫由于看到女方父母绝对不肯答应这门婚事，就
决心走拐逃这一步棋。在另一些人家里，关于这一点讲法略
有出入：据说乞乞科夫根本没有什么妻子，然而他是一个很有
心计并且行事稳当的人，为了娶到女儿，他先从母亲身上下功
夫，和她发生了暧昧的关系，然后再宣布要向女儿求婚；可是
母亲害怕可别犯下亵渎教规的大罪，并且暗暗感到良心的责
备，所以，斩钉截铁地予以回绝，这样一来，乞乞科夫才下决心
走拐逃这一步的。流言越传越广，一直传到了最最僻静的小
巷里，于是，除了上述所有这一切之外，还逐渐添枝加叶生出
了许多说明和修正的细节。在俄罗斯，下层的人是非常喜欢
谈论一下上层传出的流言蜚语的，因此，那些从来没有见过并
且也不知道乞乞科夫这个人的小户人家都谈论起所有这一切
来了，还要加油添醋，塞进更多的补充说明。情节一分钟比一
分钟变得更有吸引力，轮廓一天比一天显得更完整，终于不折
不扣、完完整整地传到了省长夫人的耳朵里。作为贤妻良母，
作为全城的第一夫人，最后作为一位从来不曾料到会有这等
样事情的大家闺秀，省长夫人听见这样的丑闻，感到深深蒙受
了玷辱，并且理所当然地大发雷霆了。可怜的金发女郎经受
了一场极不愉快的面对面的谈话①，那是一个十六岁的姑娘
家难得碰到的事。追问、盘诘、训斥、威胁、指责、规劝、倾盆大
雨而来，弄得女孩子只有扑簌簌地直流眼泪，号啕大哭，一句

---

① 原文为法语。

话也听不懂;看门人得到了一道最严格的命令:不管在什么时间,不管有什么理由,乞乞科夫不准给放进大门。

女士们把省长夫人的名声糟蹋完了之后,就要进一步操纵男党了,她们企图把男人拉到自己这一边来,一再地断言,死魂灵只是虚构出来遮人耳目的,骨子里为的是更顺利地完成拐逃的行动。许多男人经不起诱说,倒向了女党,尽管他们遭到同党的强烈指摘,被骂成是女流之辈,是娘儿们,谁都知道,对于男性这是一些实在有失体面的称号。

可是,不管男人们如何戒备,如何抵制,男党里却始终没有一点女党里的那种条理性。不知怎么的他们那里的一切都毫无性灵可言;一切都挺粗糙,不像样,不中用,不协调,不高明,脑子里全是一团浆,思想是混混沌沌的,缠夹不清的,乱七八糟的——总之一句话,在一切方面都暴露出男人空虚贫乏的本性,一种粗鲁的、笨拙的、既不善于理家又没有内心信念的本性,一种缺乏信仰的、疏懒的、充满着没完没了的怀疑和无穷无竭的恐惧的本性。他们说,这一切都是胡说八道,诱拐省长的女儿多半是骠骑兵干的事,而不是文官干的事,乞乞科夫是绝对不会去干的。又说娘儿们是在瞎扯淡,娘儿们像一只口袋,你往里面搁什么,她就装什么,还说该注意的倒是死魂灵,这才是关键,不过,鬼才知道死魂灵意味着什么,但这里头肯定包含着一层晦气十足的、顶不吉利的意思。至于为什么男人们觉得这里面包含着晦气十足的、顶不吉利的意思,我们立刻就能够明白的:原来省里新派来了一位总督,谁都知道,这是一件使官员们惊慌不安的事件:因为将有一连串的检查、训斥、处分,以及上司照例会给以下属的各种各样公务上的没趣事儿!"哎呀,怎么办,"官员们想道,"只要他一听说,在咱们这个城市里有如此这般愚蠢的流言蜚语,光是这一件事就可以惹得他暴跳如雷啦!"卫生监督的脸色陡地一下子变得刷白:天知道他想到哪里去啦,他居然想,死魂灵可别是指因为害了流行性热病大批大批死在医院和其他一些地方的病人吧,当时的确不曾采取任何相应的措施呀,他又想,乞乞科夫可别就是总督府派来微服私访的官员吧。他把这点想法透露给了民政厅长。民政厅长回答说,这是胡思乱想,可是,过了一会儿他自己的脸色也陡地一下子变得刷白,他暗地里向自己问道:那怎么得了,要是乞乞科夫买下的魂灵果真是死掉的呢?买卖这些魂灵的手续是他批准办理的呀,他自己还做了普柳什金的代理人哩,万一这都传到了总督的耳朵里,那可怎么得了?他把这个想法只告诉给了一两个人,这一两个人的脸色也都陡地一下子变得刷白;恐怖比鼠疫更容易扩散,一眨眼就能够传播开去。所有的人忽然一下子都在自己身上发现了不少甚至没有犯过的罪过。死魂灵这个词儿听起来是这样难以捉摸,大家甚至开始怀疑,这是不是暗示着在不太长久之前发生的两起事情里面丧生并且被草草埋葬掉的死人。第一起事情跟索尔维契戈德斯克城的商人有关,他们来 N 城参加市集,做完买卖之后邀请他们的乌斯季瑟索尔斯克的同行朋友吃喝了一顿,那是一次俄国气派中带有德国花样的酒宴:有清凉饮料,有五味酒,有香液等等。酒宴照例以搏斗收场。索尔维契戈德斯克的商人打死了乌斯季瑟索尔斯克的商人,虽然后者也在他们的腰眼里、肋骨下和肚皮上留下了累累的伤痕,证明死者送去的拳头是少见的重。得胜一方中的一个商人,照斗士们的说法,甚至连鼻梁骨也全给砸扁了,也就是说,整只鼻子给打烂了,在脸上留下来的一段还不及半只手指头那么长。商人们事后认了错,说是他们稍微放肆胡闹了一下;传说在投案认罪的同时,他们好像每人向官员们孝敬了四张帝国银行发行的钞票;不过,事儿实在太蹊跷了;据多方面调查和审讯的结果,乌斯季瑟索尔斯克的那帮小伙子原来是煤气中毒而丧命的,所以就当煤气中毒死亡的人把他们草草埋葬了。另外一起不久前发生的事情是这样的:好像是弗希伐亚—司别斯①村的官府农民伙同鲍罗夫卡村(又名查吉拉伊洛瓦②村)的官府农民把地方警官,也就是说把一个什么叫作德罗勃亚施金的陪审官消灭得无踪无影了,好像是地方警官,也就是陪审官德罗勃亚施金,往他们的村子里跑得实在太勤快了,有时简直像瘟疫一样惹人憎恶,而原因在于地方警官犯有一点过于多情的毛病,对娘儿们和村子里的大姑娘见一个就爱一个。不过,案情还不能肯定,虽然农民们在供词里直截爽快地说了,地方警官活像一只骚雄猫,对他防备已经不止一天了,有一回甚至把他精赤条条的从他刚钻进去的一户人家里给撵了出去。当然,地方警官理应为这些风流韵事受到惩罚,可是,弗希伐亚—司别斯村的农民也好,查吉拉伊洛瓦村的农民也好,只要他们的确参与了杀人案,那么也是无法为他们这种目无法纪的行为开脱罪责的。可是,事儿又是那么蹊跷,地方警官在大路上给找着啦,他身上的那套制服或者常礼服比破布还烂,至于容貌,已经难以辨认啦。案件在各级法院辗转了很久,最后终于转到了高级法院,那里在最初内部审理时就有过这样的考虑:因为无法判断农民中间哪些是肇

---

① 弗希伐亚—司别斯,直译其意是:多虱的骄傲。

② 查吉拉伊洛瓦,直译其意是:好斗者的。

事人,全体农民的人数又十分可观,而德罗勃亚施金已经是个鬼魂儿了,因此,纵然他胜诉了,对他来说并无多大实益可言,可是,庄稼汉却都还活着,因此,于他们有利的判决是极为重要的;鉴于这样的考虑,法院做出了如下的结论:陪审官德罗勃亚施金无故欺压弗希伐亚一司别斯及查吉拉伊洛瓦两村村民,以致酿成事端,而彼之身亡,实系是日乘坐雪橇返家途中中风所致。事儿处理得好像挺圆满,可是,官员们不知道为什么开始觉得,现在问题正是出在这些鬼魂儿身上。不早不晚,仿佛故意挑着官员们已经狼狈不堪的日子里来似的,这当口有两份文书同时到达省长的手里。一份文书里说,根据有关供词和密报,在他们的省里潜藏着一名以各种化名为掩护的制造假钞票的罪犯,责令他们立即进行最严格的搜查。另外一份是邻省省长通缉一名潜逃的强盗的公函,其中写明:如贵省发现行踪可疑、无法出示任何证件及身份证者,务请协助立即拘留云云。这两份文书使所有的官员大惊失色。以前的种种结论和猜测完全给打乱了。当然啦,怎么也不能够认为,这跟乞乞科夫有什么关系,不过,他们中间每一个人稍加思索之后,立刻都记起来,他们至今谁也不曾知道,乞乞科夫是一个何等样身份的人,每谈到自己,他总是闪烁其词,话儿说得十分含糊,的确,他是说过,为了维护真理,他在仕途上遭遇过一些挫折,可是这终究太含混了,此外他们还记起,他甚至仿佛提到过他有许多敌人必欲置他于死地而后快的话,于是大伙儿想得更深一层了:这么说来,他的生命是岌岌可危啰,这么说来,他正被通缉归案啰,这么说来,他的确干了一件什么歹事啰……那么,他究竟是一个什么样的人呢?当然,不能够认为,他会制造假钞票,更不会是一个杀人越货的强盗,他的相貌是挺敦厚忠良的呀,可是,不管怎么说,他究竟是一个什么样的人呢?事到如今,官员们方才提出了疑问,而这疑问照理在一开头,也就是说在我们长诗的第一章里,就应该提出来的。大伙儿决定再向死魂灵的卖主们去盘问一番,至少应该了解,第一,这是一宗什么样的买卖,应该把这些个死魂灵看成什么东西,第二,他有没有向谁解释过自己的真实意图,哪怕只是无意中透露的口风,顺口漏出的三言两语也好,第三,他有没有向谁提起过自己的身份。首先去问的是柯罗博奇卡,可是从她的嘴里得到的东西并不多:老婆子说,乞乞科夫付了十五卢布,他也要买鸡毛,并且答应往后什么东西都要大批地买,还说他也要给公家采购猪油,看来这准是一个骗子手,因为在他之前已经来过这么一个人,买了鸡毛,又给公家采购了猪油,闹了归齐叫所有的人都上了当,尤其是大司祭的太太吃了大亏,给他赚去了一百多卢布。往下不管她讲些什么,无非颠来倒去,几乎总是重复那么几句话,官员们这才明白,柯罗博奇卡只是一个傻老婆子。玛尼洛夫的答复是,他始终准备为巴维尔·伊凡诺维奇的信誉担保,就像为自己担保一样,只要他能够拥有巴维尔·伊凡诺维奇的百分之一的品格,他纵然舍弃自己的全部财产也在所不惜,他并且对乞乞科夫整个人品极力赞美了一番,夹带着还发挥了一些有关友谊和共鸣之类的思想,话到其间,他把眼睛也眯缝了起来。这些思想当然足够说明他内心的一片柔情蜜意,可是并不能够向官员们说明事情本身。索巴凯维奇的答复是,按照他的看法,乞乞科夫是一个好人,他卖给乞乞科夫的农奴都是百里挑一的,无论从哪个方面来看都是活人;不过,他不能够为以后会发生的情况担保,如果农奴们架不住迁移的辛苦而在中途死亡,那并非他的过错,那是上帝的旨意,而热病和各种各样致命的疾病在世界上是不少的,甚至有整个村庄整个村庄死光的事例。官员先生们还求助于另外一种手法,这种手法虽然不十分光明磊落,可是有时还是要采用的,那就是从侧面,利用仆人之间各种各样的交往,去向乞乞科夫的下人探听,问问他们是不是知道老爷以往生活和境遇的一些详情细节,可是,从下人嘴里听到的也不多。彼得卢什卡只让人闻到一股子住房的臭味,而谢里方只说,老爷本来是做官的,以前还在海关上当过差,此外再也没有说什么了。这一阶层的人有一种非常古怪的习性。要是直截了当地向他打听一件什么事,他是从来记不得的,脑袋里理不出一个头绪来,甚至会干脆回答一声不知道,可是,如果问起旁的一件什么事儿,他倒会立刻东拉西扯说上一大套,并且会告诉你好些你压根儿不想知道的详情细节。官员们所进行的一切侦察调查只向他们启示了一点:他们至今丝毫没有了解真切,乞乞科夫是一个什么玩意儿,然而,乞乞科夫肯定是有点什么名堂的。最后他们决定就这个题目彻底商议一下,至少要拿出个主意来,确定他们今后该做什么,该怎么做,该采取哪一些措施,再者,他究竟是一个什么玩意儿,也该确定下来:是一个必须作为不忠不良之徒加以拘留和逮捕的人,还是一个反过来能够把他们全体作为不忠不良之徒加以逮捕和拘留的人。为了共商所有这一切大事起见,特意约定在读者已经熟识的全城的父母官和恩人警察局长家里举行一次集会。

第 十 章

　　官员们一聚集到读者已经熟识的全城的父母官和恩人警察局长家里,就有了机会相互指出,他们因为这些忧虑和不安甚至变得消瘦了。说实在的,新总督的任命,内容如此严重的两份文书的接获,以及天知道的这些纷纷的谣言——所有这一切都在他们的脸上留下了明显的痕迹,在许多人身上燕尾服都惹人注目地显得宽大了。人人都落了形:民政厅长瘦了,卫生监督瘦了,检察长瘦了,连某一个从来没有人称呼他的姓氏,只管他叫谢苗·伊凡诺维奇的人,也就是在食指上戴着一只宝石戒指,常常把它向女士们炫示的那个人,甚至连他也瘦了。当然,和到处一样,这里也有个把并不胆小的人,他们镇定自若,毫不介意,但是他们为数非常之少:只有邮政局长一个人而已。唯独他一个人一点不改变历来平稳的性格,遇到这一类情况还始终保持着这样的说话的习惯:"我们可知道你们这些总督大人啦!你们中间也许会先后调动三四个人,可是,我在这一只位子上,我的先生,至今已经坐了三十年啦。"另外一些官员听了总是说:"你运气好,施泼莱亨齐道伊奇,伊凡·安德烈伊奇;你管的是邮政事务:收收发发邮件就是了,你大不了把邮政局提前关门一个钟头,害得人家扑个空,再就是向一个超过规定时间来取信的商人收一些额外的小费,或者把一个不该寄出去的邮包给寄了出去,管这种事情的人,当然个个都可以做圣人。可是,如果每天有个魔鬼出现在你的手边,你不想沾手,但它自己偏要塞上来,那时候看你怎么办。当然,你不算怎么倒霉,你只不过有一个儿子,可是我呢,老兄呀,我那个普拉丝柯维娅·菲约陀罗夫娜,多蒙老天爷施恩照应,每年给我生下一个来:不是一个丫头,就是一个小子,老兄呀,到那时候,你就要唱另外一个调门啦。"官员们就是这么说的,至于是不是真的能够抵抗得住魔鬼的诱惑,要判断这一点,可不是作者的事啦。在这次集会上很明显地缺乏一种必要的东西,就是平民百姓所说的主心骨。总的说来,我们不知怎么的生来是不适宜于开代表会议的。在我们所有的集会上,从农民的村会一直到任何一种学术性的和其他性质的委员会为止,如果没有一个头头可以指挥一切,那就必然乱得一团糟。原因在哪儿呢,甚至很难说得清楚,看来,我们就是这样一种人,只有为了吃喝玩乐那样的事儿,例如开办俱乐部啦,开办各种德国式的露天游乐场啦,举行的会议才能够开得成功。不过,我们时刻有股说干就干,也许什么事情都乐意去干的劲头。我们会像一阵风刮来似的,忽然一下子办起一批慈善协会、奖励协会,以及天知道的什么协会来。目的是无可訾议的,可是尽管这样,结果却往往一事无成。也许,这是因为事情刚一开头我们就会踌躇满志起来,认为一切都已经办成了的缘故。比方说,我们忽然要办一个救济穷人的慈善协会,也捐了一笔很大的款子,可是,我们立刻就想到要庆祝一下这样一桩值得赞扬的善举,于是举办了一次午宴,邀请城里所有第一流的官员光临出席,不用说,这就花掉了一半捐款;剩下的钱呢,立刻用来给委员会租下一幢富丽堂皇的装有暖气设备的房子,还雇着好几个看门人,这么一来,给穷人总共就只剩下五个半卢布啦,可是在分配这笔捐款上还不能在所有的协会会员中间取得一致的意见,每人都要塞一个什么远亲故旧进来。不过,目前所讲的却完全是另外一种会议:它是出于必要才举行的。问题并不涉及一些什么穷人或者不相干的外人,问题涉及的是每一位官员本人,涉及的是同样威胁着所有人的一场灾难,因此,这时候就必然应该意见一致些,齐心些。可是,尽管如此,结果仍旧只有鬼才知道是怎么一回事。且不说为一切集会所难以避免的意见不一致,在与会者的意见里面甚至还暴露出了某种不可理解的优柔寡断的倾向:一个人起先说,乞乞科夫就是制造假钞票的罪犯,一会儿自己又补充说:"也许,他没有制造假钞票";另外一个人刚才断言说,他是总督府里的官员,可是立即又补充说:"不过,鬼才知道他是个什么人,一个人的额头上又不写着字"。对于是不是强盗改扮的这一种推测,大家都纷纷表示反对;大家认为,除了他的外表规矩正派之外,他的谈吐中也没有一点迹象显示出他是一个行为粗暴横蛮的人。忽然,已有好几分钟陷入某种沉思默想的邮政局长,由于一阵灵感袭来使他心头豁然开朗,或者由于什么别的原因,出人意料地尖声叫了起来:"诸位,你们知道他是谁吗?"他说这句话的声音包含着某种震撼人心的东西,因此使所有的人一霎时都尖声叫起来:"谁?""诸位,这个呀,我的先生,不是别人,就是戈贝金大尉!"大家立刻众口一词地问他:"这戈贝金大尉是个什么人?"这时候邮政局长却反问说:"那么,你们大伙儿都不知道戈贝金大尉是谁吗?"

大家回答说,他们一点也不知道戈贝金大尉是个什么人。

"戈贝金大尉，"邮政局长说着把他那只鼻烟匣只打开一半，害怕旁边别有人把手指头伸进来，他对于别人手指头的清洁是挺不相信的，甚至有一种习惯一边嗅鼻烟一边对别人说："老兄，我们知道：您也许把您的手指头不知道摸过什么地方啦，而鼻烟这样东西是必须保持清洁的。""戈贝金大尉，"闻了一撮鼻烟之后，邮政局长又重复了一下这个名字，"不过，这件事如果讲出来，任何一位作家都会觉得非常引人入胜，在某种程度上会当它是一部长诗的。"

所有在场的人都表示出一种愿望，想知道这个故事，或者如邮政局长所说，作家都会觉得非常引人入胜，在某种程度上会当成一部长诗的故事，于是他就开始讲述如下：

戈贝金大尉的故事

"在一八一二年战役①之后，我的先生，你听我说，"邮政局长这样开始讲述，虽然在这屋里坐着不止一位先生，而共有六位，"在一八一二年战役之后，戈贝金大尉和伤员们一起被遣送回乡。不过，你们不难想象，他在克拉斯内②城下或者莱比锡③城下给打掉了一条胳膊和一条腿。唉，那个时候呀，还没有给咱们的伤兵制定任何什么善后处理的办法；筹措起这笔什么残废军人基金，你们不难设想，在某种程度上是往后得

---

① 指一八一二年的俄法战争。
② 克拉斯内是俄国斯摩棱斯克区的一个城市。一八一二年十一月三日至六日，俄军在这里大败拿破仑的军队。
③ 莱比锡是德国的一个城市。一八一三年，俄军和拿破仑的军队在这里恶战达三天之久。

多的事情。戈贝金大尉看到：他必须工作，可是，他留剩下来的一条胳膊，你们可得知道，是条左胳膊。于是，他就回到老家去找父亲；父亲对他说：'我可没有办法养活你，我呀，你们不难设想，我连自己都几乎吃不上面包哪。'这样，我的先生，我的戈贝金大尉就决定上彼得堡去，想求求君主，看他肯不肯高抬贵手，颁下一道圣旨：'此人如此这般，在某种程度上曾经作出所谓舍身救国流血牺牲之壮举……'就这么着，你们可得知道，他搭上大车或者官府的运货车走啦，总而言之，我的先生，他好不容易来到了彼得堡。好啦，你们不难设想，这么一个穷光蛋，就是说戈贝金大尉，居然一下子也来到了京城，类似这样的一座城市找遍全世界也是找不到的呀！在他的眼前忽然全是上等人，一片所谓的花花世界，童话里的谢赫拉查达①。忽然一下子，你们不难设想，出现了一条什么这样热闹的涅瓦大街，朝那边一瞧，你们可得知道，是一条什么豌豆街，真是见他妈的鬼！再往那边一瞧，是一条什么挺热闹的铸铁街；再往那边一瞧，空中耸起着一个什么挺高挺高的尖塔；而再往那边一瞧，又是一座一座的桥，鬼知道是怎么架成的，你们不难设想，全像是平地升起来的，——总而言之，活脱儿是谢米拉米达②！他差一点想租一套房间住住，不过，那儿一切都贵得吓人：窗幔啦，卷帘啦，你们可得知道，还有地毯这样的鬼玩意儿——十十足足的波斯气派，真叫作让脚踩踏金银财宝呀！嘻，这简直等于说，你一边在街上走，一边耳朵里

---

① 谢赫拉查达是阿拉伯童话《一千零一夜》中的女主人公。此处意谓童话般的奇迹。

② 谢米拉米达是传说中亚述古国的女王。据说，她曾兴建许多美丽的建筑物，使巴比伦古城以美艳瑰丽闻名于天下。

就尽听见成千上万的金银财宝在哗啦哗啦地响;可是,我那戈贝金大尉的腰包里,你们可得知道,总共只有几十张蓝票子。好啦,他只得到那儿的一家老式小客栈去暂时栖身,花一卢布住一昼夜;饭菜是一盆白菜汤,一块老牛肉⋯⋯他看到日子长久了可没法过。他就向人家打听,应该上什么地方去申请资助。人家告诉他,有这么一个在某种程度上顶顶高级的委员会,你们知道吧,一个挺威风的衙门,长官是某某一位总司令。可是,君主呢,你们必须知道,那时候还不在京城里;你们不难设想,军队还没有从巴黎回来,全体人马都驻在国外。于是,我那戈贝金一大早就起身,用左手给自己刮了胡子,——因为叫理发师来刮脸,在某种程度上又是一笔花销哪,——他穿上了制服,你们不难想象,就拐着他那条木头腿出发去见长官,见那位达官显贵啦。他先去打听这位显贵的府邸在哪儿。'那边,'人家给他指了指宫廷海滨大道上的一幢房子,对他说。那房子,你们懂得吧,样子挺像庄稼汉住的小木屋:窗上镶嵌着玻璃,你们不难设想,再有一块块一俄丈①半高的大镜子,因此,花瓶啦,屋里所有的一切陈设啦,看来都像是放在露天似的:在某种程度上可以说,仿佛从街上伸出手去一摸就能够摸到的;墙上有名贵的大理石雕刻,到处是金属的小摆设,门上还有这么一个精雕细琢的把手,因此,你得先上一家杂货铺去买一个铜板的胰子,把你的手擦洗上两个来钟头,然后才胆敢去抓这个把手——总而言之:一切都漆得那么亮晶晶的——在某种程度上亮得简直叫人头晕目眩。一个看门人看

---

① 1俄丈等于2.134米。

样子倒像是一位大元帅:手里拿着一根圆顶镀金的锤棒①,一张伯爵面孔活像一只喂得挺饱的、肥头胖耳的哈巴狗,衣领是上等细麻布做的,可威风啦!……我那戈贝金用他那条木头腿拐呀拐的好不容易走进了接待室,缩在一个旮旯儿里,害怕胳膊肘别一不留神砸碎了——你们不难设想——一件什么美国货或者印度货,你们懂得吧,就是说一只整个儿镀金的瓷花瓶。好啦,不用说,他在那儿站立了许久许久,因为,你们不难设想,他来的时候,将军在某种程度上还刚刚起床,侍仆也许刚刚端上一只银盆子,你们懂得吧,上面搁着各种各样梳洗用的化妆品。我那戈贝金一直等了四个来钟头,终于有一位副官或者那边的另外一位值日官进来啦。他说:'将军这就要上接待室来啦。'接待室里已经挤满了人,像碟子里撒满黄豆一样。这些人都不是像咱们似的穷光蛋,全都是一些四品官或者五品官②,是一些上校,有几位还有一条像通心粉般粗的东西在肩章上亮晶晶地发光——这就是将军品级的人物啦。忽然一下子,你们懂得吧,房间里发出一片轻得几乎听不见的忙乱的声响,像是飘过一阵微风似的。到处都听得见一阵'咻,咻'的声音,最后,被一种肃然无声的寂静所笼罩了。那位大官进来啦。嘿……你们不难设想:一位政治要人啊!在他的脸上有着所谓是……嘿,有着跟他的身份相称的,你们懂得吧……跟他崇高的官衔相称的……你们懂得吧,这样的一种表情。不用说,前厅里所有的人立刻都挺直了腰垂手肃立

---

① 上端有一圆球的长棍。沙俄时代豪富大户人家的看门人照例持有这样的锤棒。

② 帝俄时代不分文职武职,官员一律分成十四品级,一品至五品为高级大官。

着,等候着,打着哆嗦,在某种程度上说,是等候着命运的决定啊。这位大臣,或者说这位大官,挨个儿地走到这些人的跟前:'您为的是什么?您为的是什么?您要什么?您有什么事情?'终于,我的先生,他走到戈贝金跟前来啦。戈贝金鼓起了勇气对他说:'如此这般,大人:我流过血,在某种程度上牺牲了一条胳膊和一条腿,我没法干活,因此斗胆请求皇上开恩。'大臣看见这个人确实拄着一根木棍,右边一只空悠悠的袖子紧扣在制服上,就说:'好,那么您过两天再来听回音。'我那戈贝金走出去的时候高兴得几乎要手舞足蹈了:一件事是承蒙天字第一号的大官予以接见;第二件事是抚恤金问题在某种程度上终于有了着落。他就这么高兴地,你们懂得吧,在人行道上一颠一拐地走着。他顺路走进帕尔金酒菜馆①喝了一杯伏特卡酒,在伦敦饭店②,我的先生,吃了一顿午饭,叫了一只肉饼子加醋渍的花菜芽,又叫了一只塞满各种零七八碎东西的阉鸡;又要了一瓶葡萄酒,晚上又上戏院去看了戏,总而言之,你们懂得吧,他大吃大喝了一番。在人行道上他看见走过一个身材婀娜娉婷的英国女人,你们不难设想,一个像天鹅一样白嫩漂亮的妞儿。我那戈贝金,你们可得知道,这一下子血涌了上来,就拐着一条木头腿,跟在她后面赶上去,一瘸一拐地紧紧盯着不放。后来他想:'哎呀,慢着,等以后拿到抚恤金再干这档子事吧;这会儿我钱已经花得太多了点啦。'就这样,我的先生,隔了大概三四天的工夫,我那戈贝金又去求见大臣,一直等到他出来见客。'如此这般,'他说,

① 帕尔金酒菜馆是一家大饭店。
② 伦敦饭店是旧俄时代开设在彼得堡涅瓦大街上的一家大旅馆。

278

'我这回来是听候您大人吩咐我如何治病和养伤的……'还说了一些诸如此类的话,你们懂得吧,用的都是官场口气。那位大官,你们不难想象,立刻认出他来了:'哦,'他说,'好哇,不过这一回我不能对您说什么,我只有一言可以奉告,您必须等候皇上回来;到了那个时候,毫无疑问会定出有关伤兵善后处理的办法来的,可是现在,没有所谓圣上的意旨,我可什么也做不得主。'说完他一躬身,你们懂得吧,那就是说——后会啦。戈贝金走出来的时候,你们不难想象,处境是顶尴尬的。他本来以为,到了明天准发给他钱了:'你拿着花吧,好小子,去喝,去找乐儿吧。'可是,事与愿违,只是吩咐他等着,并且也不指定一个时间。他就这么灰溜溜地走下了台阶,你们懂得吧,活像一只给厨师浇了一身水的哈巴狗:尾巴夹在两条腿中间,耳朵耷拉着。'哎呀,不行,'他暗自想道,'下一回再来,一定得讲讲明白,我吃的已经是最后一块面包啦,您不高抬贵手,在某种程度上说,我就准要饿死啦。'总而言之,我的先生,他又一次来到了宫廷海滨大道,人家对他说:'不行,今儿个不会客,明儿再来。'明天去——也是同样的回话;看门人干脆连看也不愿意看他一眼。到这个时候,他的口袋里,你们可得明白,只剩下一张蓝票子啦。本来还可以吃得上白菜汤和一块老牛肉;可现在呢,只得在小铺子里买一条什么臭咸鱼或者一条咸黄瓜,再买两个铜板的面包啦,——总而言之,可怜虫的肚子在挨饿,而胃口大得简直像饿狼。他走过一家挺大的饭店——看见那里有一个厨师,你们不难设想,是一个外国人,一个法国佬,一副开朗的脸相,一身荷兰细麻布的褂子,围裙白得像雪一样,在那里做一种什么辣味调味汁,还有蘑菇衬底的肉饼子,——总而言之,在做一份精致的晚餐,把他的胃口吊到这种地步,简直可以把自己一口吞进肚子里去啦。要是打那一排米柳金食品铺①走过呢:在那儿的橱窗里,在某种程度上说,一眼就可以看到一条肥美的鲑鱼,名贵的樱桃一颗就要卖五卢布,一只大得出奇的西瓜,有一辆邮车那样大,也搁在橱窗里,在所谓引人上钩,等哪一个傻瓜肯出一百卢布来把它买了去,——总而言之,每走一步路就会碰上这么大的诱惑,叫他垂涎三尺呀,可是,他得到的答复偏偏尽是'明儿再来'。你们不难想象,他的处境是多么不妙:一方面,可以这么说,放着美滋滋的鲑鱼和西瓜,而另一方面,人家给他的却尽是'明儿再来'这句不能充饥的空话。可怜虫终于在某种程度上忍无可忍啦,他把心一横,你们懂得吧,决定说什么也要冲进去。他在大门口等着,看看还有什么求见者要进去,他就这样,你们懂得吧,挨在一位什么将军身边,拐着他那条木头腿溜进了接见厅。那位大官照例走了出来。'您为的什么事?您为的什么事?哦!'他一见到戈贝金,说道,'我不是已经对您说过,您必须听候圣旨。''开个恩吧,您大人,我呀,可以这么说,连一块面包都吃不上啦……''那有什么法子呢?我对您可爱莫能助啊;您暂时竭力自寻出路,自己去想想法子吧。''可是,回您大人,在某种程度上您自己不难判断,我缺胳膊缺腿的,能想得出什么法子呢。''可是,'大官说,'您得同意:我总不能,在某种程度上说,用自己的官俸来供养您呀;我这儿有许多伤兵,他们都可以提出同样的权利……用忍耐来武装自己吧。等到皇上回来,我可以向您保证,圣上的恩典是不会把您遗漏的。''可是,回您大人,我不

① 米柳金食品铺是旧俄时代开设在彼得堡涅瓦大街上的一排美食商店。

能再等啦，'戈贝金说，并且口气在某种程度上说是挺无礼的。大官呢，你们可得明白，已经感到烦恼啦。这也难怪：四周全是些将军在听候决定和命令呀；可以这么说，事情都是挺重要的，都是国家大事，要火速去执行的，——一分钟的耽误都可能造成严重后果的，——可是，眼下偏偏有一个死乞白赖的鬼家伙跟他纠缠不休。'抱歉，'他说，'我没有时间啦……比您更为重要的事情等着我去处理。'他用了一种在某种程度上挺委婉的方法提醒戈贝金：该知趣啦，走吧。可是，我那戈贝金呀，——你们可得知道，饥饿逼得他横下了心，——说道：'随便您怎么说，您大人，您不给我一个批文，我是绝对不走的。'嘻……你们不难设想：用这样的口气向一位达官显贵说话，只要他张嘴吩咐一声，你就会滚得老远，连鬼都找不到你啦……哪怕在这儿，如果有一个低一级的官员敢向咱们哪一位仁兄说出类似这样的话，已经是有失体统啦。可是，那儿的差别呀，这差别可大啦：一边是总司令，一边是区区一个戈贝金大尉！一边是拥有百万家私，一边是个穷光蛋！将军不再多说什么，你们懂得吧，只是对他扫了一眼，而这一眼哪——简直等于火光闪闪的枪炮：准叫你连魂儿都没了——魂儿已经给吓出窍了呀。可是，我那戈贝金，你们不难想象，却一动也不动，就像给钉在地上似的站着。'您怎么啦？'将军说，并且如俗话所说向他下了逐客令。不过，说实在的，他还是相当的宽容大度：换了别人，准把你吓得有三两天工夫觉得天旋地转的，可是，他只是说：'好吧，既然此地的生活您嫌贵，您不能安安心心地在京城里听候决定您命运的办法，那么，我就由公家出钱把您送走。传信使来！把他遣回原籍！'而信使，你们懂得吧，已经在那儿等着啦：一个三俄尺高的大汉,他的那只大手呀,你们不难想象,天生是用来对付马车夫的,——总而言之,活脱儿一副打手①的模样……戈贝金这个上帝的奴隶,立刻被人一把抓住,我的先生,并且给塞进了大车,和那位信使待在一块儿啦。'好吧,'戈贝金想,'我起码省下了盘缠,为了这一点倒还该说一声多谢哩。'就这样,我的先生,他沾信使的光,乘官府的车走啦,在某种程度上可以说,他乘着官府的车,一路上他一边走一边还自个儿对自个儿发着议论:'既然将军叫我自己去想法子养活自己,那好,'他说,'我呀,'他说,'我会想到法子的!'只不过人家是怎样把他送到目的地的,究竟是把他送到了哪儿去的,这就一点也不清楚啦。连关于戈贝金大尉的传说,你们懂得吧,从此也就被人忘记得一干二净,借用诗人的说法是沉于忘川②了。可是,诸位请注意,由此却开始了,可以这么说,一部长篇小说的线索,一部长篇小说的引子。戈贝金上哪儿去了,固然谁也不知道:可是,你们不难设想,没过两个月,在梁赞省的森林里出现了一伙拦路抢劫的强盗,这伙强盗的头目,我的先生,不是别人,正是……"

"对不起,伊凡·安德烈耶维奇,有一点令人费解,"警察局长突然打断了他的话头,说道,"你自己不是说,戈贝金大尉是缺胳膊缺腿的,可是,乞乞科夫……"

这时邮政局长尖叫了一声,下死劲用手拍了一下自己的前脑门,当着大伙儿的面公开管自己叫蠢牛。他弄不明白,他

---

① 信使的职司是传递紧急密件。为了催促马车夫,信使经常饱以老拳。
② 据古希腊的神话,阴曹地府中有一条能使鬼魂忘却人间生活的河水。沉于忘川即被遗忘之意。

怎么会在讲述一开始的时候没有预计到这样一个情况,他承认谚语讲得完全有理:俄罗斯人是事后才聪明。可是,过了一分钟,他就耍起滑头来,试着要自圆其说了,他说,不过在英国机械技术已经发展到极其完善的地步,从报上得悉,有一个人如何如何发明了一种木头腿,只要一按一个难以觉察的弹簧暗钮,这腿就能够把人飞快地带到上帝才知道的什么地方去,以致后来在哪儿都找不着他的踪影啦。

可是,所有在场的人对乞乞科夫便是戈贝金大尉的这一说法都感觉到十分可疑,他们认为,邮政局长扯得太远了。不过,他们自己也并不相形见绌,一经邮政局长妙不可言的推测的启发,他们的想象力都活跃起来,发挥得并不比他逊色。在许多聪慧颖悟、各有千秋的假设中居然有这样一种假设,——说出来甚至挺叫人奇怪的,——说什么乞乞科夫可别是乔装改扮的拿破仑,说什么英国人早就在眼红俄国了,说什么俄国的幅员实在辽阔广大,甚至有过好几幅漫画都把俄国人画成在和英国人谈判。英国人站着,背后用绳子牵着一条狗,这狗便意味着拿破仑。"留神点,"英国人说,"如果不知趣,我立刻就把这条狗放出来咬你啦!"说不定他们现在已经把拿破仑从圣赫勒拿岛①上释放出来了,他现在已经潜入俄国国境,冒充是乞乞科夫,实际上根本不是乞乞科夫。

当然,要说信不信这一点,官员们是完全不信的,不过,他们还是略微思索了一下,在暗自琢磨这件事的时候,他们都发现,如果乞乞科夫转过身子站着的话,他的侧影是挺像画像上的拿破仑的。警察局长在一八一二年战役期间正在军队里服

① 大西洋中一个岛屿。拿破仑被流放并死于该岛。

役,亲眼看见过拿破仑,他甚至不能不承认,拿破仑的个头一点也不比乞乞科夫高,并且拿破仑的身材体形既不能说太胖,但也不能说很瘦。有些读者也许会说,所有这一切都是不足为信的,作者也挺愿意迁就迎合读者,跟着说所有这一切都是不足为信的;可是,所有这一切偏偏正如上述的那个样子发生了,尤其令人惊诧的是,这城市并非在什么偏远不开化之处,恰恰相反,它和两个京城都相距不远。不过,必须记住,所有这一切是在我们把法国人打得抱头鼠窜,获得值得一书的光荣战绩之后发生的。在这段时间里,我们所有的地主、官员、商人、店铺掌柜,任何一个粗通文墨的人,甚至连目不识丁的老百姓,至少有整整八年工夫都成了狂热的政治家。《莫斯科公报》和《祖国之子》被人读得热心过了分,以致传到最后一个读者手里的时候已经成了碎片,不能再派任何用处了。人们不再问:"老爷子,您这一普特燕麦卖的是啥价钱哪?昨儿个下的那场雪您看是好是坏呀?"而是说:"报上写着些什么呀?拿破仑是不是又从岛上给放出来啦?"商人们可害怕这一点哪,因为他们非常相信一位已经坐了三年监狱的先知的预言,这位先知脚穿树皮鞋,身披一件发出一股刺鼻的烂鱼腥臭味儿的翻皮袄,不知打哪儿跑来了,宣告说,拿破仑是一个不信基督的邪教徒,尽管现在他给石头链条锁着,隔了七重海洋困在六堵深墙后面,可是以后他会挣脱锁链,重新出来统治世界的。为了这番预言,先知理所当然地下了监狱,可是,不管怎么样,他起到了自己的作用,使商人们六神无主起来。在很长一段时间里,甚至赶上做最赚钱的买卖的日子里,当商人们到小酒馆里去喝一杯茶谈生意经的时候,他们还念叨着这个不信基督的邪教徒哩。连许多官员和豪门贵族也时常不由自主地想起这件事情来，由于他们传染上了谁都知道在那个时候十分风行的神秘主义，所以，在构成拿破仑这个姓氏的每一个字母里他们都看出了一种什么特殊的意义；其中许多人在这个姓氏里面甚至还发现了《启示录》里的那组数字①。因此，现在官员们不禁也往这一点上去想，是毫不足怪的；可是，他们很快就醒悟过来，发觉自己的想象未免过分活跃了，所有这一切压根儿不是那么一回事。他们想来想去，议论来议论去，最后终于决定，还是不妨去细细盘问一下诺兹德廖夫。因为是他头一个把死魂灵的事儿捅出来的，再说他和乞乞科夫如常言所说有过几分交情，毫无疑问，他一定知道乞乞科夫的一些生活情况，所以，不妨再去试探试探，听听诺兹德廖夫会说出些什么来。

这些官员先生，连同所有其他有身份的士绅，全是一些挺古怪的人：他们明明知道，诺兹德廖夫是一个吹牛撒谎的大王，一句话，一丁点儿的小事情，都信他不得的，可是，他们偏偏还要去向他求教。人就是这样捉摸不透，你拿他有什么法子呢！他不信上帝，可是却相信：如果鼻梁发痒，那么他准会死啦；对诗人的清晰明朗如同白昼，字里行间渗透着和谐，渗透着崇高淳朴的智慧的创造，他不惜一顾，却偏偏急不可待地扑向一个狂妄之徒极尽歪曲、臆造之能事，把自然毁坏得面目全非的作品，喜欢它得不得了，并且还会高声喊道："瞧呀，这才是对心灵奥秘的真知灼见！"他一辈子都把医生大夫看得一文不值，闹到最后却去请教一个靠念咒语和死命啐唾沫行

① 指《圣经·新约·启示录》中代表一个反基督的邪教徒姓氏的一组神秘数字"666"。一八一二年俄法战争期间许多教徒通过种种卜测企图证实，拿破仑即《启示录》中所预言的那个邪教徒。

医的巫婆,或者更妙,他索性自己不知用什么腌臜东西配成一剂汤药来治病,至于他怎么会把这些腌臜东西当成灵丹妙药的,那只有老天爷才知道。当然,官员先生们的处境的确是困难的,在一定程度上他们是情有可原的。人们常说,快淹死的人还要抓住一根小小的稻草哩,在这种时刻他根本失去了理智,顾不得想一想,只有苍蝇才能够靠这根稻草漂浮起来,而他本身的分量少说也有四普特,如果不到整整五普特的话;可是在这紧急关头他想不到这一点,死命去抓那根稻草了。我们的官员先生们最后也就这样去抓住诺兹德廖夫。警察局长立刻写了便条,邀请他来消磨一个晚上,一名脚登喇叭口高统皮靴、面颊红得招人喜欢的警官立刻一手按着佩剑,连奔带跑地出发到诺兹德廖夫的府上去了。诺兹德廖夫正忙着办一桩要紧事情:他已经整整四天没有走出房门,也不放任何人进去,只在小窗口把饭接进去吃,——总之一句话,他辛苦得甚至瘦了,脸色也发青了。这桩事情是必须高度地聚精会神去做的:那便是要从几百张牌里挑选出两副牌来,可是每张牌要有最精确的特点,要像最忠实的朋友那样可靠。工作至少还得花两星期才能完成;在整整这段时间里,波尔菲利必须用一把特备的刷子把一条米兰种的狗崽子的肚脐眼儿刷干净,并且用肥皂一天给它洗三回。诺兹德廖夫因为有人惊扰了他闭门谢客的生活而非常恼火,先是叫警官见他妈的鬼去,可是,当他在县长①的便简中看出来了可能有利可图,因为晚上的牌局还有一个新手应邀参加,他立刻软了下来,匆匆锁上房门,胡乱披了件衣服,出发到官员们那儿去了。诺兹德廖夫提

---

① 估计是作者笔误;应为警察局长。

供的材料、证明和推断,同官员先生们的截然相反,他们的种种最新猜测全都给推翻了。这的确是一个根本不知道什么叫作怀疑的人;要是在官员们的推断里可以看出有多少犹豫和胆怯,那么,在他那里就有多少果断和自信。他口若悬河地逐点答复,连一个顿儿也不打,他宣称,乞乞科夫买进了价值几千卢布的死魂灵,他自己就卖过死人给他,因为看不出有什么不卖的理由;当人家问他,乞乞科夫是不是一个暗探,是不是竭力想刺探出点什么事儿来,诺兹德廖夫回答说,他是一个暗探,还在他们两人一块儿念书的那所学校里,大伙就管他叫作奸细,为了这种缺德事,同学们——包括诺兹德廖夫本人在内——还狠狠揍过他一顿,以致后来单在两边的太阳穴上就得放上二百四十条水蛭,也就是说,他本想说四十条的,但不知怎么一来二百这个数字自个儿冲出口来了。当问到乞乞科夫有没有制造假钞票,他回答说制造的,顺带还讲述了一件证明乞乞科夫有股异常的机灵劲儿的逸闻,说什么有一回警方获悉在他的屋子里藏着二百万假钞票,就封了他的房子,派上了岗哨,每扇门前安置了两名士兵,可是乞乞科夫在一夜之间把假钞票全给调换了,因此第二天启封一看,里面全是真钞票啦。当问到乞乞科夫是不是确有诱拐省长女儿的意图,他本人是不是果真插手帮了忙,参与了这件事情,诺兹德廖夫回答说,他是出过力的,要不是他帮忙,那么准是一事无成。话到其间,他倒也清醒过来,发觉撒谎撒得毫无必要,这么一来他会给自己惹来灾祸,可是他已经怎么也管束不了自己的舌头了。不过,要收住舌头也挺难,因为脑子里自然而然地蜂拥出那么一些有趣的情节,要忍住不讲是怎么也办不到的:他甚至举出了原定举行婚礼的教区教堂所在的那个村子的名字,那就是特鲁赫马契夫卡村,教士是西陀尔神甫,主持婚礼的酬金是七十五卢布,要不是他吓唬神甫,说是要去告发神甫给粮食商米哈依尔和他的姘妇主持过婚礼,起先神甫还不答应办这件事儿哩,还说他甚至把自己的四轮弹簧马车也让了出来借给他们用,又在各个驿站上给他们预先订好了备用的驿马。情节详尽到了这种地步,他已经一个个列举起马车夫的名字来了。官员们插嘴提了一声拿破仑,可是他们自己也挺后悔提了这件事,因为诺兹德廖夫天花乱坠地乱扯起来,不但没有一句真实可信的话,甚至根本没有一句像样的话,因此,官员们叹了口气,都撇下他走开了;只有警察局长一个人还听了许久,想往下是不是至少可以听出一点蛛丝马迹来,可是最后连他也把手一挥,说了声:"鬼才知道是怎么一回事!"结果大伙儿都一致同意这样的说法:往公牛身上再使劲,也挤不出一滴奶来。官员们的处境比原先更糟了,而且,既然怎么也打听不出乞乞科夫是一个什么玩意儿,事情也只好这样不了了之。由此可见,人是一种什么样的奇怪现象:他可以在所有的事情上都显得聪明贤达,具有远见卓识,不过那只是当事情涉及别人,而不涉及他本身的时候。每逢别人的生活陷于困境,他总能够提供多么审慎而又果断的主意啊!"好一个机灵的脑袋!"大家叫道,"多么坚定的性格!"可是,一旦有一桩什么灾祸降落到这个机灵的脑袋上,一旦他本人的生活不幸陷于困境,性格便不翼而飞,铁铮铮的大丈夫完全手足无措,成了一个可怜巴巴的胆小鬼,一个渺不足道、孱弱无能的娃娃,或者干脆成了诺兹德廖夫所说的呆鸟了。

所有这些议论、意见和传闻不知为什么缘故对可怜的检察长产生了特别强烈的影响。这影响之强烈达到了这种地步:他回到家里之后就一个劲儿地想呀想呀,突然一下子如常言所说无缘无故地一命呜呼了。不知是中风呢,还是得了什么其他的急病,反正就在坐着的当口他突然啪的一声从椅子上栽倒在地上了。家属照例两手一拍尖声叫了起来:"哎呀,我的老天爷!"接着就派人去请大夫来放血,可是再一看,检察长已经是一个没有灵魂的躯壳了。直到那个时候,人们方才不胜惋惜地知道,死者的确是有过一颗灵魂的,虽然他秉性谦虚,一直没有让这颗灵魂显示出来。然而,死亡出现在小人物的身上,和出现在大人物的身上一样,都是挺可怕的:不久以前还在走路,活动,打惠斯特牌,签署各种各样文书,并且在官员们中间经常露面,扬着他那两道浓密的眉毛,眨巴着一只眼睛的那个人,现在却躺在桌子上,左边的那只眼睛已经一点也不再眨巴了,只有一道眉毛还是有点扬起,含有一副疑问的神气。死者有些什么要问的呢?莫非想问他为了什么死去的,还是想问他为了什么活着的,关于这一点可只有老天爷知道啦。

"可是,这是不近情理的呀!这怎么也说不通呀!官员们哪会这样自己吓唬自己,这样胡思乱想,距离真相这么远,何况究竟是怎么一回事,连毛孩子都能够看得清清楚楚呀!"许多读者一定会这样说,并且会指责作者有种种不近情理之处,或者把可怜的官员们叫作傻瓜,因为用起傻瓜这个字眼来,人们总是挺慷慨大度,一天之间可以把它奉送给诸亲好友有二十回之多。一个人只消在十个方面中间有一个方面显得愚蠢,这就足够被人认定是傻瓜了,不管他还有九个方面是好的。读者从自己清静安逸的高楼一角往下冷眼观察,是不难评头品足,议论一番的,因为下面发生的一切他们都可以一览无遗,而底下的人所能够看见的却只是近在身边的事物。在古往今来的人类编年史里,说不定有许多世纪会被你认为毫无用处而整个儿删除和抹去的。人世间的确发生过许多现在看起来连一个孩童也不会犯的迷误。在力求到达永恒真理的过程中,人类选择过多少荒无人迹、荆棘丛生、把人深深引入歧途的羊肠小道,尽管这时有一条大路平坦笔直得可以和铺向巍巍宫殿的通衢大道媲美,整个儿地敞开在他们的眼前。这大路比所有其他的道路更宽阔,更壮丽,白天沐浴在阳光里,夜晚则被灯光通宵不灭地映照着;可是,尽管大路近在咫尺,人们却在深沉的黑暗中摸索前进。不知有多少回他们已经得到上苍降赐的智慧的启迪,但随即却又一个趔趄偏离了方向,竟然在青天白日重新陷入难以通行的荒山野林,大家七嘴八舌,重新茫然不知所措,只是跟随着幽幽磷火蹒跚行进,一直要走到万丈深渊的边沿,方才惊恐失色地互相问道:"哪里是出口?哪里是大路?"事过境迁,现今的一代把所有这一切都看得很清楚了,他们对这些迷误感到惊讶,他们嘲讽祖先的愚昧,却没有发觉,这是用上天圣火记载下来的一部编年史,其中的每一个字母都是骇然的鉴戒,处处有一只神明的手指在向他们这现今的一代发出警告,可是,现今的一代依旧在讥笑先辈,并且还满怀着自信和骄傲,接连铸下一个个新的错误,也给后代留下笑柄。

所有这一切乞乞科夫可一点也不知道。在这段时间里,仿佛故意似的,他得了一点轻微的感冒,牙龈有点发肿,喉咙又有点发炎,我们许多外省城市的气候散布起这些疾病来是非常慷慨的。上帝保佑,可别让自己的一生连后代根苗也没有留下就中断了,因此,他决定还是在屋里待上三两天为宜。

在这几天里,他不停地用泡着无花果的牛奶漱口,然后再把无花果吃下去,一边的面颊上敷着一个装有甘菊和樟脑的小布袋。为了排遣时间,他把所有买来的农奴的名单重新详详细细地抄了好几份,甚至还读完了在皮箱里寻找出来的一本什么叫《拉瓦尔耶尔公爵夫人》①的小说,再把小木匣里的各种东西和纸片翻看了一遍,有些还重新细读了一遍,可是所有这一切都使他感觉到腻味极了。他怎么也弄不明白,这算是什么意思,城里的官员们竟一个也不来问候一下他的健康,而几天之前旅馆门口还不时有马车停着——一忽儿是邮政局长来啦,一忽儿是检察长来啦,一忽儿又是民政厅长来啦。对这一点他着实感觉到奇怪,但也只有一边在房间里来回踱步,一边耸耸肩膀。最后他终于觉得自己好些了,当他看到可以出去呼吸一下新鲜空气的时候,那份高兴劲儿只有上帝才能够知道。他毫不耽搁,立刻着手打扮起来,打开了自己的那只小木匣,倒了一杯热水,取出小刷子和肥皂,准备刮胡子了。不过,这件事早就该做啦,因为用手一摸下巴颏,再照了一下镜子,他咕哝了一声:"哎呀,真见鬼,长出一片树林子来啦!"说实在的,树林子未必见得有,但是在面颊和下巴颏上倒像是长了一片密密麻麻的庄稼。刮完胡子,他就开始换衣服,动作是那样敏捷而又匆忙,几乎是纵身从睡裤里跳出来的。最后他终于打扮整齐,洒上了香水,裹得暖暖和和的走上了街,出于谨慎还把面颊裹上了。他的出门,和任何一个病愈的人出门一样,的的确确是喜气洋洋的。不管碰上些什么,房屋啦,过路的庄稼汉啦,看上去全是笑盈盈的,其实,庄稼汉们都是相当

---

① 法国感伤主义女作家龚利斯(1746—1830)的长篇小说。

严肃、不苟言笑的,其中一个还打了他的同伙一个耳刮子哩。他打算先登门拜访省长。一路上许多各种各样的念头纷至沓来:脑海里始终萦绕着金发女郎的倩影,想象甚至有点儿胡闹起来,连他自己都把自己笑骂了几句。怀着这样的心情他来到了省长府邸的门前。他已经跨进门廊,急忙地要脱掉身上的皮大氅了,这时看门人却说出了一句完全料想不到的话,叫他大吃一惊:"上面有吩咐不接见!"

"怎么,你,你说什么,看样子你没有认出我来吧?你再仔细瞧瞧我的脸!"乞乞科夫对他说。

"怎么不认识,我又不是头一回见到您,"看门人说,"就您一个人上面有吩咐不让进去,其他的人全都可以。"

"这可奇怪啦!为什么?什么原因呢?"

"上面有这样的吩咐,那看来就该这么着!"看门人说,此外还添上了一声"是啰";说罢就挡在他前面十分放肆地一站,再也不保持往日赶紧给他脱外套的那副亲热殷勤的样子了。他一边瞅着乞乞科夫,一边仿佛在想:"嘿!既然老爷太太要把你从台阶上赶下去,那么,看来你就不怎么样,随便你怎么说,你不过是一块不中用的废料!"

"真不明白!"乞乞科夫自个儿心里这么想,转身朝民政厅长家里赶去,可是民政厅长一见到他就显得十分窘困,支支吾吾了半天,方才对他说了一大堆的蠢话,弄得宾主二人都觉得挺不好意思。打那儿出来,不管一路上乞乞科夫怎么苦苦思索,想把民政厅长是指什么而言,他的话可能涉及什么事情,琢磨出一个名堂来,却一点都弄不明白。后来他又拜访了其他的官员;拜访了警察局长、副省长、邮政局长,可是,所有这些官员或者不接见他,或者接见了,态度却十分古怪,谈话勉强而又含糊,神色慌慌张张,结果,说了一些前言不搭后语的话,因此他怀疑是不是他们的脑子都出了毛病。他还试试拜访了几位官员,想起码探听出一个原因来,可是什么原因也探听不出来。他神思恍惚,在城里漫无目的地徘徊,实在断定不了是他发了疯,还是官员们神志不清,所有这一切是一场乱梦,还是他真的遇上了比梦还要荒唐的事儿。直到很晚,天色几乎已经黑下来了,他方才回到他那么兴冲冲走出大门的旅馆。为了解闷他叫人端茶上来。正当他一边沉思并且徒劳无益地琢磨自己的奇怪处境,一边斟茶的时候,房门突然给打开了,怎么也料想不到地出现了诺兹德廖夫。

"俗话说得好:访友不怕路途远!"他说着摘下了便帽,"我打这儿走过,一看窗户里有灯光,嗨,我想,进去瞧瞧,他一定还没睡哩。哦,好极了,你桌上有茶,我很高兴喝它一杯:今天中饭吃的全是乱七八糟的东西,现在肚子里开起仗来啦。叫人给我装上烟斗!你的烟斗在哪儿?"

"要知道我不抽烟斗。"乞乞科夫冷冷地说。

"胡说八道,好像我不知道你是个烟鬼似的。喂!你的底下人叫什么名字来着。喂,瓦赫拉梅依,来呀!"

"不叫瓦赫拉梅依,叫彼得卢什卡。"

"怎么?你以前用的明明是瓦赫拉梅依。"

"我根本没有用过什么瓦赫拉梅依。"

"噢,对啦,这是杰列宾有个用人叫瓦赫拉梅依。你想想看,杰列宾有多好的运气,他的姑妈和儿子闹翻啦,为的是儿子娶了个农奴姑娘做老婆;现在姑妈已经把全部财产都过户在他的名下啦。我自个儿在想,要是往后人人都有一个这样的姑妈,那就好啦!可是,老兄,你干吗躲着大伙儿,哪儿也不去呀？当然，我知道，你有时候忙着学问上的事儿，爱读读书（至于诺兹德廖夫凭什么断定，我们的主人公在忙学问上的事情，喜欢读读书，我们可怎么也说不上来，更别提乞乞科夫本人了）。噢，乞乞科夫老兄，只要你亲眼目睹的话……说真的，那准是你这个爱讽刺的脑袋瓜可以大加发挥的材料（乞乞科夫怎么会有讽刺的脑袋瓜，这一点也说不清楚）。老兄，你想一想，一天在商人里哈契夫家里打果尔卡牌，那才好笑死人哪！佩列平杰夫那天跟我在一起，他说：'瞧，要是这下乞乞科夫在场，那正好配他的口味！……'（顺便提一句，乞乞科夫有生以来没有认识过任何叫佩列平杰夫的人。）不过，老兄，你得承认，你那回对我的态度实在太卑鄙啦，你可记得，咱们怎么下棋来着，我明明是赢了的……一点不错，老兄，你简直是对我耍无赖。可是我这个人哪，真是只有鬼才知道，我怎么也发不起火来。前几天我跟民政厅长……噢，对啦！我该告诉你，城里人人都提防着你哪；他们以为你在制造假钞票，死乞白赖地来问我，我可尽力保护你，我对他们说，咱们两人同过学，我还认得你的父亲；就这样，没二话可说，我把他们着实蒙哄了一通。"

"我制造假钞票？"乞乞科夫吃惊得从椅子上抬起身子，尖声叫了起来。

"可是你干吗把他们都吓成那样呢？"诺兹德廖夫接碴儿说，"他们呀，真是活见鬼，都吓疯了：把你当成——不过，这全是庸人自扰——又是强盗啦，又是暗探啦……检察长一吓，就吓死啦，明天要举行葬礼。你去不去？说实在的，他们是害怕新任的总督，怕别为了你惹出什么事来；而我对总督有这样的看法，如果他把头昂得高高的，摆他的臭架子，那么，他跟贵族们准什么事情都办不成。贵族就要求亲昵热乎,可不是吗?当然啦,他尽可以躲进自己的办公厅,一个舞会也不举行,但这样做有什么好处呢?要知道,这样做什么好处也捞不到的。不过,你呀,乞乞科夫,你倒想出了个鬼主意,打算干一件冒险的事儿哟。"

"什么冒险事儿?"乞乞科夫惊慌不安地问道。

"就是想拐走省长的女儿呀。我得承认,我早就料到这一招啦,老天在上,不撒半点虚谎,我早就料到啦!我头一回在舞会上一看见你们两个在一块儿,嘿,我心里就想,乞乞科夫肯定不是没有用意的……不过,你的眼光可真不行,在她身上我实在看不出有什么迷人的地方……可是,另外一个,比库索夫的亲戚,他的外甥女,那才真是一个出色的妞儿哪!可以说:妙不可言,完全是另外一股味儿!"

"可你在说什么,你在胡扯些什么?怎么想拐走省长的女儿?你在说什么呀?"乞乞科夫瞪大了眼睛说道。

"嘿,算啦,老兄,瞧你是个多么不老实的人!我得承认,我来看你,就是为了这件事,我听你的吩咐,准备为你出一把力。咱们一言为定:由我来替你捧新娘的花冠,马车和备用的马全包在我身上,只是附带一个条件:你必须借给我三千卢布。我急着等钱用,老兄,急得要命!"

在诺兹德廖夫一味胡说八道的整段时间里,乞乞科夫好几回使劲揉了揉自己的眼睛,希望确定一下,所有这一切他可别是做梦听到的。制造假钞票,诱拐省长的女儿,好像由他引起的检察长的暴死,总督的驾临——所有这一切使他着实感觉到骇怕。"哎呀,事情既然闹到了这个地步,"他自己在心里想道,"再也耽搁不得,必须尽快从这儿脱身走掉。"

他设法尽快地把诺兹德廖夫支使走了,立刻唤谢里方进来,吩咐他明天天蒙蒙亮就得把车马准备停妥,以便一清早六点钟一定能够离开城市,要他把一切都检查过,车子要上好油,等等等等。谢里方嘴里应道:"是啦,巴维尔·伊凡诺维奇"——身子却在房门口一动不动待了好一会儿。老爷又立刻吩咐彼得卢什卡从床底下拖出皮箱,箱子上已经盖了一层厚厚的灰尘,接着两人就动手拾掇行李,把袜子啦,衬衫啦,洗过的和没有洗过的内衣啦,鞋楦啦,日历本啦……并不仔细分类地收拾进箱子里去。所有这一切东西都随手往箱子里一塞;他一定要隔夜准备就绪,免得明天发生什么耽误。谢里方在门口站了约摸两分钟,终于慢慢走出了房间。他跨着慢吞吞的、只有想象中才能够有的慢吞吞的脚步,从楼梯上往下走,让他那双肥大的靴子在被人踩得已经往下倾斜的梯级上留下一个个湿漉漉的脚印,并且用手在后脑勺上搔了好长时间。他的这个搔后脑勺的动作表示什么意思呢?一般说来搔后脑勺的动作又表示什么意思呢?是表示懊恼,因为原来想在明天和一个披着脏污难看的羊皮袄、束了根宽腰带的同行兄弟到一个什么地方的官家经营的小酒店里去聚会的打算就此告吹啦,还是因为在这个新的地方已经交上了一个相好,本来在黄昏时分可以偷闲站在大门口,当夜色渐渐笼罩城市,穿着红色衬衫的小伙子在一群家奴面前叮叮咚咚弹拨起六弦琴,劳累了一天的市民百姓在悄声儿论东家长西家短的时刻,可以轻轻儿捏住一只白皙的小手,现在这些乐趣全都不得不放弃啦?要不然,只是舍不得丢下在下人厨房里铺上皮袄的、靠近炉子给烤得暖烘烘的那个铺位,再有舍不得丢下白菜汤和城里的松软的大馅饼,去换在雨里,雪里,在旅途上可能碰到的任何恶劣天气里,奔波劳累的那份苦罪? 这只有老天爷才能够知道,你可猜不透啦。俄罗斯人这个搔后脑勺的动作是包含着许多各种各样的意味的。

第十一章

可是，没有一件事办得像乞乞科夫预先设想的那样如意。第一，他醒来的时间比他原来想的要晚——这是第一桩不称心的事。起床之后，他立刻差人去问马车套好了没有，一切准备停妥了没有；但得到的回话是，马车还没有套好，什么都没有准备停妥。这是第二桩不称心的事。他大发雷霆，甚至准备给我们的老朋友谢里方尝尝像拳头一类的东西的滋味，他只是不耐烦地等着谢里方进来，看他提出什么理由来为自己辩护。谢里方很快就在房门口出现了，于是老爷总算领教了在必须赶紧上路的这种情况下通常从仆人嘴里所能听到的妙论。

"不过，巴维尔·伊凡诺维奇，该给马钉马掌呀。"

"好哇，你这个蠢猪！你这个呆子！这件事你干吗不早说呢？难道没有工夫吗？"

"工夫倒是有的……不过，巴维尔·伊凡诺维奇，还有车轮子也不管用，轮箍该重新换一副啦，因为眼下路上高低不平挺难走，到处都是这么坑坑洼洼的……再说，如果您容许我禀报，那么我还得说：车子前半身的榫头完全松动啦，说不定连两站路都走不了。"

"你这个混蛋！"乞乞科夫把两手一拍，尖声叫了起来，并且走过去跟他靠得那么近，谢里方害怕老爷会赏他一个巴掌，赶紧退后几步，避在一边。

"你打算把我害死？啊？你是想杀了我？你这个强盗，你是打算在大路上把我杀了，你这个该死的蠢猪，阴阳怪气的恶鬼！啊？啊？咱们不是一动不动在这儿待了三个星期吗，啊？你哪怕吭一声呀，混账！——可是你偏偏一直挨到临走这个节骨眼儿上才来凑热闹！现在不是已经几乎万事俱备：只差坐上车动身走啦，啊？你这不是存心捣乱使坏吗，啊？啊？你说呀。你是早就知道了的？是吗？"

"我是早就知道的。"谢里方垂下了头，回答道。

"那你干吗不早说呢，啊？"

对这个问题谢里方什么也没有回答，可是，他垂下了脑袋，仿佛在对自个儿说："瞧，这事儿出得多么蹊跷：明明早就知道，偏偏不说出来！"

"好啦，现在你快去把铁匠叫来，得在两个钟头之内把一切都办好。听明白了没有？一定得在两个钟头之内；如果办不好，我就要把你，把你……狠狠地收拾一顿，收拾得你服服帖帖！"我们的主人公实在气愤不过了。

谢里方刚朝门口转过身，要出去执行主人的命令，却又站住了说："老爷，还有一件事要禀报，那匹花斑马，说真格的，还是卖掉算啦，因为，巴维尔·伊凡诺维奇，它简直坏透啦：像它这样的马，老天有眼，只会碍事。"

"好哇！我这就给你跑到市集上去把它卖掉！"

"说真格的，巴维尔·伊凡诺维奇，它只是看样子挺精神，实际上是一匹最狡猾不过的马了；像这样的马哪儿也没有见过……"

"傻瓜！什么时候我想把它卖掉，我就会去卖的。你居然还唠唠叨叨发什么议论！现在我就等着：如果你不马上把铁匠给我叫来，并且在两个钟头之内不把一切都准备好，那我就要狠狠地揍你一顿……叫你连自己的脸也认不出来。快走！办事去！"谢里方退了出去。

乞乞科夫的心情十分恶劣，把马刀重重地往地板上一摔，那马刀跟着他在旅途上辗转东西，为的是在必要时使人产生应有的恐惧。后来他费了一刻多钟的口舌方才和几个铁匠讲定了价钱，因为铁匠照例都是些天字第一号的坏蛋，当他们咂摸出这是一件紧急的活儿，就多开了五倍的价钱。不管他发多大的脾气，骂他们是骗子手，是强盗，是拦路抢劫的匪徒，甚至还提到了末日的审判，可是说什么铁匠们也无动于衷，他们完全能够沉得住气：不仅在价钱上寸步不让，甚至干起活来还磨磨蹭蹭，讲定两个小时的活儿足足干了五个半小时。在这段时间里他饱尝了任何一个出门旅客都熟悉的那股滋味：箱子已经理好，房间里扔下的只有麻绳、纸团和各种各样的废物，人既不能够算已经上路，但又不能够消消停停地坐着，只有眼看窗外过往的行人一边慢悠悠地走着，一边谈论着自己的小本经营，还不时带着某种愚蠢好奇的神色抬起眼皮来瞅他一眼，然后继续走自己的路，害得可怜的没法上路的旅客心情更加焦躁。不管是什么东西，不管他看见什么东西：对着他窗户的小铺子也好，不时走到挂着寒酸短小幔布的窗前的对门老婆子的头也好，——全都使他觉得讨厌，可是他却又不离开窗口。他照旧站着，忽而神思恍惚、忽而目光呆滞地重新去注视在他眼前活动着的和不活动着的一切东西，并且出于懊恼伸手拍死了这当口就在他手指底下嘤嘤叫着往窗玻璃上乱撞的一只苍蝇。可是，万事总有个尽头，引颈盼望的时刻到来了：一切都准备停妥了，轻便折篷马车的前半身修理得稳稳当当，车轮包上了新轮箍，马匹饮过水给牵回来了，那几个黑心的铁匠把到手的工钱点数清楚，祝他一路顺风之后也走了。最后连车也套好了，两只刚才买来的热烘烘的辫子形面包放进了车厢，谢里方也已经往赶车人的座位旁边挂着的一只布袋里为自己塞进了一件什么东西，我们的主人公终于也坐上了车，这时在场的有店伙计，他照旧穿着那件线呢常礼服，频频地挥手告别，有本旅馆的仆役，也有别人家的仆役和马车夫，那都是跑来瞧瞧别人家的老爷出门有什么样排场的，此外，还有每逢出门总少不了的其他的种种热闹，——在这之后，那辆多半是单身汉乘坐的、这么长久地待在城市里、甚至也许叫读者都已经觉得腻味的轻便折篷马车，终于从旅馆的大门里驶了出去。"谢天谢地，我的老天爷！"乞乞科夫想着画了一个十字。谢里方抽了一鞭子；彼得卢什卡先在踏脚板上吊了好一会儿，这时也挨着谢里方坐下了，我们的主人公则挪动了一下身子，在格鲁吉亚出产的毛毯上坐舒服了一些，给自己背后塞了一个皮靠垫，紧紧搂着两只热烘烘的辫子形面包，而轻便折篷马车又开始上下跳动和左右摇晃起来，那全是石子街的功劳，因为正如大家所知道的，那条石子街是具备着一种震动抛掷的力量的。乞乞科夫怀着某种难以形容的心情望着房屋、墙壁、篱笆和街巷，所有这些景物仿佛也在蹦跳着慢慢儿地向后退移，命运会不会在他一生中的哪一天再让他和它们相遇，这只有上帝知道。在拐进一条胡同的时候，轻便折篷马车不得不停了下来，因为整条胡同都被蜿蜒不绝的出殡行列堵塞住了。乞乞科夫探出身子吩咐彼得卢什卡打听一下,这是给谁送葬,于是知道了下葬的是检察长。他心里觉得顶不是滋味,赶紧缩在轿角里,让皮幔挡住自己的脸,后来索性拉下了皮幔。在轻便折篷马车这样站住不动的当口,谢里方和彼得卢什卡虔诚地摘下帽子,仔仔细细地打量着送殡的人,察看他们是怎么走法,坐车还是骑马,还点着人数,算算步行的和有坐骑的总共有多少,而老爷呢,在嘱咐过他们见了熟识的仆役跟谁也不要相认和招呼之后,自己也从皮幔上的玻璃窗眼里往外偷偷张望起来:全城的官员都除下了帽子,跟在灵柩的后面。他开始有点担心,害怕人家认出了他那辆轻便折篷马车,可是他们根本没有这份心思。他们甚至不像平常送殡的人那样边走边交谈着各种各样的生活琐事。他们的思绪此刻都凝聚在自个儿身上:他们在琢磨,新任总督会是怎样的一个人,他会如何着手公务,会如何对待他们。步行的官员过后,接踵而来的是一溜儿轿式马车,里面露出戴着黑色丧帽的女士们的面庞。根据她们嘴唇和手的动作可以看出,她们谈得挺起劲;说不定她们也在议论新任总督的驾临,对他必将举行的舞会在作种种的推测,并且又在为自己的百谈不厌的花边和镶边费神操心。在轿式马车之后有好几辆空的马车鱼贯而过,终于再也没有什么了,我们的主人公可以驱车前进了。乞乞科夫撩起皮幔长叹一声,真心诚意不胜感慨地说:"是检察长呀!平平常常活了一辈子,后来也就这么死啦!这下子报上可要发布一条消息啦,说什么'惊悉某公溘逝,不胜痛惜,盖某公生前为本城望族士绅,笃爱子女,伉俪情深,堪称楷模,今竟仙逝,岂其属员之不幸,亦乃举世之不幸也',并且会洋洋洒洒写上一大篇废话,说不定还会添上这么几句,说什么'本城孤儿寡妇无不哀恸欲绝,挥泪相送'云云;可是,如果认真琢磨一下,那么就会发现,在你的身上除了两道浓密的眉毛之外,其实没有一点出众的地方。"说着他吩咐谢里方把车赶得快一些,同时暗自想道:"不过,碰上出丧是个好兆头;俗话说,路见棺材,时来运转。"

这期间轻便折篷马车已经转弯抹角行驶在一些比较僻静的胡同里了;很快就只看见一排排长长的木头栅栏,这预示着城市快到尽头了。现在,连石子街也已经过去,连拦路杆,连城市都已经被甩在身后,没有什么好看的了,车儿又行驶在大路上了。在驿道两边所遇到的无非又是路程碑,驿站长,水井,大车,灰扑扑的村庄,茶炊,村妇,一个机灵的、手里抱着一捆燕麦匆匆跑出来的大胡子的客店老板,一个穿着破树皮鞋的、已经赶了八百里路程、步履蹒跚的行人,草草建成的小城镇,满街的木造店铺、装面粉的圆桶、树皮鞋、辫子形面包和其他零七八碎的东西,斑驳的拦路杆,正在修补的桥,无论往哪一边望去都是广无涯际的田野,地主的轿式马车,一个士兵骑着马运送一只装满铅弹的绿色箱子,箱子上写着"某某炮兵连"的字样,原野里闪过的一行行绿色的、黄色的和新近犁过的黑色的田垄,远处响起的悠长的歌声,耸立在朦胧雾霭中的松树梢顶,渐渐飘远消逝的钟声,苍蝇般密集的乌鸦,无边无际的地平线……俄罗斯!俄罗斯!我看见你了,从我那美妙迷人的远方①看见你了:你贫瘠,凌乱,荒凉;你既不愉悦眼睛,也不惊心动魄,没有大胆奇妙的天然景色在大胆奇妙的人工景色的烘托下显得美奂绝伦,没有在悬崖峭壁上筑起嵌着

① 果戈理于一八三六——一八四八年间曾出国旅居。他到过瑞士、意大利、法国等地。《死魂灵》的第一卷即于国外完成。

无数窗棂的巍峨宫殿的城市，没有喧腾的、水珠飞溅不息的悬瀑掩映在秀美如画的林木和环屋盘绕的藤萝之间，没有层层叠叠悬于空中的岩石引人翘首仰望，也没有重重的拱门被密密的葡萄枝、常春藤和数不清的野蔷薇遮掩得暗沉沉的，把远处耸入银白纯净天空中的明丽的、绵延不绝的群山衬托得光辉耀目。你的一切是开阔、空旷和平坦的；在大片平原中间，像一些黑点，像一些符号，稀稀落落毫不醒目地散置着你的矮小的城镇；没有一点东西能够引诱和迷惑人的眼睛。可是，究竟是什么不可捉摸的、神秘的力量把我往你的身边吸引？为什么飘荡在你山川平原上的忧郁的歌声总是在我的耳边回响缭绕？这里面，这歌声里面，蕴含着一股什么力量？是什么在呼唤，在呜咽，在紧紧地揪着我的心？是什么音律在灼热地吻我，闯入我的灵魂，萦回在我的心头不愿离去？俄罗斯！你究竟要我怎么样？究竟有什么不可捉摸的联系深藏在你我之间？你为什么这样凝望着我，你的一切为什么都向我投来满含着期待的目光？……当我还充满困惑，木然不动地站着的时候，一片森严可畏的、预示着风雨将至的浓云已经罩在我的头上，我的思想变得哑然无语，默默地对着你的广漠的土地。这片一望无垠的土地将给我什么启示？是不是只有在这里，在你的身边，才能够产生无限广阔的思想，因为你本身是无边无际的？是不是只有在你的身边才能够成为一个勇士，因为你有让勇士尽情驰骋的地方？也就在这个时候，壮阔的土地气势凛然地把我搂入胸怀，以令人战栗的热力将自己的姿影刻印入我的心灵；我的眼睛被一种超乎自然的魔力照亮了：哦！俄罗斯！你是一片多么光辉灿烂、神奇美妙、至今未被世间认识的异乡远土哟！……

"把马勒住,勒住,你这蠢货!"乞乞科夫对谢里方喊道。

"看我一刀宰了你!"迎面驰来的一个胡子足足有一尺长的信使叫骂道,"你瞎了眼啦,让魔鬼把你的灵魂抓了去:这是官车!"转眼之间,三驾马车带着隆隆声,卷着尘土,像幻影一样消隐不见了。

旅途!在这个字眼里包含着多么奇异的意味啊,又诱人,又奇妙,又令人遐想联翩!这旅途本身就有多美:晴朗的天空,秋日的落叶,寒冷的空气……快快把旅行大氅裹得更紧一些,把帽子拉下压到耳边,往车厢的犄角里靠得更近一些,更舒服一些!四肢上流过最后的一阵寒战,接着就涌来令人愉快的温暖。马匹奔驰着……睡意那么甜蜜诱人地悄悄袭来,眼睑闭阖上了,《不见茫茫的雪》①的歌声,马蹄的嘚嘚声,车轮的辚辚声,都已经是在睡梦中隐约听见的了,你已经打着鼾,把邻座的旅客挤到了犄角里去。一觉醒来,五站路已经过去,抬眼只看见一轮明月,一座陌生的城镇,三三两两带有古式木头圆穹顶和乌黑尖顶的教堂,一幢幢暗沉沉的圆木造的房屋和雪白的石砌的房屋。到处是皎洁的月光:仿佛在墙上,石子路上,街面上,都飘拂着一块块雪白的亚麻布头巾;煤炭般乌黑的阴影又像一条条斜纹纵横交叉地把它们割裂开来;木头屋顶在斜泻的月光下像发亮的金属一样闪耀着光辉,到处看不见一个人影——家家户户都进入了梦乡。只有在一个什么地方的窗户里还透露出一盏孤灯的亮光;不知是一个小市民在缝制一双高统皮靴呢,还是一个面包师在烘房里熬夜忙碌——何必去管他们呢?看看月夜吧!看看这造物的魅力

---

① 这是一首民歌。

吧！上天在塑造一个多美的夜晚啊！那空气，还有那片天空，多么远，多么高，深邃莫测而又那么广无边际，和谐清明！……可是，夜间的寒气冷飕飕地吹拂着你的眼睛，催你入眠，于是，你来不及把夜色欣赏就打起盹来，一边迷迷糊糊，一边发出阵阵的鼾声，而被你挤在犄角里的那个可怜的邻人感觉到压在他身上的分量，愤愤地辗转着身子，久久不能够入睡。等到你睁眼醒来时，在你的面前已经又是耕田和荒地了，极目望去，不看见别的，到处只是一片旷野，一切都是袒露无遗的。标有数字的路程碑飞快地扑进你的眼帘；天色渐渐破晓；在冷凝的、发白的天幕上出现一条苍白的、泛着金色的光带；晨风变得更凉更刺骨了：把温暖的大氅裹得更紧一些！……多么惬意的寒风！那重新拥抱你的睡意又是多么的甜美！车身猛地一晃——你又被惊醒了。太阳已经升在高高的天顶上。"小心，小心！"你听得有人在喊；从陡坡上飞冲下一辆大车；坡下是一道宽阔的拦水坝和一个清澈澄碧的大水池，太阳照得水面明晃晃的，宛如一个铜盆的底；一座村庄，一片小山坡，上面农舍纵横错落；乡村教堂的十字架像颗孤星在一边闪烁；耳边传来正在聊天的庄稼汉的话音；肚子里饥肠辘辘……天啊！这遥远遥远的旅途有时是多么美好！有多少回我有如一个落水的有灭顶之灾的人，紧紧抓住了你，而你每回都慨然伸出手来拯救了我！你孕育过多少神妙的灵感、充满诗意的梦幻，又留下过多少奇异难忘的印象啊！……连我们的朋友乞乞科夫的心里此刻怀有的也不尽是一些平庸的梦想了。那么，就让我们来看一看，他有些什么感受吧。起先他一无所感，只是为了希望确信他是不是真的已经驶出了城市，偶尔还要回过头去瞧一眼；可是，当他看到，城市早已在视野中消失，打铁铺也好,磨坊也好,凡是在城关附近通常有的东西,都一概看不见了,甚至连石砌教堂的白色屋顶也早已退到地平线下面去了,他这才一心注意起大路来,这才不时向左右两边眺望一下,而 N 城仿佛已经不为他所记得,仿佛这是他在很久以前的一个什么时候,还是在童年时代经过的一个地方。终于连大路也不再吸引他的注意,他半阖上眼睛,把头靠在皮垫上。作者承认,他为此感到挺高兴,总算可以抓住机会谈一谈自己的主人公了;因为在这之前,如读者看到的,他受到不断的干扰,忽而是诺兹德廖夫,忽而是舞会,忽而是女士们,忽而是城里的流言蜚语,最后还有千百种渺不足道的小事在干扰着他,其实,那些事情只有在写进书本里之后方才显得渺不足道,而当它们在上流社会流传的时候,可被人当作了不起的大事哪。不过,现在还是让我们把所有这一切搁在一边,言归正传吧。

　　我们所挑选的主人公能不能讨读者的喜欢,这一点是非常值得怀疑的。他不会博得女士们的青睐,这已经可以肯定无疑了,因为女士们总要求主人公是一个十全十美的完人,如果在精神上或者仪表上他有了一个什么小小的瑕疵,那就够糟糕的啦!不管作者把他的内心探索得有多么深,哪怕比镜子还要清楚地反映出了他的形象,他也丝毫得不到赏识的。乞乞科夫已经发胖,又已经到了中年,仅仅这两点便于他大大不利:发胖这一点在任何情况下都是我们的主人公无法获得宽宥的,绝大多数的女士见了会把身子一扭,说道:"呸,这么恶心!"唉!所有这一切作者都是明白的,可是,尽管如此,他还是不能选取一个品德高超的人来作为自己的主人公。可是……就在这部小说里也许会响起另外一些至今还没有被拨动的心弦,会出现无比珍贵丰富的俄罗斯精神,会有一位天赋神明般德行的大丈夫上场,或者出现一位踏破铁鞋无觅处的绝妙的俄罗斯少女,她凝聚着女性心灵的全部的惊人的美,整个儿充满着高尚的情操和自我牺牲的勇气。和他们相比,其他种族的一切品德高超的人都不过是一些行尸走肉,就像书本上的话和活的语言相比显得毫无生气一样!俄罗斯人的感情一旦苏醒过来……人们便会发现,凡在其他民族的天性上仅是轻轻浮滑过去的那些东西,在斯拉夫人的天性里却留下了何等深刻的烙印……不过,何必现在就来提将在后面发生的事情呢?作者早已是一个成年人,经历过严峻的内心反省和闭门思过的生活,如果再像年轻人一样冲动,那是很不合适的。一切都该有先后次序的区分,有自己上场的地点和时间!所以,品德高超的人终究没有被选来作为长诗的主人公。不过,他之所以不被选用的原因,倒是不妨奉告诸位的。那是因为终于到了该让可怜的品德高超的人歇歇腿的时候了;因为"品德高超的人"这个字眼在大家的嘴上用得太随便了;因为人们把品德高超的人当成一匹劳役的马,没有一位作家不骑上他,用皮鞭和随手抓到的东西驱赶着他趱路;因为人们把品德高超的人磨折得不成样子,在他的身上原先是肉的地方,现在只剩下皮包着骨头,连高尚品德的影子都没有了;因为人们只是假惺惺地要求品德高超的人出场;因为骨子里人们并不尊重品德高超的人。不,终究该换换班,把坏蛋也套上车啦。就这样,让我们把一个坏蛋套上车牵上场吧!

　　我们的主人公的出身是暧昧不明、门第不高的。他的双亲虽说是贵族,然而是世袭的还是本人受到册封的——这只有老天爷知道。他长得不像他们,这一点至少可以由他出生时在场的一个本家作证,那是一个矮个儿短腿、通常被人们叫作"水鸭子"类型的女人,她把孩子一抱上手,就尖声叫了起来:"完全不像我原来想的那个样子! 他该像他的外婆,那要好得多啦,可是他完全像俗话说的,不像爹,不像娘,倒像一个过路的少年郎。"人生一开始就对他冷若冰霜,好比透过一扇雪封的昏暗的窗户吹来的一股寒气:在童年时代他既没有一个朋友,也没有一个伙伴! 一间狭小的屋子,几扇无论冬夏都不打开的狭小的窗户,病病歪歪的父亲,披着一件羊羔皮衬里的长大褂,赤脚趿着一双绒线拖鞋,在房间里兜着圈子,不住地唉声叹气,对着墙角里的沙盂①吐痰;孩子整天价坐在长凳上,手里握着鹅毛笔,手指上甚至嘴唇上都沾着墨水,眼前始终是一张习字的仿格,上面写着:"汝毋妄言,应敬尊长,胸怀美德";耳功永远是拖鞋在房间里移动发出的啪嗒啪嗒的响声;如果孩子对单调的功课实在觉得腻味,在字母上添加一只钩子或者一条尾巴,那么立刻会听见熟悉的、始终是严厉的声音:"又在捣蛋啦!"接着从背后就会伸来长长的手指,用指甲把他的耳朵掐得痛楚万分,这时心里照例涌起一股委屈难受的感觉:这便是他早期童年生活的悲惨写照,如今在他的记忆里只勉强留下一个模模糊糊的印象了。可是,在生活中一切都会发生迅速变化的:在一个春光明媚、河水泛滥的日子里,父亲带着儿子坐上四轮货车出门了,车由一匹在马贩子的行话里叫作喜鹊的那种褐色黄斑小马驾着;赶车的是一个矮小的驼背,乞乞科夫的父亲唯有的一户农奴的家长,他一个人几乎包办了老爷家里的全部职务。这喜鹊载着他们慢吞吞地走

———————————

　　① 旧时的痰盂,里面撒一层沙。

了一天半还多一点的时间；半路上宿了一夜，摆渡过了一条河，用冷馅饼和烤羊肉充的饥，直等到第三天的早晨方才到达城市。在孩子的眼前豁然一亮，城市的街道显得出乎意料的富丽辉煌，使他张大了嘴愣了好几分钟。后来喜鹊拖着车子踩进了一个水坑，接着驶进了一条狭窄的小巷，地势越走越低，满街都是泥泞。马匹在驼背马车夫和主人本人的策励下下着死劲拽动蹄子走了许久，终于把他们一行人拖进了一个小院，小院位于低坡上，里面有一幢破旧的小屋，屋前栽着两株开了花的苹果树，屋后是一片矮小的园子，那里除了四株花楸果和接骨木，还有一间木头小屋缩在园子的尽头，盖着破木板，开着一扇狭小的、不透光的窗户。他们的一个本家老太太就住在这里，她虽然年迈体衰，还每天亲自拐到菜市上去买菜，然后在茶炊旁边烤干自己的袜子，她拍拍孩子的面颊，对他的肥胖欣赏了一番。往后他便该留在这里，每天到市立学校去念书。父亲住了一夜，第二天就动身了。离别的时候父亲没有流泪；只是拿出了一枚五十戈贝的铜角子给他零花和买糖果吃，而重要得多的是留下了聪明睿智的告诫："听着，巴甫卢什卡，一心念书，别调皮捣蛋，最重要的是你得讨教师和上级的喜欢。要是你能够博得上级的欢心，那么，即使在学问上面你没有什么成就，即使上帝不曾赐给你什么才华，你还是能够走运，能够出人头地的。别跟同学们来往，他们不会教你做什么好事情；不过，如果非交朋友不可，那么，得拣有钱一些的来往，必要时就可以得到他们的照应。不要为谁破费，请谁吃喝，最好让人家来请你吃喝，顶顶要紧的是把钱省下攒积起来，钱这样东西可比世界上任何东西都靠得住。同学也好，朋友也好，都会叫你吃亏上当的，一遇上倒霉事儿，第一个出卖你的就是他们,可是,不管你遭到什么厄运,钱不会出卖你。在这世上,有钱能使鬼推磨,有了钱什么事你都能够办得到,什么路你都能够打得通。"这样谆谆告诫了一番之后,父亲就和儿子分别,仍由喜鹊拖着车慢慢地回老家去了,从此他再也没有见到过父亲,可是,父亲的嘱咐和告诫深深地刻印进了他的心灵。

巴甫卢什卡打第二天起就开始上学。他对任何一门学科都没有特别的才能;在他身上值得称道的主要是勤奋和整洁;可是,在另外一个方面,即在处理实际问题方面,他却十分聪慧颖悟。他一下子就悟出了为人处世的奥秘,在和同学相处中的确做到了让他们为他破费,而他呢,不仅从来不回请他们,有时甚至还把同学的馈赠保存起来,过后再卖给这些同学。虽然他还是一个小孩子,却已经具备了克制自己的能力。父亲给的五十戈贝他一文也没有动用,相反,在那一年里还使这笔钱生出了利息,显示出几乎非同寻常的善于经营的本领:他用蜡捏制成一只雪鸟,涂上颜色,卖得了好价钱。后来有一段时间又干了另外一些投机买卖,那就是:在市集上买了好多吃的东西,上课时坐在有钱同学的旁边,只消一发现那个同学开始无精打采了,那是饥饿袭来的征兆,他就仿佛无意似的从椅子下面露出姜饼或者小圆面包的一只角,逗引一番之后,他就根据嘴馋的程度讨价收钱。他又捉了一只老鼠关在小木笼子里,在屋里不歇地忙了两个月的工夫,终于把老鼠训练得能够听着口令用后腿直立、躺倒和翻身起来,后来他把老鼠也卖得了好价钱。当钱攒积到五卢布的时候,他把这只钱包缝合起来,再换一只来存钱。至于说到对待上级的态度,那么,他显得更加聪慧颖悟啦。上课的时候谁都不能够坐得像他那样斯文。必须交代一下，教师是一个对课堂的肃静和学生的良好操行十分注重的人，他容不得聪明而又调皮的孩子；他总觉得他们一定会嘲笑他的。只消谁被他发觉有一点儿机灵调皮，只消谁挪动了一下身子，或者偶尔不知怎么的抬了一下眉毛，就立刻会招他的嫉恨。他会一个劲儿地刁难这个学生，狠狠地惩罚他。"老弟，我要把你收拾得身上不留一点狂妄自大、桀骜不驯的脾气！"他说，"我对你可了如指掌，连你自己都没有像我这样了解你自己哩。现在你就给我乖乖地跪着！尝尝饿肚子的滋味！"可怜的孩子莫名其妙地跪得膝盖磨破了一层皮，还整整饿了一天一夜。"什么才能，什么天赋？全是胡说八道，"他又常常说，"我只看操行，谁哪怕一窍不通，但只要操行可嘉，我就给他各门功课都打上满分；要是有谁给我发现品行恶劣，喜欢讥诮别人，我就给他打零分，哪怕他的聪明超过梭伦①也没用！"教师便是这样说的，他对克雷洛夫厌恶到了极点，因为后者曾经说过："依我看：喝酒无妨，但要懂行②"，教师还经常眉飞色舞地讲述他原先执教的那所学校里课堂上是如何如何的鸦雀无声，甚至连一只苍蝇飞过都听得见，整整一学年内，没有一个学生在上课时咳嗽过一声，擤过一回鼻子，不到打下课铃，谁也无法知道，课堂里有没有什么人。乞乞科夫立刻摸着了教师的脾气，明白了所谓操行是怎么一回事。在上课的时候，不管背后同学怎么拧他，他从来不眨一下眼睛，不动一下眉毛；下课铃一响，他就三脚两步赶上前去，抢先把风帽递给教师（这位教师老戴一顶风帽）；递

---

① 梭伦（前638—前559），古雅典的政治改革家和诗人，传为古希腊"七贤"之一。

② 引自俄国作家克雷洛夫（1769—1844）寓言《音乐家们》。

过风帽之后，他第一个走出课堂，设法在路上和教师巧遇三两回，每回不住地脱帽敬礼。这办法果然完全奏效。在他求学的几年里，他始终得到教师的青睐，结业时各门功课名列前茅，文凭之外还获得了一册印有"敦品励学 此奖"烫金字样的书。他离开学校时，已经是一个外貌相当动人的青年，下巴颏少不了得用剃刀加以修饰了。也就在这当口，他的父亲去世了。全部遗产便是四件破得无法缀补的毛线衣、两件旧的羊羔皮衬里的常礼服和一笔为数有限的钱款。由此可见，父亲只擅长于规劝别人攒钱，而自己却攒得不多。乞乞科夫立刻把破旧的老家连同一块巴掌般大的土地卖了一千卢布，把一家农奴迁到了城里，打算从此在城里定居下来并且谋一份差事。也就在这当口，那位注重课堂鸦雀无声的秩序和学生良好操行的可怜的教师，不知是因为他过于愚蠢，还是因为犯了别的过失，被学校革职撵了出来。教师开始借酒浇愁，最后潦倒到连喝酒的钱也没有了；他贫病交迫，孤苦无援，住在一间冰冷的、无人过问的小破屋里。他原先的一些学生，也就是他总以为桀骜不驯、狂妄自大的聪明调皮的学生，一听到他的悲惨境遇，立刻为他凑集了一笔钱，甚至还典卖了许多自己必需的物品；唯独巴甫卢沙·乞乞科夫推说自己经济拮据，只拿出了一枚五戈贝的银角子，同学们当场把钱扔还给了他，说："嘻，你这个小气鬼！"可怜的教师听见自己原先的学生这样慷慨解囊，他双手捂住了脸：昏花的眼睛里泪如泉涌，他哭得像一个孱弱无能的孩子那样伤心。"在我行将就木的时候，上帝还要让我大哭一场，"他声音微弱地说道，并且沉重地叹了口气，当他听到了乞乞科夫的态度时，接着又说："唉，巴甫卢沙！这下可看出，人会有多大的变化呀！他本来是一个多么温驯善良的孩子,看不出有半点的粗野横暴,简直像缎子一样的柔软呀!他骗了我,大大地骗了我……"

可是,绝对不能够说,我们的主人公生来是冷酷无情、没有心肝的,绝对不能够说,他的感情已经麻木迟钝到了丧失怜悯心、丧失同情心的地步;这两种感情他都是具备的,他甚至也想帮一下忙,但是帮这个忙不该花大笔的钱,不能够触动他规定不能够动用的那笔钱,总之一句话,父亲说的"把钱省下攒积起来"的告诫在这时起了作用。不过,在他的身上还没有一种纯粹为钱而爱钱的欲念,他还没有被铢锱必较、一钱如命的恶习所控制。不,并非这些恶习在操纵他,而是他梦想将来过一种万事不愁的优裕生活,享尽人间的富贵荣华,出门有马车代步,住的是舒适讲究的府邸,吃的是珍馐佳肴,这便是他头脑里朝思暮想的东西。往后他有朝一日非要尝遍所有这一切乐趣不可,正是为了这个,现在他才把钱一文一文地攒积起来,甘愿自己省吃俭用,也忍心看别人吃苦受罪。每当一个富翁乘着轻快漂亮的马车,由套着富丽的挽具的骏马驾着,从他身边疾驰而过的时候,他总像被钉在地上似的停住了脚步,过了半晌方才如大梦初醒似的说:"可是他原先只是田庄上一个小小的管事,头发剪成刘海式的呀?"凡是带有富贵享乐气息的东西,都对他产生一种连他自己也无法思议的印象。从学校毕业之后,他甚至不想休憩消遣一下:他要赶紧找一份差事干起来的那股愿望实在强烈。可是,纵然有品学兼优的结业证书,他却好不容易才踏进了省税务局的大门。就是在偏远的省份里也得有靠山啊!他的职位是不足道的,一年薪俸才三四十卢布。然而,他决心发奋苦干,战胜和克服一切的艰难障碍。他也的确显示出了闻所未闻的自我牺牲、耐心和搏衣节食的克己精神。他起早摸黑，身心都不知疲倦地写呀写呀，整个儿扑在公家的文书上，他不回家，就睡在办公室里的桌子上，饭有时和看门人一起吃，但同时却能够保持仪表的整洁，始终衣冠楚楚，脸上带着令人愉快的神情，举止中甚至含有一种高雅的风度。必须交代一下，税务官员是特别以面目可憎、模样可厌见长的。有的人的脸活像一只烤坏了的面包：面颊往一边鼓起，下巴颏歪到了另外一边，上嘴唇肿得像个水泡，外加还是裂开的；总而言之，是一个十足的丑八怪。他们说起话来总是有点狠巴巴的，那副腔调仿佛打算把谁揍一顿似的；他们对祭祀酒神倒挺热心，暴露出在斯拉夫人的天性中至今还保存着不少多神教的残迹；有时候他们甚至如俗话所说灌饱了黄汤跑来上班，因此办公厅里空气混浊，有股子一点也不好闻的气味。置身于这些官吏之间，乞乞科夫不可能不如鹤立鸡群那样惹人注目，他不仅相貌堂堂，谈吐文雅，而且根本不喝任何烈性的酒，在各个方面都和别人截然不同。尽管如此，他的道路还是困难的：他的科长不巧是一个老古板，铁石心肠的化身；他始终冷冰冰的难以接近，一生中脸上从来没有露出过一丝笑容，甚至从来不向任何一个人问一声好。在街上也好，在他自己的家里也好，谁也不曾看见过他和平日有所两样；说不定有一回他对某一件事情表示过兴趣吧；说不定有一回他喝得酩酊大醉，喝醉之后又哈哈大笑过吧；甚至说不定有一回他趁着酒兴像强盗那般放荡地寻欢作乐过吧；可是，在他的身上连这种情形的影子也没有见到过。在他的身上真是什么情感也没有：既没有恶的，也没有善的，但正是在这种一无所有里面潜藏着一种挺可怕的东西。他的一张大理石般冷漠无情的脸上没有任何明显不端正的地方，也没有和任何东西相似的痕迹；轮廓线条都显得很匀称，挑不出半点儿差错。只是密密的坑坑洼洼的麻斑把他的脸归入照民间的说法是夜里给魔鬼在上面辗过豌豆的那一类脸型里去。要接近这等样的人物，博得他的欢心，看来非人力所能及的，可是，乞乞科夫竟然去尝试了。他起先在各种不易觉察的琐碎小事情上着手去迎合他：仔细观察了他平素用的鹅毛笔的削法，于是照样削好了几枝，每回放在他的手边；把他的办公桌上的沙土和烟丝都吹掸干净；给他的墨水壶换了一块新的擦布；发现了他那顶世上难得见到的奇丑无比的皮帽常挂的地方，于是在办公结束前一分钟便去取来搁在他的近旁；如果科长的背脊上擦着了墙粉，就替他刷干净，——可是，所有这一切全徒劳无效，仿佛什么也没有做过一样。后来他终于探听到了他府上的，也就是他家庭的生活情况，知道他有一个待字的闺女，那闺女也有一张仿佛夜里被用来辗过豌豆似的脸。他灵机一动，想出了从这个方面发动进攻的妙计。他打听到她每星期天上哪座教堂去做祈祷，于是每回打扮得整整齐齐，硬胸浆得笔挺，站在她的对面。这下可奏效啦：严厉的科长动了心，招呼他上家里去喝茶啦！才一眨眼的工夫，同事们发现，事儿已经进展到这种地步，乞乞科夫居然搬到他的家里去住啦，成为一个缺少不得的帮手，替科长家里跑腿，又买面粉又买糖，对待科长的闺女就像对待未婚妻那样亲昵，管科长叫爸爸，还吻他的手哩；税务局里人人都以为，二月底大斋之前肯定要办喜事啦。严厉的科长甚至亲自为他在上司面前说情，隔了不久乞乞科夫补了一个新的空缺，自己也当上了科长。看来，这也就是他和老科长过从甚密的主要目的；因为一转眼他已经把自己的衣箱悄悄地送回了家，第二天就已经搬走了。从此之后不再管科长叫爸爸，也不再亲吻他的手，至于婚事，那就搁下啦，仿佛压根儿什么事情也没有发生过似的。不过，每回碰见科长，他总是亲亲热热地握住他的手，邀请他到家里去喝茶，老科长尽管淡漠无情，平素不动声色，这时也每回直摇晃脑袋，并且喃喃自语道："上当，上当，鬼儿子！"

这最难的一关总算给他跨过去了。往后的一切就轻松顺利多啦。他已经成了一个显要的人物。在他的身上本来就有着为在这个世界上生存所必备的一切品质：既有谈吐的斯文，举止的潇洒，又有办理公务的敏捷机灵。凭借这些长处没隔多久他就谋到了一个通常被称为肥缺的位子，并且把这个位子利用得十分得法。大家必须知道，正在那当口开始对形形色色的受贿行为进行最严格的追究；他可没有被追究所骇倒，相反，立刻化不利为有利，展现出地道的俄罗斯式的创造性，也就是只有遇到压力才会迸发出来的那种创造性。事情是这样的：只要有一个申请人上门，并且把手伸进衣袋想掏出按照我们俄罗斯流行的说法是附有霍万斯基公爵签名的介绍信①的时候，他立刻按住对方的手，面带笑容地说："不必，不必，您以为我……不必，不必。这是我们的责任，我们的义务，没有酬劳我们也应该做的！这一点您尽可以放心：明天一切准能替您办妥。请问您府上在哪里，您不用亲自操劳，一切会送到您府上来的。"被灌了迷魂汤的申请人在回去的路上几乎是欣喜若狂，他想道：

① 贿赂的戏称。霍万斯基是当时帝国银行的总裁，纸币上均印有他的签名。

"这下总算碰到了一个正人君子，这样的人真该多一点才好，这简直是一颗珍贵的金刚钻呀！"可是，申请人等了一天、两天——并不见文本给送到家里来；第三天还是空等了一场。他到税务局去打听，——事儿还没有着手办哩；他又去找那颗珍贵的金刚钻。"哦，万分抱歉！"乞乞科夫攥住了他的两只手，彬彬有礼地说，"我们事儿多得忙不过来，可是，明天一切都给您办妥，明天一定办妥，说实在的，我甚至觉得惭愧不安呀！"在说这番话的时候，他还伴之以令人着迷的神情姿态。如果他不知怎么的一时失言，吐露了一点什么口风，那么，他会及时自圆其说，尽力加以掩饰的。可是，明天也好，后天也好，大后天也好，文本始终不见给送到家里来。申请人动起脑筋来了："得啦，这里面莫非有什么名堂吧？"他一打听，人家告诉他，得给书记员们塞一点钱。"干吗不给？我是准备给的呀，二十五个戈贝，五十个戈贝，都行。""不，二十五个戈贝是不够的，每人得给一张白票子。""给书记员每人一张白票子！"申请人尖声叫了起来。"您何必这样激动呢，"人家回答他说，"事儿是这样的：书记员每人到手二十五戈贝，其余的全是孝敬上司的。"傻头傻脑的申请人这才敲着脑门子，把时行的规矩、严究受贿的措施、官场上温文尔雅的谈吐举止，统统臭骂了一通。"以前，你至少还能够知道该怎么办：给长字号递过一张红票子，事儿就十拿九稳了，而现在呢，每人一张白票子，还得折腾上一个星期才能够猜透他打的是什么主意；说什么廉正无私，见他们的鬼去吧！"申请人当然言之有理，不过，现在没有什么受贿的人啦，所有的长字号都是顶顶正直、顶顶高尚的人，只有秘书和书记员之流才是一些骗子手。隔了不久,在乞乞科夫的眼前展现了一片广阔得多的天地:成立了一个营造委员会,负责某一座巨额投资的官府大厦的建筑工程。他在委员会里也钻营到了一个位子,并且还是一名顶活跃的成员。委员会立刻着手工作。他们为大厦的事儿忙碌了足足有六年的工夫:无奈不是天公不作美,就是建筑材料不合适,害得官府大厦只打了一个地基,从此怎么也造不高啦。然而在城市的另外一些地方,委员大人们却每人都盖起了一幢漂亮的公馆:显然那儿的土质要好一些。委员大人们已经开始过着养尊处优的生活,并且一个个开始娶亲成家。只是到了这一步,只是到了这个时候,乞乞科夫方才开始稍微放松一点禁欲和苦行的严酷戒律对自己的约束。只是到了这个时候,他对长期守斋般的生活方才有些倦怠,这下可看出,他和形形色色的世俗享乐并非永远格格不入的,只不过他在火热的青年时代善于抑制自己,而一般的人在这样的年龄对自己无能为力罢了。他有了一些奢侈的享受:雇了一个相当出色的厨师,添置了荷兰细麻布衬衫。他已经给自己买了全省还没有人穿的上等呢料,并且打那个时候起多半就穿深棕色里泛红色的带闪光花点的外套了;他已经有了一对骏马,还常常亲自握着一根缰绳,叫拉边套的那匹马打圈儿转弯;他已经养成用海绵浸着加香水的清水来擦身的习惯;他已经常常买一种挺不便宜的肥皂来用,想让自己的皮肤变得光洁柔滑;他已经……

可是,突然委派了一位新上司来代替原来的那个脓包,新任上司是一个军人,为人严厉,是受贿者和所有一切被称为邪门歪道的行为的死对头。上任的第二天他就给全体官员一个下马威:他要求查账,查出了漏洞,查出了处处金额短缺,同时又发现了漂亮的公馆,于是开始了审查。官员们都受到了革职处分,公馆一律充公,拨作各种慈善机关和世袭士兵①学校之用:一切都付诸东流,而乞乞科夫受到的损失比别人尤为惨重。尽管他的相貌长得挺招人喜欢,新任的上司却一眼看了就觉得讨厌,原因究竟在哪里,只有上帝才知道,这种反感有时候是毫无理由的,就这样他把乞乞科夫恨得要死。不过,因为他毕竟是一个军人,所以,对文官耍的花样了解得还不透彻,不懂得其中的全部奥妙,隔了一段时间,另外有一批官员因为貌似廉正和善于见风使舵,博得了他的垂青,于是将军很快地落到了一些更加卑劣的狐群狗党的手里,而他却根本不把他们看成骗子手;他甚至还挺得意,以为自己终于物色到了一批人才,并且常常要一本正经地吹嘘一番自己的洞烛幽微、辨别良莠的本领。官员们一下子就摸透了他的性格和脾气。他手下的官员个个成了扑杀不正之风的令人丧胆的猛将;他们到处追剿不正之风,不放过任何一个机会,那股劲头就和渔夫高举梭镖追捕一条肥美的大白鳝鱼一样,并且他们获得了累累的战果,隔了不久每人的腰包里就装进了好几千卢布。这时先前的那批官员中有许多人已经幡然悔改,重蒙录用。可是,乞乞科夫却削尖了脑袋也钻不进去,尽管将军的首席秘书完全可以牵着将军的鼻子转,尽管在霍万斯基公爵的介绍信的敦促下他使了很大的劲为乞乞科夫说情,但在这件事情上他却也无能为力。将军是这样一种类型的人,虽然能够让人牵着鼻子走(不过,那是在不被他觉察的情况下),可是,一

---

① 十九世纪上半叶,俄国士兵的儿子自出生日起即被登记入册,以后送入初级军事学校受训入伍。此等士兵称为世袭士兵。

旦他脑子里起了一种念头,那么,这个念头就像一枚铁钉一样牢牢地安在他的脑子里:你怎么也别想用什么东西把它从那儿给拔出来啦。聪明的秘书所能够做到的,只是把那段沾着污点的履历一笔勾销,就连这一点也是他绘声绘色陈述了乞乞科夫的不幸家室——幸而他实际上还没有家室——的凄楚的遭遇,诉诸上司的恻隐之心,方才使上司手下留情的结果。

"嘻,有什么呢?"乞乞科夫说,"我顺竿爬了一阵,摔了下来,这不用怨天尤人! 泪水消不了灾祸,必须脚踏实地去干。"说着他就决心重起炉灶,重新忍辱负重,重新在各个方面节制自己,尽管他一度是多么的如意,多么的阔绰。必须搬到另一个城市里去,再在那里使自己出人头地。可是,不知怎么的一切都不如意。他在极短的一段时间里不得不换了两三个职务。这些职务都有一股说不出的卑污、低贱的味儿。大家必须知道,乞乞科夫是一个在上流社会里都难得有的十分体面的人。虽然他在涉世之初不得已也在卑污的社会里混过,可是他却始终保持着心灵的纯洁,他喜欢在办公厅里摆着髹漆得油光锃亮的木头桌子,喜欢那儿的一切都显得高尚优雅。他从来不容许自己在谈吐中漏出一个不体面的字眼儿,如果在别人的谈话里发觉对他的官衔和身份缺乏应有的尊敬,他总感到蒙受了奇耻大辱。我想,读者会不无愉快地知道下面的一些情况:他每隔一天就要更换一回内衣,到了夏季大热天气甚至天天都要更换:任何一点不好闻的气味都会使他觉得难受。正因为如此,每当彼得卢什卡进来替他脱衣服和脱靴子的时候,他总要拿一朵干丁香花塞在鼻孔眼里,并且在许多场合下他的神经都显得像姑娘家那样的娇弱敏感;也正因为如此，重新落到酒气熏天和举止下流的那些人群里去，对他来说可真是活受罪。不管他怎样鼓足勇气，在这段身处逆境的时间里，他终于消瘦了，甚至脸色也憔悴发青了。他本来已经开始发胖，开始变得像读者和他初次见面时所看到的那种圆滚滚的、挺体面的模样，他已经不止一次地一边照着镜子，一边转着许多愉快的念头：年轻标致的老婆啦，育儿室啦，随着这些念头脸上浮现出了微笑；可是现在，当他有一次无意中照了一下镜子之后，禁不住尖声叫了起来："哎呀，我的圣母！我变得多么丑呀！"从此之后，他好久不想再照镜子。可是，我们的主人公忍受着一切煎熬，拼命地忍受着，咬紧牙关忍受着，——最后，终于在海关谋到一份差事。必须交代一下，这差事早已成为他暗中朝思暮想的对象了。他看到，海关官员们弄到多少五光十色的外国货，把多少精致的瓷器和麻纱寄给自己的什么干亲家、婶娘和姊妹。他早已不止一次感叹地说："这才是值得去的地方：边境近在咫尺，来往的全是有教养的人，又有多少荷兰细麻布衬衫可以弄到手！"还必须交代一下，这时他还巴不得弄到能使皮肤变得罕见的洁白并且使脸颊保持鲜嫩的一种特别的法国香皂；这香皂叫什么名字，只有老天爷才知道，可是，据他估计，在边境上肯定是有这种货色的。就这样，他早已向往海关，不过，营造委员会那边现成的种种好处当时稳住了他的心，他的盘算考虑也挺有道理：无论怎么说，海关只不过是远在天边的仙鹤，而营造委员会却是已经到手的山雀。然而，现在他却决心无论如何也要踏进海关，并且果真踏了进去。他以不同寻常的热情埋头苦干起来。看来他天生该是一个海关官员。像他这样的机灵劲儿，这样敏锐犀利的眼力，不仅没有见到过，甚至连听也不曾听说过的。不出三四个星期,他已经把海关业务摸熟了,对个中奥妙全都了如指掌:甚至不用过磅,不用尺量,只凭发货单他就能够判断出来,哪一捆包里有多少尺呢绒或者别的衣料;用手一掂,就立刻能够说出包裹有多少分量。至于搜查走私物品,那么,就连同事们也都说,他简直生着狗一样的鼻子:看见他有那样好的耐心去捏摸每一颗纽扣,并且态度始终极端冷静而又难以置信的彬彬有礼,谁都不能不觉得惊讶。每当被搜查的人气愤极了,发起脾气来,恨不得打烂他那张漂亮的脸蛋儿的时候,他总是面不改色,举止依旧彬彬有礼,只顾一边搜一边说:"能不能再略微麻烦您一下,请您抬起一下身子?"或者是:"太太,能不能劳驾您到另外一间屋里去?那儿有一位我们海关官员的夫人要和您说几句话。"或者是:"抱歉,这下我要用小刀把您的大衣衬里稍微拆开一点啦。"他边说,一边从那里抽出一条条披肩和围巾,动作镇静得仿佛从自己的衣箱里取出东西来一样。连上司也说,这简直是鬼,而不是人:他会去搜查车轮子、辕杆、马的耳朵,还有任何一个作家都万万想不到而只有海关官员方才有权伸手去掏摸的稀奇古怪的地方。因此,可怜的旅客通过国境之后有好几分钟还不能够恢复神智,他只有一边拭着像水痘般盖满全身的汗珠,一边画着十字,喃喃自语道:"见鬼,见鬼!"旅客的狼狈处境非常像一个刚从禁闭室跑出来的小学生,教师唤他进去时说是要教训他几句,可是结果却完全出乎意料地把他揍了一顿。在不很长的一段时间里走私犯被他掐断了活路。对流落在波兰的全体犹太人来说,他简直是带来绝望的灾星。他的正直和廉洁是不可动摇的,几乎到达了不可理喻的程度。甚至连各种各样的没收的货物和扣留下来的零碎小件东西,尽管那是省得再一次登记入册而没有上缴归公的,他都不曾染指过,不曾让自己借此发一笔小小的横财。他办事这样热心而又大公无私,不能不成为大家惊叹的对象,最后又不能不传到上司的耳朵里。于是,他加官晋级,紧接着他就递呈一个把走私犯一网打尽的方案,只是他要求提供方便让他本人来把方案付诸实现。一支侦缉队立即调拨归他指挥,并且授予他可以不受限制进行种种搜查的大权。这正是他求之不得的。当时已经有了一个神通广大的走私集团;组织极为严格周密;这桩胆大包天的买卖有赚上好几百万的希望。有关这件事他早已听说过,甚至那边已经派人来笼络收买过他,可是,当时他冷冷地说:"还不到时候。"一旦手里掌握了一切方便之后,他立刻通知这个集团说:"火候到了。"他的盘算实在是太精明稳当啦。在头一年里他就可以到手他二十年来拼死拼活地干还弄不到的好处。起先他之所以不愿意和那帮人沾上任何一点关系,因为他只是一个无名小卒,能够分到手的不会很多,可是现在……现在可大不相同啦:他可以逞自己的心意开条件啦。为了让事情进行得更加方便起见,他把另一位官员,他的一位同事,也拖下了水,后者尽管已经两鬓染霜,却抵御不了诱惑。条件讲定了,走私集团开始活动了。活动一开始就成绩辉煌:毫无疑问,读者已经听说过一再流传的西班牙绵羊巧渡国境的那个故事了。据说那些绵羊是披着真假两层毛皮越过国境的,在羊皮底下神不知鬼不觉地偷运进了价值百万的勃拉班特①出产的花边。这件事正发生在乞乞科夫在海关任职的那段时间里。如果没有他参与其间,世界上随便哪一个犹太人

---

① 比利时省名。该地以产花边闻名。

也干不成这样的事儿的。绵羊过境三四回之后，两位官员各人的腰包里就有了四十万卢布。据说，乞乞科夫到手的甚至超过了五十万，因为他更机灵能干些。要不是某一个妖精和他们作对，这天赐的财富真不知要增长到多大的数目。是鬼迷了这两位官员的心窍：说句老实不客气的话，他们都发了疯，无缘无故大吵大闹了一场。有一回，在他们谈话谈得兴奋之间，也许当时他们还有一点喝醉了，乞乞科夫把另外一位官员叫作神甫养的，那一位虽然的的确确是神甫的儿子，却不知道为什么缘故非常生气，也回敬了他一句十分厉害和特别尖刻的话，话是这么说的："不，你胡说，我是堂堂五品官，不是什么神甫养的，你才是神甫养的！"后来，他存心要把乞乞科夫撩惹得更加恼火，又找补了一句："你他妈的是……！"虽然他已经以牙还牙把乞乞科夫骂得够凶的了，虽然"你他妈的是……！"可能是一句分量顶重的话，他却还不甘心，暗地里再去告了乞乞科夫一状。不过，据说他们两人本来就为了一个鲜嫩健壮的、照海关官员们的说法是个骚货的娘儿们在争风吃醋；据说那人还买通了一伙人，打算趁夜晚在一条黑胡同里把我们的主人公痛殴一顿；但又据说，两位官员都当了傻瓜，那个娘儿们倒给一个叫作沙姆沙烈夫的上尉享用去了。实际上究竟是怎么一回事，那只有上帝清楚；最好还是让好奇的读者自己去发挥想象力吧。主要的是，和走私犯的秘密关系败露了。五等文官虽然把自己给毁了，可是终究把同伙拖去吃了官司。两位官员都被押上了公堂，抄了家，查封了他们的全部家产。所有这一切都像晴天霹雳一样突然一下子降落在他们的头上。直等到他们仿佛中了煤气又清醒过来之后，他们方才大吃一惊地发现，他们闯了一个多大的祸。五等文官按照俄罗斯人的惯例从此借酒浇愁,喝上了瘾,六等文官可顶了过来。不管办案的上司的嗅觉是如何的灵敏,他还是设法隐藏了一部分钱。他使出了一个深谙世故人情的老手的浑身解数,见机行事,在有的地方他谈吐娴雅动听,在有的地方他言辞凄恻感人,在有的地方他恭维奉承一番,但又从来不过分以致弄巧成拙,在有的地方他塞一点钱,——总之一句话,他把事儿处理得至少没有像他那位同伙那样糟糕,没有落得身败名裂的下场,并且还逃脱了刑事审判。不过,他的钱也好,各种各样的外国玩意儿也好,一点都没有剩下;所有这一切都由别的爱好者接收去啦。他只剩下万把卢布,那是藏着以防万一的,此外还有近两打荷兰细麻布衬衫,还有一辆一般是单身汉乘坐的小巧的轻便折篷马车,还有两名农奴:马车夫谢里方和听差彼得卢什卡,海关官员们出于善心还留给他五六块用来保持面颊鲜嫩的香肥皂,这便是他的全部财产啦。就这样,我们的主人公重新陷进了一个多么悲惨的境地!就这样,在他的头上落下了多大的一场灾难!这也就是他口口声声说的为了维护真理在仕途上遭受的挫折。现在大概可以认为,经历了这样几回惊涛骇浪,这样几番考验,这样几度浮沉和生活的磨难,他总该带着劫后剩余下来的万把卢布的血汗钱,到随便哪个偏远平静的小县城里隐居起来,从此一直穿着印花布的睡袍,坐在低矮小屋的窗口,百无聊赖地打发时光,只是逢到休息日替在窗前打架的庄稼汉们判断是非、调解争纷,要不然就是为了活动活动筋骨到鸡棚里去蹓一转,亲手摸摸打算煨汤用的那只母鸡,就这样无声无息地、但从某种角度来看也不无意义地度过他的余生了吧。可是,他并没有这样做。应该说句公道话,他的性格里含有一股百折不挠的力量。换了别人,所有这一切遭遇如果不能够把他毁掉,那么也足够使他永远冷静和心平气和了,然而乞乞科夫身上的那股不可思议的热情却没有熄灭。他痛苦过,懊恼过,抱怨过整个世道,对命运的不公正、对人间的不公正都深感愤愤不平过,可是,他却不能够放弃卷土重来的愿望。总之一句话,他隐忍着,和他的隐忍相比,德意志人缓慢迟钝的血液循环所分泌出来的麻木的耐心真是渺不足道的。乞乞科夫的血,相反地,剧烈地奔流着。必须有莫大的理性的意志,方才能够把他全身奔腾欲出的、要求自由泄泻的热血牢牢地控制住。他扪心自问过,在他的自问里面显然含有几分合理的因素:"为什么偏偏挨到我呢?为什么灾难落到我的头上呢?现在有谁错失机会,不利用职权呢?人人都在捞好处的呀。我没有做过任何坑害人的事:我一没有去抢寡妇的钱,二没有把谁害得去要饭,我只是吃了点残羹剩肴,在任何人都会伸手的地方伸了手罢了;如果我不趁机伸手,别人也会伸手的。那么,为什么别人可以逍遥自在地享乐,而我就该像条虫子似的为人所不齿呢?现在我算个什么呢?我能有什么用处呢?我还有什么脸面去见所有那些已经成家立业的人呢?既然知道自己成了世上的累赘,我怎么能不感觉到良心的责备呢?日后,我的子女又会怎样说呢?他们会说:'瞧咱们的父亲,这个老畜生,一丁半点的财产也没有给咱们留下!'"

大家已经知道,乞乞科夫是非常关心自己的后代的。这可是一件叫人揪心的事儿啊!要不是这一个不知为什么会自己冒出来的问题:"日后子女会怎样说呢?"有的人也许不至于把手伸得那么长。可现在,本来的一家之主却像一头谨慎的雄猫一样,一边乜斜着一只眼睛,防着主人别从什么地方探出头来,一边把近在它身旁的东西急急忙忙拖了就走:不管那是牛油,蜡烛,猪油,不管抓到的是不是金丝雀,总之一句话,什么东西它都不放过。我们的主人公这样抱怨叹息了一番,并且淌了好些眼泪,可是在他的头脑里活力怎么也不曾死灭;那里始终存在着一股要有所建树的欲望,只差一个规划去把它成为现实罢了。他重新低下了头,缩紧了肩胛,重新开始过起一种清苦的生活来,重新撙衣节食,重新从整洁体面的地位降落到卑污低贱的生活里去。在等待时来运转的日子里,他甚至不得不干起号称代理人的行当来,在我们的国家里干这一行当的人至今没有社会地位,任人差遣支使,不但被势利眼的小官吏瞧不起,甚至被委托者本人瞧不起,只有在雇主的前厅里低头哈腰赔笑脸的份儿,只有忍受呵斥和种种侮辱的份儿,可是贫困逼得他再苦的差事也决心干了。且说有一回他接受了这样一项委托:向赈济局①申请抵押几百名农奴。委托人的田庄已经败落到不可收拾的地步。田庄的败落是由牲口的大量倒毙、刁滑的管家、连年的歉收、使干活能手成批死去的瘟疫,最后是地主老爷本人的糊涂所造成的,地主老爷要把莫斯科的府第按照最时髦的款式修缮一新,这下子可把一份家产花得一干二净,连饭都吃不上了。正是由于这个缘故他迫不及待地要把唯一剩下的田庄抵押出去。在当时,把财产抵押给公家还是一种新鲜事儿,走这一步的人心里远不是没有一点害怕的。乞乞科夫身为代理人,首先笼络好了所有的经办人(谁都知道,不预先笼络一下,那是连一张简单的证

---

① 旧俄主管儿童教养所的政府机构,附设贷款银行,贵族可将土地或者农奴作抵押品向其申请贷款。

明或者证明的抄件也弄不到手的,不论如何得给他们一点好处,哪怕给每人的喉咙里灌进一瓶玛岱拉酒也行),——就这样,他把所有该笼络的人都笼络好了,方才说明:眼下还有一点情况,那就是农奴已经死掉了一半,尚请诸位多多包涵……"可他们还列在纳税人口花名册上吧?"书记员说。"是呀。"乞乞科夫回答道。"嘻,那您有什么可害怕的呢?"书记员说,"死一口又添一口,要做买卖都有用。"显然,书记员是一个编顺口溜的行家。而我们的主人公在这当口豁然开朗,生出了一个人的头脑难得想得出的绝妙的主意。"哎呀,我真是个大笨蛋,"他暗中对自个儿说道,"我这可是'手套在身上,偏往别处找'呀! 只要我趁新的纳税农奴花名册发下之前把所有死掉的农奴买进来,比方说,买他们一千个,再比方说,抵押一个魂灵可以从赈济局拿到二百卢布:这不就已经有二十万卢布啦! 而眼下正是好时机:不久以前发生过传染病,谢天谢地,人死得可真不少。地主老爷们只顾打牌赌钱,纵酒作乐,把钱花得精光,大家都涌到彼得堡去找一份差事做;田庄给扔下了,随便由人在瞎治理,收租一年比一年差,这样一来,光是省得交付人头税,大家都会乐意把死魂灵让给我的;说不定碰巧还有人会倒贴我几个钱哩。当然啦,做起来挺难,挺麻烦,挺担风险,可别又碰上什么倒霉事,惹出什么是非来。不过,人长着一颗脑袋就是该用来干一番事业的。好就好在这桩买卖在旁人看来是完全不可置信的,谁也不会把它当真,这是主要的。对啦,没有田产,既别想买进农奴,也别想抵押出去。不过我买下农奴是打算迁移出去的呀;现在,塔夫里达和赫尔松两个省份的土地在白白让人开垦,你只管把人迁移过去好了。那么,我也来把他们统统迁到那里去! 就把他们迁到赫尔松去！让他们在那里安家落户！而迁移手续可以用合法的方式,通过各级法院照章办理。如果要审核一下农奴:好哇,我对这一点也不反对,为什么不可以审核呢？到时候我甚至拿得出县警察局长亲笔签名的证件。村子的名字呢,可以叫乞乞科夫村,或者用受洗礼时给我取的名字:巴甫洛夫村。"就这样,在我们主人公的头脑里形成了这一个古怪的故事情节,我不知道,读者会不会为此感激他,可是,作者对他所抱的感激之情,简直是难以用言语来表达的。因为无论怎么说,要不是乞乞科夫的头脑里出现了这个念头,这篇长诗是不可能问世的。

他按照俄罗斯的习俗,画了一个十字,就着手把他的计划付诸实现。他装成挑选定居地点的样子,另外再以其他的一些理由为借口,出发到我们国家的好些地方去走了一圈,去的多半是给种种灾祸啦,歉收啦,死亡啦等等等等闹得比其他地方更苦的那些地方,——总而言之,去的是可以比较方便、比较便宜地购买到他所需要的农奴的地方。他从来不贸然去找随便哪一位地主,而是专挑比较符合他口味的那些人,或者谈起这一类生意来可以少费口舌的那些人,并且每回总设法先和他们结识交朋友,赢得他们的好感,这样做的目的在于,如果可能的话,可以八成是凭交情,而不是靠生意经把庄稼汉弄到手。因此,读者不应该迁怒于作者,如果到现在为止陆续登场的人物不符合他们的口味;这是乞乞科夫的过错,在这里他是十足的主人,他想上哪儿,我们也只得跟着上哪儿。如果有人果真在谴责人物和性格的苍白和卑陋,那么,从我们这一方面只能够回答,凡事开头时总看不到事态发展的整个广阔的过程和规模的。无论哪一座城市,纵然是京城吧,城关附近的景色不知怎么的总是苍白黯淡的,起初扑入眼帘的都显得挺灰暗,挺单调:全是无尽无休的被煤烟熏污的大小厂房,后来才会看见六层高楼的墙犄角、商店、招牌,宽阔的通衢大道,才会发现到处装饰着钟楼、圆柱、雕像、尖塔,散发着城市特有的光辉,响彻着嘈杂的人声和轰轰然的车马声,点缀着人的手和思想所能创造出来的一切奇妙景物。第一批死魂灵的买卖是怎样做成的,读者已经看见了;往下事情将如何发展,主人公将有哪些成败,他将如何解决和克服更大的障碍,高大的人物形象将如何登场,这部浩瀚的小说的神秘杠杆将如何转动,此外,小说的轮廓将展开得更广阔,整部小说将具有庄严的、抒情的色彩,所有这一切读者都将在后面看到。这赶路的全体人马,也就是这位中年绅士,这辆通常是单身汉乘坐的轻便折篷马车,听差彼得卢什卡,马车夫谢里方,二匹大家已经熟知其名的包括陪审官和尽耍无赖的花斑马在内的马儿,还有很长的路程要走。就这样,我们主人公已经亮了相,他便是这样一个人!可是,也许会有人要求一个爽快的定论:就道德品质而言,他究竟是怎么样的一个人呢?他不是一个完人,一个体现美德懿行的英雄,这一点已经很明白了。那么,他究竟是怎么样一个人呢?该是一个卑鄙无耻之徒吧?为什么是卑鄙无耻之徒呢,为什么对别人这样苛求呢?现在,我们已经没有卑鄙无耻之徒啦,有的尽是正直规矩、亲切可爱的人,要是还能够找得出不知人间羞耻、涎皮赖脸、讨人唾骂的那种人来,那也只不过有三两个罢了,就连这寥寥的几个人,现在也在大谈美德懿行啦。最公正的办法是把乞乞科夫称为:掌柜的,一心想发财的人。利欲——这是所有一切罪恶的根源;正是利欲生出了上流人士所说的不干不净的事儿来。在这种性格里面

的确存在着令人憎厌的因素,所以,虽然读者在生活道路上碰到了这种人是会和他们称兄道弟,吃喝来往,同他们一起愉快地消磨时间的,可是,如果这种人成了戏剧或者长诗的主人公,这位读者就要对他施以白眼啦。然而,聪明人见了任何性格都不会嫌弃,相反地,却会投去探索的目光,对它进行揣摩研究,直到弄清它的原始的成因为止。在一个人的身上一切全都会发生迅速变化的:不到一眨眼的工夫,他们内心里已经长出了一条可怕的蛆虫,把他全身的脂膏都专横地吸吮光了。连负有建立卓著功勋的天命的人的身上,也往往不仅会勃发豪迈的激情,而且会滋生出追求渺小目的的卑微的情欲,使他忘却伟大神圣的义务,而在无聊的琐事上看到伟大神圣的意义。人的情欲有如大海中的泥沙一样多不胜数,彼此又是不尽相同,并且,不论是卑劣的情欲,还是美好的情欲,它们起初都服从于人的意志,可是后来却往往变成人的可怕的主宰。只有给自己选定一种最美好崇高的情欲的人方才是幸福的;他的无可估量的幸福会随着每一分钟、每一个小时不断地增长和扩大,他会越走越深地登入自己心灵的天堂。可是,也有一些不由人取舍的情欲。这些情欲是和人在同一瞬间诞生的,人并不赋有力量去摆脱它们。它们是上天旨意的产物,它们含有一股永恒的、终生不息的召唤力。人间的壮举注定由它们来完成:不管它们化为一个阴暗苦难的形象,还是体现为一片给人间带来欢乐的光明景象,——它们的出现同样是为了播下世人前所未有的幸福。在我们的这位主人公乞乞科夫身上,驱使他的那股情欲也许并非出于他的本性,也许在他冷酷无情的生活里就潜伏着一种往后必定叫人毁灭并在上天的智慧前面屈膝下跪的力量。那么,还有一层令人费解:为什么偏偏让这个形象出现在今天问世的长诗中呢？

不过，作者并不因为人们将对主人公表示不满而心情沉重，使他痛苦的却是他的心里有一个无法摆脱的信念，那就是：只要换一种写法，读者就会对同一个主人公，对同一个乞乞科夫感到满意的。如果作者不去进一步窥探他的内心，不去搅动沉积在他心底里的、躲避阳光的那些渣滓，不去暴露人人不愿意向任何一个别的人透露的隐秘的思想，而只是把他描写得像他在全城人士心目中的那个模样，像他在玛尼洛夫和其他许多人心目中的那个模样，——那么，所有的人一定会心满意足，把他当作一个挺有意思的人物的。无论是人物的外貌，无论是他的整个形象，都不必被刻画得活灵活现：只要读完小说之后，心灵一点儿都不激动，并且能够重新坐到整个俄罗斯借以欢娱的牌桌上去就行了。是的，我的善良的读者，你们很不愿意看见人的赤裸裸的可怜相。你们会说："看这个干什么呀？有什么用处呀？难道我们自个儿不知道，生活中有许多卑鄙的、愚蠢的现象吗？不看书我们也就常常有机会见到一点儿都不叫人痛快的事情啦。您最好还是给我们看一些美好的、有趣的东西。最好让我们逍遥快活一会儿！"一位地主对管家说："你呀，伙计，干吗告诉我田庄经营得一团糟呢？伙计，你不说我也知道，难道你就没有别的话好说了吗？要是你让我把这种事儿忘记一会儿，别让我知道它，那样我就幸福啦。"于是，一笔本来可以把田庄多少整顿一下的资金，就派了各种各样的用途，让地主老爷去逍遥快活啦。他的聪明才智本来也许可以发掘到一个意外的巨大财源，现在却在睡大觉；而在这个时候，榔头咚的一响，他的田庄给拍卖掉了，从此，地主老爷只得到行乞生涯里逍遥自在去了。因为穷愁潦倒,他的心灵也堕落到愿意去干从前他见了准会厌恶骇怕的种种下贱事儿了。

此外,一批所谓的爱国志士也将对作者发出责难,他们悠闲自在地待在自己的角落里,干着与爱国毫不相干的事情,一心只顾给自己攒钱,靠损害别人来养肥自己;可是,只消发生一件什么在他们看来是有辱于祖国体面的事情,只消出了一本什么书,里面有时说出了一句令人痛心的真话,他们就会像蜘蛛看见苍蝇落到蛛网上一样,从四处角落里奔出来,突然一下子声嘶力竭地喊叫起来:"把这种事儿张扬出来公之于世有什么好处呢? 要知道,这里头所描写的一切,都是咱们的事儿呀,这样做有什么好处呢? 外国人会怎么说呢? 难道听揭自己疮疤的话是件高兴的事儿吗? 难道有人以为这不令人痛心吗? 难道有人以为咱们不爱祖国吗?"对这样的一些高见,特别是关于外国人会有什么看法的高见,我得承认,我简直找不出话来回答。除非讲述一个故事来权充答复。从前,在俄罗斯一个偏远的地方,住着两位公民。一位是一家之长,名叫基法·莫基耶维奇,是一个脾气温和、懒懒散散过日子的人。对自己的家务他从来不予过问;他的生活多半成了一种思维的活动,用来对下面的问题,按照他的说法是哲学问题,加以推敲琢磨:"拿走兽来说吧,"他一边在屋里踱着方步,一边说道,"走兽是赤条条生下来的。为什么是赤条条的呢? 为什么不像飞禽那样呢? 为什么不是从蛋里面孵化出来的呢? 说真格的,真是有点那个:你对大自然探讨得深一点,你对它就压根儿没法理解啦!"基法·莫基耶维奇便这样苦苦地思索着。可是,这远不是主要的。另外一位公民名叫莫基·基法维奇,是前者的亲生儿子。他是属于在俄罗斯号称勇士的一类人,当老子在潜心研究走兽的出生问题的时候,这个二十岁的膀大腰圆的小伙子十分渴望施展施展自己的天赋。不论抓拿个什么东西,他出手都不会很轻:闹得不是谁的胳膊折裂了,就是谁的鼻子上肿起了一个血包。家里也好,四邻街坊也好,从使女起到看家的狗为止,一见到他就拔脚逃跑,他甚至把自己卧房里的床也捣成碎片。莫基·基法维奇便是这样一个人,不过话得说回来,他的心地是挺善良的。可是,这还不是主要的。主要的是在下面:不论是自己家里的仆人,不论是别人家里的仆人,都纷纷跑来向他的老子告状:"基法·莫基耶维奇老爷,行行好吧,你这个莫基·基法维奇是什么个德行?谁都给他闹得没法安生,这么一个小霸王!"他老子听了通常回答道:"是啊,是淘气,是淘气,不过,有什么法子呢:揍他吧,已经嫌晚啦,何况这么一来,人人都会责怪我心狠手辣;他这个人哪,是挺爱面子的,只消当着旁人的面训斥他几句,他准就安分啦,不过,这么一来,家丑就得外扬,这可坏事啦!全城都会知道这事儿,往后只管他叫作畜生啦。说真格的,难道人家以为我不痛心吗?难道我不是他的老子吗?我研究哲学,有时顾不上他,所以就不是他的老子啦?这可是个误会呀,我是他的老子!我是他的老子,真见他妈的鬼,我是他的老子呀!莫基·基法维奇就在这儿,在我的心坎里呀!"话到其间,基法·莫基耶维奇用拳头猛烈地捶着自己的胸口,慷慨激昂到了顶点。"如果他落得一个畜生的坏名声,那至少别是从我的嘴里听说的,至少别是我把他出卖的。"发泄了一阵这样的父爱之后,他就让莫基·基法维奇继续干他的勇士的业绩,而自己又埋头去研究他心爱的课题,蓦地还向自己提出了这样一个问题:"哎呀,假如大象长在蛋里,蛋壳大概会厚得厉害,哪怕用炮弹打也打不穿的呀;那么,就非得发明一种新式枪炮不可啦。"这两位住在一个宁静和平的角落里的公民便这样过着日子,直等到现在,当我们的长诗行将结束的时候,方才突然仿佛从窗口里往外张望似的冒了出来,他们冒出来的目的无非是为了给几位激烈的爱国志士的责难以一个谦恭的答复罢了;这些爱国志士不到时候是不轻易抛头露面的,他们或者消消停停地研究着一点哲学,或者靠着他们心爱的祖国的国库在给自己生利发财。他们心里所想的绝不是叫自己别干坏事,而只是希望封住别人的嘴,别把他们的劣迹给张扬出去。其实,责难作者的原因,既不在于爱国主义的情绪,也不在于最先提到的那一种情绪,这些都是表面文章,内中可有另外一层意思。何必吞吞吐吐呢?除了作者,还有谁身负直言不讳说出神圣的实话的责任呢?你们害怕深邃的目光,你们不敢自己去深刻地观察任何现象,你们只喜欢对一切事物无所用心地瞟上一眼。你们甚至还会把乞乞科夫真心地嘲笑一番,说不定你们甚至还会称赞作者说:"不过,他倒是挺机灵地抓住了一点东西的,他一定是个性情快活的人!"说完这些话之后,你们会加倍骄傲地联想到自己,你们的脸上会浮现出一丝自得的微笑,你们会再添补一句说:"应该承认,在一些外省城市里,的确有着非常奇怪的、非常可笑的人物,并且他们还是一些着实卑鄙无耻的家伙哩!"可是,你们中间有谁会怀着基督教徒的谦恭,不是在大庭广众,而是在静悄悄反躬自问的时刻里,向自己心灵深处发出这样一个沉重的问题:"在我的身上是不是也有一点乞乞科夫的影子呢?"是呀,怎么没有呢?只要在这当口打他身边走过某一个官衔并不太高但也不太低的熟人,他立刻会推推站在他旁边的人的胳膊肘,并且差一点扑哧笑出声来,对后者说:"你瞧,你瞧,这就是乞乞科夫,走过去的就是乞乞科夫!"后来,他还会忘记了于自己的身份和年龄来说应有的礼貌,像孩子似的钉住那个人跑,在他身后嘲笑他,喊着:"乞乞科夫!乞乞科夫!乞乞科夫!"

可是,我们把话说得太响啦,忘记了我们的主人公在我们讲述他的身世的时候固然一直在睡觉,现在却已经醒过来了,因此,他很容易听见自己的姓名被这样一再地重复提到。他可是一个挺爱生气的人,如果有人议论他的时候有失恭敬的话,那么他会老大的不高兴的。对读者来说,乞乞科夫会不会生他们的气,没有多大的了不起;可是作者就不同啦,作者是无论如何不该和自己的主人公闹翻脸的:他们两人还有不少的路程必须携手同行;往后长诗还有两大部分要写——这可不是无关宏旨的小事情。

"哎呀,你是怎么啦?"乞乞科夫对谢里方喊道,"你是怎么啦?"

"怎么啦?"谢里方慢条斯理地说。

"什么怎么啦?你这鬼家伙!你是怎么赶车的?废话少说,赶紧点!"

说实在的,谢里方早就眯上眼睛在赶车了,只是偶尔在半睡半醒的状态中抖动一下缰绳,敲敲也在打盹的马儿的两肋罢了;至于彼得卢什卡,他头上的那顶帽子早已不知道在哪个地方给风刮走了,现在他本人朝后歪倒着身子,头就搁在乞乞科夫的膝盖上,因此主人不得不伸出手来给了他一个栗凿。谢里方略微提起一点精神,对准花斑马的背脊噼啪噼啪抽了几鞭子,在这之后花斑马方才快步跑了起来,谢里方又朝所有的三匹马儿虚晃了一鞭子,细声细气像唱歌似的说了声:"别害怕哟!"马儿都加了劲,把轻巧的折篷马车像一片羽毛似的带着向前飞驰。谢里方只是不时地晃动晃动马鞭,吆喝几声:"嗬!嗬!嗬!"大路以难以觉察的坡度直线往下降,一路上布满着丘岗,随着三驾马忽而飞上丘岗,忽而冲下丘岗,谢里方的身子也在赶车人的前座上有节奏地跳动着。乞乞科夫倚在自己的皮靠垫上微微上下颠簸,他只是微笑着,因为他素来喜爱车儿跑得快。又有哪一个俄罗斯人不喜爱驱车疾驰呢?俄罗斯人的心灵渴望陶醉,渴望放纵地玩乐一下,有时还爱说上一句:"让一切都给鬼抓了去!"——这样的俄罗斯人的心灵怎么能够不喜爱驱车疾驰呢?怎么能够不爱呢,如果在这驾车疾驰中蕴含一种激奋、神妙的感觉?仿佛有一股神秘的力量把你托在它的一翼翅膀上,于是你就向前飞去,周围的一切也都在飞:路程碑在飞,商人们赶着大篷车在迎面飞来,黑黝黝的枞树和松树密林挟着伐木声和乌鸦的啼叫从两旁飞过,整条大路在飞,朝着逐渐隐消的远方不知道飞向哪里,这飞速的闪动真有点令人害怕,任何东西都来不及显示自己的形貌就飞逝不见了,仿佛只有头上的天空,片片的薄云,隐露的一弯新月才是静止不动的。哦,三驾马车! 鸟儿般的三驾马车,是谁发明了你的? 大概只有在一个大胆活泼的民族手里方才可能产生出你来,只有在景色庄重、横卧半个世界的平旷的国土上,方才可能产生出你来,任凭你自由驰骋着去计算里程,直等到你的两眼发花为止。看来,你不像是一件精巧玲珑的赶路用具,你身上没有拧上铁铸的螺钉,你是雅罗夫斯拉夫的一个麻利的庄稼汉光用一把斧头和一把凿子草草赶做出来的。赶车人没有穿上德国制的高统皮靴:他蓬着一把大胡子,戴着一副无指手套,坐在一块鬼才知道的什么玩意儿上,可是,只消他抬起一下身子,挥动一下马鞭,悠扬地哼起一只歌子来——马儿就会像一阵旋风似的飞奔起来,轮轴闪成了一个光滑的圆圈,只有道路猛地震动了一下,还有一个行人停下脚步,惊骇得尖叫了一声! 车儿已经往前飞去,飞呀,飞呀! ……一下子只能够远远望见有一件东西在卷起尘埃,钻进空气。

　　俄罗斯,你不也就在飞驰,像一辆大胆的、谁也追赶不上的三驾马车一样? 在你的脚下大路扬起尘烟,桥梁隆隆地轰响,所有的一切都被你超过,落在你的身后。旁观者被这上天创造的奇景骇呆了,停下了脚步:这可别是从天而降的一道闪电吧? 这样触目惊心的步伐意味着什么呀? 是什么样的魔力潜藏在这人间未曾见过的马儿身上? 哦,马儿,马儿,多么神奇的马儿呀! 你们的鬃毛里是不是裹着一股旋风? 你们的每条血管里是不是都竖着一只灵敏的耳朵? 你们一听见来自天上的熟悉的歌声,就立刻同时挺起青铜般的胸脯,蹄子几乎不着地,身子拉成乘风飞扬的长线,整个儿受着神明的鼓舞不住地往前奔驰! ……俄罗斯,你究竟飞到哪里去? 给一个答复吧。没有答复。只有车铃在发出美妙迷人的叮当声,只有被撕成碎片的空气在呼啸,汇成一阵狂风;大地上所有的一切都在旁边闪过,其他的民族和国家都侧目而视,退避在一边,给她让开道路。

第　二　卷

第 一 章

为什么一味地描写贫穷,描写我们生活中的不完善,尽从穷乡僻壤里,从我们国家的偏远角落里去挖掘人物呢?可是,如果作者禀性便是如此,并且由于自身的不完善,除了一味描写贫穷和我们生活中的不完善之外,除了从穷乡僻壤里,从我们国家的偏远角落里去挖掘人物之外,在他的笔下写不出任何其他的东西,那有什么法子可想呢?正因为这个道理,我们眼下又落到了一处穷乡僻壤,又碰上了一个偏远的角落。

可是,这是一处怎样的穷乡僻壤,又是一个怎样的偏远角落啊!

起伏的群山,有如一座无边无际城堡的筑有雉堞和枪炮眼的雄伟高大的墙垣一样,逶迤绵延直至千里之外。它们巍峨壮丽,高耸在广袤无垠的平原之上,有时猛然崩裂,形成断崖绝壁,上面纵横交错刻画着雨水侵蚀的痕迹,有时宛如青翠碧绿的秀丽的圆坡,覆盖着从砍伐过的树干上萌发的幼嫩灌木,望上去仿佛披着一层羊羔皮,有时又像幸免于刀斧之灾奇迹般留存下来的黑黝黝的茂林。一条溪流,有时寸步不离岸壁,和它们一起弯弯曲曲蜿蜒流行,有时却岔离开去,闯进了牧场,在那里迂回曲折打了几个弯之后,像太阳升起前的灯火一样,闪烁了一下,就消隐在白桦、白杨和赤杨丛生的密林中间,后来又从那里得意洋洋地奔流出来,一路上由小桥、磨坊和堤坝护送,它们仿佛是伫候在每一个湾口,紧紧尾随着它似的。

在一处地方,陡峭的山壁给苍翠纷披的枝叶覆盖得更密。多亏山谷地势的不平,植物王国的南北两面的品种经过人工栽植都汇集到这儿来了。橡树,枞树,山梨,枫树,樱桃和荆棘,金雀花和被蛇麻草缠绕着的花楸果,有时相互扶持生长,有时彼此妨碍窒息,从下往上爬满山坡。在上面,也就是在山巅,地主老爷宅院的一层层红色屋顶,给挡在背后的农舍的屋脊和木雕的马头,老爷府第的带雕花凉台和半圆形宽大窗户的顶楼,和这些树木的绿色华盖相映成趣。而在这一片林木和屋宇之上,一座旧式的木造教堂高高耸起着它那五个闪闪发光的金漆圆顶。在这五个圆顶上面全都竖立着雕镂的金十字架,它们由也是雕镂的金链索固定着,所以,从远处望去,仿佛凌空悬挂着黄金,闪烁着炽热的金光。所有这一切——树梢啦,屋顶啦,十字架啦——都秀美如画地倒映在溪水里,成排空心丑陋的柳树,有些伫立在岸边,其他的完全站在水里,都低垂着枝叶,仿佛拣那黏腻的水草和鹅黄睡莲的碧绿浮萍不干扰它们的地方,在凝神观赏这一片奇景。

景色实在秀丽,然而,从上往下看,从屋子的顶楼极目远眺,那景色就显得更美了。任何一位来访做客的人,都不能够在凉台上站了半晌而无动于衷。他准会惊讶得胸口喘不过气来,只有连声赞叹道:"上帝,这儿是多么空旷辽阔呀!"眼前敞露着大片广无边际的空间:在缀满密林和水磨的牧场后面,像几条绿色腰带似的展延着层层苍翠蓊郁的树林;在树林后面,透过开始显得烟云沉沉的空气,露出一片黄色的沙土。接着又是树林,蓝蓝的,仿佛是海水,或者仿佛是远远弥漫开去的雾霭;接着又是沙土,虽然是更淡的一线,但依旧看得出是黄色的。在远空的天幕上,偃卧着连绵起伏的白垩山岭,甚至在阴霾的天气里它们也粲然发白,仿佛有一道永恒不灭的阳光照耀着它们。经那耀眼的白色的衬托,在山麓下面有的地方显示出一些仿佛在冒烟的、云雾般灰蓝色的斑点。这是远处的一些村庄;可是肉眼是无法把它们看清楚的。只有教堂的金色圆顶在阳光照射下不时闪动的光点使人知道,那儿有一个很大的人烟炽盛的村落。所有这一切都沉浸在一片深沉的静谧中,甚至没有隐约飘到耳边的、逐渐消失在寥廓空间的夜莺啼啭的余音来惊扰它。站在凉台上的宾客凝神眺望了两个钟头左右之后,什么其他的话都说不出来,除非重复一句话:"上帝,这儿是多么空旷辽阔呀!"

谁隐居在这个田庄上,谁是它的主人呢?这田庄就如一座难以攻克的城堡一样,从这儿是无路通达的,而得绕另外一边驶去才行,那儿,四下里全是橡树在殷勤迎接宾客,它们向两边远远叉开着枝丫,像张开满怀友情的手臂一样,并且把宾客一直伴送到我们曾从背后看到过它屋顶的那幢府第前面,现在整幢府第已经赫然在目,它的一边是一排农舍,不无炫耀地耸起着木雕的屋脊和马头,而另外一边是一座教堂,十字架的金漆和垂挂在空中的链索的金质镂雕花纹在闪闪发光。天地间这幽静的一隅能够属于哪一个幸运儿呢?

它属于特列玛拉罕斯克县的一位地主,安德烈·伊凡诺维奇·坚捷特尼科夫,一个三十三岁年纪轻轻的幸运儿,而且还是尚未成家的单身汉。

他究竟是一个何等样的人物,有些什么样的品质和特性呢？读者女士们，这是应该向他的左邻右舍去询问的。一位邻人是退伍赋闲的机灵圆滑、擅长舌战的校官，——这种人如今可已经日见绝迹啦，——对他下了如下的评语："十足地道的畜生！"一位住在十里路以外的将军说："年轻人并不愚蠢，可是太自负啦。要不然我倒可以助他一臂之力，因为我在彼得堡也不是没有熟人关系，甚至在……"将军没有把话说完就打住了。县警察局长则用这样的措辞来答复："正好我明儿个要上他府上去收欠缴的税款哩！"问到他村里的一个庄稼汉，他们的老爷为人怎么样，他一句话都不答理。可见，关于他的舆论是并不美妙的。

要是平心而论——他不是一个坏人，他只是一个庸庸碌碌的人而已。既然天底下已经有着不少碌碌无为的人，那么，为什么坚捷特尼科夫不可以碌碌无为呢？不过，可以从他的生活中挑出一天来，而这一天准和他所有的日子完全相同，让读者自己根据这一天去判断，他有什么样的一种性格，他的生活又和他周围美丽的大自然有几分相称。

每天早晨他醒得很迟，并且在抬起身子之后还要许久地坐在床上揉擦眼睛。因为眼睛不幸生得挺小，所以，揉擦它们的工夫就特别的长，在这整段时间里，下人米哈依洛拿着脸盆和毛巾站在房门口。这个可怜的米哈依洛站了一个钟头，两个钟头，后来到厨房里去转了一圈，后来又走回来，——可是老爷还在揉擦眼睛，还端坐在床上。终于他下了床，洗了脸，披上了睡袍，走进客厅去喝茶，喝咖啡，喝可可，甚至还喝刚才挤出来的鲜牛奶，所有这一切他都只啜一两口，倒把面包捏搓得粉碎，并且把烟斗里的灰烬信手磕得到处都是。在茶桌旁他一坐就可以坐上两个钟头。这还不算，他还端起冷掉的茶杯,懒洋洋地走到面对院子的窗口。就在这窗下每天都要发生如下的情景。

首先是听见掌管餐具的侍仆①格里戈利在破口大骂,那是冲着管家婆彼尔菲里耶夫娜而发的,话几乎是这么说的:

"你这狼心狗肺、一个镚子也不值的贱货。你该闭嘴才对,臭婆娘。"

"要不要给你吃一个这个?"一个镚子都不值的贱货彼尔菲里耶夫娜尖声叫道,一边把大拇指从食指和中指之间伸了出来②,这真是一个举动粗野不堪的娘儿们,尽管她挺爱吃葡萄干、水果软糖和各式各样归她锁藏保管的甜食。

"敢情你还要去和总管撒野哩,你这个管仓库的小奴才!"格里戈利吼叫道。

"可总管也是个贼,跟你是一路货。你以为老爷不知道你们? 他就在这儿,他什么都听在耳朵里。"

"老爷在哪儿?"

"他不就坐在窗口;他把什么都看在眼里哪。"

的确,老爷就坐在窗口,什么都看见了。

除了这场喧嚣的舌战之外,一个家奴的孩子挨了母亲一个耳刮子,正在死命地哭喊,还有一条细腿猎狗蹲在地上在尖声嗥叫,那是因为厨师从厨房里探出头来,把滚烫的沸水浇了它一身的缘故。总之,四周是一片令人难以忍受的号哭和尖叫声。老爷把一切都看见了,也都听见了。只有等到这种情况发展到忍无可忍的程度,甚至到了什么事也给干扰得做不

---

① 在旧俄豪富人家,有专职掌管器皿、酒类的侍仆,通常是老家人,深受主人信任,在奴仆中高人一等。

② 这是一种侮蔑人的手势。

成的时候，他方才派人出去吩咐，把闹声压低一些……午饭前两个小时他回到自己的书房，为的是潜心撰写一部皇皇巨著，这部巨著必须从各个角度——从民情、政治、宗教、哲学等等角度——综观整个俄罗斯，解决时代向她提出的许多棘手的任务和问题，并且清晰明了地规划出她伟大的未来，——总而言之，洋洋大观，包罗万象，就像现代人喜爱立下的著书规模那样。不过，这件浩大的事业多半只限于构思的阶段。鹅毛笔被咬破了，纸上出现了信手涂抹的图画，后来所有这一切都给推在一边，手里换上了一本书，一直到吃午饭不曾放下过。汤啦，调味汁啦，煎肉啦，甚至馅饼啦，都一一端上来了，他却始终手不释卷地读着书，因此，好几道菜凉了，而另外几道菜压根儿一碰都没有去碰。接下去是抽烟斗和喝咖啡，自个儿跟自个儿下跳棋，至于后来一直到晚饭为止他做了些什么，那的确很难说啦，好像什么事情也没有做。

这个三十三岁的人就这样在整个世界上形单影只，成日价披着睡袍，也不系领带，独自坐着打发时间。他不想游逛，不想走路，甚至不想站起身来打开窗户把新鲜空气放进房间，任何一位来访的客人都不能漠然视之的美妙的乡村景色，对主人本人却仿佛并不存在。读者由此可以看出，安德烈·伊凡诺维奇·坚捷特尼科夫是属于在俄罗斯源远流长、至今没有消踪灭迹的一种人，在过去他们倒是冠有懒汉、瞌睡虫、旱獭等等雅号的，而现在，我的确不知道该怎样称呼他们才好。

这样的性格是天生的呢，还是后天形成的，是严酷地包围一个人的可悲的环境的产物？与其回答这个问题，还不如讲述一下他的童年和他所受的教育吧。

原先一切仿佛都在为他将来有所出息铺设道路。当他还是一个十二岁的聪敏伶俐的、既有点爱好沉思的气质又有点病态的孩子的时候，他进了一所当时由一位很不平凡的人担任校长的学校。无与伦比的亚历山大·彼得罗维奇是年轻人心目中的偶像，教育界的奇才，赋有洞察人的本性的锐感。他多么了解俄罗斯人的天性啊！他多么了解孩童啊！又多么善于诱导啊！没有一个顽童在淘气胡闹之后不自己跑去向他招认一切过错的。这还不算。学生受到了严厉的训斥，可是，离开他的时候并不垂头丧气，却是昂首阔步的。有一股力量在鼓舞他，有一股力量在召唤他："前进！尽管你摔了跤，你得尽快地站起来！"校长不对孩子们讲什么良好的操行。他通常说："我要求智慧，而不要求任何其他的东西。谁希望成为一个具有智慧的人，谁就没有时间去淘气胡闹；淘气胡闹是应该自行消灭的。"确实，淘气胡闹自行消灭了。哪一个学生不渴求上进，他就会受到同学们的蔑视。已经成年的蠢笨如驴的学生不得不忍受着年幼学生给他们取的最最刻薄的绰号，并且连手指都不敢碰他们一碰。"这已经太过分了！"许多人这样说，"往后会出来一批虽然聪明却狂妄自大的人的。""不，这并不过分，"他说，"没有才能的学生，我是不久留的；他们学一期课程就够了，至于资质聪慧的学生，我这儿有专为他们开设的另外一期课程。"并且确实，所有富有才华的学生都在他那里加修另外一期课程。对许多顽皮行为，他都不加以压制，因为他在其中看到精神素质发展的萌芽，照他的说法是，对于他这是极为有用的，就像麻疹对于医生有用一样——可以使人确凿地了解人体内部究竟会有哪些活力。

　　孩子们又全是多么爱他啊！哦，对自己的父母，孩子都从来不这样地依恋。哦，甚至到了陷入疯狂迷恋中的疯狂年龄，他们心里燃起的不灭的热情,也不如对他的爱那样强烈。终生心怀感激之情的学生,每逢这位早已长眠地下的良师的生辰,一端起酒杯,总不由得阖上眼睛,流下眼泪。他的极其微小的鼓励就能够使学生的心战栗、快乐和震颤,激发起一种渴望出人头地的雄心。资质差的学生他是不久留的;他给他们备有一套短期的课程。可是,有才华的学生在他的学校里必须修完加倍的学业。而最高的一个班——在他那里是为一些出类拔萃的学生开设的,——完全不同于其他学校的高年级。只有在那里,他才要求学生达到有些教师极不明智地强求幼年学童达到的境界,——即要求具备一种最高超的智慧,也就是说,能够不嘲笑别人,但却有隐忍任何讥讽的度量,能够宽恕愚蠢的人,绝不激动发怒,不失去自制力,在任何情况下绝不以怨报怨,始终心平如镜,冷静而又矜持。凡是能够把人培养成为一个坚忍不拔的男子汉的方法,在这里都一一加以运用,并且由他亲自和学生们进行不断的试验。啊,他是多么精通人生这门学问啊!

在他的学校里教员并不多。大部分学科由他自己教授。他既不用学究式的术语,也不发表华而不实的见解和观点,而善于阐发学科的精髓,因此,连幼年的学生都能够明白,这门学科对他是极为有用的。从每门学科里他只选取能够把人造就成国家公民的有用部分。讲课的大部分内容是关于青年的前程,他又善于这样引人入胜地描画出年轻人施展才华的全部远景,以致当年轻人还坐在课堂里的时候,思想和心灵都已经在向往为国效劳了。他不向学生隐瞒任何东西:一个人在生活道路上必然会遇到的一切痛苦和障碍,蛊惑和诱引,他全都把它们赤裸裸地集中展示在他们前面,丝毫不加掩饰。他一切都知道,仿佛他对沉浮荣辱都有过一番亲身经历似的。不知道是因为荣誉感已经得到了强烈发展的缘故,还是因为在这位不平凡的导师的眼睛里蕴含着一股力量,在向年轻人发出:前进! 这个为俄罗斯人所熟稔的、对他敏感的天性会产生如此神奇效果的召唤,反正年轻人一跨进这个班,就一心寻求困难,渴望从事困难的活动,从事有更多障碍的、必须显示更大的心灵力量的活动。从这个班结业的人数固然不多;但这都是经过磨砺的人。任职之后,他们能够在最不稳固的位子上屹立不动,而许多人,连比他们聪明得多的人,都沉不住气,为了一些微不足道的个人恩怨而放弃一切,或者变得消沉、怠惰、丧失理智以致荒唐堕落,落到了贪污犯和骗子手的掌心中去。可是,他们却一点都不动摇,并且因为对人、对生活具有真知灼见,因为聪明练达,他们甚至能够对行为不端的人施加强烈的影响。

渴望荣誉的孩子只要一想到他终于也将进入这个班级,他的一颗火热的心就怦怦地跳动起来。看来,对我们的坚捷特尼科夫来说,什么都比不上这一位导师的了! 然而不巧的是,正当他升入这个高才生班级的时候——那是他朝思夕想的,——不平凡的导师溘然去世了。噢,对于他这是多么重大的打击,是多么可怕的初次尝味到的损失! 学校里的一切都变了样:一个名叫菲约陀尔·伊凡诺维奇的人接替了亚历山大·彼得罗维奇的位置。他立即一个劲儿地追求起一些外表的秩序来;开始向孩子们提出只有向成年人才能够提出的要求。在他们的自由洒脱中他觉得含有一种放肆的倾向。并且仿佛故意和他的前任作对似的,上任第一天他就宣布,他认为,聪明才智和学业成绩是一无意义的,他所重视的将只是良好的操行。奇怪的是:菲约陀尔·伊凡诺维奇也并没有树立起良好的风气。学生开始暗暗胡闹起来。白天人人都循规蹈矩,可是到了夜里就恣意饮酒作乐了。

在教学方面也出现了一些奇怪的现象。聘请来了一批新的教员,他们具有新的见解、新的评论事物的角度和观点。他们向学生灌注了大量新的术语和用词;他们的讲课既显示了缜密的逻辑联系,又显示了他们自己如痴似醉的热情;只不过令人可叹的是,学科本身没有丝毫的生气。僵死的学科通过他们的嘴散发出一股腐朽的气息。总之一句话,什么都给颠倒过来了。原先对师长和校务当局的崇敬消失了。学生开始取笑级任,也取笑教员。把校长索性叫作菲季卡①,给他起了小面包和其他各种各样的外号。蔓延开了一种已经丧尽孩稚气的放荡风气;出了这样一些荒唐事儿,结果只得把许多学生开除和逐出校门。两年之内学校已经变得面目全非。

安德烈·伊凡诺维奇禀性文静。同学的夜间狂欢饮宴也好——那些饮宴是一位女士就对着校长寓所窗口举行的,他们污辱亵渎神明的行为也好——那只是因为来了一个不挺聪明的神甫,——都不能够吸引他。不,他的心灵连在睡梦中也感觉到自己是天之骄子。他不可能被诱惑;可是,他却又垂头丧气。荣誉感已经被唤醒,然而不可能施展,也没有施展的余地。那么,还不如不唤醒它的好。他耳朵里听着教授们在讲台上慷慨陈词,心里在怀念以前的老师,老校长从来不慷慨激昂,却能够讲得明明白白。什么学科,什么课程他没有学过:

---

① 菲季卡是菲约陀尔的小称。在俄国,对长辈,对一切不熟悉的人,应称呼其本名和父名,以表示尊敬和礼貌,绝不可以直呼其名,更不能够用小称。

医学、化学、哲学,甚至法学,甚至人类通史,都学过了,通史的规模是如此浩瀚,以致教授在三年之内只来得及讲完绪论和某些德国城市联邦的发展,——真是只有老天爷才知道,他还有什么课没有听过哟!可是,所有这一切在他的头脑里只留下一堆模糊不清的、零碎片断的印象。幸亏他天资聪慧,他方才哐摸出,这样教是不对的,可是应该怎样教才好——他也不知道。于是,他经常怀念亚历山大·彼得罗维奇,时时觉得这样的忧伤,简直不知道怎样才能够摆脱这份苦闷惆怅。

可是,青春终究是幸福的,因为它有未来。他的心随着时间渐渐临近毕业而猛烈跳动着。他对自己说:"这还不算是人生;这仅是跨入人生前的准备;真正的生活是在公务上。那儿才可以大有作为。"因此,他不去看一眼使任何一位来访宾客如此赞叹的美丽的家园,也不到父母的墓前谒灵默哀,而像所有雄心勃勃的人惯常所做的那样,匆匆向彼得堡赶去,尽人皆知,那是我们热情如焚的年轻人从俄罗斯的四面八方竞相投奔的所在——为了找一份差事,为了一鸣惊人,博得赏识和提掖,或者纯粹只是为了学一点无聊的、冰冷的、虚情假意的处世诀窍。可是,安德烈·伊凡诺维奇的雄心从一开头就遭到他的叔父,一位四品文官,奥努甫里依·伊凡诺维奇的遏止,他郑重宣布,至关紧要的是写得一笔好字,万事必须从书法入门才对。

他花了九牛二虎之力,还仰仗了叔父的情面关系,总算在一个司里谋得了一个职位。当他被带进华丽明亮的、铺着镶木地板和摆着锃亮办公桌的大厅——好像御前最高级的重臣们常在这里开会碰头,商讨整个帝国命运大事似的,——看见一大群漂亮士绅歪侧着头在振笔疾书,弄得鹅毛笔沙沙地响,并且他自己也被安置在一张办公桌旁,立刻受命誊抄一份文书,这份文书的内容又仿佛故意安排成那样似的,有点小家子气(为了三卢布的小事,公文往来了半年之久),这时,一种非常古怪的感觉直袭毫无经验的年轻人的心,仿佛因为一件过失他给从高班降到了低班一样。坐在他周围的那些先生,他觉得都活像一群小学生。除了外表相似之外,他们中间有些人还在偷偷阅读荒唐无聊的翻译小说,他们把小说夹在正在处理的公事的大张纸页中间,装成聚精会神办公的模样,一见到上司出现就吓得浑身哆嗦。就这样,他觉得所有这一切十分古怪,觉得过去做的一切比现在的更有意思,任职前的准备要比职务本身更美好。他怀念起学校来。亚历山大·彼得罗维奇蓦地像活的一样浮现在他的眼前——他差一点失声痛哭起来。房间开始旋转,官员和桌子搅混成了一团。一瞬间的工夫他眼前发黑,好不容易才稳住了身子。"不,"当他清醒过来之后,心里想道,"得着手公务,不管刚开始的时候它显得多么琐屑渺小。"他硬着头皮,咬紧牙关,决心按照别人的样子去履行职务。

可是,哪里会没有乐趣呢?在彼得堡,虽说城市的外表显得严峻阴沉,乐趣可还是有的。尽管街上是零下三十度的严寒,天凝地冻;暴风雪这北国孕育出来的女妖呼啸着,掩没掉人行道,粘封住行人的眼睛,把毛皮领子、人的胡髭和毛茸茸的牲口的嘴脸都抹上了一层白色,可是,透过纷飞的雪花,在一个什么地方却可以看见有一个窗口在高处投射出一道殷勤亲切的亮光,原来四层楼上一个舒适的小房间里点燃着几支简朴的硬脂的蜡烛,茶炊噗噗地喧响着,三两知己正在进行暖人心脾的谈话,或者吟诵一位俄罗斯诗人的欢乐明快的灵感之作——多亏上帝的恩赐,那样的诗人是遍布于整个俄罗斯的,——年轻人的一颗青春纯真的心怀着崇高的热情在怦然跳动,那样的热情连在南国的晴空底下都不会有的。

隔了不久坚捷特尼科夫就习惯于他的职务了,只是公务并没有像他起初所设想的那样成为他主要的事业和目标,而成为某种第二位的东西。公务只给他派作划分一天时间的用途,使他更加珍惜余暇的时光。身为四品文官的叔父本来倒已经开始认为,侄子会有出息了,想不到侄子偏偏在这当口闯了祸。在安德烈·伊凡诺维奇为数颇多的友朋中间,有两个所谓郁郁不得志的人。这是一种很不安分的、性情怪僻的人,他们不仅不能够忍受不公平的事情,甚至不能够忍受在他们眼睛里看来是不公平的事情。他们本性善良,可是,行为却违情悖理,要求别人宽容自己,却半点儿容不得别人,他们激烈的言论和对社会的崇高的仇恨方式,都对他起了极为强烈的影响,在他的身上唤醒了易于激怒的神经和气质,使他对以前根本不屑一顾的种种细微琐事都加以注意了。菲约陀尔·菲约陀罗维奇·连尼津,也就是设在那些富丽堂皇大厅里的科室里面的一科之长,突然叫他讨厌起来。他开始在后者身上发现数不清的缺点。他觉得,连尼津在和上司说话的时候,整个儿都变成了甜得发腻的蜜糖,而当一个下属向他请示的时候,他却变成了令人皱眉的酸醋;又觉得,他像所有的小人一样,对在节日里不到他府上去祝贺的那些人特别严厉苛刻,尽向门房间的签名册上不见他们名字的那些人找碴儿;结果,他对这位科长开始感觉到一种近乎病态的厌恶。仿佛神差鬼使似的他一心想做一件叫菲约陀尔·菲约陀罗维奇不愉快的事情。他怀着一种特殊的快感去找寻这样的一个机会,并且找到了。有一回,他这样粗暴地顶撞了菲约陀尔·菲约陀罗维奇,以致上峰向他宣告,要么他去请罪,要么他提出辞呈。他提出了辞呈。身为四品文官的叔父跑到他那儿,慌慌张张地恳求他道:"看在基督的分上!行行好,安德烈·伊凡诺维奇,你冷静地想一想,你这是在干什么呀!难道只为了碰上一个不合你心意的上司,就值得放弃刚才开了个头的前程!行行好,冷静地想一想吧!你怎么啦?你怎么啦?要知道,假如人人都计较这一点,衙门里就一个人都不剩啦。放聪明点吧!抛弃你的骄傲,抛弃你的自尊心,去向他解释道歉吧!"

"问题不在那儿,好叔叔,"侄儿说道,"要我去向他赔礼道歉倒不难。我有错:他是上司,我不该那样和他讲话。不过,问题是在这儿。我另有为国效劳的地方:我有三百个农奴,田庄乱得一团糟,管家是个大笨蛋。如果另外一个人补了我在厅里的缺去誊抄文书,国家所受的损失不大,可是,如果三百个人缴不上赋税,那个损失可就大啦。我,——您是怎么想的呢?——我是地主呀。这个身份可也不是闹着玩的。如果我费一点心思去保全、爱护托付给我的人的生命,改善他们的命运,并且给国家三百个精壮的、不酗酒的、克勤克俭的臣民,那么,我为公家在哪一点上做得不如一个什么叫连尼津的科长呢?"

四品文官惊诧得只是张大了嘴愣在那儿。他想不到侄儿会滔滔不绝说出这样一番话来。他寻思了一会儿,开始这么劝诫起来:"不过无论如何……不过,怎么能够这样呢?……怎么能够叫自己到乡下去隐居起来呢?在那些乡巴佬里头能有什么人值得来往的呢?可这儿,毕竟在大街上就会迎面遇上一位将军啦,一位公爵啦。没走上几步你自个儿就会走过一家什么……那儿……喏,还有煤气灯照得雪亮雪亮的,活脱儿像工业发达的欧洲;可是到了乡下,碰来碰去见到的不是一个庄稼汉,就是一个傻婆娘。何苦这样呢,何苦罚自己待在不开化之地受苦一辈子呢?"

可是,叔父铮铮有力的论据对他的侄儿并没有产生作用。他开始觉得乡村是一个自由的栖身之处,是孕育深邃思想的源泉,是有益活动的唯一天地。连关于农业的最新著述他也已经搜集齐了。总而言之,这次谈话之后约摸过了两个星期,他已经来到邻近他度过童年的故居的乡土上,离开任何一位来访作客的人都激赏不已的那个美丽的角落不远了。一股新的感情在他的身上震颤起来。往昔的、许久不曾浮现的印象,开始在他的心灵里渐渐苏醒过来。许多地方他已经完全忘怀,所以,现在他像一个新来乍到的人一样,好奇地凝视着这些秀美的景色。也就在这当口,不知是什么缘故,他的心突然猛烈地跳动起来。大路沿着一条峡谷坠入一大片繁密荒芜的树林深处,无论是头顶上还是脚底下,他上下都看见三个人才能合抱的三百年的老橡树和冷杉、榆树、高过银杨树梢的黑杨树交错长在一起,他问:"是谁家的树林?"听到的答复是:"坚捷特尼科夫家的";随后大路钻出树林,沿着牧场,经过一座座白杨林和一丛丛新老柳树,遥对绵延的青山,迤逦前进,分别在两处地方跨上木桥越过同一条河流,把河水一次甩在自己的右边,一次甩在左边,当他问:"是谁家的牧场和水草地?"听到的答复仍旧是:"坚捷特尼科夫家的";后来大路盘桓上了山峰,沿着平坦的高地延伸,下面,一边是不曾收割的小麦、黑麦和大麦等各种庄稼,一边是他刚才经过的所有那些地方,不过现在它们突然都集中展露在缩小的远景上了,前面绿草如茵,一直到村口四下都是枝叶纷披的大树,大路越往前越暗,后来完全走进了树荫里,眼前已经开始闪现饰有木雕的农家小屋和地主老爷的石砌建筑的红色屋顶,接着是一幢高大的府第和一座老式的教堂,当热情跃动的心不经询问也知道到了哪儿的时候,教堂的金顶蓦地闪烁了一下,——到了这个时候,不断增强的一种感觉终于化为高声的话语冲出口来:"唉,迄今为止我不是一个傻瓜吗?命运指定我做人间天堂的主人,可是我偏偏叫自己成了专拟刻板文书的奴才。我读书学习,受过教育,受过文明的熏陶,为了向我的属下传播美德懿行,为了使整个省份有所改观,为了履行司法、行政、治安三职集于一身的地主的责任,我积聚了不少有用的知识,结果却把这个位子信托给了一个不学无术的管家,而自己情愿去给压根儿没有见过面,无论对他们的性格,无论对他们的品质都一无所知的一些人代拟各种文书,——情愿舍弃真正的管理,而去对远在千里之外的省份进行这种纸上谈兵的、纯属臆想的管理,我的足迹从来没有到过那里,所以我只能够做出一大堆不切实际的、愚蠢荒唐的事儿来!"

而在这时,另外有一番景象在等待着他。一听说老爷回来了,庄稼汉都聚集到了台阶前面。多彩多姿的包头巾——结子打在头顶上的,结子打在颈脖下面的,整个头给埋在里面的,在后脑勺松松挽个结子的,——粗呢大褂和体面的村民的蔚为壮观的密密蓬蓬的大胡子,把他团团围在中间。当四周响起一片"我们的爷呀!总算想起我们来啦……",当那些记得他的祖父和曾祖父的老头儿和老太婆情不自禁地哭泣起来的时候,他自己也忍不住流下了眼泪。他自个儿心里又这么想:"多么深厚的情意啊!可我呢?——我从来没有见过他们,从来没有为他们操过心呀!"于是,他向自己发誓,要和他们同甘共苦。

从此之后他开始经营田庄,当家做主了。他减轻劳役,减少为地主干活的日子,而给庄稼汉自己多留一些时间。赶走了愚蠢的管家。开始事必躬亲,出现在田头、打谷场、烘谷房、磨坊、渡口,每逢平底船装货和启碇的时候总要到场,因此,连懒汉都开始发慌,抓耳搔腮起来。不过,这样持续了没有多久。庄稼汉是机灵的,他们很快就琢磨透了,老爷尽管手脚勤快,也有把许多事情揽在自己身上的愿望,可是,究竟该怎么办,该怎样着手,他还没有摸着窍门,话虽说得头头是道,却不在点子上。结果,老爷和庄稼汉虽然好像并不完全互不理解,但就是不能合拍,别别扭扭的唱不出同一个调门来。坚捷特尼科夫开始觉察,地主老爷的田里不知怎么的一切都比庄稼汉的田里长得差。下种得早,发芽得却晚,可是活儿好像干得又挺好;他明明亲自监工,甚至还吩咐赏给每人一盅伏特加酒以资犒劳的呀。庄稼汉田里的黑麦早已抽穗了,燕麦熟透了,黍子也分蘖了,可是,他的田里庄稼刚才开始长秆,谷穗也还没有灌浆结实。总之一句话,老爷开始觉察,庄稼汉不顾已经得到的种种优待,一个劲儿地在耍滑头。他试过训斥他们几句,可是却听到如下的答复:"老爷呀,我们怎么会对老爷的,就是说,对老爷的收益不尽心呢!您亲眼看见啦,耕地和播种的那阵,我们是多么卖力使劲儿,——您还吩咐赏给每人一盅酒来着哪。"对这样的说法有什么好驳斥的呢?"可是,为什么现在庄稼长势这么差呢?"老爷追问道。"谁知道呀?看来,是虫子吃空了麦根。再有,夏天天气又是多么糟糕:一场雨也没有下呀。"可是老爷看见,庄稼汉的田里没有虫子吃空麦根,并且雨下得也好像挺古怪,是分片儿下的:全照顾了庄稼汉,而一滴也不洒到老爷的田里来。至于娘儿们,他更难对付啦。她们不时地告假,抱怨劳役太重。真是奇怪事儿!他把麻布、果子、蘑菇、胡桃等等各种各样征收项目统统取消了,还减掉了她们一半的劳务,满以为这么一来娘儿们会把这些时间用来料理家务,会给丈夫补补缝缝,会多开辟一些菜园子,可是,压根儿不是这么一回事。在女人中间开始蔓延开一种懒散的风气,开始殴斗、搬弄是非和发生各种各样的争吵,以致做丈夫的不时跑来向他诉苦:"老爷,您叫这鬼婆娘安分守己些吧。简直是个坏透了的妖精——有了她可没法安生哪。"

他本想硬硬心肠从严办事。可是怎样严格得起来呢?娘儿们跑来了,一副穷酸相,尖声地哭哭啼啼,满脸病容,身上披挂着这样邋里邋遢、令人恶心的破衣烂衫,她打哪儿弄来这些破烂布头的,那只有老天爷才知道。"走吧,走吧,只要从我眼前走开就是!让上帝保佑你吧!"可怜的坚捷特尼科夫说道,可是转眼他却看见,这个病病歪歪的婆娘一走出大门,就为了一根胡萝卜和一个街坊女眷扭打起来,并且差点打断了她的两边肋骨,哪怕一个强壮的庄稼汉都没有这般力气的。

他又想为他们试办一所学校,可是学校办得一团糟,弄得他只有垂头丧气的份儿;索性不曾有过这个念头倒好。办什么学校哟!谁也没有空闲时间:男孩儿从十岁起已经是各项劳务中的帮手,并且就在劳务中完成他的教育的。

说到公断和判明是非,哲学教授们教他的那些法律上的精妙细微的学问全都用不上。这一方撒谎,那一方也不老实,只有鬼才能够弄得清楚。他发现,对人的普通常识比法律上精妙细微的学问和哲学著作更有用;他并且发现,他自己身上存在着某种缺陷,可是究竟缺了点什么——只有上帝知道。结果形成了一种常见的情况:庄稼汉不了解老爷,老爷也不了解庄稼汉;庄稼汉成了理亏的一方,老爷也成了理亏的一方;于是,老爷的那股子热情冷下去了。他虽然照旧亲临监工,却已经心不在焉。刈草地里镰刀是不是发出轻快的嗖嗖声,庄稼汉有没有在堆干草垛,有没有在堆禾垛,眼前的活儿干得是不是有条不紊,——他全不在意,眼睛只是眺望着远处;远处是不是在干活,——他也不在意,眼睛却瞟向近一些的事物,要不然就凝视着旁边一条弯弯曲曲的小河,那儿沿着河岸正来回走动着一个红嘴红腿的丑八怪①,——当然,这是一只鸟,而不是人。他的眼睛好奇地观望着这只鸬鹚,看它在岸边捕到一条鱼儿之后怎样横衔在嘴里,仿佛一边在沉思:吞吃下去呢,还是不吞吃下去,一边又在向小河前方凝望,原来远处另外有一只白色的鸬鹚,它还没有捕到鱼儿,正在谛视这只已经捕到鱼儿的鸬鹚。要不然,他把眼睛完全眯阖起来,仰头朝着寥廓天穹,让鼻子尽情吸取田野的芳香,让耳朵沉醉于百鸟从四面八方,从天上也从地上,汇集而成的惊人谐和协调的合唱声中。黑麦地里一只鹌鹑时断时续地在叫,草丛中一只秧鸡一阵紧一阵慢地在打鸣儿,在它的上空掠过一群红雀,咕噜咕噜、叽叽喳喳地欢叫着,一只水鹬振翼高飞,发出疑似羊啼的长鸣,一只云雀呖呖啼啭着,慢慢儿消融在阳光里,高空中排列成一个个三角形的鹤群的长唳,一声声像铜号般清脆嘹亮。四周天地化成一片回声,不绝地呼应着。造物啊!在穷

----

① 原文为 мартын,意即鸬鹚,但也可作丑八怪解。

乡僻地,在一个小小的村落里,在远离卑污的大路和都市的地方,你的世界终究还是无比美丽的。可是,连这也使他觉得腻味了。很快他完全停止到田里去,而躲在房间里,甚至拒绝接见有事禀报的总管。原先还常常有个把邻人来串门,不是退伍的骠骑兵中尉,一个满脸烟容的爱抽斗烟的烟鬼,就是一个思想激进的、脑袋里装的尽是现代小册子和报刊上的那点学问的半吊子大学生。可是,连这也使他觉得厌烦了。不知怎么的他开始嫌他们的谈话肤浅乏味,而那种欧洲式的坦率态度,喜欢拍拍对方膝盖的习惯,还有那股既卑俗又放肆的腔调,他也开始觉得未免过分直爽和坦率了。他下决心和他们断绝往来,并且做得相当粗鲁无礼。也就是说,当华尔华尔·尼古拉耶维奇·维施涅巴克罗莫夫,一个不着边际谈论天下事的顶顶令人愉快的搭档,如今已经日见消失的擅长舌战的校官的代表,方兴未艾的新思想的先驱,登门造访,一心希望同他畅谈一番,既谈论一下政治,又谈论一下哲学、文学、伦理道德,甚至还要谈论一下英国财政状况的时候,——他叫人出去回话说他不在家,同时却又很不谨慎地在窗口前露了脸。宾主二人目光相遇。其中的一位,当然啦,含糊不清地骂了一声:"畜生!"另外一位懊恼之余也回敬了他一句类似蠢猪那样的话。交往就此结束。以后再也没有人上他的家里去。他倒乐得清静,潜心去构思那部论述俄罗斯的皇皇巨著了。至于那部巨著构思得怎么样,读者已经领教了。他形成了一套古怪的、毫无条理的生活规律。可是也不能够说,他始终不曾从迷惘中清醒过来。当邮局送来报纸杂志,他无意中看到一个熟悉的名字,一个已经青云直上身居国务要职的或者施展抱负为科学和人类事业做出应有贡献的老同学的名字的时候,淡淡的惆怅曾经暗暗涌上过他的心,他也不禁对自己的碌碌无为生出过无言的、淡淡的怨愤。那时,他感觉到自己的生活既可厌又可憎。在他的眼前,过去的学生时代异常鲜明有力地复活了,并且突然像活着的那样出现了亚历山大·彼得罗维奇的音容笑貌……他泪如泉涌,号啕大哭了几乎整整一天。

这号啕大哭意味着什么呢?是不是久患痼疾的心灵以此痛诉自己可悲的病因?——是不是因为一个高尚的、蕴含内在美的人虽然在他的身上已经初具雏形,却来不及成熟和茁壮起来?是不是由于自幼缺乏和失败做斗争的经验,他没有达到这样一个高度,能够克服各种艰难险阻,从而变得崇高和坚毅?是不是因为丰富伟大的感情纵然已经燃烧得有如一块灼热的金属,却不曾受最后的一道淬砺?是不是因为对他来说,不平凡的导师离世过早,现在,在整个人世间,没有一个人能够扶植起他那被不断的震撼所动摇的力量和丧失韧性的稚弱的意志,没有一个人能够向心灵振聋发聩地高呼前进这一激奋的,凡是俄罗斯人,不论在什么地方,不论处于什么地位,不论属于哪一个阶层、哪一种身份,都渴望听到的字眼?

能够用与我们俄罗斯灵魂血肉相连的祖国语言向我们说出前进这一壮伟万能的字眼的人,究竟在哪里?知道我们天资的全部力量、全部特性和全部深度,挥手之间就能够产生巨大的魔力,指挥我们奔赴崇高生活的人,又在哪里?知恩的俄罗斯人将用怎样的热泪,怎样的深情去报答他啊!可是,时光流逝,俄罗斯人仍旧像一个尚未成熟的青年,沉溺于可耻的疏懒和缺乏理性的活动之中……上帝始终没有降赐一个能够发出这一字眼的伟人!

有一件事情差一点唤醒了他,差一点在他的性格中引起了变化。发生了一件类似恋爱的事情。可是,连这件事情最后也不了了之。和他的田庄相隔十里路的地方,住着一位将军,我们已经看到,这位将军对坚捷特尼科夫的评价是并不十分友善的。将军就有将军的气派,他慷慨好客,喜欢邻居登门向他表示敬意,而自己从来不出门回拜,他说起话来声音沙哑,书读得不少,膝下有一位千金,一个前所未见的古怪人物。性情脾气活泼多变,就像生活本身一样。她名叫乌琳卡。她受的教育也有点古怪。教她的是一个不识一个俄文字的英国家庭女教师。还在童年时代她就失去了母亲。父亲又没有时间。可是,他钟爱女儿到了发狂的地步,因此,他所能做的只是一味地娇纵她。恰似一个无拘无束成长起来的孩子一样,她的一切都由着性子来。如果有谁见到,一阵突如其来的愤怒怎样在她秀丽的前额上堆起严峻的皱纹,她又是怎样激烈地和父亲争辩,那么,谁都会认为,这是一个最任性不过的人。不过,她的愤怒只是当她听到一件什么不公平的事情或者一个什么人受到欺侮的时候才爆发的。她从来不为自己发怒,不为自己争闹,也从来不为自己辩护。如果她发现她恼恨的那个人正陷于不幸,那么,怒火会立刻烟消云散。不管一个什么穷人只要一开口要求布施,她就会把整个钱包,不管里面有多少钱,既不考虑,也不合计,一股脑儿地扔给他。在她的身上有一股奔放的热情。当她说话的时候,仿佛她身上的一切——脸部神情啦,说话口气啦,手势动作啦——都在飞快地跟踪着思想,连衣衫的皱襞也仿佛急急地飘向了一边,甚至她本人也好像眼看要追随着自己的话语飞走似的。她没有一点秘而不宣的念头。在任何人面前她都不怕暴露自己的思想,当她想说话的时候，任凭什么力量也不能够使她缄默不语。她那迷人的、特别的、只为她一人独有的步履是这样的落落大方、自由洒脱，以致所有的人都身不由己地给她让路。见到了她，心地不良的人不知怎么的会觉得窘困不安而说不出话来；最最肆无忌惮、能说会道的人会找不出对答的话头而张皇失措；可是，腼腆羞怯的人却会一反常态，和她侃侃而谈，从谈话的第一分钟起他就已经感觉到，他早在哪儿，在一个什么时候认识了她，她的这些轮廓线条他仿佛在哪儿已经见到过，那是发生在十分遥远的童年，在故乡的一幢老宅里，在一个欢乐的黄昏，当一群孩子愉快地游嬉的时候；打这之后，在漫长的一段时间里，人生中冷静理智的壮年于他就显得枯索无味了。

在她和坚捷特尼科夫之间发生了完全同样的情况。一种难以解释的新的感情渗入了他的心。他那百无聊赖的生活一瞬间给照亮了。

起初将军是相当殷勤周到地接待坚捷特尼科夫的，不过，要说融洽无间，他们两人可没法办到。他们之间的谈话往往以争辩结束，给双方留下一种挺不愉快的感觉，因为将军不喜欢听到反对和辩驳，而坚捷特尼科夫呢，又是一个吹毛求疵的人。自然啦，看在女儿的分上，他在许多事情上都原谅做父亲的。所以，他们之间始终维持着和平局面，一直到两位亲戚莅临将军府上做客为止，这两位亲戚是鲍尔迪廖夫伯爵夫人和尤齐亚金公爵夫人，虽说都是已经告老的先王宫廷女官，然而至今保持着一些社交关系，因此，将军在她们两位面前不免有点卑躬屈膝的味道。她们一来，坚捷特尼科夫便感觉到，将军对他开始冷淡疏远了，不再理会他了，或者对待他像对待一个不敢吱声的小角色那样了；甚至带着一点鄙夷的口吻冲着他说什么:"老伙计","听我说","老弟",甚至用"你"来称呼他了。这终于使他气愤极了。可是,尽管他的脸上气出了红斑,心里火冒三丈,他还是硬着头皮,咬紧牙关,沉住了气,用非常恭敬温和的口气说道:"承蒙将军厚爱,不胜感激。您以'你我'相称,情深意切,却之不恭,按理我也应该对您以'你我'相称。可是,我们之间年龄相距悬殊,不便如此亲昵无间吧。"将军觉得挺难堪。他搜索枯肠,虽然有点语无伦次,但还是开始解释说,"你"这个用词在他的话里并没有这层意思,又说老年人有时是可以对年轻人称呼"你"的(关于自己的官衔他倒没有提起)。

自然啦,他们之间的交往从此中断了,爱情刚才萌发也随之夭折了。光明只闪现了一分钟,就隐灭了,因此接踵而来的黑暗显得更加阴沉。一切都化为读者在本章开始时所见到的那种生活——整日价躺着无所事事。屋子里开始变得脏污而又凌乱。地板刷整天一动不动和垃圾一块儿逗留在房间中央。裤子甚至跑到客厅里去了。在长沙发前面的一张挺漂亮的桌子上放着一副油渍斑斑的背带,仿佛是款待宾客的一样什么美味似的。他的生活变得这样卑琐,这样无精打采,不但他的家奴不再尊重他,连喂养的鸡群都差点要啄咬他了。他会拿起鹅毛笔,接连几个小时信手在纸上画出一些菱角形的奶渣饼、小房子、农舍、大车、三驾马车。可是,有时候鹅毛笔会忘乎所以,不听主人的指挥,擅自勾勒出一个娇小的面庞,那脸上轮廓纤细,目光活泼而又敏锐,有一绺微微翘起的鬓发,于是主人吃惊地看到,纸上慢慢儿显露出一幅任何一位著名艺术家都画不出来的女性肖像。他变得更加忧伤,并且因为相信尘世间是没有幸福的,从此变得更加无精打采和冷漠无情了。

当安德烈·伊凡诺维奇·坚捷特尼科夫按照习惯坐到窗口，像平日一样举目眺望的时候，他便是处于这样一种精神状态，可是，这当口使他震惊的是，他没有听见格里戈利的嗓音，也没有听见彼尔菲里耶夫娜的嗓音；相反，在院子里有一些奔走忙乱的声响。厨房小厮和擦洗地板的女婢正忙忙叨叨地奔去打开大门。门口出现了几匹骏马：活脱儿像是雕刻或者描画在凯旋门上的那样的马：一匹马的头往右边昂着，一匹马的头往左边昂着，一匹马的头在中间昂着。在马头上面，在赶车人的前座上是车夫和一个听差，那听差穿着一件肥大的常礼服，腰里束着一条手帕。在他们的身后，端坐着一位绅士，戴着便帽，披着大氅，脖颈里裹着一条彩色绚烂的围巾。当马车在台阶前面掉头停下的时候，这才发现，这不是什么别的车辆，而是一辆小型弹簧轻便折篷马车。绅士仪表非凡，他以一种几乎像军人那样的敏捷灵巧劲儿从车里跳上了台阶。

安德烈·伊凡诺维奇心惊胆战起来。他把来客当作一位政府官员了。必须交代一下，在年轻时候他卷入过一桩荒唐的事情。两个酷爱哲学、读了许多各种各样小册子的骠骑兵，一个没有结业的学美学的大学生，还有一个输得精光的赌棍，凑在一块儿想出了筹备一个慈善协会的主意，这协会由一个老奸巨猾的骗子手和共济会会员，也是一个爱好纸牌的赌棍，但又是一个巧言善辩的人担任总会长。协会拥有一个宏大的宗旨——给西自泰晤士河岸、东至堪察加岛的普天下众生带来永恒可靠的幸福。必须有一大笔经费；于是从慷慨的协会会员那里募集到一笔笔的捐款，数额巨大得难以置信。所有这些钱给花到哪里去了，这一点只有总会长一个人知道。坚捷特尼科夫被两个朋友拖进了这个协会，这两个朋友属于郁郁不得志的那一阶层的人，他们心地善良，但是由于为科学、为教育和为将来鞠躬尽瘁造福人类举杯频繁，后来终究都变成了名副其实的酒鬼。坚捷特尼科夫很快就醒悟了，脱离了这一帮子人。然而，协会却已经卷进了一些其他的、对贵族来说甚至是顶不体面的活动中去，后来警察局找上门来了……所以不难理解，坚捷特尼科夫虽然已经脱离他们，和他们断绝了往来，却还是不能够安心。他在良心上总觉得不十分好过。现在他甚至不无害怕地望着正在打开的房门。

　　可是，当来客带着一股难以置信的活泼劲儿，同时又把头微微俯向一边，保持着执礼恭敬的姿态，鞠了一躬之后，他的恐惧一下子全都消散了。来客简短而又明确地解释道，他既是出于需要，也是出于求知心切，许久以来一直在俄罗斯各地周游；又说，在我们的国家里美好事物多得不可胜数；至于物产之丰富，土壤之多样化，更不必提了；又说，这儿田庄的地理环境秀美如画，使他心驰神往；不过，要不是初春的泛滥，加上道路难走，以致马车突然损坏，那么，纵然地理环境如此秀美，自己也万万不敢前来惊扰他的。不过，来客又找补说，尽管这样，甚至即使马车什么事故都没有发生，他也不会错过这个千载难逢的机会，不趋前向他当面表明敬意的。

　　说完这番话之后，来客优雅迷人地行了个礼，轻轻敲响了一下脚后踵，那脚穿着挺漂亮的、油光锃亮的漆皮半统靴，扣着一排珠母小扣子，接着，尽管体态丰满，来客还像皮球那样轻巧地一纵，略微往后退了一步。

　　定下神来的安德烈·伊凡诺维奇断定，这准是一位好学不倦的、致力于科学的教授，他之所以周游俄罗斯，也许是为了收集一些什么植物标本，或者是为了收集一些化石。他立即向来客表示十分愿意在各方面竭尽绵薄；既请来客随意使唤他的工匠、制轮匠和铁匠，又请来客像在自己家里一样安心住下；让他坐在一把宽大的伏尔泰式的圈手椅里，然后准备洗耳恭听他关于自然科学的高论。

可是，来客谈及的多半是内心世界的事情。他把自己的身世比喻为茫茫大海中的孤帆，到处被背信弃义的狂风所驱赶；他提到了自己不得不多次更换职务，为了维护真理又屡遭挫折，甚至生命都不止一次险遭敌人的暗算，他还讲述了许多别的故事，根据这些故事来看，说他是一个讲究实际的人倒更为合适。讲到最后，他摸出一块雪白的麻纱手帕，十分响亮地擤了一下鼻子，那是安德烈·伊凡诺维奇从来还不曾听见过的。有时乐队里会出现这样一只捣蛋的喇叭，每当它憋足劲儿吹奏起来的时候，仿佛不是在乐队里，而是在你的耳朵里轰地响了一声。在昏昏欲睡的府第里的这间已经惊醒的房间里，也就发出与此相同的一声巨响，紧接在后的是飘出一股馥郁的香水味儿，那是在把麻纱手帕轻盈灵巧地一抖的时候无形中所散发出来的。

读者也许已经猜到，来客不是别人，而是我们可尊敬的、我们许久不曾提到的巴维尔·伊凡诺维奇·乞乞科夫。他显得有点苍老；看来，这段时间他并非不经风浪就安然度过的。连他身上的那件常礼服仿佛也有点旧了，连那辆轻便折篷马车，连马车夫，连听差，连三匹马儿，甚至连挽具，都仿佛有点老朽和不大济事了。他的财政状况看来也并不美妙。可是，那神情、礼貌、态度，却依然如故。他的举止和谈吐甚至显得比以前更加可爱，当他在圈手椅里落座的时候，他比以往更加灵巧地把一只脚屈在另外一只脚的后面;说话声调更加低柔悦耳,言谈措辞更加审慎温和,仪态风度更加优雅潇洒,在各方面都更加有分寸了。他的衣领和硬胸比雪还要白净,尽管他刚才长途跋涉而来,却不见一丝尘土沾在他的礼服上,——哪怕此刻邀请他去出席命名日的午宴都行。面颊和下巴颏剃得的溜精光,唯有瞎子才会面对它们那可爱的圆润而不加欣赏。

　　屋子立刻大有改观。其中一半原来一直是暗沉沉的,百叶窗都给钉死了的,突然一下子都敞开了,被阳光照亮了。行李开始给搬进敞亮的房间里去,一切很快具备了这样的外表:做卧房用的房间接纳了为夜间梳洗所必需的用品;作书房用的房间……可是,首先必须知道,在这个房间里有三张桌子:一张是书桌——搁在长沙发前面;另一张是牌桌——搁在镜子前面,两扇窗户之间;第三张是三角形的桌子——搁在墙犄角里。一边是通向卧房的房门,一边是通向不住人的、摆着一些残缺不全家具的厅堂的房门,这厅堂现在派作前厅用,至今已有一年光景没有一个人进去过了。在这张三角形的桌子上面搁着刚才从皮箱里取出的衣服,那就是:一条和燕尾服配套的裤子,一条簇新的裤子,一条灰颜色的裤子,两件天鹅绒的坎肩和两件缎子料的燕尾服。所有这一切行装都给一件又一件叠了起来,活像一座小小的金字塔,再覆盖上一块绸手帕。在另外一只墙犄角里,在房门和窗户之间,并列放着好几双高统皮靴:一双是半新不旧的,另外一双是簇新的,还放着一双油光锃亮的漆皮半统靴和一双睡鞋。这几双鞋也羞答答地蒙罩着一块绸手帕——所以看上去那里仿佛压根儿没有鞋子似的。书桌上立刻十分整齐地摆开了:小木匣子,一瓶香水,一本日历,两本小说,都是缺了上卷只有下卷的。干净的内衣放在卧房里原先就有的一口五屉柜里,至于必须交托给洗衣妇去洗的内衣,则卷成一团,塞到了床底下。皮箱腾空之后也塞进了床底下。那把为了吓唬小偷而一路随伴而行的马刀,也用钉子悬挂在卧房里离床不远的墙上。一切都显得罕见的清洁整齐。到处不见一张纸片,一根羽毛,一点垃圾。连空气也仿佛变得高雅起来:飘逸着一个身体健康、精力充沛、常常更换内衣、常常上澡堂洗澡、每逢星期天总要用浸湿的海绵给自己擦身的男子的令人愉快的气息。听差彼得卢什卡身上的那股子气味本来想暂且就赖在前厅里的,可是,彼得卢什卡很快依照身份被安排到厨房里去了。

最初几天安德烈·伊凡诺维奇挺为自己的独立自主担忧,害怕来客别怎么一来把他束缚住了,别在生活方式上带来什么变化,使他感到拘束难受,害怕自己如此称心合意定下的规律给破坏了,然而这些担忧全是多余的。我们的巴维尔·伊凡诺维奇展示出了对一切环境都能适应的非凡灵活的能力。对主人的恬淡明哲的不慌不忙的作风他赞不绝口,说这可以使人延年益寿。关于幽居的生活他也讲了一句极其悦耳的话,那就是:这可以在人的头脑里培育伟大的思想。参观了一下藏书室并对藏书通体赞美过之后,他又指出,书籍可以使人免于闲惰。话儿讲得不多,可是句句很有分量。在举动中他也显示出比以前更为知趣得体。他准时露脸,适时告退;当主人懒于开口时,他从不盘问,以免主人难堪;他很乐意陪主人下跳棋,也很乐意沉默不语。当两人中间的一位从烟斗里喷出团团烟雾时,另外一位虽然不抽烟斗,却也想出了相应的消遣;譬如从衣袋里掏出一个墨银鼻烟匣,把它夹在左手的两个手指之间,再用右手的一个手指头迅速拨转,弄得它好像地球在围绕轴心旋转一样,要不然就一边轻轻吹着口哨,一边用一只手指头敲打着它。总之一句话,他不妨碍主人。"我这是头一回见到一个可以一起生活的人,"坚捷特尼科夫自个儿对自个儿说道,"我们一般都缺少这种修养。在我们之间不乏聪明而又有教养的、心地善良的人,可是,说到性格安详稳定的人,可以一起生活一辈子而不发生争执的人,我可不知道,在我们这儿是不是能够找得出很多来。这是我所看到的头一个这样的人。"坚捷特尼科夫便是这样评论来客的。

而乞乞科夫呢,他挺高兴有机会在这样一位恬静平和的人的府上盘桓一阵。他对茨冈式的流浪生活已经感到厌倦。能够在一个风光旖旎的田庄上,面对着田野和早春的景色,休憩一些时日,哪怕只有一个月,甚至对治愈痔疾也是大有裨益的。

很难找得出比这个角落更好的休息地方。被严寒长久阻滞的春天突然花团锦簇地来临了,于是,到处洋溢着生气。乡间土道泛出了绿色,方才破土而出的青草鲜洁得宛如绿宝石,衬托着一簇簇嫩黄的蒲公英,淡紫掺杂粉红的银莲花垂俯着娇柔的面庞。成群的蚊蚋和昆虫出现在沼泽上,一只水蜘蛛已经在紧紧追逐它们;接踵而来的是各种鸟儿,它们从四面八方飞来栖息在干枯的芦苇丛中。万物都想凑近在一块儿相互欣赏。大地蓦地兴盛起来,森林、牧场全都苏醒了。村里跳起了轮舞。要游嬉有的是广阔的地方。多么鲜丽的青草!多么清新的空气!花园里充溢着鸟鸣!是天堂,是万物在雀跃欢腾!村子里闹哄哄的歌声不绝,仿佛在举行婚礼。

乞乞科夫常常漫步乡间。处处是散步和玩赏的自由天地。他有时在平坦的山冈顶上信步漫游,眺望那横陈在脚下的溪谷,溪谷里到处还遗留着冰雪融化而成的大片湖水,还耸出着黑黝黝、光秃秃的树林,望上去有如一座座的岛屿;他或者探寻幽暗的去处,走进林谷里去,那儿密密地聚生着树木,树梢上载着沉甸甸的鸟窠,那是聒噪的乌鸦的世界,它们纷纷飞扑着把天空都遮得暗沉沉的。沿着干燥的土地可以一直走到渡口,那里第一批木船正载着豌豆、大麦和小麦拔锚起程,河水的激流正以震耳欲聋的哗哗声冲击着开始运转的水磨的轮子。他去察看了刚才开始的春耕,看那刚才犁过的土地怎样像一条黑色带子划过绿色的原野,看那播种的农夫怎样用手不时敲敲挂在他胸前的筛子,均匀地撒下一把把麦种,不让一粒麦种偏落到这一边或者那一边去。

乞乞科夫各处都去过了。和总管,和庄稼汉,和磨坊主也都聊天攀谈过。对一切情况都详尽细致地了解到了,知道了田庄经营些什么,经营得怎么样,用什么方式在经营,他暗自说道:"这个坚捷特尼科夫可真是愚蠢的畜生!这么好的田庄,却给糟蹋成这副样子。其实,一年满可以有五万进款的呀!"

不止一次,在这些散步的时刻,他的脑子里转到了这样的一个念头,那就是他自己在一个什么时候,——自然啦,不是现在,而是往后,在主要的事儿完全办成了,手里有了钱的日子里,——他自己也成为类似这样的一份产业的安居乐业的主人。这么一想的时候,自然啦,在他的脑海里甚至还立刻浮现出年轻美貌、白净脸儿的未来娇妻的姿影,她出身商人阶层或者另外一个富裕的阶层,甚至还懂得点音乐。他还想到过子嗣后辈,由他们把乞乞科夫这一姓氏世代相传下去:一个淘气的小子和一个漂亮的妞儿或者两个小子，两个甚至三个妞儿，好让大家知道，他的的确确生活过，存在过，不像一个什么影子或者幻象那样，在人世间一晃就消逝不见了，——而自己也可以在祖国面前问心无愧。这时，他甚至开始设想，官衔也不妨略微改动提高一下：譬如说，四品文官就是一个可敬可重的官衔呀……当一个人在散步的时候，什么念头不会钻到他的头脑里去哟，它们常常使他脱离眼下孤寂的时间，骚扰、激发、拨动他的想象，甚至当他自己都确信这永远也实现不了的时候，他依旧能够洋洋自得！

巴维尔·伊凡诺维奇的下人也都喜欢这个田庄。他们也和他一样在那里过得挺惯。彼得卢什卡很快就和掌管餐具的侍仆格里戈利厮混熟了，虽然他们两人起初谁也瞧不起谁，趾高气扬得不得了。彼得卢什卡在格里戈利面前吹嘘自己到过各种地方，吹得天花乱坠；而格里戈利呢，搬出了彼得堡，那是彼得卢什卡不曾去过的，一下子就把他压倒了。彼得卢什卡并不甘心，想以他去过的那些地方路程之远取胜，可是，格里戈利向他举出了这样一个地名，那是在任何一张地图上都找不到的，并且声称这地方远在三万里路之外，这么一来，巴维尔·伊凡诺维奇的听差可泄了气，只有张大了嘴巴发愣的分儿，惹得所有的仆役哄堂大笑。可是，结果他们之间结下了最亲密不过的友谊。在村头，秃头庇缅这个全村庄稼汉的大伯开着一家小酒店，名字叫作"鲨鱼"。就在这家酒店里，从早到晚都能够见到他们两人的身影。他们成了那儿的熟客，或者按照民间的说法，酒店的老主顾。

对谢里方来说，有另外一种诱惑。在田庄上，每到夜晚，歌声四起，春天轮舞的圆圈忽而合拢，忽而散开。高大苗条的姑娘——那是眼下人烟炽盛的村子里都很难找得到的,——使他常常接连几个钟头站着看傻了眼。真是难说哪一个长得更好看:全都是雪白的胸脯,雪白的脖颈,个个长着一双杏仁眼,水汪汪的含情脉脉,走起路来骄傲得像孔雀,发辫一直拖到腰眼里。当他双手握住白嫩的小手,和她们在轮舞圈里跨着慢悠悠的舞步,或者和其他的小伙子一起并排着像一堵墙似的朝她们围拢过去,而嗓门响亮的姑娘们也像一堵墙似的迎着他们围拢过来,一边笑一边放声唱道:"老爷呀老爷,让俺瞧瞧新郎官!"当四下里村落慢慢儿陷入昏暗,那歌声一直远远地传到对岸,又飘送回来忧伤的余音的时候,——他自个儿都说不清楚心里有股什么样的滋味。后来,不管在睡梦里,还是醒着,不管在早晨,还是在黄昏,他老是觉得自己的两只手握着一双白嫩的小手,人还在轮舞圈里悠悠地转动。

乞乞科夫的马儿也挺喜欢新的住处。不论是拉边套的那匹马,不论是陪审官,也不论是花斑马,都觉得在坚捷特尼科夫府上过日子一点儿也不寂寞,燕麦是上等的,马厩的结构非常舒服:每匹马儿有自己的马栏,虽说是相互隔开的,可是穿过栅栏可以望得见其他的马儿,因此,要是它们中间不论哪一匹,纵然是站得最远的一匹,忽然心血来潮嘶鸣起来,立刻就可以对它做出响应。

总之一句话,大伙儿都过得挺惯,就像在自己家里一样。至于说到巴维尔·伊凡诺维奇为之风尘仆仆巡游广阔俄罗斯的那个缘由,也就是说到死魂灵,那么,在这件事情上他现在变得十分谨慎,十分稳重了,哪怕有机会和十足地道的傻瓜打交道的时候也是如此。可是,坚捷特尼科夫说什么也只知道读读书,发发抽象的议论,一个劲儿地想给自己解释清楚各种事物的一切起因——为什么？什么缘故？"不，最好找找看，能不能从别的方面着手。"乞乞科夫这么想。他常常和底下人闲磕牙，顺带就从他们的嘴里听说了，老爷以前拜会一位住在邻近的将军倒相当勤快，将军有一位小姐，老爷对小姐挺有意思，小姐对老爷也……可是，后来不知道为什么原因不和睦了，不往来了。而他自己也发觉，安德烈·伊凡诺维奇老是爱用铅笔和鹅毛笔描画一些娇小的、彼此相似的头像。

有一回，午饭之后，他一边按照习惯用手指头拨转着银鼻烟匣，一边这么说：

"安德烈·伊凡诺维奇，您是万物俱备，只欠一件东西了。"

"缺什么呢？"那一位喷出一团团的烟云，问道。

"生活的伴侣。"乞乞科夫说道。

安德烈·伊凡诺维奇没有接碴儿。谈话就此打住了。

乞乞科夫并不感觉到难堪。他挑选了另外一个时间，那已经是在晚饭之前了，在东拉西扯闲聊之间，他突然说道：

"说实在的，安德烈·伊凡诺维奇，您真不妨结婚成家啦。"

对这一点坚捷特尼科夫哪怕回答一句话也好，可是他就是不搭腔，仿佛这话题本身就使他挺不愉快似的。

乞乞科夫并不感觉到难堪。第三回他挑的已经是晚饭之后的时间了，话是这么说的：

"不管打哪方面来看您的情况，我总觉得，您必须结婚才对：要不然您会得忧郁症的。"

不知是这回乞乞科夫的话是这样富有说服力，还是这一天坚捷特尼科夫的心情特别倾向于推心置腹，他叹了口气，先仰天喷出一口烟,然后开口说道:"巴维尔·伊凡诺维奇,万事走运的人是天生的呀。"接着就把过去发生的一切,把和将军结识而后来又闹翻的经过原原本本讲述了出来。

当乞乞科夫从头到尾一字不漏地听完了全部经过,并且发现,仅仅为了"你"这一用词发生这样一场不快,他惊呆了。他紧紧盯着坚捷特尼科夫瞧了约摸有一分钟的光景,不知道该怎样判断他这个人:他是个十足地道的大傻瓜呢,还只是稍微有点儿糊涂,最后终于开口说:

"安德烈·伊凡诺维奇! 您怎么能够这样想,"他攥住了后者的两只手,劝说道,"这算得了什么侮辱呢? 在'你'这个称呼里面含有什么侮辱的意思呢?"

"这个字眼本身是没有什么侮辱的意思,"坚捷特尼科夫说,"不是在字的本意里面,而是在发出这个字眼的调门里面,含有一种侮辱的味道。你! ——这意味着:'记住,你是一个废物,我接待你只是因为一时没有更好的人罢了;可现在来了一位尤齐亚金公爵夫人啦——那么,你就该知道自己的位子,给我靠门口站着吧。'这就是话里的意思。"平时恬淡温和的安德烈·伊凡诺维奇说这一番话的时候,眼睛里闪闪发光,声音里透着一股感情蒙受侮辱后的激愤。

"可是,即使有这层意思,又有什么呢?"乞乞科夫说道。

"怎么? 难道您要我在他干出这样的举动之后继续上他的家里去!"

"可这算是什么举动! 这甚至算不上是举动!"乞乞科夫冷静地说。

"怎么不是举动呢?"坚捷特尼科夫惊讶地问道。

"这可是身为将军的人的习惯,而不是举动:他们对谁都称呼'你'的。再说，为什么不容许一个卓有功勋的、德高望重的人这样做呢？……"

"这是另外一回事，"坚捷特尼科夫说，"如果他是一个穷苦的老人，如果他不倨傲，不摆架子，如果他不是将军，我倒容许他对我称呼'你'，甚至会恭恭敬敬地接受这个称呼的。"

"他完全是一个傻瓜，"乞乞科夫自个儿心里想道，"容许一个叫花子，却不容许一位将军！"

"好吧！"他出声说道，"就算他侮辱了您，可是您也不曾吃亏：他侮辱了您，您也回敬了他。不顾个人切身利害而与人争吵，——恕我直言不讳，这未免……如果目标已定，那就应该勇往直前去追求。何必计较有人瞧不顺眼，在一旁啐唾沫呢？人素来爱挑刺儿啐唾沫：他天生是这副德行。现在，您走遍整个世界，都找不到一个不挑刺儿不啐唾沫的人。"

"这个乞乞科夫是一个挺古怪的人。"坚捷特尼科夫听了这番话感到完全莫名其妙，困惑不解地自个儿心里这么想道。

"这个坚捷特尼科夫可太怪僻啦！"同时乞乞科夫这么想道。

"安德烈·伊凡诺维奇！我要跟您像跟亲兄弟那样说几句话。您是一个缺乏处世经验的人——请容许我去圆这个场吧。我去拜访一趟将军大人，向他解释清楚，从您这方面来说这纯粹是出于误会，加上年轻和不谙人情世故。"

"在他面前卑躬屈膝我可不愿意，"坚捷特尼科夫感到蒙受了侮辱，说道，"并且我也不能够委托您去办这件差事。"

"我素来不会卑躬屈膝，"乞乞科夫也感到蒙受了侮辱，说道，"要说为了一件什么过错而不失人格地去赔礼道歉，那我可以，然而要我卑躬屈膝——那是从来也不行的……安德烈·伊凡诺维奇,请您原谅我的这番好意,我料想不到,您居然把我的话曲解成这样令人伤心的意思。"所有这些话他都是带着尊严感说出来的。

"对不起,是我错了,"深为感动的坚捷特尼科夫攥着他的两只手,赶紧说道,"我没有侮辱您的意思。我发誓,您的善心关切对我是十分宝贵的。可是,让咱们别谈这个吧。咱们永远也不要再提起这件事情。"

"既然这样,我就这么上将军府上去走一趟。"

"去做什么?"坚捷特尼科夫困惑不解,眼睛直勾勾地望着他,问道。

"表示敬意呀。"

"这个乞乞科夫真是一个古怪家伙!"坚捷特尼科夫想道。

"这个坚捷特尼科夫真是一个古怪家伙!"乞乞科夫想道。

"安德烈·伊凡诺维奇,明儿早晨十点钟左右我就到他府上去。依我之见,向一个人表示敬意越快越好。因为我的那辆轻便折篷马车还没有修复到可以使用的程度,请求您容许我借用一下您的轿车吧。"

"您说哪儿的话,何必请求呢?您完全就是主人,马车也好,其他的东西也好,都听您吩咐,归您使唤。"

这场谈话之后他们相互道了晚安,各自去睡觉了,不免对对方的怪僻很不以为然。

可是,事情也真透着奇怪:第二天,当给乞乞科夫备好了马,他穿着簇新的燕尾服,雪白的坎肩,系着雪白的领带,以几乎是军人般的轻巧姿态跨上马车,疾驰而去向将军表示敬意之后,坚捷特尼科夫的心情变得如此激动,那是他早已不曾感觉到的了。他的全部生锈发霉的、沉睡不醒的思路变得活跃不安起来。神经的兴奋唤醒了全部感情,突然一下子袭击着这个至今沉溺于无忧无虑的怠惰中的懒汉。他一忽儿坐到长沙发上,一忽儿走到窗口前面,一忽儿抓起一本书,一忽儿渴望思索些什么。这个愿望落了空!在他的头脑里硬是没有思想。他一忽儿拼命什么都不想——这努力又落了空!某些零星片断的类似思想的东西,思想的余波和尾声,偏偏一个劲儿地钻出来,从四面八方直往他的脑袋里面挤。"好奇怪的心情啊!"他说着走近窗口,眺望穿越一片橡树林的大路,此时在树林的尽头还看得见一团团未曾来得及平息下去的尘埃。可是,让我们撇下坚捷特尼科夫,回过头来跟踪乞乞科夫吧。

第 二 章

　　三匹骏马在半小时多一点的时间里载着乞乞科夫风驰电掣地驶过了十里路程:先是穿过一座橡树林,后来经过在新近犁过的耕田中间开始发绿的一片庄稼,后来沿着山峦边缘行驶,脚下时刻闪过一幅幅远方的景色;后来走上两旁栽着刚才开始吐叶的菩提树的宽阔的林荫道,把他带到了田庄的正中心。到了这儿,菩提树林荫道往右一拐,变成了一条栽着椭圆形杨树的街道,杨树底部都有小小一方篱笆围着,这道路一直通到一扇镂空的铸铁大门,透过大门迎面就看见将军府邸的豪华富丽的雕花山花墙和支撑它的八根科斯林风格①的圆柱。到处飘散着油漆气味,油漆使一切都显得焕然一新,不让任何一件东西露出陈旧的痕迹。院子之整洁简直可以和嵌木地板媲美。乞乞科夫彬彬有礼地跨下马车,吩咐听差向将军禀报自己的来访,随即就被直接引进了后者的书斋。将军气宇轩昂,使乞乞科夫惊叹不置。他穿着一件高贵的绛紫色绗线的缎子面睡袍。目光坦率,相貌雄武,短髭和美髯都已经有点花白,后脑勺上头发修剪得短短的,后脖颈十分肥厚,中间横嵌着一条深缝,俗话就叫三层肉脖儿,或者叫三重肉脖儿;

〰〰〰〰〰〰

　　①　一种古希腊的建筑风格。

总而言之,这是著名的一二年间如此众多的英武伟美足以入画的将军中的一位。贝特里歇夫将军跟我们中间的许多人一样,在拥有一大堆优点的同时,也包含着一大堆的缺点。在他的身上,前者和后者就像在任何一个俄罗斯人身上一样,别有趣味地混揉在一起。既有关键时刻的大度,勇猛,无比慷慨,处事机敏,却又掺杂着任性,虚荣,自爱和当一个俄罗斯人赋闲没有事干的时候所难免滋生的种种小心眼儿。凡是在官场上比他走运的人,他一概不喜欢,提起他们来总是竭尽讥刺挖苦之能事。最倒霉的是他过去的一个同僚,他认为那个人无论在智力上,无论在才干上,都远不如他,可是那个人却超越了他,已经当上了两个省份的总督,并且好像故意叫他难堪似的,还兼管着他的田庄所在的那些省份,这样一来他仿佛成了那个人的臣民了。为了报复起见,他借一切机会恶言中伤那个人,攻击他颁布的任何一道政令,在他的一切措施和行动中都看出登峰造极的愚昧无知。他身上的一切都有点古怪,包括他的教养在内,虽然他是热心提倡高超教养的人;他喜欢炫耀一下自己,也喜欢知道别人所不知道的东西,并且不喜欢那些知道任何一点他所不知道的东西的人。总之,他喜欢稍微卖弄一下自己的聪明才智。虽说他受过半外国式的教育,他却渴望扮演一个俄罗斯老爷的角色。既然他生就一副这样不平衡的性格,拥有这样一堆巨大鲜明的矛盾,他势必在官场上遇到大量不愉快的事情,这是不足为怪的,结果他只得告老隐退,把一切归罪于某一个敌对的派别,而毫无宽宏大度之心在哪件事情上谴责一下自己。告退之后,他仍旧保持着那种英武伟美足以入画的气派。穿上常礼服也好,穿上燕尾服也好,穿上睡袍也好,——他始终不失英雄本色。在他的身上,从嗓音开始一直到最微小的一个动作为止,全都是威风凛凛的,命令式的,在小官员的心里如果不能够引起尊敬的话,那么,至少也能够引起胆怯。

乞乞科夫则把两者都感觉到了:既感觉到尊敬,又感觉到胆怯。他执礼恭敬地向一边歪侧着头,伸出双手,仿佛准备用它们端起一只摆满杯碟的托盘似的,以惊人的灵巧劲儿弯倒了全身,说道:

"进谒将军大人,我认为是自己义不容辞的责任。对转战沙场拯救祖国的名将之英勇无畏,我素感钦佩,因此认为自己责无旁贷必须趋前亲聆将军大人的教诲。"

看来,将军并不是不喜欢这样的进攻。他非常和善地摆了一下头,说:

"十分高兴认识您。请坐,请坐。请问您原来在何处高就?"

"将军大人,"乞乞科夫一边往圈手椅里就座,但不是一屁股往中间坐下去,而是用一只手抓住了圈手椅的扶手,偏着点身子靠边上坐下去的,一边说道,"我在税务局初涉仕途。之后,在地方法院、建筑委员会和海关等不同地方担任微职。将军大人,我的一生犹如惊涛骇浪中的一叶孤舟。可以说,在襁褓中我即以忍耐为伴。我本人即所谓忍耐的化身。至于从欲置我于死地而后快的仇敌手里所蒙受的苦难,则既非言语,也非笔墨所能形容的,因此,在垂暮之年我只求一隅之地,聊以安度余生。目前我在您大人的近邻府上权且盘桓……"

"这是哪一位呀?"

"坚捷特尼科夫,将军大人。"

将军皱了皱眉头。

"将军大人,他十分后悔未能表示应有的敬意。"

"对什么表示敬意呀?"

"对您大人的功勋。他后悔得简直无法用言辞表达。他说:'我只要能够多少……因为,'他说,'我的确懂得尊重拯救祖国的英雄名将的呀。'他说。"

"得啦,得啦,他说的是什么呀?何况我又没有生气,"将军心一软,这么说道,"我打心眼里真诚地喜爱他,并且确信他将来会成为一个大有作为的人的。"

"您大人说得完全有理:他会成为一个真正大有作为的人;他不但口才超群,而且文思敏捷。"

"可是,他写的,我好像觉得,是些空洞无聊的玩意儿,是些什么诗吧?"

"不,将军大人,不是空洞无聊的玩意儿………他写的是切实有用的东西……—部历史,将军大人。"

"历史?讲什么的?"

"历史……"这当口乞乞科夫停顿了一下,不知是因为在他面前坐着一位将军的缘故呢,还是单纯因为要给话题赋予更大的意义,反正他停顿了一下之后才找补说:"—部将军史,您大人。"

"怎么是一部将军史?是哪一些将军呢?"

"那是就总体而言的,您大人,是概述性的。确切地说,那也就是一部我国的将军史。"

乞乞科夫完全语无伦次,不知所云,差一点自己要对自己啐一口唾沫了,他自个儿心里寻思道:"老天爷,我在胡扯些什么呀!"

"对不起,我不太明白……这到底是怎么回事呢,是某一个年代的历史呢,还是一些个人的传记?再说,是所有的人的传记,还是只有一二年战争参与者的呢?"

"正是这样,您大人,是参加一二年战争的那些将军的。"话一出口,他就自个儿心里想道:"哪怕打死我,我也弄不明白。"

"那么,他干吗不上我这儿来呢?我满可以替他收集到非常多饶有趣味的资料呀。"

"他胆怯不敢哪,将军大人。"

"胡扯!竟为一句什么空洞无谓的话害怕。我和他之间发生过什么大不了的事儿呢?何况我压根儿不是那样的人。说不定我自己倒要去拜访他一下哩。"

"那他是绝对不敢当的,他会自己过来拜访您的。"乞乞科夫说,他总算定了神,完全振作起来了,并且自个儿心里思忖道:"真料想不到,怎么碰巧扯上了什么将军,这可是舌头稀里糊涂乱诌出来的呀。"

这当口,书斋里响起一阵衣裙的綷縩声。雕花书橱的桃木橱门自动开启了。在这扇推开的橱门背面,出现了一个女性的人影,一只手握着门锁的黄铜把手。如果在一间昏黑的屋子里,有一幅透明的画一经后面灯光强烈照射突然焕发光彩的话,这幅画的不期出现也不如这个人影那样能够使人震惊,因为这个人影的来临好像是为了辉耀整个房间似的。仿佛有一道阳光和她一起飘洒进了屋里,将军沉郁的书斋仿佛也绽露出了笑容。在最初的一瞬间乞乞科夫简直弄不明白,究竟是什么人站在他的面前。很难断定,她是出生在哪一块国土上的。像这样纯净、高雅的面部轮廓,除了古代玉石雕刻饰物之外,在哪儿都寻觅不到的。她的身材挺秀、轻盈,像一支箭,使她仿佛比谁都高。可是,这是一种错觉。她长得根本不高。这都是身体各个部分之间非凡的谐和匀称所造成的印象。她的衣衫显得那样合身,仿佛最高明的裁缝在一起商量过怎样更好地打扮她似的。可是,这也只是错觉。其实她穿着并不讲究,只是自有一股风韵罢了;一块未经精工裁剪的一色素净的衣料,只消在三两处给缝上几针,经她一穿,周身自会如行云流水般飘垂着这样一些褶裥,如果把它们和她一起搬上画布,准叫所有那些衣着入时的闺秀相形见绌,显得恶俗不堪,活像用零头料摊儿上的花布打扮出来的了。如果按照她的模样和她那合身的衣衫上的全部褶裥雕成一尊大理石塑像,人们准会说这是天才杰作的复制品。

"向您介绍一下小女,一个任性的丫头!"将军对乞乞科夫说,"只是尊姓大名我到现在还不知道哩。"

"难道一个并无英勇业绩彪炳于世的人的姓氏和父名值得为人知道吗?"乞乞科夫把头偏向一边,谦逊地说。

"不管怎么说,还是必须知道的……"

"将军大人,我叫巴维尔·伊凡诺维奇。"乞乞科夫说着几乎以军人般的灵巧姿态鞠了一躬,并且像皮球一样轻轻一纵,往后退了一步。

"乌琳卡!"将军转身对女儿说道,"巴维尔·伊凡诺维奇刚才告诉我一个有趣透顶的消息。咱们的邻居坚捷特尼科夫根本不像咱们本来认为的那样是一个愚蠢的人。他在干一件相当重要的事情:写一本一二年时期的将军史哩。"

"可又有谁认为他是一个愚蠢的人呢?"她话儿说得挺快,"除非只有你所信赖的维施涅巴克罗莫夫,那个既浅薄又卑劣的小人。"

"干吗说他卑劣呢？他有点儿浅薄，这倒是真的。"将军说道。

"他岂止是有点儿浅薄，他简直有点儿下流，有点儿卑鄙可恶，谁这样欺负自己的亲兄弟，又把亲姊妹赶出家门，谁就是一个卑鄙可恶的人。"

"可是，这只是人家这么传说罢了。"

"这样的事情不会平白无故地传说的。我不明白，父亲，你的一颗心是再也善良不过的，是少有的正直的，你怎么能接待一个和你有天壤之别的人，一个你自己都知道是品质恶劣的人呢。"

"您瞧见啦，尽是这样，"将军微微笑着对乞乞科夫说道，"我和她就尽是这样争辩不休。"接着转过脸去对好辩的女儿继续说道：

"我的心肝宝贝儿！我总不能把他撵走吧？"

"何必撵走呢？可是，又何必对他招待得这样周到，又何必喜欢他呢？"

这当口，乞乞科夫认为有必要插上一句话了。

"人人都要求别人爱他，小姐，"乞乞科夫说，"有什么法子呢？连牲口也喜欢人家抚摸抚摸它呀。它会从木栏里为此探出头来：喏，摸摸我吧。"

将军听了哈哈大笑起来。

"正是，正是，会探出头来：摸摸，摸摸我呀。哈，哈，哈！他不仅是一张脸，而且整个身子，连五脏六腑在内，都脏得像在灰堆里埋过似的，却还如常言所说的要人家美言几句哩……哈，哈，哈，哈！"

说着将军笑得连身子都开始摇晃起来。以前佩戴过肩章的肩膀抖动着,仿佛至今上面还压着沉甸甸的金线绣的肩章似的。

乞乞科夫也发出一连串表示笑声的感叹词,只不过出于对将军的尊重,把感叹词拼上了字母"Э"①,变成了:"嗨,嗨,嗨,嗨!"他的身子也由于笑开始摇晃起来,虽然肩膀并没有抖动,因为上面没有佩戴过沉甸甸的肩章。

"尽管把国库偷得精光,偷得精光,可是,这个骗子手却还有脸请求褒奖哩。不行,他会说,不能劳而无赏,我是出过力的呀……哈,哈,哈,哈!"

少女高尚可爱的脸上显露出一种痛苦的表情。

"噢,爸爸,我不明白,你怎么笑得出来。对我,这些卑鄙的行为,只会引起沮丧。当我看见,有人明目张胆地欺诈诓骗,却没有受到大众唾弃蔑视的惩罚的时候,我说不出心里是一股什么滋味,我一时会变得心肠狠毒,甚至会起坏心眼儿来的:我恨不得,我恨不得……"说着她自个儿几乎要流下眼泪了。

"只不过请你别把气出在我们的头上呀,"将军说道,"这可不是咱们的罪过,对不对?"他转过脸去对乞乞科夫说。"吻我一下,回你自己的房里去吧。我马上要穿好衣服准备吃饭啦。而你,"他直盯着乞乞科夫的眼睛,说道,"我希望,你愿意在我这儿吃饭吧?"

"只要您大人……"

"别讲客套啦,一顿便饭算得了什么?请人吃饱肚子,谢天谢地,我还有这个能力。白菜汤总是有的。"

---

① 俄文字母 Э 发音为"埃"。

乞乞科夫迅捷灵巧地伸出双手,万分感激和恭敬地低低弯下了头,因此,房间里的一切东西一时都从他的视线里消失隐灭,所能看见的只剩下自己那双半高统皮靴的鞋尖。当他在这样执礼恭敬的姿态中待了一刻儿工夫,再抬起头来的时候,他已经看不见乌琳卡了。她已经不知去向了。在她站过的位子上出现一个蓄着两撇浓密短髭和一把络腮胡子的大个子贴身侍仆,双手捧着一只银水盂和一只盥洗盆。

"你容许我当着你的面更衣吗?"

"不仅更衣,凡是您大人所要做的一切事情,您都可以当着我的面做。"

将军褪下了半边睡袍,又从两只勇士般的手臂上卷起了衬衣袖管,开始洗脸,他哼哧着、喷着水珠,活像鸭子在戏水一样。水珠带着皂沫飞溅得满屋都是。

"赞扬声人人爱听,都爱听,确实爱听,"他一边上下左右拭擦自己的脖颈,一边说,"摸摸,摸摸我的头呀!其实,得不到赞扬他也就不偷不抢啦。哈,哈,哈,哈。"

乞乞科夫的心情高兴得无法形容。他突然灵机一动,转出了一个念头。"将军是个天性快乐、心地善良的人——何不试一下呢?"他这么一想,于是,当他看见侍仆端着水盂退出房门之后,就尖声叫道:

"将军大人!因为您对所有的人都如此仁爱关切,我有一件紧要的事情向您求教。"

"什么事呀?"

乞乞科夫向四周瞧了一眼。

"将军大人,我有一个年迈体衰的伯父。他有三百个魂灵和两千……并且,除了我之外,没有其他的继承人。因为年迈体衰,他自己已经不能够管理田产,可是又不肯移交给我。他还举出一个多么古怪的理由:'我呀,'他说,'我可不了解我的侄儿;说不定他是一个浪荡子。让他向我证明他是一个可靠的人,让他先自力奋斗,有了三百个魂灵;到那个时候,我再把我的三百个魂灵交给他。'"

"他是怎么啦,看来,是一个十足地道的傻瓜啰?"将军问道。

"是个傻瓜倒也罢了,大不了叫他自个儿吃亏。可是,事情还关系到我的处境哪,将军大人。老人家身边有了一个什么管家婆,而管家婆有着一群孩子。弄得不好,全部财产都要落到他们的手里去啦。"

"这个蠢老头无非是老糊涂罢了,"将军说,"只是我看不出,我在这件事情上能够出什么力。"他说着惊奇不解地望着乞乞科夫。

"我想出了这么一个主意。如果您把您村子里全部死掉的农奴,将军大人,以这样的方式转让给我,就是说,当他们都还是活着的,并且办好不动产契据的过户手续,那么,我就可以拿出契据给老人家看,他也就会把财产移交给我了。"

听到这儿,将军爆发出一阵从来未必有人发出过的笑声。他衣服才穿了一半,就架不住这阵狂笑跌倒在圈手椅里。头往后一仰,气也差点透不过来。全屋子的人都给惊动了。贴身侍仆出现了。女儿也担惊受怕地跑来了。

"父亲,你出了什么事啦?"她害怕地问道,困惑不解地直瞪瞪地望着他。

但是,将军许久发不出任何声音来。

"没有什么,我的朋友,没有什么事。回你自己房里去吧；我们马上就来吃饭。你尽管放心。哈，哈，哈！"

将军的哈哈笑声歇了几回之后，重新有力地轰响起来，从前厅起一直传到最后的一个房间。

乞乞科夫倒感觉到不安了。

"这伯父呀，这伯父！老头儿这下要上多大的当啊！哈，哈，哈！到手的不是活人，而是一批死鬼。哈，哈！"

"真有他的，这么能笑……"

"哈，哈！"将军继续笑道，"好一头蠢驴！亏他想得出来这么一个要求：'让他先自力奋斗，从一无所有到拥有三百个魂灵，我再把三百个魂灵给他。'他真是一头蠢驴。"

"是一头蠢驴，将军大人。"

"哦，还有你的这一招，居然想得出用死人去孝敬老头子。哈，哈，哈！我出天大的代价也愿意，只要看看，你怎么捧着买卖死人的契据送到他面前的。你倒说说，他是怎么样的一个人？他是个什么模样儿？挺老了吧？"

"八十来岁啦。"

"可是，还能够活动，还挺精神吧？他应该还挺结实吧，因为身边有个管家婆呀？"

"结实什么！风烛残年，老得不成啰，将军大人！"

"好一个傻瓜！他确实是一个傻瓜吧？"

"是一个傻瓜，将军大人。要知道这完全是一个疯子。"

"不过，他还常常出门，出入社交场合，还能够自个儿走动吧？"

"走倒是能够走，不过挺费力。"

"好一个傻瓜！可是，身子骨还挺结实？还有牙齿吧？"

"一共只剩两颗啦，将军大人。"

"好一头蠢驴！老弟，说来你别生气……虽然他是你的亲伯父，但还得承认他是一头蠢驴。"

"是一头蠢驴，将军大人。虽说是至亲，承认这一点心里挺不是滋味，可是有什么法子呢？"

乞乞科夫明明在撒谎：对他来说，承认这一点丝毫也不难受，何况他一辈子也未必有一个什么伯父。

"那么，您大人，就请卖给我……"

"要把死魂灵都转让给你吗？为了你这么一个好主意，我可以把他们连土地带房子统统卖给你！你把整片坟地都买去好啦！哈，哈，哈，哈！这糟老头儿啊，糟老头儿！哈，哈，哈，哈！你的伯父这下要上多大的当啊！哈，哈，哈，哈！……"

将军的笑声重新开始在将军府邸的各个房间里回荡。

第 三 章

"如果柯什卡廖夫上校真是一个疯子,那倒不坏。"乞乞科夫说,这时他已经重又置身于广阔田野和茫茫大地之间,一切都消隐不见,只剩下寥廓的天穹和天际的两朵白云了。

"谢里方,你把上柯什卡廖夫上校家里去的路问仔细了没有?"

"我呀,巴维尔·伊凡诺维奇,您可知道,尽是围着马车忙个不停,没有一刻儿的闲工夫,那是彼得卢什卡向车夫问来着的。"

"真是个蠢货!关照过你,彼得卢什卡靠不住:彼得卢什卡是根木头,彼得卢什卡是个笨蛋;说不定,彼得卢什卡到现在还宿酒未醒哪。"

"可这里头有什么了不起的难事儿?"彼得卢什卡转过半个身子,乜斜着眼睛,说道,"只要下了山,再沿牧场走就得了。"

"哟,你居然只喝了点儿麦酒,没有再喝什么别的啦?好样的,真是好样的!这下,可以说,美得吓倒外国人啦!"说完乞乞科夫抚摸了一下自己的下巴颏,自忖道:"不过,在教养有素的上等人和仆人的粗鲁相貌之间,毕竟大有差异呀!"

这当口,轿式马车开始驶下山坡。眼前又呈露出一片片牧场和缀满白杨树林的空间。

平稳的、装着柔韧弹簧的轿式马车微微颠簸着,继续小心翼翼顺着难以觉察的斜坡往下驶,最后终于沿着牧场奔驰起来,越过一座座水磨,带着轻微的辚辚声穿过几道木桥,悠悠摇晃着走在坎坷不平然而松软的低洼地上。一路上没有一个山冈或者土墩,要不然旅客的两肋准要受罪不浅!真是享受,而不是驾车行驶啊。远处时隐时现一片沙土。从他们身边迅速掠过一簇簇柳树、纤细的赤杨和银色的白杨,枝条拂打着坐在赶车人前座上的谢里方和彼得卢什卡。它们有时还掀掉后者的帽子。面相严厉的听差不时跳下赶车人的前座,嘴里咒骂着混账的树和栽树植林的主人,可是偏不愿意把帽子缚牢,或者用手按住帽檐,却一心希望这已是最后的一次,往后再也不会发生这种倒霉事儿了。很快在树林里添上了白桦,间或还有枞树。树根边上杂草丛生;那花草——是蓝色的鸢尾和黄色的野生郁金香。树林开始暗沉下去,眼看就要变成漆黑的一片了。可是,蓦地斑驳的阳光宛如一面面明晃晃的镜子,在四面忽闪一亮。树木开始变得稀疏,光点逐渐增多,终于在他们面前出现一片湖水。平静如镜的水面约摸有四里宽。对岸冒出一个村庄,湖沿上挤满着灰色的圆木造的农家小屋。水里发出一阵阵吆喝声。二十来个人有的齐腰,有的齐肩膀,有的甚至齐脖子站在水里,正在齐力把一张渔网拖到对岸去。发生了一件意外的事故。一个圆滚滚的人,横里和竖里都一样大小,活像一只西瓜或者一只木桶,不知怎么的和鱼儿一起缠到网里去了。他正陷于绝望的境地,扯直嗓门在吼叫:"杰尼斯你这个愣小子,松手给柯兹玛呀。柯兹玛,拉杰尼斯的那一头。别那么使劲,大福玛。快到小福玛那边去。鬼家伙,我跟你们说,你们这样要把网扯破的!"

看来,西瓜并不是为自己担惊害怕:因为肥胖,他不可能沉下去,不管他怎样跳腾,想从网里钻脱出来,水还是会把他托起来的;哪怕再加两个人坐到他的背脊上去,他也会像一个顽固的水泡一样,和他们一块儿浮在水面上,至多给他们压得不时轻轻地哼上几声,鼻孔眼里喷出几个气泡罢了。可是,他着实害怕渔网可别给扯破了,鱼儿可别逃跑了,所以,除了上述的那些人之外,还有几个人站在岸上,扔下好几根麻绳在使劲地拖他。

"这一定是老爷,柯什卡廖夫上校。"谢里方说。

"凭什么?"

"因为他的一身皮肉,您瞧,比其他的人都白净些,个头也像一位老爷那样挺有气派。"

这当口,缠在网里的老爷已经快给拖上岸了。他一感觉到脚够得着地了,就挺身站了起来,也就在这个时候,他瞥见了从水坝上驶下的轿式马车和端坐在里面的乞乞科夫。

"您用过饭了吗?"老爷一边提着一条刚才捕到的鱼儿走上岸来,一边叫喊着问道,他全身还裹在渔网里,挺像夏天闺秀戴着网眼纱手套的一段玉臂,一只手搭在眼睛上遮挡阳光,另外一只手按着点儿下半身,颇有美第奇的出浴的维纳斯①的风姿。

"没有。"乞乞科夫一边说,一边抬起便帽,继续在轿式马车上欠身鞠躬行礼。

"好哇,那您得感谢老天爷的恩典。小福玛,把鲟鱼拿出

---

① 指由佛罗伦萨僭主罗棱佐·美第奇(1449—1492)收藏的维纳斯雕像。

来给客人瞧瞧。特里什加你这个愣小子,快放下渔网,"老爷大声叫唤道,"去帮忙把鲟鱼从木盆里抬起来。柯兹玛你这个愣小子,也去帮帮忙呀!"

两个打鱼的庄稼汉一块儿把一个庞然怪物的头从木盆里抬了起来。

"瞧,好一个鱼中俊杰!是从河里闯来的,"圆滚滚的老爷叫嚷道,"请到舍间去吧。马车夫,再一直往下穿菜园子走!大福玛你这个愣小子,快跑,把栅门给卸下来,由他给你们领路,我马上就到。"

长腿赤足的大福玛就光身穿着一件衬衫跑在轿式马车前面,穿过整个村庄;那儿家家户户门前都挂着大大小小的渔网和鱼篓:庄稼汉都是打鱼的。后来他从一家的菜园里抽去栅门,于是,轿式马车经过一串儿菜园驶到了广场上靠近一座木造的教堂的地方。在教堂背后稍远一点,可以看见老爷府第的屋顶。

"这个柯什卡廖夫真是有点儿古怪。"乞乞科夫自个儿心里想道。

"瞧,我也到啦。"旁边冒出这样一声叫唤,乞乞科夫赶紧转过头去。老爷已经驾着车在他的身边啦,而且穿得整整齐齐的:草绿色的粗线呢常礼服,黄色的长裤,脖颈上不系领带,一副风流少年的派头!他侧着身子坐在一辆轻便赛跑马车上,一个人就占满了整个车身。乞乞科夫刚想向他说句什么话,却已经不见他的人影了。轻便赛跑马车重新出现在把鱼拖出水面的那个地方。重新又听到吆喝声:"大福玛,还有小福玛,还有杰尼斯,来呀!"当乞乞科夫驶到正屋台阶前面的时候,使他惊诧万分的是,肥胖的老爷已经站在台阶上了,一把将他拥进了自己的怀抱。他有什么诀窍能够这样飞快地跑去又跑来，真是不可思议。他们两人按照俄罗斯的古老习俗交叉地亲吻了三次：老爷是一位老派人物。

"我代将军大人向您问安。"乞乞科夫说道。

"哪位将军大人？"

"您的亲戚，亚历山大·德米特里耶维奇将军。"

"亚历山大·德米特里耶维奇，这是哪一位呀？"

"贝特里歇夫将军。"乞乞科夫有点惊奇地回答道。

"我不认识他呀。"主人惊诧地说。

乞乞科夫越发吃惊了……

"怎么会这样呢？……我希望，我至少有幸在同柯什卡廖夫上校讲话吧？"

"不，您可不要这样希望。您莅临的并非他的府上，而是寒舍。鄙人是彼得·彼得罗维奇·彼杜赫。敝姓彼杜赫，名彼得·彼得罗维奇。"主人接碴儿说道。

乞乞科夫愣住了。

"怎么回事？"他转过脸冲着谢里方和彼得卢什卡说，那两个家奴这当口一个坐在驾车人的前座上，一个站在马车的车门旁边，也都张大了嘴，瞪圆了眼珠子在发愣，"怎么搞的，你们这两个蠢货？明明关照过你们：到柯什卡廖夫上校府上去……可是，这一位是彼得·彼得罗维奇·彼杜赫……"

"小伙子干了一件好事！到厨房里去吧，那儿会招待你们一人一大杯伏特加酒的，"彼得·彼得罗维奇·彼杜赫说道，"把马卸了，到下房去歇歇脚吧。"

"我十分惭愧：这样一个意想不到的错误……"乞乞科夫说道。

"不是错误。请您先赏光尝一尝午饭的滋味怎么样,然后再说:这是不是一个错误。现在请吧。"彼杜赫说着挽住乞乞科夫的手臂,引他进里屋去了。

从里屋迎着他们走出两个年轻人,两人都穿着夏季常礼服,个儿细细的,挺像两根柳树条儿;那身材使他们比父亲高出整整一俄尺。

"这是小犬,中学生,回家度假的。尼古拉沙,你陪客人坐一会儿;你,亚历克萨沙,跟我来。"

主人说完就不见了。

乞乞科夫跟尼古拉沙攀谈起来。看来,尼古拉沙将来准不成器。才谈上几句,他就告诉乞乞科夫,在外省中学里念书没有什么益处,他们兄弟两个都想上彼得堡去,因为外省实在是不值得住的……

"我明白,"乞乞科夫暗自想道,"闹了归齐,还不只学会吃喝玩乐罢了……"

"怎么啦?"他出声问道,"您爸爸的田庄经营得怎样啦?"

"抵押掉啦,"回答这个问题的是爸爸本人,他重又出现在客厅里了,"真的抵押掉啦。"

"糟糕,"乞乞科夫想,"那是要不了多久,就会连一个田庄都不剩的。必须赶快下手才是。"

"可是何必呢,"他装出一副不胜同情的模样说道,"您这抵押得太性急匆忙啦。"

"未必,未必,"彼杜赫说道,"有人倒说,这挺划算。现在大家都兴抵押:怎么能够落在别人的后头呢?何况老住在这儿也腻味啦:不妨让我再试试搬到莫斯科去住上一阵子。再说,两个儿子也一个劲儿地撺掇我,想受到京城的教育。"

"蠢货,蠢货!"乞乞科夫想道,"他准会把全部家当花得一干二净,并且把孩子教成好吃滥用的败家子的。这个小小的田庄挺体面。只消瞧上一眼,就可以明白——庄稼汉日子过得挺好,他们自己过得也不错。可是,在那里,在大饭店和大戏院里,能够受到什么教育——还不是活见鬼。这个大草包,倒不如自得其乐住在乡下的好。"

"可是,我猜得出,您在想些什么。"彼杜赫说。

"想什么呀?"乞乞科夫觉得挺狼狈,问道。

"您在想:'蠢货,这个彼杜赫真是个蠢货,请人来吃饭,可是到现在还不见饭菜的影儿。'会有的,老兄。不消一个短发姑娘扎辫儿的工夫,饭菜就做好啦。"

"爸爸!帕拉东·米哈依罗维奇来啦!"亚历克萨沙望着窗外,说道。

"骑着一匹栗色的马。"尼古拉沙弯腰凑近窗口,接碴儿说。

"哪儿,在哪儿呀?"彼杜赫走过去,大声嚷嚷道。

"帕拉东·米哈依罗维奇,这位是谁呀?"乞乞科夫问亚历克萨沙。

"是我们的邻居,帕拉东·米哈依罗维奇·帕拉东诺夫,一个挺好的人,一个出色的人。"彼杜赫抢先说道。

这当口,帕拉东诺夫本人走进屋里来了,这是一个美男子,身材匀称,满头发亮的淡黄色头发鬈曲成一个个小圆圈。一条名字叫雅尔普的凶狠可怕的大头狗,脖颈上铜圈叮叮地磕响着,跟着他跑进房间。

"用过饭了吗?"主人问道。

"吃过了。"

"您说什么呀,您是跑来笑话我,还是怎么的? 既然用过午饭,您来我这儿还有什么意思呢?"

客人微微一笑,说道:

"说句叫您宽心的话,我什么也没有吃过,压根儿没有胃口。"

"要是您见到刚才捕到了什么样的鱼,那就好啦。多大的一条鲟鱼自己送上门啦。还有多少新鲜的鲫鱼,多少新鲜的鲤鱼呀!"

"听您说这些个我都觉得心烦。您干吗老是这样乐呵呵的呢?"

"可是,干吗要闷闷不乐呢?"主人说道。

"怎么干吗闷闷不乐? ——沉闷就是因为沉闷呀。"

"您吃得太少啦,这才是原因。您不妨美美地饱餐一顿试试看。什么沉闷,这都是近来的新发明。从前,谁也不觉得沉闷的。"

"得啦,别夸口啦! 好像您从来不曾感到过沉闷似的?"

"从来不曾! 并且我压根儿不懂得,甚至没有工夫去愁闷。一早刚醒过来,厨师就站在眼前啦,得吩咐午饭吃些什么,接着马上是喝茶,这当口总管来啦,隔一会儿得去捕鱼啦,接着又马上是吃午饭啦。吃过了饭,还来不及打一个盹儿,厨师又来啦,得吩咐晚饭吃些什么;后来厨师又来啦,得吩咐明儿午饭吃些什么。哪儿有工夫去愁闷呢?"

在谈话的整段时间里,乞乞科夫仔细打量着来客,后者不同寻常的俊美,秀长匀称足以入画的身材,还未消退的青春的鲜嫩气色,细腻光滑的脸庞的处女般的纯洁,使他惊叹不置。情欲也好,悲哀也好,任何一点类似激动和不安的神情也好,都未曾敢于触碰一下他那张童贞的脸,在上面刻下一道皱纹,不过在这同时也没有给它注入一点活力。尽管一丝讥讽的微笑有时赋予这张脸些许生气,它始终还是有点睡意蒙眬的样子。

"如果您容许我插一句话,"他说,"我得说,我也不能够理解,凭着您这样的人品,怎么还会觉得沉闷。当然啦,要是困于生计或者遭到仇人的中伤,那么另当别论,有时是有这样一些小人,他们非置人于死地而后快的……"

"请您相信我,"来访的美男子打断他的话头,说道,"为了生活丰富多样起见,我有时倒挺希望有一点儿什么波澜:喏,哪怕有一个人惹我生气发怒也好——可是连这个都没有。沉闷,就只是沉闷。"

"那么,是因为嫌田庄上土地不够多,魂灵数目太少?"

"压根儿不是这回事。家兄和我一共有一万俄亩①土地,并且有一千多个魂灵。"

"那就奇怪啦,我实在无法理解。但也许是因为收成欠佳,疬疫流行?男性农奴死了许多?"

"恰恰相反,一切都好得不能再好了。家兄是一个非常精明能干的主人。"

"可是在这种情况下还是觉得沉闷?我实在不能够理解。"乞乞科夫说道,并且耸了耸肩膀。

"那就让咱们马上来赶掉这股沉闷吧,"主人说,"亚历克萨沙,快到厨房里去,吩咐厨师赶紧把馅饼给咱们送来。咦,叶梅里扬这傻子在哪儿?还有安东什卡这偷儿呢?为什么现

———————
① 1 俄亩约等于 1.09 公顷。

404

在还不把冷菜端上来?"

可是,就在这当口房门打开了。傻子叶梅里扬和偷儿安东什卡手捧餐巾出现了,他们铺好餐桌,用托盘端上六瓶色泽不同的饮料。很快在托盘和长颈玻璃酒瓶四周摆上一圈各种各样令人垂涎欲滴的美味。侍仆敏捷地来回走动着,不断用扣着盖的盘子端上一道道不知什么名堂的菜,透过隙缝听得出牛油还在吱吱发响。傻子叶梅里扬和偷儿安东什卡干得挺出色。给他们起这两个绰号,其实只是为了表示勉励爱抚之意而已。老爷根本不是一个喜欢斥骂奴仆的人,他心地挺善良。可是,俄罗斯人就是喜爱尖酸刻薄的字眼儿,如同喜爱喝一杯伏特加酒增强一下胃的消化功能一样。有什么法子呢,天性如此:他不喜爱任何淡而无味的东西。

小吃之后是正菜。这当口,宽厚和善的主人一变而为一个十足地道的暴君。只消他发觉哪一位客人的盘子里只剩下一块菜了,就立刻敬上第二块,一边说:"不成双,不成对,人兽鸟禽活着没滋味。"要是见谁的盘子里只有两块菜——那么就给他敬上第三块,一边说:"二又何足数?三位一体才博上帝爱。"客人吃下了三块——他立刻冲着客人说:"哪里见过三只轱辘的大车?有谁盖过三只墙角的茅屋?"对四他也有一句成语,对五——又有一句成语。乞乞科夫食不知味地吃下了差不多有十二块了,他心里想:"好啦,这下主人可再也想不出什么花样了吧。"完全不是这么回事:主人一言不发,就把小牛的脊背全搁进了他的盘子,肉是串在铁扦上烤熟的,塞满了肝脏之类的东西,而且还是取自一头多么肥壮的小牛啊!

"我用牛奶足足喂了它两年工夫,"主人说,"照料它,就像照料儿子一样尽心。"

"我吃不下啦。"乞乞科夫说。

"您先试一试,然后再说:吃不下。"

"喉咙里实在装不进去啦,没有地方啦。"

"可是要知道,有一回教堂里也是没有空余的地方了。市长大人一到——居然就有地方啦。可原先那个拥挤劲呀,真所谓水泄不通。您只消再试一试:让这一块权充一下市长吧。"

乞乞科夫试了一下——这一块果真权充了市长。它找到了地方,而原先好像什么东西都搁不进去似的。

"嘻,这么个人怎样能够上彼得堡或者莫斯科去呢?他这样慷慨好客,到了那儿三年之内准把钱花得一个镝子也不剩啦。"那就是说,他不知道,现在这方面的情况已经大有进展了:纵然不慷慨好客,不用三年,而只消三个月,也就能够把钱花得一干二净的。

主人不时地一再劝酒;客人喝不下的,全让亚历克萨沙和尼古拉沙受用了,那两个儿子就这样若无其事地一杯接一杯直往肚子里灌;可以预料,他们到了京城之后将悉心专攻人类的哪一门知识。客人可不行啦:他们好不容易才一步步挨到了凉台上,又好不容易在圈手椅里坐下了。主人呢,刚坐到自己那把大概可容四个人的圈手椅里,就立刻睡着了。他那沉重的身子顿时变成了铁匠铺里的风箱,开始通过张大的嘴巴和鼻孔眼发出一阵阵连新派作曲家都很少能够想象得出的音响来:又有鼓声,又有长笛声,又有一种时断时续的、十足像是狗叫的呜呜声。

"瞧他吹打得多起劲!"帕拉东诺夫说。乞乞科夫笑了起来。

"自然啦,要是这么个吃法,哪来愁闷的工夫!马上就困倦想睡觉了呀。是吗?"

"是啊。然而我——不过,请您原谅,——还是不能够理解,一个人怎么会觉得沉闷。排遣沉闷的法子可多着哩。"

"哪些呢?"

"对一个年轻人来说,法子还嫌少吗?跳舞啦,弹奏一件什么乐器啦……要不,还可以结婚成家。"

"娶谁呢?"

"仿佛这邻居四周没有漂亮有钱的未婚妻似的?"

"的确没有。"

"那么,可以上别处去物色物色,寻访一下呀。"突然在乞乞科夫的头脑里闪现出一个绝妙的主意。"眼下就有一个挺好的消遣法子!"他紧盯着帕拉东诺夫的眼睛,说道。

"什么法子?"

"旅行。"

"上哪儿去呢?"

"如果您有空的话,跟我结伴儿走吧。"乞乞科夫说,他望着帕拉东诺夫,自己心里想道:"这挺不错。这么一来,开销可以平摊,而车辆的修理费用又可以完全算在他的账上。"

"那么,您打算上哪儿去呢?"

"我此行主要不是出于自己的需要,而是受人之托。贝特里歇夫将军,我的挚友,也可以说是我的恩人,委托我代访他的几位亲友……当然啦,代访亲友只是代访亲友而已,可是其中,不妨这么说,也包含着于己有益之处:因为见识见识世面,见识见识各等各样的人士——不管是谁,也不管他说些什么,总不啻是一部活的教科书,一门不无重要的学问。”

说罢乞乞科夫心里又这么琢磨着:“的确,这挺不错。甚至全部开销可以算在他的账上,甚至可以用他的马,而让我的在他的田庄上养息一阵子。”

“为什么不出门散散心呢?”这时候帕拉东诺夫想道,“我在家里反正没有什么事好做,田庄本身就由哥哥经管着;所以,一点儿也不碍事。的确,为什么不出门散散心呢?”

“您是不是同意,”他出声说道,“先去见见家兄,盘桓上一两天?不然,他是不会放我走的。”

“不胜高兴。哪怕三天也行。”

“好,咱们拍掌为定!走!”帕拉东诺夫变得活泼起来,说道。

他们俩相互拍了拍巴掌,说:“走!”

“哪儿去?你们两位上哪儿去呀?”主人惊醒了,朝他们睁圆了眼睛,尖声叫道,“不行,两位老爷!马车轮子都已经吩咐卸下啦,而您的那匹马驹,帕拉东·米哈依烈奇①,给放到十五里外的地方去吃草啦。不,今儿你们得在这里过一宵,明儿吃过早午饭你们要走,悉听尊便。”

跟彼杜赫有什么好说的呢?只得留下了。不过,他们消受了一个惊人美丽的春夜。主人安排了水上泛舟的娱乐。十二名船工挥动着二十四支桨,引吭高歌,载着他们在平静如镜的湖面上飞驰。从湖里他们驶进了一望无际的、两边岸壁微微倾斜的大河,船儿不断碰到横截河面的捕鱼的绳缆。河水没有一丝波纹;只有两岸的景色悄无声息地联翩出现在他们

---

① 即米哈依罗维奇。

的眼前,丛林接着丛林,树儿长得错落有致,构成令人赏心悦目的画面。有时,船工们手里的二十四支桨同时插进水中猛划了一下之后,突然全部往上抬起,于是,小船像一只轻盈的鸟儿,贴在镜子般平静的水面上,自动地向前飞速滑行。领唱的船工是一个肩膀宽阔的棒小伙子,坐在舵手后面的第三个位子上,他的嗓音清纯、嘹亮,把最初几段引子唱得如诉如泣,恍如夜莺的啼啭,五个船工应和着,再加上六个船工帮腔烘托,于是,歌声在空中弥漫飘荡,像俄罗斯大地一样无边无际。彼杜赫抖擞一下精神,也凑上去呜呜地呼喊几声,给合唱力量不足的地方添一把劲,此情此景使乞乞科夫都觉得自己是一个俄罗斯人了。唯有帕拉东诺夫一个人暗暗想道:"这凄凉的歌声有什么好听?听了它,心里反倒添上一重更大的忧伤。"

当船儿往回行驶的时候,天色已晚。水里已经看不见天空的倒影,桨就在一片昏暗中敲打着水面。他们摸黑靠了岸,岸上点燃着一堆堆篝火,渔夫们正在三脚炉架上用活蹦乱跳的银齿鱼煮鱼汤。全村的人都回家了。庄上的牲口和家禽早已归舍,它们掀起的尘埃也已经平息,牧童把它们赶回来之后,此刻正靠在大门口,等着人家赏赐一瓦壶牛奶和邀请他们分享新鲜的鱼汤。昏暗中但听得低低的嘈杂的人声和不知从邻村哪儿传来的一阵犬吠声。月儿冉冉升起,笼罩在黑暗中的四周开始给抹上一层亮光,接着一切都给照亮了。奇妙的景色啊。可是,谁也没有心思去欣赏它。尼古拉沙和亚历克萨沙并不是骑着两匹剽悍的牝马,相互追逐着在这夜色下尽情驰骋,却一个劲儿想着莫斯科,想着糖果铺和大戏院,关于这些地方他们已经从一个来自京城的过路士官生嘴里听到过不少了。他们的父亲呢,在想怎样款待两位客人。帕拉东诺夫打着呵欠。只有乞乞科夫比谁都兴奋。"嗨,说真的,什么时候我也买它一个小村子。"这么一想,在他的脑海里就浮现出未来的娇妻和一群小乞乞科夫的姿影。

晚上又饱餐了一顿。当巴维尔·伊凡诺维奇走进给他下榻的房间,躺到床上,摸摸自己的肚子的时候,他不禁说:"简直是一只大鼓!什么市长都装不进去啦!"非常凑巧的是,隔壁就是主人的书房。墙壁挺薄,所以,那里讲什么话都听得清清楚楚。主人在向厨师点明天的菜,名义上是早餐,却完全抵得上一桌午餐。而且点菜点得多么津津有味哟!连死人听见了也准会垂涎欲滴的。

"鱼肉馅饼可得做成四方形的,"他一边咂嘴吸气儿,一边说道,"一只角里你给我塞鲟鱼的颊肉和脊筋,另一只角里塞荞麦粥、带葱的蘑菇、甜鱼膏、牛脑髓,再有反正你知道的那些玩意儿,一些什么入味的东西。不过,你得明白,馅饼的一边要烤得又黄又脆,而另外一边要软一些。还有馅儿,要烤透,把它的滋味统统吸收到皮子里去,吸收得叫全部馅儿,你知道吧,各种有滋味的东西——成不了片儿,而是一到嘴里就化,化得像雪一样快,叫吃的人只知其味,连馅儿都感觉不出来。"彼杜赫一边说,一边咂着嘴,把嘴唇皮弄得吧嗒吧嗒的直响。

"让鬼把他抓了去,简直不让人睡觉。"乞乞科夫想道,他忙用被子蒙上头,免得再听见什么。可是,声音还是透过被子钻进了耳朵。

"鲟鱼肚子里可得放甜菜丁、胡瓜鱼、乳蘑,再加上,你知道吧,芜菁、胡萝卜、豆荚这一类玩意儿,你知道吧,各种有滋味的东西,统统放进去,配料要多,各种各样的配料要多才入味。再有,猪灌肠里得搁点儿冰,好让肠子鼓得圆滚滚的。"

彼杜赫还点了许多道菜。只听得一连串的"要煎,要烤,要给蒸得入味"。一直听到一只什么火鸡的时候,乞乞科夫方才矇眬入睡。

第二天,客人们吃得这样饱,帕拉东诺夫已经没法骑马赶路了。他的那匹牝马由彼杜赫的马夫牵回去。他们两人一块儿坐上了轿式马车。大头狗懒洋洋地跟在马车后面:连它也吃得太饱了。

"这已经太过分啦。"当他们从院子里驶出去的时候,乞乞科夫说道。

"可他倒不觉得无聊,这真叫人气恼!"帕拉东诺夫心里想道。

"要是我和你一样,一年有七万的进款,"乞乞科夫想道,"什么沉闷无聊,我才不让它沾上身哩。就拿专卖商摩拉佐夫来说吧,有一千万,这可不是闹着玩的……好大的一份家当呀!"

"怎么样,中途停一下您方便吗?我想和家姊和姊夫告别一声。"

"十分愿意。"乞乞科夫说。

"如果您对经营田产感到兴趣的话,"帕拉东诺夫说道,"那么,您将觉得认识他是一件很有意思的事情。比他更精明强干的当家人您是找不到的了。他在十年之内使自己的田庄大大改观,原来只有三万进款,现在可有二十万的进款啦。"

"哦,这当然是一位非常值得尊敬的人啦!和这样的人结识肯定有意思极了。怎么不是呢？这真可谓……可是，请问他尊姓？"

"柯斯坦若格洛。"

"那么，请问他的本名和父名？"

"康斯坦丁·菲约陀罗维奇。"

"康斯坦丁·菲约陀罗维奇·柯斯坦若格洛！和他结识肯定挺有意思。认识这样的人总是受益匪浅的。"

帕拉东诺夫自告奋勇来给谢里方引路，这也挺有必要，因为后者勉勉强强坐稳在赶车人的前座上。彼得卢什卡有两回从马车上一头栽了下去，所以最后不得不用绳子把他捆缚在赶车人的前座上。"这两个畜生！"乞乞科夫只是一再骂道。

"您瞧，您瞧，现在开始是他的地啦，"帕拉东诺夫说，"完全另外一种样子。"

的确，整片田野上横亘着树林——树木像一排排箭那样整齐；后面又是一座树林，略微高出一点儿，但也是幼林；再后面是一座老林，望上去一层高出一层。后来又是一片树木葱郁的田野，并且又像刚才那样先是幼林，后是老林。就这样，他们仿佛穿过一重重门洞一样，先后三回穿过了树林。

"他的所有这些树林子，都是不出八年、十年就长成了的，在别人手里十二年之内也休想长得起来。"

"他怎样做到这一点的呢？"

"您还是去问他本人吧。这是一个精通地质的专家。他不做一点无的放矢的事情。他不但熟悉土壤的脾性，还像知道谁该同谁做邻居一样，知道哪一种庄稼旁边该种植一些什么样的树。在他那里，每件东西都同时派上三四种用处。他之所以栽种树林，除去为了生产木材之外，还因为要在某块地里给耕田增添若干若干水分,让落下的枯叶化成若干若干肥料,遮挡若干若干阳光。在四邻都闹旱灾的日子里,他那儿不闹旱灾;在四邻都闹歉收的年份里,他那儿不闹歉收。遗憾的是,我自己对这些事情不大熟悉,没法讲清楚,而他可真有一套了不起的玩意儿。人家都管他叫作魔法师。"

"不错,这的确是一个不平凡的人物,"乞乞科夫寻思道,"十分可惜的是,这个年轻人十分肤浅,不能够讲个透彻。"

终于见到村庄了。它仿佛是一座什么城市似的,木造小屋鳞次栉比布满在三个高坡上,每个山坡顶上都巍巍耸立着一座教堂,到处堆着巨大的麦垛和干草垛。"不错,"乞乞科夫自忖道,"这儿显然住着一位农业巨头。"木造小屋都挺坚固;街巷也挺平坦;要是哪儿停着一辆大车——那大车准挺坚固,而且准是一辆新车;碰上的庄稼汉都有一副聪明伶俐的脸相;牛羊一律精壮肥圆;连农家的猪看上去也是一副养尊处优的高贵模样。因此看得出来,这里的庄稼汉,正如歌谣里唱的那样,过着金银铺满地,铲子铲不尽的好日子。这里没有匠心布置的英国式花园和草地;却沿袭旧习有一条两旁是谷仓和作坊的大街一直通到老爷的府第,让老爷可以看见他四周发生的一切事情;除此之外,府第上空还悬挂着一盏路灯,可以照亮周围方圆十五里的地方。走到台阶跟前时,侍仆出来迎接他们,侍仆动作敏捷利索,丝毫不像酒鬼谢里方,虽然他们身上没有穿常礼服,而是一件哥萨克式的土制的蓝色粗呢大褂。

女主人亲自跑到台阶上来。她脸色鲜丽,白里透红;像万里无云的晴空那样美好;和帕拉东诺夫长得如两滴水那样相似,所不同的只是不像他那样没精打采,而是十分健谈和快活。

"你好,弟弟!哎呀,见到你来我是多么高兴。可是康斯坦丁不在家;不过,他很快就要回来的。"

"他上哪儿去啦?"

"他有事找村里一些什么做买卖的人去了。"她一边说,一边把客人引进了里屋。

乞乞科夫怀着好奇心细细打量着这个有二十万进款的不平凡的人的住处,想根据它来发现主人本人的特点,就像根据贝壳来推断曾经栖身其中并且留下痕迹的牡蛎和蜗牛的形状一样。可是,没法做出任何结论。所有的房间都朴素无华,甚至显得空荡荡的;既没有水彩画,也没有油画,没有铜器,没有鲜花,没有摆设着瓷器的檀木架子,甚至连书都没有一本。总之一句话,一切都表明,居住在这里的人完全不是在四堵墙之间,而是在田野里度过他生活中的主要部分的,并且他的思想不是坐在安适的圈手椅里,在壁炉前面烤火的时候预先从容不迫斟酌的结果,而是在工作的地方出现在头脑中的,并且在哪儿出现,也就在哪儿付诸实现。在每间屋子里乞乞科夫只能够看到女性操持家务的痕迹。桌子上和椅子上放着许多干净的菩提树木板,木板上面是好些需要晒干的花瓣。

"姊姊,你这搁的些什么脏东西呀?"帕拉东诺夫说。

"怎么是脏东西?"女主人说,"这是医治疟疾最好的药。我们去年用它治好了所有的庄稼汉。而这是浸酒用的;这是做果酱用的。你们老是拿果酱和腌菜来取笑人,可是以后吃起来,倒又是你们赞不绝口。"

帕拉东诺夫走到钢琴前面,按了几个音。

"天哪,多老的家伙!"帕拉东诺夫说,"嘻,姊姊,你难道

414

不觉得害臊吗？"

"得了，弟弟，原谅我吧，我早就没有工夫弄音乐啦。我有一个八岁的女儿，我有责任教育她。只为了有空闲时间弄点儿音乐，就把她交在外国家庭教师的手里，——不，对不起，弟弟，这种事我是绝对不干的。"

"说真的，姊姊，你变得多么枯燥乏味，"弟弟说着走到了窗口，"哦！这是他！他来啦！来啦！"帕拉东诺夫说。

乞乞科夫也快步走到窗口。一个四十岁上下的人正朝台阶跟前走来，他矫健活泼，皮肤黝黑，穿了一件骆驼毛呢的常礼服。对衣着修饰他并不在意。他头上戴着一顶毛绒便帽。两个身份低微的人摘了帽子拿在手里，走在他的两旁，——他们边走边说，在和他商量些什么事情。其中一个是普通的庄稼汉，另外一个——外乡的富农，一个老奸巨猾的家伙，穿了一件腰眼里打裥的蓝色大褂。因为他们三人走到台阶旁边就站住了，所以，他们的谈话在屋里也听得见。

"你们最好这么办：你们先向你们的老爷赎身。我呢，可以借钱给你们；往后你们给我干活抵债好了。"

"不，康斯坦丁·菲约陀罗维奇，干吗赎身呢？您把我们买下就得了。到了您那儿准能开窍，知事明理啦。像您这样聪明的人，走遍人间哪儿都找不到哇。如今难就难在自己怎么也没法保护自己。酒保卖出这样烈性的酒，一小盅下肚，五脏六腑就火烧火燎的，恨不得喝下满满一大桶凉水。你还没闹清是怎么回事，钱已经都花光了。诱惑多得很哪。说真格的，怕是狡猾的魔鬼把世道变成这样的！什么鬼花样都想出来啦，尽拖庄稼人往邪道上走：又是抽烟啦，又是各种各样的玩意儿啦……有什么法子呢，康斯坦丁·菲约陀罗维奇？是人哪——就甭想管得住自己。"

"你听我说：问题是在哪里。要知道，在我这儿也还是身不由己的。自然啦，一来你就什么都有了——有牛，有马。不过，问题在于，我对庄稼汉的要求可不比其他地方。到了我这儿可得干活——这是头一条；不管是给我干，还是给自己干，反正我不会让谁闲着睡大觉。我自个儿也像牛一样拼命地干，庄稼汉在我这儿也得这样，因为，老弟，我有亲身体会：脑门子里所以钻进各种各样的邪念，都是因为不干活的缘故。你们大伙儿对这一点得合计合计，商量商量。"

"我们对这一点已经合计商量过啦，康斯坦丁·菲约陀罗维奇。连老年人都这么说：'有什么好说的，在您手下庄稼人个个富裕：这可不是平白无故的呀；连教士都生着一副热心肠。可是，在咱们村里，连教士都给弄走当差去啦，连死了人葬礼也没有人办。"

"无论如何你还是先回去从长计议。"

"嗳，是喽。"

"那么，这个，康斯坦丁·菲约陀罗维奇，请您高抬贵手……再降低一点儿价钱吧。"走在另外一边的身穿蓝色大褂的外乡富农说道。

"我已经说过了：我不喜欢讨价还价。我不像别的地主，对付他们，你是可以拣他们当票到期的日子去杀价捞便宜的。我可了解你们所有这些人啦。你们手里有一份花名册，知道谁的当票什么时候到期。这用意不是明摆着吗？他正短钱用，好啦，你出半价，他也只得卖给你。可我哪儿稀罕你的钱？我的东西哪怕搁上三年脱不了手都不要紧。我没有欠当铺里的债。"

"千真万确,康斯坦丁·菲约陀罗维奇。可是,我这个,我只是为了往后再和您有来往,而不是出于什么私心。这三千块定金千万请您收下。"富农从怀里摸出一叠油污肮脏的钞票。柯斯坦若格洛非常冷漠地接过来,不经数点就塞进了自己常礼服后身的口袋里。

"嗯,"乞乞科夫想道,"完全像塞一块手帕似的。"

柯斯坦若格洛出现在客厅的门口。他那黝黑的脸色,有点早白的粗硬的黑头发,灵活的眼神,一种火辣辣的、由热情奔放的南方血统遗留下的痕迹,此刻给乞乞科夫产生了更加鲜明的印象。他不是纯粹的俄罗斯人。他自己都不知道他的祖先的出身。他从不探究自己的家世,认为这不值一顾,而对经营家业来说又是多余的事情。他甚至完全自信自己是一个俄罗斯人,何况除了俄语之外,他不懂其他的语言。

帕拉东诺夫介绍了乞乞科夫。他们互相亲了吻。

"我这下决意到一些省份去旅游一番,"帕拉东诺夫说道,"排遣排遣心头的积郁。"

"好极了,"柯斯坦若格洛说,"那么请问,"他接着转过身去挺客气地问乞乞科夫,"你们现在打算到哪些地方去?"

"我得承认,"乞乞科夫彬彬有礼地把头侧向一边,并且一只手不时轻轻抚摸着圈手椅的扶手,说道,"我此行主要不是出于自己的需要,而是受人之托:贝特里歇夫将军,我的挚友,也可以说是我的恩人,委托我代访几位亲友。当然,代访亲友仅是代访亲友而已,可是,从另外一方面来看,不妨这么说,于己也颇为有益,因为的确,见识见识世面,广交各等各样的人士……不啻为一部活的教科书,一门活的学问,更不必提活动活动可收祛除病痛之效啦。"

"是啊，是不妨去观光观光其他的一些地方。"

"高见高见，言之有理，的确不妨去观光一下。这样，既可以见到不然会见不到的事物，又可以遇到不然会遇不到的人士。有时听人一席话，胜读十年书啊，就以眼前为例，现在我有机会……康斯坦丁·菲约陀罗维奇，我正要向您求教，请您多加指点，以您的启发开导滋润我如饥似渴的心。我如久旱求甘雨，伫候着您的金玉良言。"

"可是指点什么呢？有什么好指点的呢？"柯斯坦若格洛挺不好意思地说道，"我自己都一知半解，学的有限呀。"

"指点奥妙，足下！指点奥妙呀。指点如何掌握经营农业那把难掌的舵，指点如何获取可靠的收入，拥有并非梦想中的而是实有其物的财产，从而既履行了公民的义务，又赢得同胞的尊敬。"

"您看是不是这么办，"柯斯坦若格洛沉思地望着他，说道，"您在我这儿住上一天。我给您看我的全部管理措施，并且把一切都讲给您听。其实，您将会看见，这里一点儿奥妙都没有。"

"当然啦，您得留下，"女主人说，接着转过身去对弟弟找补了一句，"弟弟，留下吧：你有什么地方急着要去呢？"

"我是无所谓的。不知道巴维尔·伊凡诺维奇意下如何？"

"我也是，我非常高兴留下……可是有这么一个情况：贝特里歇夫将军的亲戚，一位名叫柯什卡廖夫的上校……"

"可他呀……是一个疯疯癫癫的人。"

"原来是这样，一个疯疯癫癫的人。我倒是不一定要去，不过，贝特里歇夫将军，我的挚友，也可以说是我的恩人……"

"既然如此,您知道可以怎么办?"柯斯坦若格洛说道,"要是上他那儿去,十里路也不到的。我这儿有套好的轻便四轮马车。您现在就上他那儿去。喝茶之前您肯定能赶得回来。"

"好主意!"乞乞科夫叫道,一手抓起了帽子。

一辆轻便四轮马车驶了过来。不出半个小时就把他载到了上校的田庄上。整个村子凌乱不堪:到处不是在盖造新屋,就是在翻造旧屋。满街是一堆堆的石灰、砖瓦和木料。已经盖好了几间屋子,颇有点官府衙门的气派。其中一间屋子上面用金漆写着几个大字:"农具仓库";另外一间上写的是:"总会计室";接着有:"农务委员会";"村民典范教育学校",等等。总而言之,只有鬼才知道还缺少什么了。

他碰见上校正站在一张高脚账桌后面,嘴里咬着一支鹅毛笔。上校非常亲切友好地接待了乞乞科夫。看样子,他是一个十分热心、十分和蔼的人:一见面就告诉乞乞科夫,为了使田庄达到今天这样繁荣的地步,他花了多少心血;又痛心疾首地诉说道,要使农民理解,有一些高尚的情操,是只有文明的享受,只有文艺和美术,才能够在人的心田里激发起来的,那是何等的困难;又说,到现在为止,他还没有办法使村里的妇女养成束腰的习惯,可是在德国,早在一四年①,当他和团部驻扎在那里的时候,连磨坊主的女儿都会弹钢琴了;又说,不过,尽管愚昧是如何的顽固,他不达目的决不甘休,非要叫

----

① 指一八一四年,当时俄军追击拿破仑残部至德国境内。

他村里的农民既会犁田,同时又会阅读弗兰克林①关于避雷器的著作,或者维尔吉的稼穑诗,或者《土壤的化学分析研究》等等不可。

"对啰,怎么不该这样呢?"乞乞科夫自忖道,"可是,我至今还没有读完《拉伐耶尔公爵夫人》,老是没有时间呀。"

上校还就如何使人们富裕幸福这一点发表了许多议论。他身上的那件巴黎款式的上装便具有莫大的意义。他以脑袋担保,说是只要给半数的俄国庄稼汉穿上德国款式的裤子,——科学就会昌盛,商业就会繁荣,黄金时代也必将来临于俄罗斯了。

乞乞科夫凝神瞧了他一眼,心里想道:"看来,和这一位不必用什么虚文";于是,他立刻开诚布公地讲明,他需要一批何等样的农奴,而且是要立下如此这般的过户契据和办妥所有一切手续的。

"据我听了您的话之后所能够判断的,"上校丝毫不感觉得为难,说道,"这是一项请求,对吗?"

"正是这样。"

"既然是这样,那么,烦请您把它书面陈述出来。申请书先交到报告收发室。收发室登记编号之后会把它递呈给我的。我批阅之后再发到农务委员会,那儿抄录之后转交给管家,管家再会同秘书……"

"哎呀!"乞乞科夫尖声叫了起来,"可这么一来,天知道要拖多久啦!何况又怎么能把这种事情诉诸文字呢?要知道,这是这样一种性质的事情……在某种程度上来说,农奴

---

① 弗兰克林(1706—1790),美国科学发明家。

是……死了的呀。"

"很好。那您就照这样写明:在某种程度上来说,农奴是死了的。"

"可是,怎么能够写上——死了的呢?要知道,这样写是万万使不得的。他们虽说是死了的,然而应该使人觉得仿佛还活着似的。"

"好。那您就照这样写明:然而应该或者务必,希望,企求使人觉得他们仿佛是活着的。没有书面手续,这件事可办不成啊。英国啦,甚至还有拿破仑啦——都是榜样。我可以给您指派一名管事,由他陪您到各处去走一趟。"

他摇了一下铃;应声来了一个人。

"秘书!把管事给我叫来。"管事来了,这是一个既不像庄稼汉,又不像小官吏式的人物,"现在就由他陪您到各个非到不可之处去走一趟。"

出于好奇,乞乞科夫决定跟管事去察看一下所有这些非到不可之处。报告收发室只存在在招牌上,门上着锁。主管人赫鲁廖夫被调派到新近成立的农业建筑委员会去了。他的位子让给了老爷的贴身侍仆别廖佐夫斯基;可是后者又被营造委员会派到一个什么地方出差去了。他们闯进了农务司——那儿正在进行翻修;虽然唤醒了一个喝得酩酊大醉的人,但是从他的嘴里一点名堂都问不出来。"我们这里乱得一团糟,"最后,管事忍不住对乞乞科夫说,"老爷给人牵着鼻子走。这儿大小事情都由营造委员会做主:把人都从正事上调开了,想派到哪里,就派到哪里。我们这儿呀,只有营造委员会才得到好处。"显然,他挺不满意营造委员会。事实倒也正是如此,乞乞科夫只打量了一眼,就发现:到处在大兴土木。

乞乞科夫再也没有兴致去察看什么了,可是回去之后向上校说,去过哪儿哪儿,情况如此这般,在他的田庄上简直是一团乱麻,叫人莫名其妙,并且压根儿就没有什么报告收发委员会。

上校义愤填膺,气得不得了,紧紧攥住了乞乞科夫的手,表示感激。接着立刻抓起纸和鹅毛笔,写下了八点极为严厉的质问:营造委员会岂能擅自支配不属其管辖范围的干事?总管岂能容许收发室代理主任未曾移交公务即外出进行调查?农务委员会又岂能对报告收发室名存实亡一事熟视无睹?

"嘻,真是瞎胡闹。"乞乞科夫这样寻思道,已经想告辞归去。

"不,我不能让您走。现在,我的自尊心受到了刺激。我要证明,有机的、正确的管理机构意味着什么。您的事情我将交托给这样一个人去办理,他一个人就抵得上所有的人:他是堂堂大学毕业生哪。您瞧,我手下的农奴里面有些什么样的人才……为了不浪费宝贵的时间起见,我恳切地请求您先在我的藏书室里小坐片刻,"上校说着打开一扇边门,"那里有书,有纸,有鹅毛笔,有铅笔,一应俱全。这一切您尽可以使用,随意使用,您就是主人。文明是应该向所有的人开放的。"

柯什卡廖夫说着把他引进了一间藏书室。这是一间大厅,自下而上都摆满着书。那里甚至还有动物的标本。藏书五花八门:包括林业的、畜牧业的、养殖业的、园艺的;还有五花八门的专门性杂志,那只是给固定订户寄去的,可是谁也不读它们的。乞乞科夫发现,所有这一切都不是可以用来愉快地消磨时间的书,就转过身去看另一口书柜。不看犹可,一看更叫苦不迭。原来全是些哲学著作。六大部书呈现在他的眼前,标题为《思维领域初探。论共性、综合、本质,兼论其在阐明社会生产率有机因素方面之运用》。不论乞乞科夫把书翻到哪里,在每一页上都有:显现、发展、抽象、绝缘、关联等等字眼,鬼才知道那里还缺了什么晦涩难懂的术语啦。"这可不合我的口味。"乞乞科夫说道,转身去看第三口书柜,那里摆的是艺术方面的书。他从里面抽出一大本附有不甚雅观的、鬼神充斥的插画的书,开始翻看起来。这一类的插画通常是中年的单身汉挺爱看的,有时连那些经常出入芭蕾舞剧院和其他各种放荡刺激的娱乐场所给自己提提精神的老头儿也挺爱看的。浏览过这本书之后,乞乞科夫刚想再抽一本同类的书看看,柯什卡廖夫上校来了,他喜形于色,手里拿了一张纸。

"一切都办妥啦,并且办得出色极啦。我刚才跟您提到的那个人真不愧是一个天才。为了这件事我要好好提拔他,提得比谁都高,为了他一个人就要增设整整一个司。您来瞧瞧,多么清晰的头脑,在几分钟里把一切解决得多么透彻。"

"哎呀,多谢老天爷开恩!"乞乞科夫这么想着,准备洗耳恭听。上校开始念了:

"大人所托,鄙人已再三斟酌,着手办理,现有幸禀报如下:

"一、六品文官、勋章获得者巴维尔·伊凡诺维奇·乞乞科夫君,因误将纳税魂灵称为已死之魂灵,其申请本身即已包含不当之处。揆其用意,谅指行将死亡者,非指已死者而言。然此种称谓已足资表明,其治学方法谅受教堂附设小学教育所限,而偏于经验主义,盖魂灵乃永恒不灭之物也。"

"鬼家伙!"柯什卡廖夫停了一下,颇为自得地说,"这儿他稍微刺了您一下。不过,您得承认,文笔是何等流畅呀。"

"二、本田庄已无未经典押之农奴,无论行将死亡者,亦无论属任何其他情况者,概无例外,盖大人名下之农奴不仅已悉数典押,且以每名农奴押金增加一百五十卢布之利曾再度典押。唯有古尔玛维依罗夫卡小村除外,该村因与地主帕连奇歇夫诉讼未了而属有争议之地,不得擅自转让出售,此项决定已公布于《莫斯科公告》第四十二期。"

"既然是这样,您干吗早不把这一点告诉我呢?干吗还叫我为了一些无聊的玩意儿待到现在呢?"乞乞科夫气愤地说。

"不错,不错。不过,就是要让您通过书面手续这个形式来发现这一切呀。这不是故弄玄虚。无意中察破一些什么,这连一个傻瓜都能够做到,可是,必须有意识地去察破才对。"

乞乞科夫盛怒之下也顾不上什么礼仪,抓起帽子就往屋外跑,一口气奔出了门口:他实在气愤极了。马车夫和四轮轻便马车在那儿等着,车夫知道,马匹没有必要卸下来,因为要饲料的话,也得递上书面申请,而同意发给马匹燕麦的批文非等到第二天才能够批复下来。可是,上校却执礼恭敬地跟着跑了出来。他硬攥住了乞乞科夫的手,把它贴在胸口,并且因为乞乞科夫使他有机会通过实例见到了办理书面手续的过程而再三道谢;又说这下严加训斥是绝对必要的了,因为万物都有惰性,管理的发条也会生锈和松弛的;又说亏得这一事件,他想出了一个绝好的主意,那就是设立一个新的委员会,取名为营造委员会行动监察委员会,这样一来就再也没有人敢于偷盗了。

乞乞科夫返回得很迟,早已是上灯的时候了,他气鼓鼓的,一肚子的不满意。

"您怎么这样晚才回来?"当他出现在门口的时候,柯斯坦若格洛说。

"您有什么事好跟他谈了这么久?"帕拉东诺夫说。

"像这样的蠢货我生来还没有看见过。"乞乞科夫说。

"这还算不了什么,"柯斯坦若格洛说,"有柯什卡廖夫这个人在眼前,倒也不坏。他的存在是有用处的,因为在他身上漫画式地、夸张地反映出我们这儿所有的聪明人的愚蠢——正是所有这些聪明人先不了解自己的国情,就把别人蠢不可言的做法一股脑儿都搬了过来。瞧,现在出了一批什么样的地主:又是设立管理处,又是开作坊,又是办学校,又是成立什么委员会,鬼才知道他们还有什么没有办的啦。这就是所谓的聪明人。一二年法国人走了之后,本来倒有点儿清醒过来的迹象,可现在呢,又重新开始把一切搅得一团糟。糟蹋得比法国人更加厉害,所以,现在一个什么彼得·彼得罗维奇·彼杜赫还算是个好地主哩。"

"可是要知道,连他现在也把田庄抵押给信贷银行啦。"乞乞科夫说。

"是啊,是啊,什么都在抵押,什么都会抵押给信贷银行的。"柯斯坦若格洛说着开始有点恼火了,"瞧,又是帽子工厂,又是蜡烛工厂,又从伦敦聘请来制造蜡烛的师傅,人人都变成做买卖的了。地主——一个这么可尊敬的称号——现在却当起作坊主、工厂主来了。纺织机器⋯⋯在织造透明的薄纱,打扮城里的那些妖精、臭婊子。"

"不过,你也开着工厂呀。"帕拉东诺夫插嘴说道。

"谁开办它们来着?它们是自然而然办起来的:羊毛大量积压着,没有销路——我才开始织成呢料,并且是平常的粗呢料,因为价格公道便宜,在本村的市场上一下子就卖光了,庄稼汉,我村子里的庄稼汉,正用得着呀。再有鱼鳞,一连六年工厂主把它们扔在我的河岸边,——你说,叫我怎么处理?——我才开始用它们熬成胶水,也赚了四万卢布。要知道,我这儿的一切都是这样办起来的。"

"好一个精灵鬼!"乞乞科夫睁大了两只眼睛,直瞪瞪地望着他,心里想道,"生着一只多么会搂钱的手呀。"

"我所以办起工厂,还因为投奔来了许多快要饿死的人。托那些错过播种季节、一心去办工厂的地主的福,那回正碰上荒年。这样的工厂,老弟,我还能够办起许多来哩。每年管保可以开一家新工厂,全看人家扔掉多少下脚料。你只消仔细瞧瞧自己的田庄,就会发现,每样废料都是可以生利的宝贝,多得简直叫你觉得讨厌,说:用不了啦。我总不见得盖几座富丽堂皇的宫殿,把这些废料收藏起来吧。"

"这真令人惊讶。尤其令人惊讶的是,每样废料居然都是生利的宝贝。"乞乞科夫说道。

"不过得了吧。如果只是老老实实地办事,那倒也罢了。可是,偏偏每一个机械匠都想打开一只工具箱,却又不是简简单单地去打开①。他非要为此专程到伦敦去走一趟不可,问题就出在这里。真是傻瓜!"说到这儿柯斯坦若格洛啐了一

---

① 见克雷洛夫寓言《工具箱》。寓言讽刺一些自作聪明的人,因将简单的事情复杂化,结果一事无成。

口唾沫,"要知道,从国外回来之后,他变得更愚蠢啦,比以前要愚蠢上一百倍!"

"哎呀,康斯坦丁!你又动肝火啦!"妻子不安地说道,"你得知道,这对你是有害的。"

"可怎么能够不动肝火呢?如果这是与己无关的事,那倒好了,可这是自己真心关切的事情呀。叫人气恼的是,俄罗斯人的性格一天天在败坏下去。现在,在俄罗斯人的性格里面已经出现以前从来没有过的堂吉诃德的影子啦。要是他心血来潮想提倡教育,那他就成为一个教育界的堂吉诃德,将会办起一些连傻瓜都不肯办的学校。培养出来的尽是哪儿都派不了用处的人;乡下没有用,城里也没有用,只是一个酒鬼,却还挺自以为了不起哩。要是他醉心于博爱的思想,那就成为一个主张博爱的堂吉诃德,舍得花掉成百万的卢布,盖起许多最不实用的医院和各种各样气派不凡的慈善机关,结果不但害得自己破产,还叫所有的人都去要饭:这就是他的博爱。"

乞乞科夫对教育丝毫不感觉兴趣。他一心想详尽地询问一下,任何废料怎么能够成为生利的宝贝;无奈柯斯坦若格洛怎么也不让他有插嘴的机会。愤怒的语言从他的嘴里源源不绝地奔泻出来,他已经无法制止它们了。

"现在许多人尽在考虑怎样使庄稼汉具有文化教养。可是,你得先让他富裕起来,成为一个像样的当家人才对,到了那个时候,他自己会去学文化的。在现今这个时代,整个世界变得如何的愚蠢,您简直无法想象。那些文人在胡诌些什么呀!只要一个什么乳臭未干的毛头小伙子出了一本小册子,大家就如获至宝争着去读。听听时新的论调吧:'农民过的生活实在简朴单调;必须使他们见识一下奢侈的享乐,在他们的心中激起高于现状的需求。'至于他们自己,正由于这种奢侈享乐,全都成了废料,而不再是人,并且染上了一身鬼才知道的毛病,甚至没有一个十八岁的男孩子不曾尝尽声色犬马之乐的:结果牙齿全掉了,头发也全秃了,活像一个亮晶晶的灯泡,现在有人就非要使农民也染上这些毛病才甘心。谢天谢地,幸亏在咱们国家里还有一个健康的阶层没有接触到这些荒唐的玩意儿。为此咱们真得感谢上帝。是的,庄稼人在咱们这个国家里比谁都值得尊敬。你们干吗要去触动他们呢?但愿上帝保佑,让所有的人都成为庄稼人吧。"

"那么,您是认为,务农更有利可图些?"乞乞科夫问道。

"更合理些,而不是更有利些。古话说:必须汗流满面耕耘土地①。这里没有什么奥妙之处。已经有世世代代的经验证明,凡是拥有庄稼人这个身份的人总是更有德行,更清白,更尊贵,更高尚。我不是说,不可以干别的事情,可是,应该以务农为本,这就是我的意思。至于工厂,那是自然而然会办起来的,不过,该办一些合理的工厂——制造这儿所必需的、为当地老百姓所必需的东西,而不是去满足各种各样销蚀现代人的力量的那些要求。不该办往后为了维持生存,争夺销路,用尽各种各样卑鄙下流的手段去腐蚀、毒害不幸百姓的那些工厂。尽管你把它们说得天花乱坠,在我这儿绝对不办任何刺激奢望的行业,烟草也好,食糖也好,我都不去制造,哪怕损失百万的利益也在所不惜。如果世风日下,那么也别让人说是我造成的。让我在上帝面前扪心无愧吧……我和老百姓一

---

① 见《圣经·旧约·创世记》第三章。亚当与夏娃吃了禁果,为了惩罚他们,耶和华对夏娃说:"我必多多增加你怀胎的苦楚",又对亚当说:"你必终身劳苦,才能从地里得吃的","你必汗流满面才能糊口"。

块儿生活了二十年;我知道,这样做会有什么后果。"

"使我最为惊讶的是,怎么一经明智的管理,残渣剩料都会有所出息,甚至不论什么废物都会成为生利的宝贝了呢?"

"哼!政治经济学家们!"柯斯坦若格洛不听他的,脸上带着一种愤慨的嘲讽神情自顾自说道,"政治经济学家们可真不赖。个个都是大草包,全靠骗人混饭吃。他们鼠目寸光,比自己愚蠢的鼻子远一点的东西就看不见了。明明是蠢驴,却还有脸登上讲台,戴上眼镜……真是一批蠢货!"他气愤得又啐了一口唾沫。

"所有这一些都是事实,你说的也都挺公允,只是求你别动肝火,"妻子劝慰说,"好像不那样就不能够心平气和地谈论这个问题似的。"

"面聆您的宏论,最尊敬的康斯坦丁·菲约陀罗维奇,谁都会所谓顿开茅塞,领悟到生活的真谛,触觉到问题的实质的。可是,请容许咱们暂且搁下关于全人类的话题,而把注意力转到私事方面去吧。譬如说,一旦我成了一个地主,有志在不长的时间内发家致富,以此,可以这么说,尽到一个公民的义务,那么,请问,我该怎么办呢?"

"怎么办才能够发家致富吗?"柯斯坦若格洛接过话头说道,"那就该这样……"

"咱们去吃晚饭吧!"女主人说;她说着就从长沙发上站了起来,走到屋子中央,一边给自己娇嫩的、冷得发颤的身子围上披巾。

乞乞科夫立刻以几乎是军人般的伶俐劲儿从椅子上站了起来,挽着女主人的手臂,和她一起步履庄重地穿过两间屋子走向饭厅,那里餐桌上已经摆着一只汤盘,汤盘揭了盖,散发出一股搁了不少新鲜蔬菜和春天嫩香芹的汤汁的清香。大伙儿在桌旁落了座。侍仆灵巧地把盛放在带把儿的盖碗里的菜肴和一切必需的东西一下子统统端上了餐桌，接着立刻退了出去。柯斯坦若格洛不喜欢仆人听主人的谈话，尤其不喜欢旁人瞧他的吃相。

喝过了汤，又喝了一杯大有匈牙利葡萄酒味道的一种上好的酒之后，乞乞科夫对主人说了如下一番话：

"请容许我，足下，重新向您提起刚才中断的话题。我刚才向您请教过，该怎么办，怎么行事，最好怎么着手①……"

"那处田庄，如果他讨价四万，换了我，会当场交钱买下来的。"

"哦！"乞乞科夫沉思起来。"那么，"他带着几分胆怯说道，"您自己为什么不把它买下来呢？"

"可是，归根结底，得适可而止呀。我已经为自己的那些田庄忙得团团转了。再说，我们这一带的贵族本来就在骂我，仿佛我乘人之危，利用他们陷入破产的困境，杀价买进了好些土地。这实在叫我腻味透了，让鬼把他们抓了去吧。"

"真是人心鬼蜮，人言可畏啊！"乞乞科夫说道。

"而在我们这个省份里，又多么……您是简直无法想象的！人家一提起我来，不外乎管我叫作守财奴，天字第一号的吝啬鬼。他们对自己却处处原谅。'自然啦，'有人说，'我把钱都花光了，可那是因为我平素以崇高的追求为重，资助了一些工业企业家，也就是说，一批骗子手，是他们……要不然，我兴许可以学柯斯坦若格洛的样，像猪似的舒舒服服过上一

———————————
① 以下缺一张原稿。——原注

辈子。'"

"我倒巴不得成为这样的猪哩!"乞乞科夫说道。

"何况所有这一切全是骗人的鬼话。什么崇高的追求?他们能够哄骗谁呢?虽说他们也会收藏一些书,可是从来也不去读的。说穿了还不是只知道打牌和酗酒。而这一切全因为我怠慢了他们,没有设宴款待,也不肯借钱所引起的。我不设宴招待,因为这给我添麻烦,我不习惯这样做。要是有人上我这儿来便饭,我吃什么,他也吃什么,——欢迎之至。说我不肯借钱——那纯粹是胡说八道。要是有人的确短钱用,尽管上我这儿来,并且详详细细地告诉我,他将怎样支配动用我的钱。如果从他的话里我看到他将用得聪明得当,钱将给他带来明显的利润,我绝对不会拒绝,甚至可以不要利息。"

"这一点可必须留意着的。"乞乞科夫自忖道。

"并且我永远也不会加以拒绝,"柯斯坦若格洛接着说,"可是,把钱扔到水里去的傻事我是不干的。这一点敬请原谅!要是这当口他想的是约情妇吃一顿什么讲究的午餐,或者大手大脚要添置家具装点自己的公馆,或者要和一个臭娘儿们出席一个假面舞会,一个什么纪念会,纪念他在人世间白活了一辈子,而我却得借钱供他花,那么,见他的鬼去吧……"

说到这儿,柯斯坦若格洛又啐了一口唾沫,并且差一点要当着他夫人的面就说出几个挺不体面的脏字眼儿来。积郁像一片冷峻的阴影笼罩在他的脸上。前额上堆聚起密密的皱纹,揭示激动的胆液在他的心里愤怒地翻滚着。

"我深为敬佩的先生,请容许我重新向您提起刚才中断的话题,"乞乞科夫说着又喝了一杯果子酒,那酒的确属于上品,"假定说,我买下了您刚才提到的那处田庄,那么,要花多少时间,怎么样才能够迅速地发家致富到这种程度……"

"如果您想迅速致富,"柯斯坦若格洛仍旧满腹牢骚,他严峻而又急促地接口说道,"那么,您是永远也不会致富的;如果您想致富,而不问时间快慢,您倒能够迅速致富。"

"原来是这样。"乞乞科夫说。

"是的,"柯斯坦若格洛急促地接碴儿说道,真好像他在生乞乞科夫的气似的,"必须对劳动怀有热爱。没有这一点,什么事情都是办不成的。是的,必须热爱农务。并且请您相信,这根本不枯燥乏味。说什么乡村生活愁闷死人,这是凭空捏造——如果我在城里哪怕待上一天,像他们那样在那些愚蠢无聊的俱乐部里,饭馆里,戏院里消磨时间的话,我倒真会活不下去,愁闷得要上吊的。傻瓜,一群傻瓜,一群蠢驴!地主是不应该有时间也不会有时间去愁闷的。在他的生活里一点儿空当都没有,全部给填得满满的。单是这各种各样的庄稼活儿就够你忙的了,而且这又是一些什么样的活儿呀!——全是真正能够振奋精神的活儿。不管怎么说,在乡村里,人始终和自然、和一年四季齐步并进,是造化的一切创造活动的参与者和知音。您瞧瞧这全年的农活吧:春天还没有来临,一切都早已严阵以待了:准备好种子,翻点所有的仓库,把粮食依次重新过秤,重新晒干;给庄稼汉规定下新的劳务。全年的事情都得预先考虑周全,一切都得在年初盘算计划好。一等到积冰破裂,河流畅通,一切都给太阳晒得干透了,土地都开始爆出裂缝来了,到那时候,铁锹就在菜园和花园里,木犁和钉耙就在田野里忙碌起来,又是栽秧,又是播种。您可知道这是什么?难道是无足轻重的小事情!是在播种未来的收成。播种整片大地的幸福。播种千千万万的人的食粮呀。夏天来临了……那时就要一个劲儿地刈草,刈草。转眼庄稼开始成熟了:黑麦一片接着一片成熟起来,转眼是小麦,转眼又是大麦、燕麦。所有的麦田都开始成熟了,长势蓬蓬勃勃;一分钟都耽误不得;哪怕长着二十只眼睛,也得叫它们全都睁得大大的。欢庆丰收刚过,粮食就得运到打麦场上,码垛起来,接着是冬耕,还得趁冬季来到之前修葺谷仓、烘谷房、牲畜栏,同时还要照管一下妇女们干的各种各样的活计,还要对一切回顾一下,看看什么已经做好了,——要知道这可……而冬天一到呀!得在各个打麦场上安排打麦子,再把脱粒好的粮食从烘谷房运到仓库里去。还得去看看磨坊,看看工厂,也得去看一下作坊,再到庄稼汉的地里去走走,看看他在那儿为自己忙得怎么样。何况我这个人,如果木匠使用斧子使得灵巧熟练,我可以在他的面前一连站上两个钟头:他的活儿就这样会叫我心花怒放。而如果还看见所有这一切都有的放矢地在干,看见你周围的一切都在一个劲儿地增长,结出果实带来收益,——那么,我连说都说不清楚那时候心里那股滋味了。这倒不是因为钱在增多。钱只不过是钱罢了。而是因为所有这一切都是你的双手创造的;因为你看见一切都起源于你,你是这一切的创造者,是从你的手里,就像从一个魔法师的手里一样,向四面八方撒下富裕和幸福之花。您在哪儿能够替我找到和这相等的乐趣来呢?"柯斯坦若格洛说道,这时他昂着脸,皱纹也消失不见了。恰似庄严的加冕日里的一位国君,他神采飞扬,眉宇间仿佛射出一道道光芒。"您走遍世界也找不到这样的乐趣呵。只有在这里人才算得上在效法上帝。上帝以创造为己任,把这看成高于一切的乐趣,并且要求人也成为这样的创造者,为周围的世界造福。可是有人却把这叫作枯燥乏味的事情!"

主人侃侃而谈,乞乞科夫听得津津有味,仿佛在听天堂里极乐鸟的歌唱一样。他嘴里咽着唾沫。眼睛发亮,露出一股心神荡漾的表情。他巴不得不歇地听下去。

"康斯坦丁!该散席了吧。"女主人说着就欠身从椅子上站了起来。大伙儿都离了座。乞乞科夫又挽着女主人的手臂,和她一起走向客厅。可是,在他的动作中已经缺乏原先的那股灵巧劲儿,因为他的头脑全被一些真正至关紧要的思绪活动所占据了。

"不管你怎样说,反正一切都挺无聊。"帕拉东诺夫走在他们的后面,说道。

"客人并不蠢,"主人思忖道,"谈吐慎重,也不是一个舞文弄墨的人。"这么一想,他的兴致更高了,仿佛他自己心里被自己的谈话煽起了一股热情,又仿佛他庆幸自己遇到了一个从善如流的人。

后来他们大伙儿在一间烛光荧荧的、小巧舒适的屋子里落了座,这屋子面朝凉台,走出玻璃门便是花园,繁星在沉睡的花木梢顶上空闪烁,从花园里向他们窥望,这时刻乞乞科夫大有得其所哉之感,此种心情是他许久不曾有过的了。仿佛他长年漂泊异乡,现在重新返回到老家的屋檐底下,他历尽沧桑,终于获得了他所冀望的一切,可以扔掉那伴随他四处流浪的手杖,说一声:"够啦!"这样令人陶醉的感觉,是殷勤好客的主人的一席明智的谈话在他的心灵中激发起来的。对于任何一个人,都有一些话语比其他的话语显得更贴心,更亲密。并且经常是出乎意料地,在一个偏远的、被人遗忘的穷乡僻壤,在一个寂寥荒凉的地方,会遇上这么一个人,他那暖人心肺的谈话使你忘掉了自己,忘掉了路途的坎坷,忘掉了投宿客店的不舒适,忘掉了现时代的淫秽不堪入耳的调笑声,也忘掉了许多骗人勾当的狡猾奸诈。这样度过的一个黄昏,从此永远生动地镂刻在你的心间,被忠实的记忆始终保留着:有谁在场,谁坐在哪个位子上,他手里拿着什么,甚至连墙壁、墙犄角和任何一件微不足道的小东西,都会给记得清清楚楚。

乞乞科夫也就这样记住了那晚上的一切:不仅记住了那间可爱的、朴素无华的屋子,笼罩在聪明的主人的脸上的宽厚神情,甚至还记住了房间的糊壁纸的花纹,递给帕拉东诺夫的带琥珀嘴的烟斗,他朝雅尔普那张肥脸上喷去的烟雾,雅尔普打喷嚏的哼哧声,美丽的女主人的笑声,她边笑边说的话儿:"够了,别捉弄它啦",记住了明快的烛光,墙犄角里的一只蟋蟀,记住了玻璃门,也记住了从门外向他们窥望的春天的夜空,那夜空支在树木梢顶上,满缀着星星,充溢着夜莺从苍翠树丛深处传出的高声啼鸣。

"我最尊敬的康斯坦丁·菲约陀罗维奇,对我来说,您的话真是甘甜有如美酒啊。我可以这么说,走遍了俄罗斯,我也没有遇见过一个才略可以与您匹敌的人。"

他说完莞尔一笑。他自己都觉得,他这样说并不言过其实。

"不,如果您真想结识聪明人,那么,我们此地的确有这么一位,他才可以说得上聪明,是我所望尘莫及的。"

"请问,这可能是哪一位呢?"乞乞科夫惊诧地问道。

"这就是我们的专卖商摩拉佐夫。"

"我已经第二回听到提起他来啦!"乞乞科夫尖声叫道。

"这个人哪,不但可以管理地主的田庄,简直可以管理一个国家。要是我是一国之主,那我立刻起用他当财政部长。"

"我还听说,这人富裕得超过可以设想的程度:说是他积攒了一千万的家私啦。"

"岂止一千万!超过四千万啦!用不了多久,整个俄罗斯就归他啦!"

"您说什么呀!"乞乞科夫瞪圆了眼睛,张大了嘴巴,尖声叫道。

"千真万确。这是明摆着的。手里有十来万的人,富裕起来是很慢的,可是,谁有了几百万,那他的幅度就大啦:一赚准叫本钱翻一番,或者翻两番。那根基,那地盘,可太深太大啦。在这一点上他已经没有对手。没有一个人可以跟他竞争。不管他给什么东西开什么价格,就是什么价格:没有人好出来杀价呀。"

"哎呀,我的老天爷。"乞乞科夫说着画了个十字。他怔怔地望着柯斯坦若格洛,激动得胸口一时竟喘不过气来。

"简直不可理喻!叫人听了惊骇得连思想都麻木了。人们对精于观察研究虫蚁的本领啧啧称奇;我倒觉得,一个人的手里周转着这么一大笔钱,更值得惊奇。请容许我向您问明一个情况:请告诉我,这笔钱财当初得来不见得不沾上一点儿罪过吧?"

"是通过最无可訾议的途径和最光明正大的方式得来的。"

"真是不可思议啊。要是几千块,那倒也罢了,可这是几千万呀……"

"恰恰相反,几千块是很难不犯罪过而得到的,但是,积攒起几千万来却挺方便。百万富翁不必去走邪门歪道。他只要笔直地走过去,不论前面路上放着什么,尽管搂就是了。别人反正是拣不起来的。哪个人也没有这个能耐,所以,也就没有对手。您听我说,他的幅度大:一赚准叫本钱翻一番,或者翻两番。可是,一千块能有什么赚头呢?至多赚上一成二成罢了。"

"尤其不可思议的是,事情总是从一戈贝开始的吧。"

"那是自然,旁的途径是没有的。这是理所当然的规律,"柯斯坦若格洛说道,"谁生来就有千百万家私,靠千百万家私养大的,那个人肯定不会赚钱,他肯定已经染上了种种说也说不尽的荒唐习气。创业就得从头开始,而不是从中间开始,得从一戈贝开始,而不是从一卢布开始,得从底下开始,而不是从上面开始。只有这样,才能够好好儿认识往后不得不与之周旋对付的人和生活。只有当你亲身忍受了这样那样的屈辱,只有当你知道了每一个戈贝都得当三个戈贝用,并且尝遍了人生的一切艰辛,只有到了那个时候,你方才既增添了智慧,又磨炼了意志,不论做什么事情都不会失策,也不至于一败涂地。请您相信我,这是真理。创业必须从头开始,而不是从中间开始。谁要是对我说:'借给我十万——我准能马上发财',对这种人我绝不相信:他肯定会失手,而不会命中。创业是非从一戈贝开始不可的。"

"既然如此,我是会致富的,"乞乞科夫说道,这时他不由自主地想到了死魂灵,"因为我的的确确正从一无所有开始呀。"

"康斯坦丁,该让巴维尔·伊凡诺维奇安歇睡觉啦,"女主人说,"而你却老是扯个没完。"

"您肯定会致富的,"柯斯坦若格洛对女主人的话充耳不闻,说道,"黄金将会源源不绝,源源不绝向您涌来,进款多得会叫您不知所措。"

巴维尔·伊凡诺维奇像着了魔似的坐着;他的思绪在憧憬和幻想的金色漩涡里旋转。兴奋不已的想象在未来收益的金色的挂毯上接二连三绣出金灿灿的花纹,他的耳边回响着这样一句话:"黄金将会源源不绝,源源不绝地涌来。"

"说真的,康斯坦丁,该让巴维尔·伊凡诺维奇睡觉去啦。"

"你唠叨些什么?好吧,要是你自己想睡,那就请便。"主人说着收住了话头,因为这当口整个房间里响起了帕拉东诺夫如雷的鼾声,紧接着雅尔普发出了一阵更响的鼾声。

柯斯坦若格洛发觉的确是该睡觉的时候了,于是用力推醒了帕拉东诺夫,说:"你打鼾打得可够啦。"并且向乞乞科夫道了晚安。大伙儿分手回房就寝,很快在各自的床上进入了梦乡。

只有乞乞科夫一人无法入睡。他的思想正处于亢奋的状态。他在琢磨怎样成为一处并非梦想的,而是实际存在的田庄的主人。和柯斯坦若格洛谈话之后,一切都变得那样的一目了然。发家致富的可能性看来是那样的显然存在。经营田产这一颇为棘手的事情,现在变得那样的轻而易举和明白透彻,显得那样切合于他的本性!只消把那些死魂灵抵押出去,再买下一处并非梦想的田庄就是了。他已经看见自己在行动,在管理,一切正按照柯斯坦若格洛所指点的那样在做——既灵活,又审慎,在没有琢磨透一切陈规之前,绝对不贸然采用什么新的章法,万事都亲自过目,庄稼汉个个都认识,严于律己,排除一切过分的享乐,而把全部精力投入劳作和田产的经营中去。他已经预先尝味到一旦有条有理的制度规定下来、经营管理的机器的全部发条迅捷运转、卓有成效地相互推动的时候他将体会到的那份愉快。那当口,活儿将干得热火朝天,各种残渣废料有如麦粒在一座灵巧的磨坊里飞速给辗磨成面粉一样,将源源不绝地变成一笔笔现金。就这样,这位神通广大的主人始终站在他的眼前。在整个俄罗斯这是第一个值得他钦佩其人格的人。在此以前,如果他尊敬一个人,或者因为对方是达官显贵,或者因为对方是豪门巨富。仅仅为了才略他还没有钦佩过任何一个人。柯斯坦若格洛是头一个。他明白,和这一位是要不得半点滑头的。他的心里另有一番盘算:买下赫罗布耶夫的田庄。他手头已经有了一万卢布;他打算试试向柯斯坦若格洛开口借贷一万五千,因为后者已经宣布过自己乐意帮助任何一个企望发家致富的人;至于其余的款子——好歹总有法子对付过去,或者靠典押,或者干脆让对方等着。要知道这也是行得通的:你尽管去折腾,上法院告状好了,如果有这份兴致的话。他把这一切琢磨了许久。最后,把全屋子里的人,如俗话所说的,搂在怀里已经足足有四个钟头之久的酣梦,终于把乞乞科夫也搂进了怀里。他一下子就睡得挺熟。

第 四 章

　　到第二天一切都办成了,办得再好也没有了。柯斯坦若格洛挺爽快地借给了一万,既不取分文利息,又不要求担保,——只凭一纸收据。他便是这样乐意扶助任何一个人走上致富道路的。他向乞乞科夫展示了自己的田庄。一切显得挺简单,却又十分聪明合理。一切都安排得无须主人再去操心照管。没有一分钟是白白浪费掉的,庄稼汉干活一点儿都不马虎。地主仿佛是一个什么神灵似的,突然一下子就把他们扶上了正道。到处不见一个偷懒的人。庄稼汉……有一副多么聪明的心满意足的神情啊……犁沟也好,撒种也好,翻地也好,都干得多么勤快啊。

　　甚至连乞乞科夫也不能不无惊奇地发现,这个人虽然没有写下什么造福全人类的规划和论著,却如何默默地、毫不声张地做了许多好事,而居住在县城里的人,那些擅长在嵌木地板上敲响鞋踵鞠躬行礼的风流人物,客厅里殷勤献媚的能手,或者隐居在我国偏远角落里的一间破屋里口授治国妙方的清谈家,又是如何一无裨益地在消耗自己的一生。乞乞科夫这下可兴奋到了极点,做一个地主的念头在他的头脑里越来越牢固了。柯斯坦若格洛不但向他展示了全部田产,还自告奋勇要带他去拜会赫罗布耶夫,目的是和他一起察看一下后者的田庄。乞乞科夫大为得意。饱吃了一顿早饭之后,他们三人全坐上了巴维尔·伊凡诺维奇的轻便折篷马车,一起出发了;主人的四轮轻便马车空车跟在他们后面。雅尔普跑在前面,一路上把鸟儿吓得扑翅飞去。在整整十五里长的大路两边延展着柯斯坦若格洛名下的树林和耕地。处处树林和牧场间生在一起。这里没有一茎闲草,一切恍如天堂,一切仿佛是一座花园。可是……一走上赫罗布耶夫的田界,就不由发现:树林消失了,只有给牲口啃得光秃秃的灌木丛和被稗草压得透不过气来的、瘦弱的、挣扎着往上生长的黑麦。终于显露出了农家小木屋,没有栅栏围着,全是破破烂烂的,在它们中央有一幢还未竣工的石砌的空屋。屋顶显然因为短缺材料而没有盖成。因此,房屋顶上便这样草草铺了一层稻草,显得暗沉沉的。主人住在另外一幢平房里。他披着一件旧的常礼服跑出来迎接他们,头发蓬乱,脚上是一双已有破洞的长统皮靴,睡眼惺忪,落拓不羁,然而神情之间还是透着一片善意。见到他们,他高兴得简直无法形容,真像和亲兄弟久别重逢一样。

"康斯坦丁·菲约陀罗维奇!帕拉东·米哈依罗维奇!这下总算赏光驾临寒舍啦。让我拭拭眼睛定定神,可别是白日做梦吧。说真格的,我原先以为再也不会有人上我这儿来了哩。人人都躲开我,好像躲避鼠疫一样:他们准想——我又要开口借钱了。唉,日子难过,真难过哟,康斯坦丁·菲约陀罗维奇。我知道——都得怪我自己不好。有什么法子呢?猪狗学不了人样啊。抱歉抱歉,诸位先生,我以这副打扮来迎接你们:你们瞧见啦,靴子上全是破洞。请问要用些什么吗?"

"不必客气。我们上您这儿来是有事相商。向您介绍一下这位是买主巴维尔·伊凡诺维奇·乞乞科夫。"柯斯坦若格洛说。

"万分高兴认识您。请让我握一下您的手。"

乞乞科夫向他伸出了双手。

"最尊敬的巴维尔·伊凡诺维奇,非常愿意给您看一下我的田庄,那是值得一看的。不过,诸位先生,请容许我问你们一声:你们用过午饭了吗?"

"吃过啦,吃过啦,"柯斯坦若格洛说,只希望敷衍过去,"咱们别耽误时间,现在就去看吧。"

"那么,咱们去看看吧。"赫罗布耶夫抓起了便帽,"去观赏观赏我的杂乱无章和轻率荒唐。"

客人们戴上便帽,于是大伙儿走上了村里的街道。两旁的小破屋活脱儿一副睁眼瞎的模样,窗洞都塞着包脚布。

"就让咱们去观赏观赏我的杂乱无章和轻率荒唐吧,"赫罗布耶夫唠叨着,"自然啦,你们用过午饭才来,这做得很好。不知道您信不信,康斯坦丁·菲约陀罗维奇,我家里连一只母鸡也不剩啦——瞧我落到了这步田地。"

他叹了口气,仿佛预感到,从康斯坦丁·菲约陀罗维奇方面未必会得到多大的同情,就挽起帕拉东诺夫的手臂,胸口紧紧挨着他,和他走在头里。柯斯坦若格洛和乞乞科夫落在后头,手挽着手,远远跟着他们走。

"日子难过,帕拉东·米哈烈奇,真难过哟!"赫罗布耶夫对帕拉东诺夫说道,"您简直没法想象,日子有多么难过!没有钱,没有吃,没有穿! 不过,对您来说,这反正像是在讲外国话一样。如果我年纪还轻,单身一个人,这只是鸡毛蒜皮,算不了一回事。可要是所有这些厄运全在你快老了的时候才来逼你换一副筋骨,而你身边还有老婆、五个孩子,——你就要发愁啦,不由得要发愁啦……"

"那么,如果您把村子卖了呢——这可以改善您的景况了吧?"帕拉东诺夫问道。

"哪儿能改善?"赫罗布耶夫说着挥了下手,"到手的钱全得拿去还债,自己连一千卢布也留不下来。"

"这么说来,您将怎么办呢?"

"只有老天爷知道。"

"您怎么可以什么主意都不拿,不想个法子摆脱这样糟糕的处境呢?"

"能拿什么主意呢?"

"什么主意,您总可以找份差事做做呀。"

"要知道我是一个小小十二品文官。人家能给我什么好位子?给我的只会是微不足道的位子。五百卢布的薪俸罢了——我怎么能要这么一点儿钱?我可有老婆,有五个孩子哪。"

"那么,您去当人家的管家好了。"

"可是有谁会把田庄信托给我呢:我把自个儿的都吃尽用光了呀。"

"不过,既然面临饥饿和死亡的威胁,总得谋条生路才是。我去问问,家兄能不能够通过谁的关系在城里给您求求情,找到一份差事。"

"不用费心啦,帕拉东·米哈依罗维奇,"赫罗布耶夫说着叹了口气,并且紧紧攥住了他的手,"眼下我已经一无用处啦。未老先衰,过去的荒唐留下了病根,腰老是酸痛,另外,膀子又得了风湿病。我还能够派什么用处呢?何苦去糟蹋公家的钱粮呢?现今,眼巴巴想补上个肥缺的官员已经够多的啦。

老天保佑，别为了给我一份薪俸再加重穷苦百姓的税收吧。"

"这就是品行荒唐的恶果，"帕拉东诺夫心里寻思道，"这可比我的一无作为还要糟。"

在他们这样交谈的当口，柯斯坦若格洛一边和乞乞科夫在他们身后走着，一边在生气。

"您瞧瞧，"柯斯坦若格洛用手指点着说道，"把庄稼汉弄得这样穷。既没有大车，又没有马。既然发生了瘟疫，牲口大批死了，哪能顾得上自己的财物：得赶紧把一切都变卖了，好给庄稼汉添置牲口，别让他有一天短少了干活的工具。可是，照眼下这副样子，花上几年的工夫都恢复不过来。庄稼汉已经疏懒成性，嗜酒如命，成了酒鬼了。只因为让他一年不干活，你就毁了他一辈子：他已经养成邋里邋遢、游手好闲的习惯了呀。那土地又怎样了呢？您仔细瞧瞧这地！"他说着指着很快在农家小木屋背后展露出来的一片牧场，"全是春风一到就被水淹没的肥沃土地。换了我，就种上大麻，单是大麻一项准有五千来卢布的出息；再栽上芜菁，在芜菁上又可以赚上四千来卢布。可您瞧瞧这儿，山冈上黑麦抽穗了；不过，这都是自生自长的天然产物。他是不种粮食的——这一点我知道。再看，这是峡谷，在这儿我可要栽上这样高大的树林，连乌鸦都飞不到它们的梢顶上去。可是，这片像聚宝盆般的土地全给白白地扔了。其实，如果没有牲口来翻地，也可以用铁锹把它开出来种菜呀。就靠种菜也能够生利赚钱。可以亲手拿起铁锹，再叫上老婆、孩子、家仆一起干嘛；真是个懒鬼！你要死，畜生，也得干活儿累死才对。至少也得死在履行责任的时候，可别像一口贪食的猪那样，是在吃饭当口噎死的。"说到这儿，柯斯坦若格洛啐了一口唾沫，气愤的心情在他的额头上罩上了一片阴沉的乌云。

他们往前再走了几步,在长满金雀花丛的陡壁上停下脚步,远处,河湾波光粼粼,暗沉沉的山岭支脉绵延伸展,极目望去,稍近一些的是掩映在密林中的贝特里歇夫将军府邸的一角,而府邸背后是树木葱郁的山峦,山峦笼罩在一团缥缈的灰蓝色的烟尘之中,见到这烟尘,乞乞科夫突然猜测到,那肯定是坚捷特尼科夫的田庄,——这当口他开口说道:

"如果这儿栽上树林,村景之美就能够胜过……"

"原来您是一个风景爱好者?"柯斯坦若格洛突然神色严厉地朝他扫了一眼,问道,"您可得留神啊。如果您这样贪恋追求风景,那么,您将来会落一个既没有粮食也没有风景的下场的。您该关心的是实益,而不是美。美自己会来的。城市就可以向您提供佐证:至今更好、更美丽的城市都是自己形成的,那儿每户居民是按照自己的需要和口味为自己修盖房屋的。而那些按照划一的标准建造起来的城市,——只不过是一座座兵营罢了……先把美扔在一边,关心着实际需要吧。"

"可惜的是,那必须长久地等待呀。哪怕有那么一回看见一切都像自己所盼望的那样美丽,也就不枉此生了。"

"可您这是怎么啦。难道您是一个二十五岁的小伙子?一个轻浮的人,一个彼得堡的官吏?奇怪!要有耐心。您得接连工作六年,栽植,播种,翻地,一分钟都不休息。艰难,是挺艰难。可是以后,一旦您实现了深耕细耘,土地开始自己来帮助您的时候,——那就不仅是什么百万家私啦,不,老兄,您不止有七十来个人手,无形中有七百个人手在给您干活啦。一切都翻上十倍啊。我现在就不必动弹一下手指头——所有的活儿都自动在干。是啊,大自然就爱耐心,这也是上帝亲手赋予大自然的规律,上帝是祖护持之以恒的人的。"

"听您说着,人就增添了力量,精神也振奋起来了。"

"瞧瞧这地给耕成怎么一副模样!"柯斯坦若格洛指着山丘,痛心地叫道,"这儿我再也待不下去了:眼看这一片凌乱和荒芜——我像死一样的难受。好在现在您没有我也可以和他把事儿办成的。赶快把聚宝盆从这个蠢货手里夺过来吧。他只会糟蹋上帝的恩赐。"说到这儿,柯斯坦若格洛已经因为心情激愤而变得神色十分阴沉了;他向乞乞科夫道了别,快步走到主人面前,也开始向他道别。

"那怎么成,康斯坦丁·菲约陀罗维奇,"主人惊愕地说,"哪有刚来就要走的道理。"

"不行。我有急事得回家去。"柯斯坦若格洛说。他道了别,就坐上自己的四轮弹簧马车走了。

看来,赫罗布耶夫仿佛明白他匆匆告别的原因。

"康斯坦丁·菲约陀罗维奇受不了啊,"他说,"像他这样的一位地主,眼瞧着这种荒唐透顶的管理是不快活的。请您相信我,巴维尔·伊凡诺维奇,今年我甚至连粮食也没有种。我这是实话。种子没有,更别提没有牲口耕地了。真叫人看着我就讨厌,看着我的……①帕拉东·米哈依罗维奇,听说令兄是一位出色的地主。至于康斯坦丁·菲约陀罗维奇,那还有什么好说的,简直是拿破仑再世。说真格的,我经常在想:为什么这么多的智慧全只给了一个脑袋呢?哪怕把他的智慧分一滴给我这个笨脑袋瓜子也好呀!两位先生,这儿请留神,过桥时要小心一些,别摔进水塘里去。还在春天我就关照过

①　此句未完。——原注

要修补一下桥板啦。叫我最可怜的是那些一贫如洗的庄稼汉;他们需要一个榜样,可是,从我的身上能够看到什么榜样呢?你们说该怎么办?巴维尔·伊凡诺维奇,还是您把他们买了去,由您支配他们吧。我哪里能够教会他们有条有理过日子,如果我自己一无条理呢?我早就想给他们人身自由啦,可是,这样做不见得有什么好处。我明白,首先必须把他们引导到会过日子这一步。需要一个严格而又公正的人和他们长时间地生活在一起,以自己那顽强不息的活动为榜样……①俄罗斯人哪,我根据亲身经验知道,没有鞭笞是不行的……他准会变得疏懒、颓唐起来的。"

"奇怪,"帕拉东诺夫说,"为什么俄罗斯人天生这样容易疏懒、颓唐,只要对一个普通人不加监督,他就会堕落,变成酒鬼兼无赖呢?"

"那是缺乏教育的缘故。"乞乞科夫说道。

"老天爷才知道是什么原因。咱们不都受过教育,在高等学府里念过书,可是,咱们有什么用?就说我吧,学到了什么东西呢?不但没有学会生活的道理,反而把见了各种时髦的高雅享受更舍得花钱的本领学得更到家了,对必须用钱去买来的东西见识得更多了。我无非是学会了花钱去换取生活上的种种舒适罢了。是不是因为我学习不得法呢?不,要知道其他的同学也都是这样。只有三两个人真正有所得益,不过,那也许是因为他们生来天资颖悟,至于其他的人,都只是一个劲儿地追寻那些糟蹋身体和骗取钱财的玩意儿。老天在上,真是这样。有时我会生出这么个念头,说真格的,有时我

①　此句未完。——原注

觉得俄罗斯人好像是无可救药的了。什么事他都想干——却什么事也干不成。虽说他老是在想:从明儿起要开始新的生活啦,从明儿起非节制饮食不可啦——但压根儿不曾兑现过:当天晚上他就大吃大喝,饱得只有眨巴眼睛的份儿,连舌头都转动不灵了:说真格的,活像一只猫头鹰那样坐着,朝所有的人干瞪眼。并且人人都是这样。"

"不错,"乞乞科夫微微一笑,说道,"这种情形是常见的。"

"我们压根儿是天生不会过理性的生活。我不信我们中间有谁是富有理性的。纵然我看见有人目前日子过得甚至挺体面,在积攒着钱,我还是不信。连他一到老年也准会给鬼迷住心窍:然后突然一下子把钱全都花得个精光。并且,说真格的,人人都是这样,不管是受过教育的,还是没有受过教育的。不,肯定缺少了一点儿什么别的东西,不过,究竟是什么东西,连我自个儿也闹不清楚。"

他们便这样一边谈论着,一边绕过了农家小木屋,后来又乘着轻便折篷马车驶过一片牧场。如果不是树木被砍光的话,那地方倒是挺美的。景色一览无遗;不久前乞乞科夫到过的那些丘陵的一侧在远处泛着蓝光。可是,无论是坚捷特尼科夫的村庄,无论是贝特里歇夫将军的村庄,一概都望不见。它们统统被青山遮挡掉了。下山来到了牧场,那里只长着柳树和低矮的杨树——高大的树全遭砍伐了,——他们察看了一座糟透了的水力发动的磨坊,见到了一条河,河上本来是可以流放木材的,如果确有什么可以流放的话。偶然在三两处见到在放牧畜群,牲口全是瘦骨嶙峋的。他们没有下车,走马观花地察看一遍之后,重新返回村庄,街上遇见一个庄稼汉,后者用一只手在腰眼里挠抓了一阵,张大嘴巴打了一个哈欠,声音响亮得甚至把领头的火鸡都骇了一跳。张大嘴巴打哈欠的现象①在所有的建筑物上都可以看得见;连屋顶也张开大口在打哈欠。帕拉东诺夫望着这些建筑物也打了个哈欠。屋子破破烂烂,补丁缀补丁。有一间农舍,代替屋顶原封不动地铺着一副门板。在田庄经营上实行的是特利什金长褂②式的办法:剪下袖管和后襟去缀补肘弯处的破洞。

"瞧我这儿就是这副模样,"赫罗布耶夫说,"现在咱们去看看寒舍吧。"说着就把他们带进了他的住房。

乞乞科夫原来以为在那里遇见的也只不过是一堆破烂和形形色色叫人直打哈欠的东西,可是,使他惊讶的是,住房里倒拾掇得挺干净。一走进房间,他们就为见到一片仿佛是寒碜贫困和光彩耀目的最时髦的奢侈小玩意儿驳杂纷呈的景象而惊讶了。墨水壶盖上安着一尊八成是莎士比亚的雕像;桌上搁着搔背用的精巧华贵的象牙制的挠痒耙。打扮得既雅致又入时的女主人迎接了他们。四个孩子也穿得挺讲究,甚至还有一个家庭女教师陪伴着;孩子个个长得挺可爱,不过,如果让他们穿上杂色的粗布裙子,普通的衬衫,没人管束地在院子里面奔跑,和农家的野孩子没有一点区分的话,那倒更好。很快有一位女客来拜访女主人,那是一个饶舌多嘴、净扯废话的女人。两位太太到闺房里去了。孩子们也跟着她们跑出去了。于是只剩下了男人。

"那么,您的价格是多少呢?"乞乞科夫说道,"我得承认,

---

①　此处意即破烂有洞。
②　克雷洛夫寓言中的形象,形容挖肉补疮的愚蠢行为。

我这下问您,是想听到一个最后的、定局的价格,因为田庄的景况比预料的还要糟呀。"

"是糟糕透了的,巴维尔·伊凡诺维奇,"赫罗布耶夫说,"并且情况还不止这些。我要直言相告:列在纳税人口花名册上的一百个魂灵里面,只有五十个是活着的;在我们这带地方闹过一场十分厉害的霍乱。那另外五十个全都不带身份证逃跑啦。所以,您只好把他们算作已经死掉了的。所以,如果要劳驾法院去追回他们的话,那么,整个田庄反倒要孝敬给法院了。也正因为这个缘故,我只要价三万五算啦。"

乞乞科夫自然开始还起价钱来。

"哎呀,怎么要三万五? 这样的货色要三万五。算啦,就两万五吧。"

帕拉东诺夫觉得挺不好意思。

"买下了吧,巴维尔·伊凡诺维奇,"他说,"一处田庄这个价钱总还值。如果您不肯出三万五,那么,我们弟兄俩合伙买下啦。"

"那很好,我同意了,"乞乞科夫害怕了,就说,"好,只不过有一个条件:半数钱款过一年付清。"

"不行,巴维尔·伊凡诺维奇,这一个条件说什么我也不能够接受。请现在就付给我一半,而其余的过十五天付清。要知道,这样一笔钱当铺也会借贷给我的。水蛭只要吸血,当铺就知放债。"

"说实在的,这可怎么办呢? 我可没有法子,现在我手头总共只有一万。"乞乞科夫说道,他这么一说是撒了一个谎:他手头其实一共有两万,包括向柯斯坦若格洛借来的那笔钱在内,可是,不知怎么的他舍不得一下子拿出这么多的钱。

"不,行行好,巴维尔·伊凡诺维奇。听我说,我现在非得要有一万五不可。"

"我来借给您五千吧。"帕拉东诺夫凑上来说。

"既然如此,我却之不恭啦。"乞乞科夫说着自个儿心里想道:"他肯借钱,这倒来得正好。"小木匣子从轻便折篷马车里给捧来了,于是,立刻打开木匣取出一万卢布给了赫罗布耶夫;其余的五千讲定明天送过来给他;那就是说,口头是答应了,心里却打算送来三千,而剩下的——以后再说,隔上两天或者三天,可能的话,再拖一阵子。不知怎么的,巴维尔·伊凡诺维奇特别不喜欢放手交出钱去。要是迫不得已的话,那么,他也无论如何觉得,最好推迟到明天交钱,而不是今天。那就是说,他的行为跟我们大伙儿的都一样。要知道,我们都挺喜欢刁难一下有求于我们的人。让他在前厅里靠墙坐等好啦,好像他就不可以等一阵子似的。至于每一个小时对他来说也许是十分宝贵的,他的事务也许会因此蒙受损失,这和我有什么相干;老兄,明儿再来吧,今儿个我可没有空。

"那么,以后您将搬到哪儿去住呢?"帕拉东诺夫向赫罗布耶夫问道,"您还有别的田庄吗?"

"我得搬到城里去住:那里我有一幢小房子。这是为孩子着想:他们需要教师。在这儿,神学教师兴许还能够物色得到;教音乐的,教舞蹈的,可有钱也请不到呀。"

"一片面包都没有,却要让孩子学舞蹈。"乞乞科夫想道。

"奇怪!"帕拉东诺夫想道。

"不过,现在咱们得喝一点儿什么来庆贺一下交易成功,"赫罗布耶夫说,"喂,基留什卡小子,去拿一瓶香槟酒来。"

"一片面包都没有,却有什么香槟酒。"乞乞科夫想道。

帕拉东诺夫干脆不知道该想些什么才好。

赫罗布耶夫出于无奈才备置起香槟酒来的。他派了人进城去买：有什么法子可想呢？小铺子里不肯赊给他克瓦斯，可是这当口偏偏非喝点儿什么才行。而不久以前从彼得堡带了一批葡萄酒来的那个法国佬倒是对谁都肯赊账的。没有法子，只好要一瓶香槟酒来了。

香槟酒拿来了。他们每人喝了三大杯之后都觉得十分快活。赫罗布耶夫无所顾忌起来；变得既可爱又机智，满口的俏皮话和趣闻逸事。他的谈话显示出他是这样地通达人情世故！他对许多事物观察得这样透彻和正确！他只用寥寥数语就这样精确而又轻巧地勾勒出邻近地主的面目，把每个人的弱点和谬误观察得又是这样清晰明了。对地主老爷们的破产史：他们破产的原因啦，来龙去脉啦，祸端啦，他都了解得这样详尽细致；他又是这样善于匠心独到、妙趣横生地刻画出他们最最微小的习癖，——这叫乞乞科夫和帕拉东诺夫两个人听得完全入了迷，甘心情愿地承认他是世上一个绝顶聪明的人儿。

"我觉得十分惊奇，"乞乞科夫说，"以您的聪明怎么竟会想不出办法，找不到出路呢？"

"办法倒是有的。"赫罗布耶夫说，接着立刻向他们吐露了一大套妙计。所有这些妙计都是荒唐透顶，古怪之极，和他的人情世故绝少有什么关系，叫人听了只有耸耸肩膀并且说道："天老爷，在世故和善于运用世故之间存在着多么难以衡量的距离呀！"原来，一切都建立在必须从一个什么地方突然一下子先弄到十万或者二十万卢布这样一个基础上的。到了那个时候，在他看来，一切就会安排得妥妥帖帖，田庄就会发达起来，漏洞能够统统弥补，收益可以增三倍，他自己也就可以恢复元气,偿付全部的债务。不过,他最后说道:"可是叫我有什么法子可想呢?老是没有这样一个热心行善的人肯借钱给我呀,二十万不肯,哪怕借十万也好。看来,是上帝不愿意帮忙。"

"是喽,"乞乞科夫心里想道,"上帝才不会奉送二十万给这样一个蠢货哩!"

"我有一个姑妈,她说不定有三百万的家私,"赫罗布耶夫说道,"老太太顶虔诚:捐款修教堂和寺院总是肯的,却不情愿帮帮近亲的忙。是个老古董啦,瞧瞧她倒挺有意思。单是金丝雀她就养了四百来只。还有成群的哈巴狗、吃白食的和奴仆,那样的奴仆现在是见都见不着啦。奴仆中最小的一个也快近六十岁了,虽然她还一直唤他:'喂,小伙子!'如果客人的举止有一点儿叫她瞧不顺眼,那么,到了饭桌上她就吩咐奴仆不给他上菜。奴仆也就不给上菜。瞧她这个古怪脾气。"

帕拉东诺夫微微笑了一笑。

"请问她的尊姓,住在哪里?"乞乞科夫问道。

"她就住在本城,名字叫亚历克山德拉·伊凡诺夫娜·哈纳萨洛娃。"

"您干吗不去求求她呢?"帕拉东诺夫颇为关切地说,"我想,如果她真能体察您一家的境况,是不会拒绝帮忙的。"

"唉,恰恰相反,她会拒绝的。姑妈的脾气可真有点儿倔。这是一个死心眼儿的老太太,帕拉东·米哈依罗维奇!即使我不去也已经有一批阿谀奉承的小人尽围在她的身边转啦。其中有一个一心想当省长;死乞白赖和她攀上了本家关系……哦,赏我一回脸吧,"他突然冲着帕拉东诺夫说,"下星期我要设午宴招待全城的官员……"

帕拉东诺夫睁圆了眼睛。他还不曾知道,在俄罗斯,在都市和京城里,有这样一批能人,他们的生活完全是一个无法解释的谜。看来他们已经把一切都挥霍光了,欠了一身的债,一点儿财源都没有了,可是却照常大宴宾客;所有出席宴会的人都说,这是最后一回啦,明天主人就要锒铛入狱啦。自此以后过了十年,能人仍旧安然活在世上,欠的债比以前更多,可是他们照旧大宴宾客,而所有出席宴会的人又边吃边想,这是最后一回啦,明天主人准要锒铛入狱啦。

赫罗布耶夫在城里的府第便是一种罕见的现象。今天神甫披着袈裟在他的府上主持祈祷仪式;明天法国演员在排练新戏。有些日子穷得连一点面包屑都找不到,过些日子——却盛宴款待全城的演员和艺术家,还慷慨解囊送给每人一份赏银。有时日子这样艰难,换了别人处在他的地位上早已上吊或者开枪自杀了;可是他却每回得救于宗教情绪,这种宗教情绪是和他的荒唐生活奇异地混糅并存在他的身上的。在这些痛苦的时刻里,他阅读磨炼自己的精神使之超脱尘世烦恼的殉道者和苦行僧的生平。这时他的心灵整个儿给柔化了,精神受到了感动,眼眶里饱噙着热泪。他不住地祈祷,并且——好奇怪的事情啊!——几乎每回都从一个什么地方得到意料不到的援助:或者是他的一位故旧想起了他,给他汇来了一笔钱;或者是一位过路的素不相识的女士无意间听说了他的身世,怀着女性的易于冲动的慷慨心理给他捎来了丰厚的赠金;或者在一个什么地方一场他从来不曾听说过的官司给他打赢了。每逢这种时刻,他总虔诚地承认这是上天大发慈悲,为此举行一次感恩的祈祷,接着重新开始过他的花天酒地的生活。

"我觉得他怪可怜,真的怪可怜的。"当帕拉东诺夫和乞乞科夫向他告辞,从他家里坐车出去的时候,帕拉东诺夫对乞乞科夫说。

"一个浪荡子!"乞乞科夫说道,"这种人没有什么值得怜悯的。"

很快他们两人不再想到他了。帕拉东诺夫不再想到他,那是因为他对人的处境,就像对待世界上一切事物一样,素来只投去懒洋洋的、迷迷糊糊的一瞥。见到别人受苦,他心里挺同情,也挺难受,可是,不知怎么的印象并不深深地镂刻在他的心坎上。过了几分钟他就不去想赫罗布耶夫了。他之所以不去想赫罗布耶夫,因为他对自己本身也不多想。乞乞科夫之所以不去想赫罗布耶夫,那是因为,说真的,他的全部思绪都被刚才正经买下的货色所占据了。不论怎么说,当他突然一下子不再是梦想中的地主,而成了真正的、名副其实的、拥有已经并非梦想的一处田庄的地主之后,他一时变得沉思寡语,盘算和思想也变得审慎起来,他的脸上不由地浮现一层意味深长的表情。"耐心!劳动!这事儿并不难:我和它们;如俗话所说,从娘胎里出来就认识了。对我来说,这不是新鲜玩意儿。不过,眼下到了这把年纪,耐心是不是还像年轻时候那样足呢?"不论怎么说,他心里想的是怎样按部就班地播种,怎样摒弃一切愚蠢的念头,怎样天天早起,日出之前就作出安排,等到看见自己的田庄一步步发达、繁荣起来的时候是怎样的欢喜,有朝一日有了自己的亲骨肉又是怎样的欢喜。"对呀,这才是真正的生活。柯斯坦若格洛说得对。"这当口,乞乞科夫的脸仿佛也因为这些念头开始变得更加端庄体面了。

的确,只要思考思考合乎情理的事情,就已经会使一个人平添不少高贵的气概的。可是,就像一个人经常有的情形那样,紧接着突然有一个截然相反的念头向他袭来。"不过,甚至也可以这么办,"乞乞科夫寻思道,"先把比较好的一些地分批转卖出去,再把田庄和死魂灵一块儿抵押掉。甚至还可以溜之大吉,索性连欠柯斯坦若格洛的债都赖得一干二净。"真是一个奇怪的念头,这倒并不是乞乞科夫想出来的,而是它蓦地一下子自动冒出来的,它挑逗他,狡黠地微笑着,眯缝起眼睛朝他瞅着,骚婊子!迷人精!可又是谁煽起这些突如其来的念头的呢?总之一句话,这桩买卖不论怎么说都是挺划算的。他感觉到心满意足,——他之所以心满意足,那是因为他现在成了一个地主,一个不是幻想中的而是现实中的地主,一个已经既拥有耕地和可供多种经营的资源,又拥有奴仆的地主。奴仆也不是虚无缥缈仅仅出现在想象中的,而是活生生存在着的。慢慢儿地他开始按捺不住起来,又是颠动身子,又是揉搓双手,又是暗中对自个儿眨巴着眼睛。

"停下。"突然他的同伴向车夫叫唤起来。这一声叫唤使他惊醒过来,朝四周张望了一下;他们早已行驶在景色优美的密林中间;亭亭玉立的白桦树像围墙似的在左右两边延伸开去。野生白桦和白杨的树干白得耀眼,宛如一排晶莹洁白的雪凝成的栅栏,在不久前才绽出的树叶的嫩绿颜色的衬托下,挺秀而又轻盈地伫立着。夜莺争先恐后从树林里面传来嘹亮的啼鸣。野生的郁金香在绿草丛中泛出点点的黄色。乞乞科夫弄不明白,刚才眼前还是一览无遗的田野,怎么一下子他已经来到了这块幽美的地方。在树木之间时隐时现一座白色的石砌教堂,而在另外一边,从密林中露出一道篱笆墙。街道尽头出现了地主老爷,他正迎着他们走来,头上戴着一顶便帽,手里拿着一根节疤累累的手杖。一条英国种的狗举着细细的长腿跑在他的前面。

"这就是家兄,"帕拉东诺夫说,"车夫,停车。"说着跨出了轻便折篷马车,乞乞科夫也下了车。这当口,两条狗已经相互亲过了吻。细腿灵巧的阿佐尔伸出它那灵巧的舌头舔了一下雅尔普的脸,后来舔了一下帕拉东诺夫的手,后来又扑到乞乞科夫的身上,并且舔了一下他的耳朵。

兄弟俩拥抱问好。

"真有你的,帕拉东,你这是跟我开什么玩笑?"停下脚步的哥哥说道,他的名字叫作瓦西里。

"怎么开什么玩笑?"帕拉东诺夫满不在乎地回答道。

"事实不正是这样:三天来你一点音讯都不给。马夫从彼杜赫的田庄上牵了你的牝马回来,说是你跟一位老爷一块儿走了。哎,你哪怕关照我一声呀:上哪儿去,干什么去,去多久? 真有你的,弟弟,做事怎么能够这样冒失呢? 这些天里我担心极了,只有老天爷才知道我什么没有想到过啦。"

"唉,有什么法子呢? 忘记关照啦,"帕拉东诺夫说,"我们是到康斯坦丁·菲约陀罗维奇那儿去走了一趟。他向你问安,姊姊也向你问安。巴维尔·伊凡诺维奇,我向您介绍一下:家兄瓦西里。瓦西里哥哥,这位是巴维尔·伊凡诺维奇·乞乞科夫。"

两个应邀结识的人相互握了握手,并且摘下帽子亲吻了一下。

"这个乞乞科夫会是个什么样的人呢?"瓦西里哥哥寻思道,"帕拉东弟弟结交起朋友来是挺马虎随便的。"于是,他在礼节所容许的限度内把乞乞科夫打量了一下,发现这是一个外表十分规矩本分的人。

从乞乞科夫这方面来说,他也在礼节所容许的限度内把瓦西里哥哥打量了一下,发现哥哥的个头比帕拉东诺夫矮些,头发颜色比弟弟的深些,脸长得远不是那样漂亮,不过在他的眉目之间含有多得多的活力和精神,反映出更多内心的善良。可是,对于这一部分巴维尔·伊凡诺维奇是很少关心的。可以看得出来,瓦西里迷迷糊糊的时间也比较少一些。

"瓦夏①,我决定和巴维尔·伊凡诺维奇一块儿周游一下咱们神圣的俄罗斯。说不定这会排遣一下我的烦闷忧郁。"

"怎么就这样突然决定了呢……"困惑不解的瓦西里哥哥说道;他差一点要添上一句:"还跟一个你初次见面的人一块儿走,他也许是一个混蛋和鬼才知道的什么家伙。"他满肚子的不信任,从眼梢把乞乞科夫再次打量了一下,可是看见对方的确是堂堂一表人才。

他们一起往右拐弯走进了大门。院落古色古香,宅第也是古色古香,属于现在已经不再兴建的一种,带有遮阳,屋顶很高。两株粗大的菩提树长在院子正中,几乎把院子的一半罩在树荫里。树底下摆着许多木头长凳。盛开的丁香和稠李把围墙完全覆盖在花儿和树叶下面,和围墙一起像一串项链似的环绕着院子。地主老爷的宅第给遮掩得严严实实,只有门窗俏皮可爱地在枝丫的空隙之间露了出来。透过像箭一般挺直的树干,影影绰绰可以看见厨房、储藏室和地窖的白色墙角。一切都在林木的环抱里。夜莺响亮地啼啭着,鸣声盈溢

---

① 瓦西里的爱称。

整片密林。到了此地,心中不由沁入一股宁静的、令人愉快的感觉。一切就这样散发着人人都心地宽厚地生活着、一切都非常淳朴和简单的那种无忧无虑的时代的气息。瓦西里哥哥请乞乞科夫坐下。他们就在菩提树底下的长凳上落了座。

一个十七岁的小伙子,穿着一件淡红条纹布的漂亮衬衫,端来好几瓶色泽不同的水果酿制的喀瓦斯,摆在他们的面前。喀瓦斯有的浓得像牛油,有的咝咝响着直冒气泡,像是柠檬汽水。摆好长颈玻璃瓶,他就拿起竖在树旁的铁锹,走到花园里去了。帕拉东诺夫兄弟,也跟柯斯坦若格洛一样,其实是没有仆人的:他们全都是花匠,或者不如说,仆人是有的,可是,所有的家奴都要轮流履行花匠的职务。瓦西里哥哥始终坚持说,仆人不是一个阶层。递件什么东西人人都可以干,不必为此养上一批专门的人;俄罗斯人穿着衬衫和大褂,既好看,又灵活,也不会偷懒;可是,只消一套上德国人的常礼服,他马上会变得笨手笨脚,一点儿不灵活了,而且准会懒得出奇,从此连衬衫都不换,压根儿不再上澡堂,穿着常礼服和衣而睡,在他那件德国常礼服里面也就会繁殖起臭虫和数不清的跳蚤来。在这一点上他兴许是有道理的。在他的村子里,老百姓都穿得特别讲究:村妇的包头巾全是金线绣的,衫子上的袖管——简直像是镶在土耳其披巾上的花边。

“这是我们家自制的素享盛名的喀瓦斯。”瓦西里哥哥说。

乞乞科夫从第一只长颈玻璃瓶里倒了一杯——味道和他曾经在波兰喝过的蜜酒完全一模一样;泡沫多得像香槟酒,而那股子气令人舒畅地从嘴里一下子直冲到鼻孔眼里。“琼浆玉液啊!”他说。接着从另外一只瓶里倒出了一杯——味道更胜一筹。

"真是饮料中的精品!"乞乞科夫说,"我可以说,在最可尊敬的令妹夫康斯坦丁·菲约陀罗维奇府上我品尝到了首屈一指的果子酒,而在您府上品尝到了首屈一指的喀瓦斯。"

"其实果子酒也是从我们家里传过去的。是舍妹开的头做起来的。家母祖籍小俄罗斯,原是波尔塔瓦人。现在,大家都忘记亲手操持家务啦。请问,您这回打算取道哪个方向,去哪些地方?"瓦西里哥哥问道。

"我此番出门,"乞乞科夫说道,一边在长凳上微微摇晃着身子,并且用一只手抚摸着自己的膝盖,"主要不是出于自己的需要,而是因为受人之托。贝特里歇夫将军,我的挚友,也可以说是我的恩人,托我代访他的几位亲友。代访亲友只不过是代访亲友而已,但是,对自己也可谓不无裨益,因为且不提这可收祛除病痛之效,就是见见世面,广交各等人士,已不啻为一部活的教科书,一门不无重要的学问。"

瓦西里哥哥沉思起来。他想道:"这个人说话虽然有点咬文嚼字,可是,他的话倒也挺有道理。"他沉吟了一会儿,转过脸去对帕拉东说:

"我开始觉得,帕拉东,旅行的确可能会使你振作起来。你没有什么毛病,就是精神萎靡。你简直像是睡着了。并且这不是因为饮食过度或者疲劳的缘故,而是因为缺乏新鲜的印象和感受。所以,我一点都不反对。至于我,倒很希望对四周发生的一切事情别这样敏感,别这样操心哩。"

"那是你心甘情愿对一切都要操心呀,"帕拉东说道,"你是自寻烦恼,自讨苦吃。"

"怎么是自寻烦恼,自讨苦吃,如果本来每走一步都会碰上不称心的事情呢?"瓦西里说,"你有没有听说,你不在的时候,连尼津背着咱们捣了什么鬼?——他把荒地占啦。第一,这片荒地不管别人出多大的价钱,我也不肯让的……我村里的农民历来每年在那儿聚会过春分节①。村上的掌故也都和这片荒地有着千丝万缕的关系。何况对我来说,风俗习惯向来是神圣不可侵犯的东西,为了它我宁肯牺牲一切也在所不惜的。"

"他不知道,所以才占了,"帕拉东说道,"他人地生疏,才从彼得堡搬来嘛;应该向他解释一下,讲讲明白。"

"他知道,知道得很。我已经派人去跟他说过,可是他呢,却蛮不讲理。"

"你本该亲自去一趟,讲讲明白。你亲自去跟他谈一谈吧。"

"哦,不。他太傲慢啦。我可不上他那儿去。如果你愿意,劳驾你自己去一趟吧。"

"我倒是可以去的,不过,我向来不问事呀。他会把我蒙哄过去,叫我吃亏上当的。"

"如果方便的话,我愿意代劳去一趟,"乞乞科夫说道,"请把事情给我讲一下。"

瓦西里瞥了他一眼,心里想道:"这样一个好走动的人!"

"您只须大略告诉我,他是怎么样的一种人,"乞乞科夫说,"又是怎么样一回事。"

"我很过意不去,委托您去办这样一件不愉快的事情。他呀,依我看来,是一个卑鄙小人:论出身不过是本省一个普

---

① 复活节后的第一个星期,按照俄国旧俗是举行婚礼的吉日。

普通通的薄有田产的贵族,娶了不清楚是谁的私生女儿,从此趾高气扬起来。现在他颐指气使,骄横得不得了。不过,我们这儿的人一点都不傻。时髦货色左右不了我们,而对彼得堡我们也不顶礼膜拜。"

"当然,当然,"乞乞科夫说道,"那么究竟是怎么一回事呢?"

"您可知道,他的确需要土地。不过,如果他做事不这样不讲道理,我会挺乐意地在别处白白给他一些土地的,而且还不是什么荒滩野坡……可是现在……爱吹毛求疵的人会认为……"

"依我之见,还是谈判一下为妥,也许事情就……我常常受托办理一些事情,对方从来不曾后悔过。就以贝特里歇夫将军来说,他也……"

"不过我还是挺不好意思偏劳您跟这样的一个人去谈话……①"

"……②特别注意对此严守秘密,不予外传,"乞乞科夫说,"因为犯罪本身倒不如诱引他人犯罪那样有害。"

"哦,这话不错,这话不错。"连尼津说,把头完全偏向了一边。

"彼此所见相同,是多么愉快啊!"乞乞科夫说,"提起来我也有一笔合法与非法两种性质兼而有之的交易:从外表上看它是非法的,实质上却是合法的。我需要一批抵押品,收进一个活的魂灵我可以出两卢布,但是我不愿意叫任何人因此

---

① 原稿中此处有遗漏。——原注
② 原文中缺少此句的开头。

去冒一场风险。一旦出了什么事儿,我破了产呢,——但愿上帝保佑我平安无事,——那不也将连累上农奴主了吗?所以,我决心借用一下还没有从纳税人口花名册上注销的逃亡的和死去的农奴,以便一举两得,既做了一件合乎基督教精神的事情,又替陷于困境的农奴主卸脱为这些农奴交付租税的重担。咱们只需在咱们两人之间签订一份形式上的契据,如同买卖活的魂灵一样就行了。"

"这可是一桩奇怪极了的买卖呀。"连尼津想着,连人带椅子往后挪了挪。"不过,事情是这样一种性质……"他开口说。

"但是并不含有诱致犯罪的因素,因为这是私下里进行的。"乞乞科夫回答道,"况且是在奉公守法的人之间进行的。"

"不过事情总有点儿那个……"

"但是丝毫也不含有诱致犯罪的因素,"乞乞科夫毫不含糊而又十分坦然地说道,"事情就像咱们刚才所谈论的那样,属于这样一种性质:它是在奉公守法的、已经到了不惑之年的、品位看来也不低微的人之间进行的,并且又是私下里进行的。"说这番话的时候,他始终坦然而又庄严地直望着对方的眼睛。

不管连尼津怎样机智圆滑,不管他怎样通晓衙门办事的手续,碰上这样一桩事情,他也仿佛完全茫茫然不知所措起来,尤其因为不知怎么一来,他好像阴差阳错落进自己撒下的网里去了。他根本不善于做不光明正大的事情,并且也不愿意做任何不光明正大的事情,甚至连私下里做都不愿意。"真是一件奇事呀!"他自个儿心里想道,"说什么但愿与贤德之士结成莫逆之交！好啦，这下瞧你怎么办！"

可是，命运和形势好像有意要给乞乞科夫助一臂之力。正在这当口，仿佛为了促成这一桩棘手的交易似的，年轻的女主人，连尼津的夫人，走进屋来，她脸色苍白，既瘦削，又矮小，然而在穿着打扮上完全是一副彼得堡的派头，这是一位十分器重体面的①人物的女士。在她的身后奶娘抱着娃娃也跟了出来，这孩子是头生子，是结缡不久的年轻夫妇缱绻情意的结晶。乞乞科夫凭着他那微微带点弹跳的灵巧的步履和把头歪侧在一边的姿态，就把来自彼得堡的夫人迷住了，接着又把娃娃也迷住了。孩子开头差点哭闹起来，可是架不住乞乞科夫一边哄着："噢，噢，心肝宝贝儿。"一边弹响着手指头，再出示表链上那块漂亮的鸡心纹章，孩子就给逗引得要他抱了。后来他把孩子举起来，直举到天花板那么高，这下把孩子逗得露出可爱的笑容，使做父母的大为高兴。可是，因为突如其来的快乐，或者出于什么别的原因，孩子忽然做出了一个有失体统的行为。

"哎呀，我的上帝！"连尼津的妻子尖声叫了起来，"他把您的燕尾服全糟蹋啦！"

乞乞科夫瞧了瞧：簇新的燕尾服的一只袖管全给弄脏了。"叫你中邪丢了魂，小鬼！"他气愤地暗中骂道。

男主人、女主人、奶娘，全都跑去拿香水：大家忙着给他周身上下拭擦起来。

"不要紧，不要紧，一点儿也不要紧，"乞乞科夫说着竭力让自己的脸尽可能装出一副轻松愉快的表情，"一个娃娃，在

---

① 原文为法语。

464

这种黄金般的年龄,哪里能糟蹋什么东西!"他一再重复说道;然而,这时他心里却在骂道:"这个小坏蛋,该给狼群吃了才好,该死的小流氓,挑准了地方干这档子缺德事!"

这一显然是微不足道的情况却完全打动了主人的心,使之有利于乞乞科夫的交易。怎么好意思拒绝这样一位客人的要求呢,既然他给予孩子这么多纯真的爱抚,并且为此还慷慨大度地牺牲了自己的燕尾服?为了不开恶劣的先端,他们决意秘密成交,因为非法交易本身不如诱引他人犯法那样有害。

"请容许我也为您略尽绵薄,以酬臂助。我愿意权充您和帕拉东诺夫兄弟之间纠纷的调停人。您很需要土地,可不是吗?"

结尾的一章[*]

世界上万物都在为自己的利益苦心经营。俗话说,不达目的心不甘。远道去摸别人家底的旅行进行得很顺利,因此,从这次察访中多少有一些东西落进了自己的小木匣子里。总之一句话,是一番殚精竭虑、聪明审慎的活动。乞乞科夫不是偷盗,而是占用一下。要知道,我们中间每一个人都会占用一下什么东西的:有人占用一下官府的树林,有人占用一下公款,有人为了讨好一个什么外地来的女戏子,偷偷占用了子女的钱财,有人为了添置一套冈姆帕斯[①]家具或者一辆轿式马车,占用了农民的血汗钱。有什么法子可想呢,既然世界上有那么多各种各样的诱惑?有价钱贵得惊人的饭馆,有化装舞会,有游园会,又有茨冈舞女献艺的跳舞会。既然四周人人都这样干,而且时髦风气也指使你这样干,真是很难约束得住自己的,——不信你倒约束约束自己试试看。总不能老是约束自己呀。人又不是神明。所以,乞乞科夫也就像日益增多的热衷于种种生活上的舒适的人一样,略施小技,让自己从经办的事情中捞到了好处。当然,是该离开城市的时候啦,可是道

---

[*] 选自较其他各章更早的版本。——原注
[①] 当时彼得堡名噪一时的家具匠。

路不好走。再说,城里有一个集市正准备开张——一个完完全全贵族式的集市。原先的那个多半是贩卖马匹、牲口、原料以及由商贩和富农批发来的各种农产品的。这回呢,凡是由布商在尼日戈罗德集市上买下的货物统统运到此地来了。专门歼灭俄罗斯人的钱包的各路商人蜂拥而至,法国男客商带来了大批化妆品,法国女客商则带来了大批女式帽子,来的全是一些歼灭血汗钱的好手——用柯斯坦若格洛的话来说,这批埃及蝗虫①啮光所有的东西不算,还要排下卵子,把它们深深埋在泥土里。

　　只是歉收和的确倒霉的……②把许多地主留住在乡村里了。可是,官员们既然不受歉收之苦,就恣意享乐啦;不幸的是,他们的爱妻也都不甘落后。她们饱读了近时期为在人类心中煽起各种新的需求而广为散布的五花八门的书籍,非常渴望领略一下各种各样新式享乐的滋味。一个法国佬开了一家新的娱乐场所——一个迄今为止全省闻所未闻的游乐场,兼备夜餐供应,价钱好像便宜得不得了,并且还可以赊一半的账。单是这一点便不仅足以使科长一级的官员,而且足以使所有的小科员都寄希望于下一回的受贿上面而……③甚至萌生了一种彼此炫耀一下马匹、驭者的欲望。这可真是各界人士为了寻欢作乐而汇集聚首之处啊!……尽管天气恶劣,道路泥泞难走,漂亮的轿式马车照样熙来攘往。它们是打从哪儿来的,那只有老天爷才知道,

---

① 出自《圣经·旧约·出埃及记》第十章。耶和华因埃及人虐待以色列人并不听从其劝诫,故降诸种灾难于埃及以示惩罚,其中之一为蝗灾。埃及遂遍布蝗虫,天地为之昏暗,一切可食之物尽为蝗虫所啮。

②③ 原稿中有遗漏。——原注

反正哪怕到了彼得堡也不会丢人现眼的。商人、伙计挺有功架地举起帽子,招呼太太们光顾他们的店铺。难得在一个什么地方可以碰上个把蓄着大胡子、戴着便宜的皮耳帽的男人。人人都是一副欧洲气派,下巴颏剃得的溜精光,人人都是面容憔悴,满口病牙。

"请进,请进。请赏个脸,只消进小店来瞧瞧。老爷,老爷!"几处店铺门口小伙计不时高声招呼着。

那些见识过欧洲的商人对他们可满脸瞧不起,只是偶尔挺威风地骂一声:"挡道的木头①。"或者吆喝一声:"本店货色齐备,有条纹②花呢,深浅③呢料。"

"有橄榄色带闪光花点的呢料吗?"乞乞科夫问道。

"有上等呢料。"商人说着一只手抬起一点帽子,另外一只手指着店门。

乞乞科夫跨进店堂。商人挺有功架地掀起柜台的木板,站定在柜台里边,背倚一匹匹从地上直堆到天花板的货物,面朝着顾客。他又挺有功架地把双手往柜台上一撑,微微摇晃着上半身,问道:

"您要哪一种呢料?"

"带橄榄色或者深绿色点子的,接近所谓橄榄色的。"乞乞科夫说道。

"我可以说,您在小店里将买到最上等的呢料,比这更好的敢情只有到文明繁华的京城里去才能够找到啦。伙计,把上面三十四号码的那匹呢料给拿来。不是这匹,老弟!你怎

① 原文为德语:Staket,直译其意为:木栅栏。
② 原文为法语:zèbre(斑马),此处意即:有条纹的。
③ 原文为法语:claire(浅色的)。

么总是自作聪明,像一个穷工人那样①!把它扔过来。瞧这呢料。"说着商人抖开料子,把它直捧到乞乞科夫的鼻子跟前,因此,后者不仅可以用手抚摸一下光洁如绸的面子,甚至要嗅闻一下都可以。

"好是好,但总还不是我要的那一种,"乞乞科夫说道,"要知道,我在海关上当过差,所以我要最上等的料子,并且要带一点儿红色的,不是深绿色的,而是要接近橛橘色的。"

"懂啦,您其实是要眼下在彼得堡时兴的那种颜色。小店有一种质地极好的呢料。不过,话得说在头里,价钱是贵着点儿,可货色也是上等的。"

欧洲客商爬上去拿衣料。一匹料子被扔了下来。他一时甚至忘记自己已经属于近时代人了,仍旧用老派手法抖开了料子,随后把料子捧到亮处,甚至走出店堂,当街展示起料子来,一边朝着日光眯缝起眼睛,说道:"绝好的颜色。真是纳瓦里硝烟里透着火光②的呢料哪。"

呢料给看中了;价钱也讲定了,虽然商人一再断言,价钱是"说一不二③"的。接着,只听见嚓啦一声,双手灵巧扯料的动作已告完成。料子按照俄罗斯的方式,以难以置信的速度给卷进了纸包。纸包在细绳子下面转了几圈,给打上一个欢跳的结子扎了起来。剪刀剪断了绳子,一切都放进了轻便折

① 原文是一句法国式的俄语,直译则为:"你怎么总是超越自己的能力范围,像一个什么无产者那样!"店铺老板一语双关,既指责伙计不会办事,又讽刺无产者不安本分。
② 指略泛红色的深灰颜色。纳瓦里乃希腊海港。一八二七年曾发生举世闻名的以俄、英、法为一方与以希腊、土耳其为另一方的纳瓦里大海战。
③ 原文为法语:prix fixe,意即:固定价格。

篷马车里。商人又抬起了帽子。他抬起帽子……是不无原因的:乞乞科夫从衣袋里掏出了钱。

"把黑呢料子拿出来看看。"响起了另外一个声音。

"真见鬼,这是赫罗布耶夫呀。"乞乞科夫自个儿心里想道,赶紧转过身去,免得遇见后者,他认为,从自己这方面来说,向赫罗布耶夫去作什么关于遗产的解释,是挺不明智的。可是,后者已经看见他了。

"说真格的,这是怎么回事呀,巴维尔·伊凡诺维奇,您可别是故意躲避我吧?我在哪儿都找不着您,可是事情却是这样的一种性质,咱们俩非得认认真真谈一下不可。"

"久违,久违,"乞乞科夫攥着他的双手,说道,"请您相信,我一直想跟您谈谈,可惜实在抽不出时间。"而自个儿心里却思忖道:"最好让鬼把你抓了去。"这当口,他突然见到摩拉佐夫正在走进店堂,"哎呀,我的上帝,是阿法纳西依·瓦西里耶维奇呀。您老近来贵体如何?"

"您好吗?"摩拉佐夫摘下帽子,说道。

商人和赫罗布耶夫也都摘下了帽子。

"就是这腰常常酸痛,还有睡觉不知怎么的总不踏实。八成是缺少活动的缘故……"

可是,摩拉佐夫并不深入研究乞乞科夫病痛频发的原因,而转身对赫罗布耶夫说道:

"可我,谢苗·谢苗乃奇①,是看到您走进店铺,才跟进来的。我有几句话必须跟您谈一谈,尊驾愿意不愿意到舍间去一趟?"

---

① 即谢苗诺维奇。

"当然,当然。"赫罗布耶夫说着就和他一起走了出去。

"他们两个有什么要谈的呢?"乞乞科夫寻思道。

"阿法纳西依·瓦西里耶维奇是一个可敬而又聪明的人,"商人说道,"并且精通自己的本行,可惜肚子里缺了点儿墨水。要知道,经商是得懂一大套生意经的,而不光是买和卖。这里面,跟买卖紧密相关的,既有预算,又有行情,不懂得这些个,准会连本带利一齐赔光的。"

乞乞科夫听了挥了一下手。

"巴维尔·伊凡诺维奇,我到处找您找得好苦啊。"背后传来了连尼津的声音。

商人恭敬地摘下了帽子。

"哦,是菲约陀尔·菲约陀烈奇①。"

"看上帝面上,咱们一块儿上我家里去吧。我必须跟您谈一谈。"他说。

乞乞科夫抬眼一望——他脸无人色。他赶紧向商人付清了账,走出店铺。

"我在等您哪,谢苗·谢苗乃奇,"摩拉佐夫一看见走进门来的赫罗布耶夫,就说,"请到我的房间里去。"说着把赫罗布耶夫引到读者已经熟知的一间屋子里,比这更不讲究排场的屋子,甚至在一个年俸不过七百卢布的官员家里都找不到的。

"您倒说说,眼下,我想,您的景况有所改善了吧? 令姑母去世之后,您多少总分到一些什么喽。"

"这可怎么对您说呢,阿法纳西依·瓦西里耶维奇。我

___

① 即菲约陀罗维奇。

不知道我的景况是不是有所改善。我总共分到了五十个魂灵和三万卢布。这笔钱我必须用来付清我的一部分债务,结果我仍旧不名分文。不过,主要的问题是,那份遗嘱引起的一场官司实在卑鄙龌龊透了。那里面,阿法纳西依·瓦西里耶奇,居然有人耍了这样一些骗人的勾当。我马上就告诉您听,您听了那里耍的是些什么鬼花样,准会大吃一惊的。这个乞乞科夫……"

"等一等,谢苗·谢苗乃奇,在讲到这个乞乞科夫之前,请您先谈一谈您自己,请您告诉我,照您估算下来,要多少钱您才能够对付过去,才足够使您完全摆脱困境呢?"

"我的景况困难得很哟,"赫罗布耶夫说,"要从中摆脱出来,完全付清债务,并且从此得以温饱,我至少需要十万,如果不多算的话,——总之一句话,对我来说,这是无法办到的事情。"

"嗯,假设您有了这笔钱,那时您怎样安排自己的生活呢?"

"到那时,我租一套房子住下,一心教育子女。我自己已经没有什么盼头,我的功名前程到此为止,我已经一无用处啦。"

"不过,不管怎么说,生活还将是挺闲逸的,而闲逸往往会生出许多邪念,那是一个人忙于工作之后所不会有的。"

"我不行啦,我一无用处啦:精力不济,腰又老是酸痛。"

"不过,哪能活着不干事呢?哪能活在人世间而没有职务,没有地位呢?抬起头来,瞧瞧上帝的一切创造吧:其中每一件都在为一个什么目标效力,都具有自己的职责。哪怕是一块石头吧,连石头也是为了让人利用而存在着的。而人,人是万物之灵,却闲着一无奉献。这能够为天地所容吗?"

"不过,我毕竟不是没有事情做呀。我可以教育我的子女。"

"不,谢苗·谢苗乃奇,不,这比什么都困难。一个连自己都不曾教育好的人,怎么能够教育好子女呢?要知道,只有以自己的一生为榜样,方才能够教育好子女。可是,您的一生配做他们的榜样吗?难道叫他们去学会怎样悠闲自在地虚掷光阴,学会怎样打牌赌钱吗?不,谢苗·谢苗乃奇,还是把孩子交托给我吧:您只会毁了他们的。您认真地想想:您就是给闲逸毁了的。您必须逃避闲逸的生活。一个无所寄托的人怎么能够在人世间生活得下去呢?总该尽一份不管什么样的责任。就拿打零活的来说吧,他也在效力呀。他固然只吃一个铜板的面包,可这是他用劳力换来的,并且他感觉到自己干的活儿的价值。"

"老天在上,说真格的,我也尝试过,阿法纳西依·瓦西里耶维奇,我努力去克服过。但有什么法子,我老啦,变得一无能耐啦。叫我该怎么办才好呢?难道我还得去找份差事做不成?我已经四十五岁啦,怎么有脸再跟刚刚开始供职的科员合用一张办公桌呢?再说,我不会受贿,既将断了自己的生路,又将误了别人的好事。而官场里都拉帮结派,各有自己一伙里的人。不,阿法纳西依·瓦西里耶维奇,我想过,试过,把所有的职位一个个都掂量过,我是到处无法胜任的啦。除非进养老院去……"

"养老院是为那些流过汗、干过活的人开办的;而对年轻时候一直荒唐的人,只会像蚂蚁对蜻蜓那样回答说:'跳你的舞去吧。'再说,人家在养老院里也劳动,也干活,并不打什么惠斯特纸牌。谢苗·谢苗诺维奇，"摩拉佐夫凝神望着他的脸，说道，"您在欺骗自己，也在欺骗我呀。"

摩拉佐夫紧紧盯着他的脸，而可怜的赫罗布耶夫一句话都回答不出。摩拉佐夫开始怜悯起他来。

"您听我说，谢苗·谢苗诺维奇，您毕竟还祈祷，还上教堂，据我知道，您从来不曾错过一回晨祷和晚祷。虽说您不愿意早起，可是您毕竟还是起了床，上教堂去啦，在清晨四点钟，当谁都没有起床的时候，您就上教堂里去啦。"

"这是另外一回事，阿法纳西依·瓦西里耶维奇。我知道，我这样做不是为了凡人，而是为了指派我们为万物之灵的神明。有什么法子呢？我相信，他对我是仁爱宽大的，不管我怎样下贱，怎样卑劣，他都能够宽恕我，接收我，而世人却会举起脚来踢开我，连最好的朋友也会出卖我，并且过后还会说，他出卖我是出于善良的目的哩。"

赫罗布耶夫的脸上流露出悲痛欲绝的感情。老人落下了同情之泪，可是什么也……

"那么，您就为那位如此仁爱宽大的神明服务吧。劳动也和祈祷一样，能够博得他的喜欢。您可以随便挑选一件什么事情去做，只是您好像是为他做，而不是为世人做就行了。简单举个例子说吧，哪怕是在臼里捣水，您只管一心想着，您这是为他而做的。这么一来，就已经有好处了，因为您没有工夫去干坏事，去打牌输钱，去跟酒肉朋友吃喝玩乐，去迷恋那种世俗的生活了。唉，谢苗·谢苗诺维奇！您认识伊凡·博达贝奇吗？"

"认识，并且非常尊敬他。"

"要知道，他本来是一个精明强干的商人：有过五十来万

474

家产哪。可是,一看到每一笔买卖都赚钱——就开始挥霍起来了,一直到把自己的一份家产花得精光为止……他教儿子学法国话,把女儿嫁给一位将军。并且不再在小店铺或者交易所巷子里喝茶,而是一碰上一个朋友就拖他到一家大饭馆里去喝茶。他整天整天地喝茶,就这样喝穷了。而这当口,老天爷又给他的儿子降临了灾祸。现在他呀,您看见了吧,在我手下当个伙计。一切都从头做起。境况倒是已经改善了。他又可以做做五十万资本的生意了。不过,他说:'当过了伙计,我情愿就当伙计当到老死啦。现在我变得身体硬朗,精力充沛,而那个时候,我的肚子一天天大起来,还得了水肿病。不,不再干啦。'他说。现在他茶不沾唇。光吃菜汤和粥,此外,不再吃喝什么了。可是,他对祈祷是那么诚笃,咱们中间谁都比不上他。他救济穷苦人又是那么热心,咱们中间也是谁都比不上他;有人虽说挺乐意扶危济贫,可是力不从心,自己的钱都给挥霍光了呀。"

可怜的赫罗布耶夫沉思起来。

老人攥住了他的双手。

"谢苗·谢苗诺维奇!如果您知道我是多么怜惜您,那就好了。我一直在念叨着您哪。现在您听我说。您知道,在修道院里有一位不见人面的隐士。这个人智慧超群,——这样的智慧我至今还没有见到过。要是他给出个什么主意呢……我跑去对他说:我有这样一位朋友,——名字我没有说,——他有如此这般的苦衷。他听了一忽儿,突然打断我说:'应以上帝的事业为重,本人的事业为次。目前正要修建教堂,可是缺少资金:必须为修建教堂募捐钱款。'说完就把房门砰的一声关上了。我琢磨着,这究竟是什么意思呢?看来,他不愿意给出主意。后来我去找大祭司。我刚进门,他听了我头几句话就对我说:我认不认识这样一个人,可以委托他为教堂募款;他或者出身贵族,或者出身商人,不过要比别人有教养些,能把这份差使看作对自己灵魂的拯救?我一听就愣住了:'哎呀,我的上帝!修行的隐士就是指点谢苗·谢苗诺维奇去担任这个职司呀。这条路真是对症下药,好得很哪。要是他揣着募款簿从地主的宅院走进农民的小木屋,再从农民的小木屋走进市民的楼房,那么,他也就能够了解到谁过着怎样的生活,谁有什么样的难处啦。等到他以后踏遍几个省份回来的时候,对远近四方了解得可比所有住在城里的人都真切啦……如今正需要这样的人啊。'公爵大人就常常在我面前提起,他愿意高价物色一个不依照文书,而根据实情了解事物面目的官员,因为从文书里,据说看不出一点儿头绪来,全是一笔糊涂账。"

"您完全把我搅得心烦意乱,不知所措了,阿法纳西依·瓦西里耶维奇,"赫罗布耶夫说道,惊愕地望着他,"我甚至不相信,您的的确确是在对我说这番话,这件事情需要的是一个不知疲倦的、勤勉肯干的人。何况我哪里能够扔下老婆、孩子,他们连饭都吃不上呀。"

"您不必为尊夫人和孩子操心。他们全由我来照应,孩子也一定会有教师。您与其背个布袋,为自己乞求布施,倒不如去为上帝请求布施,这要高尚和体面些。我将给您一辆普通的带篷马车,不要怕颠簸不舒服:这是为您的健康着想。我还将给您一些钱带着上路,让您可以顺便行善布施,救济那些最穷苦的人。这期间您可以做许多好事。只要您不认错人,布施给谁,谁必定是配得到这份布施的就行了。您这样一路走,一路就会准确无误地识别形形色色的人,知道谁安的是什么心。这不比有的官员,叫谁见了都害怕,躲躲闪闪不敢讲真心话;您可不一样,因为人家知道您在为教堂募款,所以都会乐意和您推心置腹的。"

"我看得出,这是一个绝好的主意,我也挺愿意去实现它,哪怕只实现其中的一部分也好;可是,说真格的,我总觉得,这是超越我的能力的。"

"那么,什么才是咱们力所能及的呢?"摩拉佐夫说道,"要知道,没有什么是咱们力所能及的。一切都超越咱们的能力。没有上天的帮助,什么事儿都干不成啊。可是,祈祷会聚集力量。一个溺水的人画了个十字,说了一声:'上帝啊,赐恩予我吧',游着游着,就游到了彼岸。对这件事不该思索犹豫许久;只该把它当作上帝的旨意。马车立刻会为您准备好的;您快到大祭司那里去要一本募款簿,并且请求他为您祝福,接着就上路吧。"

"我听从您的话,把这件事不当作什么别的,只当作上帝的指示。"他内心里说了一声:"上帝啊,赐福予我吧",果然就感觉到勇气和力量开始在渗入他的心灵。他的智慧也仿佛开始苏醒过来,萌生了一线自己可以挣脱悲惨绝境的希望。光明开始在远方闪烁……

可是,让我们撇下赫罗布耶夫,回过头来看看乞乞科夫吧。

这个时候,状子的确接一连二在递进法院。冒出了好些个谁都从来不曾听说过的本家亲戚。有如鸟群闻到尸肉气味纷纷飞来一样,人人都来争夺老婆子身后遗留下来的多得不可数计的财物:有告乞乞科夫的状子,有告最后一份遗嘱纯属伪造的状子,有告最初一份遗嘱也属伪造的状子,有揭发偷盗行为和隐瞒钱款的罪证。甚至出现了揭露乞乞科夫购买死魂灵,揭露他还在海关供职时伙同走私的罪证。旧账全给兜底翻了出来,他过去的历史被打听得一清二楚。只有老天爷才知道,人家是怎样把所有这一切嗅探出来和打听到的。甚至连乞乞科夫以为除了他本人和四堵墙壁之外谁也不知道的那些事儿,也都有了赫然的罪证。所有这一切暂且还是只为法官知晓的秘密,没有传到他的耳朵里,虽然他很快就收到法律顾问手书的一张十分可信的便条,内中向他略微透露,一场好戏即将开场了。便条言简意赅:"兹有一事奉告:尊案将有一番热闹。然而务请记住,切勿惊慌失措。镇定为要。吾等当设法应付一切。"这张便条完全安了他的心。"这个人真是天才。"乞乞科夫说道。好上加好的是,这当口裁缝又送来了衣服。乞乞科夫急不可待地想穿上纳瓦里火光加硝烟颜色的簇新的燕尾服对镜顾盼一下。他套上裤子,裤子妙不可言,合身极了,哪怕照着画像都行。大腿也好,小肚腿也好,全给包得这样好看,呢料紧贴着每个细微部分,赋予了它们更多的弹性。一等到他在背后系紧带扣,肚子就挺了起来,活像一只大鼓。他随手拿起衣刷朝肚皮上敲了一下,还说了声:"好一副蠢模样,不过,从整体来看这倒挺有气派!"上装看来比裤子缝制得还要好:一丝儿皱纹也没有,前后左右紧紧贴着身子,到腰眼里收成了弓字形,把他全身的曲线都衬托了出来。乞乞科夫指出右边胳肢窝里嫌紧着点儿,裁缝只是笑而不语,意思是:这样才叫腰身显得更好看哪。"请您放心,对做工您尽可以放心,"他带着毫不掩饰的洋洋自得的神气一再重复说道,"除了彼得堡,哪儿也没有这样的手艺啦。"裁缝虽说自己是打彼得堡来的,招牌上却醒目标明着:来自伦敦与巴黎之外商。他倒不是爱开玩笑,而只不过想一下子就用两座城市堵住所有其他裁缝的嘴,免得往后再有人僭用这些个城市,谁爱写,就让他写上什么卡尔塞鲁或者哥本哈尔①好啦。

乞乞科夫爽快大方地付清了裁缝的账,等只剩下他一个人时,反正闲着,他就在镜子里左右顾盼起来,有如一个演员对镜自我欣赏、怀着爱心②一样。顾盼之下,发现自己身上的一切仿佛比以前更美了:面颊更加鲜嫩可爱,下巴颏更加圆润迷人,雪白的衣领和面颊相映成趣,蓝色的锦缎领带又和衣领相映成趣。硬胸上的一条条时髦褶裥和领带相映成趣,华贵的天鹅绒坎肩和硬胸相映成趣,而纳瓦里硝烟加火光色泽的燕尾服像丝绸一样闪闪发亮,和所有这一切相映成趣。往右转过身去——好! 往左转过身去——更妙! 身段之美,可以和御前侍从或者一位咬着舌头说法国话的士绅媲美,那位士绅甚至在盛怒的时刻都不会用俄国话骂人,而只用法国的方言俚语来一泄心头之恨。口味之高雅已经到了这等地步呵! 他试着把头微微侧向一边,摆出仿佛在向一位受过最时新教育的中年夫人发问的姿态:嗨,简直是一幅图画。艺术家呀,赶快抓起画笔,描摹下来吧。得意之余他随即轻轻做了一个类似昂特拉沙③的跳跃动作,五屉柜抖动了一下,一瓶香水噗的一声滚落到了地上;可是,这丝毫没有引起他精神上的烦躁不安;他照例对这只愚蠢的瓶子骂了一声"傻婆娘",就寻思道:"现在最先该去拜会谁呢? 最好……"这当口,忽然在前

① 系德国城市卡尔斯鲁厄和丹麦城市哥本哈根之讹音。
② 原文为意大利语。此处意即顾影自怜。
③ 舞蹈术语,意即双脚相拍的动作。

厅里好像传来一阵钉着马刺的皮靴铿锵作响的声音,接着出现了一名全身戎装的宪兵,那气势仿佛千军万马集于他一身似的,他说:"总督大人传见,火速前往,不得有误!"乞乞科夫一听,手脚全都发软了。在他的面前站着一个蓄着短髭的庞然怪物,头盔上插着马尾毛,一边肩膀上系着一条佩刀带,另外一边肩膀上又是一条佩刀带,一把奇大无比的军刀挂在一边的腰间。他恍惚觉得,另外一边也挂着一件武器,还有一件鬼才知道的什么东西。真是以一当百的气概呀。他刚想张口回答,那个庞然怪物却粗暴地说:"有令火速前往,不得有误!"透过通向前厅的房门他隐约看见,那儿还有一个庞然怪物;朝窗外瞥了一眼,看见停着一辆马车。有什么法子可想呢?他只得就穿着那身纳瓦里火光加硝烟颜色的燕尾服,坐上马车,全身簌簌发抖前往总督府去,一名宪兵押着他。进了前厅,甚至连恢复一下神智的工夫都没有,就听见一名值日官说道:"进去吧!公爵大人在等着您!"在他的面前,有如蒙着一层云雾似的闪过前厅,闪过正在收取文件包的信使,后来又闪过了大厅,当他穿过大厅时,心里只是一个劲儿地想道:"这下可要逮住不放,并且既不通过法庭,也不通过任何手续,直接发配到西伯利亚去啦!"他的心这样激烈地跳动着,甚至比一个妒火中烧的情人的心都跳得厉害。终于,那扇致命的门打开了,显现出办公室、公文包、文件柜、书籍和像雷公一样怒容满面的公爵本人。

"魔王,魔王!"乞乞科夫嘀咕道,"他将要毁灭我的灵魂。要像狼吃羔羊一样把我狠心宰了的。"

"我饶恕了您,容许您留在城里,照理您是应该去坐牢的。而您,却故态复萌,再次以未曾有人犯过的最卑鄙无耻的欺诈行为玷污了自己。"公爵愤怒得连嘴唇都在抖动。

"大人明鉴,那究竟是什么最卑鄙无耻的行为和欺诈活动呢?"乞乞科夫浑身簌簌发抖,问道。

"一个女人,"公爵走近几步,直盯着乞乞科夫的眼睛,说道,"一个女人按照您的口授写了一份遗嘱,她已经被依法逮捕,并且将和您对质。"

光明一下子在乞乞科夫的眼睛里黯淡隐灭了。

"大人明鉴,我把事情真相全部从实招来。我有罪,我的确有罪,可是,我的罪过并没有大到这步田地:是仇人谗言诽谤我呀。"

"谁也不可能谗言诽谤您,因为在您的身上卑劣下贱的品性比任何一个寡廉鲜耻的骗子所能虚构捏造出来的还要多上好几倍。我想,您一生中不曾做过一件正直的事情。您手里的每一个戈贝,都是用最不正当的手段获得的,都是偷盗和最不正当的行为的恶果,为此您应该受到鞭笞和发配到西伯利亚去。不,事到如今,不必多说了。从今以后,你将被关进监狱,你应该在那里,同罪大恶极的歹徒和强盗一起,听候自己命运的裁决。这对你还是宽容的,因为你比他们要恶劣好几倍;他们是衣衫不整的下等人,而你呢……"说着公爵扫了一眼纳瓦里火光加硝烟色泽的燕尾服,接着伸手抓过铃绳,拉了一下铃。

"大人明鉴,"乞乞科夫尖声喊道,"开开恩吧。您是一家之主。不求您宽恕我——只求您可怜可怜我家中的老母。"

"撒谎!"公爵愤怒地厉声喝道,"上一回你也是这样,用实际上你从来没有过的子女和妻室来向我求情,现在你又搬出母亲来向我求情啦。"

"大人明鉴,我是一个无赖,一个恬不知耻的恶棍,"乞乞科夫说道,他的声音……①"我当时确实撒了谎,我既没有子女,也没有妻室;可是,上天作证,我始终希望成家,希望尽一个人和公民的义务,以便往后真正获得同人和上峰的尊重。然而,多么不幸的遭际啊!我必须用血,大人哪,用血去争得微贱的生存呀。每走一步都是诱引和蛊惑……都是仇敌,都是一心想毁灭我、侵吞我财物的人。我的一生真是如同一场狂风暴雨,或者如同惊涛骇浪中的一叶孤舟,任凭风浪抛掷。我并不是衣冠禽兽,大人哪。"

他的眼睛里突然泪如泉注。他不顾一切地扑到公爵的脚下;不顾那身纳瓦里火光加硝烟色泽的燕尾服,不顾天鹅绒坎肩、锦缎领带、缝制得妙不可言的裤子,也不顾精心梳理、散发出最高雅的香水的馥郁芬芳的头发。

"给我滚开。唤士兵来把他带走。"公爵对几个走进门来的人说。

"大人哪。"乞乞科夫叫喊着,双手死死抱住公爵的皮靴。

一阵震颤流遍了公爵全身的血管。

"走开,我对您说。"他说着死劲想把自己的腿从乞乞科夫的臂抱中挣脱开去。

"大人,您不开恩,我绝对不走。"乞乞科夫说,一点都不松手,紧紧抱住公爵的皮靴按在自己的胸口,因此就穿着那身纳瓦里火光加硝烟颜色的燕尾服被两条腿在地板上拖了一程。

"走开,我对您说。"公爵带着一种难以解释的厌憎的感

---

① 原文句子未完。——原注

觉说道,那种感觉是只有当一个人看到一只奇丑无比的、叫人没有勇气去踩死的昆虫的时候方才体会得到的。他这么猛烈地甩了一下腿,乞乞科夫立刻感觉到皮靴在他的鼻子、嘴唇和滚圆滚圆的下巴颏上踢了一脚,可是他并不松手放开皮靴,反而更加用力地把它抱在自己的怀里。两名魁梧强壮的宪兵一使劲,把他拽开了,于是,架着他的两条胳臂穿过一个个房间拖了出去。他脸色灰白,昏昏沉沉,陷于一种失去知觉的可怕的状态中,那是当一个人看到自己已经面临阴森的、难以回避的死亡——我们求生本能的可怖的死敌——的时候通常所处的状态。

就在通向楼梯的门口——迎面走来摩拉佐夫。一线希望的光突然掠过。一刹那,他使出一股超乎自然的力气,从两名宪兵手里挣脱开去,扑到惊骇万分的老人的脚下。

“巴维尔·伊凡诺维奇,我的老爷子,您出了什么事啦?”

“救救我,他们要把我关进监狱,送我去死。”这当口,宪兵又一把抓住他,拖着就走,甚至不让他听到对方的答话。

一间发霉潮湿的杂物间,卫戍士兵们的皮靴和包脚布所发出的臭气,一张没有上漆的桌子,两把东倒西歪的椅子,一扇钉上铁槛的窗,一只破旧的炉子,一条条隙缝里只是冒烟,却没有送出半点暖气,这便是我们这位穿着纳瓦里火光加硝烟颜色的雅致的、簇新的燕尾服,刚刚开始尝味到生活的甜意,并且刚刚开始引起同胞们注意的主人公被迫栖身的地方。他甚至没有机会随身带上一些必要的东西,带上那只里面藏着钱的小木匣子,这些钱也许足够用来……字据证件也好,购买死魂灵的文契也好,这一切现在都落到了官员们的手里。他扑倒在地上,无法摆脱的忧伤像一条嗜血的蛆虫一样盘缠在他的心口。这忧伤开始越来越迅猛地侵蚀他那颗毫无防御的心。如果再过这样的一天，再过这样忧伤的一天，那么，在这世上压根儿就没有乞乞科夫这个人了。可是，一只拯救一切的手甚至没有无动于衷地高悬在乞乞科夫的头上而不去抚慰他一下。一个钟点过后，牢房的门打开了；走进了摩拉佐夫老人。

如果有谁把涓涓清泉注入一个被焦渴所磨折、满身盖着旅途的灰沙尘土、疲惫困顿、身心交瘁的行人的干裂的喉咙里，——那时，他的精神未必会如此为之一爽，他也未必会如此活泼起来，像可怜的乞乞科夫那样。

"我的救星！"乞乞科夫说着突然从他刚才在摧肝裂胆的悲伤中扑去的地上一跃而起，突然飞速地抓住摩拉佐夫的手吻了一下，并且把它紧紧贴在胸口，"您探望了一个不幸的人，上帝将为此重赏您的！"

他说着泪流满面。

老人以悲天悯人的目光望着他，只说了一句话：

"唉，巴维尔·伊凡诺维奇，巴维尔·伊凡诺维奇，您造了什么孽呀？"

"有什么法子！一个该死的女人把我坑害了！我不知分寸；不知及时悬崖勒马。该死的撒旦诱惑了我，勾引我逾越了人的理性和良知的范围。我犯了罪，我是犯了罪。不过，只是怎么可以这样对待人呢？把一个贵族，一个贵族呀，不经审判，不经查询，就投入了牢房。是一个贵族呀，阿法纳西依·瓦西里耶维奇。怎么可以不给我时间到家里去一趟，处理一下我的东西呢？要知道，我的一切现在都没人照管啦。有一只小木匣子，阿法纳西依·瓦西里耶维奇，有一只小木匣子，里面藏着我的全部家私。这是用汗水换来的,是用血,用长年累月的劳动,忍饥受寒方才换来的呀……我的小木匣子呀,阿法纳西依·瓦西里耶维奇。要知道,一切都会给人偷走,瓜分掉的……唉,上帝呀!"

他再也无法抑制重新涌上心头的悲哀,放声大哭起来,那哭声穿过牢狱的重重厚墙,在远处隐约地回响着,他举起一只手抓住领口,从颈脖上扯下锦缎领带,把身上那件纳瓦里火光加硝烟颜色的燕尾服撕得粉碎。

"哦,巴维尔·伊凡诺维奇,您是怎样让这些钱财迷住了眼睛啊。为了它们,当时您竟然不曾看见自己陷进了一个可怕的境地。"

"恩人,救救我,救救我吧!"可怜的巴维尔·伊凡诺维奇扑倒在他的脚下,绝望地呼叫起来,"公爵大人挺爱您,看您的面上他什么都会答应做的。"

"不,巴维尔·伊凡诺维奇,不论我怎样想帮忙,不论我怎样愿意帮忙,我也无能为力。您落进的是铁面无情的法网,而不是哪一个人的权力范围呀。"

"撒旦这妖精,披了人皮的恶魔,害人不浅啊!"

他把头往墙上撞去,而一只手朝桌子上这样猛烈地捶了一拳,把拳头都捶出了血,可是,他既不觉得脑袋里的震痛,也不觉得这一捶的厉害。

"巴维尔·伊凡诺维奇;您安静下来,想一想,怎样求得同上帝和谐一致,而不是同人和谐一致,您得为自己可怜的灵魂着想着想啊。"

"可是,阿法纳西依·瓦西里耶维奇,这是什么样的命运啊。难道有人,哪怕只有一个人,碰到过这样的命运吗?要知道，我是怀着耐心，可以说，怀着饱含血泪的耐心去挣钱的，是吃尽了千辛万苦的，我不曾像人们习以为常的那样，侵吞过谁的财产，或者贪污过公款。我为什么要挣钱？无非是为了能够安度余生，给子女后代留下一点儿产业；为了自己的幸福，也为了效忠祖国，我是一直存着要有子孙后代这一条心的。这就是我要攒钱的原因。我是昧了良心，走了一点儿歪门邪道，这我不争辩，我是昧了良心，走了一点儿歪门邪道。但有什么法子呢？要知道，我只有在看到直径走不通，走弯路比走直径把握大一些的时候，才昧了良心，走了一点儿歪门邪道的。可是我花了劳力，我耗尽了心血的呀。要是说我赚了钱，那也是赚了阔人的钱。而那些无耻之徒呢，他们明目张胆成千上万地盗用公款，侵吞并不富裕的人的钱财，从那些一无所有的人手里夺去最后的一个戈贝。您倒说说看，这是什么样的不幸，——每一回，果实刚刚在望，所谓唾手可得的时候……突然掀起一场风暴，遇上一块暗礁，整条船一下子给撞得粉身碎骨。我已经有过三十万的资本。已经盖起过一幢三层的楼房。已经有两回买下过田庄了。哦，阿法纳西依·瓦西里耶维奇，究竟为什么我这样命苦呢？究竟为什么屡次遭受这样沉重的打击呢？难道我的生活本来还不够苦，不是风浪中的一叶孤舟吗？天理在哪里？忍耐、罕见的恒心的报酬又在哪里？要知道，我已经先后有三回从头开始啦；每回失掉一切之后，我都赤手空拳重新创立起家业来，换了别人早就出于绝望一头栽进酒杯，烂在小酒店里了。不过，我必须克服多少的障碍，熬过多少痛苦！每一个戈贝都来之不易，都是所谓呕心沥血的结果呀……就算别人是天生有福分吧，可我呢，每一个戈贝得像俗话所说的，当三个戈贝使用，并且这一个当三个使用的戈贝,苍天有眼可以作证,还得我这样百折不挠、一日不敢懈怠地去挣来呀。"

他没有把话说完,由于无可忍受的内心痛苦,号啕大哭起来,他跌倒在椅子上,扯下已经完全撕成碎条挂在身上的燕尾服后襟,把它扔得远远的,两只手插进头发里,尽管以前他尽心竭力不让它们走样,这下却毫不怜惜地狠狠拉扯它们,以皮肉的痛楚为乐,希望借此麻痹无法平息的内心痛楚。

摩拉佐夫默默地在他面前坐了许久,眼睁睁瞧着这非同寻常的、也是他生平第一次见到的悲痛。而那个不幸的狂人,虽然不久前还像上流士绅或者军人一般风流倜傥,到处应酬交际,现在却头发蓬乱,模样极不雅观,燕尾服撕碎了,裤子敞开着,捏着打破的、鲜血淋淋的拳头,痛苦不堪地来回奔走,嘴里吐着诅咒那些与人作难为敌的势力的恶毒言辞。

"唉,巴维尔·伊凡诺维奇,巴维尔·伊凡诺维奇。我在想,如果您能够怀着美好的目的,也那样奋力而又耐心地从事一种善良的劳动,您会成为怎样一个了不起的人啊。我的上帝,您能够做出多少好事来啊!如果在爱善的人中间,哪怕有个把人为了善花下和您为了挣得钱财同样多的工夫,并且为了善也像您一样甘于牺牲自尊心,牺牲功名心,又和您为了挣得钱财一样对自己无所顾惜,那么,我的上帝,我们人间会怎样繁荣昌盛啊!巴维尔·伊凡诺维奇,巴维尔·伊凡诺维奇!令人惋惜的不是您在别人面前有罪,令人惋惜的是您在自己面前有罪——您对不起上天赋予您的充沛的活力和丰富的才华呀。您的天职——成为一个伟大的人物,可是,您却埋没了自己,毁了自己。"

心灵的奥秘是存在的。不管一个误入歧途的人怎样远离了正道,不管一个无可救药的罪犯变得怎样冷酷无情,也不管他深深陷于堕落的生活中而无法自拔,可是,如果你用他的本性,用他那被自己所玷污的天性去指斥他,那么,在他的内心里一切都会不由自主地动摇起来,他的整个身心也会随之震颤的。

"阿法纳西依·瓦西里耶维奇,"可怜的乞乞科夫说着伸出双手抓住他的手,"噢,如果我能够获释,我的财产能够归还,那就好了。我向您起誓,从此以后我会过一种完全不同的生活。救救我,恩人,救救我吧!"

"我能够做什么呢?除非我必须去和法律为敌。退一步说,假定我甚至决心去做这一点,可公爵是在秉公行事,——他是绝对不会让步的。"

"恩人哪,您是能够做到一切的。使我害怕的不是法律,在法律面前我找得到出路,可是现在,我无辜被扔进监狱,我将在这里像一条狗那样死掉,还有我的财产、契据、小木匣子……救救我吧。"他抱住老人的双腿,泪水把它们都抹湿了。

"唉,巴维尔·伊凡诺维奇,巴维尔·伊凡诺维奇,"摩拉佐夫老人摇着头说道,"这财物怎样迷住了您的眼睛哟。为了它,您对自己可怜的灵魂都麻木不仁啦。"

"我会想到自己的灵魂,不过,千万救救我。"

"巴维尔·伊凡诺维奇,"摩拉佐夫老人说着又打住了,"您自己明白,救您不是我力所能及的事。可是,我将尽力而为,请求从轻发落把您释放。我不知道,这一点能不能够成功,不过,我将尽力而为。万一成功了,巴维尔·伊凡诺维奇,我要向您索取一件酬报:您得抛弃所有这些发财致富的欲念。我对您说真心话,一旦我丧失了我的全部家产,而我的家产要比您的多,我是不会抹眼流泪的。说真的,要紧的不在于这份可以从我手里没收的财产,而在于谁也不能够偷盗、剥夺的那一种精神。您在人世间见识阅历得够多了。您自己都把自己的一生比作风浪中的一叶孤舟。您下半辈子又已经不愁吃不愁穿。您不如搬到一个僻静的地方去住,离教堂和朴实善良的人近一些,要不然的话,如果您实在丢不掉想留下后代根苗的强烈愿望,您就娶一个并不富裕的、心地善良的、安于本分过惯俭朴生活的姑娘。忘记这喧闹繁华的世界和它那一切五光十色的玩意儿。也让这世界忘掉了您。在那里是得不到安宁的。您看见啦:这世界充斥着心怀仇恨的、诲淫诲盗的或者背信弃义的人。"

"我一定照办,一定照办。我本来就已经希望,已经打算安分守己地过日子,一心想经营田产,生活起居从简。偏偏叫蛊惑人心的恶魔给迷了心窍,离开了正道,都怪这撒旦、恶鬼、妖孽害人呀。"

一些至今不曾尝味过的、陌生的、他自己无法解释的感情,涌上了他的心头。仿佛在他的身上,有一种东西,一种遥远的东西,一种被严酷僵死的教诲,冷漠而毫无生趣的童年,寂寥凄凉的老家,缺乏家庭之乐的孤独,穷困以及早期人生的贫乏的印象,过早在童心中所窒闷的东西,想要苏醒过来,仿佛在他的身上,那被命运透过污浊的、盖满严寒冰雪的窗户向他投来的阴沉冷酷的目光所压抑的东西,想要冲出来,飞向自由的天地。他的嘴里发出一阵呻吟,他用双手掩住自己的脸,悲戚地说:"对,您说得对。"

"因为基础不合法,连人情世故,连阅历经验都没能帮您什么忙。不过,要是有了这些,再加上一个合法的基础,那就是另外一回事了……唉，巴维尔·伊凡诺维奇，您干吗毁了自己呢？醒醒吧：现在悔改还不晚。还有时间。"

"不，晚了，已经晚了，"他呻吟着说，这声音叫摩拉佐夫听了差点儿心都碎了，"我开始感觉到，领悟到，我错了，我走错了路，我远远背离了正道，可是已经没法回头了。不，我受的教育就不正当。父亲尽用一些劝善之言来教训我。他打我，督促我摹写那些道德戒条，可是，他自己却在我的眼前偷窃邻居的木料，还叫我帮他的忙。他当着我的面挑起一场伤天害理的官司；勾引一个由他监护的孤女。榜样比戒条更加有力呀。现在我心明眼亮啦，阿法纳西依·瓦西里耶维奇，我的生活过得很不体面，可是，对于罪恶我没有强烈的憎厌：天性已经变得粗糙麻木了。缺少对善的爱，缺少乐于行善的美好心愿，而那种心愿是逐渐会转化为天性，转化为习惯的。我缺乏像对求得财富那样强烈的乐于为善而孜孜不倦的渴望，说一句真心话——我是无能为力呀。"

老人深深地叹了一口气。

"巴维尔·伊凡诺维奇，您的毅力和您的耐心一样多。药是苦的，可是病人还是服用它，因为他知道，不然无法恢复健康。您缺乏对善的爱，——那您就强迫自己去行善，尽管缺乏对它的爱。比起出于爱心而行善的人来，您的这种行为将被看作更大的贡献。您只消强迫自己几回，——以后您也就生出爱心来啦。您得相信，有志者事竟成。古人告诫咱们说：'天国是努力进入的①'。只有当勉为其难地一步步向它走去的时候，才必须勉为其难地一步步走下去，才必须勉为其难地

<hr />

① 见《圣经·新约·马太福音》第十一章。

去达到它。唉,巴维尔·伊凡诺维奇,您有的是那种别人所没有的力量,有的是坚忍不拔的耐心——难道您就没法冲破障碍了吗?我觉得,您本来可以成为一个勇士的。要知道,现今的人全都没有毅力,全都孱弱无能呀。"

显然,这番话直透乞乞科夫的心灵,并且在他的心底里拨动了一根追慕荣誉的弦索。如果不是决心,那也是一种坚定的、类似决心的神情在他的眼睛里闪烁了一下。

"阿法纳西依·瓦西里耶维奇,"他口气坚决地说,"只要您为我求求情,把我释放了,给我机会带上一些什么财物离开此地,我向您起誓,我将开始过另外一种生活:我将买下一座田庄,成为一个地主,我将不为自己,而为扶危济贫积聚钱财,尽自己的力量所能去热心行善,从此忘掉自己,忘掉城市里一切花天酒地的日子,去过一种俭朴、清醒的生活。"

"但愿上帝赐给您力量,使您此志不衰,"快乐非凡的老人说道,"我将竭尽全力,恳求公爵把您释放。能不能够成功,这只有上帝知道。无论如何,您的命运肯定会有所好转。哦,我的上帝!拥抱我吧,也容许我拥抱您。说实在的,您使我多么快乐!好啦,愿上帝保佑您,我现在就去求见公爵。"

剩下乞乞科夫一个人。

他的本性整个儿受到震动,完全变得柔软了。纵使白金这最坚硬的、耐火耐燃的金属,也会融化的:当熔炉里火力加旺,风箱猛吹,炉火发出的难以忍受的热气一直冲到炉口的时候,管保顽固的金属逐渐发白,慢慢儿也化为液体了。哪怕是一个最刚强的硬汉子,一旦跌进苦难的熔炉,当苦难日显淫威,以灼热难熬的烈火烧炙着他那刚强性格的时候,硬汉子也会动摇的。

"我自己心灵麻痹，感觉迟钝，可是我将竭尽全力，使别人眼明心亮；我自己品德恶劣，一无所能，可是我将竭尽全力，使别人走上正道；我自己是个坏的基督徒，可是我将竭尽全力，不去诱引别人。我将劳动，到乡村里去汗流浃背地干活，正直地，这样正直地经营田产，以求对别人产生良好的影响。怎么啦，好像我真的已经完全不中用似的了。我有的是经营田产的才干；我具备节俭、机智灵活、头脑冷静等等品质，甚至还有恒心。只要下定决心就行啦。"

乞乞科夫这么想着，并且凭着那半睡半醒的灵智，仿佛已经有所领悟。他的本性仿佛开始朦朦胧胧地感觉到，有一种责任是人活在世界上必须履行的，也是在任何地方，在每个角落都可以履行的，不论发生怎样的情况，怎样的动荡不安和令人眼花缭乱的变迁。于是，一种热爱劳动的生活，一种脱离都市的喧嚣，断绝人因为忘记劳动、耽于安逸而萌生的欲念的生活，在他的面前发出这样强烈的魅力，使他几乎忘记了自己目前处境的全部不快，说不定他甚至还会为这惨重的教训对天意感激涕零，只要人家把他释放出狱，并且发还哪怕一部分……可是……他那污秽肮脏的杂物间的单扇房门打开了，走进了一个官员身份的人物——萨莫斯维司托夫，一个相貌剽悍，长着宽宽的肩胛、秀长的双腿的享乐主义者，一个好伙伴，纵酒作乐的行家，或者按照伙伴们的说法，一个狡猾透顶的鬼家伙。若是碰上战争年代，这个人准能创造出不少奇迹来。派他去穿越一个什么难以通行的危险地段，在敌人的鼻子底下偷取一尊大炮——这才是用其所长。可是，没有能够让他成为一个正派人的战争环境，他便使出浑身解数胡作非为了。真是不可思议啊！他有一套古怪的信念和准则：对伙伴他讲义气，谁都不出卖，什么事情说到就做到。可是，他却把自己的顶头上司看作和敌军的炮垒一样的东西，必须利用每一个薄弱环节，每一个缺口或者每一个防备不严之处，冲杀过去……

"您的处境我们都知道，全都听说了，"当他看见身后门严严实实地关上了，说道，"没事，没事。不用怕：一切都会弥补过来的。我们大伙儿将开始为您效劳——做您的忠仆。酬劳嘛，给大伙儿总共三万卢布就够啦——再也不用添一个子儿。"

"这话当真?"乞乞科夫尖声叫了起来，"我真能完全给判成无罪吗?"

"完全完全! 您还会为遭到的损失得到补偿哩。"

"那么，酬劳……"

"三万。这里一切都已经包括进去啦——既有给我们这儿的人的，又有给总督府里的人的，又有给秘书的。"

"可是，抱歉，我怎么付得出呢。我的全部家私，我的那只小木匣子，所有这一切现在都给抄封收管着呀。"

"过一个小时这一切您都会收到啦。拍掌为定，怎么样?"

乞乞科夫伸出了手。他的心怦怦跳着，他简直不相信这是可能的。

"再会啦。咱们俩都认识的一个朋友托我传话给您，主要的是镇定和沉住气。"

"嗯!"乞乞科夫思忖道，"懂啦——是法律顾问!"

萨莫斯维司托夫走了……乞乞科夫一个人留下之后，还是不相信他的话，可是，这次谈话过后不到一个小时，就有人送来了小木匣子、字据和钱款——一切都保存得再完整也没有了。原来,萨莫斯维司托夫以禁卒头儿的身份去过一趟,把值班的哨兵臭骂了一顿,说他们疏忽大意,另外再要了几名士兵去加强监督,而自己不仅取走了小木匣子,甚至还取走了所有在某些地方可能叫乞乞科夫声誉扫地的字据;他把所有这些东西扎成一包,封好,就差遣那里的一名士兵装成送夜间睡觉时的必备用品那样,立即给乞乞科夫送去。因此,和文契一道,乞乞科夫甚至还收到了为遮盖他那娇贵身体所必需的一切暖和的用品。这么迅速地把东西送来,使他感到说不尽的快活。他萌生了一股强烈的企望,甚至已经重新暗暗梦想起一些怪诱人的玩意儿来了:夜里听戏啦,他追求过的那个舞娘啦。乡村和它的恬静开始显得苍白起来,都市和它的热闹——却重新显得更加明亮和清晰。噢,生活哟!

而在这同时,在各级法院里开始查办一桩规模宏大不见穷尽的案件。录事的鹅毛笔不停地写着,一个个足智多谋的脑袋瓜,不时嗅一嗅鼻烟提提神,在卖力工作,一边像艺术家一样欣赏着那一行行弯弯扭扭的字。法律顾问像一个隐身的魔法师,无形中操纵着这整部机器。不等有人清醒过来,他已经把所有的人完全搅得如堕五里雾中。混乱不断增加。萨莫斯维司托夫以闻所未闻的勇敢大胆干出了一件空前的壮举。当他打听到那个落网的女人给关押的地方,就径直找到那里,大摇大摆活脱儿一副长官模样闯了进去,哨兵见了赶紧向他敬礼,把腰板挺得笔直。"你早就在这儿站岗了吗?""打早晨站起的,回长官的话。""离换岗还有许多时间吗?""三个钟头,回长官的话。""我要派你一下用处。我去关照一声警官,叫他换个人来顶替你。""是,长官。"说完他就坐车回家,为了不让任何人参与其事,好把事儿办得严丝合缝不露痕迹,他自己装扮成了宪兵,转眼长出了两撇小胡髭和满脸连鬓大胡子——真是连鬼都认不出他来啦。他跑到关押乞乞科夫的那幢房子里,提走了原先落网的那个婆娘,把她交给了两个年轻官员,也是门槛挺精的家伙,而自己翘着两撇小胡髭,煞有介事带着枪径直跑到哨兵面前,说:"走吧,队长派我替你站完这一班岗来啦。"换了岗,他就自己扛着枪站定在那里。盼的只是这个机会。这当口,关押原来那个婆娘的地方,出现了另外一个什么都不知道、什么都闹不明白的女人。原先的那一个神不知鬼不觉不知道给藏到了一个什么地方去,连事后谁都打听不出她给弄到哪里去了。正当萨莫斯维司托夫以军人身份调兵遣将的时候,法律顾问在非军事的领域里大显神通:他间接让省长知道,检察长正在写密信告发他;又让宪兵大队长知道,有一个神秘莫测身份不明的官员正在写密信告发他;又叫那个神秘莫测身份不明的官员相信,还有一个顶顶神秘的官员正在告发他哪;他把所有的官员都搅得失魂落魄,结果大家都只得来求他给出主意。出现了这样一种莫名其妙的局面:告密信层层叠叠积成了一大堆,逐渐揭发出一桩桩天底下从来没有见过的奇案,甚至还揭出了一些本无其事的案件来。全部人力都投入了工作,都给动用了起来,为了查清:谁是非法的私生子,他是什么出身,本人又是什么身份,谁有一个姘妇,谁的老婆在跟谁吊膀子。丑闻、诱骗和五花八门的事儿都和乞乞科夫的案情,和死魂灵,混糅纠缠在一起,结果怎么也弄不明白,这两桩事情中间哪一桩格外荒唐:看来两者不相上下。当这些案卷最后送到总督手里的时候,可怜的公爵一点都看不懂。这位智慧超群、头脑灵敏的官员,本该写出一份摘要来的,这下可差一点发了疯。他怎么也没有法子理出一个头绪来。这当口,公爵正在为其他许多事情操心,这些事情一件比一件更叫人心烦意乱。省里有一部分地区在闹饥荒。派去分发赈济粮的官员又把事情处理得不大恰当。在省里的另外一部分地区,分裂派教徒在兴风作浪。有人在他们中间散布流言,说已经出了一个反基督徒,他连死人都不让安息,正在大批购买死魂灵。他们一边忏悔,一边却又在造孽,在捉拿那个反基督徒的幌子下搓死了好些并非反基督的人。在另外一处地方,庄稼汉又掀起暴动,反抗起地主和县警察局长来了。一些流浪汉在他们中间散布流言,说眼下已经到了这样一种时候,庄稼汉应该做地主,穿上燕尾服,而地主该穿上粗呢大褂,去当庄稼汉,整个县也不思索思索,这么一来地主和县警察局长将变得太多了,大伙儿就闹哄哄地抗拒交付任何赋税。不得不采取一下强制的手段。可怜的公爵处于顶顶沮丧的心境中。就在这个时候,听差向他禀报,专卖商前来求见。"请他进来。"公爵说。老人推门进来了。

"瞧瞧您的那个乞乞科夫吧。您过去尽替他说话,回护他。这下他可干出连最不知羞耻的小偷都不敢干的丑事,给逮住啦。"

"大人,请容许我向您禀告,我不很明白这件事。"

"伪造遗嘱,还有什么……该当众鞭笞以示惩罚才对。"

"大人,我向您进言并非为了回护乞乞科夫。不过要知道,这件事情是未经证实的。还没有进行过审讯哪。"

"有人证在,那个装扮成死者的女人已经被逮捕了。我倒有意要当着您的面细细审问她哩。"公爵拉了一下铃,吩咐把那个女人带来。

摩拉佐夫闭口不语了。

"真是可耻之极的事情,而且丢尽了脸的是,本城那些最高级的官员也牵涉在里面,省长本人就是其中之一。岂有此理,他竟跟小偷和流氓同流合污了。"公爵激动地说道。

"不过要知道,省长是继承人,他有权提出要求。至于其他的人从四面八方来攀亲道故,这个呀,大人,是人之常情。死了一个富孀,明智合理的遗嘱又没有立。所以,想沾一点儿光的人都从四面八方涌来了——这是人之常情……"

"那么干吗要做那些卑鄙龌龊的事情呢?真是一群混账东西!"公爵满腔愤怒地说道,"我手下没有一个好人:个个是卑鄙无耻之徒!"

"大人,在咱们中间又有谁十全十美呢?本城的官员都是人,他们有长处,其中许多人办事还挺在行,可是也都免不了有个什么罪过。"

"您听我说,阿法纳西依·瓦西里耶维奇,我认为只有您才是个正派人,告诉我,您怎么尽是热心回护各色各样卑鄙无耻的小人?"

"大人,"摩拉佐夫说道,"不管您称之为卑鄙无耻之徒的是什么样的人,但他终究是人。怎么能够不回护人,如果知道,他的一半恶行是由于愚昧无知而做出来的?要知道,咱们每走一步都在制造不公正,甚至并非怀着恶意存心去做的。因此,每一分钟咱们都是酿成他人不幸的祸因。连您大人也做出过极不公正的事情呀。"

"什么?"话锋这样出乎意料的一转,使公爵大为震惊,他尖声叫了起来。

摩拉佐夫住口沉默了一会儿,仿佛在琢磨些什么,最后又开口说道：

"哪怕拿杰尔卞尼科夫的案子来说吧。"

"阿法纳西依·瓦西里耶维奇，反对国家根本大法，这罪行无异于叛国投敌啊。"

"我并不想为他开脱。可是，如果把一个因为涉世尚浅而受别人迷惑诱引的年轻人和一名主犯以同罪论处，这公正合理吗？要知道，杰尔卞尼科夫和一个叫什么恶棍沃龙诺依的家伙罪名相同，而他们的罪行却并不相等呀。"

"看上帝面上告诉我，"公爵怀着明显激动的心情说道，"您对这桩案件还知道些什么吗？请您直说吧。不久以前我还直接上书彼得堡，请求对他从轻发落哩。"

"不，大人，我提起这一件案子，并不是因为我知道一些您所不知道的事情。虽然的确有一个可能于他有利的情况，不过，他本人未必会同意利用，因为这样一来就会连累另外一个人。我现在想的只是，您当时是不是过于匆忙了点儿？大人，恕我才疏学浅，这只是我的一点愚见。您再三命令我直言相告。当我还在衙门里当差的时候，在我手下有过许多各种各样的职员，有坏的也有好的。应该对一个人以往的经历也注意到，因为如果不对一切都冷静地加以考虑，头一回见面就大加呵斥，那么，你只能够把他吓唬住，却不能够使他真心地坦白认错；可是，一旦你关切地细细盘问他，像兄弟之间谈心一样，那么，他自己会把一切和盘托出，甚至并不要求宽容，对谁也不耿耿于怀，因为他看得很清楚，不是我，而是法律要惩治他。"

公爵沉思起来。这当口，走进一个年轻官员，拿着一只公文包，一进门就毕恭毕敬地停下了脚步。在他那张年轻的，还很鲜润的脸上,显露着忧虑和劳累的痕迹。看得出来,他并非名不副实地担负着专员这个职务的。这是为数不多的官员中的一个,con amore 在经办公事。他既不热衷功名,渴求厚禄,也不存效尤之心,他之所以供职,只因为深信自己的位子必须是在这里,而不是在别的地方,深信自己是为此而生的。调查最复杂难解的疑案,逐步地进行剖析,等到掌握了全部线索之后,把案情阐述清楚,这便是他的职责。如果案情终于在他的面前逐渐明朗,隐秘的关节慢慢儿暴露出来,并且他感觉到自己可以简短扼要、清晰明了地表达出案情的始末,使任何人都能够一目了然,那么,他的劳苦,他的努力,他的许多失眠之夜,都已经得到了丰厚的报偿。可以说,当一个学生茅塞顿开,读通了一句什么异常艰涩的句子,咂摸出伟大作家思想的真谛的时候,学生的那份高兴都比不上当一件最复杂难解的案件在他的面前疑团冰释的时候他所感到的那份高兴。可是……①

　　"……②在闹饥荒的地点分发赈济粮,我比官员们更了解这一部分地区:什么人缺什么,我会亲自一一了解到的。大人,如果您容许的话,我还可以找分裂派教徒去谈一谈。他们跟我们这种人,跟平民百姓,比较乐于交谈。所以,上天有眼,兴许我能够从中调停,和他们把事儿平心静气地了结的。官员们可办不成:准会为这件事开始文书往来,并且就此陷在文书堆里,结果,眼睛只盯着文书,反而看不到正事啦。至于钱,我绝对不收您的,因为,说真格的,在这饿殍遍野的非常时期,

---

① 以下原稿有大段遗漏。——原注
② 原文中缺少此句开头。

还动赚钱的念头是可耻的。我有现成的粮食贮备着;刚才我还拨了一批给西伯利亚,反正到来年夏季就会有新粮运来补足的。"

"阿法纳西依·瓦西里耶维奇,真是只有上帝方才能够酬谢您这样的大力效劳。而我也不打算对您说什么,因为您自己可以感觉到,任何言辞在这里都是不足以表达心意的……可是,请您容许我对您的那个请求说一句话。您倒自己说说,我有没有权利对这件事情不闻不问,要是宽恕了那些卑鄙无耻之徒,从我这方面来说,是不是公允,是不是正直?"

"大人,说真格的,不应该这样称呼他们,何况他们中间不乏有德之士啊。一个人的处境是错综复杂的,大人,非常非常的复杂。有时候会发生这样的情况,一个人看上去好像浑身都是过错,可是,你设身处地去一想——原来,犯有过错的压根儿不是他。"

"可是,如果我不拿他们问罪,他们自己会怎么说呢?要知道,他们中间有的人从此会更加飞扬跋扈,甚至还会说是他们把我慑服了。他们会带头不尊重我的。"

"大人,请容许我给您出个主意:您不妨把他们全部招来,让他们知道,您对一切都了如指掌,并且像刚才承蒙相告那样,索性向他们公开自己的处境,然后请教他们,处在您的地位上,他们每个人会怎么办?"

"您难道认为,崇高圣洁的情操反而比尔虞我诈、图谋不义之财能够为他们理解吗?请您相信我,他们会笑话我的。"

"我倒不这样想,大人。俄罗斯人的感觉,甚至品德最恶劣的俄罗斯人的感觉,都不失公正的。除非那是一个什么犹太人,而不是俄罗斯人。不,大人,您不必有所隐瞒。完全就像刚才在我面前讲的那样，直言不讳地告诉他们。要知道，他们正在毁谤您，说您是一个虚荣心很强的、刚愎自用的人，旁人的话一句都不爱听，一味地相信自己，那好，就让他们知道一切，看看这究竟是怎么一回事吧。您有什么好顾虑的呢？您做的事明明是正确的。您就当作不是面对着他们，而是面对着上帝俯首忏悔一样，对他们讲话好啦。"

"阿法纳西依·瓦西里耶维奇，"公爵沉思地说，"对于这一点我要再考虑考虑，不过，我暂且先对您的忠告表示十分感激。"

"那么，大人，请您下令把乞乞科夫释放了吧。"

"您去对乞乞科夫说，叫他尽快从这里滚开，滚得越远越好。对他，我是一辈子都不会宽恕的。"

摩拉佐夫鞠躬告辞之后，就从公爵府直接到乞乞科夫那边去。他发现乞乞科夫已经情绪好转，非常安心地在进午餐，饭菜相当讲究，是由一个非常讲究的厨房用陶瓷手提盒盛放着给他送来的。刚谈上几句话，老人立刻发觉，乞乞科夫肯定已经跟哪一个诡辩有术的官员谈过话了，他甚至呷摸出圆滑老练的法律顾问在暗中插了手的。

"您听我说，巴维尔·伊凡诺维奇，"他说道，"我给您带来了自由，条件是您必须立刻离开这个城市。赶紧拾掇您的全部行装，一分钟也不要耽搁，愿上帝保佑您，平安上路吧，因为事儿变得更糟啦。我知道，现在有一个人在调唆您；所以，我私下里向您透露，还有一件严重的案子正在被揭露出来，将来什么力量都救不了那个罪犯的。他自然乐意拖人下水，咬出其他的人来，免得代人受过，事儿又可以就此了结了。我刚才走的时候，您的心情挺正常，比此刻的心情正常得多。我这是在认真规劝您。说真格的,顶顶要紧的,不在于人们为之争吵不休以致相互残杀的财物。假若不想想在另外一个世界上的生活,那么,又怎么真正能够求得这尘世生活的安乐呢。相信我的话吧,巴维尔·伊凡诺维奇,只要人们迷恋尘世间因之相互吞噬的一切身外之物,不想到心灵财富的完美,那么,尘世间的财富的完美也是朝不保夕的。那时候,将会降临饥馑、贫困的年代,不仅普天下的百姓将受苦受难,而且每一个人都在劫难逃……这是再清楚不过的了。不管您怎么说,肉体总归隶属于灵魂。否则怎么能够盼望世道公正合理呢。您不该去想那些死的魂灵,而该想想自己活的魂灵。从此以后,愿上帝保佑您走上自新之路吧。明儿个我也要出门。您得赶紧啊! 要不然,我一走您会遭殃的。"

说完这番话,老人走了。乞乞科夫沉思起来。生活的意义重新显得不是无足轻重的了。"摩拉佐夫言之有理!"他说道,"是该走自新之路的时候了。"说完他走出了牢门。一名哨兵端着小木匣子慢吞吞地走在他的身后,另外一名——挟着床垫和内衣。谢里方和彼得卢什卡见到老爷释放归来,真是天知道有多大的高兴。

"好啦,亲爱的伙计,"乞乞科夫和蔼地说道,"该拾掇行装,动身走啦。"

"咱们走,巴维尔·伊凡诺维奇,"谢里方说道,"路肯定好走了:雪下得够厚的。说真格的,是该离开这城市啦。它真叫人腻味透了,连瞧都不想瞧它啦。"

"赶紧去找车匠来,叫他给马车装上滑木①。"乞乞科夫说

---

① 一种便于马车在雪地中行驶的装置,形似雪橇上的滑木。

道，而自己转身进城去了，可是他无意上哪家府上去辞行。经过所有这一切波折之后，他心里真不是滋味，何况关于他的丑闻已经闹得满城风雨。他避免和任何人相遇，只悄悄地找了卖给他纳瓦里火光加硝烟颜色呢料的那个商人，重新给燕尾服和裤子剪了四尺料子，再亲自去找上回的那个裁缝。裁缝开了双倍的价钱，决心加一把劲，于是叫铺子里的全班人马在烛光下用针、用熨斗、用牙齿赶了一个通宵，第二天燕尾服果真缝制好了，虽然时间稍微晚了一点。这时马匹都已经套上了车。可是，乞乞科夫还是试了试燕尾服。衣服做得贴身极了，跟上回的那套完全一模一样。可惜的是，他发觉自己的头顶上亮着光秃秃的一块地方，因此黯然神伤地说道："当时何必那样痛不欲生呢。更不该去拉扯头发的。"付清了裁缝的账之后，他终于坐上车驶出了城市，此时此刻他的心境难以名状的古怪。这已经不是先前的乞乞科夫了。这是先前的乞乞科夫的残痕遗迹。可以把他的内心状态比为一座拆毁的建筑物，这座建筑物之所以拆除，目的是改建成一座新的；可是，新的建筑物还没有动工，因为建筑师没有交出定稿的图样，叫工人都莫名其妙地干等着。早他一个小时摩拉佐夫带着博塔贝奇，坐着一辆席篷马车动身走了，而在乞乞科夫启程后一个小时传下命令，说是公爵由于即将前赴彼得堡，希望召见全体官员。

在总督府一间宽敞的大厅里，全城的大小官员，上自省长下至九品文官，全都到齐了：其中有各个厅、各项职务的主管，品衔不等的文职官员，有基斯罗耶陀夫，克拉斯诺诺索夫，萨莫斯维司托夫，有不受贿的官员，有受贿的官员，有昧着良心专干坏事的官员，有半昧着良心好坏参半的官员，也有不昧良心的正派官员，——大伙儿都不无激动和惶恐地在恭候总督。公爵步入大厅时，神色既不阴沉，也不开朗；他的目光和他的步履一样的坚定。全体到会的官员都鞠躬行礼，许多人一躬到地。公爵微微弯腰答礼之后，开口说道：

"在行将前赴彼得堡之际，我认为理应和你们诸位见一次面，不仅如此，还向你们诸位解释一下召见的原因。我们这里发生了一桩十分引人瞩目的案件。在场的诸位中间许多人想必知道，我指的是哪一桩案件。接着这一案件又揭发出另外一些案件，情节之卑劣并不亚于前者，甚至还牵涉到一些我素来认为刚正不阿的人。岂止如此，我甚至获悉，有人心怀叵测，企图将水搅浑，以达到根本无从依法破案的目的。我甚至知道，谁是主谋，谁的隐秘的……①虽然他十分巧妙地掩盖了自己参与其事的活动。可是，问题在于，我决意破例，不根据案卷材料依法进行审讯，而如在战争时期一样，采用军事法庭迅速果断的手段。我祈望，当我向皇上禀报该案全部经过之后，皇上将赐予我这个权利。既然无从依照民法办案，既然案情严重亟待处理，既然又有人力图以大量谎言连篇、节外生枝的证词和捏造事实的告密信，使本来已经相当暧昧不明的案情变得更加暧昧不明，我认为，在这种情况下，军事法庭是唯一可行的办法，在此我希望听取你们诸位的意见！"

公爵停了一下，仿佛在等待答复。所有的人都垂手肃立，眼睛望着地面。许多人脸色都发白了。

"我还知道一桩案件，虽然作案人十分自信，以为事情怎么也不会败露。这件案子已不必依据案卷材料进行查办，因

---

① 原稿句子未完。——原注

为原告和申诉人将是我本人，我将提出不容置疑的证据。"

官员中有人颤抖了一下，几个最胆小怕事的人也都局促不安起来。

"不言而喻，一些主谋分子应该褫夺品衔，没收财产，其余的人则予以革职处分。自然，难免也会殃及许多清白无辜的人。有什么法子可想呢？案情过于卑污了，非执法如山不可。虽然我知道，这未必能使其他的人引以为戒，因为被斥逐者的职位必将由其他的人接替，那时，至今正直无私的贤者也会蜕化变质，而将受信用的新人也会犯欺罔、失节之罪，尽管如此，我还是应该铁面无情，因为这是纲纪国法的呼声。我知道，有人将谴责我，说我施行苛政，可是，我也知道，那些谴责我的人还将……他们定将谴责……因此，我只得化为纲纪国法的唯一无情的工具，化为注定降落在罪犯头上的一柄刀斧。"

所有的人的脸上不由自主地流露出一阵内心的战栗。

公爵很镇静。他的脸上既没有表露暴怒，也没有表露内心的激愤。

"现在，我，一个手中掌握着许多人的命运、任何请求都无法动之以情的人，现在俯首有求于你们诸位。只要你们实现我的请求，我愿亲自为你们全体陈情以祈皇上开恩；一切前愆可以遗忘，可以一笔勾销，予以宽宥。下面便是我的请求。我知道，任何手段，任何威胁，任何责罚，都无法铲除不义，它已经过于根深蒂固了。索取贿赂这一卑劣行为，甚至对于天性并不卑劣的人，都成了天经地义，人生之大欲。我知道，许多人几乎已经无法自拔，逆溯流而行了。可是现在，如同在必须挺身而出拯救祖国于危亡之中，每一个公民都忍辱负重，牺牲自身一切的关键与神圣的时刻一样,我必须发出呼吁,向胸膛里还跳动着一颗俄罗斯的心,向或多或少能够理解崇高这一字眼的人,发出呼吁。现在,何必谈论我们之间谁的过失更大!也许,我犯的过错比谁都大;也许,我当初对待你们过于严厉;也许,多余的猜疑使我疏远了你们中间一些真诚希望有益于我的人,虽然从我这方面来说,也未尝不可能成为有益于他们的人。如果他们真心热爱祖国大地上的公正与善良,他们便不应该耿耿于怀,计较我态度上的傲慢,而应该压制自己的自尊心,牺牲自己的人格。因为我不可能不发觉他们的自我牺牲和对善的崇高的爱,我也不可能就此不听从他们有益和睿智的规谏。无论如何,应该是下属去适应上峰的性情脾气,而不是上峰去迁就下属的性情脾气。至少这更合理一些,做起来更容易一些,因为全体下属只有一个上司,而一个上司却有数百名下属。可是现在,我们不必再去谈论谁的过失更大了。重要的是,我们面临拯救祖国的重任,我们的国土已在日益沦亡,敌人不是二十种外族语言①的入侵,而是我们自身;在合法的统治之外,已经形成了另外一股统治势力,它比任何一种合法势力都强大得多。它制定出自己的条件,给一切都标上了价格,甚至使这些价格到达家喻户晓、尽人皆知的地步。这种邪恶风尚,是任何一位国君无法加以纠正的,纵然他比天下所有立法治国的君主都贤明,纵然他设置监察专员竭力限制品格恶劣的官吏的行动,也无济于事。只要我们每一个人还不知醒悟,觉得自己应该如同起义时代人民武装反抗入侵之敌一样,奋起反抗不义,一切都将是徒劳无益的。

---

① 指一八一二年拿破仑入侵俄国的军队,这支军队是由各种民族所组成。

我,身为俄罗斯人,身为与你们诸位血脉相通、血肉相连的人,现在向你们大声疾呼,我向你们中间对何谓思想崇高或多或少有所理解的诸君大声疾呼。我谨请你们回忆一下一个人不论处于何种职位都必定面临的责任。我谨请你们对自己的责任,对自己在尘世应尽的职分,郑重地想一想,因为在我们大家的头脑里,所有这一切的印象已经十分淡薄,我们勉勉强强……①"

①　原稿到此中断。——原注

"外国文学名著丛书"书目

第 一 辑

书 名	作 者	译 者
伊索寓言	〔古希腊〕伊索	周作人
源氏物语	〔日〕紫式部	丰子恺
堂吉诃德	〔西班牙〕塞万提斯	杨绛
泰戈尔诗选	〔印度〕泰戈尔	冰 心 石 真
坎特伯雷故事	〔英〕杰弗雷·乔叟	方 重
失乐园	〔英〕约翰·弥尔顿	朱维之
格列佛游记	〔英〕斯威夫特	张 健
傲慢与偏见	〔英〕简·奥斯丁	王科一
雪莱抒情诗选	〔英〕雪莱	查良铮
瓦尔登湖	〔美〕亨利·戴维·梭罗	徐 迟
欧·亨利短篇小说选	〔美〕欧·亨利	王永年
特利斯当与伊瑟	〔法〕贝迪耶	罗新璋
巨人传	〔法〕拉伯雷	鲍文蔚
忏悔录	〔法〕卢梭	范希衡 等
欧也妮·葛朗台 高老头	〔法〕巴尔扎克	傅 雷
雨果诗选	〔法〕雨果	程曾厚
巴黎圣母院	〔法〕雨果	陈敬容
包法利夫人	〔法〕福楼拜	李健吾
叶甫盖尼·奥涅金	〔俄〕普希金	智 量
死魂灵	〔俄〕果戈理	满 涛 许庆道

第 五 辑